浙东运河文化研究丛书

浙东运河
历代诗歌总集

张卫东　张伟兵
　　　　　　　辑注
林　林　戴秀丽

陈志富　余文艺　王树伟　参修

An Anthology of
Zhedong Canal
Poetry in Past Ages

ZHEJIANG UNIVERSITY PRESS
浙江大学出版社
·杭州·

图书在版编目（ＣＩＰ）数据

浙东运河历代诗歌总集 / 张卫东等辑注. -- 杭州 ：
浙江大学出版社，2024.8
ISBN 978-7-308-25019-1

Ⅰ．①浙… Ⅱ．①张… Ⅲ．①古典诗歌－诗集－中国
Ⅳ．①I222

中国国家版本馆 CIP 数据核字(2024)第 103941 号

浙东运河历代诗歌总集

张卫东　张伟兵　林　林　戴秀丽　辑　注
陈志富　余文艺　王树伟　参　修

策划统筹	金更达　宋旭华
责任编辑	吕倩岚
责任校对	韦丽娟
封面设计	杭州浙信文化传播有限公司
出版发行	浙江大学出版社
	（杭州市天目山路148号　　邮政编码310007）
	（网址：http://www.zjupress.com）
排　　版	杭州林智广告有限公司
印　　刷	绍兴市越生彩印有限公司
开　　本	710mm×1000mm　1/16
印　　张	40.25
字　　数	522千
版 印 次	2024年8月第1版　2024年8月第1次印刷
书　　号	ISBN 978-7-308-25019-1
定　　价	168.00元

"绍兴文化研究工程成果文库"序

　　文化是观察世界的窗口，每一种文化都有其独特的符号、价值和历史。文化是理解自身的钥匙，我们的身份认同、思维方式、行为模式等，都深深打上了文化的烙印。文化更是纵览时空的明灯，它映射着我们来时的足迹，照亮了我们前行的道路。

　　绍兴是中华文明体系中一个极具辨识度的地域样本，早在近万年前的新石器时代早中期，嵊州小黄山就有於越先民繁衍生息。华夏文明的重要奠基人尧、舜、禹等，都在绍兴留下大量的遗迹遗存和典故传说。有历史记载以来，绍兴境域和地名屡有递嬗，春秋时期为越国都城腹地，秦汉时期为会稽郡，隋唐时期称越州，南宋时取"绍奕世之宏休，兴百年之丕绪"之意改越州为绍兴，至今已沿用近千年。

　　绍兴地处长江三角洲南翼，神奇的北纬 30° 线把绍兴和世界诸多璀璨文明发源地联结在一起。绍兴有会稽山脉南北蜿蜒和浙东运河东西横贯，"从山阴道上行，山川自相映发，使人应接不暇"，"千岩竞秀，万壑争流，草木蒙笼其上，若云兴霞蔚"。基于坐陆面海的独特地理环境，越地先民以山为骨为脊，以水为脉为魂，艰苦卓绝，不断创造，形成了与自然风光交相辉映的壮丽人文景观。

　　越史数千年，可以说是一部跨越时空的文化史诗，它融合了地域特色、人文特质、时代特征，生动展现了绍兴人民孜孜不倦的热爱、追求与创造，早已渗透到了一代又一代绍兴人的血脉中。绍兴文化以先秦於越民族文化暨越国文化为辉煌起点，在与吴文化、楚文化等交流融合中，不断吐故纳新、丰富发展，逐渐形成了刚柔并济的独有特质，这在"鉴湖越台名士乡"彪炳史册的先贤们身上得到充分展现：从大禹的公而忘私、治水定邦，到勾践的卧薪尝胆、发愤图强；从王充的求真务实、破除谶纬，到谢安的高卧东山、决胜千里；从陆游的壮志未酬、诗成万首，到王阳明的知行合一、"真三不朽"；从徐渭的狂狷奇绝、"有明一人"，到张岱的心怀故国、"私史无贰"；从秋瑾的豪迈任侠、大义昭昭，到蔡元培的兼容并包、开明开放；从周恩来"面壁十年图破壁"的凌云志，到鲁迅"我以我血荐轩辕"的"民族魂"……一代代英雄豪杰无不深刻展现着绍兴鲜明的文化品格。

"稽山何巍巍，浙江水汤汤。"世纪之初，时任浙江省委书记习近平同志敏锐感知文化对经济社会发展的独特作用，强调进一步发挥浙江的人文优势，把"加快建设文化大省"纳入"八八战略"总体布局。他曾多次亲临绍兴调研文化工作，对文化基因挖掘、文化阵地打造、文化设施建设、文化队伍提升、人文经济发展等方面作出重要指示，勉励绍兴为繁荣和发展社会主义文化事业作出新的贡献。习近平总书记还在多种场合反复讲到王充、陆游、王阳明、秋瑾、蔡元培、鲁迅等绍兴文化名人，征引诗文、阐发思想，其言谆谆，其意殷殷。这些年来，绍兴广大干部群众始终把习近平总书记的深情厚爱牢记于心、见效于行，努力把文化这个最深沉的动力充分激发出来，把这个绍兴最鲜明的特质充分彰显出来，把这个共富最靓丽的底色充分展示出来，不断以人文底蕴赋能经济发展，以经济发展助推文化繁荣，全力打造人文经济学绍兴范例。这种人文经济共荣共生的特质，正是这座千年古城穿越时空的独特魅力，也是其阔步前行的深层动力。

2022 年 3 月，为深入贯彻习近平总书记在哲学社会科学工作座谈会上的重要讲话精神，认真落实浙江文化研究工程实施十五周年座谈会精神，绍兴在全省率先启动绍兴市"十四五"文化研究工程，对文化历史与现状展开全面、系统、有序的研究。一方面，借此挖掘和梳理绍兴历史文化资源，繁荣和丰富当代文化建设，规划和指导未来文化发展；另一方面，绍兴文化作为中华文化的重要组成部分，其当代的研究与传承是深入贯彻习近平文化思想的生动体现，对推动中华优秀传统文化保护传承具有重要意义。这是绍兴实施文化研究工程的初心和使命。

绍兴文化研究工程围绕"今、古、人、文"四个方面展开，出版系列图书，打造浙江文化研究工程的"绍兴样板"。在研究内容上，重点聚焦诗路文化、宋韵文化、运河文化、黄酒文化、戏曲文化等文化形态，挖掘绍兴历史文化底蕴；深入开展绍兴名人研究，解码名士之乡的文化基因；全面荟萃地方文献典籍，编纂出版《绍兴大典》，梳理绍兴千年文脉传承；系统展示古城精彩蝶变，解读人文经济绍兴实践。在研究力量上，通过建设特色研究平台、加强市内外院校与研究机构合作、公开邀约全国顶尖学者参与等方式，形成内外联动的整体合力，进一步提升研究层次和学术影响。

2023年9月，习近平总书记再次亲临浙江考察，对浙江提出"要在建设中华民族现代文明上积极探索"的新要求，赋予绍兴"谱写新时代胆剑篇"的新使命。站在新的历史起点上，我们期待，通过深化绍兴文化研究工程，进一步擦亮历史文化名城和"东亚文化之都"的金名片，通过集结文化研究成果，进一步夯实赓续历史文脉、推进文化创造性转化和创新性发展的坚实根基。我们坚信，在习近平文化思想的指引下，坚持历史为根、文化为魂，必将能够更好扛起新的文化使命，打造更多中华民族现代文明建设的标志性成果，创造新时代绍兴文化新的高峰。

是为序。

中共绍兴市委书记 施惠芳

2024年8月

"浙东运河文化研究丛书"序

　　四十余年的水利史、运河史及相关研究厚积薄发，多学科的学者合力推出了"浙东运河文化研究丛书"十卷本，将水利史、运河史研究扩展到水文化、运河文化研究领域，绍兴文化界迎来了又一个丰收季。丛书即将出版，主编嘱我作序。绍兴本就是蕴含深厚历史文化传统的城市，如今重点组织完成一套围绕浙东运河的包括历史、文化、地理、水利等多方面的研究成果，本是顺理成章的事，不需要他人多语。但是绍兴市领导为这个项目的启动和完成注入精力颇多，诸位作者付出了诸多心血和努力，所取得的成绩令人鼓舞，因此必须表示祝贺！并附带着对水文化研究的意义以及水历史与水文化的关系，谈点个人的看法，以就教于方家。

　　历史上的水文化研究蔚为大观。黄河流域的龙山文化、二里头文化，附属于长江流域的三星堆文化、河姆渡文化等，大都保有水文化的内容。当然考古学所揭示出来的物质创造和生产力水平，远落后于当今社会的计算机技术、航天工程所代表的物质进步和科技水平。但由于时代久远，这些远逝的物质成果和精神创造，都已演变成为一种文化符号。可见，文化概念是和历史密切相关的，如都江堰、大运河已被列为世界文化遗产，它们既是文化的物质载体，也是历史文化。进入春秋战国时期，老子、孔子、管子、荀子等先祖，对水的物质性和社会性也有许多深刻的阐释。《管子·水地》揭示了水的物质性，认为水是造就地球、构成生物的基本物质："水者何也？万物之本原也，诸生之宗室也"，"万物莫不以生"。在水的精神文化方面，大师们也都有生动的阐释。例如《荀子·宥坐》记载了孔子和弟子子贡之间的对话，这些对话颇为生动有趣。子贡问孔子：您为什么遇见大水都要停下来仔细观察呢？孔子答曰：你看，水滋养着万种生物，似德；水始终遵循着向低处流的道理，似义；水浩浩荡荡无穷无尽，似道；水跌落万丈悬崖而不恐惧，似勇；水无论居于何种容器，表面都是平的，似法；水满不必用"概"而自然平整，似正；水能深入细小孔隙，似察；水能使万物清洁，似善化；河水虽经过万种曲折，必流向东，似志。因此君子见到大水必然要停下来仔细观察。孔子阐述了对水文化的认知，他说水性，又从水性中提炼出人性和社会性，以及其中蕴含的哲理，展示水文化的美丽、丰富、生动和深刻。类似的认识不胜枚举，这里仅举此例。

近代以来，文科和理科相互融通的理念颇受推崇，许多著名学者纷纷倡导。祖籍绍兴的北大校长蔡元培在 1918 年前后曾多次在文章中提倡文理融通的理念。他曾力主"破学生专己守残之陋见"，要求学生"融通文、理两科之界限：习文科各门者，不可不兼习理科中之某种（如习史学者，兼习地质学；习哲学者，兼习生物学之类）；习理科者，不可不兼习文科之某种（如哲学史、文明史之类）"。他还指出："治自然科学者，局守一门，而不肯稍涉哲学，而不知哲学即科学之归宿，其中如自然哲学一部，尤为科学家所需要。"他坚信文理融通可以生发新思考和新认识。今时今日，融通的理念更应成为学术界的共识。近现代科学巨匠爱因斯坦也曾致力于科学与人文的相互融通。1931 年，他在对加州理工学院学生的演讲中提出："如果你们想使你们一生的工作有益于人类，那么，你们只懂得应用科学本身是不够的。关心人的本身，应当始终成为一切技术上奋斗的主要目标。……在你们埋头于图表和方程时，千万不要忘记这一点！"爱因斯坦自身贯彻实践了他科学应该服务于人文的理念。由此，视文化为政治、经济、科技的原动力，亦无不可。

文化体现出一种思维方式。

无论是东方文明还是西方文明，科学在古代都与人文处于同一体系，后来才发生分化。近百年来，西方更强调分析，而东方更强调综合。历史上的水问题，本来是在多种复杂条件下发生的，如果脱离了人文的背景，将难以获得全面的解读。历史、人文与科学相互融通，才能寻得可信的答案。以水利所属的学科为例，早前它是属于土木工程类的，后来单独分出来，再后来又分属水资源、泥沙、结构、岩土、机电等学科门类。学科门类越分越细，但各学科并非原本就是这样独立存在的，而是由于我们一时从整体上认识不了那么复杂的水问题，于是将其分解成一个个学科来研究，一个学科之中再分若干研究方向。然而细分以后，分解的各个部分就逐渐远离水利的整体，甚至妨碍对整体的理解。对学科的细分促进了认识的深入，但原本的整体被拆分后，在使用单一的、精密的分析方法去解读受多因子影响的问题时，可能得出与实际相差甚远的结论。诺贝尔奖获得者、比利时物理化学家普里高津就认为，"现代科学的新趋势已经走向一个新的综合，一个新的归纳"，他呼吁"将强调实验及定量表述的西方传统，和整合研究的自在系统的中国传统结合起来"，倡导对已有的学科门类进行整合，并要求历史和人文研究的加入。文艺复兴时期，欧洲一些思想家力求在古希腊和古罗马的优秀思想中寻找智慧。如今，我们在科学研究和方法论上是否也需要"复兴"点什么？这种"复兴"或可以使人们的认识得到某种程度的升华。

自然科学需要持有怀疑态度和批判精神，而其来源之一便是比较与融通，便是科学与人文的结合。新的学科生长点往往便生发于可以激发更多想象力的交叉领域研究。苏轼在观察庐山时说："横看成岭侧成峰，远近高低各不同。不识庐山真面目，只缘身在此山中。"大自然千姿百态，有无数个角度可以解读它，科学是一个，人文是另一个，而科学与人文的交叉融合将会使认识更加全面和丰富。既然现代基础科学在继承传统文化的过程中，依然能够推陈出新，正如数学家吴文俊和药理学家屠呦呦的工作所展现的那样，那么像水问题这样以大自然为背景、受人文因素影响更多、边界条件更复杂的学科领域，更要发挥交叉研究的优势。

古往今来，水问题的历史研究相沿不断。即使在近百年来水利科学技术突飞猛进的时代，水问题的历史研究仍不失其光辉，其本质便在于具有整合融通的优势。例如，近几十年来，水利史在着重探讨水利工程技术及其溯源研究的基础上，又加强了水利与社会相互影响的研究，其着眼点是进一步考察社会、政治、经济、文化、环境对水利的影响；同时引入相关自然科学学科如地理、气象和相关社会科学学科如哲学、经济的研究方法，以及开发相关的整合研究途径与方法，在师法古今中引申出对现实水问题，特别是宏观问题有实际价值的意见和办法。

研究水问题，水利史的加入甚至是提供了一条捷径。水利史的研究在大型工程和水利思想建设中的作用是有迹可循的。中国水利水电科学研究院水利史研究所就曾提出有说服力的成果。1989 年，《长江三峡地区大型岩崩与滑坡的历史与现状初步考察》被纳入《长江三峡地质地震专家论证文集》；1991 年提出的"灾害的双重属性"概念，被 2002 年修订的《中华人民共和国水法》所吸收；1991 年在"纪念鉴湖建成 1850 周年暨绍兴平原古代水利研讨会"上提出的"人与自然和谐发展"，被时任水利部部长认为是"破解中国水问题的核心理念"；1994 年完成的"三峡库区移民环境容量研究"项目，提出"分批外迁到环境容量相对宽裕的地区，实施开发性移民"的新方针，由长江水利委员会上报国务院三峡工程建设委员会办公室，两年后直接引起原定的长江三峡水库移民"就地后靠"方针的根本改变。2000 年以来，多项中国灌溉工程遗产的历史研究被国际组织认可，多项工程被纳入世界灌溉工程遗产名录。围绕京杭运河、隋唐运河、浙东运河全线及其重要节点的一系列成果，对中国大运河申遗起到了基础性支撑作用。这些成果是水利史基础研究长期积累的显现，其中一些成果既是水历史研究，又是水文化研究。

现代人有时轻视古人，认为他们的认知"简单"。但哪怕是"简单"的水问题，也包含了最基本的水流与建筑物间错综复杂的相互作用，以及对人与自然关系最基本的理解。这种"简单"其实是在排除了一些非基本的复杂因素的干扰后，问题本质得以更清晰地呈现，体现了大道至简、古今相通的智慧。爱因斯坦曾在 1944 年尖锐地指出："物理学的当前困难，迫使物理学家比其前辈更深入地去掌握哲学问题。"这句话不仅限于物理学范畴，实乃振聋发聩的警世恒言，提醒我们所有学科领域都应重视对历史与文化的探究。在此再一次重申："现代科学技术的发展对古老历史科学提出了新的要求，同时它又为历史研究的深入提供了新的方法和手段。科学的发展非但不应排斥历史与文化，相反地，把历史的经验和信息科学化，正是科学所要完成的重要课题。"

文化还是一种精神。

大禹治水的"禹疏九河""三过家门而不入"的佳话，铸就了中华民族艰苦奋斗的民族精神，其中蕴含的改造与顺应自然、人与自然和谐共生的思想尤为宝贵。世上许多民族有大洪水再造世界的故事流传，但只有大禹治水是讲先民在领袖带领下通过众志成城的奋斗战胜了洪水，奠定了中华大地的繁荣发展，并使得禹文化从此成为民族文化宝库中的一颗璀璨明珠。

又如都江堰飞沙堰与分水鱼嘴和宝瓶口配合，实现了自动调节内外江的分流比，既使枯水期多送水入宝瓶口，又利用凤栖窝前的弯道，强化了弯道环流，使洪水期多排沙到外江，把水力学与河流泥沙动力学原理发挥得近乎完美，可谓"乘势利导，因时制宜"哲学思想在工程实践中的生动应用，深刻诠释了人与自然和谐共生的理念。有赖科学与人文的结合，都江堰实现了运行两千多年的举世公认的卓越成就。

在水文化中，人与自然的和谐是永恒的主题。北宋时期，黄河堤防频繁决溢，治河思想因此空前活跃。苏轼在《禹之所以通水之法》一文中提出："治河之要，宜推其理，而酌之以人情。"这里的"理"，是治河的科学原理，"人情"则是社会。他认为："古者，河之侧无居民，弃其地以为水委。今也，堤之而庐民其上，所谓爱尺寸而忘千里也。"他继承了大禹的治水理念，结合宋代人居情况，建议设置滞洪区以减轻洪灾损失，极有见地。

重视水历史和水文化研究不是一时兴起，它就是中华文化的重要组成部分。在水利科学技术迅猛发展的今天，传统水利工程技术已经陈旧，但随着时代的发展，人们越来越清楚地看到，水利的成败得失不仅取决于对水的运动规律的认知和水利设施安全的保障，也直接受到诸多社会因素的影响。离开广阔而深刻的人文、历史背景来孤立地就水利谈水利是片面的。甚至可以认为，对许多水问题的解答，只靠自然科学是无能为力的，急需人文学科的参与。我们在五千年文明史中积累的许多经验和教训，都来自传统文化。因此，面对水问题，我们需要跨学科的综合视角，将自然科学与人文科学紧密结合。如果我们只寄希望于人为设计的各种各样的模型，其局限性显而易见，我们必须同时向大自然学习，因为大自然才是真正的大师。

以上对水历史和水文化的认识，是我有感于本丛书的布陈表达了类似的理解而就此说点补充的话。

至于夏商周三代之后的我国早期运河工程，《史记·河渠书》就曾历数。司马迁说："此渠皆可行舟，有余则用溉浸，百姓飨其利。"此中所言也包括吴越一带的运河在内。《越绝书》具体记载的有吴国境内太湖西边的胥溪，东边围绕太湖并入长江的常州、无锡、苏州间的水路，再向南横绝钱塘江而直入山阴（即今之绍兴）。山阴再向东则有"山阴故水道"直通曹娥江，这就是本丛书重点讨论的浙东运河的前身。越国有了古代浙东运河之利，就有了向北与吴国争锋以及与诸侯争霸的资本，于是演绎了"卧薪尝胆"和"十年生聚，十年教训"的历史剧目。交通的便利更促进了本地区文化的发展。

学习文化，理解其中丰富的内涵，对研究运河的历史发展大有裨益；同时，深入钻研运河工程和运河历史，也会对其文化内涵有更深度的解读，二者相得益彰，非只注重一方可比。"浙东运河文化研究丛书"十卷本的布陈涵盖了运河史、文化遗存、运河生态廊道、通江达海交通衔接与文化传播、名人行迹、历代文学与诗歌、名城与名镇、民俗与民风、传统产业继承与发扬等诸方面。丛书在以往研究基础上吸纳了最新的研究成果，通过近年来对史料的进一步挖掘和多视角的解读，以及对文化遗存的新发现，还原了浙东运河历史文化的诸多细节，将浙东运河与中国大运河的相关性、独特性及其在中国历史中的地位更为生动地呈现了出来，诠释了主流学界对文化的定义，即文化是"人类知识、信仰和行为的整体。在这一定义上，文化包括语言、思想、信仰、风俗习惯、禁忌、法规、制度、工具、技术、艺术品、礼仪、仪式及其他有关成分"（《不列颠百科全书》国际中文版）。由此也可见本丛书的内容丰富和意义深远。

丛书作者们通过努力完成了一项创新性的工作，促进了水利史尤其是运河史和运河文化研究的进一步成长。由此继之，也期待浙东运河与文化交叉研究的再深入，产出更多的优秀成果，让古老的浙东运河展现出时代的风采。

谨致祝贺。

周魁一

2024 年 1 月 26 日于白浮泉畔

前　言

　　浙东运河是世界文化遗产中国大运河的重要组成部分，西起钱塘江南岸、杭州市滨江区西兴街道，经杭州市萧山区和绍兴市，跨曹娥江，东至宁波市甬江入海口，主流全长约 200 千米。历史上，浙东运河曾是南宋王朝的重要生命线，南宋王朝仰仗它与江南运河等，转输诸路钱粮，支持着半壁江山。同时，浙东运河也是一条文化之河，历代众多文人墨客到此游历，留下了许多脍炙人口的诗词歌赋，特别是唐宋时期，许多著名的诗人如李白、杜甫、白居易以及欧阳修、苏轼等都曾为浙东运河咏诗赋词。由此，有学者提出了"浙东唐诗之路"的概念。

　　浙东运河开凿历史悠久，最早起源于春秋时期越国开挖的山阴故水道。山阴故水道贯通了山会平原的东西地区，与东、西两小江连接，又连通了南北向诸河，成为越国的交通命脉。东汉时期，会稽郡太守马臻在山阴故水道的基础上筑堤建坝，兴建了鉴湖。鉴湖水位抬高后，成为汉晋时期山会地区主要的水上交通线。晋惠帝时，为满足灌溉需要，由会稽内史贺循主持，修建了自钱塘江南岸永兴西陵至会稽郡的西兴运河。此后，这段运河与鉴湖沟通了钱塘江、钱清江、曹娥江以及会稽郡的河流，提高了这一地区的灌溉能力与航运效率。西兴运河、鉴湖与上虞以东运河以及姚江、甬江的自然水道一起，基本形成浙东运河横贯东西的格局。

唐宋时期，随着浙东平原经济的发展，浙东运河作为江南运河的延伸和补充，其作用和地位日渐重要。尤其是宋室南迁建都临安（今浙江杭州）后，宋代的政治经济形势发生了重大变化。宋金对立使得大运河淮河以北段与江南联系中断，钱塘江入海航道也由于泥沙壅塞被弃用，浙东运河成为唯一沟通首都与经济发达的绍兴府、明州及明州海港的水上交通要道，包括军队与军需品、皇室御用物资、帝后梓宫安葬、海外贸易货物、外国使节往来等的交通运输，都依赖这条运河进行。宋高宗赵构当年逃避金兵的追击，也是走这条运河，从临安经越州、明州入海的。浙东运河俨然成为南宋王朝的一条重要生命线。

元代以后，浙东运河重要性有所下降，但仍然保持畅通。直到近代，在新式交通方式的冲击下，运河作用才被逐渐取代。时至今日，浙东运河是我国仍在发挥通航作用且保存最完好的一段古河道。

历史上浙东运河虽然曾肩负着重大使命，但其自身的航运条件并不理想。它所穿越连接的钱塘江、钱清江、曹娥江、余姚江落差较大，又受潮汐影响，运河水位全赖沿途的闸、堰调节和维持，并且经常需要候潮通航，给航运带来许多不便。北宋末年，知明州军蔡肇记载从杭州经越州到明州的运河行程，谓"三江重复，百怪垂涎，七堰相望，万牛回首"，实际就是用文学语言来形象说明浙东运河通航不易的状况。所谓"三江重复"，即钱塘江、钱清江、曹娥江三条潮汐河流横截于运河上，把运河分隔成多段，最后统一汇入杭州湾。"百怪垂涎"即运河上游沿途山丘河流众多，蜿蜒而下，变化多端。"七堰相望"是指当时设立的七座堰坝，自西向东依次为西兴堰、钱清北堰、钱清南堰、都泗堰、曹娥堰、梁湖堰、通明堰，这些堰都位于人工运河与自然河流平交处。其中西兴堰与钱塘江平交；钱清南、北堰与西小江平交；都泗堰与鉴湖平交，建于宣和年间（1119—1125），是为了方便高丽使臣来往而设的；曹娥堰、梁湖堰与曹娥江平交；通明堰与姚江上游支流通明江平交，是浙东运河人工河道和自然河道的分界点。由于过堰时需等候涨潮，堰下每每舳舻云集。"万牛回首"即过堰时，小者挽纤，大者盘驳，主要依靠老牛负重，盘旋回首，艰难万状。《建炎以来系年要录》记载：南宋建炎三年（1129）宋高宗赵构仓皇奔逃时，一时间御舟无法过都泗堰，赵构焦急无奈，只好命令破舟而过。宋高宗两次航行，从临安（今杭州）过江至明州（今宁波）出海，对浙东运河的淤浅情况有着亲身体会。

为改变这一航运艰难的状况，历代对浙东运河开展了多次疏浚整治。特别是在南宋，对上虞段、鉴湖运河航道（山阴会稽段）和萧山段进行了大规模的整治。史籍记载，绍兴元年（1131）曾征发役工17000余名整治了会稽段自绍兴都泗堰至曹娥塔桥的河道。整治之后，浙东运河的通航状况明显改善。据《嘉泰会稽志》记载，其时在萧山县境内可通行二百石舟，山阴县境内可通行五百石舟，上虞县境内可通行二百石舟，过通明堰进入姚江后，又可通行五百石舟。浙东运河的航运条件和繁荣程度，达到历史极盛。南宋文人王十朋《会稽风俗赋》描述当时的浙东运河为"堰限江河，津通漕输，航瓯舶闽，浮鄞达吴，浪桨风帆，千艘万舻"，反映了浙东运河鼎盛时期的繁荣景象。

在两千余年的历史演变过程中，浙东运河留下了众多的文化遗产。2013 年 5 月，浙东运河被列为第七批全国重点文物保护单位。2014 年6 月，浙东运河作为中国大运河的重要组成部分，成功列入世界文化遗产名录。浙东运河入选的遗产点有 8 处：河道 3 段，分别为浙东运河萧山—绍兴段、浙东运河上虞—余姚段（虞余运河）、浙东运河宁波段；古桥 1 处，为八字桥；码头 1 处，为西兴过塘行码头；古纤道 1 处，为绍兴古纤道；管理设施 1 处，为宁波庆安会馆；历史文化街区 1 处，为八字桥历史文化街区。

浙东运河的辉煌历史曾一度被忽视，专题性文化建设需求紧迫。浙东运河拥有数量众多的文化遗产以及深厚的历史底蕴，历代文人墨客留下了众多的诗词歌赋。"诗以存史"，历代诗词本身也就是一部浙东运河发展史。有鉴于此，编撰一部融学术性、地域性、可读性于一身的《浙东运河历代诗歌总集》，有条件，有必要，而且也是中国大运河文化建设的重要内容。预期这样一部浙东运河诗歌汇编对中国大运河文化带建设与文化传播，尤其是提升浙东运河和浙东地区的社会形象有较高实际价值。

本书号称"历代诗歌总集"，有全面代表之愿望，希望读者品鉴。但愿对于系统了解、研究、保护、传承与发扬浙东运河全线诗词文化，讲好运河故事，起到应有作用。概括来说，本书有三点比较突出：

一是时代继承性。收集、整理、拣选历代诗歌，突出展示浙东地区在魏晋之风、唐诗之路、两宋辉煌、海上丝路、改革开放等各个重点时期的璀璨文化，在继承前人的基础上最大限度地扩充。

二是科学专业性。收录古今著名运河人物，特别是陆游、魏岘、康熙、乾隆以及姚汉源、陈桥驿、潘家铮等水利相关人物的诗词，突出江河流域和水利工程特色，简明注释诗歌中有关水利工程与运河文化的专有名词、科技术语，在传播大众文化的同时传播中国大运河文化和自古以来水利水运等方面的专业知识。

三是系统实用性。除按照时代和作者编制目录外，本书从着手策划阶段就创新性地设计了多个专题索引，进入编辑阶段后，根据诗歌主题和内容提取了运河文化索引关键词，最后以附录形式编制了诗词作者、行政区域、水系流域、水利工程、水事活动、运河名人、浙东名山、江河景观、运河文化等9个专题索引，连同目录在内，共有10条检索通道，便利读者按时代、按作者，以及按地域、工程、文化、人物等门类查阅，或据此线索开展延伸性研究。

本书收录自春秋以来497位作者的作品共994件，其中诗词899首，赋16篇，楹联79副。从诗歌的朝代分布来看，唐前62首，唐代142首，宋代267首，元代71首，明代136首，清代165首，近现代56首。从地域分布来看，绍兴居多，杭州和宁波次之，其中涉及大禹、西兴、鉴湖、姚江、钱塘江和运河潮汐的诗词又比较集中，这又从一个侧面反映了华夏先祖大禹在浙东运河流域的巨大影响，钱塘江海潮对浙东运河水系的深刻影响，以及运河节点工程的关键作用。读者还可通过查阅索引目录，从感兴趣的角度寻到更多的结论。

　　有关作品的内容编排，凡例有详细说明，此处不再赘述。

　　编者长期从事水利历史文化研究工作，但是对于诗词歌赋的收集和编选，这是第一次尝试。当中肯定存在疏漏和不足之处，敬请专家和读者批评指正！

张卫东　张伟兵

2023 年 11 月

凡　例

1. 朝代。上起先秦，中历魏晋南北朝、隋唐五代、宋、元、明、清，近现代，下迄 2022 年。朝代更迭时期，诗人划分首先参考社会习惯，其次参考诗人创作高峰所在朝代，以及诗人自己的归属感（如宋元之际）。

2. 作者。简介姓名字号、籍贯、治水贡献、诗词著作，与浙东运河相关的履历，以及能反推生卒年的社会关系。作者按时间顺序排列，矛盾时参考已出版诗集的顺序；仅知道某一年在世的，用"某年前后"表示。

3. 诗（词、赋、联等）题。题下或有序。楹联、对联标题可与朝代、作者合而为一。

4. 诗歌（词、赋、联）正文。尽量保留原注、原序，必要时新增水利、地名、术语注释和校勘注释。一律采用页下注，每页重新编号。

5. 出处。有多个版本的，以编者认为最适当的版本为准，其他版本必要时在页下注或导读中体现。出处只标注书名、卷次，其他版本信息从略。

6. 索引词。索引词包括：

（1）地名——诗词描写的市级、县级行政区，如：杭州滨江、杭州萧山；绍兴；绍兴诸暨、绍兴柯桥、绍兴越城、绍兴上虞、绍兴嵊州、绍兴新昌；宁波；宁波余姚、宁波慈溪、宁波江北、宁波海曙、宁波鄞州、宁波镇海、宁波北仑、宁波奉化；舟山；舟山定海；台州。同地异名或密切相关者列为一组，如西兴、西陵、固陵。

（2）山水名——诗词描写的流域水系，如浦阳江、西小江、夏履江、型塘溪、漓渚溪、兰亭溪、鉴湖（镜湖）、湘湖、浣溪、东湖、剡溪、若耶溪（若邪溪）、攒宫江、富盛溪、曹娥江（东小江）、余姚江、姚江、鄞江、奉化江、四十里河、菁江、广德湖、日湖、月湖、东钱湖等。钱塘江左岸沿江地带和舟山群岛以及浦阳江、曹娥江、奉化江等运河水系源头山区视为浙东运河流域文化范围。与以上各河流相应的会稽山、四明山、秦望山、府山以及越王台等也包括在内。

（3）人名——运河名人，如舜、禹、勾践、司马迁、马臻、王羲之、谢安、谢灵运、贺循、王元暐、张夏、曾公亮、成寻、杨时、宋高宗赵构、陆游、汪纲、戴琥、崔溥、汤绍恩、鲁迅、邵力子、胡步川、宋希尚、汪胡桢、董开章、何文隆、姚汉源、陈桥驿、潘家铮等。

（4）主题词（建筑名等）——诗词中最贴近运河主题的通用名词，包括具体的运河建筑、水工建筑、纪念建筑、运河设施、运输活动以及与运河相关的山水风光、流域物产等。一般为社会通用名词，尽可能具体，如西兴渡、梦笔驿、钱清堰、三江闸、八字桥、五夫堰、大西坝、它山堰、海塘、堤防、水闸、码头、禹陵·禹庙·禹穴、汤太守庙、曹娥庙、潮汐、乌篷船、行舟、水利等等。

7. 导读。希望引起读者特别注意的诗词配写导读，主要内容为对诗歌整体或局部的阐释、延伸阅读等。全书诗词800多首，半数有导读。

8. 附录。与诗歌紧密相关的资料。

9. 全书采用规范简化字。繁体字、异体字、异形词等依据新版《辞海》《现代汉语词典》提示处理，如"凭藉"简化为"凭借"。人名、地名等专名中的繁体字、生僻的异体字谨慎简化，凡有歧义的不改。同名异写，如"勾践""句践"，一律随底本字形。"扌"旁与"木"旁，"巾"旁与"忄"旁，"衤"旁与"礻"旁，以及"瓜、爪""己、已、巳""日、曰"等古籍常混用的偏旁与字，一般径据文意录定，影响文意的出注说明。避讳字径改。

10.校勘中，有选择地保留诗人自注、底本原注。

目 录 | C O N T E N T S

第一章 春秋至两汉

003 〔春秋〕无名氏

　　閟宫（节选）/ 003
　　长发（节选）/ 003

004 〔春秋〕越人

　　越人拥楫歌 / 004

005 〔春秋〕文种

　　越群臣祝 / 006

006 〔春秋〕勾践夫人

　　乌鸢之歌（越王夫人怨歌）/ 006

007 〔春秋〕无名氏

　　采葛妇歌（苦之诗）/ 007

008 〔春秋〕无名氏

　　卿云歌 / 008
　　涂山歌 / 009

第二章 三国两晋南北朝

013 〔晋〕郭璞

　　会稽山赞 / 013

014 〔晋〕王羲之

　　上巳日会兰亭曲水诗（并序）/ 014

015 〔晋〕谢安

　　上巳日会兰亭曲水诗（二首选一）/ 016

016 〔晋〕王肃之

　　上巳日会兰亭曲水诗 / 016

017 附录　古今图书集成版《兰亭集诗》

　　兰亭集诗（二首）/ 017
　　前题（二首）/ 017
　　前题（二首）/ 017
　　前题（二首）/ 018
　　前题（二首）/ 018
　　前题 / 018

前题 / 018

前题 / 019

前题 / 019

前题 / 019

前题 / 019

前题 / 019

前题（二首）/ 019

前题 / 020

前题（二首）/ 020

前题（二首）/ 020

前题（二首）/ 020

前题 / 021

前题（二首）/ 021

前题 / 021

前题 / 021

前题 / 021

前题 / 022

前题 / 022

前题（二首）/ 022

022 〔晋〕苏彦

西陵观涛 / 022

023 〔南朝宋〕谢灵运

於南山往北山经湖中瞻眺 / 023

富春渚 / 025

025 〔南朝宋〕谢惠连

泛南湖至石帆 / 026

西陵遇风献康乐诗（五章选
一）/ 026

028 〔南朝宋〕江淹

谢法曹赠别惠连 / 028

029 〔南朝宋〕萧昱

洗砚池 / 029

029 〔南朝齐、梁〕丘迟

旦发渔浦潭 / 030

030 〔南朝梁〕何逊

入东经诸暨县下浙江作 / 030

031 〔南朝梁〕刘缓

江南可采莲 / 031

032 〔南朝梁〕王籍

入若耶溪诗 / 032

033 〔南朝梁〕庾肩吾

乱后经夏禹庙诗 / 033

035 〔南朝梁〕卢思道

棹歌行 / 035

第
三
章
唐
五
代

039 〔唐〕辨才

设缸面酒款萧翼 / 039

040 〔唐〕王勃

题镜台峰仙人石 / 040

040 〔唐〕宋之问

登越王台 / 041

称心寺 / 041
早春泛镜湖 / 042
泛镜湖南溪 / 042
游禹穴回出若邪 / 043

043　〔唐〕贺知章

晓发 / 044
采莲曲 / 044
答朝士 / 045
咏柳 / 045
回乡偶书（二首）/ 046

046　〔唐〕贺朝

南山 / 047

047　〔唐〕李隆基

送贺知章归四明（并序）/ 047

048　〔唐〕孟浩然

与崔二十一游镜湖寄包贺二
公 / 048
渡浙江问舟中人 / 049
耶溪泛舟 / 049
舟中晚望 / 050
题云门寺寄越府包户曹徐起居 / 050

051　〔唐〕王昌龄

越女 / 051

051　〔唐〕綦毋潜

送贾恒明府兼寄温张二司户 / 051
春泛若耶溪 / 052

052　〔唐〕孙逖

晦日湖塘 / 053
春日留别 / 053

夜宿浙江 / 054
送越州裴参军充使入京 / 054
送周判官往台州 / 054
登越州城 / 054
立秋日题安昌寺北山亭 / 055
寻龙湍 / 056

056　〔唐〕陶翰

乘潮至渔浦作 / 056

057　〔唐〕王维

西施咏 / 057

057　〔唐〕薛据

西陵口观海 / 058
登秦望山 / 058

059　〔唐〕李白

夏歌 / 059
送王屋山人魏万还王屋
（节选）/ 060
送友人寻越中山水 / 061
重忆一首 / 062
别储邕之剡中 / 063
梦游天姥吟留别 / 063
横江词六首（之四）/ 064
越中览古 / 065
采莲曲 / 065
王右军 / 066
越女词（五首选二）/ 066

066　〔唐〕丘为

泛若耶溪 / 066

067　〔唐〕徐浩

谒禹庙 / 067

目 录 I C O N T E N T S

068 〔唐〕杜甫

　　解闷十二首（其二）/ 068
　　壮游（节选）/ 069

069 〔唐〕张继

　　会稽郡楼雪霁 / 070

070 〔唐〕皇甫冉

　　西陵寄灵一上人 / 070
　　赋得越山三韵 / 071
　　秋夜宿严维宅 / 071
　　小江怀灵一上人 / 071
　　奉和独孤中丞游法华寺 / 072

072 〔唐〕萧颖士

　　越江秋曙 / 072

072 〔唐〕朱放

　　经故贺宾客镜湖道士观 / 073
　　剡山夜月 / 073

073 〔唐〕司空曙

　　九日登高 / 074

074 〔唐〕皎然

　　若邪春兴 / 074

074 〔唐〕秦系

　　题镜湖野老所居 / 075
　　云门山 / 075
　　宿云门上方 / 076

076 〔唐〕陈允初等

　　大历年浙东联唱集·征镜湖
　　故事 / 077

077 〔唐〕独孤及

　　同徐侍郎五云溪新庭重阳宴
　　集作 / 078

078 〔唐〕刘长卿

　　上巳日越中与鲍侍郎泛舟
　　耶溪 / 079
　　游四窗 / 079
　　送崔处士先适越 / 080

080 〔唐〕郎士元

　　送李遂之越 / 080

081 〔唐〕顾况

　　剡纸歌 / 081

081 〔唐〕严维

　　奉和皇甫大夫祈雨，应时雨降 / 082
　　酬王侍御西陵渡见寄 / 083

083 〔唐〕陆羽

　　会稽东小江 / 083

084 〔唐〕崔词

　　题禹庙 / 084

085 〔唐〕孟郊

　　送淡公（十二首选一）/ 085
　　越中山水 / 086

086 〔唐〕陈羽

　　小江驿送陆侍御归湖上山 / 086

087 〔唐〕权德舆

　　送上虞丞 / 087

目 录 ｜ C O N T E N T S

087 〔唐〕孟简

　　题禹庙 / 088

088 〔唐〕张籍

　　酬朱庆馀 / 089
　　送越客 / 089

089 〔唐〕窦巩

　　南游感兴 / 089

090 〔唐〕周元范

　　奉和白舍人游镜湖夜归 / 090

090 〔唐〕刘禹锡

　　浪淘沙（节选）/ 091
　　酬浙东李侍郎越州春晚即事
　　长句 / 091

091 〔唐〕李绅

　　禹庙 / 092
　　东武亭 / 092
　　灵汜桥 / 093
　　渡西陵十六韵 / 094
　　欲到西陵寄王行周 / 094
　　望海亭 / 095
　　若耶溪 / 095
　　却渡西陵别越中父老 / 095

096 〔唐〕白居易

　　和微之春日投简阳明洞天五十
　　韵 / 096
　　答微之泊西陵驿见寄 / 098
　　酬微之夸镜湖 / 098
　　答微之夸越州州宅 / 098
　　宿樟亭驿 / 099

099 〔唐〕元稹

　　寄乐天 / 099
　　以州宅夸於乐天 / 100
　　再酬复言和夸州宅 / 100
　　酬郑从事四年九月宴望海亭次用
　　旧韵（节选）/ 100
　　春分投简阳明洞天作 / 101

103 〔唐〕施肩吾

　　钱塘渡口 / 103
　　兰渚泊 / 103
　　同诸隐者夜登四明山 / 104
　　越溪怀古 / 104

104 〔唐〕周匡物

　　应举题钱塘公馆 / 105

105 〔唐〕许浑

　　晓发鄞江北渡寄崔韩二先辈 / 106

106 〔唐〕章孝标

　　上浙东元相 / 106
　　思越州山水寄朱庆馀 / 107

107 〔唐〕张祜

　　酬余姚郑模明府见赠长句四韵 / 107
　　越州怀古 / 108

108 〔唐〕顾非熊

　　入云门五溪上作 / 108

108 〔唐〕朱庆馀

　　南湖 / 109
　　过耶溪 / 109

109 〔唐〕赵嘏

目 录 I C O N T E N T S

九日陪越州元相燕龟山寺 / 109
题曹娥庙 / 110

110 〔唐〕方干

镜中别业二首 / 111
题慈溪张丞壁 / 111
登龙瑞观北岩 / 112
路入剡中作 / 112

112 〔唐〕崔颢

舟行入剡 / 113
入若耶溪 / 113

113 〔唐〕僧元亮

它山歌诗 / 114
又诗 / 115

116 〔唐〕李频

镜湖夜泊有怀 / 116

117 〔唐〕张乔

越州赠别 / 117

118 〔唐〕皮日休

奉和鲁望四明山九题·石窗 / 118

茶瓯 / 118

118 〔唐〕胡曾

涂山 / 119

119 〔唐〕陆龟蒙

秘色越器 / 119

120 〔唐〕虚中

经贺监旧居 / 120

120 〔唐〕张蠙

龟山寺晚望 / 120

121 〔唐〕王贞白

泛镜湖 / 121

121 〔唐〕崔道融

镜湖雪霁贻方干 / 121

122 〔五代〕钱弘俶

登卧龙山偶成 / 122
再游应天寺圣母阁 / 122
题禹庙 / 123

第四章
宋代

127 〔宋〕王禹偁

送李中舍罢萧山赴阙 / 127

127 〔宋〕潘阆

泊禹祠 / 127

128 〔宋〕钱易

梦越州小江 / 128

129 〔宋〕王随

送余姚知县张太博 / 129

129 〔宋〕蒋堂

棹歌 / 129

130 〔宋〕夏竦

鉴湖晚望 / 130

131 〔宋〕齐唐

观潮 / 131

132 〔宋〕范仲淹

送谢景初廷评宰余姚 / 132
送窦公持鄞江尉 / 133
和运使舍人观潮二首 / 133
留题云门山雍熙院 / 134

134 〔宋〕郑戬

送余姚知县陈最寺丞 / 134

135 〔宋〕谢绛

送余姚知县陈最寺丞
（其一）/ 135

135 〔宋〕刁约

过渔浦作 / 135

136 〔宋〕宋祁

送余姚尉顾泃美先辈 / 136
胡寅赴明州慈溪尉 / 136

136 〔宋〕叶清臣

送余姚知县陈最寺丞 / 137
广惠禅院 / 137

137 〔宋〕梅尧臣

余姚陈寺丞 / 137
送马廷评之余姚 / 138

送谢寺丞知余姚 / 138

139 〔宋〕张伯玉

题禹庙 / 139
答王越州蓬莱阁诗 / 140

140 〔宋〕欧阳修

送余姚陈寺丞（最）/ 141

141 〔宋〕苏舜钦

大禹寺 / 141
越州云门寺 / 142

142 〔宋〕赵抃

次程给事游鉴湖 / 142
次韵程给事会稽怀古即事 / 143
鉴湖 / 145

145 〔宋〕程师孟

秦少游题郡中蓬莱阁，次其韵 / 146

146 〔宋〕陈舜俞

众乐亭 / 147
禹穴 / 147

148 〔宋〕杨蟠

忆越 / 148

149 〔宋〕谢景初

寻余姚上林湖山 / 149
余姚董役海堤有作 / 149

150 〔宋〕王安石

别鄞女 / 150
离鄞至菁江东望 / 151
天童山溪上 / 152

目　录　｜　C　O　N　T　E　N　T　S

忆鄞县东吴太白山水 / 152
泊姚江 / 153
泊姚江 / 153
吴刺史庙 / 153
登越州城楼 / 153
若耶溪归兴 / 154
登飞来峰 / 154
送萧山钱著作 / 154
收盐（节选） / 155
秃山（节选） / 155

156 〔宋〕郑獬
寄题明州太守钱君倚众乐亭 / 156

157 〔宋〕沈遘
鉴湖 / 157

157 〔宋〕王安国
送客至西陵 / 157

158 〔宋〕沈辽
送荣叔归萧山（节选） / 158
寄昭庆阇黎（节选） / 158

159 〔宋〕孔平仲
西兴 / 159

159 〔宋〕苏轼
瑞鹧鸪·观潮 / 159
催试官考较戏作 / 160
若耶溪 / 160

160 〔宋〕舒亶
和马粹老修广德湖诗 / 160
游承天望广德湖诗 / 162
题它山善政侯兼简鄞令 / 162

粹老使君前被召，约往它山，既不
果，以书见抵，谓可叹惜，并示
《广德湖新记》。因成诗一首 / 163
题鄞江 / 165

165 〔宋〕陆佃
鉴湖道中 / 165

165 〔宋〕黄裳
西兴山院 / 166

166 〔宋〕毕仲游
送寅亮宣义赴明州 / 166

167 〔宋〕秦观
谒禹庙 / 167
次韵公辟会蓬莱阁 / 168
游鉴湖 / 168

169 〔宋〕米芾
硾越竹学书作诗寄薛绍彭刘泾 / 169
萧堂书壁 / 170

170 〔宋〕杨时
新湖夜行 / 170

171 〔宋〕邵权
越州重修山阴县朱储斗门记
碑诗 / 171

172 〔宋〕陈渊
钱清待潮 / 172
钱清过堰 / 173

174 〔宋〕李光
寄题余姚徐宰新作严公堂 / 174

题百官步 / 175
再题百官步 / 175

175 〔宋〕刘一止

卢骏元宪使寄示会稽竞秀阁识舟亭
二诗，为各赋一首（其二）/ 176

176 〔宋〕曾几

法华山 / 176

176 〔宋〕赵鼎

自四明回越宿通明堰下 / 177

177 〔宋〕林季仲

钱塘别诸同年 / 177

177 〔宋〕王之道

送彦逢弟赴西兴盐场 / 177
和萧山临川亭壁间留题韵 / 178

178 〔宋〕曹粹中

周侯德政谣 / 178

179 〔宋〕潘良贵

三江亭 / 179

180 〔宋〕张炜

过西兴渡 / 180

180 〔宋〕释昙莹

姚江 / 181

181 〔宋〕冯轓

题慈溪庆安寺古松 / 181

182 〔宋〕赵子潚

宰余姚道咏上虞山水二首 / 182

183 〔宋〕王铚

诗送韩简伯学官於临浦呈劝其重修
西子祠 / 183

184 〔宋〕史浩

代新余姚高宰燕友致语口号 / 184

185 〔宋〕赵构

高宗皇帝御制词（九首）/ 185
题中和堂 / 186

187 〔宋〕王十朋

鉴湖行 / 188
马太守庙 / 189
夜泊萧山酒醒梦觉月色满船感而
有作 / 189
了溪 / 189
再和 / 191

192 〔宋〕徐恢

望西兴偶成 / 192

192 〔宋〕邓深

探禹穴 / 192

193 〔宋〕韩元吉

丁丑仲春，将渡浙江，从者请盘
沙，予畏而不许。既登舟，乘潮以
济中流，胶焉。捐十金，募数力，
竟至沙上，仅达西兴。狼狈殊甚。
从者笑之，感而赋诗 / 193

194 〔宋〕喻良能

望湖亭 / 194
夜发曹娥堰 / 194
点检朝陵内人顿递至西兴道中

纪事 / 195

195 〔宋〕陆游

游山西村 / 196

游鄞 / 196

吴娃曲（四首选一）/ 196

思故山 / 197

萧山 / 198

题接待院壁 / 198

夜漏欲尽，行度浮桥，至钱清驿

待舟 / 199

雨中泊舟萧山县驿 / 199

西兴泊舟 / 200

夜归 / 200

题跨湖桥下酒家 / 201

梦笔驿 / 201

舟中感怀三绝句呈太傅相公兼简岳

大用郎中（其三）/ 201

钱清夜渡 / 201

丙午五月，大雨五日不止，

镜湖渺然。想见湖未废时，

有感而赋 / 202

明州 / 203

泊上虞县 / 204

发丈亭（二首）/ 204

宿渔浦 / 204

新晴马上 / 205

泛舟自中堰入湖 / 206

镜湖 / 206

沈园（二首）/ 207

舟中作 / 207

甲申雨 / 207

三江 / 208

纵游归泊湖桥有作 / 209

复湖 / 209

晚步湖堤归偶作 / 210

长相思 / 211

乙丑夏秋之交，小舟早夜往来湖中，

戏赠绝句（十二首选二）/ 211

湖堤暮归 / 211

稽山行 / 212

十二月二日夜梦游沈氏园亭

（二首）/ 213

烟波即事 / 213

新秋往来湖山间 / 214

兰亭道上（四首选二）/ 215

兰亭 / 216

柯山道上作 / 216

记东村父老言 / 216

217 〔宋〕范成大

初赴明州 / 217

鹿鸣席上赠贡士 / 217

218 〔宋〕释宝昙

泊通明堰 / 218

送林泽之至五夫 / 218

219 〔宋〕朱熹

右军故宅 / 219

219 〔宋〕陈造

鉴湖道中 / 220

丈亭 / 220

车堰牛 / 221

222 〔宋、金〕任询

浙江亭观潮 / 222

223 〔宋〕薛季宣

乙亥岁东游会稽，谒禹陵，过马臻

祠下，询所谓鉴湖者，则已堙塞为

民田，因赋 / 223

224 〔宋〕王质

寄题陆务观渔隐 / 224

225 〔宋〕丘崈

夜行船（越中作）/ 225

226 〔宋〕滕岑

江上望西兴 / 226

226 〔宋〕楼钥

三日不得过都泗堰 / 226
月夜泛舟姚江 / 227
它山堰 / 227
携家再游姚江 / 229
过西兴 / 229
慈溪道中 / 229
送赵清臣宰姚江（其二）/ 229

230 〔宋〕吕祖谦

西兴道中 / 230

230 〔宋〕王炎

题童寿卿《潮出海门图》/ 230
鉴湖 / 231
西兴阻风 / 231

231 〔宋〕辛弃疾

汉宫春·会稽秋风亭观雨 / 232

232 〔宋〕王阮

曹娥庙一首 / 232

233 〔宋〕许及之

两渡西兴 / 233

233 〔宋〕来廷绍

祇园临终诗 / 233

234 〔宋〕刘过

过西兴 / 234

234 〔宋〕姜夔

越九歌之二王禹，吴调，
夹钟宫 / 235
徵招 / 235

236 〔宋〕郑克己

别蒋世修 / 236

236 〔宋〕韩淲

送仲至罢归 / 236

237 〔宋〕程珌

西江月·癸巳自寿 / 237

237 〔宋〕葛绍体

姚江舟中 / 237

238 〔宋〕史弥宁

题它山善政侯庙 / 238

238 〔宋〕无名氏

它山堰 / 239

239 〔宋〕薛叔振

它山堰 / 240

240 〔宋〕魏岘

它山堰次永嘉薛叔振韵 / 240
回沙闸成用可斋陈公韵 / 241

242 〔宋〕苏泂

余姚江上作先寄城中亲友 / 242
过余姚 / 242
复过二首（其一）/ 242
舟中（二首）/ 243
待潮通明诒友朋（节选）/ 243

244 〔宋〕**高翥**

夜过西兴 / 244
兰亭 / 244

244 〔宋〕**陈起**

三江斗门 / 245
西兴道间 / 245

245 〔宋〕**郑清之**

可斋陈大卿，政成之暇，搜讨河渠，为乡国长久虑，开万世利。非君侯其孰属？因效一得，以广盛心焉 / 246

247 〔宋〕**张侃**

五云门外湖田诗 / 247
读刘义门碑 / 247
自白马湖穿夏盖湖至后郭塘岸 / 248

249 〔宋〕**魏了翁**

八月七日被命上会稽，沿途所历，拙於省记，为韵语以记之。舟中马上，随得随书，不复叙次（二十首选五）/ 249

250 〔宋〕**诸葛兴**

大禹陵 / 250
马太守庙 / 251

252 〔宋〕**应熠**

它山堰 / 252

252 〔宋〕**应枢**

游它山 / 252

253 〔宋〕**郑霖**

夜宿剡源驿 / 253

254 〔宋〕**杜范**

再次前韵 / 254

254 〔宋〕**颜颐仲**

庆元府人日乡饮酒礼 / 255

255 〔宋〕**刘叔温**

丈亭馆 / 256

256 〔宋〕**魏洽**

它山堰和应熠韵 / 256

256 〔宋〕**魏澪**

谒善政祠 / 256

257 〔宋〕**戴炳**

夜过鉴湖 / 257

257 〔宋〕**李龏**

忆昔行 / 257

258 〔宋〕**周弼**

萧山县下遇雨二首（之一）/ 258

259 〔宋〕**释绍嵩**

雪中舟泊五夫 / 259

259 〔宋〕**吴潜**

苦雨吟十首呈同官诸丈
（己未五月二十七日）/ 260

261 〔宋〕孙因

越问·舟楫 / 261

261 〔宋〕王柏

次前韵寄郑悦斋 / 261

262 〔宋〕陈垲

出郊观稼 / 262

263 〔宋〕俞桂

江头 / 264

264 〔宋〕陈垌

它山堰 / 264

264 〔宋〕释文珦

越中三江斗门 / 264
姚江舟中 / 265

265 〔宋〕吴文英

齐天乐·与冯深居登禹陵 / 265

266 〔宋〕柴望

别故人 / 267
越山 / 267

267 〔宋〕陈著

溪头 / 268
西渡堰呈孙古岩朝奉 / 268
入京到西渡 / 269

269 〔宋〕陈允平

梅梁堰 / 269
曹娥庙 / 270

登招宝山 / 270
西兴 / 270
梁湖道上 / 270
过姚秋江钓矶 / 271

271 〔宋〕舒岳祥

将为鄞江之游先寄正仲
（三首之三）/ 271

272 〔宋〕王应麟

东钱湖 / 272
泽民庙 / 272

274 〔宋〕释行海

送客有感 / 274

275 〔宋〕董嗣杲

西兴道中二首 / 275

276 〔宋〕徐天祐

马太守庙 / 276
许询园 / 277

277 〔宋〕文天祥

赠镜湖相士 / 277

278 〔宋〕汪元量

越州歌二十首（其三）/ 278

278 〔宋〕林景熙

冬青花 / 278

279 〔宋〕林人隐

菁江 / 279

280 〔宋〕张惟中

镜湖 / 280

第五章　元代

283 〔元〕杨果

　　［越调］小桃红 / 283

283 〔元〕王恽

　　［越调］平湖乐 / 283

284 〔元〕王旭

　　晓发钱清渡 / 284

284 〔元〕姚燧

　　［双调］拨不断·四景·夏 / 284

285 〔元〕陈孚

　　过镜湖 / 285
　　越上早行 / 285

285 〔元〕张伯淳

　　禹庙 / 286
　　题赵子固水仙图 / 286

286 〔元〕戴表元

　　苕溪 / 287

287 〔元〕马臻

　　越中言怀 / 287

288 〔元〕陈深

　　送潘腥斋赴会稽讲席 / 288

288 〔元〕袁桷

　　越船行 / 288

289 〔元〕韩性

　　兰亭 / 289

289 〔元〕洪焱祖

　　越饥谣六首（其五） / 290

290 〔元〕刘诜

　　题李鹤田穆陵大事记后 / 290

291 〔元〕柳贯

　　过钱清，浦阳江由此入海 / 291

292 〔元〕张可久

　　寨儿令·鉴湖上寻梅 / 292
　　梧叶儿·山阴道中 / 293
　　寨儿令·忆鉴湖 / 293

293 〔元〕任昱

　　［双调］沉醉东风·会稽怀古 / 293

294 〔元〕萨都剌

　　越溪曲 / 294
　　夜过白马湖 / 294
　　航坞山 / 295
　　江声草堂 / 295

295 〔元〕王克敬

　　刘太守庙 / 296

296 〔元〕黄溍

　　送杨学正还余姚 / 296

目 录 | C O N T E N T S

297 〔元〕徐再思

[黄钟] 人月圆·兰亭 / 297

297 〔元〕吴师道

春雨晚潮图 / 297

298 〔元〕丁复

赠送择中记室东游 / 298

299 〔元〕李孝光

湖上作 / 299
鉴湖雨 / 299

300 〔元〕黄镇成

明州西渡 / 300

300 〔元〕张翥

述慈溪景 / 301
宴四明江中醉卧及醒舟已次车厩
站 / 301
西兴渡 / 302
题赵仲穆江圃归帆图 / 302
次韵题大雷山桃源汪氏桃隐
（其一）/ 302

303 〔元〕王冕

怀古 / 303
过渔浦 / 303
题赵千里夜潮图 / 304
过兰亭有感 / 305

305 〔元〕成廷珪

寄慈溪普天泽监县 / 305
送马易之回四明 / 306

306 〔元〕柯九思

俞希声置竹石于几案间，名曰小
山阴。山阴，吾之故乡，不能无
题 / 306

307 〔元〕吴景奎

自山中归镜湖别业 / 307

307 〔元〕郑元祐

送白主簿二首（其二）/ 307

308 〔元〕朱德润

西兴 / 308

308 〔元〕杨维桢

镜湖 / 308

309 〔元〕周伯琦

送应奉林希元赴上虞令二首
（其二）/ 309

309 〔元〕倪瓒

[黄钟] 人月圆 / 309

310 〔元〕于立

次韵鉴中八咏（其五）·鉴湖 / 310

310 〔元〕镏涣

湘湖 / 310

311 〔元〕余阙

兰亭 / 311

311 〔元〕高明

送朱子昭赴都 / 312

312 〔元〕金涓

舟次渔浦 / 312

313　〔元〕月鲁不花

泛鸣鹤湖次见心上人韵 / 313

314　〔元〕迺贤

宝林八咏为别峰同禅师赋 / 314

314　〔元〕戴良

海堤行 / 314
自定水回舟漏几溺 / 315

316　〔元〕贡悦

过鉴湖（节选）/ 316
越山清晓 / 316

316　〔元〕阿里沙

题前余姚州判官叶敬常海堤
遗卷 / 317

317　〔元〕丁鹤年

题余姚叶敬常州判海堤卷
（补先兄太守遗缺）/ 318
寄余姚宋无逸先生 / 318

319　〔元〕张招

萧山四咏 / 319

320　〔元〕汤式

〔南吕〕一枝花·桧轩 / 320

321　〔元〕钱惟善

渔浦春潮 / 321

第六章
明代

325　〔明〕刘基

拜曹娥庙 / 325
发绍兴至萧山 / 325
春兴七首（其二）/ 325
题湖山烟雨图（其二）/ 326
菩萨蛮·越城晚眺 / 326

326　〔明〕朱右

与竹深同舟过姚江，秋雨应候，凉
气袭人，陪饮守拙斋，醉还。明日
竹深以诗来，因次韵以答 / 326

327　〔明〕贝琼

梦游秦望山歌送客归越 / 327

327　〔明〕陶安

送戴生 / 327

328　〔明〕陶宗仪

哭赵廷采俨 / 328

328　〔明〕宋禧

叶贵中自天台还临濠寓所，正月晦
舟过余姚江上，与予别五载而会。
话旧之际悲喜交集，因赋律诗一
首。寄题其寓所曰竹居者，末意盖
有所祝也 / 328

329　〔明〕桂彦良

双峰 / 329

329 〔明〕郑真

题观泉图 / 330

330 〔明〕高启

夜发钱清江 / 330
吴越纪游十五首（其二）渡浙江宿
西兴民家 / 331
高启送任元礼归萧山诗 / 331

331 〔明〕乌斯道

海堤行 / 332

332 〔明〕凌云翰

姚江放舟图 / 332

333 〔明〕李本

题柴昆陵越山春晓图 / 333

333 〔明〕唐之淳

禹庙 / 334
镜湖 / 334

335 〔明〕王谊

鉴湖 / 335

336 〔明〕陈琏

登吴山望会稽 / 336

336 〔明〕杨荣

鉴湖一曲为史院判题 / 336

337 〔明〕张得中

两京水路歌·南京水路歌 / 337
两京水路歌·北京水路歌 / 338

340 〔明〕魏骥

筑堤谣 / 340
戊寅夏久旱得宋龟山杨公所创湘湖
以济 / 341
咏湘湖 / 342

342 〔明〕戴琥

湘湖 / 342

343 〔明〕张弼

谢余姚诸公 / 343

343 〔明〕杨守陈

小江湖诗（十首） / 343

346 〔明〕何舜宾

西陵待渡 / 346

346 〔明〕沈周

落花五十首（选二） / 346
越水图 / 347

347 〔明〕李东阳

冬青行 / 347

348 〔明〕谢迁

送屠公出姚江奉和途中即事
一首 / 348

348 〔明〕童瑞

宿渔浦村舍 / 349

349 〔明〕赵宽

减字木兰花 / 349

349 〔明〕邵宝

送朱工部请告归上虞 / 350
慈溪陈隐君七十 / 350

350　〔明〕谢承举

萧山 / 350

351　〔明〕李堂

甬江 / 351

351　〔明〕陆相

梅山 / 351

352　〔明〕湛若水

德惠祠 / 352

352　〔明〕王守仁

玉山斗门 / 352
狮子山 / 353
题秦望山用壁间韵 / 353
登香炉峰二首（其一）/ 354
宝林寺 / 354

354　〔明〕倪宗正

姚江竹枝词·后横潭 / 354
姚江竹枝词·汝仇湖 / 355

355　〔明〕谢丕

游新潮 / 355

355　〔明〕季本

三江应宿闸（八首）/ 356

357　〔明〕王野

千秋观 / 357

357　〔明〕张邦奇

游慈溪清道观 / 357

358　〔明〕孙承恩

大禹赞 / 358

358　〔明〕黄省曾

钱塘江西兴买舟至镜湖宿一首 / 358

359　〔明〕马明衡

禹庙 / 359

359　〔明〕汤绍恩

马太守庙 / 360
自题画像诗 / 360

361　〔明〕范钦

泛东湖 / 361

362　〔明〕萧敬德

德惠祠 / 362

362　〔明〕徐中行

送陈明府之任慈溪 / 362

363　〔明〕沈明臣

题李宾父萧皋别业 / 363

363　〔明〕徐渭

与客观潦于三江水门二首 / 364
八月十八日阿枳三江观潮夜归示
四首 / 365
镜湖竹枝词 / 366
登秦望山 / 366
丙辰八月十七日与肖甫侍师季长沙
公阅甃山战地遂登冈背观潮 / 366
耶溪 / 367

367　〔明〕刘穆

　　招宝山 / 367

368　〔明〕赵志皋

　　早发钱塘 / 368

368　〔明〕王世贞

　　西兴词 / 369
　　拟古七十首（其五十二）阴常侍铿
　　送别 / 369

369　〔明〕王稚登

　　会稽道中 / 369
　　夜过山阴（二首选一）/ 370

370　〔明〕章载道

　　之姚江西津夜泊 / 370

370　〔明〕胡应麟

　　送董大之会稽 / 371
　　再送汪山人兼寄余督学君房六绝句
　　（其六）/ 371

371　〔明〕董其昌

　　西兴秋渡 / 372

372　〔明〕李埈

　　山阴晚泊 / 372

372　〔明〕陶望龄

　　西兴茶亭 / 373
　　兰亭 / 373

373　〔明〕俞安期

　　谒禹陵 / 373

374　〔明〕赵完

　　羊石山 / 374

375　〔明〕来斯行

　　冠山泉 / 375

375　〔明〕袁宏道

　　山阴道 / 376
　　西施山 / 376
　　吼山观石壁 / 377

377　〔明〕刘宗周

　　再上云门仍次前韵得八首之一 / 377

377　〔明〕张岱

　　宎石歌 / 378
　　白洋看潮 / 378
　　蝶恋花·为祁世培作·镜湖帆影 / 379

379　〔明〕陈洪绶

　　渔浦 / 380

380　〔明〕来集之

　　西江塘纪事 / 380
　　西陵茶亭 / 381
　　百字令二首·乘潮晚渡 / 381
　　沁园春·题贾祺生江上新居北直人旧
　　令萧山（三）/ 382
　　七条沙（有序）/ 382

383　〔明〕陈子龙

　　同祁世培侍御泛镜湖 / 383
　　西陵初晴 / 384

384　〔明〕李雯

　　寓山（二首之二）/ 384

384 〔明〕丁师虞

　　上落埠 / 384
　　张家堰（有序）/ 385

385 〔明〕来文英

　　西陵新筑石堤 / 385

386 〔明〕任四邦

　　湘湖 / 386

386 〔明〕张以文

　　蕺山 / 387

387 〔明〕夏焕

　　镜湖（六言三首之一之三）/ 387

388 〔明〕傅俊

　　鉴湖 / 388

388 〔明〕虞伯龙

　　舟中 / 388

389 〔明〕来日升

　　游冠山寺 / 389

389 〔明〕来端人

　　冠山寺诗 / 389

第七章
清代

393 〔清〕顾炎武

　　禹陵 / 393

394 〔清〕陆铨

　　越行杂咏（其一）/ 394

394 〔清〕施闰章

　　三江闸 / 394

395 〔清〕单隆周

　　瓜沥塘 / 395
　　西陵渡 / 395

396 〔清〕毛奇龄

　　康熙二十九年越郡大水，蒙郡使君
　　李公尽力疏救，稍得安堵，赠之以

　　诗 / 396
　　长相思·泛舟西江即事 / 397
　　山行过美施闸（二首）/ 397
　　与朱山人饮 / 398
　　禹庙 / 398
　　南镇春游词（七言绝句三首）/ 398
　　重葺汤太守祠有感兼赠李使君 / 399

399 〔清〕刘文炤

　　稽山客怀 / 400

400 〔清〕朱彝尊

　　萧山道中 / 400
　　南镇 / 401
　　固陵怀古 / 401

401 〔清〕屈大均

子夜歌（其十三）/ 401

402 〔清〕王士禛

送徐武令（节选）/ 402

402 〔清〕万斯同

鄞西竹枝词（五十首选
十四首）/ 403

406 〔清〕张士培

同友人游它山 / 406

407 〔清〕毛万龄

西陵晓渡 / 407
过魏文靖公祠 / 407

408 〔清〕陈至言

登越王台望大江 / 408
江塘行 / 408

409 〔清〕查慎行

雪后从西兴晚渡钱塘江 / 409
山阴道中喜雨 / 410

410 〔清〕董允雯

月湖秋泛 / 410

411 〔清〕爱新觉罗·玄烨

御制谒大禹庙诗 / 411
山阴 / 412
禹陵颂 / 412
登卧龙山越望亭 / 413
钱塘江潮 / 413
驻跸杭州府 / 413

413 〔清〕张文瑞

麻溪 / 414
俞郡侯新筑海塘诗 / 414

415 〔清〕张远

西陵渡 / 415

415 〔清〕沈德潜

萧山舟夜同叶义山作 / 415

416 〔清〕胡国楷

闻家乡蛟水陡发 / 416

416 〔清〕厉鹗

萧山 / 417

417 〔清〕郑板桥

观潮行 / 417

418 〔清〕施濬

马侯祠 / 418
车陆疁堰 / 418
过杨兴桥 / 419
舟出义桥江口 / 419

420 〔清〕周长发

六陵怀古 / 420

420 〔清〕胡天游

窆石行 / 421
三江闸 / 421

421 〔清〕商盘

涂山谒大禹陵 / 422

423 〔清〕齐召南

山阴 / 423

423 〔清〕何经愉

禹穴吟 / 423

424 〔清〕全祖望

信宿姚江舟中偶作三哀诗 / 424

425 〔清〕爱新觉罗·弘历

渡钱塘江 / 425
萧山道中作 / 426
钱清镇 / 426
题柯亭 / 427
禹庙览古 / 427
舟泛山阴溪路 / 428
兰亭即事 / 428
自绍兴一日渡江至圣因寺行宫 / 428
舟行杂兴三十首（选二）/ 429

429 〔清〕袁枚

再过招宝山观海四首（其一）/ 430
禹陵大松歌 / 430

430 〔清〕陈芝图

三江 / 431

431 〔清〕陶元藻

题马太守祠 / 431
自西兴归 / 432

432 〔清〕茹敦和

笃斋汤公之裔来越祀其先人，
于其归也，诗以送之 / 433

433 〔清〕童钰

将有远行由耶溪至西兴 / 434

434 〔清〕蒋士铨

潘曦亭别驾招游三江观应宿闸，宴
饮竟日，入城已夜半矣 / 434
渡钱唐江入西兴溯会稽
（其一、二）/ 435
萧山道中 / 435
游柯山寓园（四首选一）/ 436

436 〔清〕王昶

叠水河瀑布 / 436

437 〔清〕王钰

三江观闸谒汤公祠 / 437

438 〔清〕吴寿昌

三江闸 / 438

439 〔清〕叶封唐

大水 / 439

440 〔清〕邵晋涵

姚江棹歌一百首（存七
十三首）/ 440

441 〔清〕沈炜

杨云浦郡守偕幼心司马游应宿闸，
索诗，依韵 / 441

442 〔清〕刘燃

三江观闸 / 442

443 〔清〕赵青

三江谒汤公祠 / 443

443 〔清〕黄景仁

邵二云自江上归余姚
（节选）/ 444

444 〔清〕宗圣垣

　　南塘望海 / 444

445 〔清〕刘大观

　　西兴驿 / 445

445 〔清〕徐梦熊

　　南塘观潮 / 445

446 〔清〕来翔燕

　　龙潭浚源并序 / 446

446 〔清〕阮元

　　登镇海县招宝山阅新造水师大舰
　　（辛酉）/ 447
　　上虞道中（庚申）/ 447
　　姚江舟中除夕（戊辰）/ 447

448 〔清〕来宗敏

　　晚渡钱江 / 448
　　田踌为潮冲啮入江者十八九矣，
　　距家止半里许。桑田沧海，惊感
　　赋此 / 448

448 〔清〕谢照

　　三江观闸歌 / 448
　　宁江伯汤公祠 / 449

450 〔清〕王衍梅

　　星宿闸 / 450

451 〔清〕谢聘

　　夏盖山怀大禹 / 451

451 〔清〕王煜伦

　　三江观闸 / 452

452 〔清〕陆费瑔

　　江船琵琶曲 / 452

453 〔清〕陈光绪

　　三江谒汤太守祠 / 453

454 〔清〕周元棠

　　译岣嵝碑有怀禹功 / 454
　　星闸锦涛 / 455
　　都泗书屋即事（竹枝体）
　　（四首选一）/ 455
　　箬蕢山前观瀑布 / 456
　　鉴湖归棹 / 456

456 〔清〕周师濂

　　鉴湖马太守祠 / 457

457 〔清〕陈滋

　　三江闸同周西堂作 / 457

458 〔清〕钱镕

　　自蒿坝舟溯剡溪纪事 / 458
　　剡溪歌 / 459

459 〔清〕姚燮

　　冒雨行自郡西至慈溪作
　　（节选）/ 459
　　游白湖（节选）/ 460

460 〔清〕周锡桐

　　三江应宿闸 / 460

461 〔清〕缪梓

　　西兴驿（其一）/ 461

462 〔清〕周铭鼎

炉柱晴烟 / 462

462 〔清〕周晋鑅

　　大禹庙 / 463
　　大禹陵 / 463
　　应宿闸 / 464

465 〔清〕陈锦

　　应宿闸 / 465

466 〔清〕陈和

　　辨莫龙诗 / 466

467 〔清〕胡云英

　　柯亭观竞渡 / 467

468 〔清〕王诒寿

　　大水叹，同治丙寅作 / 468

469 〔清〕李慈铭

　　雨中自木客山出何山桥过湖南岸
　　马太守祠作三首（其三）/ 469
　　青田湖竞渡词十六首（选一）/ 470
　　鉴湖柳枝词十二首（选一）/ 470

470 〔清〕方翔藻

　　舟发姚江至洪陈渡 / 471

471 〔清〕胡寿顾

　　三江闸 / 471

471 〔清〕鲍存晓

　　观三江闸，与诸同人和应丽生师
　　韵 / 472

472 〔清〕张桂臣

应宿闸 / 472

473 〔清〕戈鲲化

　　挽张竹坪运同 / 473

473 〔清〕薛宝元

　　拟《九歌》八首（选五）/ 474

475 〔清〕诸筠

　　开闸谣 / 475

476 〔清〕陈松龄

　　镜湖舟次 / 476

476 〔清〕沈镜煌

　　静安公张夏 / 477
　　汤太守 / 478

478 〔清〕来鸿晋

　　舟过横筑塘 / 479

479 〔清〕黄寿衮

　　八月十八日三江观潮 / 479

480 〔清〕陈范

　　渡江 / 481

481 〔清〕甘元圻

　　会稽上虞两县尹并士绅会勘
　　海塘 / 481

482 〔清〕丁梦松

　　舜水怀古 / 482

482 〔清〕范允镃

　　晓发钱塘 / 482

483 〔清〕来又山

　　西兴夜航船 / 483

483 〔清〕钱壮

　　写西兴小景 / 483

484 〔清〕金振豫

　　柯亭怀古（二首选一）/ 484

484 〔清〕周师诗

　　西郭夜归 / 484

第八章　近现代

487 〔近现代〕洪绶

　　过钱清江即事 / 487
　　登会稽山，拜禹王庙；上谒禹陵，
　　观窆亭、访菲泉；再游禹王寺、探
　　禹穴，转出陵坊；至山庭，读岣嵝
　　碑三十韵 / 487

488 〔近现代〕蔡元培

　　游绕门山石宕即事
　　（六首选一）/ 489

489 〔近现代〕来裕恂

　　江海塘 / 489
　　三江闸歌 / 490
　　股堰 / 491
　　张神颂（有序）/ 492

493 〔近现代〕鲁迅

　　赠人（二首选一）/ 493

493 〔近现代〕周作人

　　夜航船 / 493

494 〔近现代〕郭沫若

　　东湖 / 494

495 〔近现代〕胡步川

　　春游山阴道四首
　　（之一、之三）/ 495
　　兰亭路上作二首 / 495
　　东归杂诗九首有序（选七首）/ 496

497 〔近现代〕毛泽东

　　七绝（二首）·纪念鲁迅八十
　　寿辰 / 498

498 〔近现代〕郁达夫

　　夜泊西兴 / 498

498 〔近现代〕徐震堮

　　敌陷萧山，诸、绍告警 / 499

499 〔近现代〕吴寿彭

　　自绍兴至西兴前哨 / 499

499 〔近现代〕姚汉源

　　九十一岁自述忆旧游 / 500

500 〔近现代〕胡怀德

　　造地 / 500

501 〔近现代〕罗哲文

　　绍兴古桥之多全国罕有价值重大
　　与运河密切相关 / 501

绍兴运河文化园补壁 / 501

502 〔近现代〕张学理

西江月·萧山围垦区 / 502

502 〔近现代〕潘家铮

浙东古运河整治纪盛 / 502

503 〔近现代〕王峥

长河老街一瞥 / 503

503 〔近现代〕朱超范

萧绍运河赓吟咏 / 504

507 〔近现代〕冯建荣

清平乐·绍兴运河 / 507

508 〔近现代〕佚名

浙东古运河造船工人赞 / 508

509 **附录一　赋**

553 **附录二　楹联**

567 **索　引**

587 **主要参考文献**

589 **后　记**

春秋至两汉

【浙东运河历史背景简况】

  浙东运河的兴建始于春秋越国的"山阴故水道"。《越绝书》记载："山阴故水道，出东郭，从郡阳春亭，去县五十里"。这个时期的运道还是以整理天然河道为主，而且可能并不是以航运为主要目的。陈桥驿等就认为"山阴故水道"建设之初的首要目的是御潮蓄淡，后随着发展规模不断扩大，功能也逐渐完善，到勾践时成为东起练塘（今上虞东关街道西），经山阴城（今绍兴）阳春亭、东郭门，西至钱清，过西小江至固陵达钱塘江，横贯山会平原的东西水运干道，兼有防御海潮南侵的作用。

——《中国大运河遗产构成及价值评估》

〔春秋〕无名氏

閟宫（节选）

有稷有黍，有稻有秬。奄有下土，缵禹之绪。

——《诗经·鲁颂》

【索引词】绍兴；禹穴禹陵禹庙。

【导读】《诗》，又称《诗三百》，汉代后称《诗经》，是我国第一部诗歌总集。收西周初年至春秋中叶的民歌和朝庙乐章三百十一篇（内《小雅》有笙诗六篇，有目无诗，实为三百〇五篇），分风、雅、颂三体。汉代传诗者有齐、鲁、韩、毛四家，齐诗、鲁诗先后亡于魏和西晋，韩诗仅存外传，毛诗晚出，独传至今。今称《诗经》，皆指毛诗。

《閟宫》为《诗经·鲁颂》中的一篇，作者无考。此篇歌颂鲁僖公兴旺祖业、扩大疆土的功绩。全篇九章，所选乃第一章收结部分，歌颂周人始祖后稷之从事农业，继承大禹之事业，故有"缵禹之绪"之誉。这说明大禹在我国历史上的地位，也说明汉司马迁《史记·夏本纪》"禹为人敏给克勤，其德不违，其仁可亲，其言可信……与益予众庶稻鲜食"之所据。

长发（节选）

浚哲维商，长发其祥。洪水芒芒，禹敷下土方。

——《诗经·商颂》

【索引词】绍兴；禹穴禹陵禹庙。

【导读】《长发》为《诗经·商颂》中的一篇，叙述商族兴起，成汤伐桀的经过。全篇七章，所选为第一章之开篇，指出商乃夏国所受封之地，商朝是夏朝的继续，及禹治洪水的功绩。后续诗句为"外大国之疆，幅陨既长。有娀方将，帝立子生商"，讲得十分清楚。诚如汉司马迁《史记·殷本纪》所记："殷契，母曰简狄，有娀氏之女，为帝喾次妃……契长而佐禹治水有功，帝舜乃命契曰：‘百姓不亲，五品不训，汝为司徒，而敬敷五教，五教在宽。’封於商，赐姓子氏，契兴於唐、虞、大禹之际，功业著於百姓，百姓以平。"

〔春秋〕越人

作者简介：越人（生卒年不详），约公元前 528 年曾为鄂君子晳（？—前 529）驾舟。

越人拥楫歌

鄂君子晳之泛舟於新波之中也，乘青翰之舟，极满苊，张翠盖而检犀尾，班丽桂社。会钟鼓之音毕，榜枻越人拥楫而歌。歌辞曰：

滥兮抃草滥予昌枑泽予昌州州糁①州焉乎秦胥胥缦予乎昭澶秦逾渗惿随河湖。②

鄂君子晳曰："吾不知越歌，子试为我楚说之。"於是乃召越译，乃楚说之曰：

今夕何夕兮，搴中洲流；今日何日兮，得与王子同舟！蒙羞被好兮，不訾诟耻。心几顽而不绝兮，知得王子。山有木兮木有枝，心说君兮君不知！

於是鄂君子晳乃榻修袂，行而拥之，举绣被而覆之。

——刘向《说苑》卷十一《善说》

---

① 原作餤，同糁（shēn；sǎn）。
② 标点方案举例：
"滥兮抃草滥，予昌枑泽、予昌州。州糁州焉乎、秦胥胥，缦予乎，昭澶秦逾，渗惿随河湖。"
"滥兮抃草滥予？昌枑泽予？昌州州。糁州焉乎秦胥胥，缦予乎昭澶秦逾渗。惿随河湖。"
"滥兮抃草，滥予昌枑。泽予昌州。州糁州焉，乎秦胥胥，缦予乎昭。澶秦逾渗，惿随河湖。"

【索引词】杭州；绍兴；宁波；行舟。

【导读】《越人拥楫歌》也称《越人歌》，即公元前528年拿桨的越人为游湖的楚国王子鄂君子晳唱的歌，于战国时期的百越之地广为流传。三十二字歌词只是记录了越歌的声音，很可能是全世界最早的百越语成段记录，其语法、字义未必能深究；后面的"楚语"翻译应该是大致准确的。古今有无数专家试图解读原词，迄无定论；对译文内容则众说纷纭，褒贬不一。《上古音系》作者郑张尚芳教授译为："滥兮抃草滥（夜晚哎、欢乐相会的夜晚），予昌枑泽、予昌州（我好害羞，我善摇船），州糁州焉乎、秦胥胥（摇船渡越、摇船悠悠啊，高兴喜欢）！缦予乎、昭澶秦逾（鄙陋的我啊、王子殿下竟高兴结识），渗惿随河湖（隐藏心里在不断思恋哪）！"诗歌之外，值得一提的是，它在客观上说明古越人善于操舟，闻名天下，反映了古越之地水上交通高度发达；事发之地是越是楚并不明确，也可以认为，越人以渡船外出谋生者很多，已经远到今长江中游楚国腹地了。

〔春秋〕文种

作者简介：文种（？—前472），字子禽，春秋末期楚之郢（今湖北江陵附近）人，后定居越国。春秋末期著名谋略家，越王勾践的谋臣，和范蠡一起为勾践打败吴王夫差立下赫赫功劳。灭吴后，自恃功高，为勾践所不容，被赐死。

越王勾践五年，勾践偕夫人和范蠡"入臣於吴"。推测，群臣经西小江、渔浦、西城湖，舟止渐江（浙江）之滨，五月正值汛期，"临水祖道，军陈固陵"。据《吴越春秋·勾践入臣外传》记载，在送别仪式上，大夫文种前为祝——

越群臣祝

（大夫文种前为祝，其辞曰：）

皇天祐助，前沉后扬。祸为德根，忧为福堂。威人者灭，服从者昌。王虽牵致，其后无殃。君臣生离，感动上皇。众夫哀悲，莫不感伤。臣请荐脯，行酒三觞。

（越王仰天太息，举杯垂涕，默无所言。种复前，祝曰：）

大王德寿，无疆无极。乾坤受灵，神祇辅翼。我王厚之，祉祐在侧。德销百殃，利受其福。去彼吴庭，来归越国。觞酒既升，请称万岁。

——《吴越春秋》卷四

【索引词】杭州萧山；固陵；钱塘江；勾践；航船。

〔春秋〕勾践夫人

作者简介：勾践夫人（约前518—？），名雅鱼，越王后，越国战败后随越王勾践（约前520—前465）到吴国为奴。

越王勾践五年，勾践偕夫人和范蠡"入臣於吴"。离别时，群臣垂泣，莫大咸哀。在江上，勾践夫人据舷泪流，顾乌鹊啄江渚之虾，飞去复来，意甚闲适，因哭而歌——

乌鸢之歌（越王夫人怨歌）

仰飞鸟兮乌鸢，凌玄虚兮翩翩。集洲渚兮优恣，啄虾矫翮兮云间。任厥性兮往还。妾无罪兮负地，有何辜兮谴天？帆帆独兮西往，孰知返兮何年？心惙惙①兮若割，泪泫泫②兮双悬。

---

① 惙，读作 chuò。
② 泫，读作 xuàn。

（又哀吟曰：）

彼飞鸟兮鸢乌，已回翔兮翕苏。心在专兮素虾，何居食兮江湖。徊复翔兮游飏，去复返兮於乎。始事君兮去家，终我命兮君都。终来遇兮何辜①，离我国兮去吴。妻衣褐兮为婢，夫去冕兮为奴。岁遥遥兮难极，冤悲痛兮心恻。肠千结兮服膺，於乎哀兮忘食。愿我身兮如鸟，身翱翔兮矫翼。去我国兮心摇，情愤惋兮谁识。

——陈厚耀《春秋战国异辞》卷五十二

【索引词】勾践；杭州萧山；固陵；钱塘江；航船。

〔春秋〕无名氏

采葛妇歌（苦之诗）②

葛不连蔓叶台台③，我君心苦命更之。尝胆不苦甘如饴④，令我采葛以作丝⑤。女工织兮不敢迟，弱於罗兮轻霏霏。号绤素兮将献之，越王悦兮忘罪除。吴王欢兮飞尺书，增封益地赐羽奇。机杖茵褥⑥诸侯仪，群臣拜舞天颜舒。我王何忧能不移！

——《吴越春秋》卷五

【索引词】绍兴；勾践。

【导读】《越绝书》卷四已有大夫计然对勾践"劝农桑"等记载，足见其时已有蚕桑养殖和丝织品的存在，并且地位重要，"劝农桑"，发展农业为兴国措施之一。《吴越春秋·勾践阴谋外传》有"得苎萝山鬻薪之女，曰

---

① 辜，一作"幸"，《吴越春秋》注"幸当作辜"。
② 采葛之妇伤越王用心之苦，乃作《苦之诗》。（《事类赋》引《吴越春秋》曰：乃作《若何之歌》。《会稽赋》注亦引此书曰：乃作《何苦之诗》。）
③ 台台，音贻贻。
④ 《事类赋》及越《旧经》所引皆作"味若饴"。
⑤ 《文选注》引《采葛妇诗》有"饥不遑食四体疲"一句，此书无之，阙文也。
⑥ 《古乐苑》卷首作"蓐"。

西施、郑旦。饰以罗縠，教以容步，习於土城，临於都巷。三年学服而献於吴"的记载，其中"罗"是有纹之绸，"縠"是有皱纹的纱。可见当时王公贵族已开始着丝绸之服。《吴越春秋·勾践归国外传》记载的《采葛妇歌》，更反映了当时越地纺织制品之流行和织制水平之高。

历代流传的版本少一句，根据《文选注》所记，原诗应有"饥不遑食四体疲"一句。据此重组此诗后全诗极为畅达：

葛不连蔓叶台台，我君心苦命更之。尝胆不苦甘如饴，令我采葛以作丝。女工织兮不敢迟，弱於罗兮轻霏霏。饥不遑食四体疲，号绨素兮将献之。越王悦兮忘罪除，吴王欢兮飞尺书。增封益地赐羽奇，机杖茵褥诸侯仪。群臣拜舞天颜舒，我王何忧能不移！

〔春秋〕无名氏

卿云歌

《乐府集》载《尚书大传》云：舜将禅禹，於是俊乂百工，相和而歌《卿云》。帝唱之，八伯咸进，稽首而和。帝乃再歌。

卿云烂兮，纠缦缦兮。日月光华，旦复旦兮。

八伯歌：

明明上天，烂然星辰。日月光华，宏予一人。

帝乃载歌：

日月有常，星辰有行。四时顺经，万姓允诚。於予论乐，配天之灵。迁于贤善，莫不咸听。鼟乎鼓之，轩乎舞之。菁华已竭，褰裳去之。

——《古诗镜》卷三十

【索引词】绍兴；禹穴禹陵禹庙；舜。

【导读】《卿云歌》相传是舜禅位于禹时，同群臣互贺的唱和之作。全诗三章，君臣互唱，情绪热烈，气象高浑。第一章是舜帝对"卿云"的赞美。在古人看来，卿云是祥瑞之征，预示着又一位圣贤将顺天承运受禅即位。"日月光华，旦复旦兮"，更明显寓有明明相代的禅代之旨。圣人（大禹）的光辉如同日月，他受禅即位，大地仍会像过去一样阳光普照、万里光明。第二章是八伯（群臣百官）的和歌。赞美上天把执掌万民的大任，再次赋予一位至圣贤人。这里对"明明上天"的赞美，也是对尧舜美德的歌颂。第三章舜帝的续歌，则表达了一位圣贤的崇高境界。十二句可分三层。前四句说明人间的让贤同宇宙运行一样，是一种必然的规律。中四句叙述"迁于贤善"的举动，既顺天意也合民心。最后四句表现了虞舜功成身退的无私胸怀。

"旦复旦"，寓禅代之意。辛亥革命后首章四句曾两度被编入《中华民国国歌》。复旦大学的校名也是取自"日月光华，旦复旦兮"。

涂山歌

（《吴越春秋》曰：禹年三十未娶。行涂山，恐时之暮，失其制度，乃辞云：吾娶也，必有应矣。乃有白狐九尾造於禹。禹曰：白者，吾之服也。九尾者，王之证也。於是涂山之人歌之。禹因娶涂山，谓之女娇。）

绥绥白狐，九尾庞庞。我家嘉夷，来宾为王。成子室家，我都攸昌。天人之际，於兹则行。明矣哉。

——《古诗镜》卷三十

【索引词】 绍兴；会稽山；西涂山；大禹。

【导读】 国内有许多涂山，都有大禹娶妻相关传说。绍兴有两座涂山。第一座是会稽山，原名茅山、苗山，又称涂山，有大禹陵。第二座是柯桥区安昌街道西扆山，古称涂山、西涂山、旗山，山丘蜿蜒千米。据说古时处滨海滩涂，故称涂山。今山下有大禹文化广场。

第二章 三国两晋南北朝

【浙东运河历史背景简况】

东汉永和五年（140），会稽太守马臻主持在浦阳江与曹娥江之间东西修建大堤一百二十七里，拦蓄会稽山三十六条大小江河兴利，形成东至曹娥江、西至钱清镇（西小江）、南至会稽山麓的鉴湖。公元300年前后，西晋会稽内史贺循主持，在原有运河水道的基础上修整、疏浚、连接贯通，形成西起西陵（今滨江区西兴街道）、西南经绍兴城东折抵曹娥江、全长二百余里的运河，后被称作"西兴运河"。

到南北朝时期，以堰埭的大量应用和船只越埭技术的成熟为标志，浙东运河河道特征已基本形成。据研究，南齐时（479—502）浙东运河上自西向东有三堰：萧山县西二十里的西陵埭（即西兴堰）、曹娥江西的浦阳北津埭（曹娥堰）、江东的浦阳南津埭（梁湖堰）。梁天监年间（502—519）绍兴城东的运河上已经出现了另一堰——都赐埭（都泗堰）。

——《中国大运河遗产构成及价值评估》

〔晋〕郭璞

作者简介：郭璞（276—324），字景纯，河东闻喜（今属山西）人。西晋末，避居东南。晋元帝即位，为著作佐郎，迁尚书郎。丁母忧去职，起为王敦记室参军，因谏阻王敦叛乱，为王敦所杀，追赠弘农太守。著《郭弘农集》。曾为《水经》《山海经》作注。

会稽山赞

禹徂会稽，爰朝群臣。不虔是讨，乃戮长人①。玉匮表夏，玄石勒秦。

——《嘉泰会稽志》卷二十

【索引词】绍兴；会稽山；禹穴禹陵禹庙；防风氏；秦望山。

【导读】中国古代有九大名山之说。《周礼·夏官·职方氏》、战国末吕不韦集门人编《吕氏春秋·有始览》、汉刘向《淮南子·地形训》均将会稽山列于九大名山之首，此绝非偶然现象。《史记·礼书第一》又有"禹封泰山，禅会稽"之说，说明大禹与会稽山之密切关系。这篇赞语颂扬禹到会稽山"朝群臣""戮长人"之历史传说，指出禹治水有赖于宛委山金简玉字书的神话，并以秦始皇登秦望山"立石刻颂秦德"之私来反衬大禹治水之一心为公，处处充满作者对禹的崇敬之情。"玉匮表夏"云云，是对禹治水传说的高度概括。车越乔、陈桥驿《绍兴历史地理》有载："到距今7000—6000年前，这次海进达到最高峰，宁绍平原成为一片海洋。……也像世界上其他遭遇第四纪海进的地区一样，产生了表达他们希望的神话——禹治水的神话。所以顾颉刚说'禹是南方民族神话中的人物'，'这个神话的中心点在越（会稽）'。"

---

① 长人，指防风氏。

〔晋〕王羲之

作者简介：王羲之（303—361，一说321—379），字逸少，琅琊临沂（今山东临沂）人。出身贵族，历任江州刺史、会稽太守，官至右军将军，人称"王右军"。定居会稽山阴，好服食养性，常与诸名士游宴。升平五年（361）去世，安葬于嵊州市金庭瀑布山。其书为后代学书者所崇尚，尊为"书圣"。有《王羲之集》。

上巳日会兰亭曲水诗（并序）

永和九年，岁在癸丑，暮春之初，会於会稽山阴之兰亭，修禊事也。群贤毕至，少长咸集。此地有崇山峻岭，茂林修竹，又有清流激湍，映带左右，引以为流觞曲水，列坐其次。虽无丝竹管弦之盛，一觞一咏，亦足以畅叙幽情。

是日也，天朗气清，惠风和畅，仰观宇宙之大，俯察品类之盛，所以游目骋怀，极视听之娱，信可乐也。

夫人之相与，俯仰一世，或取诸怀抱，晤言一室之内；或因寄所托，放浪形骸之外。虽趣舍万殊，静躁不同，当其欣於所遇，暂得於己，快然自足，曾不知老之将至。及其所之既倦，情随事迁，感慨系之矣！向之所欣，俯仰之间，以为陈迹，犹不能不以之兴怀。况修短随化，终期於尽。古人云："死生亦大矣。"岂不痛哉！

每览昔人兴感之由，若合一契，未尝不临文嗟悼，不能喻之於怀。固知一死生为虚诞，齐彭殇为妄作，后之视今，亦由今之视昔，悲夫！故列叙时人，录其所述，虽世殊事异，所以兴怀，其致一也。后之览者，亦将有感於斯文。

四言

代谢鳞次，忽焉以周。欣此暮春，和气载柔。咏彼舞雩，异世同流。乃携齐契，散怀一邱。

五言

仰眺碧天际，俯瞰绿水滨。寥朗无涯观，寓目理自陈。大矣造化功，万殊靡不均。群籁虽参差，适我无非亲。[①]

——《兰亭考》卷一

【索引词】绍兴柯桥；兰亭江；曲水流觞；王羲之。

【导读】永和九年（353）三月初三，会稽太守王羲之组织兰亭修禊，参加的"群贤"共42位，既饮酒作乐，又赋诗抒情，统一命题，比拼才艺。据宋人桑世昌《兰亭考》，当时王羲之、谢安、谢万、孙绰、孙统、王彬之、王凝之、王肃之、王徽之、徐丰之、袁峤之等11人分别作四言诗、五言诗各一首；王丰之、王元之、王蕴之、王涣之、郗昙、华茂、庾友、虞说、魏滂、谢绎、庾蕴、孙嗣、曹茂之、华茂、桓伟等15人，或四言或五言，各作一首；王献之、谢瑰、卞迪、卓旄、羊模、孔炽、刘密、虞谷、劳夷、后绵、华耆、谢藤、任凝、吕系、吕本、曹礼等16人，"诗不成，罚酒三巨觥"。王羲之即兴创作并手书《兰亭集序》，即"天下第一行书"。兰亭曲水流觞成为千古佳话，"清流激湍，映带左右，引以为流觞曲水"的兰亭江，从此也名扬天下。

王羲之《兰亭诗》语言简洁明快，构思巧妙，情由景生，读来清新适意。其他诗人也佳作迭出，辞藻清丽，意境隽永。二十六位诗人所作三十七首诗参见附录。

〔晋〕谢安

作者简介：谢安（320—385），字安石。陈郡阳夏（今河南太康）人。

---

① 原注："御府本及陆柬之本（亲）作邻，又作新。篇首又多二句。"《兰亭考》卷十所录五言诗为："三春启群品（一作迹），寄畅在所因。仰眺碧天际，俯磐绿水滨。寥朗（一作阒）无厓观，寓目理自陈。大矣造化功，万殊莫不均。群籁虽参差，适我无非邻。"《嘉泰会稽志》《书画汇考》《书画跋跋》又有差异。

东晋时期政治家、名士，多才多艺，有宰相气度。隐居会稽郡山阴县之东山，与王羲之、许询等游山玩水。后东山再起，淝水之战功名大振。

上巳日会兰亭曲水诗（二首选一）

相与欣嘉节，率尔同褰裳。薄云罗物景，微风翼轻航。醇醪陶丹府，兀若游羲唐。万殊混一象，安复觉彭殇。

——《嘉泰会稽志》卷二十

【索引词】绍兴柯桥；兰亭；曲水流觞；江河风光。

〔晋〕王肃之

作者简介：王肃之，字幼恭，王羲之第四子。生卒年不详，其兄生于335年，其弟生于338年。琅琊临沂人。历任中书郎、骠骑咨议。

上巳日会兰亭曲水诗

嘉会欣时游，豁朗①畅心神。吟咏曲水濑，绿②波转素鳞。

——《兰亭考》卷一

【索引词】绍兴柯桥；兰亭；曲水流觞。

【导读】王肃之，字幼恭，王羲之第四子。约17岁时参加王羲之主持的兰亭聚会，并作诗二首，此五言诗为第二首。

---

① 《会稽掇英总集》卷三、《嘉泰会稽志》卷二十均作"尔"。
② 《会稽掇英总集》卷三作"渌"，《嘉泰会稽志》卷二十作"泳"。

附录 古今图书集成版《兰亭集诗》

兰亭集诗（二首）①

〔晋〕王羲之

代谢鳞次，忽焉以周。欣此暮春，和气载柔。咏彼舞雩，异世同流。乃携齐契，散怀一丘。

仰视碧天际，俯瞰渌水滨。寥阒无涯观，寓目理自陈。大矣造化工，万殊莫不均。群籁虽参差，适我无非亲。

前题（二首）

〔晋〕谢安

伊昔先子，有怀春游。契兹言执，寄傲林丘。森森连领，茫茫原畴。迥霄垂雾，凝泉散流。

相与欣佳节，率尔同褰裳。薄云罗景物，微风翼轻航。醇醪陶丹府，兀若游羲唐。万殊混一理，安复觉彭殇。

前题（二首）

〔晋〕谢万

肆眺崇阿，寓目高林。青萝翳岫，修竹冠岑。谷流清响，条鼓鸣音。元崿吐润，霏雾成阴。

司冥卷阴旗，句芒舒阳旌。灵液被九区，光风扇鲜荣。碧林辉翠萼，红葩擢新茎。翔禽抚翰游，腾鳞跃清泠。

---

① 与本书第14、15页《兰亭考》版有异文，录此供读者参看。

前题（二首）

〔晋〕孙统

茫茫大造，万化齐轨。罔悟元同，竞异标旨。平勃运谋，黄绮隐几。凡我仰希，期山期水。

地主观山水，仰寻幽人踪。回沼激中逵，疏竹间修桐。因流转轻觞，泠风飘落松。时禽吟长涧，万籁吹连峰。

前题（二首）

〔晋〕孙绰

春咏登台，亦有临流。怀彼伐木，宿此良俦。修竹荫沼，旋濑萦丘。穿池激湍，连滥觞舟。

流风拂枉渚，停云荫九皋。莺语吟修竹，游鳞戏澜涛。携笔落云藻，微言剖纤毫。时珍岂不甘，忘味在闻韶。

前题

〔晋〕孙嗣

望岩怀逸许，临流想奇庄。谁云真风绝，千载挹余芳。

前题

〔晋〕郗昙

温风起东谷，和气振柔条。端坐兴远想，薄言游近郊。

前题

〔晋〕庾友

驰心域表，寥寥远迈。理感则一，冥然斯会。

前题

〔晋〕庾蕴

仰想虚舟说，俯叹世上宾。朝荣虽云乐，夕毙理自因。

前题

〔晋〕曹茂之

时来谁不怀，寄散山林间。尚想方外宾，迢迢有余闲。

前题

〔晋〕华茂

林荣其郁，浪激其隈。泛泛轻觞，载欣载怀。

前题

〔晋〕桓伟

主人虽无怀，应物贵有尚。宣尼遨沂津，萧然心神王。数子各言志，曾生发清唱。今我欣斯游，愠情亦暂畅。

前题（二首）

〔晋〕袁峤之

人亦有言，得志则欢。佳宾即臻，相与游盘。微音迭咏，馥焉若兰。苟齐一致，遐想揭竿。

四眺华林茂，俯仰晴川涣。激水流芳醪，豁尔累心散。遐想逸民轨，遗音良可玩。古人咏舞雩，今也同斯叹。

前题

〔晋〕王元之

松竹挺岩崖，幽涧激清流。消散肆情志，酣畅豁滞忧。

前题（二首）

〔晋〕王凝之

庄浪濠津，巢步颍湄。冥心真寄，千载同归。
烟煴柔风扇，熙怡和气淳。驾言兴时游，逍遥映通津。

前题（二首）

〔晋〕王肃之

在昔暇日，味存林岭。今我斯游，神怡心静。
嘉会欣时游，豁尔畅心神。吟咏曲水濑，渌波转素鳞。

前题（二首）

〔晋〕王徽之

散怀山水，萧然忘羁。秀薄粲颖，疏松笼崖。游羽扇霄，鳞跃清池。归目寄欢，心冥二奇。
先师有冥藏，安用羁世罗。未若保冲真，齐契箕山阿。

前题

〔晋〕王涣之

去来悠悠子，披褐良足钦。超迹修独往，真契齐古今。

前题（二首）

〔晋〕王彬之

丹崖竦立，葩藻映林。渌水扬波，载浮载沈。

鲜葩映林薄，游鳞戏清渠。临川欣投钓，得意岂在鱼。

前题

〔晋〕王蕴之

散豁情志畅，尘缨忽已捐。仰咏挹余芳，怡情味重渊。

前题

〔晋〕王丰之

肆盼岩岫，临泉濯趾。感兴鱼鸟，安居幽跱。

前题

〔晋〕魏滂

三春陶和气，万物齐一欢。明后欣时丰，驾言映清澜。亹亹德音畅，萧萧遗世难。望岩愧脱屣，临川谢揭竿。

前题

〔晋〕虞说

神散宇宙内，形浪濠梁津。寄畅须臾欢，尚想味古人。

前题

〔晋〕谢绎

纵畅任所适，回波萦游鳞。千载同一朝，沐浴陶清尘。

前题（二首）

〔晋〕徐丰之

俯挥素波，仰掇芳兰。尚想嘉客，希风永叹。

清响拟丝竹，班荆对绮疏。零觞飞曲津，欢然朱颜舒。

———《古今图书集成》卷三十八

【索引词】绍兴；兰亭；王羲之。

〔晋〕苏彦

作者简介：苏彦（生卒年不详），晋孝武帝（372—396 年在位）时人。官北中郎参军。著《苏彦集》十卷、《苏子》七卷，均佚。现存文十一篇，并《苏子》佚文十二条，见《全上古三代秦汉三国六朝文》。存诗三首，见《先秦汉魏晋南北朝诗》。

西陵观涛

洪涛奔逸势，骇浪驾丘山。訇隐振宇宙，漰磕津云连。

———《艺文类聚》卷九水部下

【导读】浙江下游之钱塘江入杭州湾，湾呈喇叭形，海潮进出受喇叭口约束而形成涌潮。涌潮来时，波涛汹涌，潮头壁立，如万马奔腾，以每年农历八月十八最为壮观。晋代钱塘江从南大门入海，西陵紧靠江岸，是理想的观潮场所，故历来观潮者不绝。自先秦以来，西陵是越国和会稽郡重要的航运出入口，晋怀帝永嘉年间（307—313）会稽内史贺循疏凿西兴运河，便西起西陵。《（万历）绍兴府志》载："运河自西兴抵曹娥二百余里，历三县（按：指萧山、山阴、会稽）。"这首五言古诗写西陵观潮所见，气势磅礴，骇目惊心，足见西陵在会稽水利史上之重要地位。若会稽人没有早在钱塘江南岸修筑堤坝，如此壮观，无法想象。

〔南朝宋〕谢灵运

作者简介：谢灵运（385—433），晋宋间诗人。原籍陈郡阳夏（今河南太康），生于会稽始宁（今浙江上虞）。东晋名将谢玄之孙，袭爵封康乐公。出身名门，兼负才华，仕途坎坷，屡次称病回乡，放浪山水，探奇览胜。诗歌大部分描绘了他所到之处的山水景物。他是山水诗派的创始人，著有《谢康乐集》。

於南山往北山经湖中瞻眺

朝旦发阳崖，景落憩阴峰。舍舟眺迥渚，停策倚茂松。侧径既窈窕，环洲亦玲珑。俯视乔木杪，仰聆大壑淙[①]。石横水分流，林密蹊绝踪。解作竟何感，升长皆丰容。初篁苞绿箨，新蒲含紫茸。海鸥戏春岸，天鸡弄和风。抚化心无厌，览物眷弥重。不惜去人远，但恨莫与同。孤游非情叹，赏废理谁通？

——《文选》卷二十四

---

① 《文选》卷二十二作"灂"。

【**索引词**】绍兴；江河水利；若耶溪；鉴湖；回涌湖。

【**导读**】这首诗当作于谢灵运在家乡隐居时期。谢灵运有南北两居，中间有"大小巫湖"，"水通陆阻"（《文选》）。谢灵运此诗，即从南山返回北山时所见所感。湖，有多种解释，当为古回涌湖（一作"回踵湖"），在若耶溪出山口。

此前谢灵运曾向会稽太守孟顗提出决回涌湖为田的要求，孟顗坚执不从。《宋书·谢灵运传》有载："会稽东郭有回踵湖，灵运求决以为田。太祖令州郡履行。此湖去郭近，水物所出，百姓惜之，顗坚执不与。灵运既不得回踵，又求始宁岯嵊湖为田，顗又固执。灵运谓顗非存利民，正虑决湖多害生命，言论毁伤之，与顗遂构仇隙。因灵运横恣，百姓惊扰，乃表其异志，发兵自防，露板上言。灵运驰出京都，诣阙上表。"为回涌湖问题，激出一桩公案。

诗前四句叙述诗人由云门山往石帆山经过回涌湖瞻眺之事实，中十二句描写回涌湖及其四围之优美景色，后六句表达自己不能实现决湖为田的不满情绪。此诗之可贵在于：其一，为后人证明了回涌湖确实存在之事实，回涌湖被废前之自然环境，亦得以保存；其二，诗中"抚化心无厌，览物眷弥重"，与上引《本传》相印，说明南朝宋时，回涌湖已有淤塞现象，谢灵运之所以提出"决湖为田"，当与看到回涌湖之"化"有关；其三，尽管谢灵运之要求被孟顗否决，其实尚有其他原因。《本传》曾载："（灵运）在会稽亦多徒众，惊动县邑。太守孟顗事佛精恳，而为灵运所轻。尝谓顗曰：'得道应须慧业文人，生（升）天当在灵运前，成佛必在灵运后。'顗深恨此言。"孟顗因"此湖去郭近，水物所出，百姓惜之"而公然违背文帝旨意，说明在水利问题上，地方官对民意尊重之程度。

富春渚

宵济渔浦潭，旦及富春郭。^①定山缅云雾，赤亭无淹薄。^②溯流触惊急，临圻阻参错。亮乏伯昏分，险过吕梁壑。洊至宜便习，兼山贵止托。平生协幽期，沦踬困微弱。久露干禄请，始果远游诺。宿心渐申写，万事俱零落。怀抱既昭旷，外物徒龙蠖。

——《文选》卷二十六

【索引词】杭州萧山；渔浦；夜航。

【导读】这是记录诗人乘船西行，经过萧山渔浦去往富春郡（今富阳）的夜航诗。"溯流触惊急，临圻阻参错。亮乏伯昏分，险过吕梁壑。"描述了惊险的富春江夜渡情景。由浙东运河转入西小江（浦阳江分支）之后，天黑到达渔浦，出浦阳江口，溯钱塘江夜行几十里，天亮时分到达富春郡城。中途可见钱塘江中的定山、赤亭山，江流之中危险重重，犹如过了一趟泗水吕梁洪。无言之中，反衬出之前几日浙东运河的风平浪静。萧山渔浦位于浦阳江与钱塘江汇合处。全诗前半首写山水，后半首由景入情，抒写了自己的人生境遇和脱俗的处世态度。

〔南朝宋〕谢惠连

作者简介：谢惠连（407^③—433），南朝宋人，原籍阳夏（今河南太康），祖父冲，父亲方明，三世居会稽（今绍兴）。因在为父守丧期间作诗赠人，长期不得官职。后官彭城王刘义康法曹参军。与族兄谢灵运并称

---

① 原注：《吴郡记》曰：富春东三十里有渔浦。
② 原注：钱塘西南五十里有定山，去富春又七十里。……赤亭，定山东十余里。……定山、赤亭，皆江中山名。
③ 史载谢惠连卒年是公元433年，而享年37岁或27岁则有分歧。2010年山东大学孙玉珠硕士论文《谢惠连研究》综合前人观点，认为27岁符合事实，即其生卒年分别为407年、433年。

"大小谢"。著《谢法曹集》。

泛南湖至石帆

轨息陆涂初，枻鼓川路始。涟漪繁波漾，参差层峰峙。萧疏野趣生，逶迤白云起。登陟苦跋涉，瞻盼乐心耳。即玩玩有竭，在兴兴无已。

——《汉魏六朝百三家集》卷七十一

【索引词】绍兴；镜湖；泛舟；石帆山。

【导读】这首五言古诗前四句写停车入舟，泛舟镜湖之乐，以石帆山景色衬托镜湖水，景色秀丽，层次感强。次四句写攀登石帆山及其所见生趣，由萧疏写兴致，由白云表心态，野趣倍浓，将登山比涉水，由顾盼表心情，其乐可知。后两句抒情，将欣赏镜湖和石帆山之兴致，表白无遗。

此诗至少向读者昭示了这样的事实：第一，自汉顺帝永和五年（140）马臻筑堤扩湖，至诗人泛舟游赏，将近三百年，镜湖依然浩渺清澈，"涟漪繁波漾，参差层峰峙"之美景，依然为诗人所激赏；第二，从诗题所表达的镜湖和石帆山的关系来看，镜湖水漫到石帆山脚，石帆山乃镜湖南端的一座小山。石帆山"遥望如张帆临水"（《十道志》），故引来历代诗人之游赏和层出不穷之描写，如唐宋之问《游禹穴回，出若耶》："石帆摇海上，天镜落湖中。"宋陆游《秋晚杂兴》："石帆山下醉清秋，常伴渔翁弄小舟。"

西陵遇风献康乐诗（五章选一）

靡靡即长路，戚戚抱遥悲。悲遥但自弭，路长当语谁？行行道转远，去去情弥迟。昨发浦阳汭，今宿浙江湄。

——《汉魏六朝百三家集》卷七十一

【索引词】杭州滨江；杭州萧山；西陵；浦阳江；萧绍运河；行舟；待渡。

【导读】这首五言古诗为《西陵遇风献康乐》组诗五章之第三。其他四章为：（一）"我行指孟春，春仲尚未发。趣途远有期，念离情无歇。成装候良辰，漾舟陶嘉月。瞻涂意少悰，还顾情多阙。"（二）"哲兄感仳别，相送越坰林。饮饯野亭馆，分袂澄湖阴。凄凄留子言，眷眷浮客心。回塘隐舻栧，远望绝形音。"（四）"屯云蔽曾岭，惊风涌飞流。零雨润坟泽，落雪洒林丘。浮氛晦崖巘，积素惑原畴。曲汜薄停旅，通川绝行舟。"（五）"临津不得济，伫楫阻风波。萧条洲渚际，气色少谐和。西瞻兴游叹，东睇起凄歌。积愤成疢痗，无萱将如何？"谢灵运有《酬从弟惠连诗》五章，一并移录于下：（1）"寝瘵谢人徒，灭迹入云峰。岩壑寓耳目，欢爱隔音容。永绝赏心望，长怀莫与同。末路值令弟，开颜披心胸。"（2）"心胸既云披，意得咸在斯。凌涧寻我室，散帙问所知。夕虑晓月流，朝忌曛日驰。悟对无厌歇，聚散成分离。"（3）"分离别西川，回景归东山。别时悲已甚，别后情更延。倾想迟嘉音，果枉济江篇。辛勤风波事，款曲洲渚言。"（4）"洲渚既淹时，风波子行迟。务协华京想，讵存空谷期？犹复惠来章，祇足揽余思。傥若果归言，共陶暮春时。"（5）"暮春虽未交，仲春善游遨。山桃发红萼，野蕨渐紫苞。鹥鸣已悦豫，幽居犹郁陶。梦寐伫归舟，释我吝与劳。"大小谢的唱和组诗，真挚地抒发了从兄弟之间的深厚情谊。两人生当乱世，均不得志于时，有共同的感情基础。

所录谢惠连诗，参以从兄弟间其他九首诗作，至少透露了这么一些信息：

一是从会稽前往京城建康（今南京），必须过钱塘江西行，会稽在钱塘江之津，为西陵，一旦遇风，则"临津不得济"，"今宿浙江湄"。

二是从"漾舟陶嘉月""靡靡即长途""临津不得济"等叙述看，谢惠连行的是水路，即贺循于怀帝永嘉初年（307）开通的西兴运河。贺循于永嘉元年为会稽相，又为吴国内史，西兴运河开通之后，自会稽郡城（今绍兴城）西郭，经今柯桥、钱清，"西流县界（山阴）五十里入萧山县"（《嘉泰会稽志》）之西陵，无甚阻隔。

三是从"昨发浦阳汭"的叙述看，谢惠连是从浦阳江次水道前往西陵待渡的。谢惠连诗当作于宋文帝元嘉七年（430）春天，说明当时西兴运河畅通无阻，而浦阳江下游尚在山会平原与运河交汇。

〔南朝宋〕江淹

作者简介：江淹（444—505），字文通，南朝著名政治家、文学家，历仕三朝，宋州济阳考城（今属河南商丘）人。江淹少时孤贫好学，六岁能诗，文章华著。齐高帝闻其才，召授尚书驾部郎，骠骑参军事；明帝时为御史中丞；武帝时任骠骑将军兼尚书左丞。历仕南朝宋、齐、梁三代。

谢法曹赠别惠连

昨发赤亭渚，今宿浦阳汭。方作云峰异，岂伊千里别。芳尘未歇席，泠①泪犹在袂。停舻望极浦，弭棹阻风雪。风雪既经时，夜永起怀思。泛滥北湖游，岧②亭南楼期。点翰咏新赏，开帙莹所疑。摛③芳爱气馥，拾蕊怜色滋。色滋畏沃若，人事亦销铄。子襟④怨勿往，谷风诮轻薄。共秉延州信，无惭仲路诺。灵芝望三秀，孤筊情所托。所托已殷勤，祗足搅怀人。今行崿嵊外，衔思至海滨。觊子杳未傽，款睇在何辰？杂佩虽可赠，疏华竟无陈。无陈心悁劳，旅人岂游遨？幸及风雪霁，青春满江皋。解缆候前侣，还望方郁陶。烟景若离远，末响寄琼瑶。

——《文选》卷三十一

【索引词】杭州萧山；浦阳江；渔浦；行舟。

---

① 一作零。
② 一作苕。
③ 一作摘。
④ 一作衿，又作衿。

【导读】谢法曹即谢惠连，故诗题又作《谢法曹惠连赠别》。赤亭渚在今杭州市富阳区附近的富春江上，距浦阳汭（浦阳江口）仅仅廿余公里，"昨发赤亭渚，今宿浦阳汭"，是说风雪封江，一天一夜慢慢腾腾，这也正好契合了诗人送别好友依依不舍的低沉思绪。从诗中可以看出，浦阳江口渔浦一带是当时连接浙东运河的交通要津：向北可以沿钱塘江到达今杭州；向西南可以溯富春江、新安江；向东北，可以沿西小江、萧绍运河等水路去往今萧山、绍兴、上虞；向东南可以去往诸暨。当时许多诗人有过这一带风光的精彩描写，如前此的谢灵运有《富春渚》，同时的丘迟有《旦发渔浦潭》等。

〔南朝宋〕萧昱

作者简介：萧昱（？—524），字子真，南兰陵郡（今江苏丹阳）人。南梁宗室大臣。起家秘书郎，历任朝官，出任襄阳、永嘉、晋陵三郡太守，政绩卓著。曾流放临海郡（治今台州临海市），行至上虞，有敕追还。

洗砚池

凤翥龙蟠万纸奇，墨花堆积几临池。只今云影徘徊处，犹见当年洗砚时。

——《（万历）绍兴府志》

【索引词】绍兴；蕺山；洗砚池；王羲之。

〔南朝齐、梁〕丘迟

作者简介：丘迟（464—508），字希范，乌程（今浙江湖州）人，南朝文学家。八岁能文。为官于南朝齐、梁。能诗，工骈文，为六朝散文名家。作品散佚，明人集有《司空集》。

旦发渔浦潭

渔潭雾未开，赤亭风已飏。棹歌发中流，鸣鞭响沓障。村童忽相聚，野老时一望。诡怪石异象，崭绝峰殊状。森森荒树齐，析析寒沙涨。藤垂岛易陟，崖倾屿难傍。信是永幽栖，岂徒暂清旷。坐啸昔有委，卧治今可尚。

——《文选》卷二十七

【索引词】杭州萧山；渔浦潭；赤亭山；行舟。

【导读】赤亭山即今杭州市富阳区赤松子山。《咸淳临安志》卷二七：赤松子山"一曰赤亭山，又曰鸡笼山"。汉严子陵钓于赤亭，即此。赤亭山和渔浦隔富春江遥遥相对，最近处只有九公里。今渔浦附近西南有富春江，西北有钱塘江，东北有湘湖，东南有浦阳江，水路四通八达。南朝时期这里是连接浙东运河和富春江－钱塘江的重要河港。"诡怪石异象""析析寒沙涨""崖倾屿难傍"等诗句说明这一带的富春江地形复杂，水流凶险，泥沙淤积也很明显，这是诗人记录的富春江－钱塘江河床摆动和变化剧烈的自然地理因素。

〔南朝梁〕何逊

作者简介：何逊（约480—约518），字仲言，东海郯（今山东郯城西）人。梁武帝天监六年（507）为扬州刺史、建安王萧伟水曹行参军，后又为荆州刺史、安成王萧秀参军事，兼尚书水部郎。天监十三年（514）除会稽太守、庐陵王萧续记室。天监十六年（517）六月，萧续为江州刺史，逊复随府江州。著《何逊集》。

入东经诸暨县下浙江作

疲身不自量，温腹无恒拟。未能守封植，何能固廉耻？一经可人言，三冬徒戏尔。虚信苍苍色，未究冥冥理。得彼既宜然，失之良有以。常言厌四壁，自觉轻千里。日夕聊望远，山川空信美。归飞天际没，云雾江边起。安邑乏主人，临卭多客子。乡乡自风俗，处处皆城市。所见无故人，含意终何已？

——《先秦汉魏晋南北朝诗·梁诗》卷八

【索引词】绍兴诸暨；杭州萧山；渔浦；钱塘江；江河。

【导读】这首五言古诗作于梁武帝天监十三年（514）冬天。其时，庐陵王萧续就任会稽内史，诗人作为记室，一起前来。诗人自比汉代的司马相如，表达自诸暨下浙江的复杂情思。六朝梁代，会稽郡治在山阴县。诗人服母丧期满而来。母丧前曾为荆州刺史安成王萧秀参军事，故有可能经郢州、江州、豫章、上饶、衢州、东阳（今金华）到诸暨，再由浦阳江至渔浦入钱塘江（浙江），然后过西陵入西兴运河，到绍兴。虽然其诗只写到"下浙江"，但客观上反映了当时浦阳江流经渔浦入钱塘江之通道，临浦尚未改道，下接钱清江。这对认识历史上浦阳江之改道，是一份不可多得的资料。

〔南朝梁〕刘缓

作者简介：刘缓（？—约540），字含度，平原高唐（今属山东）人。梁武帝大同初年（535）官安西湘东王记室。除通直郎。六年（540），迁镇南湘东王萧绎中录事，曾随萧绎到会稽。有集四卷，佚，《先秦汉魏晋南北朝诗》存诗十二首。

江南可采莲

春初北岸涸，夏月南湖通。卷荷舒欲倚，芙蓉生即红。楫小宜回径，船轻好入丛。钗光逐影乱，衣香随逆风。江南少许地，年年情不穷。

——《先秦汉魏晋南北朝诗·梁诗》卷一七

【索引词】绍兴；镜湖；行舟。

【导读】这首五言古诗以民歌体抒写镜湖风情。荷者莲也，莲者怜也，怜者爱也，诗人采用代言方式，表达年轻姑娘对爱情的追求和渴望，曲尽其妙。客观上反映了如下事实：一者，镜湖盛产莲藕，说明到南朝梁代，镜湖历四百余年的发展和完善，其效益逐步进入全盛时期，全方位造福于民；二者，在南朝梁代，镜湖荷花特盛，采莲为农民的一笔大宗收入；三者，江南风情，在镜湖亦盛，甚或说镜湖风情乃江南风情之缩影。

〔南朝梁〕王籍

作者简介：王籍（480—约550），字文海，祖籍琅琊临沂（今属山东），长于会稽（今绍兴）。梁武帝天监（502—519）初，为安成王萧秀主簿、尚书三公郎、廷尉正，又官余姚令、钱塘令。天监末，为轻车湘东王咨议参军，随府会稽。后迁中散大夫。《先秦汉魏晋南北朝诗》存诗二首。

入若耶溪诗

艅艎何泛泛，空水共悠悠。阴霞生远岫，阳景逐回流。蝉噪林逾静，鸟鸣山更幽。此地动归念，长年悲倦游。

——《先秦汉魏晋南北朝诗·梁诗》卷一七

【索引词】绍兴；江河水利；若耶溪。

【导读】《梁书·文学传》载："（会稽）郡境有云门、天柱山，籍尝游之，或累月不返。至若耶溪赋诗……"赋的便是这首五言古诗。这首诗描写了若耶溪一带的优美境界，表达了诗人希望回归故乡不再宦游的情思。全诗以静为主旨，情景交融，堪称"文外独绝"。全诗因景启情而抒怀，十分自然和谐，第五、六句用以动显静的手法来渲染山林的幽静，为千古佳句。此诗之后，描写若耶溪的诗作不断涌现，而且或多或少受其影响。如崔颢《入若耶溪》："轻舟去何疾，已到云林境。起坐鱼鸟间，动摇山水影。岩中响自答，溪里言弥静。事事令人幽，停桡向余景。"孟浩然《耶溪泛舟》："落景余清辉，轻桡弄溪渚。澄明爱水物，临泛何容与。白首垂钓翁，新妆浣纱女。相看似相识，脉脉不得语。"

必须指出的是，此诗实际上写了入若耶溪的全过程，亦即从若耶溪下游之回涌湖写到上游之云门山。严格地说，前四句写的是若耶溪下游回涌湖的境界，五、六句才写若耶溪上游云门山的景象，然后七、八两句集中抒情。诚如是，说明回涌湖在梁代尚安然无恙。其实，从唐人诗作看，直到唐穆宗长庆四年（824），回涌湖尚未废弃。该年春天，杭州刺史白居易、湖州刺史崔玄亮与就任越州刺史的元稹在镜湖聚会，元稹写了《春分日投简阳明洞天作》诗，中曰："石帆何峭峣，龙瑞本萦纡。穴为探符坼，潭因失箭剡。堤形弯熨斗，峰势入香炉。"其"堤形弯熨斗"，便是指回涌湖湖堤而言，这与《嘉泰会稽志》卷十所引旧《经》"以塘弯回，故曰洄涌"的记载，何其相似乃尔。无独有偶，白居易在《和微之春日投简阳明洞天五十韵》也写到"堰限舟航路，堤通车马途。耶溪岸回合，禹庙径盘纡"，其"堰限舟航路""耶溪岸回合"，也是就回涌湖写的，这就揭出当时回涌湖依然未泯之事实。

〔南朝梁〕庾肩吾

作者简介：庾肩吾（487—551），字子慎，一字慎之，南阳新野（今属河南）人，世居江陵（今属湖北）。初为晋安王萧纲常侍，萧纲为太子，迁太子中庶子。梁武帝太清三年（549），侯景作乱，武帝死，立萧纲为简文帝，官度支尚书，避难会稽。简文帝大宝二年（551），简文帝被废，元帝萧绎用为江州刺史。著《庾度支集》。

乱后经夏禹庙诗

金简泥初发，龙门凿始通。配天不失旧，为鱼微此功。林堂上偃塞，山殿下穹窿。侵云似天阙，照水类河宫。神来导赤豹，仙去拥飞鸿。松龛撤暮俎，枣径落寒丛。仙舟还入镜，玉轴更乘空。去国嗟行迈，离居泣转蓬。月起关①山北，星临天汉东。申胥独②有志，荀息本怀忠。待见搀枪灭，归来松柏同。

——《文苑英华》卷三二〇

【索引词】绍兴；禹穴禹陵禹庙。

【导读】这首五言古诗抒发侯景作乱时，诗人避难会稽瞻仰夏禹庙的感受，表达自己忠于梁王朝的情感。诗之客观效果，尚有下列四点值得注意：

一、大禹确实是历来传说中的治水英雄，而且其治水业绩与绍兴有关。开篇"金简泥初发"，引用了大禹在宛委山得金简之书才治理洪水的典故，就表明这一认识。

二、诗人详写夏禹庙之庄严肃穆，可见绍兴人历来对大禹的尊重，念念不忘大禹治水的功绩。这与绍兴人一贯重视水利建设是一脉相承的。

三、诗中有"山殿下穹窿""照水类河宫"之描写，向读者昭示，在梁代，镜湖与会稽山是相互依傍的，或者说，大禹庙濒临镜湖。无怪乎到了唐代，孟浩然《与崔二十一游镜湖》还写"将探夏禹穴，稍背越王城"，李白《送王屋山人魏万还王屋》写"万壑与千岩，峥嵘镜湖里"，元稹在《寄乐天》诗中也写"灵汜桥前百里镜"。

四、诗中写到"仙舟还入镜"，表明梁代时，镜湖尚清亮无比。这在后来唐人的诗作中也可得到印证。如李白《送王屋山人魏万还王屋》："人游月边去，舟在空中行。"杜甫《壮游》："越女天下白，鉴（镜）湖五月凉。"方干《镜中别业》："寒山底镜心，此处是家林。"

---

① 《类聚》作"吴"。

② 《类聚》作"犹"。

〔南朝梁〕卢思道

作者简介：卢思道（535—586），字子行，范阳涿（今属河北）人。先仕北齐，官至给事黄门侍郎。周武帝平齐，授仪同三司。入隋，起为散骑常侍，参内史侍郎事。著《卢武阳集》。

棹歌行

秋江见底清，越女复倾城。方舟共采摘，最得可怜名。落花流宝珥，微风动香缨。带垂连理湿，棹举木兰轻。顺风传细语，因波寄远情。谁能结锦缆，薄暮隐长汀？

——《先秦汉魏晋南北朝诗·隋诗》卷一

【索引词】绍兴；江河；行舟。

【导读】这首五言古诗属民歌体，抒写一位越地姑娘对美好爱情生活的向往，从而表达诗人追求美好生活的愿望。所写秋江属泛称，但在越地无疑。在隋代，越地已称越州，州内有名的有三条江，即浦阳江、曹娥江和余姚江，诗中所指，当为曹娥江。理由是稍后的唐代，萧颖士《越江秋曙》和任翻《越江渔父》所写即是"扁舟东路远，晓月下江渍。激泚信潮上，苍茫孤屿分。林声寒动叶，水气曙连云。暾日浪中出，榜歌天际闻。伯鸾常去国，安道惜离群。延首剡溪近，咏言怀数君。""借问钓鱼者，持竿多少年？眼明汀岛畔，头白子孙前。棹入花时浪，灯留雨夜船。越江深见底，谁识此心坚？"在隋代，曹娥江是那么清澈、美好，以致越女棹行其间，充满幻想。还得指出的是，曹娥江当时属会稽县，《嘉泰会稽志》卷十："会稽县。曹娥江，在县东南七十里。源出上虞县，经县界。北入海。"

第三章

唐五代

【浙东运河历史背景简况】

　　唐代的浙东运河在绍兴以西有局部改建，据《新唐书·地理志》记载：山阴县（今绍兴西）"北五里有新河，西北十里有运道塘，皆元和十年观察使孟简开"。新河可能是旧运河改道或支河，原来的水道绕城南行，应该是在城之北新开了一条水道。后来绍兴城扩建，这条新河就自迎恩门穿入城内，折至都泗门东出；运道塘在后代地方志中称为中塘，自绍兴西门出，跨钱清江直至今萧山、滨江。

——《中国大运河遗产构成及价值评估》

〔唐〕辨才

作者简介：辨才（？—644后），唐初僧。俗姓袁，陈郡阳夏（今河南太康）人。梁司空袁昂玄孙。越州永兴寺僧、书法家智永弟子。耄耋之年，手中至宝王羲之《兰亭序》真迹被太宗派遣的萧翼设计骗去。后惊悸病重，逾年即卒，时约在贞观十八年（644）后数年间。《全唐诗》存诗一首。《古今禅藻集》卷七另存诗一首，《全唐诗续拾》据之收入。

设缸面酒款萧翼

初酝一缸开，新知万里来。披云同落寞，步月共裴回。夜久孤琴思，风长旅雁哀。非君有秘术，谁照不然灰。

——《御定全唐诗》卷八百八

【索引词】绍兴；酿酒。

【导读】辨才，一作辩才，与萧翼相处时间很短，却视为知音，进而掉进了唐太宗的间谍陷阱。事迹见唐代《法书要录》卷三所收何延之《兰亭记》："太宗购右军书，独未得兰亭真迹。初，此记在右军七代孙智永所，永传才师，才凿梁上贮之，保惜甚至。太宗尝敕召才，面问数四，固以亡失对。帝知不可夺，以翼多权谋，令充使诡取。翼改服称山东书生，携二王杂帖数通赴越州，径造才院。才一见款密，留宿，设缸面酒。江东'缸面'，犹河北称'瓮头'，盖初熟酒也。各探韵赋诗，经旬朔，谈论翰墨。出所携帖示之，才云：是即是矣，然未佳善。因言藏有《兰亭》于梁上，出视之，翼故疑为响拓，驳辨，留置几案。一日，伺其不在，径取之，乘驿归，上太宗报命，授翼员外郎，仍赐才物三千段，谷三千石。才惊愧，岁余卒。"今辨才仅存诗两首，另一首为《赴召》："云霄咫尺别松关，禅室空留碧嶂间。纵使朝廷卿相贵，争如心与白云闲。"今绍兴云门寺（即永欣寺）尚有辨才塔遗址。

〔唐〕王勃

作者简介：王勃（约650—约676），字子安，汉族，古绛州龙门（今山西河津）人。出身儒学世家，是隋末著名学者王通之孙。王勃为唐代著名诗人，与杨炯、卢照邻、骆宾王齐名，并称"王杨卢骆"，亦称"初唐四杰"。

题镜台峰仙人石

巍巍怪石立溪滨，曾隐征君下钓纶。东有祠堂西有寺，清风岩下百花春。

——鲁燮光《固陵杂录》

【索引词】杭州萧山；仙岩溪。

【导读】唐高宗上元二年（675）秋，王勃在南下交趾看望父亲途中，来到永兴县皋屯（今萧山区楼塔镇）。这里有座仙岩山，山下有仙岩溪，溪畔有座嶙峋怪石突兀矗立，叫仙人石，即"巍巍怪石立溪滨"。溪水回旋，形成了深不见底的仙人潭，传说许询在此隐居，碧水垂钓，羽化成仙。王勃不远万里，专程凭吊许询，瞻仰遗迹，信笔写下了这首《题镜台峰仙人石》，并刻于石上。《（万历）萧山县志》记载："水涸石露，乃见其迹。"然终究经不住岁月冲刷，现已难寻踪影。

〔唐〕宋之问

作者简介：宋之问（约656—约712），名少连，字延清，汾州隰城（今山西汾阳）人，一说虢州弘农（今河南灵宝市）人。唐高宗上元二年，中进士，授洺州参军。唐中宗复位后，坐贬泷州参军。后擢鸿胪寺主簿，迁考功员外郎。先后依附安乐公主，外贬越州长史。先天元年（712）八月玄宗正位后，赐死于桂州。《全唐诗》存诗三卷。

登越王台①

江上越王台，登高望几回。南溟天外合，北户日边开。地湿烟常②起，山晴雨半来。冬花扫③卢橘，夏果摘杨梅。迹类虞翻枉，人非贾谊才。归心不可见④，白发重相催。

——《文苑英华》卷三百一十三

【索引词】绍兴；越王台；江河。

【导读】此诗应作于中宗景龙三年（709）作者被贬越州长史之后。绍兴越王台位于绍兴市区卧龙山（府山）东南麓，状如城楼，系后人为缅怀越王勾践卧薪尝胆复国雪耻而建。后屡建屡毁，1939年被日机炸毁，1981年重修，塔基石砖为宋代遗物。杭州萧山湘湖边越王城遗址也有越王台。以"越王台"为题的诗还有很多，如唐代崔子向的《题越王台》，宋代文天祥的《越王台》，元代王沂的《越王台》、贡泗的《越王台》、贡性之的《登越王台次任一初韵》等，明清两代更是多达数十首。广州也有越王台（或称粤王台），歌咏多着意于"远望当归"。一般认为该诗写的是浙江越王台，但是作者也曾被贬广东罗定（泷州）、广西桂州等地，而且《宋之问集》诗题作《登粤王台》，诗中又有"南溟天外合""归心不可度"等句，所以《广东通志》认为是写于广州。

称心寺

征帆恣远寻，逶迤过称心⑤。凝滞蘼苴岸，沿洄楂柚林。穿淑不厌曲，舣潭惟爱深。为乐凡几许，听取舟中琴。

——《瀛奎律髓》卷四十七

---

① 越王台，《宋之问集》卷首作"粤王台"。
② 《宋之问集》卷首作"尝"，鲁曾煜《广东通志》作"全"。
③ 《宋之问集》卷首作"采"。
④ 《宋之问集》作"度"。
⑤ 指称心山。《嘉泰会稽志》卷九：称山在县东北六十里。旧经云，越王称炭铸剑於此……俗呼称心山。

【索引词】绍兴；称心山；行舟。

早春泛镜湖

漾舟喜湖广，湖广趣非一。愉目野载芜，清心山更出。孤烟昼藏火，薄暮朝开日。但爱春光迟，不觉舟行疾。归雁空间尽，流莺花际失。远情自此多，景霁风物和。芦人收晚钓，棹女弄春歌。野外寒事少，湖间芳意多。杂花同烂漫，暄柳日逶迤。为客顿逢此，於思奈若何。

——《全唐诗补编·全唐诗补逸》卷三、《永乐大典》卷二二六七

【索引词】绍兴；镜湖；行舟。

【导读】这首五言古诗的结构很巧妙，前十句用仄声韵，主要写清晨之景；后十句用平声韵，主要写傍晚之景。总的则从"泛"字落笔，着重表现诗人早春泛镜湖之趣，聊以排解遭贬后身心之落寞。所可注意者有四：一者，指明"湖广""山更出"，湖山相映之美不言而喻，这对于一位初来乍到的北人来说，当然有特别新奇之感；二者，诗人瞩目于孤烟、薄雾、朝日、渔火、归雁、流莺、杂花、暄柳，镜湖之美，悦目赏心；三者，注意到镜湖风情，景霁物和，芳意颇多，芦人收钓，棹女弄歌，可谓形容殆尽，镜湖之魅力即在其中；四者，昭示了诗人之心境——漾舟而喜，湖广得趣，野载愉目，山出清心。而从总体看，镜湖创立至此的近六百年来，依然那么清静美好，那么赏心悦目，那么令人陶醉忘情，那么给人以精神慰藉，足见因水利建设得益的，不仅仅是农业。诗人尚有《春湖古意》诗，录以备读："院梅发向尺，园鸟复成曲。落日游南湖，果掷颜如玉。含情不得语，转盼知所属。惆怅未可归，宁关须采菉？"

泛镜湖南溪

乘兴入幽栖，舟行日向低。岩花候冬发，谷鸟作春啼。沓嶂开天

小，<u>丛篁</u>夹路迷。犹闻可怜处，更在若邪溪。

——《御定全唐诗》卷五二

【索引词】绍兴；镜湖；南溪；若邪溪；行舟。

【导读】绍兴市越城区老城之南，今有鉴湖街道南池村、南池江，原有南池乡、南溪，发源于秦望山，北流入老城南门护城河，大致平行于西侧的坡塘江和东侧的若耶溪。这首五言律诗抒写泛舟镜湖南溪之乐，时在冬春。看岩花，听谷鸟，两旁杳嶂，时遇丛篁，一派幽静境界，诗人之兴致由此可知。尾联提出对若邪（耶）溪之向往，更加兴致淋漓。

此诗之可贵，还在于告诉读者：在唐代，镜湖的水位比现在高得多，故有"镜湖南溪"之谓，即泛镜湖后可直接入南溪，溪与湖并无多大落差。又，若耶溪距南溪不远（一山之隔），其境界当比南溪更加幽静。这就为南溪、若耶溪与镜湖之关系，提供了一份充足的材料。

游禹穴回出若邪

禹穴今朝到，邪溪此路通。著书闻太史，炼药有仙翁。鹤往笼犹挂，龙飞剑已空。石帆摇海上，天镜落湖中。水底寒云白，山边坠叶红。归舟何虑晚，日暮使樵风。

——《御定全唐诗》卷五十三

【索引词】绍兴；禹穴禹陵禹庙；若邪溪；镜湖；行舟；石帆山；司马迁。

〔唐〕贺知章

作者简介：贺知章（约659—约744），字季真，唐朝越州永兴（今杭州萧山）人，少时就以诗文知名。武则天证圣元年（695）状元，授国子四门博士，迁太常博士。后历任礼部侍郎、秘书监、太子宾客等职。为人旷达不羁，有"清谈风流"之誉，晚年尤纵，自号"四明狂客""秘书外监"。盛唐前期诗人、著名书法家。

晓发

江皋闻曙钟，轻枻理还舻。海潮夜约约，川雾晨溶溶。始见沙上鸟，犹埋云外峰。故乡杳无际，明发怀朋从。

——《御定全唐诗》卷一百十二

【索引词】杭州萧山；潮汐；运河；行舟。

【导读】贺知章家在萧山西城湖（湘湖前身）畔文笔峰下，他进京（长安）赶考，凌晨在家门口坐小船过西城湖转入萧绍运河，然后改乘渡船经钱塘（杭州）北上。

采莲曲

稽山罢雾郁嵯峨，镜水无风也自波。莫言春度芳菲尽，别有中流采芰荷。

——《御定全唐诗》卷一百十二

【索引词】绍兴；会稽山；镜湖；采荷。

【导读】这首民歌体诗作，采用七言绝句的形式，极富情致地描绘了一幅镜湖采荷图。诗人将稽山和镜湖连在一起写，运用了陶弘景赋"碧岩无雾，绿水不风"和魏文帝诗"俯视清水波"的意境，抓住了越地的形胜特点，也表明唐代时稽山镜水相映之美。这就告诉读者，镜湖被围垦之前，是紧傍稽山的。

芰荷，在唐人诗作中屡见不鲜。孙逖《同邢判官寻龙瑞观归湖中》曰："丝管荷风入，帘帷竹气清。"王昌龄《采莲曲》曰："摘取芙蓉花，莫摘芙蓉叶。"李白《夏歌》曰："镜湖三百里，菡萏发荷花。"《渌水曲》曰："荷花娇欲语，愁杀荡舟人。"李贺《绿水词》曰："东湖采莲叶，南湖拔蒲根。"施肩吾《遇越州贺仲宣》曰："门前几个采莲女？欲泊莲舟无主人。"喻凫《送越州高录事》曰："笋成稽岭岸，莲发镜湖春。"到了宋代，镜湖荷花依然为人所重。《嘉泰会稽志》卷十七如此记载："山阴荷最盛，其别曰大红荷，小红荷，绯荷，白莲，青莲，黄莲，千叶红莲，千叶白莲。大红荷多藕，小红荷多实，白莲藕最甘脆多液，千叶莲皆不实，但以为玩耳。出偏门至三山，多白莲；出三江门至梅山，多红莲。夏夜香风率一二十里不绝，非尘境也。而游者多以昼故，不尽知。"这就是原生态的镜湖风物。

答朝士

钑镂银盘盛蛤蜊，镜湖莼菜乱如丝。乡曲近来佳此味，遮渠不道是吴儿。

——《御定全唐诗》卷一百十二

【索引词】绍兴；镜湖；莼菜。

【导读】这首七言绝句，乃诗人即兴之作。诗人借答朝士之名，表明家乡风物之美。诗中提到的乡味一为海产蛤蜊，一为湖产莼菜，说明早在唐代，这两种佳味已为时人所瞩目。蛤蜊和莼菜的生长需要条件，则当时海滩离越州州城不远，镜湖尚未围垦，可以想见。故后来高适《秦中送李九赴越》曰："镜水君所忆，莼羹余旧便。"王贞白《泛镜湖》曰："我泛镜湖日，未生千里莼。"

咏柳

碧玉妆成一树高，万条垂下绿丝绦。不知细叶谁裁出，二月春风似剪刀。

回乡偶书（二首）

少小离乡^①老大回，乡音无^②改鬓毛衰^③；儿童相见不相识，笑问客从何处来。

离别家乡岁月多，近来人事半销^④磨；惟^⑤有门前镜^⑥湖水，春风不改旧时波。

——《石仓历代诗选》卷三十

【索引词】绍兴；镜湖。

【导读】入仕半个世纪后，贺知章告老还乡，玄宗如其所愿，特地安排他在镜湖之滨千秋观修道，为便于家人照顾，还赐知章之子贺曾为会稽郡司马。贺知章从离越赴京，到归越养老，都经西兴运河。他归越入乡，连赋《咏柳》《回乡偶书》两诗，言简意赅地表露了浓浓的故乡情结。

〔唐〕贺朝

作者简介：贺朝（生卒年不详），一作贺朝清，越州（今绍兴）人。神龙中（705—707）以文词俊秀扬名京师，开元中（713—741）官山阴尉。《全唐诗》存诗八首。

---

① 乡，一作家。
② 无，一作难。
③ 衰读shuāi，与"来"保持同韵。回、衰、来古代同韵。
④ 销，一作消。
⑤ 惟，一作唯。
⑥ 镜，一作鉴。

南山^①

湖北雨初晴，湖南山尽见。岩岩石帆影，如得海风便。仙穴茅山^②峰，彩云时一见。邀君共探此，异箓^③残几卷？

——《御定全唐诗》卷一百十七

【索引词】绍兴；鉴湖；会稽山；石帆山；禹穴禹陵禹庙；金简玉书。

〔唐〕李隆基

作者简介：李隆基（685—762），即唐玄宗，世称唐明皇，陇西成纪（今甘肃秦安）人。工诗能文，《全唐诗》存诗一卷。

送贺知章归四明（并序）

天宝三年，太子宾客贺知章鉴止足之分，抗归老之疏，解组辞荣，志期入道。朕以其年在迟暮，用循挂冠之事，俾遂赤松之游。正月五日将归会稽，遂饯东路，乃命六卿庶尹大夫供帐青门，宠行迈也。岂惟崇德尚齿，抑亦励俗劝人，无令二疏，独光汉册，乃赋诗赠行。

遗荣期入道，辞老竟抽簪。岂不惜贤达，其如高尚心。寰中得秘要，方外散幽襟。独有青门饯，群僚^④怅别深。

——《御定全唐诗》卷三

【索引词】绍兴；贺知章。

【导读】天宝二年（743），贺知章向唐玄宗上了辞呈，说愿意做道士，返乡去度余年。《新唐书·隐逸·贺知章传》曰："诏许之，以宅为千秋观而

---

① 原注：一作贺朝清诗。
② 仙穴：禹穴。茅山：会稽山。
③ 指大禹所得金简玉书。
④ 一作英。

第三章 唐五代 ｜ 047

居，又求周宫湖数顷为放生池，有诏赐镜湖剡川一曲。既行，帝赐诗，皇太子百官饯送。擢其子曾子为会稽郡司马，赐绯鱼，使侍养，幼子亦听为道士。"唐玄宗不但同意了贺知章的要求，并在知章离京之日，要包括皇太子在内的百官为其送行。玄宗写下此诗。同时，朝士自李适之以下三十七人纷纷写下《送贺秘监归会稽诗》。明皇、李白、李林甫、姚鹄等人的四首收入《全唐诗》，其余由《通志·艺文略》《会稽掇英总集》收齐。可见此事之隆重。

〔唐〕孟浩然

作者简介：孟浩然（689—740），本名浩，字浩然，襄州襄阳（属今湖北）人，世称孟襄阳。曾于开元十八年（730）漫游越中，"两见夏云起，再闻春鸟啼"（《久滞越中》），前后历四年。其诗清淡，长于写景。有《孟浩然诗集》。

与崔二十一游镜湖寄包贺二公①

试览镜湖物，中流见底清。不知鲈鱼味，但识鸥鸟情。帆得樵风送，春逢谷雨晴。将探夏禹穴，稍背越王城。府掾有包子，文章推贺生。沧浪醉后唱，因此寄同声。

——《御定全唐诗》卷一六〇

【索引词】绍兴；镜湖；禹穴禹陵禹庙；行舟；贺知章。

【导读】这首五言排律抒写诗人畅游镜湖之乐，表达诗人不欲寄身官场之情，属隐逸诗人情绪之外化。描景叙事，常带感慨，不但游踪清楚，

---

① 包贺二公，即诗中"包子""贺生"，应指包融（695—764）、贺知章（或贺朝）。据《旧唐书·文苑传》记载，包融与贺知章、贺朝等"吴越之士"均"名扬于上京"，又与贺知章、张旭、张若虚号"吴中四士"。《唐才子传》说包融与孟浩然"交厚"。孟浩然《题云门寺寄越府包户曹徐起居》之包户曹，应指同一人。

而且在三个方面给人以启发。第一，在唐代，以州城东南稽山门至禹陵驿路为界，镜湖分东湖和南湖两个部分，东湖属会稽县，南湖属山阴县。唐人游湖，集中于东湖部分，诗中若耶溪之樵风，宛委山之禹穴，下灶村之越王城，在唐代均属会稽县，由东湖到达最近，即是明证。第二，镜湖在唐代尚未毁废，面积很大。若耶溪北入镜湖，溯溪而上，可直达云门，故有"帆得樵风送"之描写；当时禹穴濒临镜湖，越王城距镜湖不远，故曰"将探夏禹穴，稍背越王城"。第三，从"府掾有包子，文章推贺生"的叙述以及"与崔二十一游镜湖"看，镜湖一带实为人文荟萃之地，而"沧浪醉后唱，因此寄同声"的抒情，更说明镜湖一带又为文士隐居的理想场所，怪不得历来有那么多文人喜欢到云门山、若耶溪、镜湖一带来过隐居生活。

渡浙江问舟中人①

潮落江平未有风，扁舟②共济与君同。时时引领③望天末，何处青山是越中？

——《御定全唐诗》卷一百六十

【索引词】杭州；钱塘江；泛舟。

耶溪泛舟

落景余清晖，轻桡弄溪渚。泓澄爱水物，临泛何容与④。白首垂钓翁，新妆浣纱女。相看未相识，脉脉不得语。

——《孟浩然集》卷一

【索引词】绍兴；若耶溪；泛舟。

---

① 一题作《济江问同舟人》。一作崔国辅诗。
② 一作舫。
③ 伸直脖子远望，形容盼望殷切。
④ 容与，徘徊犹豫，踌躇不前貌。

舟中晚^①望

挂席^②东南望，青山水国遥。舳舻争利涉，来往任风潮。问我今何适，天台访石桥^③。坐看霞色晚，疑是赤城^④标。

——《孟浩然集》卷三

【索引词】台州；天台山；石梁；瀑布；浙东运河；行舟。

【导读】诗作于沿浙东运河从杭州去往东南方向天台山的船上。"舳舻争利涉，来往任风潮"写出了浙东运河的繁忙和诗人的急迫，后四句则写对天台山风景的憧憬。石桥，一名石梁，龙形龟背，似天然津梁横亘于崇冈峻岭间，其上双涧合流，泄为飞瀑，喷薄而下，以石梁瀑布闻名天下。无数文人墨客，千里寻访，争相歌咏。唐代诗人宋之问有"会入天台里，看予渡石桥"的吟咏，白居易有"天台山上月明前，四十五尺瀑布泉"的佳句，方干有"直是银河分派落，兼闻碎滴溅天台"的感慨。孟浩然不久到达石梁，于是有姊妹篇《寻天台山作》："吾友太一子，餐霞卧赤城。欲寻华顶去，不惮恶溪名。歇马凭云宿，扬帆截海行。高高翠微里，遥见石梁横。"两首诗均见《孟浩然集》卷三。

题云门寺寄越府包户曹徐起居^⑤

我行适诸越，梦寐怀所欢。久负独往愿，今来恣游盘。台岭践磴石，耶溪溯林湍。舍舟入香界，登阁憩旃檀。晴山秦望近，春水镜湖宽。远怀伫应接，卑位徒劳安。白云日夕滞，沧海去来观。故国眇天

---

① 《御定全唐诗》作"晓"。唐宋人所编诗集皆作"晚"，当以为是。

② 挂帆

③ 天台山中天然石梁。

④ 在浙江省天台县北，为天台山南门。

⑤ 据《天台报》：包户曹，殆指包融，曾任户曹参军。徐起居，生平不详。起居是起居郎的省称。

末，良朋在朝端，迟尔同携手，何时方挂冠。

——《御定全唐诗》卷一百五十九

【索引词】绍兴；镜湖；若耶溪；泛舟。

〔唐〕王昌龄

作者简介：王昌龄（约690—约756），唐京兆长安人，字少伯。开元、天宝间杰出诗人，时称"诗家天子"，尤长七绝，与李白共称"联璧"。

越女

越女作桂舟，还将桂为楫。湖上水渺漫，清江初①可涉。摘取芙蓉花，莫摘芙蓉叶。将归问夫婿，颜色何如妾。

——《御定全唐诗》卷二十一

【索引词】绍兴；鉴湖；行舟。

〔唐〕綦毋潜

作者简介：綦毋潜（692—约755），字孝通，一作季通，称"綦毋三"。荆南（今湖北荆州）人，一说虔州（今江西赣州）人。开元十四年（726）登进士第。后以名位不达，挂冠归隐于绍兴江东别业，并常前往若耶溪中泛舟。曾与张九龄、王维、李颀、储光羲、卢象、韦应物等交游酬唱。有《綦毋潜诗》一卷。

送贾恒明府兼寄温张二司户

越客新安别，秦人旧国情。舟乘晚风便，月带上潮平。花路西施

---

① 《王昌龄集》作"不"。

石，云峰句践城。明州报两掾，相忆二毛生。

——《御定全唐诗》卷一百三十五

【索引词】绍兴；宁波；西施；勾践；运河；乘潮。

春泛若耶溪

幽意无断绝，此去随所偶。晚风吹行舟，花路入溪口。际夜转西壑，隔山望南斗。潭烟飞溶溶，林月低向后。生事且弥漫，愿为持竿叟。

——《御定全唐诗》卷一百三十五

【索引词】绍兴；若耶溪；夜航。

【导读】綦毋潜登进士第后，以名位不达，挂冠归隐于绍兴境内若耶溪边的江东别业。在一个月色朦胧的夜晚，綦毋潜泛舟溪中，沿岸的景物犹如一幅幅图画缓缓流淌而过，寂静的夜景迷蒙流动而又幽静美丽。这个夜晚的美最终凝集在了他的诗作当中：山势、溪水、晚风、小舟在他的诗中融为一体，仿佛把人带到了仙境。朴实无华的语言给人以自然淡雅的美感。他酣畅淋漓地透露自己的惬意，抒发自己隐逸生活的愿望。这首诗入选《唐诗三百首》，广为流传。

〔唐〕孙逖

作者简介：孙逖（696—761），字子成，宋州司马孙嘉之之子。潞州涉县（今属河北）人，郡望乐安武水（今属山东聊城）。自幼能文，才思敏捷。开元元年（713），举哲人奇士科，授山阴尉，迁秘书正字。迁中书舍人，掌诰八年。曾任刑部侍郎、太子左庶子、少詹事等职。有作品《宿云门寺阁》《赠尚书右仆射》《晦日湖塘》等传世。

晦日湖塘

吉日初成晦，方塘遍是春。落花迎二月，芳树历三旬。公子能留客？巫阳好解神。夜还何虑暗？秉烛向城阃。

——《御定全唐诗》卷一一八

【索引词】绍兴；镜湖；湖塘；运河风光。

【导读】这首五言律诗当作于玄宗开元三年（715）诗人官越州山阴尉时。诗人描写湖塘美景，表达深爱之情，渗入了一定的人生感受。给读者提供的信息有：在唐代，不但镜湖是诗人向往的游赏之地，而且沿湖的重要村落如湖塘者，亦为诗人所瞩目。诗中就时间说，自白昼而夜晚；就空间说，从城区到郊区，再从郊区回城区，固然在表现诗人游兴之浓，但这种游兴，是以镜湖和湖塘之美为基础的。这说明，镜湖自东汉顺帝永和五年（140）创建以来，不但使沿湖和湖下的农田旱涝保收，而且业已成为骚人墨客的游赏场所。

春日留别

春路逶迤花柳前，孤舟晚泊就人烟。东山白云不可见，西陵江月夜娟娟。春江夜尽潮声度，征帆遥从此中去。越国山川看渐无，可怜愁思江南树。

——《御定全唐诗》卷一百十八

【索引词】杭州滨江；西陵；夜泊；乘潮；绍兴；曹娥江；剡溪；东山。

【导读】诗人乘船一路西行到达西陵后，靠村停泊，天色已晚，已经看不见绍兴的东山白云了。钱塘江上明月高照，格外秀丽。明日将渡过钱塘江远行北上，越国山川会在视野中渐渐消失，剩下的只有思念了。整首诗歌未直接写浙东运河，却处处是运河的影子。

夜宿浙江

扁舟夜入江潭泊，露白风高气萧索。富春渚上潮未还，天姥岑边月初落。烟水茫茫多苦辛，更闻江上越人吟。洛阳城阙何时见，西北浮云朝暝深。

——《海塘录》卷二十三

【索引词】杭州；富春江；绍兴；天姥山；夜泊；潮汐。

【导读】"富春渚上潮未还，天姥岑边月初落"，写明了在浙东运河上"扁舟"的航行路线，一端是杭州市的富春江边，另一端是绍兴市曹娥江流域新昌江天姥山下。

送越州裴参军充使入京

日落川径寒，离心苦未安。客愁西向尽，乡梦北归难。霜果林中变，秋花水上残。明朝渡江后，云物向南看。

——《御定全唐诗》二百六十八

送周判官往台州

吾宗长作赋，登陆访天台。星使行看入，云仙意转催。饮冰攀璀璨，驱传历莓苔。日暮东郊别，真情去不回。

——《御定全唐诗》一百十八

登越州城

越嶂绕层城，登临万象清。封圻沧海合，廛市碧湖明。晓日渔歌满，芳春棹唱行。山风吹美箭①，田雨润香粳。代阅英灵尽，人闲吏隐

---

① 吹，一作摇。

并。赠言王逸少^①，已见曲池^②平。

——《御定全唐诗》卷一百十八

【索引词】绍兴；鉴湖；行舟。

立秋日题安昌寺北山亭

楼观倚长霄，登攀及霁朝。高如石门顶^③，胜拟赤城^④标。天路云虹近，人寰气象遥。山围伯禹庙，江落伍胥^⑤潮。徂暑迎秋薄，凉风是日飘。果林余苦李，萍水覆甘蕉。览古嗟夷漫，凌空爱寂^⑥寥。更闻金刹下，钟梵晚萧萧。

——《御定全唐诗》卷一百十八

【索引词】绍兴柯桥；安昌；会稽山；禹穴禹陵禹庙。

【导读】"山围伯禹庙，江落伍胥潮"是全诗亮点。诗人既借用名诗衬托北山之壮丽，又侧重交代亲身感受：登上北山亭，似乎天近了，人远了，南望大禹陵所在会稽山，北瞰伍子胥弄潮的杭州湾，萧绍平原"山—原—海"地貌尽收眼底；立秋之日凉风送爽，好不畅快；山水林田湖草，甘苦皆为农获。五言对仗工整，堪为上佳之作。安昌是绍兴四大古镇之一，位于柯桥区西北端，与浙东运河水路相连。这里的乌篷船运送过无数幕僚文人，被誉为"师爷故里"。

---

① 王羲之，字逸少。
② 曲折回绕的水池。指曲水流觞处。
③ 谢灵运有五言古诗《登石门最高顶》。
④ 赤城为天台山南门。李白有"天姥连天向天横，势拔五岳掩赤城"句。
⑤ 胥，《岁时杂咏》作"员"。
⑥ 寂，《岁时杂咏》作"沈"。

寻龙湍^①

仙穴寻遗迹，轻舟爱水乡。溪流一曲尽，山路九峰长。渔父歌金洞，江妃舞翠房。遥怜葛仙宅^②，真气共微茫。

——《御定全唐诗》卷一百十八

【索引词】绍兴；禹穴禹陵禹庙；龙瑞宫；行舟。

【导读】本诗应作于开元二年（714）或稍后。原题作《寻龙湍》，《（雍正）浙江通志》改作《孙逖寻龙瑞宫诗》。前四句是乘舟转步行探仙穴（禹穴）的情景，后四句则反映了大禹崇拜与道教文化纠缠不清的现实。龙瑞宫是中国唯一洞天福地双栖处，越中胜迹，道家"第十洞天"。唐神龙元年（705）置怀仙馆，开元二年（714）因龙现，改名龙瑞宫（这一年恰逢孙逖任山阴县尉）。今有阳明洞，即"禹穴"。宋代著作认为葛玄、葛洪求仙炼丹于此，"去禹穴二十五步"。又有"禹井"，后被道教文化覆盖，称"葛仙翁炼丹井"。

〔唐〕陶翰

作者简介：陶翰（生卒年不详），玄宗开元十八年（730）登进士第。

乘潮至渔浦作

舣棹乘早潮^③，潮来如风雨。樟台忽已隐，界峰莫及睹。^④崩腾心为失，浩荡目无主。豗懂浪始闻，^⑤漾漾入渔浦。云景共澄霁，江山相吞

---

① 《（雍正）浙江通志》卷二百三十一"龙瑞宫"条下小字抄录全诗，题作"寻龙瑞宫"。
② 指葛洪修炼处。
③ 《河岳英灵集》卷上、《（雍正）浙江通志》卷十五作"早乘潮"。
④ 一作"嶂高忽已界，峰暗莫及睹"。
⑤ 一作"风停浪始开"。懂，音huò。

吐。伟哉造化工①，此事从终古。流沫诚足诫，商歌调易苦。颇因忠信全，客心②犹栩栩。

——《御定全唐诗》卷一百四十六

【索引词】乘潮；行舟；杭州萧山；渔浦。

〔唐〕王维

作者简介：王维（701—761），唐河东人，祖籍太原祁县，字摩诘。玄宗开元进士擢第。肃宗乾元中迁尚书右丞，故世称王右丞。以诗名盛于开元、天宝间，尤长五言，多咏山水田园，与孟浩然并称王孟。有《王右丞集》。

西施咏

艳色天下重，西施宁久微？朝为越溪女，暮作吴宫妃。贱日岂殊众，贵来方悟稀。邀人傅脂粉，不自著罗衣。君宠益娇态，君怜无是非。当时浣纱伴，莫得同车归。持谢邻家子，效颦安可希。

——《王右丞集笺注》卷五

【索引词】绍兴；行舟；西施。

〔唐〕薛据

作者简介：薛据（约701—约767），河中宝鼎（今山西万荣西）人。开元十九年（731）进士及第，乾元二年（759）授太子司议郎，后改祠部员外郎，仕终水部郎中。《全唐诗》存诗十二首，残句二。

---

① 工，一作灵。
② 心，一作念。

西陵口观海

长江漫汤汤，近海势弥广。在昔胚浑①凝，融为百川决。地形失端倪，天色瀵②溟漾。东南际万里，极目远无象。山影乍浮沈，潮波忽来往。孤帆或不见，棹歌犹想像。日暮长风起，客心空振荡。浦口霞未收，潭心月初上。林屿几逶回，亭皋时偃仰。岁晏访蓬瀛，真游非外奖。

——《御定全唐诗》卷二百五十三

【索引词】杭州滨江；西陵；海潮；行舟。

登秦望山

南登秦望山，目极大海空。朝阳半荡漾，晃朗天水红。溪壑争喷薄，江湖递交通。而多渔商客，不悟岁月穷。振缗迎早潮，弭棹候长③风。予本萍泛者，乘流任西东。茫茫天际帆，栖泊何时同。将寻会稽迹，从此访任公④。

——《御定全唐诗》卷二百五十三

【索引词】绍兴；秦望山；鉴湖；曹娥江；行舟。

【导读】诗人登秦望山，眼光与人不同，看到的是萧绍平原上辽阔宏大、无比繁忙的航运图。"溪壑争喷薄，江湖递交通"是说众多出山溪流上、曹娥江等江面上、鉴湖湖面上，到处是忙碌的舟船。"而多渔商客，不悟岁月穷"是说船上渔业商人居多，他们长年累月做生意没有空闲的时

---

① 一作腗。

② 一作潜。

③ 一作远。

④ 指任公子。《庄子·外物篇》：任公子为大钩巨缁，五十犗以为饵，蹲乎会稽，投竿东海，旦旦而钓，期年不得鱼。已而大鱼食之，牵巨钩陷没而下，惊扬而奋鬐，白波若山，海水震荡，声侔鬼神，惮赫千里。任公子得若鱼，离而腊之，自制河以东，苍梧已北，莫不厌若鱼者。"

候。"振缗迎早潮，弭棹候长风"则说明了所有这些航船无不与自然条件如潮涨潮落、有风无风密切关联。"予本萍泛者，乘流任西东。茫茫天际帆，栖泊何时同"，是说诗人与大家一样，来来往往，自由旅行，尽享水上交通的便利；游客多，船更多，密密麻麻，进出有序。最后两句"将寻会稽迹，从此访任公"是全诗的升华，意思是越州的经济特别是渔业经济如此繁荣，这岂不是任公子蹲乎会稽，钓于东海，一朝成功则万民享用不尽的神话变成现实了吗？！

〔唐〕李白

作者简介：李白（701—762），字太白，号青莲居士，唐朝浪漫主义诗人，被后人誉为"诗仙"。汉族，祖籍陇西成纪，出生于碎叶城（当时属唐朝领土，今属吉尔吉斯斯坦），随父迁至剑南道绵州。李白存世诗文千余篇，有《李太白集》传世。其墓在今安徽当涂，四川江油、湖北安陆有纪念馆。

夏歌

镜湖三百里，菡萏发荷花。五月西施采，人看隘若耶。回舟不待月，归去越王家。

——《御定全唐诗》卷二十一

【索引词】绍兴；镜湖；若耶溪；行舟；勾践。

【导读】这首民歌以虚拟形式，表现春秋末年越国美女西施在镜湖和若耶溪采莲的无限风情。背景是那么开阔，三百里镜湖和若耶溪口，荷花盛开；人物是那么鲜明，西施采莲、回舟、归去，情态如见；气氛是那么热烈，若耶溪边，人山人海。所呈现的境界，生动活泼，趣味无穷，充分反映了南朝民歌的特殊风格。同时，这首民歌告诉读者，在唐代，镜湖湖面是那么广阔，若耶溪溪口是那么具有人气，荷莲之特产是那么丰富。其时，由于镜湖的涵闸设施比较完备，镜湖和若耶溪不但产荷莲，而且产白蘋。诗人《渌水曲》便有如此表达："渌水明秋月，南湖采白蘋。荷花娇欲语，愁杀荡舟人！"

送王屋山人魏万还王屋（节选）

东浮汴河水，访我三千里。逸兴满吴云，飘摇浙江汜。挥手杭越间，樟亭望潮还。涛卷海门石，云①横天际山。白马走素车，雷奔骇心颜。遥闻会稽美，且度②耶溪水。万壑与千岩，峥嵘镜湖里。秀色不可名，清辉满江城。人游月边去，舟在空中行。此中久延伫，入剡寻王许。笑读曹娥碑，沈吟黄绢语。天台连四明，日入向国清。五峰转月色，百里行松声。灵溪咨沿越，华顶殊超忽。石梁横青天，侧足履半月。

——《御定全唐诗》卷一七五

【索引词】杭州；绍兴；宁波；若耶溪；镜湖；行舟；江河水利。

【导读】这是天宝十三载（754）李白五言长诗的节选，诗前有小序："王屋山人魏万，云自嵩宋沿吴相访，数千里不遇，乘兴游台越，经永嘉，观谢公石门。后于广陵相见，美其爱文好古，浪迹方外，因述其行，而赠是诗。"诗人写朋友魏万游程，就越而言，写到会稽山、若耶溪、镜湖、越州城，人们常说的"水乡泽国"，于中有焉。其给人的印象，是清秀明媚，这与先秦《管子·水地》所曰"越之水重浊而洎"，大异其趣，判若两地。诚如陈桥驿先生《绍兴水利史概论》所言："古代绍兴人民通过世世代代的惨淡经营，早在公元前五世纪，就出现了肥饶的富中大塘。公元二世纪，就修成了誉满东南的鉴湖。公元四世纪，这里的自然环境已从穷山恶水转变为'山阴道上行，如在镜中游'的著名风景区。"到了公元7—9世纪的唐代，400多名诗人慕名而来，一条著名的浙东唐诗之路，便由此

---

① 一作雪，不恰当。

② 原注：一作一弄。

形成了。而这条浙东唐诗之路的路径，正是这首五言长诗所揭示的。

送友人寻越中山水

闻道稽山去，偏宜谢客才①。千岩泉洒落，万壑树萦回。②东海横秦望，西陵绕越台。湖清霜镜晓，涛白雪山来。八月枚乘笔③，三吴张翰杯④。此中多逸兴，早晚向天台。

——《御定全唐诗》卷一七五

【索引词】绍兴；秦望山；镜湖；天台山；杭州；西陵；越台；海潮。

【导读】李白先后四次入越，对"东南山水越为最，越地风光刹领先"有真切了解。他听说友人要去越中，于是赶紧推荐不可错过的景点：沿运河至杭州，过钱江，抵西陵，观看"涛白雪山来"的大潮，游览西城湖山上的越王台，全程乘坐萧绍运河的航船至会稽城，登秦望山，划镜湖舟，最后一定要经曹娥江去一趟天台。这首诗是一张推荐越中独特名胜和人文景点的"导游图"。

诗人对越中山水之热爱，溢于言表。所可注意者，在诗人心目中，越中山水如此秀丽明媚，除了自然本色，与东汉马臻创立镜湖、西晋贺循疏通西兴运河等水利工程是分不开的。李白似乎在告诉读者，有了前人的水利工程，唐代的越中，才成为非常理想的游赏之地。不信吗？请再读两首李白的有关诗作。《送纪秀才游越》曰："海水不满眼，观涛难称心。即知蓬莱石，却是巨鳌簪。送尔游华顶，令余发扵吟。仙人居射的，道士住山

---

① 谢客才，最适宜你（友人）这样像谢灵运一样的才子。谢灵运小名客儿，人称谢客。

② 千岩、万壑，赞美越中山水之词。李白《送王屋山人魏万还王屋》："万壑与千岩，峥嵘镜湖里。"

③ 指观潮。枚乘《七发》："将以八月之望，与诸侯远方交游，兄弟并往，观涛於广陵之曲江。"

④ 指不求荣名、豁达纵酒。《世说新语·任诞》："（张翰）曰：使我有身后名，不如即时一杯酒。"

阴。禹穴寻溪入，云门隔岭深。绿萝秋月夜，相忆在鸣琴。"《越中秋怀》曰："越水绕碧山，周回数千里，乃是天镜中，分明画相似。爱此从冥搜，永怀临湍游。一为沧波客，十见红蕖秋。观涛壮天险，望海令人愁。路遐迫西照，岁晚悲东流。何必探禹穴，逝将归蓬丘。不然五湖上，亦可乘扁舟。"

重忆一首①

欲向江东去，定将谁举杯？稽山无贺老，却棹酒船回。

——《御定全唐诗》卷一百八十二

【索引词】绍兴；会稽山；鉴湖。

【导读】贺知章极为欣赏李白，读《蜀道难》称李白为"天上谪仙人"，读《乌栖曲》（又说《乌夜啼》），称"此诗可以泣鬼神矣"，向玄宗推荐了李白。唐天宝三载（744）贺知章告老还乡，李白深情难舍，作《送贺宾客归越》诗："镜湖流水漾清波，狂客归舟逸兴多。山阴道士如相见，应写黄庭换白鹅。"表达了他对贺知章的情谊和后会有期的愿望。不幸，贺知章回到家乡不到一年，便仙逝道山。对此，李白十分悲痛，天宝六载（747）到会稽凭吊，写下了《对酒忆贺监二首》，其序曰："太子宾客贺公於长安紫极宫一见余，呼余为'谪仙人'，因解金龟换酒为乐。殁后对酒怅然有怀，而作是诗。"其一："四明有狂客，风流贺季真。长安一相见，呼我谪仙人。昔好杯中物，翻为松下尘。金龟换酒处，却忆泪沾巾。"其二："狂客归四明，山阴道士迎。敕赐镜湖水，为君台沼荣。人亡余故宅，空有荷花生。念此杳如梦，凄然伤我情。"可见"金龟换酒"一事，给李白留下了多么深刻的印象，产生了多么深厚的挚情。

这首诗名为《重忆》，即紧接《对酒忆贺监二首》之后的又一次回忆。上联说诗人要向江东去，一定要跟谁举杯饮酒呢？想到住在鉴湖一带的贺

---

① 一作《重忆贺监》《重忆》。

知章。下联说在会稽山一带已经没有贺知章，只能摇着载酒的船返回。稽山即今绍兴，棹船联系鉴湖。这首诗连用上下联呼应的写法："谁"呼应"贺老"，"江东"呼应"稽山"，"举杯"呼应"酒"，前后几度呼应，写出了与知己酒友贺老的深厚感情。

别储邕之剡中

借问剡中道，东南指越乡。舟从广陵去，水入会稽长。竹色溪下绿，荷花镜里香。辞君向天姥，拂石卧秋霜。

——《剡录》卷六上

【索引词】绍兴嵊州；绍兴新昌；剡溪；镜湖；行舟。

【导读】诗歌应作于开元十四年（726），李白离开金陵到广陵，而后告别储邕去往天姥山时。这一年，李白东南游苏、杭、越、台，"东涉溟海"。诗中详细交代了即将去往会稽（今绍兴）、剡中（今嵊州）和天姥（今新昌天姥山）的地理方位（东南越乡），"荷花镜里香"暗指镜湖。储邕，事迹不详。约30年后，李白另有《送储邕之武昌》诗："黄鹤西楼月，长江万里情。春风三十度，空忆武昌城。送尔难为别，衔杯惜未倾。湖连张乐地，山逐泛舟行。诺谓楚人重，诗传谢朓清。沧浪吾有曲，寄入棹歌声。"可见二人友谊之深厚。

梦游天姥吟留别①

海客谈瀛洲，烟涛微茫信难求。越人语天姥，云霓明灭或可睹。天姥连天向天横，势拔五岳掩赤城。天台四万八千丈，对此欲倒东南倾。我欲因之梦吴越，一夜飞度镜湖月。湖月照我影，送我至剡溪。谢公宿处今尚在，渌水荡漾清猿啼。脚著谢公屐，身登青云梯。半壁见海日，空中闻天鸡。千岩万转路不定，迷花倚石忽已暝。熊咆龙吟

---

① 别，一作"别东鲁诸公"。

殷岩泉，栗深林兮惊层巅。云青青兮欲雨，水澹澹兮生烟。列缺霹雳，丘峦崩摧。洞天石扇①，訇然中开。青冥浩荡不见底，日月照耀金银台。霓为衣兮风为马，云之君兮纷纷而来下。虎鼓瑟兮鸾回车，仙之人兮列如麻。忽魂悸以魄动，恍惊起而长嗟。惟觉时之枕席，失向来之烟霞。世间行乐亦如此，古来万事东流水。别君去兮何时还？且放白鹿青崖间。须行即骑访名山。安能摧眉折腰事权贵，使我不得开心颜！

——《御定全唐诗》卷一百七十四

【索引词】绍兴；镜湖；剡溪；天台。

【导读】这首描绘梦中游历天姥山的诗，又题《梦游天姥吟留别东鲁诸公》，据说作于天宝五载（746）。第一段明言行将离开东鲁，南下吴越。第二段是全诗主干，以全力大写梦境。诗人运用丰富奇特的想象和大胆夸张的手法，组成一幅亦虚亦实、亦幻亦真的梦游图。韵七换，诗亦有七层转折。全诗内容丰富曲折，形象辉煌流丽，形式上不受律束，笔随兴至，堪称绝世佳作。

横江词六首（之四）

海神来②过恶风回，浪打天门石壁开。③浙江八月何如此，涛似连山喷雪来。

——《御定全唐诗》卷一百六十六

【索引词】杭州；钱塘江；潮汐。

【导读】这首诗主题并不是钱塘江本身，而是长江下游段安徽和县一带的海潮，但第三句拿闻名天下的钱塘江海潮作比："横江上常有急风暴雨，汹涌的浪涛能把天门山劈成两半。钱塘江八月的潮水比起它来怎么样呢？横江上的波涛好似连山喷雪而来。"横江浦，在今安徽和县东南，与

---

① 扇，《会稽掇英总集》《剡录》等作"扉"。
② 来，《文苑英华》作"东"。
③ 《方舆胜览》《记纂渊海》均作"浪打天门石壁开，海神来过恶风回"，似更可信。

长江南岸采石矶隔江相对，其南廿五公里有天门山。

越中览古

越王勾践破吴归，义士还乡①尽锦衣。宫女如花满春殿，只今惟有鹧鸪飞。

——《御定全唐诗》卷一百八十一

【索引词】绍兴；勾践。

【导读】此诗当是开元十四年（726）李白"东涉溟海"游览越中（唐越州，治所在今绍兴）时所作。在春秋时代，吴越两国争霸南方，成为世仇。从公元前510年吴正式兴兵伐越起，吴越经历了槜李、夫椒之战，十年生聚、十年教训，以及进攻姑苏的反复较量，终于在公元前473年越灭了吴。此诗写的就是这件事。吴越皆水网之区，又有钱塘江天险相隔，两国交兵，航运当先。《越绝书》有"吴古故水道""山阴古故陆道""山阴故水道"等记载，说明吴越争霸之前该地区的航运（包括航海）工程和技术非常发达，京杭运河上闻名于世的邗沟（淮扬运河前身）就开挖于吴越争霸时期（前486）。浙东运河沿岸的跨湖桥、河姆渡是独木舟发源地，说明八千余年来航运活动一直十分活跃；越王勾践时期（前496—前465）生聚教训二十年，必然利用"山阴故水道"及其水网对内发展本国经济，对外支持复仇战争。山阴故水道不仅是浙东运河最早的一段，也是中国大运河最早的区间运河之一。

采莲曲

若耶溪旁采莲女，笑隔荷花共人语。日照新妆水底明，风飘香袖②空中举。岸上谁家游冶郎，三三五五映垂杨。紫骝嘶入落花去，见此

---

① 义士，一作战士。还乡，一作还家。
② 袖，一作袂。

踟蹰空断肠。

——《御定全唐诗》卷二十一、卷一百六十三

【索引词】绍兴；王羲之；若耶溪。

王右军

右军本清真，潇洒出①风尘。山阴过羽客，爱此好鹅宾。扫素写道经，笔精妙入神。书罢笼鹅去，何曾别主人？

——《御定全唐诗》卷一百八十一

越女词（五首选二）

其三

耶溪采莲女，见客棹歌回；笑入荷花去，佯羞不出来。

其五

镜湖水如月，耶溪女似雪；新妆荡新波，光景两奇绝。

——《御定全唐诗》卷一百八十四

【索引词】绍兴；镜湖；若耶溪；行舟。

〔唐〕丘为

作者简介：丘为（约702—约797），嘉兴人。天宝二年（743）方登进士第。累官太子右庶子，以左散骑常侍致仕。存诗十三首。

泛若耶溪

结庐若耶里，左右若耶水。无日不钓鱼，有时向城市。溪中水流

---

① 出，一作在。

急，渡口水流宽。每得樵风便，往来殊不难。一川草长绿，四时那得辨？短褐衣妻儿，余粮及鸡犬。日暮鸟雀稀，稚子呼牛归。住处无邻里，柴门独掩扉。

——《御定全唐诗》卷一百二十九

【索引词】绍兴；若耶溪；泛舟；渡口。

【导读】全诗生动活泼，可分为上下两部分。第一部分主要讲了住在若耶溪畔的山水环境、对外水上交通，"每得樵风便，往来殊不难"，洋溢着知足常乐的情绪。第二部分讲了自家世外桃源般的田园生活，"一川草长绿，四时那得辨？"正话反说，充满了自豪之情。

〔唐〕徐浩

作者简介：徐浩（703—782），字季海，越州剡县（今嵊州）人。玄宗开元五年（717）明经及第。德宗建中二年（781）封会稽郡公。《全唐诗》存诗二首，《全唐诗补编》存诗一首。

谒禹庙

亩浍敷四海，川源涤九州。既膺九命锡，乃建洪范畴。鼎革固天启，运兴匪人谋。肇开宅土业，永庇昏垫忧。山足灵庙在，门前清镜流。象筵陈玉帛，容卫俨戈矛。探穴图书朽，卑宫堂殿修。梅梁今不坏，松祏①古仍留。负责故乡近，竭来申俎羞。为鱼知造化，叹凤仰徽猷。不复闻夏乐，唯余奏楚幽。婆娑非舞羽，铿鞳异鸣球。盛德吾无间，高功谁与俦？灾淫破凶慝，祚圣拥神休。出谷莺初语，空山猿独愁。春晖生草树，柳色暖汀洲。恩贷题舆重，荣殊衣锦游。宦情同械系，生理任桴浮。地极临沧海，天遥过斗牛。精诚如可谅，他日寄

---

① 松祏（sōng shí），用松木制作的神主与以石做的匣。陶宗仪《古刻丛钞》误作"松柘"。

冥搜。

——《御定全唐诗》卷二百十五

【索引词】绍兴；禹穴禹陵禹庙；镜湖；梅梁。

【导读】这首五言古诗当作于诗人被封为会稽郡公的第二年（782）春天。诗人晋谒禹庙，展拜大禹，浮想联翩。全诗五节，每节八句。第一节集中叙述治水功绩；第二节展现禹庙当时情景；第三节描述禹庙祭祀盛况，表达对大禹的感激之情；第四节写祭祀后回来路上，依然怀有对大禹的崇敬之意；第五节联想自身，表明对唐德宗的一片忠心。全诗由禹庙而思大禹，集中表现大禹治水留在人们心中的深刻印象，说明唐代对水利问题依然十分看重。全诗采用叙述手法，逻辑严密，结构清晰，安排合理，主旨突出，一韵到底。

〔唐〕杜甫

作者简介：杜甫（712—770），字子美，汉族，河南巩县（今河南巩义）人，出身京兆杜氏分支之一的襄阳杜氏。自号少陵野老，唐代伟大的现实主义诗人，与李白合称"李杜"。年轻时，曾漫游吴越。他从洛阳出发，途经江宁（今江苏南京），下扬州，到浙江越中游历，留下了深刻印象。著《杜工部集》。

解闷十二首（其二）

商胡离别下扬州，忆上西陵故驿楼。为问淮南米贵贱，老夫乘兴欲东游。

——《御定全唐诗》卷一百四十六

【索引词】杭州；西陵；行舟。

壮游（节选）

枕戈忆句践，渡浙想秦皇。蒸鱼闻匕首，除道哂要①章。越女天下白，鉴湖②五月凉。剡溪蕴秀异，欲罢不能忘。归帆拂天姥，中岁贡旧乡。气劘屈贾垒，目③短曹刘墙。

——《御定全唐诗》卷二百二十二

【索引词】 绍兴；鉴湖；剡溪；天姥；行舟；勾践。

【导读】 这是诗人五言古诗《壮游》的部分节选。诗人运用大量典故，特别指出：越中乃奋发有为之地，历史底蕴深厚，山水风光秀美，人物风情丰富。表明诗人对越中的审美眼光和深厚情感。"鉴湖五月凉"乃经典诗句，概括鉴湖之浩渺、深广和清亮，虽时值五月暑天，却给人以凉爽感觉。这是对鉴湖的由衷歌颂，也是唐代鉴湖的客观反映。如果与宋之问《早春泛镜湖》、贺知章《采莲曲》、孟浩然《与崔二十一游镜湖》、李白《送友人寻越中山水》《夏歌》相参读，那么，东汉会稽太守马臻创立的鉴湖留给后人的恩泽，真是难以估量。又，因为杜甫姑父贺为住鉴湖边，杜甫在此生活五年，对鉴湖认识特别深，才有如此高度概括。

〔唐〕张继

作者简介：张继（约715—约779），唐襄州人，字懿孙。天宝十二载（753）进士及第。安史之乱起，张继在吴越游历，其淹留会稽约在至德二载（757）。大历四五年间（769—770），西上武昌。后"没于洪州"，确年无考。《枫桥夜泊》一诗，传诵千古。

---

① 原注：《说文》腰作要。除道腰章，用朱买臣事。
② 鉴湖，宋代《剡录》《九家集注杜诗》《会稽掇英总集》《竹庄诗话》《记纂渊海》均作"镜湖"。
③ 目，一作日。

会稽郡楼雪霁①

江城昨夜雪如花，郢客登楼齐望②华。夏③禹坛前仍聚玉，西施浦④上更飞沙⑤。帘栊向晚寒风度，睥睨初晴落景斜。数处微明销不尽，湖山清⑥映越人家。

——《御定全唐诗》卷二百四十二

【索引词】绍兴；禹穴禹陵禹庙；浦阳江；鉴湖；会稽山。

〔唐〕皇甫冉

作者简介：皇甫冉（约717—约770），字茂政，润州丹阳人，晋高士谧之后。十岁能属文，天宝十五载（756）举进士第一，授无锡尉，历左金吾兵曹。王缙为河南帅，表掌书记。

西陵寄灵一上人⑦

西陵遇风⑧处，自古是通津。终日空江上，云山若待人。汀洲寒事早，鱼鸟兴情新。回望山阴路，心中⑨有所亲。

——《御定全唐诗》卷二百四十九

【索引词】杭州；钱塘江；西陵；绍兴。

---

① 一作《望雪》。
② 一作"望霁"。
③ 一作"大"。
④ 一作"渚"。
⑤ 一作"飘纱"。
⑥ 一作"青"。
⑦ 原注：一本题下有"朱放"二字。
⑧ 一作"潮"。
⑨ 一作"中心"，一作"吾心"。

赋得越山三韵[①]

西陵犹隔水，北岸已春山。独鸟连天去，孤云伴客还。只应结茅宇，出入石林间。

——《御定全唐诗》卷二百五十

【索引词】杭州；西陵；会稽山。

秋夜宿严维宅

昔闻玄度宅，门向会稽峰。君住东湖下，清风继旧踪。秋深临水月，夜半隔山钟。世故多离别，良宵讵可逢？

——《御定全唐诗》卷二百四十九

【索引词】绍兴；东湖；会稽山。

【导读】玄度，东晋名士许询的字。将"严维宅"与"玄度宅"相提并论，意在把严维喻为许询一样的人物。东湖所在地，原为一座青石山，传说秦始皇时叫箬（一作"若"）黄山。因紧贴浙东运河，交通运输条件极好。汉代以后挖山取石，为水利工程和城市建设作出了巨大贡献，同时经过千百年的凿削，形成了高达五十多米的悬崖峭壁和巨型清水塘。该诗说明至迟在唐代，东湖已经形成，是清流名士的理想家园。

小江怀灵一上人

江上年年春早，津头日日人行。借问山阴远近，犹闻薄暮钟声。

——《御定全唐诗》卷二百五十

【索引词】绍兴；小江；渡口。

【导读】绍兴附近有两条"小江"，即东小江、西小江，未敢确指。江上的春天，年年都来得早。渡口每一天都是人来人往。已是傍晚，想问下

---

① 原注：一本题上有"又送陆潜夫"五字。

山阴有多远，隐隐约约听得见寺院的钟声。

奉和独孤中丞游法华寺

谢君临郡府，越国旧山川。访道三千界，当仁五百年。岩空驺驭响，树密旗旌连。阁影凌空壁，松声助乱泉。开门得初地，伏槛接诸天。向背春光满，楼台古制全。群峰争彩翠，百谷会风烟。香象随僧久，祥鸟报客先。清心乘暇日，稽首募良缘。法证无生偈，诗成大雅篇。苍生望已久，回驾独依然。

——《御定全唐诗》卷二百五十

【索引词】绍兴；会稽山；法华寺；山川。

〔唐〕萧颖士

作者简介：萧颖士（717—768）。

越江秋曙

扁舟东路远，晓月下江溃。激滟信潮上，苍茫孤屿分。林声寒动叶，水气曙连云。曤日浪中出，榜歌天际闻。伯鸾常去国，安道惜离群。延首剡溪近，咏言怀数君。

——《御定全唐诗》卷一百五十四

【索引词】绍兴；曹娥江；行舟；潮汐。

〔唐〕朱放

作者简介：朱放（？—约788），字长通，襄州襄阳（今湖北襄樊）人。早年居襄阳，安史之乱中移居剡县，宝应、广德间又移居山阴。贞元四五年间（788—789）卒于扬州。有诗名。

经故贺宾客镜湖道士观

已得归乡里，逍遥一外臣。那随流水去，不待镜湖春。雪里登山屐①，林间漉酒巾。空余道士观，谁是学仙人？

—《御定全唐诗》卷三百十五

【索引词】绍兴；镜湖；贺知章。

【导读】贺宾客，即贺知章，曾任太子宾客。天宝三载（744），因病恍惚，上疏请度为道士，求还乡里，舍本乡家宅为道观，求周宫湖数顷为放生池。唐玄宗诏令准许，赐镜湖一曲。唐玄宗以御制诗赠之，皇太子率百官饯行。回山阴五云门外"道士庄"（今绍兴市西偏门外）。其间，写下《回乡偶书二首》，为人传诵而脍炙人口，未几病逝，年八十六。天宝六载（747）李白首访道士庄后，朱放、朱庆馀、温庭筠等都先后到访道士庄，追忆德高望重的先辈，并留下脍炙人口的佳作。

剡山夜月②

月在沃洲山上，人归剡县溪边。漠漠黄花覆水，时时白鹭惊船。

—《御定全唐诗》卷三百十五

【索引词】绍兴嵊州；剡溪；沃洲山；夜航。

〔唐〕司空曙

作者简介：司空曙（720—790），字文初（一作文明），广平（今河北永年）人，大历十才子之一。曙为卢纶表兄，由于仕途蹭蹬，长期迁谪，其诗多为行旅赠别之作。有《司空曙诗集》。

---

① 登山屐，也叫谢公屐，指谢灵运隐居时期登山时穿的一种活齿木鞋。鞋底安有两个木齿，上山去其前齿，下山去其后齿，便于走山路。
② 一题《剡溪舟行》。

九日登高

诗家九日怜芳菊，迟①客高斋瞰浙江。汉浦②浪花摇素壁，西陵树色入秋③窗。木奴向熟悬金实，桑落新开泻玉缸。四子醉时争讲德，笑论黄霸屈为邦。

——《御定全唐诗》卷二百六十三

【索引词】杭州萧山；杭州滨江；渔浦；西陵；运河。

〔唐〕皎然

作者简介：皎然（约720—约805）。

若邪春兴

春生若邪④水，雨后漫流通。芳草行无尽，清⑤源去不穷。野烟迷极⑥浦，斜日起微风。数处乘流望，依稀似剡中。

——《御定全唐诗》卷八百二十

【索引词】绍兴嵊州；若耶溪；行舟。

〔唐〕秦系

作者简介：秦系（724—810），字公绪，号东海钓客，越州会稽（今绍兴）人。玄宗天宝十二载（753）前应试不第，归隐若耶溪。肃宗上元元

---

① 《石仓历代诗选》卷一百八"迟"作"逐"。
② 《石仓历代诗选》卷一百八"汉浦"作"渔浦"。
③ 秋，一作云。
④ 一作溪。
⑤ 一作春。
⑥ 一作急。

年（760）前后，移地剡山。德宗建中元年（780）流寓泉州。三四年后，归居会稽。贞元六七年间（790—791）辟为徐泗节度使张建封从事、检校秘书省校书郎，不久南返。著《秦隐君集》。

题镜湖野老所居①

湖里寻君去，樵风往返吹。树喧巢鸟出，路细葑田移。沤苎成鱼网，枯根是酒卮。年老唯自适，生事任群儿。

——《御定全唐诗》卷二百六十

【索引词】绍兴；镜湖；行舟。

【导读】诗人大约于代宗大历五年（770）第一次回到"会稽山居"，其间，不时出访。这首五言律诗题于野老居室，借野老的理想生活，表达自己希望长期"会稽山居"的生活理想。从"湖里寻君去，樵风往返吹"的叙述看，诗人寻野老之湖当为东镜湖，从"树喧巢鸟出，路细葑田移"的描写看，此时镜湖已出现葑田现象。葑田现象到了唐代后期更为明显，温庭筠《题贺知章故居叠韵》便如此描写："废砌翳薜荔，枯湖无菰蒲。老媪饱槁草，愚儒输逋租。"贺知章故居在绍兴市西偏门外道士庄，属唐玄宗所赐"镜湖剡川一曲"之地，"枯湖无菰蒲"现象，便是葑田严重的表现。这可能是到了宋代开始填湖造田的原因之一。至今原镜湖南岸不少地方尚以"葑"为地名，如骆家葑、劳家葑、邹家葑、王家葑等等，便是证明。这说明镜湖原系人造水库，又说明水利建设并非一劳永逸之事，保护和整治非常重要。

云门山

十峰游罢古招提，路入云门峻似梯。秀气渐分秦望岭，寒声犹入

---

① 一作马戴诗，《（雍正）浙江通志》卷二百七十四署名作"唐马戴"。马戴（799—869），晚唐诗人。

若耶溪。天开霁色澄千里，稻熟秋香亘万畦。多少灵踪待穷览，却愁回驭日平西。

——《古今图书集成》卷一百十四

【索引词】绍兴；若耶溪；秦望山。

宿云门上方

禅室遥看峰顶头，白云东去水长流。松间傥许幽人住，不更将钱买沃州^①。

——《御定全唐诗》卷二百六十

【索引词】绍兴；若耶溪。

【导读】新昌江上游支流黄坛江与青坛江交汇处有沙洲，常种以水稻和桑麻，故被称作沃洲（州）。传说沃洲山是晋代高僧支遁在此放鹤养马处，极其幽静，唐代则成为诗人、高僧频繁聚会的一方胜地。刘长卿作《送方外上人》诗（孤云将野鹤，岂向人间住？莫买沃州山，时人已知处）指"买沃州"为追逐名利。《宿云门上方》一诗，借用云门寺、若耶溪的蓝天白云、青山绿树，表达了诗人清静避世、淡泊名利的心境。

〔唐〕陈允初等

作者简介：1.陈允初（生卒年不详），一作陈元初，越州会稽（今绍兴）人。天宝末（约755）任校书郎，后避乱归乡。代宗广德元年（763）至大历五年（770）在浙东节度幕，与数十人联唱，结集为《大历年浙东联唱集》二卷。2.吕渭（734—800），字君载，河中（今山西永济）人。3.严维（？—784）越州人，至德二载（757）中进士。4.谢良弼（生卒年不详），越州诗坛盟主谢良辅（707—780）之兄。5.贾肃，大历年间（766—

---

① 州，一作洲。

779）在越州。6.郑概，广德元年至大历五年（763—770）在浙东节度幕。7.庾骙，大历年间（766—779）在越州。8.裴晃，大历年间（766—779）在越州。

大历年浙东联唱集·征镜湖故事

将寻炼药井，更逐卖樵风。（陈允初）

刻石秦山上，探书禹穴中。（吕渭）

溪边寻五老，桥上觅双童。（严维）

梅市西陵近，兰亭上道通。（谢良弼）

雷门惊鹤去，射的验年丰。（贾肃）

古寺思王令，孤潭忆谢公。① （郑概）

帆开岩上石，剑出浦间铜。（庾骙）

兴里还寻戴，东山更向东。（裴晃）

　　　　　　　——《会稽掇英总集》卷十四、《剡录》卷六上

【索引词】绍兴；镜湖；若耶溪；秦望山；禹穴禹陵禹庙；刘宠；兰亭；石帆山。

【导读】这首五言联句将镜湖周围的历史典故，作了高度概括和总结，出以形象，真切感人，表现了诗人们对越地及其历史文化的深爱之情。所可注意者，所述"故事"，大都发生在汉顺帝永和五年（140）马臻创立镜湖以后，则镜湖对越地历史的影响，可谓大矣。诗人们似乎在昭示后人：一项伟大的水利工程，是会如此深远地影响地域历史文化的。

〔唐〕独孤及

作者简介：独孤及（725—777），字至之，洛阳人。玄宗天宝十三载

---

① 王令，王子敬；谢公，谢灵运。

（754）中洞晓玄经科。肃宗至德中避地越州，历佐浙东节度、江淮都统幕。工诗，今存《毗陵集》二十卷。

同徐侍郎①五云溪新庭②重阳宴集作

　　万峰③苍翠色，双溪清浅流。已符东山趣，况值江南秋。白露天地肃，黄花门馆幽。山公惜美景，肯为芳樽留？五马照池塘，繁弦催献酬。临风孟嘉帽，乘兴李膺舟。骋望傲千古，当歌遗四愁。岂令永和人，独擅山阴游。

——《御定全唐诗》卷二百四十六

　　【索引词】绍兴；若耶溪；东山；兰亭；山阴。

　　【导读】这是诗人同侍郎徐安贞参加在五云溪举办的重阳宴所作诗歌，其中"东山趣"指东晋谢安与王羲之、许询、支遁等人游乐若耶溪，出则渔弋山水，入则言咏属文，无处世意；"岂令永和人，独擅山阴游"更是把这次重阳宴比作永和九年王羲之组织的兰亭集会。五云溪有两说：一说为若耶溪别称，应即此；另一说"在浙江金华府义乌县西北二十五里，源出五云山，入大溪"（《御选唐诗》注文）。

〔唐〕刘长卿

　　作者简介：刘长卿（约726—约789），唐河间人，一说宣城人，河间为其郡望，字文房。玄宗天宝进士。曾任随州刺史，世称刘随州。至德三载（758）摄海盐令。其集称《刘随州集》。

---

① 徐侍郎：徐安贞，信安龙丘（今浙江金华兰溪）人。
② 一作亭。
③ 皇甫冉诗："长忆云门寺，门前千万峰。"云门寺在若耶溪畔。

上巳日越中与鲍侍郎①泛舟耶溪

兰桡缦②转傍汀沙，应接③云峰到若耶。旧浦满④来移渡口，垂杨深处有人家。永和春色千年在，曲水乡心万里赊。君见渔船时借问，前洲⑤几路入烟花⑥。

——《御定全唐诗》卷一百五十一

【索引词】绍兴；若耶溪；行舟；渡口。

【导读】诗歌自始至终是在叙述船上的情景，生动描绘了唐代的几位官员泛舟若耶溪时的躁动不安与目不暇接，反映了当年越州安闲富裕的市井生活与极其良好的山水生态，也彰显了若耶溪航行的通畅。

游四窗

四明山绝奇，自古说登陆。苍崖倚天立，覆石如覆屋。玲珑开户牖，落落明四目。箕星分南野，有斗挂檐北。日月居东西，朝昏互出没。我来游其间，寄傲巾半幅。白云本无心，悠然伴幽独。对此脱尘鞅，顿忘荣与辱。长笑天地宽，仙风吹佩玉。

——《御定全唐诗》卷一百五十一

【索引词】宁波；四明山；四窗岩。

---

① 一作鲍侍御，即鲍防（722—790），进士及第后先在浙东观察使幕下做从事，为越州诗坛盟主。接着曾任殿中侍御史（简称侍御），级别较低；德宗朝高升，曾为礼部侍郎。

② 一作万。

③ 一作隔。

④ 一作远。

⑤ 一作桃源。

⑥ 一作烟霞，一作桃花。

送崔处士先适越

山阴好云物，此去又春风。越鸟闻花里，曹娥想镜中。小江潮易满，万井水皆通。徒羡扁舟客，微官事不同。

——《御定全唐诗》卷一百四十八

【索引词】绍兴；镜湖；曹娥江；乘潮；水井；行舟。

【导读】这首诗的第三联"小江潮易满，万井水皆通"写出了新意：曹娥江一天两次涨潮，能够灌满运河水网的大河小江，为舟楫通航提供了便利条件；遍布城乡的水井，也因为地下水丰富且相互连通，为9万多户50多万人提供了用水保障。这一切的背后，是形式多样的水利工程（如海塘、堤坝、水闸、堰埭、水井、池塘、沟渠），连接着河湖，控制着水位，保障着越州的社会经济和日常生活。

〔唐〕郎士元

作者简介：郎士元（约727—约780），唐中山（今河北定州）人，字君胄。玄宗天宝十五载（756）进士。曾为郢州刺史。工诗，"大历十才子"之一。有集。

送李遂之越①

未习风波事，初为东越游。露沾湖草晚，月照海山秋。梅市门何处？兰亭水向流。西兴待潮信，落日满孤舟。

——《御定全唐诗》卷二百四十八

【索引词】杭州；西兴；泊舟；待潮；绍兴；梅市；兰亭。

【导读】这首诗有两个版本，都是写送人去越州旅游，立足于静谧优

---

① 《御定全唐诗》卷一百四十八作《送人游越》，作者刘长卿。诗又见《刘随州集》卷三，文字均有出入。

美的西兴渡口，描绘了秋日里海潮未上的黄昏或拂晓，浙东平原的山—原—海形势，点出了对鉴湖、梅市、兰亭等地著名风景的憧憬以及对友人的深情祝福。《全唐诗》卷一百四十八、二百四十八两首并录。另一版本为《送人游越》，署名刘长卿："未习风波事，初为吴越游。露沾湖色晓，月照海门秋。梅市门何在？兰亭水尚流。西陵待潮处，落日满扁舟。"最后两句文字大同小异，都表明唐代西兴一带的运口需要借助海潮方能通航。

〔唐〕顾况

作者简介：顾况（约727—约816），字逋翁，号华阳山人，苏州海盐（今浙江海盐）人。至德二载（757）进士及第。建中二年（781）至贞元二年（786），在镇海军节度使韩滉幕下任判官。后随韩滉入朝。约卒于宪宗元和十一年（816）。有《华阳集》《顾逋翁诗集》。

剡纸歌

云门路上山阴雪，中有玉人持玉节。宛委山里禹余粮，石中黄子黄金屑。剡溪剡纸生剡藤，喷水捣后为蕉叶。欲写金人金口经，寄与山阴山里僧。手把山中紫罗笔，思量点画龙蛇出。政是垂头蹋翼时，不免向君求此物。

——《御定全唐诗》卷二百六十五

【索引词】绍兴；宛委山；禹余粮；剡溪；造纸。

〔唐〕严维

作者简介：严维（？—784），字正文，越州山阴（今绍兴）人。早年隐居桐庐。肃宗至德二年（757）登进士第，又擢辞藻宏丽科，因家贫亲老，不能远行，授诸暨尉。代宗广德元年至大历五年（763—770）在浙东节度使幕，检校金吾卫长史。大历十二年入河南尹严郢幕，辟为县尉。大历十四年随郢入朝，为秘书郎。肃宗、代宗年间被浙东诗坛推为领袖。《全唐诗》存诗一卷。

奉和皇甫大夫祈雨，应时雨降

致和知必感，岁旱未书灾。伯禹明灵降，元戎祷请来。九成陈夏乐，三献奉殷罍。掣曳旗交电，铿锵鼓应雷。行云依盖转，飞雨逐车回。欲识皇天意，为霖贶在哉。

——《御定全唐诗》卷二百六十三

【索引词】绍兴；禹穴禹陵禹庙。

【导读】这首五言排律当作于唐代宗大历九年至十一年（774—776）皇甫温为越州刺史兼浙东观察使时，为奉和皇甫温《祈雨》诗而作。诗人如实记录了皇甫温带领僚属到大禹庙祈雨的场面和过程，表达官民对祈雨成功的喜悦，表现地方官对民事的关心，歌颂有求必应之大禹神灵。这说明，在唐代，大禹不仅以治水英雄的形象屹立于百姓心上，而且以福佑地方的神灵形象为人们所崇奉。满足人们的祈求，由人而成神，这是我国固有的历史现象，也是人们崇拜英雄的文化现象。李绅有一首《登（一作"祭"）禹庙回，降雪，五言二十韵》，也是这一文化现象的表现，录以备读。序曰："大和八年（834）十月，冬暄无雪，自访禹庙所（一作"祈"）祷。其日回舟至湖半，阴云四合，飞霰大降者三日，积雪盈尺。浙江中流，乃分阴雪，杭州并无所沾。"诗云："金奏云坛毕，同云拂雪（一作"海"）来。玉田千亩合，琼室万家开。湖暗冰封镜，山明树变梅。裂缯分井陌，连璧混楼台。麻引诗人兴，盐牵谢女才。细疑歌响尽，旋作舞腰回。著水鹅毛失，铺松鹤羽摧。半崖云掩映，当砌月裴回。遇物纤能状，随方巧若裁。玉花全缀萼，珠蚌尽呈胎。志士书频照，鲛人杼正催。妒妆凌粉匣，欺酒上琼杯。海使迷奔辙，江涛认暗雷。疾飘风作驭，轻集霰为媒。剑客休矜利，农师正念摧。瑞彰知有感，灵贶表无灾。尧历占新庆，虞阶想旧陪。粉凝鸾阁下，银结凤池隈。鸡树花惊笑，龙池絮欲猜。劳歌会稽守，遥祝永康哉！"（《御定全唐诗》卷四百八十一）严维尝有《陪皇甫大夫谒禹庙》诗，一并录下："竹使羞殷荐，松奁拜夏祠。为鱼歌德（一作"致美"）后，舞羽降神时。文（一作"仗"）卫瞻如在，精灵信有期。夕阳陪醉止，塘上鸟咸迟。"（《御定全唐诗》卷二百六十三）

酬王侍御西陵渡见寄

前年万里别，昨日一封书。鄞曲西陵渡，秦官使者车。柳塘薰昼日，花水溢春渠。若不嫌鸡黍①，先令扫弊庐。

——《御定全唐诗》卷二百六十三

【索引词】杭州；西陵；渡口。

〔唐〕陆羽

作者简介：陆羽（约733—约804），字鸿渐，复州竟陵（今湖北天门）人。幼孤，为僧智积收育，以陆为姓。少年时为伶人，玄宗天宝五载（746）太守李齐物教以诗书，始为士人。肃宗至德元载（756）避乱居湖州。

会稽东小江②

月色寒潮入剡溪，青猿叫断绿林西。昔人已逐东流去，空见年年江草齐。

——《御定全唐诗》卷三百八

---

① 鸡黍：指杀鸡为黍，谓殷勤款待宾客。与下句"弊庐"相对应。
② 原题作《会稽东小山》，不合诗意，据《（雍正）浙江通志》改。东小江，又称小舜江，即曹娥江。

【索引词】绍兴；小舜江；曹娥江；剡溪；潮汐。

〔唐〕崔词

作者简介：崔词，生卒年不详，约与薛苹（746—819）同时。唐宪宗元和二年至五年（807—810）薛苹官越州刺史兼浙东观察使时，崔词在越州（今绍兴）。《会稽掇英总集》存诗八首。

题禹庙

惟舜禅功始，惟尧锡命初。九州方奠画，万壑遂横疏。受箓尝开洞，过门不下车。诸侯会玉帛，沧海荐图书。玄默将遗世，崇高亦厌居。耕田自有鸟，浚泽岂为鱼？家及三王嗣，殷因百代如。灵容肃清宇，衮服闭荒墟。枣径愁云暮，松扉撤祭余。叨荣陵寝邑，怀古益踌躇。

——《会稽掇英总集》卷八

【索引词】绍兴；禹穴禹陵禹庙。

【导读】这首五言排律当作于唐宪宗元和二年（807）春天。时诗人作为越州刺史兼浙东观察使薛苹之从事，陪同薛苹在禹庙祭拜大禹，薛苹作了《禹庙神座顷服金紫，苹自到镇，申牒礼司，重加衮冕。今因祈雨，偶成八韵》："玉座新规盛，金章旧制非。列城初执礼，清庙重垂衣。不睹千箱咏，翻愁五稼微。只将蘋藻洁，宁在牺牢肥？徇市行应谬，焚巫事亦违。至诚期必感，昭报意犹希。海日明朱槛，溪烟湿画旗。回瞻郡城路，未欲背山归。"崔词便和下此诗，多了二韵，题于禹庙。此诗综合大禹传说，歌颂大禹功德，充分肯定大禹治水之业绩，并表明自己能参与祭拜，十分荣耀。所写与薛苹有别，但崇敬大禹之情则一。两诗说明，唐代对大禹和禹庙十分重视，这应该与越州子民对水利之重视作同一考虑。

〔唐〕孟郊

作者简介：孟郊（751—814），字东野，湖州武康（今浙江德清）人。少隐嵩山，性介少合。德宗贞元十二年（796）登进士第。官终郑余庆幕下节度参谋，试大理评事。著《孟东野诗集》。

送淡公（十二首选一）

乡在越境①中，分明见归心。镜芳步步绿，镜水日日深。异刹碧天上，古香清桂岑。朗约徒在昔，章句忽盈今。幸因西飞叶，书作东风吟。落我病枕上，慰此浮恨侵。

——《御定全唐诗》卷三百七十九

【索引词】绍兴；鉴湖。

【导读】这首五言古诗为《送淡公》组诗十二首之第十首。诗人早年曾漫游越中，对其中横跨山阴、会稽两县的镜湖印象特别深刻，故友人淡公将游越，便写组诗十二首相送。这首诗前四句写镜湖之美，集中在湖边花卉之绿和镜水之深，可谓抓住了镜湖之特点，由此而突出归心，便极其自然。由此而后六句遥想淡公今后在湖边的生活，最后二句设想淡公诗作对自己的慰藉，亦可想见。诗人在组诗第二首有句"镜浪洗手绿"，真是想落天外，无可匹敌。诗人在《送青阳上人游越》又有"时看镜中月，独向衣上落"句，也是巧构。诗人深爱镜湖之情，无以复加。镜湖工程到唐代还有如此效果，令人欢欣鼓舞。

---

① 《孟东野诗集》卷八、《御定全唐诗录》卷五十"境"作"镜"。

越中山水

日^①觉耳目胜，我来山水州。蓬瀛若仿佛，田^②野如泛浮。碧嶂几千绕，清泉^③万余流。莫穷合沓步，孰尽洑^④别游。越水净难污，越天阴易收。气鲜无隐物，目视远更周。举俗^⑤媚葱蒨，连冬撷芳柔。菱湖有余翠，茗圃无荒畴。赏异忽已远，探奇诚淹留。永言终南色，去矣销人忧。

——《御定全唐诗》卷三百七十五

〔唐〕陈羽

作者简介：陈羽（约753—？），唐吴县（今江苏苏州）人。早年曾在镜湖、若耶溪漫游，与诗僧灵一唱和。贞元八年（792）进士。官东宫卫佐。工诗，有集。辛文房评其诗云："写难状之景，了了目前；含不尽之意，皎皎言外。如《自遣》诗……二十八字，一片画图。"

小江驿送陆侍御归湖上山

鹤唳天边秋水空，荻花芦叶起西风。今夜渡江^⑥何处宿，会稽山在月明中。

——《御定全唐诗》卷三百四十八

【索引词】绍兴上虞；小江驿；鉴湖；会稽山；夜航。

【导读】小江驿位于绍兴市上虞区小舜江汇入曹娥江处，小舜江北侧

---

① 日，一作动，一作夕，一作自，一作但。
② 一作四。
③ 一作源。
④ 《会稽掇英总集》卷七、《御定全唐诗录》卷五十"洑"作"派"。
⑤ 一作族。
⑥ 一作渡头。

的小江村，会稽山区。这里虽不在运河干道上，但水陆交通发达，有小江渡、小江铺，西可达汤浦、绍兴，东可到东山、上虞，是浙东唐诗之路会稽和上虞的中转枢纽。古代小舜江和曹娥江是沟通会稽山区与萧绍平原的最佳航道，小江村是驿站、渡口、递铺设置重点和驿道要冲。驿站屡屡出现在诗题中，说明古代浙东运河管理制度规范、完善，持续性好。陆侍御，指陆畅（约公元820年前后在世），与陈羽是同时代人。

〔唐〕权德舆

作者简介：权德舆（759—818），唐天水略阳人，字载之。四岁即能属诗，十五岁为文数百篇，成《童蒙集》。官至同中书门下平章事。

送上虞丞

越郡佳山水，菁①江接上虞。计程航一苇，试吏佐双凫。云壑窥仙籍，风谣验地图。因寻黄绢字，为我吊曹盱。

——《御定全唐诗》卷三百二十四

【索引词】绍兴上虞；菁江；通航。

〔唐〕孟简

作者简介：孟简（？—823），字几道，祖籍汝州梁县（今河南临汝）。寓居吴中（今苏州）。贞元七年（791）登进士第，又登博学宏辞科。官至太子宾客，分司东都。元和九年（814）九月，以给事中授越州刺史兼浙东观察使，元和十二年（817）正月赴阙。《全唐诗》存诗七首，《全唐诗补编》补二首。

---

① 原注：一作清。

题禹庙

九土昔沦垫，八方抱殷忧。哲王受《洪范》，群物承天休。源委有所在，勤劳会东州。稽山何峻极，清庙居上头。律度非外事，辛壬宁少留？歌谣自不去，覆载将何求？灵长表远绩，经启著宏猷。孰敢备佐命？天吴与阳侯。玄功余玉帛，茂实结松楸。盖影庇风雨，湖光摇冕旒。质明箫鼓作，通昔礼容修。驿牢设旧物，涝水配庶羞。深沉本建极，傲很亦思柔。阴怪尚奔走，灵徒如献酬。恍疑仙驾动，静见宿云收。竹树依积润，菰蒲托清流。谬兹领百越，忽复历三秋。丹恳谅可荐，庶几无年尤。

——《会稽掇英总集》卷八

【索引词】绍兴；禹穴禹陵禹庙。

【导读】这首五言古诗当作于唐宪宗元和十二年（817）孟简离任越州刺史兼浙东观察使前。孟简是唐代重视水利建设的著名官员之一，也是流惠越州的重要地方官员。任上，他在山阴县署北开凿新河，此河至20世纪80年代才被填塞；他在山阴县北修筑运道塘，此塘至今尚在，被后人称为"白玉长堤路"，现为全国重点文物保护单位；他在山阴之北扩建新泾斗门，又在张楚所建马太守祠的基础上，重建马太守庙，为此后会稽、山阴、萧山三县水利做出了贡献。总之，他对越中的水利建设多有建树，因此，在离别越州前又专程晋谒大禹庙，留下此诗。此诗纵情回顾大禹一生为治水所做的贡献，表达对大禹的崇拜和敬佩，从中连及自身，表明自己没有辜负大禹精神。此诗为熟悉大禹、了解唐代越州的水利建设，提供了不可多得的资料。

〔唐〕张籍

作者简介：张籍（约766—约830），字文昌，唐代诗人，和州乌江（今安徽和县乌江镇）人。贞元十五年进士。累迁水部员外郎等。长于乐府诗，有集。

酬朱庆馀

越女新妆出镜心，自知明艳更沉吟。齐纨未是人间贵，一曲菱歌敌万金。

——《御定全唐诗》卷三百八十六

【索引词】绍兴；镜湖；行舟；采菱。

送越客

见说孤帆去，东南到会稽。春云剡溪口，残月镜湖西。水鹤沙边立①，山鼯竹里啼。谢家曾住处，烟洞入应迷。

——《御定全唐诗》卷三百八十四

【索引词】绍兴；镜湖；剡溪。

〔唐〕窦巩

作者简介：窦巩（769—831），字友封，平陵（今陕西咸阳西北）人。元和二年（807）登进士第，曾任检校秘书少监，兼御史中丞。

南游感兴

伤心欲问前朝事，惟见江流去不回。日暮东风春草绿，鹧鸪飞上越王台。

——《御定全唐诗》卷二百七十一

【索引词】绍兴；越王台；江河。

---

① 一作宿。

〔唐〕周元范

作者简介：周元范（生卒年不详）。句曲（今江苏句容）人。曾与白居易（772—846）唱和，张为《诗人主客图》列为广大教化主白居易之及门。

奉和白舍人游镜湖夜归

风前酒醒看山笑，湖上诗成共客吟。画烛满堤烧月色，澄江绕树浸城阴。

——《全唐诗》逸卷上

【索引词】绍兴；镜湖；夜航；堤防。

【导读】唐代诗人按作品内容、风格分为六类，各以一人为主。白居易被列为第一类诗人之首，尊称为广大教化主。周元范被列为白居易的及门弟子，这是他与白居易的唱和诗。白居易做过"中书舍人"所以称"白舍人"。这首七言绝句主题集中于镜湖一日游所见所闻，将会稽山、镜湖、河湖、堤防、树木、护城河、城外回转环绕的江流与月色、清风、醒酒的吟客、燃烧的灯火融为一体，江山如画，栩栩如生。反映了唐代镜湖的优美环境和文人雅士的假日生活。

〔唐〕刘禹锡

作者简介：刘禹锡（772—842），字梦得，洛阳人。贞元九年（793）登进士第，后任监察御史，又被贬地方司马或刺史。开成元年（836）以太子宾客分司东都。著《刘禹锡集》。

浪淘沙（节选）

八月涛声吼地来，头高数丈触山回。须臾却入海门去，卷起沙堆似雪堆。

——《御定全唐诗》卷二十八

【索引词】绍兴；江河水利；海门；江潮。

【导读】这首词写农历八月的钱江大潮，通过其声、色、势，表现得极其壮观，与前此有关诗作相比，令人耳目一新。观潮于何处？诗人没有写明，却写到海门，说明观潮之地当在钱塘江以南，唐时属越州地面。虽然诗人对海门的描写并不具体，但至少提供了这样的事实：在唐代，海门尚为钱塘江入海口，并未淤为陆地，这是研究绍兴水利史不可多得的一份资料。

酬浙东李侍郎越州春晚即事长句

越中蔼蔼繁华地，秦望峰前禹穴西。湖草初生边雁去，山花半谢杜鹃啼。青油昼卷临高阁，红斾睛翻绕古堤。明日汉庭征旧德，老人争出若耶溪。

——《御定全唐诗》卷三百六十一

【索引词】绍兴；禹穴禹陵禹庙；堤防；若耶溪。

〔唐〕李绅

作者简介：李绅（772—846），字公垂，无锡人。元和元年（806）登进士第。曾三次到越。第一次在德宗贞元十八年（802），为布衣；第二次在宪宗元和三年（808），为浙东观察使薛苹从事；第三次在文宗大和七年（833），为越州刺史兼浙东观察使。《全唐诗》存诗四卷。《全唐诗补编》补诗十首。

禹庙

削平水土穷沧海，畚锸东南尽会稽。山拥翠屏朝玉帛，穴通金阙架云霓。秘文镂石藏青壁，宝检封云化紫泥。清庙万年长血食，始知明德与天齐。

——《御定全唐诗》卷四百八十一

【索引词】绍兴；禹穴禹陵禹庙。

【导读】这首七言律诗为《新楼诗》二十首之八。《新楼诗》属回忆之作，诚如诗序所曰："……顷在越之日，荏苒多故，未能书壁，今追思，为新楼诗二十首。"从内容看，此诗当回忆任越州刺史兼浙东观察使时祭祀禹庙之作。全诗高度概括大禹治水之业绩，特别强调大禹治水在越地的作为，颔联和颈联之用典，均与越地有关，即是明证。从中，既表现了大禹功绩与越地不可分割之关系，又表明自己对越地的深厚感情。全诗用词平实，风格端庄，感情热烈，亦是诗人崇敬大禹之表现。

东武亭

亭在镜湖上，即元相所建。亭至宏敞，春秋为竞渡大设会之所。余为增以板槛，延入湖中，足加步廊，以列环卫。

绿波春水湖光满，丹槛连楹碧嶂遥。兰鹢①对飞渔棹急，彩虹翻影海旗摇。斗疑斑虎归三岛，散作游龙上九霄。鼍鼓若雷争胜负，柳堤花岸万人招。

——《御定全唐诗》卷四百八十一

【索引词】绍兴；镜湖；行舟；堤防。

【导读】这首七言律诗为《新楼诗》二十首之六。相关情况，诗人有序："到越州日，初引家累登新楼，望镜湖。见元相微之题壁诗云：'我是玉京天上客，谪居犹得小蓬莱。''四面寻常对屏障，一家终日在楼台。'

---

① 兰鹢，船的美称。

微之与乐天，此时只隔江津，日有酬和相答。时余移官九江，各乖音问。顷在越之日，荏苒多故，未能书壁。今追思，为新楼诗二十首。"道明此诗乃追思之作。《吴越春秋》卷五《勾践归国外传第八》有"城既成，而怪山自生者琅琊东武海中山也，一夕自来"的记载，因以为名，亭在龟山寺（唐时本称妙喜寺）北端，与越州城隔镜湖相望，相距约五里，是理想的观赏龙舟竞渡之地。赛龙舟是越地旧俗，每年有春赛和秋赛两起，诗中所描写的是春赛：兰鹢对飞，彩虹翻影，棹声、旗影，竞渡之龙舟宛然在目；斗疑斑虎，散作游龙，虎威、龙形，龙舟之竞渡动地惊天。加以鼓声若雷，万人招呼，其场面之热烈，情绪之激昂，声势之浩大，简直无与伦比。此诗似乎告诉读者，在唐代，龟山与越州城之间，是浩渺宽阔的水面，而非目前之陆地，且镜湖水位远比现在高得多。这为后人认识古镜湖，提供了一份十分重要的资料。

灵汜桥

灵汜桥边多感伤，分明湖派绕回塘。岸花前后闻幽鸟，湖月高低怨①绿杨。能促岁阴惟白发，巧乘风马是春光。何须化鹤归华表，却数凋零念越乡。

——《御定全唐诗》卷四百八十一

【索引词】绍兴；镜湖；灵汜桥；回塘。

【导读】这首七言律诗为组诗《新楼诗》二十首之二十，属晚年回忆之作。诗人回忆灵汜桥，特别是若耶溪两岸之鲜花及岸边前后之幽鸟，镜湖上下之明月及湖边高低之杨柳等，仿佛又身临其境，故后联引发人生之感慨，以照应开篇之"感伤"。前两联交代和描写中"分明湖派绕回塘""湖月高低怨绿杨"两句，客观上写出了若耶溪和镜湖之关系，尤其可贵的是指明回塘，属镜湖整治中之原貌，为后人研究镜湖，提供了一份

---

① 一作映。

现实的资料。

渡西陵十六韵

七年^①冬十有三日，早渡浙江。寒雨方霖，军吏悉在江次。越人年谷未成，霆雨不止，田亩浸溢，水不及穗者数寸。余至驿，命押衙裴行宗先赍祝辞，东望拜大禹庙，且以百姓请命，雨收云息，日朗者三旬有五日，刈获皆毕。有以见神之不欺也。

雨送奔涛远，风收骇浪平。截流张斾影，分岸走鼙声。兽逐衔波涌，龟艨喷棹轻。海门凝雾暗，江渚湿云横。雁翼看舟子，鱼鳞辨水营。骑交遮戍合，戈簇拥沙明。谬履一^②夫长，将询百吏情。下车占黍稷，冬雨害粢盛。望祷依前圣，垂休冀厚生。半江犹惨澹，全野已澄清。爱景三辰朗，祥农万庾盈。浦程通曲屿，海色媚重城。弓日鞬櫜动，旗风虎豹争。及郊挥白羽，入里卷红旌。恺悌思陈力，端庄冀表诚。临人与安俗，非止奉师贞。

——《御定全唐诗》卷四百八十一

【索引词】杭州；西陵；行舟；禹穴禹陵禹庙。

欲到西陵寄王行周

西陵沙岸回流急^③，船底黏沙去岸遥。驿吏递呼催下缆，棹郎闲立道齐桡。犹瞻伍相青山庙^④，未见双童白鹤桥。欲责舟人无次第，自知贪酒过春潮。

——《御定全唐诗》卷四百八十三

【索引词】杭州；钱塘江；西陵；行舟。

---

① 似为大和七年（833），李绅时为越州刺史兼浙东观察使。
② 李绅《追昔游集》卷中、翟均廉《海塘录》卷二十五"一"作"千"。
③ 原注：西陵渡在萧山县西二十里，钱王以陵非吉语，改曰西兴。
④ 原注：卢文辅《伍子胥祠铭》曰："汉史胥山，今名青山。"谬也。

望海亭①

乌盈兔缺天涯迥，鹤背松梢拂槛低。湖镜坐隅看匣满，海涛生处辨云齐。夕岚明灭江帆小，烟树苍茫客思迷。萧索感心俱是梦，九天应共草萋萋。

——《御定全唐诗》卷四百八十一

【索引词】绍兴；鉴湖；望海亭；钱塘江；行舟。

若耶溪

西施采莲、欧冶铸剑所②。

岚光花影绕山阴，山转花稀到碧浔。倾国美人妖艳远，凿山良冶铸炉深。凌波莫惜临妆面，莹锷当期出匣心。应是蛟龙长不去，若耶秋水尚沉沉。

——《御定全唐诗》卷四百八十一

【索引词】绍兴；若耶溪。

却渡西陵别越中父老

海潮晚上江风急，津吏篙师语默齐。倾手奉觞看故老，拥流争拜见孩提。惭非杜母临襄岘，自鄙朱翁别会稽。渐举云帆烟水阔，杳然凫雁各东西。

——《御定全唐诗》卷四百八十二

【索引词】杭州；西陵；绍兴；行舟；海潮。

---

① 原注：望海亭在卧龙山顶上，越中最高处。
② "西施采莲欧冶铸剑所"，《追昔游集》处理为序，《会稽掇英总集》处理为题注。

〔唐〕白居易

作者简介：白居易（772—846），唐华州下邽人，祖籍太原，字乐天，晚号香山居士，又号醉吟先生。德宗贞元十六年进士。曾为杭州刺史，筑堤捍钱塘湖，溉田千顷。久之，复除苏州刺史。武宗会昌二年，以刑部尚书致仕。卒谥文。工诗，倡导"新乐府"运动。诗文与元稹齐名，世号"元白"。晚年与刘禹锡唱和，又称"刘白"。有《白氏长庆集》等。

和微之①春日投简阳明洞天五十韵

青阳行已半，白日坐将徂。越国强仍大，稽城高且孤。利饶盐煮海，名胜水澄湖。牛斗天垂象，台明地展图②。瑰奇填市井，佳丽溢闉阇。句践遗风霸，西施旧俗姝。船头龙夭矫，桥脚兽睢盱。乡味珍螖蛒，时鲜贵鹧鸪。语言诸夏异，衣服一方殊。捣练蛾眉婢，鸣榔蛙角奴。江清敌伊洛，山翠胜荆巫。华表双栖鹤，联樯几点乌。烟波分渡口，云树接城隅。涧远松如画，洲平水似铺。绿科秧早稻，紫笋折新芦。暖踏泥中藕，香寻石上蒲。雨来萌尽达，雷后蛰全苏。柳眼黄丝颣，花房绛蜡珠。林风新竹折，野烧老桑枯。带弹③长枝蕙，钱穿短贯榆。暄和生野菜，卑湿长街芜。女浣纱相伴，儿烹鲤一呼。山魈啼稚子，林狖挂山都。产业论蚕蚁，孳生计鸭雏。泉岩雪飘洒，苔壁锦漫糊。堰限舟航路，堤通车马途。耶溪岸回合，禹庙径盘纡。洞穴何因凿，星槎谁与刳？石凹仙药臼，峰峭佛香炉。去为投金简，来因挈玉壶。贵仍招客宿，健未要人扶。闻望贤丞相，仪形美丈夫。前驱驻旌斾，偏坐列笙竽。刺史旟翻隼，尚书履曳凫。学禅超后有，观妙造虚

---

① 元稹，字微之，与白居易同科及第，结为终生诗友。元稹有《春分投简阳明洞天作》诗，五十韵，白居易作此诗以"和微之"。
② 原注：天台、四明二山。
③ 原注：丁可切，垂下貌。

无。髻里传僧宝，环中得道枢。登楼诗八咏，置砚赋三都。捧拥罗将绮，趋跄紫与朱。庙谟藏稷禼，兵略贮孙吴。令下三军整，风高四海趋。千家得慈母，六郡事严姑。重士过三哺，轻财抵一铢。送觞歌宛转，嘲妓笑卢胡。佐饮时炮鳖，蠲醒数鲙鲈。醉乡虽咫尺，乐事亦须臾。若不中贤圣，何由外智愚。伊予一生志，我尔百年躯。江上三千里，城中十二衢。出多无伴侣，归只是妻孥。白首青山约，抽身去得无？

——《白氏长庆集》卷二十六

【索引词】绍兴；运河；堰埭；河堤；若耶溪；禹穴禹陵禹庙；勾践。

【导读】白居易在杭州做刺史期间（822—825），元稹亦从宰相转任浙东观察使兼越州刺史（约822—829），越州、杭州相去非远，因而二人之间有许多往还的赠答诗篇。长庆四年（824），白居易自杭州刺史诏还，元稹因得尽征其文，成五十卷，因改元长庆，于是名曰《白氏长庆集》（后来元稹自己的诗文集命名为《元氏长庆集》）。《白氏长庆集》收诗两千余首，这是其中一首全面记录萧绍运河流域风情的赠答诗，回赠元稹《春分投简阳明洞天作》。元稹的诗五十韵一百句，用典无数，纵横捭阖，凸显才子思维，挑战性极强；白居易的诗韵脚与元稹完全一致，同样引经据典，经天纬地，戴着镣铐跳舞，难度极高，竟新意迭出，其中许多名联受到后人喜爱。

"堰限舟航路，堤通车马途。耶溪岸回合，禹庙径盘纡"堪称专为浙东运河而作的颂词，也是对好友元稹"舟船通海峤，田种绕城隅。栉比千艘合，袈裟万顷铺"等诗句的回应。"堰限舟航路"，粗看貌似抱怨堰埭碍航，实际上诗人在杭州西湖的作为，展现出极高的水利素养，他一定深深懂得正是堰埭工程维持着运河中足够的航深，保证了浙东运河"栉比千艘"的畅行无阻，因此后句用"堤通车马途"来呼应。"限"字的意图并不是否定堰埭，而是形象地展现了堰埭的工程布置图景，同时也是文学手法上的先抑后扬、形贬实褒，一"限"一"通"，一"水"一"陆"，取得了对仗工整的奇特效果，热情而全方位地赞颂了堰埭、堤防等水利工程对浙东地区水陆交通的重大作用。此外，耶溪是浙东运河的重要水源，禹庙是治水精神的纪念场所，"耶溪岸回合，禹庙径盘纡"紧密围绕前联主题，进一步歌颂了水利造福万民的不朽功绩。

答微之泊西陵驿见寄①

烟波尽处一点白，应是西陵古驿台。知在台边望不见，暮潮空送渡船回。

——《御定全唐诗》卷四百四十六

【索引词】杭州滨江；西陵；钱塘江；海潮；行舟。

酬微之夸镜湖

我嗟身老岁方徂，君更官高兴转孤。军门郡阁曾闲否？禹穴耶溪得到无？酒盏省陪波卷白，骰盘思共彩呼卢。一泓镜水谁能羡，自有胸中万顷湖。②

——《御定全唐诗》卷四百四十六

【索引词】绍兴；镜湖；禹穴禹陵禹庙；若耶溪。

答微之夸越州州宅

贺上人回得报书，大夸州宅似仙居。厌看冯翊风沙久，喜见兰亭烟景初。日出旌旗生气色，月明楼阁在空虚。知君暗数江南郡，除却余杭尽不如。

——《御定全唐诗》卷四百四十六

【索引词】绍兴；越州；兰亭。

---

① 《白香山诗集》卷二十六无"泊"字。
② 原注：微之诗云：孙园虎寺随宜看，不必遥遥羡镜湖。故以此戏言答之。

宿樟亭驿

夜半樟亭驿，愁人起望乡。月明何所见，潮水白茫茫。

——《御定全唐诗》卷四百三十六

【索引词】杭州；钱塘江；樟亭驿。

【导读】柳蒲渡和西陵渡、樟亭驿和西陵驿，完整地构成钱塘江渡口的地理概念，既是浙东唐诗之路的一个起点，也是一个重要支点。樟亭驿位于杭州市南白塔岭下钱塘江滨。唐于此置驿，为观潮之所。这里的特点是"青山隔岸分吴越，白浪排空混斗牛"，有很多名人来到樟亭驿站住宿并留下了大量诗篇，李白有"挥手杭越间，樟亭望潮还"（《送王屋山人魏万还王屋》），孟浩然有"山藏伯禹穴，城压伍胥涛"（《与杭州薛司户登樟亭楼作》），其他以樟亭为主题的诗篇数不胜数。白居易是北方人，这首怀乡诗与李白的"床前明月光，疑是地上霜。举头望明月，低头思故乡"（《静夜思》）有异曲同工之妙。

〔唐〕元稹

作者简介：元稹（779—831），唐河南人，字微之，别字威明。穆宗长庆二年（822），以工部侍郎同平章事。居相位三月，遭弹劾，出为越州刺史、浙东观察使。诗风平易，与白居易齐名，宫中呼为"元才子"。在越州与窦巩唱和，号"兰亭绝唱"。

寄乐天

莫嗟虚老海壖西，天下风光数会稽。灵氾桥前百里镜，石帆山崦五云溪①。冰销田地芦锥短，春入枝条柳眼低。安得故人生羽翼，飞来

---

① 五云溪，若耶溪的别名，北流入镜湖。

相伴醉如泥。

——《元氏长庆集》卷二十二

【索引词】绍兴；镜湖；若耶溪；灵氾桥；石帆山。

以州宅夸於乐天

州城回绕拂云堆，镜水稽山满眼来。四面常时对屏障，一家终日在楼台。星河似向檐前落，鼓角惊从地底回。我是玉皇香案吏，谪①居犹得住蓬莱。

——《御定全唐诗》卷四百十七

【索引词】绍兴；会稽山；镜湖。

再酬复言和夸州宅

会稽天下本无俦，任取苏杭作辈流。断发仪刑千古学，奔涛翻动万人忧。石缘类鬼名罗刹，寺为因坟号虎丘。莫著诗章远牵引，由来北郡似南州。

——《会稽掇英总集》卷一

【索引词】绍兴；会稽。

【导读】"会稽天下本无俦，任取苏杭作辈流"是传唱千古的名句，诗人夸越州当仁不让、痛快淋漓，既有诗韵，又很诙谐，不仅诗人自己陶醉，也让越人自豪。

酬郑从事四年九月宴望海亭次用旧韵（节选）

海亭树木何茏葱，寒光透圻秋玲珑。湖山四面争气色，旷望不与

---

① 一作降。

人间同。一拳墺伏东武小①，两山斗构秦望雄②。嵌空古墓失文种③，突兀怪石疑防风。舟船骈比有宗侣，水云瀫渶无始终。雪花布遍稻陇白，日脚插入秋波红。

——《御定全唐诗》卷四百二十一

【索引词】绍兴；鉴湖；望海亭；秦望山；行舟；防风氏。

【导读】望海亭位于绍兴市区府山之巅。"湖山四面争气色，旷望不与人间同"指的是鉴湖与府山相连接的湖山形势，"舟船骈比有宗侣，水云瀫渶无始终"描写的是河湖无边无际、舟船来来往往的航运盛景。"嵌空古墓失文种"的原注中还提到唐代《图经》记载的这样一个古老传说："湖水到山，迎棺柩入海，今所存古穴耳。"意思是古鉴湖北通杭州湾，遇有大风大浪，湖水甚至能淘空山脚的古墓，将棺柩漂入大海。《图经》是以道、州（府）、县行政区域为单位编纂的方志，包括前代文献、古老传闻、神异灵验、民间搜访等内容。

春分投简阳明洞天作④

中分春一半，今日半春徂。老惜光阴甚，慵牵兴绪孤。偶成⑤投秘简，聊得泛平湖。郡邑移仙界，山川展画图。旌旗遮屿浦，士女满阛阓，似木吴儿劲，如花越女姝。牛侬惊力直，蚕妾笑睢盱。怪我携章甫，嘲人托鹧鸪。间阎随地胜，风俗与华殊。跣足沿流妇，丫头避役奴。雕题虽少有，鸡卜尚多巫。乡味尤珍蛤，家神爱事乌。舟船通海峤⑥，田种绕城隅。栉比千艘合，袈裟万顷铺。亥荼阛小市，渔父隔深

---

① 龟山别名。

② 两山为秦望、望秦二峰。

③ 墓在州城西山上。《图经》：湖水到山，迎棺柩入海，今所存古穴耳。

④ 一称"元威明春分投简阳明洞天诗"。威明，元稹别字。

⑤ 《会稽掇英总集》作"因"。

⑥ 海峤，海边山岭。

芦①。日脚斜穿浪，云根远曳蒲。凝②风花气度，新雨草芽苏。粉坯梅辞萼，红含杏缀珠。薅③余秧渐长，烧后葑犹枯。绿缫高悬柳，青钱密辫榆。驯鸥眠浅濑，惊雉迸平芜。水净王余④见，山空谢豹⑤呼。燕狂捎蛱蝶，螟挂集蒲卢。浅碧鹤新卵，深黄鹅嫩雏。村扉以⑥白板，寺壁耀赪糊。禹庙才离郭，陈庄恰半途。石帆何峭峣，龙瑞本萦纡。穴为探符坼，潭因失箭刳。堤形弯熨斗，峰势踊香炉。幢盖迎三洞，烟霞贮一壶。桃枝蟠复直，桑树亚还扶。鳖解称从事，松堪作大夫⑦。荣光飘殿阁，虚籁合笙竽。庭狎仙翁鹿⑧，池游县令凫。君心除健羡，扣寂入虚无。罡踏翻星纪，章飞动帝枢。东皇提白日，北斗下玄都。骑吏裙皆紫，科车辖尽朱。地侯鞭社伯，海若跨天吴。雾喷雷公怒，烟扬灶鬼趋。投壶怜玉女，噀饭笑麻姑。果实经千岁，衣裳重六铢。琼杯传素液，金匕进雕胡。掌里承来露，桦中钓得鲈。菌生悲局促，柯烂觉须臾。稊米休言圣，醯鸡益伏愚。鼓鼙催暝色，簪组缚微躯。遂别真徒侣，还来世⑨路衢。题诗叹城郭，挥手谢妻孥。幸有桃源近，全家肯去无？

——《会稽掇英总集》卷九、《御定全唐诗》卷四百二十三

【索引词】绍兴；鉴湖；龙瑞宫；禹穴禹陵禹庙；运河；五夫堰；行舟。

【导读】这是元白唱和的代表作之一。"舟船通海峤，田种绕城隅。栉比千艘合，袈裟万顷铺"等句展示了越州水乡航运事业的繁荣。元稹才思敏捷，字字珠玑，挥洒自如，全无约束；白居易戴镣起舞，和韵出新，融

---

① 《岁时杂咏》作"渔火隔深芦"。《会稽掇英总集》作"渔火隔溪芦"。
② 《岁时杂咏》《会稽掇英总集》均作"款"。
③ 《岁时杂咏》作"耨"。
④ 王余，鱼名，比目鱼的别称。
⑤ 谢豹，鸟名，杜鹃之别名。
⑥ 一作"开"。《岁时杂咏》作"门"。
⑦ 指五大夫松、五夫松。上虞有五夫堰，为浙东运河著名堰埭。
⑧ 《会稽掇英总集》卷九作"麏"。
⑨ 《会稽掇英总集》卷九作"出"。

会贯通，潇洒回赠。二人一来一往，成就了新的绝唱。参见白居易《和微之春日投简阳明洞天五十韵》。

〔唐〕施肩吾

作者简介：施肩吾（780—861），字东斋，号栖真子。元和十五年（820）举进士，后被钦点为状元。生于唐睦州分水县桐岘乡（今杭州富阳洞桥镇），曾寓居吴兴（今浙江湖州）、常州武进（今江苏武进），故亦称吴兴人，或常州人。是台湾澎湖的第一位民间开拓者。《全唐诗》存诗一卷，《全唐诗外编》及《全唐诗续拾》补诗十首，断句四。

钱塘渡口

天堑茫茫连沃焦①，秦皇何事不安桥？钱塘渡口无钱纳，已失西兴两信潮。

———《御定全唐诗》卷四百九十四

【索引词】杭州；西兴；钱塘江；渡口；潮汐。

【导读】此诗与元和十二年（817）进士周匡物《应举题钱塘公馆》雷同。

兰渚泊

家在洞水西，身作兰渚客。天昼无纤云，独坐空江碧。

———《御定全唐诗》卷四百九十四

【索引词】绍兴柯桥；兰亭；兰渚。

【导读】全诗的核心是兰渚泊，即船到兰亭。说明当时浙东运河水系航运发达，无数游客乘船来往于城乡之间。兰渚，指今绍兴市柯桥区兰亭

---

① 沃焦，古代传说中东海南部的大石山。

镇一带的兰亭江，即晋王羲之曲水赋诗处；洞水，指流经诗人家乡、今杭州富阳洞桥镇的河流，乃富春江左岸支流。诗人船到兰亭，空无之中触发思乡之情，追崇古人、淡泊名利的心境也溢于言表。

同诸隐者夜登四明山

半夜寻幽上四明，手攀松桂触云行。相呼已到无人境，何处玉箫吹一声？

——《御定全唐诗》卷四百九十四

【索引词】宁波；四明山。

越溪怀古

忆昔西施人未求，浣纱曾向此溪头。一朝得侍君王侧，不见玉颜空水流。

——《御定全唐诗》卷四百九十四

【索引词】绍兴诸暨；浦阳江；浣纱江。

【导读】越溪，泛指越国山溪，难以确指。在西施由越入吴的路线上，南自诸暨，北迄苏州，所在均有西施遗迹。诸暨市苎萝山麓、浣纱江（浦阳江）畔尚存浣纱石、浣纱亭、西施滩、西施坊，西施殿等古迹，可为一说。唐代之前浦阳江主要向西从渔浦注入钱塘江，水流平缓的西小江也是浦阳江下游向北的分泄通道之一，浦阳江－西小江把诸暨和山阴、会稽、萧山连成一体。

〔唐〕周匡物

作者简介：周匡物（生卒年不详），字几本，号名第先生。漳州龙溪（今福建龙海）人。元和十一年（816）登进士第，后仕至高州刺史。《全唐诗》存诗五首，《全唐诗外编》补诗一首。

应举题钱塘公馆

万里茫茫天堑遥，秦皇①底事不安桥？钱塘江口无钱过，又阻西陵两信潮。

——《御定全唐诗》卷四百九十

【索引词】杭州；西兴；钱塘江；渡口；潮汐。

【导读】这首诗有一则趣事，宋《太平广记》卷一百九十九记载：周匡物，字几本，漳州人。唐元和十二年王播榜下进士。及第时，以歌诗著名。初，周以家贫，徒步应举，落魄风尘，怀刺不偶。路经钱塘江，乏傔船之资，久不得济，乃於公馆题诗云："万里茫茫天堑遥，秦皇底事不安桥？钱塘江口无钱过，又阻西陵两信潮。"郡牧出见之，乃罪津吏。至今，天下津渡尚传此诗讽诵。舟子不敢取举人钱者，自此始也。

施肩吾也有一首《钱塘渡口》（见前文），与周匡物此诗如出一辙，不知是否同源。

〔唐〕许浑

作者简介：许浑（约788—858），字用晦，一字仲晦，郡望安陆（今属湖北），籍贯洛阳。大和六年（832）进士。历任县令、监察御史、刺史等职。有《许用晦文集》《丁卯集》等。《全唐诗》《全唐诗外编》《全唐诗续拾》均有收录。

---

① 指公元前210年秦始皇"上会稽，祭大禹"途中，绕道渡钱塘江事。

晓发鄞江北渡寄崔韩二先辈①

南北信多岐，生涯半别离。地穷山尽处，江泛水②寒时。露晓③兼葭重，霜晴橘柚垂。无劳促回楫④，千里有心期。

——《御定全唐诗》卷五百二十八

【索引词】宁波；鄞江；北渡；行舟。

〔唐〕章孝标

作者简介：章孝标（791—873），字道正，睦州桐庐人，家于钱塘（今杭州）。宪宗元和十四年（819）及第，授校书郎。后入朝为秘书省正字。秩满归乡。

上浙东元相

婺女星边喜气频，越王台上坐诗人。雪晴山水勾留客，风暖旌旗计会春。黎庶已同狶顿富，烟花却为相公贫。何言禹迹无人继，万顷湖田又斩新。

——《御定全唐诗》卷五百六

【索引词】绍兴；越王台；禹迹；湖田。

【导读】成诗应在822年或稍后。浙东元相，应指元稹。元稹长庆二年（822）二月为相，很快罢相并调任浙东观察使兼越州刺史。"越王台上坐诗人"即指此事。"何言禹迹无人继，万顷湖田又斩新"，无疑是对元稹工作成绩的襃扬。它说明唐代鉴湖进行了大规模围垦，甚至达到"万顷造

---

① 一作《晓发鄞江寄崔寿韩》。
② 一作月。
③ 一作雾晚。
④ 一作棹。

田"的规模。

思越州山水寄朱庆馀

窗户潮头雪，云霞镜里天。岛桐秋送雨，江艇暮摇烟。藕折莲芽脆，茶挑茗眼鲜。还将欧冶剑，更淬若耶泉。

——《御定全唐诗》卷五百六

【索引词】绍兴；潮汐；镜湖；行舟；若耶溪。

〔唐〕张祜

作者简介：张祜（约792—854），字承吉，生在河北清河，初寓姑苏（今苏州），常往来于扬州、杭州等都市，并模山范水，题咏名寺。后至长安。一生坎坷不达，爱丹阳曲阿地，隐居以终，卒于唐宣宗大中八年（854）。《张承吉文集》十卷至今保存完好。

酬余姚郑模明府见赠长句四韵①

仙今②东来值胜游，人间稀遇一扁舟。万重山色连江徽，十里溪声到县楼。吏隐不妨彭泽远，公才多谢武城优。生疏莫笑沧浪叟③，白首直竿是直钩。

——《永乐大典》卷一一〇〇〇

【索引词】宁波余姚；余姚江；通航。

---

① 国家图书馆出版社编《张承吉文集》第1册（目录）有《酬余姚郑模明府》。

② 一作"令"。

③ 一作"叟"。

越州怀古

振楫大江东，前林波万顷。高秋海天阔，色落湖山①影。行寻王谢②迹，望望登绝岭。荒林草木瘦，古树泉石冷。昔游不可见，牢落余风景。穷愁心未死，一笔聊复秉。

——《全唐诗补逸》，并见《张承吉文集》卷九

【索引词】绍兴；行舟；鉴湖。

〔唐〕顾非熊

作者简介：顾非熊（795—约854）。

入云门五溪上作

舟泊有时垂钓，舟行不废闲吟。沿山寺寺花树，枕水家家竹林。鸳鸯昼飞溪静，鹖鸪夜转村深。忽闻风动莲叶，起见波间月沉。

——《会稽掇英总集》卷七

【索引词】绍兴；行舟；泊舟；云门。

〔唐〕朱庆馀

作者简介：朱庆馀（生卒年不详），宝历二年（826）进士。唐闽中人，一作越州（今绍兴）人，名可久，以字行。官秘书省校书郎。与张籍、贾岛、姚合、顾非熊、僧无可等交游。有《朱庆馀诗》。

---

① 湖山：鉴湖、会稽山。
② 王谢：琅琊王氏与陈郡谢氏之合称，此处指长居会稽的王羲之、谢安、谢玄、谢灵运等名士。

南湖①

湖上微风小槛凉，翻翻菱荇满回塘。野船著岸入春草，水鸟带波飞夕阳。芦叶有声疑露②雨，浪花无际似潇湘。飘然蓬艇东归客，尽日相看忆楚乡。

——《御定全唐诗》卷五百十五

【索引词】绍兴；鉴湖；行舟。

过耶溪

春溪缭绕出无穷，两岸桃花正好风。恰是扁舟堪入处，鸳鸯飞起碧流中。

——《御定全唐诗》卷五百十五

【索引词】绍兴；若耶溪；行舟。

〔唐〕赵嘏

作者简介：赵嘏（约806—约853）。

九日陪越州元相燕龟山寺

佳晨何处泛花游，丞相筵开水上头。双影旆摇山雨霁，一声歌动③寺云秋。林光④静带高城晚，湖⑤色寒分半槛流。共贺万家逢此节，可

---

① 亦见于《温庭筠诗集》卷四。《文苑英华》卷一百六十三作者为"温庭筠"。
② 《文苑英华》卷一百六十三作"雾"。
③ 一作"裛"（裊）。
④ 一作"花"。
⑤ 一作"水"。

怜风物似^①荆州。

——《御定全唐诗》卷五百四十九

【索引词】绍兴；龟山寺；鉴湖。

【导读】"陪越州元相燕龟山寺"意为陪元稹到龟山寺赴宴。元稹长庆二年（822）二月为相，随即罢相并转任浙东观察使兼越州刺史。龟山在绍兴老城西南角护城河外七百余米处的坡塘江畔。从"丞相筵开水上头"和"湖色寒分半槛流"来看，唐代鉴湖在越州城南龟山一带尚存大片水域。

题曹娥庙

青娥埋没此江滨，江树飕飗惨暮云。文字在碑碑已堕，波涛辜负色丝文。

——《御定全唐诗》卷五百五十

【索引词】绍兴；曹娥江；曹娥庙。

〔唐〕方干

作者简介：方干（809—888），字雄飞，号玄英，晚唐诗人。睦州青溪（今淳安）人。据今人考证，原居桐庐，会昌三年（843）隐居会稽镜湖，后人称其住处为方干岛，具体方位没有定论。文德元年（888），客死会稽，归葬桐江。门人编成《方干诗集》传世。

---

① 一作"满"。

镜中别业二首

（一）

寒山压①镜心，此处是家林。梁燕窥②春醉，岩猿学夜吟。云连平地起，月向白波沉。犹自闻钟角，栖身可在深？

（二）

世人如不容，吾自纵天慵。落叶凭风扫，香粳倩水舂。花朝连郭雾，雪夜隔湖钟。身外③无能事④，头宜白此峰。

——《御定全唐诗》卷六百四十八

【索引词】绍兴；鉴湖。

【导读】方干隐居会稽镜湖四十余年，后人称其住处为"方干岛"，具体位置在东湖还是西湖，历代争议不断。方干笔下的"镜中别业"是鉴湖景观与隐逸心境的诗意融合。"梁燕窥春醉，岩猿学夜吟。云连平地起，月向白波沉"，可使人想象当年鉴湖波息岸阔、云接平远、湖沉夜月的静谧，以及会稽山麓修竹联翩、梁燕春醉、岩猿夜吟的美好生态。这类诗歌所透露的地理信息也成为后人判断方干岛具体方位的依据。

题慈溪张丞壁

因君贰邑蓝溪上，遣我维舟红叶时。共向乡中非半面，俱惊鬓里有新丝。伫看孤⑤洁成三考，应笑愚疏舍一枝。貌似故人心尚喜，相逢况是旧相知。

——《御定全唐诗》卷六百五十

---

① 一作"居"。
② 一作"欺"。
③ 一作"在"。
④ 一作"能无事"。
⑤ 《玄英集》卷四作"廉"。

【索引词】宁波慈溪；姚江；蓝溪；行舟。

【导读】蓝溪，姚江支流。即今宁波余姚东南干溪。源于四明山北麓，北经陆埠镇入姚江。

登龙瑞观北岩

纵目下看浮世事，方知峭崿与天通。湖边风力归帆上，岭顶云根在雪中。促韵寒钟催落照，斜行白鸟入遥空。前人去后后人至，今古异时登眺同。

——《御定全唐诗》卷六百五十二

【索引词】绍兴；禹穴禹陵禹庙；会稽山；龙瑞宫；鉴湖；行舟。

路入剡中作

戴湾冲濑片帆通，高枕微吟到剡中。掠草并飞怜燕子，停桡独饮学渔翁。波涛漫撼长潭月，杨柳斜牵一岸风。便拟乘槎应去得，仙源直恐接星东。

——《剡录》卷六上

【索引词】绍兴嵊州；剡溪；曹娥江；行舟。

【导读】曹娥江流经绍兴嵊州的一段称剡溪，或称剡江、剡汀、戴湾、戴逵滩。"戴湾冲濑片帆通，高枕微吟到剡中"是唐代浙东运河支线曹娥江航线客运情景的真实写照。

〔唐〕崔颢

作者简介：崔颢（约704—754），唐汴州人。开元进士，天宝时历太仆寺丞、司勋员外郎。曾漫游各地，足迹甚广。所作《黄鹤楼》诗，李白激赏之。有集。

舟行入剡

鸣棹下东阳，回舟入剡乡。青山行不尽，绿水去何长。地气秋仍湿，江风晚渐凉。山梅犹作雨，溪橘未知霜。谢客文逾盛，林公未可忘。多惭越中好，流恨阅时芳。

——《御定全唐诗》卷一百三十

【索引词】绍兴嵊州；剡溪；曹娥江；行舟。

入若耶溪

轻舟去何疾，已到云林境。起坐鱼鸟间，动摇山水影。岩中响自答，溪里言弥静。事事令人幽，停桡向余景。

——《御定全唐诗》卷一百三十

【索引词】绍兴；若耶溪；航行；风光。

〔唐〕僧元亮

作者简介：僧元亮（约810—约870），一作宗亮，姓冯，奉化人。家傍月山而居，又称月僧。开成（836—840）中出家。会昌（841—846）间隐居家山。大中（847—860）时住持明州国宁寺。晚年专事禅寂，不出寺门，八十而终。有诗三百首，今存四首。《唐明州国宁寺宗亮传》记其生平。

它山歌诗①

　　它山堰，堰在四明之鄞县。一条水出两②明山，昼夜长流如白练。连接大江通海水，咸潮直到深潭里③。淡水虽多无计停，半邑人民田种费。太和中有王侯令，清优为官立民政。昨因祈祷入山行，识得水源知利病。棹舟直到溪岩畔，极目江山波涛漫。略呼父老问来縣，便设机谋造其堰。叠山④横铺两山嘴，截断咸潮积溪水。⑤灌溉民田万顷余，此谓齐天功不毁。民间日用自不知，年年丰稔因阿谁。山边邰立它⑥神⑦庙，不为长官兴一祠。⑧本是长官治此水，却将饮食祭闲鬼。时人若解感此恩，年年祭拜王元暐。

——《四明它山水利备览》卷下

【索引词】宁波；它山堰；通航；拒咸蓄淡；灌溉；王元暐。

【导读】这是现存最早记载王元暐创建它山堰的诗。作者与王元暐是同时代人。王元暐833年创建它山堰，时当元亮出家为僧之前。元亮长诗描述的"昨因祈祷入山行，识得水源知利病……略呼父老问来縣，便设机谋造其堰"，几乎是在讲昨天的故事，情景历历在目，对于研究它山堰创建

---

① 《它山歌诗》为一歌、一诗的合称。魏岘《它山歌诗跋》称其中一首为"它山之歌"，另一首为"它山之诗"。此诗第一句为长短句，正说明它是"歌"而不是"诗"。故此诗歌实际名称可作《它山之歌》或《它山堰歌》。

② 当地没有两明山。水银《它山攻错》："守山阁本、烟屿楼校本、约园本，'两'作'四'。"

③ 自它山沿河上溯，三公里内有青龙潭、钟家潭、平水潭等，当年海潮可及其中至少一潭，并可漫入小溪，对引水灌区淡水造成咸卤污染。

④ "叠山"不通，应作"叠石"。姚汉源："山"字当作"石"。水银《它山攻错》：烟屿楼校本作"叠石"。

⑤ 此二句是说它山堰是石堰，横铺在鄞江北岸它山和南岸突出的龙舌之间，既能拒咸（截断咸潮），又能蓄淡（积溪水）。

⑥ 一作"佗"，一作"他"。

⑦ 原作"旦"，据原本注"内旦字即神"改为神。

⑧ 诗句大意：山边密密麻麻立了许多庙，却唯独没有祭拜王（元暐）长官的祠。

史具有重大价值。"棹舟直到溪岩畔，极目江山波涛漫"，则明确记载了当年它山堰坝址上下水势浩荡可以通航的情况。从"不为长官兴一祠""年年祭拜王元暐"等句看，诗歌作于王元暐故去之后。楼稼平先生分析认为僧元亮的一诗一歌作于公元881年前后（《宁波唐宋水利史研究》）。

又诗①

截断寒流叠石基②，海潮从此作回期。行人自老青山路，涧急水声无绝时。

——《四明它山水利备览》卷下

【索引词】宁波；它山堰；拒咸蓄淡；海潮。

【导读】诗歌大意是：无数条石砌成的它山堰，让海潮到此止步，咸卤灾害也随之一去不复返了。岁月行人都在老去，而它山水利永无尽期。

温州师院张靖龙云："南宋林元晋《回沙闸记》云：'唐僧元亮赋堰诗，有曰："海潮从此作回期。"人谓绝唱。'明末李邺嗣《甬上高僧诗》卷上曰：'县令王元暐起它山堰，主水启闭，民德之，亮公为题一诗。宋志载吾最四绝句，以公题它山堰为第一。所云景绝、诗亦绝者也。公又作长歌一首以记其事。'"南宋魏岘《它山歌诗跋》对以上两首诗歌作了综合分析和说明："人知《它山之诗》而不知《它山之歌》。《歌》以言《诗》之未尽，《诗》以言《歌》之所不欲文。不观其《诗》，无以见亮公之绝唱；不观其《歌》，无以见王侯之始谋。予方幼时，盖尝耳其《歌》之大略矣。每以石刻不存为恨。咨询耆老有年于兹，近购（一作"划"）得墨刻，读之甚喜（一作"熹"）。或疑《图》《志》止（一作"上"）载绝句为唐僧元亮所作，此刻不载岁月名称，恐非亮公之笔。然即其歌以溯其意，

---

① 《它山歌诗》为一歌、一诗的合称。此诗名为《又诗》，再次证明"诗"在后而"歌"在前。

② 乾隆《野店》有"鱼梁叠石截寒流"句，意境相同。"流"原作"沠"，据原本注"内沠字即流"改。下不另注。按，沠，古流字。

如'因祈祷入山'与夫'棹舟'深入之语，非亮公距王侯未远，其孰能知此耶？"

〔唐〕李频

作者简介：李频（818—876），字德新，睦州清溪（今浙江淳安）人。唐宣宗大中八年（854）登进士第。多次入幕，擢侍御史，迁都官员外郎，官终建州刺史。大中十二、十三年（858、859）在越州。《全唐诗》存诗三卷。

镜湖夜泊有怀①

广水遥堤利物功，因思太守惠无穷。自从版筑②兴农隙，长与耕耘致岁丰。涨接星津流荡漾，宽浮云岫动虚空。想当战国开时有，范蠡扁舟祇此中。

——《御定全唐诗》卷五百八十七

【索引词】绍兴；镜湖；夜泊；堤防；马臻。

【导读】这首七言律诗乃诗人怀念镜湖创立者马臻之作。有唐一代，临镜湖而怀念马臻者，至今仅存此篇。诗人夜泊镜湖，无意于高空朗月、万顷碧水，却怀念起流惠后世之马臻来。"自从"两句，措辞扑实，情意真切，以事实肯定马臻之"利物功""惠无穷"，亦足见诗人对国计民生之关心。"涨接"两句，描摹镜湖之浩瀚，极富境界，但诗人之意，仍在歌颂马臻。马臻祠至今尚存，称马太守庙，坐落于镜湖旁之跨湖桥直街。唐韦瓘《修汉太守马君庙记》曰："开元中，刺史张楚深念功本，爰立祠宇。

---

① 原注：东晋太守马臻所筑。

② 版筑，在夹板中间填土夯筑土墙、堤防等的技术，也叫夯筑或夯土技术。

久而陵败。今皇帝贞元九年①，观察使平昌孟公，诛断奸劫，宽遂民类，教化修长，氓吏畏慕，尝以马君忠利之绩，神气未灭，寿宫不严，何以昭德？十年十一月，乃崇大栋梁，诛剪秽梗，礼物仪像，咸极洁好。后每遇水旱灾变，辄加心祷。精意所向，指期如答。则知君子惠物，本同于化，树功本同于治，对德相望，是宜刻石。二十年二月三日记。"（《会稽掇英总集》）马臻墓亦存，在马臻庙西不远处，上有宋人题额"利济王之墓"，墓联为："作牧会稽，八百里堰曲陂深，永固鉴湖保障；莫灵窀穸，十万家春祈秋报，长留汉代衣冠。"足见有惠于民者，后人自有评价。

〔唐〕张乔

作者简介：张乔（生卒年不详），池州（今安徽贵池）人。咸通（860—874）中，应进士举。曾漫游吴越。有《张乔诗集》。

越州赠别

东越相逢几醉眠，满楼明月镜湖边。别离吟断西陵渡，杨柳秋风两岸蝉。

——《御定全唐诗》卷六百三十九

【索引词】绍兴；镜湖；西陵；渡口。

---

① 《全唐文》作"后元九年"（793）。唐德宗有三个年号，其中两个为兴元、贞元，故此"后元"应指"贞元"，与《会稽掇英总集》互证。但下文称孟简为"观察使平昌孟公"，与《旧唐书》记载孟简"（元和）九年（814）出为越州刺史兼御史中丞、浙东观察使"矛盾，据此众多学者认为"贞元九年"或"后元九年"当为"元和九年"之误。可是该文末尾称"二十年二月三日记"，而元和仅十五年，贞元才有二十一年。文章自相矛盾，存疑。

〔唐〕皮日休

作者简介：皮日休（约838—883后），唐襄阳人，字逸少，后改袭美。咸通八年（867）擢进士第。十年，为苏州刺史从事，与陆龟蒙交游唱和，人称"皮陆"。后又入京为太常博士。乾符五年（878）黄巢军下江浙，夏五月左右，皮日休往会稽避乱。有《皮子文薮》《松陵集》。

奉和鲁望四明山九题·石窗

窗开自真宰，四达见苍涯。苔染浑成绮，云漫便当纱。楞中空吐月，扉际不扃霞。未会通何处？应怜①玉女家。

——《御定全唐诗》卷六百十二

【索引词】宁波余姚；四明山；四窗岩。

茶瓯

邢客与越人，皆能造兹器。圆似月魂堕，轻如云魄起。枣花势旋眼，苹沫香沾齿。松下时一看，支公亦如此。

——《御定全唐诗》卷六百十一

【索引词】绍兴；瓷器。

〔唐〕胡曾

作者简介：胡曾（约840—？），号秋田，邵阳人，一说长沙人。气度不凡，屡试不第，遂遨游四方。咸通十二年（871）起，分别为西川节度使、荆南节度使从事。著《咏史诗》三卷。

---

① 一作"连"，一作"邻"。

涂山

大禹涂山御座开，诸侯玉帛走如雷。防风谩有专车骨，何事兹辰最后来？

——《御定全唐诗》卷六百四十七

【索引词】绍兴；禹穴禹陵禹庙。

【导读】这首七言绝句为诗人一百五十二首《咏史诗》之一。诗人以涂山为题，歌颂大禹整治国家，严明法纪，以求永固。诚如《吴越春秋》卷四《越王无余外传》所载："乃大会计治国之道，内美釜山州慎（镇）之功，外演圣德以应天心。……乃纳言听谏，安民治室，居靡山伐木，为邑画作印。横木为门。调权衡，平斗斛，造井示民，以为法度。"诗人尝有《嶓冢》诗，可同读："夏禹崩来一万秋，水从嶓冢至今流。当时若诉胼胝苦，更使何人别九州？"

〔唐〕陆龟蒙

作者简介：陆龟蒙（？—约882），长洲人，字鲁望，号江湖散人、天随子、甫里先生。举进士不中。与皮日休齐名，时称"皮陆"。有《甫里集》。

秘色越器

九秋风露越窑开，夺得千峰翠色来。好向中宵盛沆瀣，共嵇中散① 斗遗杯。

——《御定全唐诗》卷六百二十九

【索引词】绍兴；瓷器。

---

① 嵇中散，魏晋间的名士嵇康。曾做过中散大夫。

〔唐〕虚中

作者简介：虚中（？—930后），袁州宜春（今江西宜春）人。唐末诗僧。约生于文宗（827—840在位）、宣宗（846—859在位）间。少出家。初住玉笥山二十年，后曾至越中。与贯休、齐己、郑谷、修睦、司空图等为诗友，《悼方干处士》诗中称方干为先生。卒于后唐明宗天成（926—930）以后。

经贺监旧居

不恋明皇宠，归来镜水隅。道装汀鹤识，春醉钓人扶。逐朵云如吐，成行雁侣驱。兰亭名景在，踪迹未为孤。

——《御定全唐诗》卷八百四十八

【索引词】绍兴；贺知章；镜湖；兰亭。

〔唐〕张蠙

作者简介：张蠙（生卒年不详），昭宗乾宁二年（895）登进士第。

龟山寺晚望

四面湖光绝路歧，鹧鸪飞起暮钟时。渔舟不用悬帆席①，归去乘风插柳枝②。

——《御定全唐诗》卷七百二

【索引词】绍兴；龟山寺；鉴湖；行舟。

【导读】龟山在绍兴老城西南角护城河外七百余米处的坡塘江畔。从

---

① 谢灵运诗："扬帆采石华，挂席拾海月。"
② 《古乐府》："上马不执鞭，反拗杨柳枝。"

"四面湖光绝路歧""渔舟不用悬帆席"的诗句来看，唐代鉴湖在越州城南龟山一带（今城南街道、鉴湖街道）附近尚存大片水域，水路四通八达，轻松通航。

〔唐〕王贞白

作者简介：王贞白（875—958），字有道，信州永丰（今江西广丰）人。乾宁二年（895）登进士第。曾任校书郎。作诗颇多，曾编《灵溪集》，已佚。

泛镜湖①

我泛镜湖日，未生千里莼。时无贺宾客，谁识谪仙人？吟对四时雪，忆游三岛春。恶闻亡越事，洗耳大江滨。

——《御定全唐诗》卷八百八十五

【索引词】绍兴；镜湖；泛舟；莼菜。

〔唐〕崔道融

作者简介：崔道融（约880—约907），荆州人。曾隐居温州仙岩山，自号东瓯散人。工诗，与方干等唱和。《全唐诗》存诗一卷。

镜湖雪霁贻方干

天外晓岚和雪望，月中归棹带冰行。相逢半醉吟诗苦，应抵寒猿袅树声。

——《御定全唐诗》卷七百十四

---

① 原注：题缺二字。

【导读】诗歌描绘了镜湖湖面雪后寒夜、带冰划船的独特意境。这既是作者诗酒会友的写照，也反映了浙东运河冬季航行的一种常态。

〔五代〕钱弘倧

作者简介：钱弘倧（928—971），弘倧，字隆道，元瓘第七子。兄弘佐卒，弘倧以次立。遇兵变，传位于弟弘俶。徙居东府（越州），即卧龙山置园亭。著有《越中吟》廿卷。

登卧龙山偶成

暮山重叠势崔嵬，溢目清光入酒杯。几处烧残红树短，一帆航尽碧波来。安民未有移风术，征句惭非梦锦才。四望楼合无限景，槛前赢得且徘徊。

——《全唐诗续补遗》

【索引词】绍兴；卧龙山；航船；运河。

再游应天寺圣母阁①

越地灵踪多少处，伽蓝难尚②此楼台。有时风掣浪声到，半夜月排山势来。极目烟岚迷远近，百般花木离③尘埃。可怜光景吟无尽，知我登临更几回。

——《会稽掇英总集》卷八

【索引词】绍兴；圣母阁；风浪。

---

① 《全唐诗续补遗》题作《再游圣母阁》。据《嘉泰会稽志》卷十八，圣母阁在龟山宝林寺。

② 《全唐诗续补遗》"尚"作"上"。

③ 《全唐诗续补遗》"离"作"雕"。

题禹庙

千古英灵孰令论，西来神宇压乾坤。尘埃共锁梅梁在，星斗俱分剑独存。蟾殿夜寒摇翠幌，麝炉春暖酹琼樽。会稽山下秋风里，长放松声入庙门。

——《会稽掇英总集》卷八

【索引词】 绍兴；禹穴禹陵禹庙；梅梁；会稽山。

【导读】《全唐诗续补遗》版有多处不同，录此备览。《禹庙》："千古功勋孰可伦，东来灵宇压乾坤。尘埃共锁梁犹在，星斗俱昏剑独存。蟾殿夜寒笼翠幌，麝炉春暖酹琼樽。会稽山水秋风里，长放松声入庙门。"

第四章

宋代

【浙东运河历史背景简况】

宋代是浙东运河的完建时期，其标志是运河上的工程设施和管理制度的完备，以及国家对运河实行准军事化的管理，而且在《元丰九域志》等文献中也开始正式有了"运河"之名。南宋以临安（今杭州）为都城，明州（今宁波）、绍兴、台州等浙东富饶地区成为朝廷的经济支柱，浙东运河也因此成为漕运干道。同时，浙东运河也是中外经济、政治、文化交流的主要线路，高丽、日本等地区到中国朝贡的使者、贸易的商人、求法的僧人，大都漂洋过海至明州港登陆，由浙东运河进入中原。

南宋时期，浙东运河的地位达到历史最高，朝廷对浙东运河直接进行管理，各段运河有军队专事维护、疏浚，各堰均设堰营，各有堰兵 25 名管理，这个时期成为浙东运河发展史上的黄金时期。

宋代浙东运河上出现过的堰坝自西向东有钱清北堰、钱清南堰、都泗堰、曹娥堰、梁湖堰、通明堰、西渡堰。南宋以后鉴湖逐渐变沧海为桑田，越州水道和水体随之变化，都泗堰因鉴湖垦辟而废。

——《中国大运河遗产构成及价值评估》

〔宋〕王禹偁

作者简介：王禹偁（954—1001），字元之，宋济州巨野人，太平兴国八年（983）进士。在官以刚直敢言称。工诗文，有《小畜集》。

送李中舍罢萧山赴阙

吏隐①江东五六年，归时犹恋好山川。野僧送别携诗句，瘦马临歧当酒钱。吴苑醉逢梅弄雪，隋堤吟见柳垂烟。自言更共秋涛约，未舍西兴一钓船。

——《会稽掇英总集》卷十一

【索引词】杭州萧山；杭州滨江；西兴；运河；堤防；潮汐；行舟。

〔宋〕潘阆

作者简介：潘阆（约962—1010），字梦空，号逍遥子，大名（今属河北）人，一说扬州人。曾居于钱塘。其诗得王禹偁、苏轼称赏。有《逍遥集》。

泊禹祠

禹庙高高万木齐，蟾蜍影里月光低。山中不惯闻寒漏，一夜猿惊与鸟啼。

——《会稽掇英总集》卷八

【索引词】绍兴；禹穴禹陵禹庙；泊舟。

---

① 原作"归"，据经锄堂本改。

〔宋〕钱易

作者简介：钱易（968—1026），字希白，钱塘（今杭州）人。吴越王钱倧子。咸平二年（999）登进士第。有《南部新书》十卷存世。《全宋诗》存诗十九首。

梦越州小江①

越布缝单衾，灯青月黄浅。精魂渡江水，适去无近远。湿沙平朔天，宿鸟踏古篆。巨潮淹积石，瘦白涩无藓。橹响期西陵，苍岑屏曲展。凤龄贱登临，今日生健羡。汀洲逢故妾，振袂指吴苑。向人呼旧官，血泣惭孤塞。

——《会稽掇英总集》卷五

【索引词】绍兴；钱清江；杭州滨江；西兴；行舟；潮汐。

【导读】这首五言古诗描述诗人钱清江上的梦境，这是与"故妾"的一段恋情，令诗人难以忘怀。从中寄寓人生感慨。

从自注看，越州小江即西小江，亦即浦阳江下游，因位于绍兴城西三十里，故称，今称钱清江。（绍兴城东六十里曹娥江，称东小江。）

诗人从越州前往苏州，途经西陵。从"橹响期西陵"的描述看，当时浦阳江下游（即钱清江）还不是经通济、所前、来苏、裘江、新塘、螺山、衙前，与浙东运河汇合，再经安昌、陶里，至三江口入钱塘江，而是经临浦、闻堰、沿浦、西兴而入钱塘江的。这对后人认识浦阳江下游入海及浦阳江与钱清江之关系颇为重要，它实际上为今人提供了一份相当有说服力的资料。故陈桥驿先生在《浙江古今地名词典》中指出："绍兴钱清镇以东本无东流大河，仅有无名小河。南宋以前亦无钱清江之名。"

---

① 自注：在城西之三十里。

〔宋〕王随

作者简介：王随（973—1039），字子正，宋河南人。北宋宰相，为相一年。咸平（998—1003）间进士。曾知杭州等府，所至有惠政。

送余姚知县张太博

才名登仕路，芝綍奉龙光。出宰神仙邑，吟辞鹓鹭行。烟波迎去棹，图籍富行装。淮月兼葭影，江风橘柚香。新诗留禹穴，旧理过钱塘。市井鱼盐聚，亭台水石凉。云山接秦望，花木胜河阳。暂布惠和政，即看鹏翼翔。

——《会稽掇英总集》卷十

【索引词】宁波余姚；禹穴禹陵禹庙；钱塘江；秦望山；行舟。

〔宋〕蒋堂

作者简介：蒋堂（980—1054），字希鲁，号遂翁，宜兴（今属江苏）人，家于苏州。大中祥符五年（1012）登进士第。景祐三年十二月以史部员外郎降知越州，四年（1037）五月移知苏州。著《吴门集》，佚。《全宋诗》存诗二卷。

棹歌

湖之水兮碧泱泱，环越境兮润吴疆。蒲蠃所萃兮雁鹜群翔，朝有行舻兮暮有归艎。菱牧狎至兮渔采相望，溉我田畴兮生我稻粮[①]。我岁穰熟兮我民乐康，马侯之功兮其谁敢忘？莼丝紫兮箭笋黄，取其洁兮荐侯堂，盖罨具兮箫鼓张，日晻晻兮山苍苍。侯之来兮云飞扬，隔微

---

① 一作"梁"。

波兮潜幽光。念山可为席兮湖不可荒，惟侯之灵兮与流比长。万斯年兮福吾乡，乐吾生兮徜徉。

——《会稽掇英总集》卷三

【索引词】绍兴；鉴湖；行舟；马臻。

【导读】这首棹歌当是宋景祐四年三月十四日马臻诞辰，越州知州蒋堂在马太守庙祭祀时所唱。采用民歌手法，唱的是楚辞的调子，意味着这是越地百姓对马臻所造之福的客观描写和情景再现，反映了越地百姓对造福一方的马臻的崇拜、敬仰和感激之情。诗人如此代唱，将自己希望为民造福的理想寄寓其中。这是绍兴水利史上现存怀念马臻的第二首诗，第一首作于唐代，作者为李频，题为《镜湖夜泊有怀》。这不是偶然现象，而是唐宋盛世的客观、必然反映。这就告诉后人，一位尽心竭力为百姓造福的人，后人永远不会忘记他。

〔宋〕夏竦

作者简介：夏竦（985—1051），字子乔，江州德安（今属江西）人。初以父荫为丹阳主簿，后举贤良方正科，通判台州。庆历七年（1047）为枢密使。《全宋诗》存诗七卷。

鉴湖晚望

新霜脱衰叶，寒日下疏篷。岸细低疑尽，波平阔似空。桥通越溪水，帆带剡川风。何处鸣箫鼓？丛祠杳霭中。

——《文庄集》卷三十二

【索引词】绍兴；鉴湖；若耶溪；剡溪；曹娥江；行舟。

【导读】夏竦早年官台州通判。赴京都汴京时，途经越州，一游鉴湖，时值秋冬。故晚望中景象萧瑟，从中表现诗人并不乐观的心境。这首五言律诗是客观现实的反映和主观情思的外化。如果说"岸细低疑尽，波平阔似空"是对鉴湖的感受，那么"桥通越溪水，帆带剡川风"就将鉴湖跟若耶溪和剡溪连结在一起了。这固然带写了诗人之游程，客观上却揭出了水域之关系。说明在宋代，顺剡溪下曹娥江，经蒿口，入白米堰，即鉴湖。又说明，绍兴水上旅游业已相当发达，鉴湖、若耶溪、剡溪自然地成为行旅诗人向往的旅游胜地。而这是以完善的水利设施作为基本条件的。

〔宋〕齐唐

作者简介：齐唐（988—1074），字祖之，越州会稽（今绍兴）人。天圣八年（1030）登进士第。知杭州富阳县。著《学苑精华》《少微集》，佚。《全宋诗》存诗十五首。

观潮

何意滔天苦作威，狂驱海若走冯夷。因看平地波翻起，知是沧浪鼎沸时。初似长平万瓦震，忽如圆峤六鳌移。直应待得澄如练，会有安流往济时。

——《瀛奎律髓》卷三四

【索引词】绍兴；江河水利。

【导读】这首七言律诗写诗人观海潮所见和所感，其中隐含对自身之期待。方回《瀛奎律髓》："凡观潮之作，皆在其下。"诗人为会稽人，所见之海潮当属越地。在宋代，会稽所辖称浦、栋树下、镇塘殿、三江等地，均为理想的观潮胜处。这与历代在曹娥江南岸修筑防海塘有关。就称浦塘而言，《嘉泰会稽志》卷十有载："称浦塘，在（会稽）县东四十里。唐《地里志》云：'会稽东北四十里有防海塘，自上虞江抵山阴百余里，以蓄水溉田。'开元十年令李俊之增修。大历十年观察使皇甫温、太和六年令李左次又增修之。"《（宝庆）会稽续志》卷四亦曰："清风、安昌两乡，实濒大海，有塘岸以御风潮，或遇圮损，随即修筑。"应该说，没有防海塘，观潮便无从说起。建造防海塘，无疑是越州水利设施的一大举措。

〔宋〕范仲淹

作者简介：范仲淹（989—1052），宋苏州吴县人，字希文。大中祥符八年（1015）进士。景祐三年（1036）出知饶、润、越三州。曾为参知政事，官终户部侍郎。卒谥文正。工诗文及词，晚年所作《岳阳楼记》，有"先天下之忧而忧，后天下之乐而乐"之语，世所传诵。有《范文正公集》。

送谢景初廷评宰余姚①

世德践甲科②，青紫信可拾③。故乡特荣辉④，高门复树立。余姚二山下⑤，东南最名邑。烟水万人家，熙熙自翔集。又得贤大夫，坐堂恩信敷⑥。春风为君来，绿波满平湖。乘兴访隐沦，今逢贺老无⑦？文藻凌云处，定喜江山助。未能同仙舟，离樽少留驻。行行道不孤，明月相随去。

——《范文正公集》卷二

【索引词】宁波余姚；绍兴；鉴湖；行舟；贺知章。

【导读】诗歌描绘了新任贤大夫即将到东南名邑余姚坐堂，造福四明

---

① 《会稽掇英总集》卷十一题作《送谢景初宰余姚》。廷评：宋朝大理评事别称。谢景初，庆历（1041—1048）间知越州余姚县，有政绩。
② 自注：先宾客，先紫微，俱登甲科，廷评今又继之。世德，世代贤德。践，承袭。
③ 青紫：贵官。汉制：印绶，公侯用紫，九卿用青。
④ 《会稽掇英总集》卷十一作"耀"。
⑤ 余姚二山：一座应指四明山；另一座，一说指龙泉山，相传宋高宗曾登临饮水，山腰有阳明书院。
⑥ 坐堂，主持县政。敷，遍布充足。
⑦ 贺老：指贺知章。无：语气词，表示疑问。

山水，仕途前程似锦。"春风为君来""今逢贺老无"云云，意为可以乘着春风，驾着小舟到鉴湖寻访爱酒修仙的贺知章，也是祝愿谢景初与贺知章一样功名成就，同时也暗含"绿波"（清廉）的期望。谢景初果然不负所望，余姚任上政绩卓著，只是仕途坎坷，未达青紫（九卿、公侯）。

送窦公持鄞江尉[①]

片帆飞去若轻鸿，一霎春潮过浙东。王谢[②]江山久萧索，子真今为起清风。

——《延祐四明志》卷二十

【索引词】宁波；浙东运河；行舟；潮汐。

【导读】前两句诗描写了浙东运河的便利与迅速：一叶轻舟带着窦公飞驰而去，一霎之间，春潮助力，船就到了鄞江。这里用"一霎春潮"强调了宋代浙东运河需要借助涌潮通航的实际情况。后两句表达了诗人对友人的期望：王谢江山久萧索——六朝望族王氏、谢氏经营过地方，长期以来萎靡不振；子真今为起清风——这下好了，掌管军事和刑狱的窦公一到，浙东风气必然为之一新。

和运使舍人观潮二首

何处潮偏盛，钱塘无与俦。谁能问天意，独此见涛头？海浦吞来尽，江城打欲浮。势雄驱岛屿，声怒战貔貅。万叠云才起，千寻练不收。长风方破浪，一气自横秋。高岸惊先裂，群源怯倒流。腾凌大鲲[③]化，浩荡六鳌游。北客观犹惧，吴儿弄弗忧。子胥忠义者，无覆巨川舟。

---

① 《御选宋诗》卷六十四作《送鄞江窦尉》。
② 《御选宋诗》卷六十四作"王榭"，误。
③ 《咸淳临安志》卷三十一"鲲"作"鲸"。

把酒问东溟，潮从何代生。宁非天吐纳，长逐月亏盈。暴怒中秋势，雄豪半夜声。堂堂云阵合，屹屹雪山行。海面雷霆聚，江心瀑布横。巨防①连地震，群楫望风迎。踊若蛟龙斗，奔如雨雹惊。来知千古信，回见百川平。破浪功难敌，驱山力可并。伍胥神不泯，凭此发威名。

——《范文正集》卷四

【索引词】杭州；钱塘江；潮汐；行舟。

留题云门山雍熙院

一路入岚堆，还经禹凿开。林无恶兽住，岩有好泉来。云阵藏雷去，山根到海回。莫辞登绝顶，南望即天台。

——《会稽掇英总集》卷七

【索引词】绍兴；云门山；大禹。

〔宋〕郑戬

作者简介：郑戬（992—1053），字天休，宋苏州吴县人。天圣三年（1025）进士。曾任越州通判，后知杭州。《宋史》卷二九二有传。

送余姚知县陈最寺丞

美渥卿为佐，清谈县得才。人从日边别，舟渡鉴中来。食案资鲑禀，公田剩酒材。秋余一凭槛，江海遍楼台。

——《会稽掇英总集》卷十一

【索引词】宁波余姚；行舟；鉴湖。

---

① 《咸淳临安志》卷三十一"防"作"帆"。

〔宋〕谢绛

作者简介：谢绛（994—1039），字希深，宋杭州富阳人。真宗大中祥符八年（1015）进士。以文学知名，为官清廉。有文集。

送余姚知县陈最寺丞（其一）

稍过山阴接甬东，正当两国画屏中。岩巅僧井通江水，门外商帆落海风。尽日挥弦无一事，平时推毂有诸公。此行绝胜人人羡，莫恨犹怀五两铜。

——《会稽掇英总集》卷十一

【索引词】宁波余姚；行舟；绍兴；行舟。

〔宋〕刁约

作者简介：刁约（994—1077），字景纯，润州丹徒（今属江苏）人。天圣八年（1030）进士。嘉祐四年（1059）为两浙转运使。

过渔浦作

一水相望越与杭，渡头人物见微茫。翩翩商楫来溪口，隐隐耕犁入富阳。市肆凋疏随浦尽，山峰重叠傍江长。民瞻熊轼咸相谓，太守经行此未尝。

——《会稽掇英总集》卷五

【索引词】杭州萧山；渔浦；钱塘江；渡口；行舟。

〔宋〕宋祁

作者简介：宋祁（998—1061），字子京。宋安州安陆人，徙开封雍丘。天圣二年进士。任史馆修撰，与欧阳修同修《新唐书》。进工部尚书，拜翰林学士承旨。有《景文集》《益部方物略记》等。

送余姚尉顾洵美先辈

蓬葆已萧萧，从官越绝遥。山图禹穴近，涛气伍神骄。卧帐藏新论，舟行问故樵。寄声时谢我，江上足兰苕。

——《会稽掇英总集》卷十一

【索引词】宁波余姚；禹穴禹陵禹庙；行舟；余姚江。

胡寅赴明州慈溪尉

久困天官调，东南亦第如。客篙新溜急，春树杂花余。越醢丰池鸭，吴袍竞库练。还音与归梦，并附浙江鱼。

——《景文集》卷八

【索引词】宁波慈溪；行舟；钱塘江。

〔宋〕叶清臣

作者简介：叶清臣（1000—1049），字道卿，宋苏州长洲人，天圣二年（1024）进士。出为两浙转运副使，疏盘龙汇、沪渎港入海，民赖其利。庆历六年（1046），知永兴军，浚三白渠，溉田逾六千顷。擢翰林学士，权三司使。有《述煮茶小品》。

送余姚知县陈最寺丞

白①见恩初渥，新游刃久虚。官曹鹊树下，民版象耕余。山迥人逢麂，江清客厌鱼。送君多怅望，云外是亲居。

——《会稽掇英总集》卷十一

【索引词】宁波余姚；象耕。

广惠禅院

云中老树冷萧萧，溪上僧归倚画桡；谁为秋风乘兴去，松窗先听富阳潮。

——《（雍正）浙江通志》卷二百三十一

【索引词】杭州萧山；行舟；富春江；潮汐。

【导读】萧山广惠院吸引了众多诗人，尤其是北宋。参见范仲淹《广惠禅院》（又名《寄题溪口广惠院》）、唐询《题广惠院慈躬上人禅房》，二诗均提及"溪口"。

〔宋〕梅尧臣

作者简介：梅尧臣（1002—1060），字圣俞，宋宣州宣城人，世称宛陵先生。皇祐三年（1051）召试，赐进士出身。参修《唐书》。少即能诗，与苏舜钦齐名，时号"苏梅"。有《宛陵集》等。

余姚陈寺丞

试邑来勾越，风烟复上游。江潮②自迎客，山月亦随舟。海货通闽

---

① 《全宋诗》卷四五八作"旧"。
② 《宛陵集》卷三作"湖"。

市，渔歌入县楼。弦琴无外事，坐见浦帆收。

——《会稽掇英总集》卷十一

【索引词】宁波余姚；乘潮；余姚江；行舟。

送马廷评之余姚

越乡知胜楚，君去莫辞遥。晓日鱼虾市，新霜橘柚桥。河流通海道，山井应江潮。近邑逢鸥鸟，先应避画桡。

——《宛陵集》卷五

【索引词】宁波余姚；余姚江；乘潮；行舟。

【导读】马廷评生平不详，梅尧臣《宛陵集》卷五先后列有《送马廷评之余姚》《送马廷评知康州》两首诗，《全宋诗》均标注为1038年作，或为约数。此诗应写于两千里以外的首都开封。"河流通海道，山井应江潮"形象地刻画了余姚平原水网密布，江、海、河、湖、泉、井连为一体，河网、山井水位随潮汐起伏的滨海水乡景观。《送谢寺丞知余姚》中的诗句"姚江千里海汐应，山井亦与江潮通"，异曲同工。谢绛《送余姚知县陈最寺丞》的"岩巅僧井通江水"亦同。至少三首诗都写到同一种景观，可见这是写实，是余姚留给诗人们最深刻的印象之一。"近邑逢鸥鸟，先应避画桡"，更是描绘了近海河网地区鸥鸟飞翔、舟船穿梭，一派喜气洋洋、生动活泼的景象。

送谢寺丞知余姚

姚江千里海汐应，山井亦与江潮通。秋来鱼蟹不知数，日日举案将无穷。高堂有亲甘可养，下舍有弟乐可同。县民旧喜诸郎政，刍力莫愧今为翁。

——《宛陵集》卷十八

【索引词】宁波余姚；余姚江；潮汐。

【导读】梅尧臣《寄送谢师厚余姚宰》有"我从淮上归，君向海澨去""君南我起北，日见阳雁度"句。另有《同谢师厚宿胥氏书斋闻鼠甚患之》《近有谢师厚寄襄阳柑子乃吴人所谓绿橘耳》《喜谢师厚及第（时第一甲二十八人，君名在二十三）》《送谢师厚归南阳》等诗，说明与谢师厚关系密切。谢景初，字师厚，也是一代名人，北宋太子宾客谢涛的长孙，黄庭坚的第二个岳父，与欧阳修、王安石、梅尧臣等文人交好，擅诗。庆历六年（1046）中进士甲科，不久出任越州余姚知县。在任上政绩卓著，治水有功。后来，因为反对王安石变法，被弹劾，闲居在南阳邓州。如今，谢家的又一位才俊谢寺丞也要到余姚去了，诗人一是惊奇叔侄二人竟然在同一个地方任职，二是感叹"其侄师厚尝宰此邑"，于是作诗相赠。"高堂有亲甘可养，下舍有弟乐可同"，既是夸赞越州民风亲孝，也暗示了谢家人才辈出；"县民旧喜诸郎政"的"诸郎"，既是赞许余姚前几任知县（包括陈最、谢景初），也轻轻点到了当年的吴越"四贤"——谢景初、谢景平、王安石、韩缜。参范仲淹《送谢景初廷评宰余姚》、谢景初《余姚董役海堤有作》。

〔宋〕张伯玉

作者简介：张伯玉（1003—约1068），字公达，建安（今福建建瓯）人。天圣二年（1024）登进士第。为官爱民勤政，广兴水利，敢言清节。嘉祐八年（1063）以度支郎中知越州（今绍兴）。有"张百杯""张百篇"之号。官终检校司封郎中。著有《蓬莱集》。

题禹庙

宝穴千峰下，严祠一水傍。夜声沧海近，秋势越山长。薄葬超前古，贻谋启后王。万灵何以报，终古咏怀襄。

——《会稽掇英总集》卷八

【索引词】绍兴；越山；禹穴禹陵禹庙。

【导读】这首五言律诗当作于宋嘉祐八年（1063）秋天。知州到任，先去展拜大禹，乃历来越州地方官之通则。此诗首联描写禹庙形胜，正面突出禹庙之气势；颔联描写禹庙所在形势，侧面表现禹庙地位之重要；颈联在抒情中回顾大禹功绩，重在政治方面；尾联集中抒情，重在治水方面。每联言简意赅，高度集中，不但禹庙巍然在目，大禹形象亦宛然屹立于读者眼前，大禹一生之业绩亦历历分明。收结"终古咏怀裹"，属点睛之笔：禹之功绩在中国水利史上，何等耀眼。

答王越州蓬莱阁诗

书报蓬莱高阁成，越山增翠越波明。云收海上天地静，人在月中金翠横。游女弄芳珠作佩，仙人度曲玉为笙。会须长揖浮丘伯，醉听银河秋浪声。

——《会稽三赋》卷下

【索引词】绍兴；越山；蓬莱阁；江河。

【导读】诗人接到邀请函后设想蓬莱阁重建之景观，以高阁、增翠为喻，迫不及待地勾勒画面。府山蓬莱阁最初由吴越国王钱镠兴建，几经废毁，多次重建。作者语言精致、情感丰盈，欣喜之情自然流露。府山位于绍兴市城西，海拔七十四米，是绍兴市内三座山峰中最高的一座。宋代是府山的全盛时期，山上共有七十二米处楼台亭阁，现存仅十余处。

〔宋〕欧阳修

作者简介：欧阳修（1007—1072），宋吉州庐陵人，字永叔，号醉翁、六一居士。天圣八年（1030）进士。嘉祐六年（1061）拜参知政事。唐宋八大家之一。平生奖掖后进，曾巩、王安石、苏洵父子俱受其称誉。亦擅史学，与宋祁等修《新唐书》，自撰《新五代史》。有《欧阳文忠公集》《集古录》《六一词》等。

送余姚陈寺丞（最）

铜墨佩腰间，中流望若①仙。鸣蝉汴河柳，画鹢越乡船。下濑②逢江雁，瞻氛落海鸢。山川仍客思，尽入隐侯篇。

——《欧阳文忠公集》卷第十

【索引词】宁波余姚；运河；行舟。

【导读】陈最，宋仁宗明道、景祐年间出任余姚知县。与当时的文人庞籍、郑戬、谢绛、叶清臣、梅尧臣、欧阳修等交好。有人认为他可能是杭州附近的人。对照陈最好友生平及其他县令任期，按照大宋三年一任的惯例，出任余姚令疑为景祐二年（1035），一说在1034年夏秋间。

〔宋〕苏舜钦

作者简介：苏舜钦（1008—1049），宋绵州盐泉人，字子美，号沧浪翁。苏舜元弟。景祐元年进士。有《苏学士集》。

大禹寺

鉴湖尽处众峰前，寺古萧疏水石间。殿阁北垂连禹庙，松筠东去入稽山。坐中岩鸟自上下，吟久溪云时往还。我厌区区走名宦，未能来此一生闲。

——《苏学士集》卷七

【索引词】绍兴；会稽山；鉴湖；禹穴禹陵禹庙。

---

① 一作"似"。
② 下濑船，行于浅水急流中的平底快船。

越州云门寺①

翠嶂环合封白云，中有萧寺三为邻。老松偃蹇若傲世，飞泉喷②薄如避人。苍猿啸断夜月古，丹花开遍③阳崖春。盘桓数日不忍去，舟出邪溪犹惨神。

——《御选宋诗》卷二十六

【索引词】绍兴；越州；云门寺。

〔宋〕赵抃

作者简介：赵抃（1008—1084），字阅道（一作悦道），号知非子，衢州人。景祐元年（1034）登进士第。官至参知政事。曾于熙宁八年（1075）四月以资政殿学士、右谏议大夫知越州，十年（1077）六月移知杭州。有《清献集》。

次程给事游鉴湖

湖治谁能继后尘？马侯祠阁至今存。④穷源上达仙翁井，引派旁通吏部园。红旆遍游偿素志，画桡归去近黄昏。别怀屈指期将半，况属乡州役梦魂。

——《清献集》卷四

【索引词】绍兴；鉴湖；行舟；马臻。

【导读】这首七言律诗为次程师孟《游鉴湖》而作。程师孟原诗佚。诗人与程师孟年龄相仿佛，同年登进士第，颇为相得。移官杭州知州时，

---

① 《会稽掇英总集》卷七作"云门山"。
② 《会稽掇英总集》卷七作"奔"。
③ 《会稽掇英总集》卷七作"逼"。
④ 自注：昔太守马臻开鉴湖。

由程师孟接任越州知州。想来接替之时，两人曾畅游鉴湖，红旆画桡，得意之极。诗人深爱鉴湖之情，两年来关心水利之意，表白得十分清楚。"湖治谁能继后尘，马侯祠阁至今存"两句，由整治鉴湖之重要而联想马臻之功绩，十分自然，而其时马太守庙之存在，不但表明诗人崇拜之意，而且反映百姓纪念马臻之情。

诗人尚有《寄酬程给事上巳日鉴湖即事》三首："禊饮已经佳节后，画船犹泛若耶滨。未还魏阙陪仙使，且向稽山作主人。赓唱我知长引玉，恩归谁道苦思亲？鉴湖也似西湖好，两处风光一样春。""湖上初经上巳春，水边遥见碧芜新。轻舟竞泛无涯乐，夹岸希逢不醉人。厨酝旋斟浮蚁酽，府茶深点卧龙珍。诗筒往复余知幸，垂老亲仁得善邻。""蓬莱高与卧龙俱，位望兼隆似合符。弦管夜声传井邑，楼台春影蘸江湖。休功即报期年政，直节曾行万里胡。真是玉皇香案吏，坐看归去赞萝图。"又有《次韵程给事会稽八咏·鉴湖》诗："阁下平湖湖外山，阴晴气象日千般。主人使是神仙侣，莫作寻常太守看。"可惜程师孟原诗已佚。又有《九日湖上登高寄程给事》二首："九日湖楼把酒卮，拒霜黄菊斗芳菲。五逢吴越重阳节，白首柯山未许归。""舣棹湖亭又访山，寺楼登赏十三间。更寻半隐先生迹，①一拥朱轮未得还。"可同读。

次韵程给事会稽怀古即事

东南杭与越，形势夹长川。地占一方秀，天生万象全。两城俱卓尔，列郡岂加焉。异世称无间，同时较有偏。厥民如贵简，彼国实居先。大海收淮渎，群山冠幅员。古人踪欲见，游客目先穿。况自醇风俗，从来省朴鞭。有年人既庶，乐教志弥坚。每得前朝事，尝由众口传。土疆归阙下，州宇辟湖边。未苦秦来幸，先经霸擅权。有贤思避世，择地效高眠。盘屈稽山势，嵯峨玉笥巅。茂林侵碧汉，修竹挂青

---

① 自注：叶职方，号半隐先生，今守广德，宅在湖上。

烟。东浙潮声近,西陵草色鲜。四明登陆显,五泄夹溪沿。渔浦从舟楫,仙居远市廛。山青难入画,花灼正如燃。石伞阴遮径,松潭韵写弦。千峰云暧靆,双涧水潺湲。泉涌寻源出,萝繁附木缠。龟浮山出浪,龙去井迷年。峰形露丑妍。法华初赐号,释子已超禅。星摘射岩前。仙髻传今古,遍随高下赏,潜解利名牵。民室常盈目,城阖异及肩。群言可理诠。必有千年隐,都忘万事煎。严园烟水。通幽云底路,朝接洞中天。湖楼望彩船。越台凌缥缈,溪女斗婵娟。野景诚无限,游人岂独专。章句列前贤。醮礼因勤甚,樊榭柳花颠。圣阁迎仙母,清虚宫刹古,恍惚岁时迁。宝相灵犹。云门瑞复还。尘埃笼古壁,凿石成金像,营庵对玉莲。瑰奇天桂。鱼池乖本意,僧罥触轻涟。昭昭著简编。兰亭真翰笔,桃谷旧神。潇洒宝林篇。历历森豪俊,公卿夸道路,父子遁林泉。废宅仙宫。想像人堪慕,凄凉物足怜。味道益乾乾。种墓藏山穴,耸祠阚水。还乡世事捐。嗟时徒役役,相隐今遗迹,侯封昔见旐。锦衣渐我。方干栖逸地,祖贯起英躔。挺身徒尽瘁,报德乏微。车帐为民寨。臣力难堪矣,君仁未舍旐。每慕黄居。所向知师古,干时愧学圆。玑衡中切冒,条教外颁宣。躬祠祖垄。曾卑隗相燕。有为怀黾勉,无术可收甄。得请乡邦便,阃封方富。耕桑初劝谕,饥疫偶成连。赈发无深惠,疲劳获少痊。一麾来镇抚,千骑为盘旋。弊政因民革,烦文到日躔。恩随和气浃,令比置邮遄。美誉皆腾。清香已胜膻。善良陶静化,奸猾洗前愆。吏畏输心鉴,民深入善。课书人第一,辅召里逾千。身起侯藩政,班趋秘殿联。谋猷光帝座。议论溢经筵。道合风云会,功高玉石镌。正宜裨日月,未可问园田。士论逾时望,人心曷月湔。声名加显显,歌颂转翩翩。预喜明贤遇。须知直道便。中宸深有眷,外补实难铨。行为山阴老,聊收一大钱。

——《清献集》卷三

【索引词】绍兴；宁波；杭州滨江；西兴；杭州萧山；渔浦；鉴湖；会稽山；四明山；潮汐；行舟。

【导读】这首长诗次程师孟《会稽怀古即事》而作，可以说是行政长官交接时对越州历史基本情况的全面介绍。长达800字的五言长诗，除了首尾两句，对仗十分严格，佳句俯拾皆是。诗中历数越州（也有杭州、明州）地区的人文古迹，典故不胜枚举。新任知州程师孟也是通今博古之人，自然能够心领神会。程师孟于熙宁十年（1077）五月至元丰二年（1079）任越州知州，故此诗应作于1077年五月。

鉴湖

春色湖光照锦衣，岸花汀草自芬菲。若耶溪上游人乐，举棹狂歌半醉归。

——《清献集》卷五

【索引词】绍兴；鉴湖；若耶溪；行舟。

〔宋〕程师孟

作者简介：程师孟（1015—1092），字公辟，号正议，苏州吴县（今江苏苏州）人。宋景祐元年（1034）进士，曾在钱塘、福州、广州以及都水监任主官，所到之处兴修水利，疏浚河渠，防治水患。熙宁十年五月至元丰二年任越州太守。著有《续会稽掇英录》廿卷、《诗集》廿卷、《长乐集》一卷。均佚。程师孟诗友不下百人，但诗集已佚，故后世诗名不显。新编《全宋诗》辑其诗四十首。

秦少游题郡中蓬莱阁，次其韵①

半天钟鼓宴峥嵘，早晚阴晴景旋生。湖暖水香春载酒，月寒云白夜闻笙。金鳌破海头争并②，玉鹭排烟阵自横。我是蓬莱东道主，倚栏先③占日初明。

——《淮海集》卷八

【索引词】绍兴；蓬莱阁；鉴湖。

【导读】这是程师孟少量存诗之一，见于《淮海集》《新安文献志》《蜀中广记》《方舆胜览》等。《秦少游题郡中蓬莱阁》："雄檐杰槛跨峥嵘，席上风云指顾生。千里胜形归俎豆，七州和气入箫笙。人游晚岸朱楼远，鸟度晴空碧嶂横。今夜请看东越分，藩星应带少微明。"蓬莱阁位于绍兴市区卧龙山，与镜湖交相辉映。曾孝宗《送越帅程公辟》也提到蓬莱阁："虎符分镇浙江东，舣棹都门使旆雄。双桨徘徊枌社日，高牙摇曳剡溪风。蓬莱阁宴公书简，贺监湖游狱榜空。行听越民歌德政，亟还青琐见旌忠。"（《剡录》卷六下）程师孟善于治水，曾为都水监。秦观有不少与程师孟的唱和诗，从中还可看出程师孟在越州声望之高："归途父老欣相语，今日程公昔谢公。"（《游龙门山次程公韵》）"夹道万星攒骑火，满城争看使君回。"（《游龙瑞宫次韵》）

〔宋〕陈舜俞

作者简介：陈舜俞（？—1075），字令举，号白牛居士，湖州乌程人。庆历六年（1046）登进士第。嘉祐四年（1059）由明州观察推官举材识兼茂明于体用科，授著作佐郎。熙宁三年（1070）以屯田员外郎知山阴县。有《都官集》。

---

① 秦少游曾于元丰二年到越州探望叔父，与知州程师孟交游酬唱，留下诗词多首。
② 《新安文献志》卷五十四作"出"。
③ 《新安文献志》卷五十四作"长"。

众乐亭

　　湖光野色著人衣，众乐开亭此处宜。击棹高歌山自响，踏青红影岸相随。消除矰缴容鸥鸟，改换风烟入柳丝。荇菜藕花应见忆，短蓬^①孤榜独来时。

——《延祐四明志》卷二十

　　【索引词】宁波；众乐亭；南湖；行舟。

　　【导读】钱公辅《众乐亭并序》："众乐亭居南湖之中，南湖又居城之中，望之真方丈瀛洲焉。以其近而易至，四时胜赏，得以与民共之。民之游者，环观无穷而终日不厌。《孟子》曰：独乐与众乐孰乐？不若与众。众乐之名於是乎。"

禹穴

　　百尺苍坚穴翠岚，天痕非劈亦非镵。先王图史谁分掌，后世疏慵不复探。定有龙虬蟠寂寂，如何苔藓乱鬖鬖。老师更说神灵事，只读高碑去未甘。

——《都官集》卷十三

　　【索引词】绍兴；禹穴禹陵禹庙。

　　【导读】《吴越春秋》卷六《越王无余外传》有载："禹伤父功不成，循江溯河，尽济甄淮，乃劳身焦思，以行七年。闻乐不听，过门不入，冠挂不顾，履遗不蹑，功未及成，愁然沉思。乃案《黄帝中经历》，盖圣人所记，曰：'在於九山东南，天柱号曰宛委，赤帝在阙。其岩之巅，承以文玉，覆以盘石，其书金简，青玉为字，编以白银，皆琢其文。'禹乃东巡，登衡岳，血白马以祭，不幸所求。禹乃登山，仰天而啸。因梦，见赤绣衣男子，自称玄夷苍水使者。'闻帝使文命于斯，故来候之。非厥岁月，将告以期，无为戏吟，故倚歌覆釜之山。'东顾谓禹曰：'欲得我山神书

---

①　宋张经《乾道四明图经》卷八作"篷"。短篷，有篷小舟。

者，斋於黄帝岩岳之下，三月庚子，登山发石，金简之书存矣。'禹退又斋。三月庚子，登宛委山，发金简之书，按金简玉字，得通水之理。"

　　这首七言律诗当作于宋熙宁三年（1070）诗人在山阴县令任上时。诗人抽暇与越州通判钱公辅等同仁凭上述记载，循先人足迹，到宛委山寻访禹穴。寻访中遥想大禹治水之神奇故事，不禁浮想联翩，很希望探个究竟，于是写下此诗。钱公辅有次韵诗如下："一朵云根压众岚，古传深坎自天鐩。藏书未必先王事，好怪惟闻太史探。洞府闲来何寂寞，龙鬐垂处认䣭鬶。近岩更剖知章字，谩识奇踪意自甘。"（《会稽掇英总集》卷八）现存这两首七律，说明大禹治水在越地影响之深。

〔宋〕杨蟠

　　作者简介：杨蟠（约1017—1106），字公济，别号浩然居士，章安（今属浙江临海）人，一作钱塘（今杭州）人，又作建安（今福建建瓯）人。庆历六年（1046）进士。元祐四年（1089）苏轼知杭州时，蟠为通判。《宋史》有传。有《章安集》，已佚，《会稽掇英总集》等书有录。

忆越

　　蓬莱阁面对青山，地上游人半是仙。渔浦夕阳横挂雨，鉴湖春浪倒垂天。高城尚锁当时月，故殿空留几处烟。长爱剡溪堪乘兴，雪中曾棹子猷船。①

——《会稽掇英总集》卷十三

　　【索引词】杭州萧山；渔浦；绍兴；蓬莱阁；鉴湖；剡溪；行舟。

　　【导读】杨蟠显然对越州留有美好印象。蓬莱阁、渔浦、鉴湖，高城故殿、如仙游人，纷纷入诗。最末一句用了雪夜访戴的典故，更给全诗增

---

① 子猷，晋王徽之（王羲之子）的字。王徽之居会稽时，雪夜泛舟剡溪，访戴逵，至其门不入而返。人问其故，则曰："本乘兴而行，兴尽而返，何必见戴！"

加了历史纵深感，让人对越州数百年的繁荣有了更透彻的认识。

〔宋〕谢景初

作者简介：谢景初（1020—1084），字师厚，富阳人。庆历六年（1046）进士，知越州余姚县。九迁至司封郎中，以屯田郎中致仕。有《宛陵集》，已佚。

寻余姚上林湖山

山水有奇秀，何必耳目亲。兹地世未知，偶游良可珍。平湖瞰其中，翠巘围四垠。青松千万植，落瀑如悬巾。佛庙耸殿塔，装点绘图新。清溪与断崖，水石声磷磷。峰巅见沧海，日出常先晨。花草时节异，宁问秋夏春。陵谷千万古，岂无称道人。得微言不信，又恐远故堙。樽酒且乐我，醉来事事均。

——《会稽掇英总集》卷五

【索引词】宁波余姚；宁波慈溪；上林湖。

【导读】上林湖越窑遗址位于慈溪鸣鹤镇西栲栳山麓上林湖一带（原属余姚），为越窑青瓷主要产区之一，因古代地属越州，故名越窑。唐代开辟了从明州通向海外的"陶瓷之路"，越窑青瓷通过浙东运河出海，可远达埃及。1988 年列为全国重点文物保护单位。"上林湖山"位于今余姚、慈溪交界，山顶可俯瞰慈溪境内上林湖。上林湖与杜湖、白洋湖相距五公里左右，均为历史悠久的水利工程。

余姚董役海堤有作

五行交相陵，海水不润下。处处坏堤防，白浪大①於马。董众完

---

① 《嘉泰会稽志》卷十作"高"。

筑塞，跋履率旷野。使人安於生，兹不羞民社。调和阴与阳，自有任责者。

——《会稽掇英总集》卷五

【索引词】宁波余姚；堤防。

【导读】谢景初在余姚知县任内政绩卓著：发动民工，修筑堤坝，缓解海潮冲决之患；制定"湖经"制度，统一管理农田水利，抑制豪强侵湖为田及抢夺灌溉用水，以保障农业生产正常；管理海盐生产，严禁偷煮海盐，增加财政收入；兴办学校，培养人才。谢景初知余姚，其弟谢景平知会稽，王安石知鄞县，韩缜（韩玉汝）知钱塘，皆有声，吴越称"四贤"。

〔宋〕王安石

作者简介：王安石（1021—1086），字介甫，号半山。抚州临川（今属江西）人。北宋庆历二年（1042）进士。庆历七年（1047）秋任鄞县知县。履任初便下乡巡视，足迹遍及鄞县十四乡，历时13天，撰《鄞县经游记》记其事。后浚治东钱湖和附近河道，兴筑堤堰，订定湖界，置立碶闸，改善农田水利灌溉，便利交通。至皇祐二年（1050）五月离任，治鄞近三年，政绩颇著。人谓其以后为相时推行新政，执政理念已见于鄞，不少措施试行于鄞。"唐宋八大家"之一，诗亦遒劲清新，在鄞任上留下诗文数十篇。有《王文公文集》《临川文集》等行世。今鄞州东钱湖畔下水村忠应庙有"王安石在鄞史迹陈列"。

别鄞女①

行年三十已衰翁，满眼忧伤只自攻。今夜扁舟来诀汝，死生从此各

---

① "鄞女"即王安石在鄞县所生之女。《鄞女墓志铭》："鄞女者，知鄞县事临川王某之女子也。庆历七年四月壬戌前日出而生，明年六月辛巳后日入而死。壬午日出，葬崇法院之西北。吾女生，惠异甚，吾固疑其成之难也。噫！"

西东。^①

——《临川文集》卷三十四

【索引词】宁波；甬江水系；行舟。

【导读】王安石知鄞县，在庆历七年（1047）四月至皇祐二年（1050）三月间，其爱女一岁两个月早夭，王安石将她葬在城南崇法院之西北，今祖关山附近。这一日，王安石要离任，乘船再次来到女儿坟前，写下了这首感人肺腑的诗：我虽然只有三十岁，却早已是一副衰翁之态。为父今夜划着这艘小船来，就是要和你作最后的诀别。此去恐怕再也不能回来了，从此之后，我们就要天涯两端，各自西东。一叶扁舟，四下寂静，只有一颗父亲的爱女之心，感天动地，让人泪崩。

离鄞至菁江东望

村落萧条夜气生，侧身东望一伤情。丹楼碧阁无处所^②，只有溪山相照明。

——《临川文集》卷三十四

【索引词】宁波余姚；菁江；行舟。

【导读】今余姚市有菁江山、菁江渡，在余姚城西七公里处，距宁波老城区约五十公里。此为诗人乘船沿浙东运河西行五十公里之后，回望鄞县的留恋之情。那里不仅是自己从政三年留下政绩的场所，更是自己的爱女长眠之地，因此诗中的情绪既有悲伤，也有欣慰。

---

① 李壁《王荆公诗注》卷四十八："《礼》曰'五十始衰，三十而言衰'，翁亦太早矣。杜诗：明朝牵世务，挥泪各西东。"

② 李壁《王荆公诗注》卷四十八："丹楼碧阁，言变灭无余矣。"

天童山溪上①

溪水清涟树老苍，行穿溪树踏春阳②。溪深树密无人处，唯有幽花度水香。

——《临川文集》卷三十四

【索引词】宁波鄞州；天童山；江河。

【导读】今宁波市东南有天童山，距城区廿余公里。四句诗连用三个"溪"一个"水"，连同标题中的"溪"在内，共"四溪一水"，表达了诗人对治下山水的无比热爱。

忆鄞县东吴太白山水③

孤城回首④讵⑤几何？忆得好处长⑥经过。最思东山春树霭⑦，更忆南湖秋水波。三年飘忽⑧如梦寐，万事感激⑨徒悲歌。应须饮酒不复道，今夜江头明月多。

——《王荆公诗注》卷十六

【索引词】宁波鄞州；东吴镇；南湖；太白山。

【导读】此为诗人离开鄞县后思念主政鄞县三年治理山水的生涯。从"万事感激（乖隔）徒悲歌"一句看，似乎与《别鄞女》有关联，暗中流露丧女之痛。今宁波市东南鄞州区有东吴镇、太白山。

---

① 李壁《王荆公诗注》卷四十八："以公《经游记》考之，山在鄞县。"
② 李壁《王荆公诗注》卷四十八："段成式记鬼诗：长安女儿踏春阳，无处春阳不断肠。"
③ 《临川文集》卷十一作《孤城》。
④ 一作"望"。
⑤ 一作"距"。
⑥ 一作"常"。
⑦ 一作"烟树色"。
⑧ 一作"百年颠倒"。
⑨ 一作"乖隔"。

泊姚江

轧轧橹声急，苍苍江日低。吾行有定止，潮汐自东西。

——《临川文集》卷二十六

【索引词】宁波；姚江；行舟；潮汐。

泊姚江

山如碧浪翻江去，水似青天照眼明。唤取仙人来住此，莫教辛苦上层城。

——《临川文集》卷三十三

【索引词】宁波；姚江；山水风光。

吴刺史庙①

山色湖光一样清，桑麻谷粟荷君情。至今民祀年年在，莫负当年歃血盟。

——《延祐四明志》卷十五

【索引词】宁波；九里堰；水利；吴谦。

登越州城楼

越山长青水长白，越人长家山水国。可怜客子无定宅，一梦三年今复北。浮云缥缈抱城楼，东望不见空回头。人间未有归耕处，早晚重来此地游。

——《御选宋诗》卷二十六

【索引词】绍兴；山水风光。

---

① 底本未录诗题，有如下文字："吴刺史庙在城西门外九里堰，唐大历年间刺史吴谦字德裕，有善政，郡民歃血而祠之。宋王荆公宰鄞，诣祠奉祀诗云。"

若耶溪归兴

若耶溪上踏莓苔，兴尽张帆载酒回。汀草岸花浑不见，青山无数逐人来。

——《御选宋诗》卷六十五

【索引词】绍兴；若耶溪；行舟；山水风光。

登飞来峰

飞来山上千寻塔，闻说鸡鸣见日升。不畏浮云遮望眼，自缘身在最高层。

——《临川文集》卷三十四

【索引词】绍兴；飞来峰；山水风光。

送萧山钱著作①

才高诸彦故无嫌，兄弟同时举孝廉。东观外除方墨绶②，西州相见已苍髯。灵胥引水清穿市，神禹分山翠入帘。好去弦歌聊自慰，郡人谁敢慢陶潜？

——《王荆公诗注》卷三十六

【索引词】绍兴；飞来峰；山水风光；大禹。

【导读】诗中第三联有关越州萧山的典故，据宋人李壁诗注浅释如下：世传伍子胥为波神，故云"灵胥引水"。《扬雄传》注"有人从禹穴入，从苍梧出"，司马迁说禹穴在会稽山，因此王安石有"神禹分山"之说。第四联中，"弦歌"出自陶渊明做参军时"聊欲弦歌，以为三径之资"，"慢陶潜"取自杜甫诗"他时如按县，不得慢陶潜"。

---

① 原注：萧山县属越州。
② 墨绶，汉代官员等级标志，指友人到萧山做县官。

收盐（节选）

州家飞符来比栉，海中收盐今复密。穷囚破屋正嗟欷，吏兵操舟去复出。海中诸岛古不毛，岛夷为生今独劳。不煎海水饿死耳，谁肯坐守无亡逃。尔来贼盗往往有，劫杀贾客沉其艘。一民之生重天下，君子忍与争秋毫。

——《临川文集》卷十二

【索引词】舟山；行舟。

【导读】王安石在鄞三年，这是不多见的关于舟山海中收盐纪事诗。海中收盐，是从大陆渡海到舟山群岛去，最有可能是从甬江口出海，需要"操舟"。这种渡海舟，通常也能在浙东运河水网中穿行，应该是河海两用型船舶，无需中转倒载。

秃山（节选）

吏役沧海上，瞻山一停舟。怪此秃谁使，乡人语其由。一狙①山上鸣，一狙从之游。相匹乃生子，子众孙还稠。山中草木盛，根实始易求。攀挽上极高，屈指亦穷幽。众狙各丰肥，山乃尽侵牟。攘争取一饱，岂暇议藏收。大狙尚自苦，小狙亦已愁。稍稍受咋啮，一毛不得留。狙虽巧过人，不善操锄耰。所嗜在果谷，得之常似偷。嗟此海山中，四顾无所投。生生未云已，岁晚将安谋？

——《临川文集》卷十三

【索引词】舟山；行舟。

【导读】这是诗人从大陆渡海到舟山群岛去的船上的见闻录。情境与《收盐》一诗相类，不过描写主体不是人，而是荒岛猕猴。

---

① 猕猴。

〔宋〕郑獬

作者简介：郑獬（1022—1072），字毅夫，一作义夫，号云谷，安州安陆（今属湖北）人。皇祐五年（1053）状元及第。熙宁二年（1069）五月知杭州。次年四月离任，行至苏州卧病。有《郧溪集》。

寄①题明州太守钱君倚众乐亭

使君何所乐，乐在南湖滨。有亭若孤鲸，覆以青玉鳞。四面拥荷花，花气摇红云。使君来游携芳樽，两边佳客坐翠裀②。鄞江鲜鱼甲如银，玉盘千里紫丝莼。金壶行酒双美人，小履轻裙③不动尘。壮年行乐须及辰，高谈大笑留青春。游人来看使君游，芙蓉为楫木兰舟。横箫短笛悲晚景，画帘绣幕翻中流。贪欢寻胜意不尽，相招却渡白蘋洲。日落使君扶醉归，游人散后水烟霏。紫鳞跳复戏，白鸟落还飞。岂独④乐斯民，鱼鸟亦忘机。使君今作螭头臣，游人依旧岁时新。空余华榜照湖水，更作佳篇夸北⑤人。

——《郧溪集》卷二十五

【索引词】宁波；南湖；日月双湖；行舟；鄞江。

【导读】钱公辅《众乐亭并序》曰："众乐亭居南湖之中，南湖又居城之中"。陈舜俞等也有写众乐亭的诗。

---

① 寄，一作"遥"。见《两宋名贤小集》，下同。
② 裀，一作"茵"。
③ 裙，一作"裾"。
④ 独，一作"徒"。
⑤ 北，一作"此"。

〔宋〕沈遘

作者简介：沈遘（1028—1067），字文通，钱唐（今杭州）人。仁宗皇祐元年（1049）登进士第。曾于嘉祐六年十二月以右正言知制诰官越州知州，七年（1062）七月移知扬州。著《西溪文集》。

鉴湖

鉴湖千顷山四连，昔为大泽今平田。庸夫况可与虑始？万年之利一朝毁。

——《全宋诗》卷六三〇、《西溪文集》卷三

【索引词】绍兴；鉴湖；废湖为田。

【导读】这首七言诗表达诗人眼看鉴湖被围垦成农田的痛惜。第一句以"鉴湖千顷山四连"出之，境界壮丽美好，与后一句形成反差。后二句直抒胸臆，为"昔为大泽今平田"而不满。平田的出现，关键在执政者和围垦者乃"庸夫"，故第三句深加鞭答。最后以"万年之利一朝毁"作结，痛惜之情，溢于言表。此诗当作于嘉祐七年春夏越州知州任上。一位正直官员对"庸夫"的看法，对鉴湖水利的认识，何等清楚！

〔宋〕王安国

作者简介：王安国（1028—1074），字平甫，临川（今属江西）人。安石弟。有文集。

送客至西陵

若耶溪畔醉秋风，猎猎船旗照水红。后夜钱塘酒楼上，梦魂应绕浙江东。

——《古今图书集成》卷五

【索引词】绍兴；杭州滨江；西兴；钱塘江；若耶溪；行舟。

【导读】诗歌大意是：在若耶溪边摆酒送客人去往西陵，客船到达西陵渡口很快就能到达钱塘（杭州）。后天夜里你就能在杭州的酒楼里喝酒了，到时候可别忘了浙东的老友啊！诗歌无意中写出了航船速度：乘船从绍兴出发，两三天内可到杭州。若耶溪至杭州城，水路六十公里，中间要渡过钱清江、钱塘江，这与唐代成寻和尚记载的顺风日行三十公里左右的航行速度基本吻合。

〔宋〕沈辽

作者简介：沈辽（1032—1085），宋杭州钱塘人，字睿达。熙宁初，为审官西院主簿，监明州市舶司及杭州军资库。文章雄奇峭丽，尤长于诗。有《云巢编》。

送荣叔归萧山（节选）

畴昔来会稽，浮舟出江堤。苍茫望津道，隐隐辟招提。

——《云巢编》卷一

【索引词】杭州萧山；绍兴；运河；行舟。

【导读】曾经来过会稽这个地方，运河里满槽的水流浮托着客船，高过了两岸的堤防。从船舷向外张望，除了看到阡陌交通一片苍茫，还能看到不少寺庙隐藏于树林之中。"浮舟出江堤"，描绘了浙东运河"堤高于水、船高于堤"，船行水中，俯瞰两岸，气象万千的图景，引人神往。

寄昭庆阇黎（节选）

萧山江水西，万屋白云迷。地势既洒落，家家临水堤。

——《云巢编》卷一

【索引词】杭州萧山；钱塘江；堤防。

〔宋〕孔平仲

作者简介：孔平仲（生卒年不详），字义甫，一作毅父，临江新喻（今江西新余）人。英宗治平二年（1065）进士。元丰二年（1079）为都水监勾当公事。曾提点江浙铸钱、京西刑狱。

西兴

舟行颇濡滞，累日驿前溪。大雨翻盆盎，狂风作鼓鼙。两潮空朝晚，一水限东西。忆昔游湖棹，新晴傍会稽。

——《青山续集》卷七

【索引词】杭州滨江；西兴；绍兴；鉴湖；会稽山；潮汐；行舟。

〔宋〕苏轼

作者简介：苏轼（1036—1101），字子瞻，号东坡居士。宋眉州眉山人，嘉祐二年（1057）进士。元祐四年（1089）以龙图阁学士知杭州。杭近海，地泉咸苦，轼倡浚河通漕，又沿西湖东西三十里修长堤，民德之。有《东坡七集》《东坡乐府》等。

瑞鹧鸪·观潮①

碧山影里小红旗，侬是江南踏浪儿。拍手欲嘲山简醉，齐声争唱浪婆词。　西兴渡口帆初落，渔浦山头日未敧。侬欲送潮歌底曲，尊前还唱使君诗。

——《东坡词》

【索引词】杭州滨江；西兴；杭州萧山；渔浦；潮汐；泊舟。

---

① 该词作于1073年中秋。

催试官考较戏作

八月十五夜，月色随处好。不择茆檐与市楼，况我官居似蓬岛。凤咮堂前野橘香，剑潭桥畔秋荷老。八月十八潮，壮观天下无。鲲鹏水击三千里，组练长驱十万夫。红旗青盖互明灭，黑沙白浪相吞屠。人生会合古难必，此景此行那两得。愿君闻此添蜡烛，门外白袍如立鹄。

——《东坡全集》卷三

【索引词】杭州滨江；西兴；杭州萧山；渔浦；潮汐；泊舟。

若耶溪

若耶溪水[①]云门寺，贺监荷花空自开。我恨今犹在泥滓，劝君莫棹酒船回。

——《东坡全集》卷十七

【索引词】绍兴；若耶溪；行舟；贺知章。

〔宋〕舒亶

作者简介：舒亶（1041—1103），字信道，号懒堂，慈溪县（今余姚）大隐人。《宋史》有传。今存赵万里辑《舒学士词》一卷，存词五十首。

和马粹老修广德湖诗

古作重虑始，功利故能永。末俗分锥刀，往往附光影。此几百岁余，兴废屡动静。七乡十万家，利害寄俄顷。诋张好恶曹，聒聒乱池

---

① 《古今图书集成》卷二百九十四作"上"。

黾①。使君武陵孙，明洁水中荇。坐啸黄堂春，独得意外景。登临莽芜没，叹息民不幸。一日山水光，荡漾出荒梗。黍禾杂菰鱼，狼籍被他境。人指白鹤祠②，殷勤窃有请。衣冠俨群公③，一一画真鲠。斯人岂可作，庶用荐遗秉。公乎且勿去，何以慰乡井。愿属丹青手，千载共观省。

——《永乐大典》卷二二七一

【索引词】宁波；广德湖；水利。

【导读】广德湖是鄞西平原中心地带著名古代水利工程，主要调蓄西部山区溪水，不仅有灌溉之利，而且其东、北与浙东运河通航，西、南与它山堰、南塘河水源相接并可通航。遗址位于今白鹤山附近。南宋时期明州人地矛盾的发展使得广德湖长期处于废湖为田的争议中，百余年中屡屡提起（此几百岁余，兴废屡动静）。首句"古作重虑始，功利故能永"是说必须重修广德湖水利，才能永续利用。诗句通过描述广德湖的破败景象，怀念有功于广德湖的历任贤能官员，反映了作者反对废湖为田的坚定立场。该诗作于元丰七年（1084），三十余年后，政和七年（1117）宋徽宗特命主张废湖为田的楼异为明州知州，垦辟湖田七百一十顷，岁得谷三万六千斛。此举甚合徽宗意，但广德湖废，百姓苦旱时抱怨不止。后代多贬之。

　　广德湖历史上曾是浙东运河不可或缺的重要水源工程。北宋曾巩《广德湖记》记载："盖湖之大五十里，而在鄞之西十二里，其源出于四明山，而引其北为漕渠，泄其东北入江。凡鄞之乡十有四，其东七乡之田，钱湖溉之；其西七乡之田，水注之者，则此湖也。舟之通越者，皆繇此湖。"曾巩据唐大中初刻石"湖成三百年矣"句推算，湖之兴约在"梁齐之际"，

---

① 《延祐四明志》卷二十作"聒乱剧池黾"。

② 白鹤山，因仙童骑白鹤的传说而得名。《桃源乡志》载："白鹤山在广德湖中，南与望春山对峙，为鄞邑之西小山，山有八面，上有三塔，下有白鹤神祠。"

③ 白鹤神祠右有广德遗爱庙，祀任侗、钱亿、王安石、王庭秀等有功于广德湖者。"群公"，《延祐四明志》卷二十作"郡公"。

而湖之开拓则在唐大历八年（773）。宋政和八年（1118）湖废。

游承天望广德湖诗

桃源二月春风起，是处秾华①有桃李。调笑闻声不见人，游人只在华山里。华山逭客来何迟，隐隐茶林隔烟水。满眼相思寄碧云，独立城南望山觜。

——《延祐四明志》卷二十

【索引词】宁波；广德湖。

题它山善政侯兼简鄞令②

呜呼王封君，心事鬼出没。驱山截长江③，化作云水窟。旱火六月天，万栋挂龙骨。萧条一祠宇，像设何仿佛。破屋夜见星，漏雨湿衫笏。杯酒谢车篝，兹事恐亦忽。我闻古先王，报施亦称物。矧今崇佛④宫，民力殆欲⑤屈。岂无制作手⑥，一为起荒茀。李侯仁贤资，抚字良矻矻。可但清似冰，⑦方看健如鹘。沉迹千载后，行且见披拂。阴功世易忘，远虑俗多哔⑧。勉哉君毋迟，斯民久已郁。

——《延祐四明志》卷二十

【索引词】宁波；它山堰。

【导读】此诗呼吁鄞县李县令整修破旧漏雨的它山庙，缅怀先贤功绩，关注民生远虑。当时正值旱季，尽管资金短缺，但是"旱火六月

---

① 华，同"花"，读huā。本诗华山皆同"花山"。
② 《四明它山水利备览》（简称《备览》）无"善政侯"三字。
③ 指在鄞江上筑它山堰。
④ 佛，《备览》作"神"。
⑤ 殆欲，《备览》作"未言"，更符合诗人本意。
⑥ 手，《备览》作"年"。
⑦ 可但清似冰，《备览》作"何但清似水"。
⑧ 哔，《备览》作"吻"，韵不合。

天"，兴修水利、整修它山堰及其附属建筑它山庙，显得尤为紧迫。诗题原作《题它山兼简鄞令》，可见北宋还没有"善政侯"之说。南宋宝庆三年（1227），追封王元暐为善政侯。淳祐九年（1249），追封王元暐为善政灵德侯。直至元延祐七年（1320）《延祐四明志》成书时，编者才在诗题中添加了"善政侯"三字。

粹老使君[1]前被召，约往它山，既不果，以书见抵，谓可叹惜，并示《广德湖新记》。因成诗一首[2]

长江[3]滚滚西南流，秋水时至狂不收。大浪似屋山欲浮，王侯神智禹所啾。万鬼啄[4]石它山幽，梅梁屃[5]屃卧龙虬。咄嗟湍骇就敛摮[6]，巨灵缩手愚公羞。障成十里沙中洲，支分股[7]引听所求。水[8]旱稽浸[9]民不忧，那得虫蝗随督邮[10]。污邪瓯窭满车篝，斯民饱暖何所[11]酬。庙滩[12]突兀寒滩头，岁岁鸡黍祠春秋。老农击鼓稚子讴，当时人物纷雁鸥。岂无鼎食腰金侔，朽骨往往空蒿丘。姓名几复人间留，惟侯惠施膏如油。

---

① 据水银《它山攻错》，舒亶作有《和马粹老修广德湖》《和马粹老四明杂诗聊纪里俗耳十首》，可见"粹老"姓马，"粹老使君"当为明州知州马珹，元丰七年（1084）在任，正是舒亶因"微罪"而闲居乡里的第二年，也是作此诗之年。

② 乾道《四明图经》卷八作"粹老使君前被召，约往它山谒善政侯祠。既不果，以书见抵，谓可叹惜，并示《广德湖新记》。因成《长句》奉寄"。

③ 此处长江指鄞江—奉化江—甬江。

④ 《全宋诗》作"琢"。

⑤ 《全宋诗》作"翘"。

⑥ 敛摮，收缩，展不开。摮，同"揪"。

⑦ 《全宋诗》作"脉"。

⑧ 《全宋诗》作"赤"。

⑨ 稽浸，指洪水泛滥。

⑩ 《后汉书·戴封传》："封迁西华令。时汝、颍有蝗灾，独不入西华界。时督邮行县，蝗忽大至，督邮其日即去，蝗亦顿除，一境奇之。"

⑪ 《全宋诗》作"以"。

⑫ 《全宋诗》作"貌"。

江声浩浩风飕飕[1]，千古不见使人愁。拔俗万丈山标峭，使君不减裴商州。[2]下军百螽[3]随锄耰，一笑四境无疮疣。天闲老步须骅骝，已闻归作金华游。饮贤访七[4]意未休，画船载酒岸鸣驺。络绎与我[5]置脯𫚕，冠盖纷纷暇莫偷。搔首畅望[6]情绸缪，我问使君亦何尤，西湖万顷蛟龙湫，几年荒茀今则修。鼛鼓勿胜财不掊，长堤岌嶪高岑楼。泻有浍兮荡有沟，余波北注引漕舟。桑麻被野禾连畴，鹌鹌白鸟杂鱼游[7]。菰蒲菱芡餍采搜，杨柳成幄荫道周。耕渔呼歌羸病瘳，使君之赐侯可侔。天边旌旆看悠悠，父老云梯争攀辀。地僻惜恂恨无繇，高文摛秀春华抽。丰碑崒嵂镵银钩，千年空此留海陬。君知此日思君不，还如今日人思侯。

——《四明它山水利备览》

【索引词】宁波；广德湖；它山堰；行舟。

【导读】诗歌又名《长句》，作于元丰七年（1084）。诗人舒亶当时闲居乡里，知州马珫上任不久，二人相约到它山堰考察，错过后又互赠诗文，一个写新修的广德湖，一个写它山堰-广德湖水系，主题都是水利。作者在诗中热情赞美马珫振兴水利、造福于民的功绩，其中“西湖万顷蛟龙湫，几年荒茀今则修”“泻有浍兮荡有沟，余波北注引漕舟”，明确指出了它山堰-广德湖水系对于浙东运河漕舟通航起着重要作用。

---

① 《全宋诗》作“风飗飕”。《延祐四明志》作“风飗飗”。

② “裴商州”指唐代商州裴使君。李白《春陪商州裴使君游石娥溪》有“裴公有仙标，拔俗数千丈”句。

③ 下军百螽，《全宋诗》作“下车百蠹”。

④ 饮贤访七，《全宋诗》作“钦贤访古”。

⑤ 络绎与我，《全宋诗》作“约我与往”。

⑥ 畅望，《全宋诗》作“怅望”。

⑦ 《全宋诗》作“鸣鹤白鸟杂游鯈”。

题鄞江

地吞越绝海分深，渺渺平流万马骎。早晚渡船潮有信，往来鸥鸟客无心。寒空倒影千山动，暖日澄波万籁沉。安用鱼龙闲养鬣，平时春雨自成霖。

——《两宋名贤小集》卷九十

【索引词】宁波；鄞江；乘潮；行舟。

〔宋〕陆佃

作者简介：陆佃（1042—1102），字农师，越州山阴（今绍兴）人。陆游祖父。熙宁三年（1070）进士，授蔡州推官。有《埤雅》《礼象》《春秋后传》《陶山集》等。

鉴湖道中

越王山下藕花洲，夜近邮亭傍客舟。水箭铜壶官阁漏，风帘银烛酒家楼。十年城郭归黄鹤，万里烟波老白鸥。霜月满天清不寐，蓬窗吟倚木棉裘。

——《（嘉庆）山阴县志》卷二十八

【索引词】绍兴；鉴湖；越王山；藕花洲；泊舟。

〔宋〕黄裳

作者简介：黄裳（1044—1130），字冕仲，一作勉仲，宋南平（今福建南平）人。元丰五年（1082）进士第一。累迁端明殿学士、礼部尚书。有《演山集》。

西兴山院

山寺闲来一饭休，风云相送有潮头。月明中看红莲市，已在东南第一州。

——《演山集》卷十一

【索引词】杭州滨江；西兴；潮汐。

【导读】该诗的看点是"东南第一州"。一般认为，"东南第一州"应该是杭州，宋仁宗赐梅挚知杭州诗"地有湖山美，东南第一州"定了调。但是诗人在越州西兴看夜市，却说"已在东南第一州"，一半原因是西兴地近杭州，另一半则是有意代入了恍若杭州的错觉。事实上，唐代诗人元稹有诗曰："会稽天下本无俦，任取苏杭作辈流。"唐代后期，杭州快速发展，开始超越越州，但直到北宋，两地仍不相上下。

〔宋〕毕仲游

作者简介：毕仲游（1047—1121），宋郑州人，字公叔。熙宁三年（1070）与兄长仲衍同登进士第。为官清廉。有《西台集》。

送寅亮宣义①赴明州

随分之官好，舟行不计程。江山新入梦，风物旧知名。客馆离人醉，宾筵楚士清。须知今夜月，近海更分明。

——《西台集》卷十九

【索引词】宁波；运河；行舟。

【导读】寅亮，应即娄寅亮。《宋史》："娄寅亮，字陟明，永嘉人。政和二年进士，为上虞丞。"毕仲游年长娄寅亮几十岁，写诗送他去明州，显然是出于爱才。娄寅亮在明州多年无名，直至南宋建炎四年（1130）上

---

① 宣义郎，官职名，品阶较低。

疏"陈宗社大计"，经富直柔推荐升为监察御史。谁知秦桧很不高兴，再三找茬，最终罢了职。

〔宋〕秦观

作者简介：秦观（1049—1100），字少游，号淮海居士，别号邗沟居士，扬州高邮人。元丰八年（1085）登进士第。绍圣元年（1094）坐元祐党籍，出为杭州通判。三年（1096）徙郴州。曾于元丰二年（1079）到越州探望叔父，与越州知州程师孟交游酬唱，留下诗词多首。著有《淮海集》《淮海居士长短句》。

谒禹庙

阴阴古殿注修廊，海伯川灵俨在傍。一代衣冠埋石窆[①]，千年风雨锁梅梁。碧云暮合稽山暗，红芰秋开鉴水香。令我免鱼繇帝力，恨无歌舞奠椒浆。

——《淮海集》卷八

【索引词】绍兴；禹穴禹陵禹庙；鉴湖；会稽山；梅梁。

【导读】这首七言律诗当作于神宗元丰二年，诗人晋谒禹庙，虔诚表达对大禹的崇敬之情。遥想海伯川灵，俨然在旁，旨在歌颂大禹之历史功绩，有劳众神扶持；联想石窆、梅梁之典故、神话，亦在表明对大禹之怀念，莫忘其所因；遗憾于自己无歌舞美酒祭奠，由"免鱼"引出，相当深沉。值得注意的是，"红芰秋开鉴水香"一句，下语平实，让后人意识到，直到北宋晚期，禹庙依然紧傍鉴湖，即鉴湖还没有被围垦殆尽。此句诗信手写来，毫不在意，却为历史保存了本来面目，值得后人珍视。又，提供了鉴湖历来产菱之信息。

---

① 一作"窆石"。

次韵公辟会蓬莱阁①

林声撼撼②动秋风，共③蹑丹梯上卧龙。路隔西陵三两水④，门临南镇一千峰。湖吞碧落诗争发，塔涌青冥画几重。非是登高能赋客，可怜猿鹤自相容。

——《淮海集》卷四十一

【索引词】绍兴；蓬莱阁；鉴湖。

【导读】诗歌作于1079年到越州探望叔父时，写得生动活泼、趣味盎然。蓬莱阁，位于越州卧龙山，唐代元稹所建，为唐宋浙江的行政办公中心花园，名盛一时。绍兴在历史上被称为"蓬莱仙都"，源于蓬莱阁和镜湖交相辉映的湖山胜景。据记载，卧龙山与蕺山、塔山鼎足而立，在全盛时（宋代），山上有七十二处楼台亭阁。南镇，即会稽山。猿鹤，指隐逸之士。

游鉴湖

画舫朱帘出缭⑤墙，天风吹到芰荷乡。水光入座杯盘莹，花气侵人笑语香。翡翠侧身窥绿酒，蜻蜓偷眼避红妆。葡萄力缓单衣怯，始信湖中五月凉。

——《淮海集》卷八

【索引词】绍兴；鉴湖；行舟；荷花。

【导读】诗人用画舫朱帘、缭墙、天风、芰荷、水光、杯盘、花气、笑语、翡翠、绿酒、蜻蜓、红妆、葡萄单衣等一帧帧珍珠落玉盘一般的镜头，还原并丰富了诗圣杜甫"越女天下白，鉴湖五月凉"的意境，堪称描

---

① 《嘉泰会稽志》作"题蓬莱阁"。公辟，指越州知州程师孟。
② 《嘉泰会稽志》作"械械"。
③ 《嘉泰会稽志》作"先"。
④ 《嘉泰会稽志》作"西兴二三水"。
⑤ 《蟫精隽》卷九作"绕"。

摹鉴湖水美、人美的高手。

〔宋〕米芾

作者简介：米芾（1051—1107），字元章，世称米襄阳，名或作米黻。因曾官礼部员外郎，世称米南宫。原籍太原，徙居襄阳、丹徒。曾为江淮荆浙等路制置发运司勾当公事。能诗文，擅书画，精鉴别。有《宝晋英光集》《书史》《画史》等。

砑越竹学书作诗寄薛绍彭刘泾

越竹①万杵如金版②，安用杭油与池茧③。高压巴郡乌丝栏④，平欺泽国清华练。老无他物适心目，天使残年同笔砚⑤。图书满室翰墨香，刘薛何时眼中见。

——《宝晋英光集》卷三

【索引词】绍兴；造纸。

【导读】该诗亦称《越竹诗》。刘泾、薛绍彭与米芾均不惜巨资收购书画，每有收获，辄驰函相报，或互为品鉴，或以诗文相唱和。米芾《书史》诗序："余尝砑越竹，光滑如金版，在油拳上短截作轴，入笈，番覆，一日数十张。学书作诗，寄薛绍彭、刘泾，云……"该诗记述了米芾曾经亲自加工越竹纸，以获得品质精良的书写用纸。米芾亦撰有《评纸帖》一卷，批评当时造纸者为求洁白而多用灰粉，致使纸质粗涩、受墨不凝、运笔碍滞。他又在《晋纸帖/自怡帖》中说："越竹千杵裁出，陶竹乃复不可杵，只如此者乃佳耳。"越竹是做纸的原材料，南宋陈槱在《负暄野录》

---

① 《书史》作"筠"。

② 《书史》《负暄野录》作"板"。

③ 《书史》作"玺"。不合韵。

④ 一作"阑"。

⑤ 《（雍正）浙江通志》作"司笔研"。

卷下说道："吴取越竹，以梅天淋水，令眼稍干，反复硾之，使浮茸去尽，筋骨莹澈，是谓春膏，其色如蜡。若以轻墨作字，其光可鉴。"

萧堂书壁

插云台榭压西兴，笑语风生潴暑清。谁为披云开皓月，练翻雪卷看潮生。

——《宝晋英光集》卷四

【索引词】杭州滨江；西兴；潮汐。

〔宋〕杨时

作者简介：杨时（1053—1135），南剑州将乐（今属福建）人。熙宁九年（1076）进士，政和二年（1112），补萧山县令。世传有"程门立雪"之佳话。曾动员百姓筑成湘湖蓄泄灌溉。学者称龟山先生，有《龟山集》。

新湖夜行

平湖净无澜，天容水中焕。浮舟跨云行，冉冉蹑星汉。烟昏山光淡，桅动林鸦散。夜深宿荒陂，独与雁为伴。

——《龟山集》卷三十九

【索引词】杭州萧山；湘湖；行舟。

【导读】杨时上任萧山县令第三天，就下乡察民情，听民声，决定筑湖以解百姓之苦。他亲自到实地勘察了解情况，觉得在原西城湖湮废之地"视山可依，度地可圩，可以山为界，筑土为塘"，为百姓修筑"湘湖"，成湖 3.7 万亩，周围八十余里，可以灌溉农田 14.68 万亩，即使大旱之年仍然有过半农田可以得到灌溉。

筑湖之后，他时常夜游湘湖，留下不少诗作。《新湖夜行》描述的似乎是在新湖落成后的一个天色晴朗的夜晚，杨时约上几个好友，乘着薄冥的夜色，兴致勃勃地前往新湖浮舟游览。浩渺、清澈的湖面平静得无波无澜，星光灿烂的夜空倒映在湖面上。舟行湖上，仿佛是踏云而去，缓缓在银河中漫游。烟雾迷蒙中露出淡淡山影，移动的桅樯惊扰了夜栖的林鸦。流连忘返的一行人索性就宿于湖畔山坡，与大雁为伴。我们可以从诗中感受到那种欣慰与恬淡、悠然自得的心情。

〔宋〕邵权

作者简介：邵权（生卒年不详），宣德郎，知歙州休宁县事。元祐元年至三年（1086—1088）"适在越"。民国《绍兴县志资料》第一辑记载其元祐三年撰写了《越州重修山阴县朱储斗门记》。

越州重修山阴县朱储斗门记碑诗

越城言言，江海掖焉。湖湛一镜，郊萦百川。渺渺巨浸，昀昀大田。越人冲冲，生长乎水。孰营其居，岛屿洲沚。孰致其行，舟楫是倚。农桑耕作，园囿种蓺。防旱决溢，曲为之制。其制伊何？斗门是肆。有山曲阿，川谷萃止。以蓄以泄，以闭以启。悦新而完，愠斁而圮。公之来斯，究尔民瘼。聆以是告，爰咨爰度。士有执功，官有护作。公之宴斯，泛泛其舟。载酒及羞，野詹于芘。以劳劭尔，匪遨匪游。通观厥成，殖殖其砥。重门复衡，列植齿齿。门之辟斯，若蘦若轰。虩虩巨震，可观可惊。公曰咨尔，邦之农父。尔财既殚，尔利靡盐。善饬尔功，及尔孙子。启闭以时，民食在此。咸拜曰俞，我公是若。勿愆勿忘，勿毁勿削。翳公之诚，实实其有。何以荣之，椿柏之茂。维公之德，正直是守。何以永之，乔松之寿。有渝金石，有寒暑易。颂公其昌，永矢弗熄。

——民国《绍兴县志资料》第一辑

【索引词】绍兴；鉴湖；朱储斗门；玉山斗门；三江斗门；舟楫；水利；航运。

【导读】立碑时间：元祐三年（1088）四月十五日。碑文主要记述了当时的官府出钱修筑海塘、水闸，为当地人民所歌颂。此为碑文结尾部分的颂词。朱储斗门是一座集防洪抗旱、农田灌溉、航运等功能于一身的水利枢纽工程，位于浦阳江、曹娥江、钱塘江汇合处，玉山、朱储两山之间，其名称逐步演变为三江斗门、玉山斗门、三江老闸。"重门复衡，列植齿齿"，是说斗门的工程结构形式"植木为柱，衡木为闸，分为八间"。衡木（横木）指木叠梁；重门复衡，是说闸有多孔，每孔闸又有闸板若干。据碑文记载，斗门之利，除防洪抗旱、农田灌溉之外，还有航运：八孔闸门之中，一孔"低其木焉，每泄灌浦以为商舶之利"，即其中一孔的底坎或闸板拦水高程低于其他，可以很方便地开闸灌浦，提高下游河道通航能力。这是一项很大的改进，是这项重修工程受到追捧的重要因素之一。

〔宋〕陈渊

作者简介：陈渊（1067—1145），字知默，学者称默堂先生，南剑州沙县（今属福建）人。绍兴八年（1138）赐进士出身。官监察御史，迁右正言。著《默堂集》。

钱清待潮①

江潮来去自有时，扁舟阁浅心如飞。岸容霜竹青照眼，春信雪梅②香扑衣。天寒鄞江道路阻，岁晏钱清风俗非。故园回首二千里，落日看尽行云归。

——《默堂集》卷一

【索引词】绍兴；钱清堰；行舟；待潮；淤沙；宁波；鄞江。

---

① 《（雍正）浙江通志》卷十五诗题作《钱清江待潮》，最为贴切。《宋诗纪事》卷四十五作《钱清堰待潮》。《两宋名贤小集》卷二百八作《过钱清》。
② "雪梅"一作"梅花"。

【导读】这首七言律诗作于诗人由临安（杭州）赴庆元府（宁波）途中，借待潮望落日，以表达思乡之情。《嘉泰会稽志》卷四有载："钱清南堰营，在山阴县西。""钱清北堰营，在萧山县东，额五十人。"两县分别在堰旁设营，可见地方对堰之重视。客观上提供如下信息：第一，钱清镇在当时有南、北两道堰。过北堰才能离开萧山县，进入钱清江；在钱清江里的一段泥沙淤积严重，河底很浅，要靠涨潮才能通行，所以何时过北堰，要"待潮"；从钱清江再过南堰才能进入山阴县境。第二，钱清江作为浦阳江下游，在没有改道以前，钱塘江潮水可沿钱清江到达钱清镇以上，落潮的时候，钱清江中的船只会搁浅。第三，钱清江两岸种竹树梅，近农历年底，依然一派风光。

钱清过堰

小风吹树寒流止，始觉西江潮正起。须臾倒卷縠纹来，已没岸痕犹未已。江流自下河自高，逆上更堪行罔水。九牛回首竹索细，十丈沙泥拒舟底。舟师绝叫鼙鼓喧，观者骈肩汗如洗。未经破碎亦偶然，得造涟漪真幸尔。世间何事非人力，计久终须倚天理。他年我欲治河深^①，要使黄流贯清沚。

——《默堂集》卷一

【索引词】绍兴；钱清；乘潮；行舟；淤沙；过堰；水土流失。

【导读】这首七言歌行从过堰前，过堰时，写到过堰后，依次写来，层次清楚。中间四句过堰情状的描写，为读者留下了历史尘迹：行罔水、九牛回首、十丈泥沙、舟师绝叫、鼙鼓喧闹、观者骈肩，其场面，其气氛，描写逼真，十分感人。故过堰后诗人之感想，也表达得十分自然。行船过堰的情状，当下难见。这首歌为水利史留下不可多得的资料。最后一句"他年我欲治河深，要使黄流贯清沚"表达了诗人治理钱清江河道、消

---

① 一作"源"。

除碍航泥沙的强烈愿望。有的版本作"治河源"，可以解释为诗人希望通过治理上游水土流失使"黄流"变为"清泚"，上下句呼应较好；但是，宋代此处还是通海河口，沙源主要是杭州湾，上游（浦阳江）的水土保持对河口的巨量泥沙淤积并无根本影响，从这一角度分析，"治河深"并不错。

〔宋〕李光

作者简介：李光（1078—1159），字泰发，一作字泰定，号转物老人，越州上虞人。南宋四名臣之一。崇宁五年（1106）进士。有《庄简集》。

寄题余姚徐宰新作严公堂

子陵古真隐，逸气横九州。平生江海志，自比巢与由。鸿飞本冥冥，肯为稻粱谋。虚屈万乘顾，枉烦物色求。贻书诮君房，预作腰①领忧。舜江公②邑里，公③去逾千秋。青④山无古今，大江日东流。人物浪淘尽，英名至今留。当年渔钓地，陈迹余荒丘。徐侯有佳政，百里安田畴。作堂名严公，怀贤慕前修。时来对江山，一尊更献酬。我岂隐沦欤，三黜今白头。年来剩得闲，忘机狎群鸥。结茅牟湖傍，一竿幸可投。蒻⑤笠青蓑衣，生涯寄扁舟。严子定不死，吾将从之游。

——《庄简集》卷一

【索引词】宁波余姚；舜江；严子陵；江海。

---

① 《两宋名贤小集》作"要"。
② 《两宋名贤小集》作"子"。
③ 《两宋名贤小集》作"子"。
④ 《两宋名贤小集》作"高"。
⑤ 《两宋名贤小集》作"箬"。

题百官步^①

晓雨微茫水接天，隔江茅店有炊烟。杖藜独上^②沙头路，犹记当时赶^③渡船。

——《庄简集》卷六

【索引词】绍兴上虞；百官街道；运河；行舟。

再题百官步^④

茅舍荆扉尚宛然，重来白首记当年。几回倚杖沙头路，独立苍茫唤渡船。

——《庄简集》卷六

【索引词】绍兴上虞；百官渡；运河；行舟。

【导读】百官渡口的渊源最早可以追溯到夏禹和禅位于他的舜。相传大禹就是经此渡口凫水奔虞北夏盖山治理水患，而舜帝与拥戴他的部属来到百官，便是乘坐竹筏、木排从曹娥江对岸渡过来的。《水经注》引《晋太康三年地纪》所载"舜与诸侯会事迄，因相娱乐，故曰上虞"（"上"指"舜"，"虞"通"娱"）的故事在百官、龙山千古流传。百官步（埠）即百官渡，原有百官义渡称谓。顾名思义，在此渡河。

〔宋〕刘一止

作者简介：刘一止（1080—1160），字行简，湖州人。宣和三年（1121）进士。有《苕溪集》。

---

① 《两宋名贤小集》《（雍正）浙江通志》作《百官渡》。步，同"埠"，与"渡"同义。

② 《两宋名贤小集》《（雍正）浙江通志》作"步"。

③ 《两宋名贤小集》《（雍正）浙江通志》作"趁"。

④ 步，同"埠"，渡口。

卢骏元宪使寄示会稽竞秀阁识舟亭二诗，为各^①赋一首（其二）

海门山^②边初落潮，西兴渡口浪痕高。渺渺目乱翻云涛，心识不语迎归桡。江亭晚日风萧骚，轧哑鸣橹相向摇。平头雁落沙没腰，舟人底处寻青招。

——《苕溪集》卷二

【索引词】杭州滨江；西兴；绍兴；龟山；赭山；乘潮；渡口；行舟。

〔宋〕曾几

作者简介：曾几（1084—1166），河南人，先世居赣州。字吉甫，号茶山居士。有《经说》《茶山集》。

法华山

布袜青鞋踏欲无，登山临水未成疏。十峰双涧天衣寺，万壑千岩总不如。

——《茶山集》卷八

【索引词】绍兴；法华山；天衣寺。

【导读】今绍兴城南秦望山西北有法华古寺、天衣寺。

〔宋〕赵鼎

作者简介：赵鼎（1085—1147），字元镇，号得全居士，解州闻喜（今属山西）人。崇宁五年（1106）进士，南宋高宗时的宰相。有《忠正德文集》。

---

① 《宋百家诗存》作"合"。
② 龟山、赭山二山对峙，形如海门。

自四明回越宿通明堰下

短棹还随海浪回，通明堰下小徘徊。东风吹落篷窗雨，点点春愁枕上来。

——《忠正德文集》卷六

【索引词】宁波；绍兴；四明；通明堰；乘潮；行舟；夜泊。

〔宋〕林季仲

作者简介：林季仲（生卒年不详），字懿成，号竹轩，永嘉（今温州）人。宣和三年（1121）进士。有《竹轩杂著》。

钱塘别诸同年

晚色明沙际，春愁挂柳边。相逢一尊酒，难值七同年。聚散雁遵渚，行藏鱼在渊。西兴残夜月，独照渡头船。

——《竹轩杂著》卷一

【索引词】杭州滨江；西兴；钱塘江；渡口；泊舟。

〔宋〕王之道

作者简介：王之道（1093—1169），字彦猷，自号相山居士，无为（今属安徽）人。与兄之义、弟之深同为宣和六年（1124）进士。有《相山集》。

送彦逢弟赴西兴盐场

闻道西兴去，全家共小舟。别离江北岸，怀抱海东头。闪闪风帆远，滔滔雪浪浮。苕溪在何许，应为故人留。

——《相山集》卷七

【索引词】杭州滨江；西兴；盐场；苕溪。

【导读】描述了送"彦逢弟"携全家离开苕溪（多指湖州）赴西兴盐场上任的离别情。诗人描绘的乘小船渡钱塘江情景是虚拟的、听说的（闻道），表达的却是对弟弟水上旅途的关切和叮嘱。最后一句则是表现了自己仍在苕溪这个老地方牵挂着弟弟。西兴盐场为海盐产场，南宋置买纳场及催煎场。元时列为正场，隶杭州盐司。明清时期隶保宁分司管辖。清雍正二年（1724）裁归钱清场管理。现盐场因杭州湾围垦而消失。

和萧山临川亭壁间留题韵

水外峰峦碧四环，雨多门径藓苔斑。滞留又及炊新粟，欢喜何当见旧山。招隐有诗来雪上，倦游无梦到云间。西兴十里秋潮晚，坐数扁舟带月还。

——《相山集》卷十

【索引词】杭州滨江；西兴；杭州萧山；临川亭。

【导读】"西兴十里秋潮晚"与魏了翁诗句"泥行十里是西兴"异曲同工，证明宋代杭州岸边到西兴之间的江面（含滩涂）宽约十里。今日西兴古镇到北岸依然是十里，但是江面只剩下不足二里半。

〔宋〕曹粹中

作者简介：曹粹中（生卒年不详），字纯老，号放斋，宋明州定海（今宁波镇海）人。宣和六年（1124）进士。有《诗说》三十卷，已佚。

周侯德政谣

侯育我兮明淳，民感侯兮慈仁。筑河碶兮水粼粼，开池井兮水沄沄。我农耕兮河之湑，我农耘兮泉之渍。土田膏兮稻如云，岁功成兮德泽均。以食以餐兮，子孙诜诜。歌侯之勋兮，颂侯之勤；颂侯之勤兮，歌侯之勋。

——《邵氏诗词库》卷八五四、《剡川诗钞补编》卷一

【索引词】宁波；河碶；池塘；水井；周纲。

【导读】诗中"德政"，专指水利功勋。诗中的"周侯"，可能是周纲。据《宝庆四明志》："周纲，直龙图阁兼主管管内安抚司公事，绍兴八年二月十三日到任。潘良贵，集英殿修撰兼主管（管）内安抚司公事，绍兴九年六月初九日到任。"由此推算，周纲于绍兴八年至九年（1138—1139）任明州知州一年余，从资历看，应比诗人年长十几岁。其他周姓知州有周秩（1115之前在任）、周邦彦（1115—1116在任），时间均在诗人中进士数年前，而且两任知州都姓周，该诗却未见任何提示，可能性稍小。

〔宋〕潘良贵

作者简介：潘良贵（1094—1150），字子贱，号默成居士，婺州金华人。政和五年（1115）登上舍第，为太学博士。绍兴九年（1139）起知明州，一年后离职奉祠。有《默成文集》八卷。

三江亭

假守衰颓病日侵，湖山虽好倦追寻。登城忽睹三江水，快我平生万里心。聊筑小亭怡父老，敢承佳句粲珠金。春涛正待诸君赏，更拂诗碑看醉吟。

——《延祐四明志》卷二十

【索引词】宁波；三江亭；甬江；姚江；奉化江。

【导读】诗人喜爱庆元府的湖山风景，尤其喜爱通达万里的甬江、姚江、奉化江。有感于浙东运河的巨大航行利益，诗人主持建造了三江亭，

"快我平生万里心"。这首诗应作于绍兴九年或十年。当地人陈栖筠（绍兴二十七年进士）随即作《和潘良贵题明州三江亭韵》："红尘一点不相侵，下瞰澄江几万寻。地接海潮分鼎足，檐飞凤翼峙天心。三山有路云收幕，午夜无风月涌金。欲识龚黄报新政，满城争唱使君吟。"（《乾道四明图经》卷八）今北仑山附近有"下三山"，有天后宫。明代三山是中日海运航道上比较重要的节点，清代三山浦是镇海关南岸三处重要海防关口之一。"三山有路云收幕，午夜无风月涌金"，写得空寥远大、金光灿烂，固然是对潘知府的奉和，更是对浙东运河出海段重要地位和巨大利益的赞颂。

〔宋〕张炜

作者简介：张炜（1094—？），字子昭，杭（今杭州）人。《绍兴十八年同年小录》作张伟，字书言，本贯秀州华亭（今上海松江），绍兴十八年（1148）进士。其诗借宋代陈起《江湖后集》等书传世。

过西兴渡

久不到西陵，重来扣便舻。眼吞沧海碧，帆卷越山青。路远人烟盛，官清风浪停。片时登岸口，小立望云亭。

——《江湖后集》卷十

【索引词】杭州滨江；西兴；渡口；行舟。

〔宋〕释昙莹

作者简介：释昙莹（生卒年不详），号萝月，嘉兴人，住临安退居庵。《珞琭子》出现后，释昙莹在公元1127年完成《珞琭子赋注》二卷。

姚江

沙尾鳞鳞水退潮，柳行出没见渔樵。客船自载钟声去，落日残僧立寺桥。

——《（雍正）浙江通志》卷十五

【索引词】宁波；姚江；潮汐；行舟。

〔宋〕冯轓

作者简介：冯轓（生卒年不详），慈溪人。建炎二年（1128）进士。有《宋诗纪事小传》。

题慈溪庆安寺古松

寒松一干老苍苍，古寺门前岁月长。匠伯偶图舟楫利，禅翁方患斧斤伤。得全此日同齐栎，勿剪他年比召棠。可但与君期久远，相将俱列大夫行。

——《藏一话腴》外编卷下

【索引词】宁波；慈溪；余姚；庆安寺；造船；生态保护。

【导读】这是一首为保护古松而写的诗，意在规劝当政者：松树固然可以造船，但是生在路旁、池边的松树还有更重要的生态功能，比如能充当遮阳伞，不可随意采伐。《（雍正）浙江通志》卷四十三题作《冯轓止伐庆安寺古松诗》。《藏一话腴》等记载："慈溪县西北有庆安寺，寺前有古松夹道，绵亘数里，望之苍苍然。其一最巨而奇，蜿蜒若龙飞，偃如盖，临池之上。寺后有泉，出於深谷，僧以巨竹连筒引行数里，支分於松下石池，溢入於溪。龙图阁学士、余姚人舒亶有诗云：'门前屏障绕潺湲，付与林僧夜定还。松盖作云遮十里，竹龙行雨出千山。白公香火莲开后，谢氏池塘草梦间。我亦凤凰台上客，图闲却笑未能闲。'其后，慈溪县令沈时升有造舟之役，睥睨兹松，将斧斤焉，里士冯轼作诗以遗沈，赖以不伐，松因诗而寿焉。"

诗里有三个典故：齐栎、召棠、五大夫松。这棵松树如果保全下来，就会像"齐栎"——庄子笔下的齐国曲辕的栎树一样，大得可供几千头牛遮荫，将来当地百姓就会像感念"召棠"一样感念他的恩德。"召棠"也就是"甘棠遗爱"，用以颂扬离去的地方官。《千字文》有"存以甘棠，去而益咏"，《史记》记载召公为民造福，曾经在甘棠树下处理公务。他走后，老百姓把那棵甘棠树保护起来舍不得砍掉，以表达感恩和怀念。尾联说，非但如此，将来沈县令还能像泰山松一样被秦始皇封为五大夫，获得升迁。秦始皇登泰山遇暴雨，在松树下避雨，因松树"护驾"有功，封为"五大夫"。

到了清代，云湖寺的宋代古松不见了，十里松树变成了十里梅花，透着暗香。清代郑梁有《云湖观梅》诗云："朝来访到云湖寺，想像规模在昔年。松盖竹龙无处觅，千山十里暗香连。"

〔宋〕赵子潚

作者简介：赵子潚（1101—1166），字清卿，号澹庵，宋太祖六世孙。宣和六年（1124）进士。绍兴二十七年（1157）为两浙路转运副使，二十九年知临安府。隆兴元年（1163）为沿海制置使，历知明州、福州、泉州。事见《历朝上虞诗集》卷三，《宋史》有传。

宰余姚道咏上虞山水二首

重华①遗泽在东州，景物留奇聚胜游；翠湿金罍山独秀，碧环玉带水交流。

---

① 重华，虞舜的美称。《尚书·典》："舜曰重华"。一说舜目重瞳，故名。

山自南来崇地位，水从东去泳江流；徘徊四顾情何限，直欲於中构小楼。

——《历朝上虞诗集》卷三

【索引词】绍兴上虞；四明山；余姚江；虞舜。

【导读】根据作者生平，该诗作于中进士（1124）几年之后。诗题"宰余姚道咏上虞山水"，即沿浙东运河东行，路过上虞时，观察这里的山水，有感而作。第一首写了上虞是舜帝故里，山环水绕，景色秀丽。第二首则把对上虞的感受推向高潮：四明山从南而来，令人崇仰；余姚江向东流去，摇摇摆摆；流连四顾，风景如画，情不自禁，若非公职在身，简直不想走了！

〔宋〕王铚

作者简介：王铚（生卒年不详），字性之，汝阴（今安徽阜阳）人。建炎四年（1130）权枢密院编修官。有《默记》《雪溪集》等。

诗送韩简伯学官於临浦呈劝其重修西子祠

昔进①临浦春正浓，小江萦委如无穷。花浮千林锦绣幄，舟扬万顷玻璃风。西施故乡擅佳丽，会稽秀气藏华秾。是时山晴见真色，落日西南千万峰。今情不尽古情在，恨叠晚妆眉晕重。恨应但知倾国貌，无人能说亡吴功。倘非绝态动②君意，姑苏台上③犹歌钟。成功④未甘归范蠡，素衣故国宁相从⑤。文公之孙重端世，衮衣⑥门户推八龙。官闲援

---

① 小集本（《两宋名贤小集》卷一百八十七）作"游"。
② 小集本作"荡"。
③ 小集本作"下"。
④ 小集本作"功成"。
⑤ 自注：仆（小集本作"韩"）尝作文辨无范蠡携西子事。
⑥ 小集本作"绣"。

毫来吊古，溪山顿为开愁容。谪仙亦赋浣纱石，至今翠绢①不停织。浴池邀伴下瑶池，沾丐越女天下白②。风流昭洗待名流，有德于人当血食。红心草葬旧金钗，黄陵庙成新石刻。霞裙③琼佩无消息，怨魄凄魂招不得。一杯流水暮④江篱，苎萝山前已秋色。

——《雪溪集》卷二

【索引词】杭州萧山；临浦；苎萝山；会稽山；浣纱石；李白；西施。

〔宋〕史浩

作者简介：史浩（1106—1194），字直翁，自号真隐居士，鄞县（今属宁波）人。绍兴十五年（1145）进士，曾为余姚尉。有《尚书讲义》《鄮峰真隐漫录》等。

代新余姚高宰燕友致语口号

郁葱佳气拥兹辰，两见姚江得主人。报最已闻歌满道，告新还喜政如神。词传绮席莺声滑，酒吸红波玉脸春。休向阳关惜分袂，他年接武侍严宸。

——《鄮峰真隐漫录》卷三十七

【索引词】宁波余姚；姚江。

【导读】诗人描述了葱茏佳气的景象，以及两度见到姚江主人的喜悦。歌声传扬，赞美了当时的政道，并表达了对政治家严宸的崇敬和期待，最后，诗人饯别时不舍，但也信心满满地表示日后定会再相聚。

---

① 小集本作"绡"。
② 自注：山顶有西子浴池。
③ 小集本作"露裾"。
④ 小集本作"奠"。

〔宋〕赵构

作者介绍：宋高宗赵构（1107—1187），字德基。徽宗第九子。宣和初封康王。钦宗靖康二年（1127），金兵俘徽、钦二宗北去，乃即帝位于南京。绍兴三十二年（1162），传位于赵昚，称太上皇帝。有《翰墨志》。

高宗皇帝御制词（九首）

鉴湖春水夜来生，几叠春山远更横；烟艇小，钓丝轻，钓得闲中万古名。

薄晚烟林澹翠微，江边秋月已明辉；纵远柂，适天机，水底闲云片片飞①。

雪洒清江江上船，一钱何有买江天；催短棹，去长川，鱼蟹来倾酒舍烟。

青草开时已过船，锦鳞跃处浪痕圆；竹叶酒，柳花毡，有意沙鸥伴我眠。

扁舟小缆荻花风，四合青山暮霭中；明细火，倚孤松，但愿樽②中酒不空。

鱼信还催花信开，风光得得为谁来；舒柳眼，落梅腮，浪暖桃花夜更雷。

水涵微影澹虚明，小笠青③蓑未要晴；明鉴④里，縠纹生，白鹭飞来空外声。

无数菰蒲间藕花，棹歌轻举酌流霞；随好处，转山斜，也有孤村三两家。

---

① 片片飞，一作"片断飞"。见《御选历代诗余》。
② 樽，一作"尊"。
③ 青，一作"轻"。
④ 鉴，一作"镜"。

清湾幽岛住盘纡，一舸横斜得自如；唯有此，更无居，从教红袖泣前鱼。

——《锦绣万花谷前集》卷二十五

【索引词】绍兴；鉴湖；行舟；宋高宗赵构。

【导读】绍兴元年（1131）七月十日，宋高宗赵构至会稽，因览黄庭坚所书张志和《渔父词》十五首，戏同其韵。这一组词，《御选历代诗余》选载其中三首，并引南宋廖莹中《江行杂录》作如此评价："词不能尽载，观此数篇，虽古之骚人词客，老於江湖，擅名一时者，不能企及。"

题中和堂

六龙转淮海，万骑临吴津。王者本无外，驾言苏远人①。瞻彼草木秀，感此疮痍新。登堂望稽山，怀哉夏禹勤。神功②既盛大，后世蒙其仁。愿同越勾践，焦思先吾身。艰难务遵养，圣贤有屈伸。高风动君子，属意种蠡臣。③

——《御选宋诗》卷一

【索引词】绍兴；会稽山；大禹；勾践。

【导读】这是宋高宗留下的唯一一首寄托故国情怀，表达收复旧疆意愿的诗，又名《古风·中和堂》。据《咸淳临安志》，此诗系建炎三年（1129）作于钱塘（今杭州）陷落前夕。建炎三年四月十八日，宋高宗赵构与张浚登杭州中和堂，赋《中和堂》诗。宋高宗眺望稽山思夏禹，并与张浚以勾践与文种、范蠡相喻，表达了卧薪尝胆、收复失土的雄心壮志。二十日，张浚等群臣随宋高宗自杭州开赴江宁府（后改为建康，今江苏南京）前线。

---

① 人，一作"民"。
② 功，一作"仙"。
③ 诗尾自注：孟夏壬戌来登斯堂，远瞩稽山思夏后之功，俯瞰涛江怀子胥之烈，赋古诗一首。

赵构与浙东古运河有着密切关联，民间流传着缘木而渡的历史故事。《越中杂识》载："宋南渡时，金人追高宗急，至此无以渡。岸有松、杨两株，忽自拔其根俯于水，两木相向为覆舟状。帝缘木而渡，及岸，顾其木，仍昂首自植。"宋李心传《建炎以来系年要录》记载了宋高宗乘船沿浙东运河往返逃亡的行程："建炎三年十月……庚寅，上御舟幸浙东。壬辰，上至越州，入居州廨百司分寓。十一月己巳，上发越州，次钱清堰，夜得杜充奏我师败绩。庚午，上遽回銮，晚，次越州城。辛未晚移御舟过都泗堰，不克，上命斧碎之。癸酉晚，上发越州。十二月己卯，上次明州。戊戌，金人陷越州。建炎四年四月甲戌，上御舟至明州之城外。乙亥，上发明州。丙子，次余姚县，海舟大，不能进，诏易小舟。癸未，上次越州，驻跸州治。绍兴元年正月己亥，上在越州，改元绍兴。绍兴二年正月壬寅，上御舟发绍兴，晚上至钱清堰。甲辰，上次萧山县。丙午，上至临安。"

南宋绍兴元年（1131），隆祐太后孟氏崩，葬于攒宫山（又称皇山、宝山、莲雾山）。后来，赵构、赵昚、赵惇、赵扩、赵昀、赵禥六个皇帝先后埋于攒宫山，世称"宋六陵"。绍兴二年，南宋定都临安（今杭州），但南宋皇陵设在绍兴，帝后梓宫迁运，全靠浙东运河以及御河。御河亦称攒宫江，是浙东运河的支流，南宋时开凿，目的是将南宋帝王棺椁从临安运到攒宫皇陵。御河的起端在今绍兴市越城区皋埠街道东湖社区董家堰，与运河相连，终端在攒宫村埠头，长十一里。御河上有五座陵桥，由北向南分别为通陵桥、延陵桥（今长山桥）、护陵桥、金陵桥、陵桥（攒宫桥）。

〔宋〕王十朋

作者简介：王十朋（1112—1171），字龟龄，号梅溪，温州乐清四都左原梅溪村人。南宋政治家、诗人。绍兴二十七年（1157）登进士第，为状元。初添差绍兴府金判，以龙图阁学士致仕。著《梅溪集》。

鉴湖行

苍苍凉凉红日生，葱葱郁郁佳气横。鉴湖春色三百里，桃花水涨扁舟行。花间啼鸟传春意，声落行舟惊梦寐。胡床兀坐心境清，转觉胡①山有风味。鉴中风物几经春？身在鉴中思古人。禹迹茫茫千载后，疏凿功归马太守。太守湖成坐鬼责，后代风流属狂客。狂客不长家鉴湖，惟有渔人至今得。日暮东风吹棹回，花枝照眼入蓬莱。回首湖山何处是？欸乃声中画图里②。

——《梅溪集》卷三

【索引词】绍兴；鉴湖；行舟；大禹；马臻；贺知章。

【导读】这首七言歌行前八句描绘鉴湖春色，次八句思念与鉴湖有关之古人，后四句抒发热爱鉴湖之深情。有横写，有纵写；有声音，有色彩；有歌颂，有感慨。在南宋，王十朋属复湖派。以诗人的话说："（政和后）所谓鉴湖者仅存其名。"虽然作诗时围垦已甚，湖废过半，但诗人笔下的鉴湖依然那么美好，令人难以忘怀，则鉴湖被围垦前之境界，可以想见。诗人之所以如此表达，或许正在于从侧面表达复湖之重要。诗人缅怀大禹、马臻、贺知章之后，落实到"惟有渔人至今得"，歌颂中不免落寞，亦不免浮想联翩。诗人尝有《过鉴湖》诗，可同读（《永乐大典》卷二二六七）："朔风吹水鉴湖寒，千里扁舟赴幕官。路入蓬莱天尺五，眼中见日与长安。"

---

① 《永乐大典》卷二二六七、《（雍正）浙江通志》卷二百七十三均作"湖"。
② 《永乐大典》作"盡圖衷"，当为"畫圖裏"之讹。《（雍正）浙江通志》作"画图来"。

马太守庙

会稽疏凿自东都，太守功从禹后无。能使越人怀旧德，至今庙食贺家湖。

——《梅溪集》卷四

【索引词】绍兴；鉴湖；大禹；马臻。

【导读】这首七言绝句当作于宋绍兴二十七年（1157）诗人出任绍兴府佥判时。诗人瞻拜汉会稽郡太守马臻庙，不免回想马臻一生之功绩，认为大禹而后，一人而已。并以越地百姓受益于鉴湖，不时祭祀马臻，表明自己评价之不虚。感情强烈，措辞得体，是一首歌颂马臻不可多得之好诗。此诗说明，有功于百姓者，百姓自然怀念旧德，这与诗人"亲民"思想十分合拍。当时鉴湖被围垦，日趋严重，故诗人从正面立论，略带劝谕性质。"至今庙食贺家湖"，便是这一情思之表现。

夜泊萧山酒醒梦觉月色满船感而有作

候届星虚午夜凉，更堪停棹水中央。短蓬①破处漏明月，归梦断时思故乡。客里未忘诗酒趣，老来厌逐利名场。明朝又向钱塘去，十里西风桂子香。

——《梅溪集》卷四

【索引词】杭州萧山；运河；夜泊。

了溪

禹迹始壶口，禹功终了溪。余粮散幽谷，归去锡玄圭。

——《梅溪集》卷六

【索引词】绍兴；禹穴禹陵禹庙。

---

① 当作"篷"。短篷，即有篷的小船。

【导读】这首五言绝句为《剡溪杂咏》八首之二，当作于绍兴年间诗人添差绍兴府佥判时。大禹治水，功毕了溪，为向来传说。诗人以此为题，敷演成诗，旨在揭示大禹治水与越地之密切关系。禹余粮这种异乎寻常的圆形小石块散布于今绍兴、嵊州、新昌一带，也与这一传说有关，"禹功终了溪"当为全诗警策。

王十朋在绍兴府佥判任上，有关绍兴诗作不下百首，有关大禹的诗作亦有多首，不妨移录于下。《夏禹》："洪流浩浩浸寰区，民杂蛇龙鸟兽居。长叹当时微帝力，苍生今日尽为鱼。"《腊月望日，出郊探春，游告成观，谒大禹祠，酌菲饮泉，遂至龙瑞宫观禹穴，薄暮而还》："禹葬稽山不记年，丹青落尽庙依然。神文秘在藏书穴，俭德流为菲饮泉。龙瑞峰峦高近日，鉴湖烟水阔浮天。东州佳处略经眼，自笑好奇如马迁①。"《秦望》："……我登稽山，思禹之绩。吾侪不鱼，繄帝之力。我瞻秦望，哀秦之过。雪彼黔首，其谁之祸？禹驾而游，夏民以休。有翼其行，稷禼②是谋……"《禹庙歌》："君不见蜂目英雄吞四海，血祀初期千万载。稽山木像弃长江，逆溯波涛鬼无馁。鸟喙辛勤十九年，平吴霸越世称贤。故国无人念遗烈，山间庙貌何凄然。马守开湖利源迥，岁沃黄云九千顷。年来遗迹半湮芜，庙锁湖边篆烟冷。吴越国王三节还，尽将锦绣裹江山。自从王气息牛斗，庙比昭王屋一间。乃知流光由德厚，祀典谁能如夏后？九年洪水滔天流，下民昏垫尧心忧。帝惧万国生鱼头，锡禹洪范定九州。功成执玉朝冕旒，奔走讼狱归歌讴。南巡会稽觐诸侯，书藏魁穴千丈幽。蝉蜕尘寰不肯留，千古灵庙依松楸。吾皇盛德与禹侔，菲食卑宫恶衣裘。思禹旧绩祀事修，小臣效职躬荐羞。仰瞻黻冕怀远猷，退惜分阴惭惰偷。嗟乎！越山高兮可夷而丘，鉴湖深兮可理而畴。惟有禹贡声名长不朽，告成世祀无时休。"《禹庙》："越国遗民念帝功，稽山庙貌胜卑宫。少陵莫叹丹青落，纸上丹青自不穷。"《菲泉》："梵王宫近夏王宫，一水清含节俭风。越

---

① 一作"探奇效马迁"。
② 一作"契"。

俗不知王好恶，泉名却在酒名中。"《禹穴》："好古贪奇司马迁，胸中史记越山川。如今禹穴无寻处，洞锁阳明石一拳。（自注：禹穴，道家谓之阳明洞天。）"《梅梁》："结实几调商鼎味，成材宜作禹祠梁。世间何岁无风雨，铁锁无端误见殃。"《穸石》："越俗流传素可疑，禹陵穸石果何时？只应便是专车骨，未可呼为没字碑。"《次韵濮十太尉题禹穴》："寰瀛三十六名郡，越在东南雄四镇。宛委周回三百里，草木山川有光润。秦山鉴水蕴秀异，人物风流夸汉晋。传闻禹穴自太史，好古无人若为问？杖屦飘然寻洞天，照眼千岩若攒刃。细看磐石心愈疑，退想丹书气犹振。禹贡无传岂其阙？遁甲所书何足训。彝伦叙自九畴锡，水土平缘五行顺。洛书六十有五字，王业巍巍此途进。八卷飞沉天与泉，兹说荒唐理难信。吾侪去古恨大远，企首难窥禹墙仞。穴傍有井清且甘，一酌端能洗骄吝。"

再和

宗老呼佳客，同观郭外湖。融樽常喜满，参酒不言无[①]。草色怀三径，松声忆五夫[②]。公游更何日，旌至定招虞。

——《梅溪集》卷十七

【索引词】绍兴；东湖；绍兴上虞；驿亭镇五夫村；五夫河。

【导读】此为《贡院纳凉分韵得湖字》一诗的第二首和诗，故题为"再和"。第一首和诗为《知宗游东湖用贡院纳凉韵见寄次韵奉酬》，其中"东湖曾一到，想像贺家湖；花似越女好，人如狂客无"后，诗人自注"知宗寄居会稽"，说明这一组诗写的"郭外湖""东湖"就是今绍兴的东湖，而"五夫"无疑就是上虞的五夫堰，它们是浙东运河上的著名工程或因工程建设而形成的著名景区。

---

① 自注：知宗二子侍行。
② 自注：越州五夫，因秦封五松得名。

〔宋〕徐恢

作者简介：徐恢（生卒年不详），与"元祐（1086—1094）奸党"成员刘元中有交往，与赵蕃（1143—1229）（昌父）有唱和。《永乐大典》辑其诗称《月台集》。

望西兴偶成

痕痕雪壁隐疏烟，正是西兴落日边。潮水退黄山送碧，问人还有渡江船。

——《永乐大典》卷七九六二

【索引词】杭州滨江；西兴；乘潮；行舟。

〔宋〕邓深

作者简介：邓深（生卒年不详），绍兴中（约1147）进士。以朝散大夫致仕。爱居东湖之胜，筑室曰明秀，终老其中。今存《大隐居士诗集》二卷。

探禹穴

禹穴镇名山，神龙凤呵卫。告成余此迹，天地相终始。昔在绍兴中，吊古先君子。探穴勇跻攀，慨叹不能已。

——《大隐居士诗集》卷上

【索引词】绍兴；禹穴禹陵禹庙。

〔宋〕韩元吉

作者简介：韩元吉（1118—1187），宋开封雍丘人，徙居上饶，字无咎，号南涧。屡次转任浙闽府县，并曾任江东转运使，隆兴（1163—1164）间官至吏部尚书。有《桐荫旧话》《南涧甲乙稿》《焦尾集》。

丁丑仲春，将渡浙江，从者请盘沙，予畏而不许。既登舟，乘潮以济中流，胶焉。捐十金，募数力，竟至沙上，仅达西兴。狼狈殊甚。从者笑之，感而赋诗

桑田变东海，此语闻自昔。嗟我百年人，耳目讵能识。谁言钱塘江，遂有车马迹。涨沙莽云屯，衣带仅寻尺。我初未渠信，束襜①俟潮汐。是时月既望，春晴好风色。同舟二三子，击楫意颇适。中流类坳堂，竟作胶柱瑟。褰裳乱涛波，植杖负囊笈。居然濯我足，长堤慰行客。西兴忽在眼，唤渡犹顷刻。鲲鹏定何之，鱼龙岂迁宅？斜阳照高岸，得酒饯寒湿。平生忠信怀，对此徒感激。翻成仆奴笑，抚事吁莫测。莫问曲池平，空悲岘山侧。

——《南涧甲乙稿》卷一

【索引词】杭州滨江；西兴；钱塘江；乘潮；行舟；泥沙搁浅。

【导读】该诗详尽记述杭州到西兴之间钱塘江沙滩中梗，浅涩难渡，甚至浅水中可通车马，与民国年间所留照片类似。诗人不肯盘沙（大概就是乘车马或步行走沙滩渡江），坚持乘船，却因船只中途搁浅，不得不徒步涉水才到达终点。所记为亲历，说明宋代已然有此景象。钱塘江尚且如此，则浙东运河几个节点渡口通航依赖潮汐，势所必然。

---

① 襜，同"襜"。襜褕（chān yú），古代的一种短便衣。

〔宋〕喻良能

作者简介：喻良能（1120—？），字叔奇，号香山，宣和二年（1120）出生在浙江义乌高畈村。绍兴二十七年（1157）登进士第。绍兴三十二年通判绍兴府。著《香山集》。

望湖亭

倚栏遥望贺家湖，千顷波光半欲芜。试问青铜未消蚀，西湖得及此间无？

——《香山集》卷十五

【索引词】绍兴；鉴湖；贺知章。

【导读】这首七言绝句当作于宋淳熙五年（1178）。诗人立于望湖亭，眼望千顷波光，半欲荒芜；百里明镜，竟被销蚀，其火烧火燎之情状，宛在目前。满怀爱民之心，何等热烈！引入西湖作比，更令读者深思严肃的社会问题，何等深刻！不妨再读其《鉴湖》诗："忆昔未曾游鉴水，画图仿佛见非真。年来饱泛同茗雪，宁愧江湖旧散人？"再读《鉴湖道中口占》诗："轧轧篮舆鉴水滨，水纹如染草如茵。繁红零落徐娘老，远翠低徊西子颦。犹及残春追胜赏，不妨余事作诗人。胸中磊魄须浇洗，未厌伤多酒入唇。"其深爱鉴湖之情，何等强烈！此诗为历史存照。

夜发曹娥堰

孤灯乍明灭，隐约小桥边。野市人家闭，晴天斗柄悬。秋深风落木，夜静浪鸣船。却忆前年事，扁舟过雪川。

——《香山集》卷六

【索引词】绍兴；浙东运河；曹娥堰；夜航。

【导读】诗人于汤思退官绍兴知府时，即绍兴三十二年（1162），曾官绍兴府通判。据其《禹帝祠》诗序，又谓"余往来越中廿五年"，"淳熙戊戌四月十一日，斋宿祠下"，说明早于绍兴三十二年，诗人已到过越中，而淳熙戊戌又到越中，此诗当作于此年。诗人描绘了夜发曹娥堰之情状，为后人留下了宋代曹娥堰之夜景。此诗不但指明堰在曹娥江边，对岸有小桥，而且指出，堰对岸还有野市。这对于今人认识曹娥镇与百官镇之历史，无疑是有帮助的。

点检朝陵内人顿递至西兴道中纪事

平湖潋滟摇春风，扁舟轻驶如飞鸿。垂杨万缕长青茸，倚岸崇桃醉脸红。满空烟雨霏濛濛，柯桥精庐闻午钟。平畴麦苗青芃芃，崇峰秀岑纷玲珑。图经未看名巨穷，两蓏烟叶交朦胧。吾欲图之谁其功，妙语却思六一翁。解道山色有无中，薄暮舣舟依竹丛。夜深点滴听孤篷，天明利涉浮梁雄。钱清虽小炊烟重，我生之辰今适逢。一杯不暇缘匆匆，聊以新诗娱老惸。龟山西北水溶溶，白鹤桥边小梵宫。海天茫茫空复空，放眸一望日本东。萧山小邑河阳同，桃李漫山如锦幪。溪旁驿亭名梦笔，故居知是江文通。西兴浦口天连水，满眼长安紫翠浓。

——《香山集》卷三

【索引词】绍兴；杭州滨江；西兴；杭州萧山；梦笔驿；龟山；钱清；钱塘江；行舟。

〔宋〕陆游

作者简介：陆游（1125—1210），字务观，号放翁，越州会稽（今绍兴）人。隆兴元年（1163）赐进士出身。乾道八年（1172），入汉中四川宣抚使幕，为一生最得意时期。官终秘书监，封渭南伯。著《剑南诗稿》《渭南文集》。

游山西村

莫笑农家腊酒浑，丰年留客足鸡豚。山重水复疑无路，柳暗花明又一村。箫鼓追随春社近，衣冠简朴古风存。从今若许闲乘月，拄杖无时夜叩门。

——《剑南诗稿》卷一

【索引词】绍兴；山西村。

【导读】此诗作于宋孝宗乾道三年初春，当时陆游正罢官闲居在家。这是一首纪游抒情诗，抒写江南农村日常生活，诗人紧扣诗题"游"字，但又不具体描写游村的过程，而是剪取游村的见闻，来体现不尽之游兴。全诗首写诗人出游到农家，次写村外秀丽的自然风光与村中淳朴的习俗，表达了自己虽然被弹劾罢官归里，但是并未丧失信心，深信总有一天否极泰来的心境。

游鄞

晚雨初收①旋作晴，买舟访旧海边城。高帆斜挂夕阳色，急橹不闻人语声。掠水翻翻沙鹭过，供厨片片雪鳞明。山川不与人俱老，更几东来了此生。

——《剑南诗稿》卷八

【索引词】宁波；行舟。

吴娃曲（四首选一）

二月镜湖水拍天，禹王庙下斗龙船。龙船年年相似好，人自今年异去年。

——《放翁诗选》后集卷八

---

① 一作"放"。

【索引词】绍兴；镜湖；禹穴禹陵禹庙；行舟。

思故山

千金不须买画图，听我长歌歌镜湖。湖山奇丽说不尽，且复为子陈吾庐。柳姑庙前鱼作市，道士庄畔菱为租。一弯画桥出林薄，两岸红蓼连菰蒲。陂南陂北鸦阵黑，舍东舍西枫叶赤。正当九月十月时，放翁艇子无时出。船头一束书，船后一壶酒。新钓紫鳜鱼，旋洗白莲藕。从渠贵人食万钱，放翁痴腹常便便。暮归稚子迎我笑，遥指一抹西村烟。

——《剑南诗稿》卷十一

【索引词】绍兴；鉴湖。

【导读】这首七言歌行作于淳熙六年（1179）夏天，陆游提举福建常平茶事任上。诗人歌颂镜湖之美，采用连轴画方式：先是湖山奇丽之镜湖纵览图，次是环境优美之别业秋色图，再是极富诗意之出游图，后是情趣盎然之稚子迎归图。连轴画有动有静，有声有色，语调轻松，画面清晰。如此描写，除了爱乡爱家的情思外，与平生第二次入闽的心情有关：原以为从四川归来，可以有所作为，不料陛见后又到福建，离前线更远。"百年常作客，排闷近清樽。"（《梦藤驿》）"白发书生不自珍，天涯又作宦游身。"（《开元暮归》）故题中突出"思"字，足见歌唱中有自我慰藉的情味。但无论如何，镜湖留给诗人的印象是美好的，诗人笔下的镜湖留给后人的印象亦是美好的：景色奇丽，文化深厚，物产丰富，人情淳朴。"鱼作市""菱为租"云云，一则反映了镜湖物产之丰富及其商业规模之大，二则反映了镜湖生活的另一面——百姓所受剥削之重。

萧山

素衣已免染京尘，一笑江边①整幅巾。入港绿潮深蘸岸，披云白塔远招人。功名姑付未来劫，诗酒何孤见在身。会向桐江②谋小筑，浮家从此往来频。

——《剑南诗稿》卷十三

【索引词】杭州萧山；富春江；运河；行舟。

【导读】陆游的故乡与萧山毗邻，其诗集《剑南诗稿》中，有近百首与萧山运河、渔浦、湘湖相关的诗作，表达了作者深深的萧山情结，堪称萧山形象大使。南宋乾道六年（1170），陆游赴夔州任通判，从家乡绍兴启程，沿运河入萧山，入住梦笔驿。淳熙七年十二月从四川东归途中，逗留萧山，写下此诗。

题接待院壁

笙歌凄咽离亭晚，回首高城半掩门。叠叠远山横翠霭，娟娟新月耿黄昏。未嫌双橹妨欹枕，自是孤舟易断魂。遥想柯桥落帆处，隔江微火认渔村。

——《剑南诗稿》卷十四

【索引词】绍兴；江河水利。

【导读】这首七言律诗当题于迎恩门外能仁寺接待院，作于淳熙九年（1182）九月。诗人于农历前年年底被赵汝愚参劾，奉祠回乡，心绪不宁，不时外出以解闷，故有"笙歌凄咽"之感和"微火认渔村"之念。诗中交代，陆游出游绍兴城后，有时喜欢沿浙东运河回去，自迎恩门至柯桥，再回三山。迎恩门旁之能仁寺和柯桥灵秘院，均设有接待院，为来往行人提供方便。而浙东运河流经灵秘院前和能仁寺前，其接待院实因浙东运河而

---

① 一作"旁"。
② 桐江，富春江在桐庐县前后的河段。

设，则浙东运河之繁忙景象，可以想见。

夜漏欲尽，行度浮桥，至钱清驿待舟^①

潮生抹沙岸，云薄漏月明。江头晓色动，鸦起人未行。扶携度长桥，仰视天宇清。遥怜系舟人，听我高屐声。水槛得小憩，一笑拄杖横。澄漪弄孤^②影，微风吹宿醒。湛然方寸间，不受尘事撄。寄语市朝人，此乐未易名。

——《剑南诗稿》卷十六

【索引词】杭州萧山；绍兴；钱清驿；新林浮桥；待潮；行舟。

【导读】这首五言古诗记述诗人过萧绍运河新林浮桥，在钱清驿待舟的所见所闻，并借此抒发自身感受。时在宋淳熙十一年（1184）三月。自淳熙七年年底被劾放归后，陆游一直心绪不宁。此诗客观反映宋代钱清镇有驿站、钱清江上有浮桥之事实。"澄漪弄孤影"云云，表明当时钱清江江水之清。"潮生抹沙岸"云云，又说明钱塘江潮当时上涌入钱清江。

雨中泊舟萧山县驿

端居无策散闲愁，聊作人间汗漫游。晚笛随风来倦枕，春湖^③带雨送孤舟。店家菰饭香初熟，市担莼丝滑欲流。自笑劳生成底事，黄尘陌上雪蒙头。

——《剑南诗稿》卷十六

【索引词】杭州萧山；梦笔驿；泊舟。

【导读】此萧山县驿即梦笔驿。《嘉泰会稽志》有载："萧山县有梦笔驿，在县东北百三十步。"淳熙十二年（1185）春，陆游被再度起用，任

---

① 一题作《过新林浮桥》。《（雍正）浙江通志》卷三十六作《陆游渡浮桥诗》。

② 一作"清"。

③ 一作"潮"。

朝议大夫、严州知府。他在赴任途中，又经萧山，过湘湖，作此诗。

西兴泊舟

衰发不胜白，寸心殊未降。避风留水市，岸帻倚船窗。日上金镕海，潮来雪卷江。登临数奇观，未易敌吾邦。

——《剑南诗稿》卷十七

【索引词】杭州滨江；西兴；浙东运河；泊舟。

夜归

晡时揿舵离西兴，钱清夜渡见月升。浮桥沽酒市嘈嘈，江口过埭牛凌兢。寒斋煮饼坐茆店，小鲜供馔寻鱼罾。偶逢估客问姓字，欢笑便足为交朋。须臾一饱各散去，帆席健快如超腾。云间戍楼鼓坎坎，山尾佛塔灯层层。夜分到家趋篝火，稚子惊起头鬖鬤。道途辛苦未暇说，一尊且复驱严凝。

——《剑南诗稿》卷十七

【索引词】绍兴；杭州滨江；西兴；钱清驿；运河；堰埭；夜航。

【导读】这首七言歌行作于淳熙十二年（1185）冬天，抒写从西兴夜归三山别业的情状，前六联重点写钱清夜渡，后四联写到家感受。诗人以钱清镇为背景，写到浮桥沽酒、江口过埭、坐茅店、寻鱼罾、逢商贾、交朋友、听戍楼鼓、望环翠寺塔，通过场面描写和细节描写，诗人之音容笑貌，宛在其中。钱清江和浙东运河交汇处之钱清镇，有市、有埭、有茅店、有商贾，甚至有戍楼，有寺院，此诗保存了浙东运河沿岸小镇的历史风貌。诗人同时写有《钱清夜渡》诗，参见后文。

题跨湖桥下酒家

湖水绿於染，野花红欲燃①。春当三月半，狂胜十年前。小店开新酒，平桥上画船。翩翩幸强健，不必愧华颠。

——《剑南诗稿》卷十七

【索引词】杭州萧山；跨湖桥；行舟。

梦笔驿

朱扉水际亭，白塔道边寺。扁舟几往返，每过辄歔欷②。经秋病不死，岁暮复不③至。少年自喧哗，此老独憔悴。可怜钓鳌客，终返屠羊肆。吾身行亦无，荣辱安所寄。短灯照孤愁，寒衾推残醉。明当临大江，一洒壮士泪。

——《剑南诗稿》卷十七

【索引词】杭州滨江；西兴；杭州萧山；梦笔驿；运河；行舟。

舟中感怀三绝句呈太傅相公兼简岳大用郎中（其三）

梦笔亭边拥鼻吟，壮图蹭蹬老侵寻。不眠数尽鸡三唱，自笑④当年起舞心。

——《剑南诗稿》卷十七

【索引词】杭州滨江；西兴；杭州萧山；梦笔驿；泊舟。

钱清夜渡

轻舟夜绝江，天阔星磊磊。地势下东南，壮哉水所汇。月出半天

---

① 《御选宋金元明四朝诗》卷三十九作"然"。
② 一作"嘘唏"。
③ 一作"一"。
④ 一作"叹"。

赤，转盼离巨海。清晖①流玉宇，草木尽光彩。男子志功名，徒死不容悔。坐思黄河上，横戈被重铠。晚途虽益困，此志顾常在。一日天胜人，丑虏安足醢！

——《剑南诗稿》卷十七

【索引词】杭州滨江；西兴；钱塘江；夜航。

【导读】钱清是杭州至绍兴、宁波的必经通道，历史上有钱清驿、钱清堰，今天也是浙东运河上绍兴市的西大门。

丙午五月，大雨五日不止，镜湖渺然。想见湖未废时，有感而赋

朝雨暮雨梅正黄，城南积潦入车箱。镜湖无复针青秧，直浸山脚白茫茫。湖三百里汉讫唐，千载未尝废陂防。屹如长城限氐②羌，啬夫有秩走且僵。旱有灌注水何伤？越民岁岁常丰穰。洮湖谁始谋不臧？使我妇子餍糟糠。陵迁谷变亦何常，会有妙手开湖光。蒲鱼自足被四方，烟艇满目菱歌长。

——《剑南诗稿》卷十八

【索引词】绍兴；镜湖；堤防；行舟；采菱。

【导读】这首七言歌行属柏梁体，句句叶韵，一韵到底。淳熙十三年（1186）五月，绍兴连续五天大雨，镜湖不能蓄水，诗人焦心如焚。诗人先注目茫茫湖水，想到汉代和唐代百姓依仗镜湖，旱涝保收；而如今湖水为患，百姓遭受饥荒，令人伤心；他多么希望有人重修湖堤，恢复镜湖，使百姓依然"蒲鱼自足"，长唱"菱歌"其中。诗人清醒地提出一个十分尖锐的问题："洮湖谁始谋不臧？"即是谁开始谋划围垦湖田？矛头所向，除了地方豪强，主要针对朝廷和官员，诗人自身之立场十分鲜明，十分坚定。《嘉泰会稽志》卷十三所引徐次铎《复湖议》可说是此诗之最好说明，

---

① 一作"辉"。
② 一作"胡"。

节录于下："次铎窃见会稽、山阴两县之形势，大抵东南高，西北低，其东南皆至山，而北抵于海。故凡水源所出，多自西东南……当其未有湖之时，三十六源之水，盖西北流入于江，以达于海。自东汉永和五年，太守马公臻始筑大堤，潴三十六源之水，名曰镜湖。堤之在会稽者，自五云门东至于曹娥江，凡七十二里；在山阴者，自常喜门西至于西小江（一名钱清），凡四十五里。故湖之形势，亦分为二，而隶两县。……凡三百五十有八里，灌溉民田九千余顷。湖之势高于民田，民田高于江海，故水多则泄民田之水入于江海，水少则泄湖之水以溉民田……自永和迄我宋几千年，民蒙其利。祥符以来，并湖之民，始或侵耕以为田。熙宁中，朝廷兴水利，有庐州观察推官江衍者，被遣至越访利害。衍无远识，不能建议复湖，乃立石牌以分内外，牌内者为田，牌外者为湖，凡牌内之田，始皆履亩，许民租之，号曰湖田。政和末，郡守方佗进奉，复废牌外之湖以为田，输所入于少府。自是环湖之民，不复顾忌，湖之不为田者无几矣。……故湖废塞殆尽，而水所流行，仅有纵横支港，可通舟行而已。每岁田未告病，而湖港已先涸矣。"徐次铎议作于庆元二年（1196），后此诗十年，可谓心有灵犀矣。

明州[1]

丰年满路笑歌声，蚕麦俱收谷价平。村步[2]有船衔尾泊，江桥无柱架空横。海东估客初登岸，云北山僧远入城。[3]风物可人吾欲住，担头莼菜正堪烹。

——《剑南诗稿》卷十八

【索引词】宁波；乡村码头；行舟；运河风情。

【导读】诗歌描绘了明州农村丰收后的升平景象：乡村码头停靠着一排

---

[1] 淳熙十三年（1186）六月著此诗。
[2] 步，同"埠"。水边停船处。
[3] 自注：仗锡平老出山来迎予。

远来的商船，运河上凌空架设着拱桥，山上山下文人僧人交游往还，小商小贩丰富了大家的菜篮子。

泊上虞县

鄞江久不到，乘兴偶东游。涨水崩沙岸，归云抱县楼。吟余声混混，梳罢发飕飕。喜见时平象，新丝入市稠。

——《剑南诗稿》卷十八

【索引词】绍兴上虞；泊舟；航行；鄞江。

发丈亭①（二首）

姚江乘潮潮始生，长亭却趁落潮行；参差邻舫一时发，卧听满江柔橹声。

玄云垂天暗如漆，橹声呕轧知船行；南风忽起卷云去，江月已作金盆倾。

——《剑南诗稿》卷十八

【索引词】宁波余姚；丈亭；乘潮；行舟。

【导读】诗人生动地描绘了浙东运河宁波段的余姚丈亭舟楫如梭、行人如织、商贸繁荣的景象，精练描述了这段运河随潮汐运行的场景。

宿渔浦

东归剡曲只三程，旅泊还如万里行。灯影动摇风不定，船声鞺鞳浪初生。曳裾非复白头事，瞑目那求青史名。归去若为消暮境，一蓑烟雨学春耕。

——《剑南诗稿》卷二十

---

① 自注：一作长亭。

【索引词】杭州；绍兴；杭州萧山；渔浦；剡溪；行舟。

【导读】这首七言律诗作于宋淳熙十五年（1188）七月，诗人知严州军州事任满，返山阴途中。诗人宿于渔浦，借渔浦夜景，表达从此归隐之念。《嘉泰会稽志》卷四："渔浦驿，在（萧山）县西南三十六里。"渔浦在唐以前是湖。谢灵运《富春渚》写道："宵济渔浦潭，旦及富春郭。"丘迟《旦发渔浦潭》亦以潭相称。盛唐时，常建在《渔浦》诗中还写道："碧水月自阔，安流净而平。"孟浩然在《早发渔浦潭》也写道："卧闻渔浦口，桡声暗相拨。日出气象分，始知江路阔。"其时，钱塘江潮常涌入渔浦。陶翰《乘潮至渔浦》"舣棹乘早潮，潮来如风雨"即是明证。后来随着浦阳江挟带泥沙而来，钱塘江潮亦挟带泥沙涌入，加以北宋大规模围垦，至天圣年间（1023—1032），"市肆凋疏随浦尽"（刁约《过渔浦作》），至熙宁年间（1068—1077），则湖面所剩不多。即使如此，到南宋淳熙年间（1174—1189），渔浦作为渡口，依然存在，此诗便是明证。淳熙七年十一月，诗人自桐庐泛钱塘江东归，亦曾待潮渔浦。其《渔浦》诗曰："桐庐处处是新诗，渔浦江山天下稀。安得移家常住（一作"在"）此，随潮入县伴潮归。"陆游钟情于渔浦，年迈时仍经常往返于嵊州剡溪和萧山渔浦之间。

新晴马上

一剑飘然万里身，白头也复走京尘。画楼酒旆滴残雨，绿树莺声催莫①春。绝塞勒回勋业梦，流年换尽市朝人。此生安得常强健，小艇湘湖自采莼。

——《剑南诗稿》卷二十一

【索引词】杭州；湘湖；行舟。

【导读】陆游对湘湖莼菜青睐有加，写下多首关于湘湖美景和美食的

---

① 一作"暮"。

诗词。如："湘湖烟雨长莼丝，菰米新炊滑上匙。云散后，月斜时，潮落舟横醉不知。"（《渔夫》）"湘湖莼菜出，卖者环三乡。"（《稽山行》）

泛舟自中堰入湖

水缩沙洲出，霜清木叶丹。鹭群横澹霭，鸦阵报初寒。冷落人情见，衰迟世念阑。惟留一句子，村舍话团圞。

——《剑南诗稿》卷二十八

【索引词】绍兴；鉴湖；中堰；行舟。

【导读】这首五言律诗作于绍熙四年（1193）冬日。诗人在别业赋闲，不可造访鉴湖，表达人情冷落后的闲适心情。以鹭群、鸦阵相衬，更富情致。诗人隐居三山别业，自菉湖（在别业园林内）入鉴湖，最为便捷的是别业稍西的湖桑堰，但诗人却选择了往东稍远的中堰。可能由于中堰入湖者少，抑或往东可多欣赏景色。中堰在绍熙间尚存，却是事实。

镜湖

躬耕蕲一饱，闵闵望有年。水旱适继作，斗米几千钱！镜湖洪已久，造祸初非天。孰能求其故，遗迹犹隐然。增卑以为高，培薄①使之坚。坐复千载利，名托亡穷传。民愚不能知，仕者苟目前。吾言固应弃，悄怆夜不眠。

——《剑南诗稿》卷三十二

【索引词】绍兴；镜湖；堤防。

【导读】这首五言古诗作于庆元元年（1195）。镜湖在唐代出现葑田现象，北宋已出现围湖造田情况，至南宋更甚，使山会平原旱涝保收之镜湖，所剩无几，水利反成水害。虽然绍兴二十九年（1159）赵构与王纶论沟洫利害时已指出："往年臣宰曾欲尽干鉴湖，云岁可得米十万石。朕答

---

① 《陆放翁全集》作"砖"。

云：'若过，岁旱无湖水引灌，即所损未必不过之。凡虑事，须及远也。'"（《嘉泰会稽志》卷十三）但不起作用。此诗前四句写水旱继作，米贵如珠；次四句指出，镜湖水洗，造祸非天；次四句提出增卑培薄（砌砖）措施；后四句认为："民愚不能知"固然是原因，但主要在"仕者苟目前"，以致自己"悄怆夜不眠"。爱民之心溢于言表。爱国者的思想总是与爱民之深情紧密连结，陆游显然属于复湖派。"造祸初非天""仕者苟目前"，乃全诗主旨所在，表现了诗人鲜明的爱民立场。

沈园（二首）

城上斜阳画角哀，沈园非复旧池台。伤心桥下春波绿，曾是惊鸿照影来。

梦断香消四十年，沈园柳老不吹绵。此身行作稽山土，犹吊遗踪一泫然。

——《剑南诗稿》卷三十八

【索引词】绍兴；会稽山；沈园；春波桥。

舟中作

沙路时晴雨，渔舟日往来。村村皆画本，处处有诗材。炊黍孤烟晚，呼牛一笛哀。终身看不厌，岸帻兴悠哉。

——《剑南诗稿》卷四十一，并见新林周水利纪念堂碑刻

【索引词】杭州；绍兴；浙东运河；行舟。

甲申雨

老农十口传为古，春遇甲申常畏雨。风来东北云行西，雨势已成那得御。山阴洪湖二百岁，坐使膏腴成瘠卤。陂塘遗迹今悉存，叹息当官谁可语！甲申畏雨古亦然，湖之未废常丰年。小人那知古来事，

不怨豪家惟怨天。

——《剑南诗稿》卷四十二

【索引词】绍兴；镜湖；陂塘。

【导读】这首七言歌行作于宋庆元六年（1200），属庚申年。诗人回忆36年前即隆兴二年甲申（1164）之大雨，当与此时围垦镜湖依然不止有关。此前四年，即庆元二年，会稽县尉徐次铎《复湖议》曰："祥符以来，并湖之民，始或侵耕以为四。"说明围垦镜湖时有加剧。这与14年前《丙午五月，大雨五日不止……》有所不同，当时，面对"坐使膏腴成瘠卤"之现实，先以"陂烟遗迹今恶存，叹息当官谁可语"反问，再以"小人那知古来事，不怨豪家惟怨天"收结，一腔独愤，喷薄而出。其中"小人""豪家""当官"并列出现，旨在说明，责任在"当官"者，足见陆游之历史识见。

三江

三江郡东北，古戍郁嵯峨。渔子船浮叶，更人鼓应鼍。年丰坊酒贱，盗息海商多。老我无豪思，悠然寄醉歌。

——《剑南诗稿》卷四十四

【索引词】绍兴；滨海；塘闸。

【导读】三江属绍兴形胜之地，明代建有闸。明世宗嘉靖十四年（1535），汤绍恩为绍兴知府，为排泄山阴、会稽、萧山三县内涝，阻拦海潮倒灌，察看地形，规划建闸。于嘉靖十六年（1537）建成，全长一〇八米，二十八孔，以应天上星宿，称应宿闸。这是绍兴历史上有名的水利设施，也是东汉永和五年（140）马臻造镜湖以后最大的水利工程。三江之有名，主要在此。

这首五言律诗，作于宋庆元六年冬，则告诉读者新的信息："古戍郁嵯峨"，说明在宋代，三江是戍守之地，有城堡；"盗息海商多"，看来此前经常有海盗出没，怪不得明代要造所城了。《明史·地理志》载："三江守御千户所，在浮山之阳，洪武二十年二月置。"《（雍正）浙江通志·城池二》引《於越新编》亦曰："（三江所城）在（绍兴）府城北三十里，山阴浮山之阳。"这首诗还告诉读者：一、在宋代，三江为捕鱼场所；二、在宋代，三江亦为海商出入之地，而且数量不少；三、在宋代，三江还有许多酒作坊，若遇丰年，酒价不贵。诗人此前有《三江舟中大醉作》诗，录以备读："志欲富天下，一身常苦饥。气可吞匈奴，束带向小儿。天公无由问，世俗那得知？挥手散醉发，去隐云海涯。风息天镜平，涛起雪山倾。轻帆入浩荡，百怪不可名。虹竿秋月钩，巨鳌倘可求。灭迹从今逝，回看隘九州。"

纵游归泊湖桥有作

西蜀东吴到处游，千岩万壑独吾州。短篷载月娥江夜，小蹇寻诗禹寺秋。村酒可赊常痛饮，野人有兴即相求。何由唤得王摩诘，为画湖桥一片愁。

——《剑南诗稿》卷四十八

【索引词】绍兴；禹寺；曹娥江；夜航。

复湖

世事相寻败与成，湖中畚锸浩纵横。共知陂坏行当复，敢恨台高既已倾。天镜忽看孤月堕，樵风长送片帆轻。下临万顷如云稼，从此年年有颂声。

——《剑南诗稿》卷四十九

【索引词】绍兴；镜湖；行舟；堤防。

【导读】这首七言律诗作于宋嘉泰元年（1201）冬。面对"湖废财存十二三"的现实（《题道傍壁》），陆游恢复镜湖的热望颇高。诗人在同年秋所作《新凉书怀》中有所期待："秋风剩起扁舟兴，安得州家复镜湖？"同年冬，在《书喜》中又曰："今年况展南湖面，朝借樵风暮可还。"并自

注："时方有朝命复镜湖。"说明诗人的热望变成了现实。《宋会要辑稿·食货六一》之四九所载材料，说明现实迫使朝廷不得不重视："鉴湖为奸人侵耕功占，日久浅狭……民田害莫大焉……今湖面日蹙，天久不雨，徒步可行。不惟元来食湖之田被害，而日后侵之田亦例失灌溉矣。"此诗热情洋溢，读者仿佛能看到一位老人，面对"畚锸浩纵横"的复湖场面，欣喜欲狂。"小隐山园在湖中，近闻亭观皆废。"诗人从成败相寻的观点出发，认为自己终于等到了复湖的时机，即使父亲别业被废，亦在所不惜。诗人在欣喜中展开想象：又可以看到月亮落在清澈湖中的美景，又可以从浩瀚镜湖张帆直上若耶溪，甚至看到万顷庄稼宛如云霞的美景。这一复湖工程大概持续到次年，诗人在嘉泰二年春所作《晚步湖堤归偶作》中曰："日落牛羊犹被野，农闲畚锸正开湖。"又以《散步湖堤上，时方浚湖，水面稍渺弥矣》为题，想到"先民幸处吾能胜，生长兵间老太平"。到了开禧元年（1205）冬，似乎还有尾声，《湖堤暮归》曰："俗孝家家供菽水，农勤处处筑陂塘。"但终南宋一朝，朝廷为了获得大批粮食，山、会两县毁湖依然不绝，复湖无非昙花一现。至诗人逝世后的嘉定十五年（1222），镜湖已被"今官豪侵占殆尽，填淤益狭。所余仅一衣带水耳"（《宋会要辑稿·食货六一》之四九）。这是历史的遗憾。

晚步湖堤归偶作

　　酒尽知难折简呼，出门仍苦要人扶。残梅委地香谁惜，归雁穿云远欲无。日落牛羊犹被野，农闲畚锸正开湖。还家寂寞西窗晚，旋爇枯枝拥地炉。

——《剑南诗稿》卷五十

　　【索引词】绍兴；鉴湖；湖堤；复湖。

　　【导读】这首七言律诗作于宋嘉泰二年（1202）春。诗人虽然日趋年迈，出门要人扶，但是眼望"日落牛羊犹被野，农闲畚锸正开湖"，依然欣喜无限。该诗为南宋嘉泰年间的复湖之举的佐证。

长相思

暮山青，暮霞明，梦笔桥头艇子横，蘋风吹酒醒。看潮生，看潮平，小住西陵莫较程，莼丝初可烹。

——《渭南文集》卷五十

【索引词】杭州滨江；西兴；杭州萧山；梦笔驿；潮汐；泊舟。

【导读】淳熙十二年十二月，陆游在往返临安时又一次路过萧山，写下了一组诗，其中有《梦笔驿》《舟中感怀三绝句》《西兴泊舟》《钱清夜渡》《夜归》。船到梦笔驿已是黄昏。

乙丑夏秋之交，小舟早夜往来湖中，戏赠绝句（十二首选二）

其六

城南天镜三百里，缭以重重翡翠屏；最好长桥明月夜，寄船策蹇上兰亭。

其十二

梦笔桥东夜系船，残灯耿耿不成眠。千年未息灵胥怒，卷地潮声到枕边。

——《剑南诗稿》卷六十二

【索引词】杭州滨江；西兴；绍兴；鉴湖；杭州萧山；梦笔驿；潮汐；泊舟。

【导读】这是一组运河纪行诗。开禧元年（1205）陆游耄耋之龄，还乘一只"钓鱼船"经鉴湖到达萧山梦笔桥。一路上边行边写，作诗十二首。

湖堤暮归

出郭并湖无十里，我归蟹舍过鱼梁。川云苍白不成雨，汀树青红初著霜。俗孝家家供菽水，农勤处处筑陂塘。乐哉追逐乡三老，半醉行歌咏岁穰。

——《剑南诗稿》卷六十四

【索引词】绍兴；鉴湖；湖堤；陂塘。

【导读】这首七言律诗作于宋开禧元年冬。傍晚，诗人从绍兴城回三山别业，沿鉴湖堤岸行进，一路所见，可人心意，故有"行歌咏岁穰"之快感。"农勤处处筑陂塘"特别为诗人所瞩目，说明农民一向重视水利建设。冬季农闲，农民便修筑陂塘，以防水旱灾害。这是与"汀树青红"之自然美景和"家家供菽水"之社会生活紧密连结的。

稽山行

稽山何巍巍，浙江水汤汤。千里亘大野，勾践之所荒。春雨桑柘绿，秋风粳稻香。村村作蟹椴①，处处起鱼梁。陂放万头鸭，园覆千畦姜。春碓声如雷，私债逾官仓。禹庙争奉牲，兰亭共流觞。空巷看竞渡，倒社观戏场。项里杨梅熟，采摘日夜忙。翠篮满山路，不数荔枝筐。星驰入侯家，那惜黄金偿。湘湖莼菜出，卖者环三乡。何以共烹煮，鲈鱼三尺长。芳鲜初上市，羊酪何足当。镜湖潴众水，自汉无旱蝗。重楼与曲槛，潋滟浮湖光。舟行以当车，小伞遮新妆。浅坊小陌间，深夜理丝簧。我老述此诗，妄继古乐章。恨无季札听，大国风泱泱。

——《剑南诗稿》卷六十五

【索引词】绍兴；会稽山；鉴湖；湘湖；会稽禹庙；兰亭；勾践。

【导读】这首诗写于开禧元年（1205）冬，是陆游晚年寄托家国情怀，气势磅礴而又小桥流水的佳作。诗中描写的山阴、会稽禹庙、社戏，农桑、水产等，以及运河水道、陂塘、水碓等犹如画卷，生动再现13世纪

---

① 一作"椴"。

的会稽场景。

十二月二日夜梦游沈氏园亭（二首）

路近城南已怕行，沈家园里更伤情；香穿客袖梅花在，绿蘸寺桥春水生。①

城南小陌又逢春，只见梅花不见人；玉骨久成泉下土，墨痕犹锁壁间尘。

——《剑南诗稿》卷六十五

【索引词】绍兴；沈园；春波桥；禹迹寺。

【导读】1156年，陆游游沈园偶遇前妻（表妹）唐琬，感念旧情，写了《钗头凤·红酥手》词以致意："红酥手，黄滕酒，满城春色宫墙柳。东风恶，欢情薄，一怀愁绪，几年离索。错，错，错。春如旧，人空瘦，泪痕红浥鲛绡透。桃花落，闲池阁，山盟虽在，锦书难托。莫，莫，莫。"（《渭南文集》卷四十九）唐婉则以《钗头凤·世情薄》词相答："世情薄，人情恶，雨送黄昏花易落。晓风干，泪痕残，欲笺心事，独语斜阑。难，难，难。人成各，今非昨，病魂常似秋千索。角声寒，夜阑珊，怕人寻问，咽泪妆欢。瞒，瞒，瞒。"（《御选历代诗余》卷一百十八》）"玉骨久成泉下土，墨痕犹锁壁间尘"，指《钗头凤》题写在沈园壁上，墨痕长存，而一代才女唐琬已华年早逝。两首《钗头凤》已成为绍兴沈园的主题，附近古运河、春波桥、禹迹寺也涂上了凄美色彩。

烟波即事

梦笔桥边听午钟，无穷烟水似吴淞。前年送客曾来此，惟②有山僧认得侬。

——《剑南诗稿》卷七十

---

① 寺桥春水生，指禹迹寺、春波桥，均在沈园附近。
② 一作"唯"。

【索引词】杭州萧山；梦笔驿。

【导读】开禧三年（1207），陆游写下了他最后一首关于梦笔桥和浙东运河的诗。

新秋往来湖山间

禹祠巍巍阅千代，广殿修廊半倾坏。屹然遗奠每摩挲，石长苔侵字犹在。去年已愧曳杖来，今者更用儿扶拜。聊持一酌荐丹衷，衰疾龙钟神所贷。

——《剑南诗稿》卷七十二

【索引词】绍兴；禹穴禹陵禹庙；鉴湖；会稽山。

【导读】这首七言古诗作于开禧三年秋。诗人对禹祠怀有深情。十四岁即游禹祠，《剑南诗稿》卷七十五《春游》自注："予年十四始到禹祠、龙瑞。"直到八十五岁高龄，在《秋日遣怀》中还写道："禹葬有遗奠，粤亡无故墟。"其一生有关禹祠的诗作和诗句着实不少，诸如：

《记梦》：梦泛扁舟禹庙前，中流拂面风泠然。

《次韵范参政书怀》：年少从渠笑衰懒，相呼禹庙看龙船。

《戏咏山阴风物》：城边绿树山阴道，水际朱扉夏禹祠。

《步至湖上，寓小舟还舍》：红树秦驰道，青山禹庙墙。

《初夏》：僧阁梅山麓，渔扉禹庙墙。

《病后往来湖山间戏书》：不如一酹禹祠去，恶衣菲食真吾邻。

《湖塘晚眺》：奉祠神禹旧，驰道暴秦余。

《开岁》：唯有禹祠春渐好，从今剩判典衣春。

《记梦》：旅梦游何地？分明禹庙旁。

《初春书怀》：出门未觉龙钟在，禹庙兰亭又见春。

《出游》：禹空胥涛中路分，画桡冲破一川云。

《春晚即事》：今岁禹祠才一到，安能分日作遨游？

《早春出游》：闻道禹祠游渐盛，也谋随例一持杯。

《春晚出游》：禹吾无间圣所叹，治水殆与天同功。

《梦中游禹祠》：湖上无人月自明，梦中仿佛得闲行。庭空满地楸梧影，风壮侵云鼓角声。世异客怀增惨怆，秋高岁事已峥嵘。长歌忽遇骑鲸客，唤取同朝白玉京。

《禹祠》：禹祠行乐盛年年，绣毂争先鹢画船。十里烟波明月夜，万人歌吹早莺天。花如上苑常成市，酒似年丰不直钱。老子未须悲白发，黄公垆下且闲眠。

值得注意的是，写这首诗的上年夏天，南宋王朝有一次开禧北伐。陆游对这次北伐是怀有希望的。《观邸报感怀》曾曰："六圣涵濡寿域民，耄年肝胆尚轮囷。难求壮士白羽箭，且岸先生乌角巾……却看长剑空三叹，上蔡临淮奏捷频。"《剧暑》中又写道："方今诏书下，淮汴方出师。黄旗立辕门，羽檄昼夜驰。大将先擐甲，三军随指挥。"一位耄耋老人，如此满怀热望，大有踊跃生尘之气概。不料北伐失败，造成内心极大痛苦，故诗中首联由禹祠联想大禹伟业，尾联表白自己老态龙钟之时，壮心难泯，像大禹那样为国出力的"丹衷"依然存在。

"广殿修廊半倾坏"云云，揭出大禹祠及大禹陵不被朝廷重视之事实。联系上引《禹祠》诗，说明在南宋，禹祠业已成为乡人游乐场所，而忘记禹祠存在的实际意义。这与鉴湖被大规模围垦，应该看作是同一思想的两个层次。

兰亭道上（四首选二）

湖上青山古会稽，断云漠漠雨凄凄；篮舆晚过偏门市，满路春泥闻竹鸡。

兰亭步口水如天，茶市纷纷趁雨前；乌笠游僧云际去，白衣醉叟道傍眠。

——《剑南诗稿》卷八十一

【索引词】绍兴；鉴湖；会稽山；兰亭。

兰亭

兰亭绝境擅吾州，病起身闲得纵游。曲水流觞千古胜，小山丛桂一年秋。酒酣起舞风前袖，兴尽回桡月下舟。江左诸贤嗟未远，感今怀昔使人愁。

——《剑南诗稿》卷八十一

【索引词】绍兴；兰亭；行舟。

柯山道上作

道路如绳直，郊园似砥平。山为翠螺踊，桥作彩虹明。午酌金丸橘，晨炊玉粒粳。江村好时节，及我疾初平。

——《剑南诗稿》卷八十五

【索引词】绍兴柯桥；柯山；运河。

【导读】春秋时期，越国会稽（今绍兴）至董子国（即鄞，今宁波）的道路已经开通，经历代修缮，至宋代，已成为横贯浙东地区的交通主干道。浙东运河与路平行。路面宽广平坦，故陆游作诗以咏之。

记东村父老言

原上一缕云，水面数点雨。夹衣已觉冷，秋令遽如许。行行适东村，父老可共语。披衣出迎客，芋栗旋烹煮。自言家近郊，生不识官府。甚爱问孝书，请学公勿拒。我亦为欣然，开卷发端绪。讲说虽浅近，於子或有补。耕荒两黄犊，庇身一茅宇。勉读庶人章，淳风可还古。

——《剑南诗稿》卷五十五

【索引词】绍兴；陆游。

〔宋〕范成大

作者简介：范成大（1126—1193），苏州吴县人，字致能，号石湖居士。绍兴二十四年（1154）进士。南宋四大诗人之一。乾道三年（1167）知处州，修复通济堰，民得灌溉之利。淳熙七年（1180），知明州兼沿海制置使。八年，知建康府。有《石湖集》《揽辔录》《吴船录》《吴郡志》《桂海虞衡志》等。

初赴明州

四征惟是欠东征，行李如今忽四明。海接三韩诸岛近，江分七堰两潮平。拟将宽大来宣诏，先趁清和去劝耕。顶踵国恩元未报，驱驰何敢叹劳生。

——《石湖诗集》卷二十一

【索引词】宁波；运河；水利；潮汐。

【导读】范成大淳熙七年（1180）知明州兼沿海制置使，诗即作于上任之时。他是一位熟悉江河水利工程的官员，"江分七堰两潮平"应该是指上任途中经过的浙东运河上的七堰，同时点明运河堰埭工程通航需要利用潮汐。"先趁清和去劝耕"，透露时间是春季。

鹿鸣席上赠贡士

登陆由来说四明，台星光处更魁星。海滨二老尊周室，馆下诸生右汉廷。秋赋重增人物志，春闱俱上佛名经。一飞好趁扶摇便，咫尺西兴是北溟。

——《石湖诗集》卷二十一

【索引词】杭州滨江；西兴；宁波；四明。

〔宋〕释宝昙

作者简介：释宝昙（1129—1197），字少云，俗姓许，嘉定龙游（今四川乐山）人。幼习章句业，已而弃家从一时经论老师游。后出蜀，住四明仗锡山。自号橘洲老人。有《橘洲文集》十卷。《宝庆四明志》卷九有传。

泊通明堰

一夜江风故不平，道边草木亦成声。岂无老子知津意，尚有秦人逐客情。荒县已传三鼓下，并船犹见一灯明。此生已悟身如寄，始送鸿归又燕迎。

——《全宋诗》卷二八六

【索引词】绍兴上虞；通明堰；运河；夜泊。

【导读】通明堰遗址群位于上虞丰惠镇，系浙东运河上虞段四十里河地区的重要水利设施遗址。该地区地势西高东低，主要河道有四十里河、姚江、十八里河等人工河流。通明堰遗址上原有二闸一堰，始建于北宋景德年间（1004—1007），通官民之船。

送林泽之至五夫

不学相如故倦游，身唯晏子一狐裘。眼明自可空群象，笔健何妨力万牛。许我春风还帝所，多君雪浪转船头。爱山堂下平生梦，试问梅花可忍不。

——《全宋诗》卷二八七

【索引词】绍兴上虞；驿亭镇五夫村；绞船；驿亭堰。

【导读】上虞驿亭镇五夫村兴于唐代，盛于南宋。这里有宋代名臣李光故居，有朱熹书斋等。"不学相如故倦游"指友人林泽之在仕途上不学司马相如的消极，而是积极进取，"晏子一狐裘"称赞朋友生活节俭。"群象"暗指大舜故里上虞（古有象耕鸟耘帮助大舜的传说），"万牛"则是驿亭堰绞盘的特征，"春风还帝所""雪浪转船头"是双关语，一来指朋友的仕途必将迎来转折，不久即可调转船头回首都（杭州），二来暗含浙东运河交通便捷之意。"七堰相望，万牛回首"是浙东运河绞船过堰的典型景象。

〔宋〕朱熹

作者简介：朱熹（1130—1200），字元晦，号晦庵、紫阳，世称晦庵先生、朱文公。位列大成殿十二哲，其《四书章句集注》成为元明清三代钦定教科书和科举考试标准。

右军故宅

因山盛启浮屠舍，遗像仍留内史祠。笔冢近应为塔冢，墨池今已化莲池。书楼观在人随远，兰渚亭存世几移。数纸黄庭谁不重，退之犹笑博鹅时。

——《（雍正）浙江通志》卷四十五

【索引词】绍兴；朱熹；王羲之。

【导读】《（雍正）浙江通志》卷四十五诗前注："王羲之别业，《嘉泰会稽志》：'在山阴县东北六里，旧传戒珠寺是也。'旧经云：羲之别业有养鹅池、洗砚池、题扇桥存焉。《绍兴府志》：'在山阴者为右军别业，其宅则在嵊县。朱熹游戒珠寺，悼右军故宅诗。'"朱熹为宋朝著名理学家、思想家、哲学家、教育家、诗人，写诗悼念前代大书法家王羲之，可谓文豪赞英雄。

〔宋〕陈造

作者简介：陈造（1133—1203），字唐卿，高邮（今属江苏）人。淳熙二年（1175）登进士第。曾任明州定海知县，号江湖长翁。有《江湖长翁集》等。

鉴湖道中

风烟佳^①处放归桡，吟坐篷窗首屡搔。万壑千岩争献状，三江九堰自忘劳。尚多菡萏张秋锦，少待蟾蜍印夜涛。缭碧森青谁子宅？未容载酒访清高。

——《江湖长翁集》卷十三

【索引词】绍兴；鉴湖；三江；堰埭；行舟。

【导读】诗人绍熙二年至庆元二年（1191—1196）官明州定海知县，其间当不止一次途经绍兴府的百里鉴湖。诗题"鉴湖道中"，正写萧绍运河古纤道横亘于鉴湖之中的长堤迢递形象。诗人乘船路过，望万壑千岩，观三江九堰，赏菡萏初放，待夜月印涛，油然而生悠闲之情、清高之意。其可贵处在，诗人穿行鉴湖的时代，三江依然，而九堰未必是实数，但为后人提供了南宋时鉴湖堤堰尚存和荷花尚多之信息。

丈亭

小江随山巧回互，转首碧流分两股。丈亭系缆待潮生，徙倚才容一炊许。潮信曾何差顷刻，固应作意怜行客。为谁东去为谁西，酌酒殷勤酬河伯。

——《江湖长翁集》卷八

【索引词】宁波余姚；丈亭；姚江；行舟；候潮。

【导读】此诗着意描绘了浙东运河随山就势弯弯曲曲，在丈亭附近余姚江水分两股（前江、后江），航深不足，东来西往的船只都要候潮的形势。诗人在此候潮只有一顿饭的工夫，心情不错，把潮汐说成是水神眷顾

---

① 《（雍正）浙江通志》卷二百七十五作"住"。

乘客而操纵海潮迎来送往，"上班下班"还特别守时，于是说要以美酒来款待殷勤的司水诸神。诗写得活泼有趣，让人忍俊不禁。诗人另一首《舟行即事》同样反映了潮汐对浙东运河的巨大影响，同时也间接表达了顺应自然、能屈能伸、欲速则不达等人生哲理："昨日出曹娥，明日指慈溪。待潮舟为胶，得潮舟若蜚。留滞复一快，计程元不迟。人生意失得，孰者乘除之。今屈昔已伸，彼赢此或亏。但可自适适，尚用悲喜为。水伯愚弄人，政如造物儿。丈夫木作肠，渠辈未易知。"（《江湖长翁集》卷三）

后江，又称管山江、丈亭江、慈江，是余姚江（史称慈溪江、前江）的支流，位于宁波市境内，全长廿八公里，平均河宽六十米。慈江行经慈城，曾是浙东运河的辅助航道。河道自宋代起经过人工整修，成为船只避开姚江航道潮汐影响的辅助航道，可经由中大河（又称慈东后江）抵达镇海后出海，今为杭甬运河乙线航道，参《宋代浙东运河路线示意图》（《中国大运河遗产构成及价值评估》第 186 页）。

车堰牛

牛力轻万钧，性顺异诸畜。有足不解蹍，有角不皆触。课日引未耜，为人给谷粟。私家忧阙食，公家要余蓄。公私虽相须，置汝谁取足。奈何过堰客，行舟动千斛。挽牵亦诿汝，颒顄颈髀缩。扣角一劳之，不语对以腹。物生愧无用，怀安或非福。于人傥有益，糜身岂云酷。君看庙前牲，被绣饱刍菽。膏血荐鼎俎，谁定悲觳觫。

——《江湖长翁集》卷三

【索引词】宁波余姚；丈亭；姚江；行舟；候潮。

【导读】这首诗描写了运河堰埭上绞车牛的任劳任怨。首联写牛力大无比，性情却很温和；随后写它们有脚不踢人，有角也不抵人，每天耕田拉车，运送公私粮食。"奈何过堰客，行舟动千斛。挽牵亦诿汝，颒顄颈髀缩。"这两联描绘了车堰牛在绞堰时承载着千钧重负，颈部和大腿因用力极大而缩在一起。牛不会通过言语来表达感受，而"对以腹"则形象地描绘了默默承受痛苦的状态。末二句写人们用牛肉祭祀祖先，可悲的是，牛把自己的力量乃至血肉都奉献给我们了，但是又有谁同情它们呢？整首诗表达了一位外地知县对车堰牛的极大同情和感激（或许也包含着对人类社会不公现象的抨击），令人泪眼难禁。

〔宋、金〕任询

作者简介：任询（1133—1192），字君谟，一作君谋，号南麓先生，易州（今河北易县）军市人，生于虔州（今江西赣州）。金正隆二年（1157）进士及第，历省掾、大名总幕、益都都勾判官、北京盐使。

浙江亭观潮

海门东向沧溟阔，潮来怒卷千寻雪。浙江亭下击飞霆，蛟蜃争驰奋髯鬣。巨鹿之战百万集，呼声响震坤轴立。昆阳夜出雨悬河，剑戟奔冲溃寻邑。吴侬稚时学弄潮，形色沮懦心胆豪。青旗出没波涛里，一掷性命轻鸿毛。须臾风送潮头息，乱山稠叠伤心碧。西兴浦口又斜晖，相望会稽云半赤。诗家谁有坡仙笔，称与江山作勍敌。援毫三叫句不成，但觉云涛满胸臆。

——《御选金诗》卷六

【索引词】绍兴；浙江亭；钱塘江；杭州滨江；西兴；会稽山；海潮。

【导读】这是一首北方金朝官员描写南方宋朝境内钱塘江潮的诗，罕见。据《金史·任询传》："（任询）父贵，有才干，善画，喜谈兵，宣政间游江浙。询生于虔州，为人慷慨，多大节。"任询1133年生于南方赣州，当时宋、金已经南北分治。任询长大后在北方的金朝为官，难以回到江南。写作《浙江亭观潮》，应为亲历，但不知在何年何月，有何原因。

〔宋〕薛季宣

作者简介：薛季宣（1134—1173），字士龙，号艮斋，永嘉（今温州）人。徽言子，以荫入仕。迁大理正，以直言缺失，出知湖州。曾于南宋绍兴二十五年（1155）东游会稽。著《浪语集》。

乙亥岁东游会稽，谒禹陵，过马臻祠下，询所谓鉴湖者，则已堙塞为民田，因赋

登会稽，瞰长湖，漪涟万顷皆平芜。桑田变改唯闻说，岂信古今人事殊？往时夏后禹，道川治水劳驰驱。四支疲敝跂其足，过门弗视儿呱呱。众流宗海出平陆，滋人巨浸因卑洿。百神效职来大计，勤民远狩崩于耇。名山立郡此焉始，明明功与日月俱。马侯有汉二千石，施仁复古苏燋枯。浚深培薄拂古镜，还使硗埆成膏腴。阴邪丑正富权戚，居育如鬼捐其躯。大君良吏不复见，茫茫陈迹日就无。玻璃湛湛长芳草，蛟龙窟宅生菰蒲。前功不录倚隳弃，谁何聚敛浮穿窬？情非圣禹决陂泽，迁移膏润为官租。昔人旧事已无在，犹有水识巇长途。高田燥仰下沮洳，雨旸①无岁均沾濡。咄哉荣利归乃室，是邦黔首其何辜？反令二主神，淫祀烦此都。王陵委积蠹明币，守祠浇酹倾清酤。禳祷两无已，跳梁饱妖巫。享祭缘报诚，嘉猷委泥涂。神灵血食已非分，无为耗黩令人吁。复绩怅何从，我心徒自慛。

——《浪语集》卷十一

【索引词】绍兴；鉴湖。

【导读】这首七言歌行记绍兴二十五年诗人谒大禹陵、拜马臻祠之随想，表达关心民瘼之深情。诗人对大禹和马臻这两位先贤评价极高，原因在于两先贤有解救百姓于危难，为百姓造福之实绩。但诗人认为，百姓对

---

① 一作"两赐"。

两位先贤祭祀过多，反而造成自身的困顿，并不值得。而面对南宋朝廷不重视兴修水利，反而占湖造田的现状，诗人多么希望有人出来，恢复大禹和马臻的功绩，但自己徒有勇气，独木难支。全诗写诗人的心路历程，写得复杂、客观、实在，毫不虚伪，毫无做作，这就是一位正直官吏的人格，和他对绍兴水利的真切关怀。

〔宋〕王质

作者简介：王质（1135—1189），字景文，号雪山，郓州（今山东东平）人，绍兴三十年（1160）进士。有《雪山集》《绍陶录》《诗总闻》等。

寄题陆务观渔隐①

乙酉，务观贰豫章，书来告曰：吾登孺子亭，见子以诗道南州高士之神情，奇哉！吾巢会稽，筑卑栖，号渔隐，子为我诗之。盖自是参差契阔，相望动万里。又十六年，务观部江西，治临川，又以书来，惊嗟然诺之爽，乃亟为之。仆未尝渡浙江，安得识渔隐？且久不见务观，弗克问其何如，故寓诸梦以为之辞，然心目皆往来于此，常弗忘也。写真小轴，偕之置在渔隐之旁，与观溪谷云月之奇。所怍其语鄙，其容陋，尘埃名胜之区，为山川之神所却，或使周旋其间，亦未可知也。昔寄语他壤多矣，未有以传神俱者也。此段风规，自王景文始。

渔隐渔隐在何方，海门潮白江沙黄。吾尝袖手江之旁，西兴草树烟苍苍。欲往从之道阻长，波涛澎湃不敢航。仰观河汉翔鹴鹴，安得与之俱颉颃。得非兰亭会诸王，清湍茂竹联崇冈。无乃镜湖留知章，兰蘅风露生寒凉。不然此地何铿锵，宿昔名胜沈光芒。俟今焜耀名方

---

① 原注：案此诗当是淳熙七年所作。

昌，恨不登时到侯乡。循墙三匝徐升堂，观山观水观松篁。以及鱼鸟同徜徉，而侯南益仍西凉。青霄空阔横参商，无繇交臂咨其详。鸿雁同天不同行，爱而不见魂飞扬。梦从县圃周扶桑，逢迎跪揖如平常。齿牙砰磕摇风霜，秦汉魏晋周隋唐。江河滚滚倾兴亡，指画所隐声琅琅。欢喜奇特不可当，继以惊愕怀惝惶。侯忽烟雾轻腾骧，径跨越峤超吴泷①。秦碑禹穴稽山阳，隐约中有神仙庄。申椒菌桂连沙裳，江蓠薜芷多同芳。春风澹泛秋风香，木兰冠佩芙蓉裳。杉烟竹月无时荒，白蒲青荇春悠扬。秀似黄家双井塘，雄如苏老峨嵋江。冰壶雪瓮涵瑶浆，梦回空阔嘹天篁。缥缈羽客搴云缥，清都飞露寒侵肠。涕唾尘窟掀翻床，侯其与世毋相忘。且为清明开吉祥，苍生环堵栖平康。是时桐渚寻严光，否则孺缨濯沧浪。不然楚竹然清湘，下乃汀花静鸣榔。间骑麒麟翳凤凰，玉京群帝参翱翔。吾在风埃渺相望，大千世界空茫茫。

——《雪山集》卷十二

【索引词】绍兴；杭州滨江；西兴；会稽山；鉴湖；禹穴禹陵禹庙；兰亭；潮汐；贺知章。

〔宋〕丘崈

作者简介：丘崈（1135—1208），字宗卿，江阴人。隆兴元年（1163）以第三名登进士第。丞相虞允文奇其才，奏除国子博士。有《文定公词》等。

夜行船（越中作）

水满平湖香满路。绕重城，藕花无数。小艇红妆，疏帘青盖，烟

---

① 泷，此处用作地名，读 shuāng。欧阳修有《泷冈阡表》。

柳画船斜渡。恣乐追凉忘日暮。箫鼓动，月明人去。犹有清歌，随风迢递，声在芰荷深处。

——《邵氏诗词库》卷八三八

【索引词】绍兴；鉴湖；行舟。

〔宋〕滕岑

作者简介：滕岑（1137—1224），字元秀，严州建德（今浙江建德东北）人。绍兴二十九年（1159）领乡荐，屡试进士不第。有诗集，已佚。事见《桐江集》卷一《滕元秀诗集序》。滕岑诗，《瀛奎律髓》《永乐大典》有录。

江上望西兴

跨浦桥边万里风，客帆去尽暮江空。西兴只在斜阳里，白壁青林淡染红。

——《永乐大典》卷七九六二

【索引词】杭州滨江；西兴；钱塘江；行舟。

〔宋〕楼钥

作者简介：楼钥（1137—1213），字大防，又字启伯，号攻媿主人，明州鄞县（今属宁波）人。南宋大臣、文学家。乾道五年（1169）随舅父汪大猷出使金国，写成《北行日录》。有《攻媿集》等。

三日不得过都泗堰

南朝何公栖禹穴，嘉遁悠然志高洁。一朝送人都泗埭，归叹此途於此绝。我亦何为走尘埃，数年不记几往来。船横三日不得度，愧想高风安在哉。

——《攻媿集》卷一

【索引词】绍兴；都泗；浙东运河；都泗堰；禹穴禹陵禹庙；泊舟。

月夜泛舟姚江

秋暑不可耐，几思泛中川。晚来兴有适，溪船偶及门。凉月才上弦，平潮可黄昏。倚楫纵所如，卧看龙泉山^①。长虹跨空阔，过之凛生寒。坐稳兴益佳，夜气方漫漫。草虫鸣东西，飞鸟^②相与还。仰头数明星，垂手摇碧澜。主^③客惜此景，不及携清樽。无酒要不恶，徜徉足幽欢。幽欢有何好，叩舷澹无言。

——《攻媿集》卷一

【索引词】宁波余姚；姚江；夜航；潮汐；行舟。

【导读】从"卧看龙泉山"句看，这首诗是在余姚江上陪客人时写下的，它与另一首诗情境极为相似——《菁江迓客》："菁江十里路逶迤，两岸平畴接翠微。赢得闲中乘画舫，随潮西上趁潮归。"（《攻媿集》卷十九）诗歌描绘了诗人陪客人在十里菁江（余姚城西菁江山下为菁江口）游玩的情景，其中"随潮西上趁潮归"，意为几乎不费力气就能漂流往返，这与"仰头数明星，垂手摇碧澜"，有一搭无一搭地划桨如出一辙。诗中反复出现的"潮"字，客观上说明这一带运河依靠潮汐才能畅通。

它山堰

它山吾乡绝境也，屡游而不及赋。近过其上，得前四句而归。季夏郁

---

① 今余姚市中心余姚江北岸有龙泉山。
② 一作"乌"。
③ 《御选宋诗》卷二十二作"坐"。

蒸，午寂无事，因足成篇。写罢长哦，遐想胜地，浸觉风生两腋，污垢俱清，比之陵阳冷语，尤为逃暑上策也。

它山堰头足①奇观，百万雷霆声不断。谁把并州快剪刀，平剪②波澜成两段。四明山深水源远，众壑会溪长漫汗。滔天狂潦不可留，泻入长江势奔窜。贤哉唐家王长官，欲图永利输长算。想得惨淡经营时，下上③山川应饱看。西偏千岭相属联，惟有兹④山拥东岸。遂于此地筑横埭，截取众流心自断。斟酌利害不全取，高下参差仅强⑤半。水大十分七入江⑥，徐挹⑦三分供溉灌。支流弥弥⑧穿郡城，脉络贯通平且缓。旱时反⑨此水亦足，坐使千年忘旱暵。无穷庙祀报元功，像设森严人敢玩。梅梁夭矫有冥助，大患於今尚能捍。前辈所作多神⑩灵，日月真成赤心贯⑪。后人小智⑫或更易，费尽工夫随破散。河堙盍浚谋不集，堤断河倾流甚悍。富民缩手人受殃，仰望古人重兴叹。老木号风波湛碧，画屏俯仰丹青焕。更须积雨看惊湍，濡足褰⑬裳何足惮。去家不远时一游，短船垂纶流可乱。八月倘有仙槎来，便欲乘之溯⑭天汉。

——《攻媿集》卷三

---

① 足，《四明它山水利备览》作"作"。
② 剪，《四明它山水利备览》作"劙"（zuān）。
③ 下上，《四明它山水利备览》作"一一"。
④ 兹，《四明它山水利备览》作"它"。
⑤ 强，《四明它山水利备览》作"虽"。
⑥ 一作"水大七分入于江"。
⑦ 挹，《四明它山水利备览》作"把"。
⑧ 弥弥，《四明它山水利备览》作"弥漫"。
⑨ 反，《四明它山水利备览》作"及"。
⑩ 《四明它山水利备览》原作"旦"，书内自注"内旦字即神，从原抄"。据此，"旦"皆改作"神"。下不另注。
⑪ 日月真成赤心贯，《四明它山水利备览》作"日月直是诚心贯"。
⑫ 智，《四明它山水利备览》作"知"。
⑬ 褰，《四明它山水利备览》作"搴"。
⑭ 溯，《四明它山水利备览》作"泛"。

【索引词】宁波；它山堰；鄞江；灌溉；航运；王元晌。

携家再游姚江

又作泛舟行，浮家一叶轻。潮生江外晚，月比夜来明。云尽天容彻，风高水气清。五湖乘兴去，何苦慕功名。

——《攻媿集》卷七

【索引词】宁波；姚江；乘潮；行舟。

过西兴

几载京尘浣客裘，江村乍入倍清幽。柔桑稚麦寒犹在，流水落花春又休。苍狗浮空惊易失，白驹过隙若为留。细思谁似垂纶者，置①酒烹鱼百不忧。

——《攻媿集》卷七

【索引词】杭州滨江；西兴；行舟。

慈溪道中

双橹真成鹅鹳鸣，客愁厌苦梦魂惊。须臾寝觉耳根热，一觉醒来天已明。

——《攻媿集》卷九

【索引词】宁波慈溪；行舟。

送赵清臣宰姚江（其二）

鄞江水与舜江通②，久矣威名满一同。试问何时到封部，数声柔橹

---

① 《永乐大典》卷七九六二作"买"。
② 姚江又称舜江。传说余姚为舜帝出生地。二江在宁波三江口汇合，下称甬江。

一帆风。

——《攻媿集》卷十

【索引词】宁波；姚江；鄞江；行舟。

〔宋〕吕祖谦

作者简介：吕祖谦（1137—1181），字伯恭，称东莱先生，婺州（今金华）人。隆兴元年（1163）进士。有《东莱吕太史集》等。

西兴道中

凫鹜迎船似有情，随波故起绿粼粼。野花照水开无主，谁信春归已两旬。

——《东莱集》卷一

【索引词】杭州滨江；西兴；行舟；渡口。

〔宋〕王炎

作者简介：王炎（1138—1218），字晦叔，号双溪，婺源（今属江西）人，乾道五年（1169）进士。曾官绍兴府户曹参军。著《双溪集》。

题童寿卿《潮出海门图》

潮来溅雪欲浮天，潮去奔雷又寂然。海上两山元不动，更添此意画中传。

——《御定历代题画诗类》卷六

【索引词】杭州萧山；潮汐。

【导读】钱塘江有三门。南大门在龛山（属萧山）与赭山（当时属海宁）之间，中小门在赭山与河庄山之间，北大门在河庄山和海宁海塘之间。据华东师大陈吉余等研究，1218年以前，钱塘江由南大门出入，南宋嘉定十二年（1219）开始逐步向北改道北大门。南宋之前无数诗人吟咏的"海门"（鳖子门）均指南大门。1218年之前正是王炎在世的年代，诗中所说"海上两山元不动"，即指龛山与赭山。

鉴湖

粼粼万顷碧玻璃，今日耕锄半稻畦。菡萏开时还自好，买舟一醉玉东西。

——《双溪类稿》卷八

【索引词】绍兴；鉴湖；围垦。

【导读】清徐松《宋会要辑稿·食货六一》有载，宋嘉定十五年（1222），鉴湖已被"官豪侵占殆尽，填淤益狭，所余仅一衣带水耳"。该年距诗人逝世只四年。如此记述，说明诗人"粼粼万顷碧玻璃，今日耕锄半稻畦"并非虚语，诗人对鉴湖被围垦成稻田的痛惜于此可见。诗以存史，此语不虚。

西兴阻风

小市西兴渡，年来一再行。花开方淑景，木落又寒声。云破日还晦，潮回江未平。壮年曾试险，迟莫敢轻生。

——《双溪类稿》卷九

【索引词】杭州滨江；西兴；渡口；潮汐。

〔宋〕辛弃疾

作者简介：辛弃疾（1140—1207），济南历城人，号稼轩。淳熙中，曾知绍兴府兼浙东安抚使。一生力主抗金。有《稼轩长短句》等。

汉宫春·会稽秋风亭观雨

亭上秋风，记去年袅袅，曾到吾庐。山河举目虽异，风景非殊。功成者去，觉团扇便与人疏。吹不断，斜阳依旧，茫茫禹迹都无。 千古茂林犹在，甚风流章句，解拟相如。只今木落江冷，渺渺愁余。故人书报，莫因循忘却莼鲈。谁念我，新凉灯火，一编太史公书。

——《御选历代诗余》卷六十二

【索引词】绍兴；秋风亭；大禹；司马迁。

〔宋〕王阮

作者简介：王阮（1140—1208），一名元隆，字南卿，德安（今属江西）人。王韶曾孙。南宋爱国诗人。隆兴元年（1163）进士，淳熙六年（1179）知新昌县。有《义丰集》。

曹娥庙一首

英哉神女此江干，德与余姚舜一般。碧草凄凄埋玉冷，清风凛凛矗天寒。求生古患为仁害，誓死今知得所难。我自徘徊不忍去，非干潮小故盘桓。

——《义丰集》

【索引词】绍兴上虞；曹娥江；曹娥庙；乘潮；行舟。

【导读】“我自徘徊不忍去，非干潮小故盘桓”，意思是“我不是因为潮水太小（运河水深不够）走不了，而是因为自己不想走”。这句诗透露出南宋时期上虞曹娥庙前浙东运河的尴尬：所有舟船都要等待曹娥江河口海潮的浮托，潮水不够大都动不了船。

〔宋〕许及之

作者简介：许及之（1141—1209），字深甫，温州永嘉人。隆兴元年进士。有《涉斋集》。

两渡西兴

身世重逢舜继尧，谏垣收拾到刍荛。苦[①]无阙事关愚虑，何有微尘答圣朝。卿到骤迁妨骏颖，君恩宽许逐渔樵。江神何事风波恶，冒雨钱塘试晚潮。

——《永乐大典》卷七九六二

【索引词】杭州滨江；西兴；钱塘江；潮汐。

〔宋〕来廷绍

作者简介：来廷绍（1150—1202），字继先，鄢陵（今属河南）人。绍熙四年（1193）进士。嘉泰元年（1201）命知绍兴府，未到任，次年卒于萧山祇园寺，年五十三。事见《萧山来氏家谱》卷一、《来氏家藏冠山逸韵》卷一。

祇园临终诗

病卧僧房两月多，英雄壮志渐消磨。昨宵饮药疑尝胆，今日披衣似挽戈。分付家人扶旅榇，莫教释子念弥陀。此心不死谁如我，临了连声三渡河。

——《来氏家藏冠山逸韵》卷一

【索引词】杭州萧山；长河镇；祇园。

---

① 一作"若"。

【导读】"渡河！""渡河！""渡过黄河！"这是南宋时期江东志士的共同心声。来廷绍的《祇园临终诗》又称《正命诗》，表现了浙东英雄的剑胆精神，人将去、为国复仇心不死，病榻饮药联想到勾践卧薪尝胆，回光返照依然想着提刀上马，交代丧事不许婆婆妈妈地念经，临了还要三呼渡河。比起陆游"家祭勿忘告乃翁"的遗嘱，来知府多了几分"拼了命也要喊一嗓子"的豪气。

〔宋〕刘过

作者简介：刘过（1154—1206），宋吉州太和人，一说庐陵人，字改之，号龙洲道人。有《龙洲集》《龙洲词》。

过西兴

奔涛汹涌欲骑鲸，船去钱塘棹不停。何日子胥鞭楚墓，伤时周凯泣新亭。[①]蚊虻过耳蛮音恶，虾蟹薰人海气腥。吴下阿蒙非昔日，眼高相对有谁青。

——《龙洲集》卷六

【索引词】杭州滨江；西兴；钱塘江；行舟。

〔宋〕姜夔

作者简介：姜夔（1155—1221），字尧章，号白石道人，饶州鄱阳人。曾于绍熙四年（1193）、嘉泰元年（1201）和嘉泰三年三度到越。著《白石诗集》《白石道人歌曲》等，是继苏轼之后又一难得的艺术全才。

---

① 吴越潮神众多，有吴国大夫伍子胥、孝女曹娥、为民除害的安知县，以及西汉权臣霍光、东晋治水功臣周凯、北宋两浙路转运使张夏等。

越九歌之二王禹，吴调，夹钟宫

登崇丘，怀美功。宛宛在，云其濛。享维德，辑万国。辙轇轕，塞时宅。珠为橇，玉为车。报我则腆，不当厥拘。王旐返，风偃偃。山鸟呼，觚棱晚。丰予谌①，菲可荐。

——《白石道人诗集》卷一

【索引词】绍兴；会稽山；禹穴禹陵禹庙。

【导读】这首颂歌较为客观地记录了历史上祭祀大禹的情况。《宋史·光宗本纪》有载："（绍熙三年）冬十月壬寅，修大禹陵。"这首颂歌作于绍熙四年祭祀大禹陵庙时。诗人记录了绍兴乡民登上会稽山，祭祀大禹陵庙的全过程，表明绍兴乡民十分虔诚的态度。诗人用较多笔墨描写大禹神来飨之情景，描写乡民面对想象中大禹神而思念其生前之功德，读来十分动人，给读者以身临其境之感。这首颂歌说明，治水英雄大禹一直活在绍兴乡民的心中，大禹治水与绍兴的关系没有人可以抹煞。

徵招②

越中山水幽远，予数上下西兴、钱清间，襟抱清旷。越人善为舟，卷篷方底。舟师行歌，徐徐曳之，如偃卧榻上，无动摇突兀势，以故得尽情骋望。予欲家焉而未得，作徵招以寄兴……

潮回却过西陵浦，扁舟仅容居士。去得几何时，黍离离如此③。客途今倦矣。漫赢得、一襟诗思。记忆江南，落帆沙际，此行还是。

迤逦剡中山，重相见、依依故人情味。似怨不来游，拥愁鬟十二。一丘聊复尔。也孤负、幼舆高致④。水葓晚，漠漠摇烟，奈未成归计。

——《白石道人歌曲》卷五

---

① 《白石道人歌曲》卷一作"椹"。

② 徵（zhǐ）招，词牌名。"徵"一作"微"，或作"征"，皆误。

③ 一作"比"，误。

④ 一作"志"，误。

【索引词】杭州滨江；西兴；绍兴嵊州；乘潮；行舟。

【导读】作者多次入越游览，上下西兴、钱清间。曾独自一人雇了一艘乌篷船，移篷见天，骋目瞭望四野和苍穹，作自度曲《徵招》，情景交融，别绪绵绵。越中山水、乌篷船上的悠闲放松，令人神往。

〔宋〕郑克己

作者简介：郑克己（生卒年不详），字仁叔。青田人，淳熙中（1174—1189）进士。淳熙十三年（1186）为黄岩令。

别蒋世修

传道贤关客，寻山向会稽。春风千里别，花路寸心迷。天倚吴江阔，云随禹穴低。兰亭得遗墨，为我好封题。

——《两宋名贤小集》卷一百七十

【索引词】绍兴；会稽山；禹穴禹陵禹庙；兰亭。

【导读】应为在吴江（今苏州）写下的送别诗。其时通过江南运河与浙东运河，从吴江乘船可直航几百里外的会稽山禹庙、禹穴等处。诗人嘱托老朋友：到兰亭后别忘了给我来封信啊。

〔宋〕韩淲

作者简介：韩淲（1159—1224），宋信州上饶人，字仲止，号涧泉。有《涧泉集》。

送仲至罢归

才得公来又见归，浙江弥眇越山微。岸花汀草依然是，官柳宫槐顿尔非。朝路往还从旧少，诗家识赏至今稀。西兴渡口斜晖里，尽好风帆桨①棹飞。

——《涧泉集》卷十二

【索引词】杭州滨江；西兴；渡口；钱塘江；行舟。

〔宋〕程珌

作者简介：程珌（1164—1242），字怀古，号洺水遗民，休宁（今属安徽）人。绍熙四年（1193）进士。有《洺水集》。

西江月·癸巳自寿

底事中秋无月，元来留待今宵。群仙拍手度仙桥，惊起眠龙夭矫。天上灵槎一度，人间八月江潮。西兴渡口几魂消，又见潮生月到。

——《洺水集》卷三十

【索引词】杭州滨江；西兴；渡口；潮汐。

〔宋〕葛绍体

作者简介：葛绍体（1165—？），字元承，建安（今福建建瓯）人，侨居黄岩（今属浙江）。早年师事叶适（1150—1223），南宋江湖诗派先驱之一。据集中作品观察，曾在嘉兴等地做过地方官，亦曾寓居临安。有《四书述》《东山诗选》。

姚江舟中

睡觉舟行长半潮，暖风晴日媚春郊。江边一带青林静，轻细莺声

---

① 原作"浆"，误。

高柳梢。

——《东山诗选》卷下

【索引词】宁波；姚江；乘潮；行舟。

〔宋〕史弥宁

作者简介：史弥宁（生卒年不详），嘉定（1208—1224）中，以国子监生莅春坊事，带阁门宣赞舍人。有诗集《友林乙稿》。

题它山善政侯庙①

粲晓轻船掠水飞，乘闲来访②长官祠。灵③峦著色四时画，石濑有声千古诗。华黍几沾膏泽润，甘棠长起后人思。伊渠④不尽为霖意，除却梅梁⑤谁得知。

——《四明它山水利备览》卷下

【索引词】宁波海曙；它山堰；它山庙；行舟；梅梁。

〔宋〕无名氏

作者简介：无名氏（生卒年不详），《四明它山水利备览》列在史弥宁之后、薛叔振之前。

---

① 原无题，借《友林乙稿》题。
② 访，《友林乙稿》作"款"，意同。
③ 灵，《友林乙稿》作"云"。
④ 伊渠，《友林乙稿》作"渠伊"。
⑤ 梁，《友林乙稿》作"龙"。

它山堰

谁将倚天剑，劚出天河水。倾泻落人间，合流奔至此。六丁战海若，横筑万石垒。波涛敛潮汐，辟易走千里。蓄泄有竭埭，深长富源委。支派缭村落，湖①渠贯城市。千畦借灌溉，万井酌清泚。伟哉霖雨功，千载流不已。

——《四明它山水利备览》卷下

【索引词】宁波；它山堰；潮汐；水利。

【导读】它山堰位于今浙江省宁波市海曙区它山西侧，樟溪出山口处，为甬江支流鄞江上的御咸蓄淡工程。一般认为创建于唐代太和七年（833），一说为更早的公元738年之前（楼稼平《宁波唐宋水利史研究》），距离诗作年代已有数百年，故有"千载流不已"之赞。它山堰为砌石宽顶堰，其砌筑所用大条石成千上万，故有"横筑万石垒"之句。灌区有众多的蓄水、引水、泄水、通航等建筑，淡水灌溉鄞西平原，保障明州用水，故曰"支派缭村落，湖渠贯城市。千畦借灌溉，万井酌清泚"。它山堰水源同时支撑着浙东运河干线（姚江、甬江）、支线奉化江及其支流水脉的航道。1988年1月13日成为全国重点文物保护单位。2015年10月14日入选世界灌溉工程遗产名录。

〔宋〕薛叔振

作者简介：薛叔振（生卒年不详），《四明它山水利备览》列在史弥宁之后、魏岘（约1168—约1248）之前，永嘉（今温州）人。事见《甬上宋元诗略》卷一。

---

① 一作"河"。

它山堰①

官为唐令尹，心切禹蒸民。叠石流川水，分波及稼云。万涛惊不夜，千古见如新。更有朝宗脉②，声容③匪独鄞。

——《四明它山水利备览》卷下

【索引词】宁波；它山堰；鄞江；大禹；王元暐。

【导读】此诗起笔写唐代鄞县县令王元暐功比大禹，继而描写它山堰带来的灌溉景象，最后回到它山堰工程几百年来的深远影响。又借百川归海的意境，强调了甬江水系水利开发带来的广泛利益，其中包括入海水网四通八达的航行便利。

〔宋〕魏岘

作者简介：魏岘（约1168—约1248），宋庆元（今宁波）鄞县人。绍定五年（1232）罢官居家，好讲求水利。淳祐二年（1242）起直秘阁，以中大夫知吉州军兼管内劝农使。有《四明它山水利备览》传世。

它山堰次永嘉薛叔振韵④

一朝堰此水，千载粒吾民。只仰溪为雨，何劳旱望云。四时人饮碧，六月稻尝新。流出心源泽，年年惠我鄞。

——《四明它山水利备览》卷下

【索引词】宁波；它山堰；水利。

---

① 底本无题，题目据《全宋诗》。
② 《尚书·禹贡》："江汉朝宗于海。"此处"朝宗脉"指奉化江、姚江汇流入海的甬江水系。
③ 声容，声音容貌。此处接上句指鄞江水系开发利用的影响不止一县，也双关唐令尹王元暐名扬四方。
④ 底本无题，题目据《全宋诗》。

【导读】此诗作于薛叔振《它山堰》诗之后，主要反映了它山堰的灌溉与生活用水之利，其中"一朝堰此水，千载粒吾民"广为流传。

回沙闸成用可斋陈公韵

一堰限溪江，七乡利耕稼。卤汐回东溟，多水流仲夏。仁哉王长官，一劳贻永暇。长输不尽泽，绝胜晴雨乍。旱魃纵肆威，恃此不足怕。滴水一滴金，欲买真无价。年来沙作祟，耄倪忧日夜。役夫锸方举，贤帅车已①下。丰赀②发公储，严祀闸神舍。临流肃旌骑，问瘼穷隙③罅。买地开一吭④，纳水通百汊⑤。山判不可移，石级谁敢跨。董正有赞府，相视皆别驾。仍忧曷⑥尾闾，置栅抵立坝。即此是商霖，何必骄阳化。它山不可磨，钱秦⑦特其亚。

——《全宋诗》卷四〇四

【索引词】宁波；它山堰；回沙闸；王元晞。

【导读】淳祐二年（1242）八月，根据庆元知府陈垲提议，委派在家赋闲的魏岘主持，于它山堰西北约一百五十米处，建三孔回沙闸，阻沙入引水港。在回沙闸柱镌"则水尺"，以作放水标准。此诗作于淳祐三年回沙闸竣工后，用陈垲规划回沙闸诗韵，收入《四明它山水利备览》。参见

---

① 《四明它山水利备览》作"方"。
② 《四明它山水利备览》作"资"。
③ 《四明它山水利备览》作"隙"。
④ 吭，《四明它山水利备览》作"渠"。买地开一吭，指买"蒋宅之地"而"展水口"事，见《四明它山水利备览·阁水口》："堰上水口狭甚，溪流入港者少而入江者多。水口有石幢为界，外为官港，内为蒋宅之地，约一二亩，若买此以展水口，庶几纳水稍洪。"
⑤ 《四明它山水利备览》作"内通水百派"。
⑥ 《四明它山水利备览》作"竭"。
⑦ 指钱亿、秦棣。《宝庆四明志·卷一·郡守》："钱亿，建隆元年以节度使持节明州事，请于朝，浚广德湖，筑塘岸，周回一万一千八百七十一丈。它山堰损，若不可收，跪请于神，增筑全固。乾德五年二月丁卯卒官，谥康宪，葬奉化白石里。……秦棣，敷文阁待制，绍兴十五年正月初二日到任，十七年四月除知宣州。"秦棣似乎名声不佳，《中兴小纪》卷三十一："棣，桧弟也。"

陈埙《出郊观稼》。

〔宋〕苏泂

作者简介：苏泂（1170—1240后），字召叟，山阴（今绍兴）人，与赵师秀同龄。辑存《泠然斋诗集》八卷。

余姚江上作先寄城中亲友

开禧改岁复峥嵘，老我奔驰不少宁。雪花欺人入衣袂，前日杭州今四明。老来老来我何有，绿发黄须行白首。鱼鳞年纪今岁是，挽之不住去如走。挽君不住知奈何，叩篷击楫聊高歌。天风为拍雪为舞，寒水自酌金叵罗。脚根万里不作难，且喜看尽湖中山。明朝还舍托朋旧，尚有新诗三百首。

——《泠然斋诗集》卷二

【索引词】宁波余姚；姚江；行舟。

过余姚

柔橹轻飞过别滩，老夫吹帽受风寒。江流屈曲如蛇转，赢得青林四面看。

——《泠然斋诗集》卷七

【索引词】宁波余姚；姚江；行舟。

复过二首（其一）

远水连山碧四围，烟波时有鹭鸶飞。余姚江上中秋月，自买扁舟一个归。

——《泠然斋诗集》卷七

【导读】"复过"，是相对《过余姚》而言，为"复过余姚"之意。诗人家在山阴，故多次取径浙东运河，按诗集顺序先后有《小憩西兴》《之上虞道中作》《上余姚》《过余姚》《复过二首》《曹娥》，又有《钱塘渡》《镜湖怀古》《题千秋观》《舟中》等诗。

舟中（二首）

夜色随人上小舟，舟中欹枕梦悠悠；桡歌听得偏幽怨，不觉天明到越州。

小睡醒来欲二更，村深那听鼓钟声；舟中反覆无穷事，只道寒天不会明。

——《泠然斋诗集》卷七

【索引词】绍兴；运河；行舟。

【导读】这是同一时间写下的两首乘船夜行诗。第一首写舟中一夜和衣而卧，大体无事，做了几个梦，天亮了，越州也就到了。第二首写夜间二更天在船上曾醒了一次，结果好长时间睡不着，又感受到冬季乘船夜行天格外冷，夜格外长，后来不知何时又睡着了。两首诗互为补充，贴近生活，读来犹如亲历。

待潮通明诒友朋（节选）

今朝通明埭，独客对卮酒。追怀平昔意，幸不愧高厚。春江散烟露，春事纷花柳。问胡此淹留，书卷空在手。人生忌多情，所不忘朋友。南北与东西，同然一回首。

——《泠然斋诗集》卷一

【索引词】绍兴上虞；通明埭；待潮；行舟。

【导读】通明埭即通明堰，是浙东运河上虞段重要工程，2008年杭甬运河拓宽疏浚时整体拆毁，仅存遗址。参见前文释宝昙《泊通明堰》导读。诗题中"待潮通明"和诗句中"今朝通明埭，独客对卮酒"已经说明航道管理的一个关键问题——过通明埭必须候潮。

〔宋〕高翥

作者简介：高翥（1170—1241），字九万，号菊涧，余姚人。以教授为业，晚年居西湖。有《信天巢遗稿》。

夜过西兴

宵济向西兴，钟声隔岸听。浅滩淘落月，远树纳残星。客路悠悠去，征桡在在停。明朝故山近，不必问邮亭。

——《全宋诗》卷一〇一

【**索引词**】杭州滨江；西兴；行舟。

兰亭

老来浑不爱春游，来对兰亭烂漫秋。亭下水非当日曲，山前竹似旧时修。二三客子因怀古，八百余年续胜流。试与山灵论往事，不知还肯点头不？

——《（雍正）浙江通志》卷二百七十五

【**索引词**】绍兴；兰亭；兰亭江。

〔宋〕陈起

作者简介：陈起（生卒年不详），约淳熙年间至淳祐末年（1174—1252）在世，字宗之，号芸居，钱塘（今杭州）人。编刊《江湖集》，涉及作者可考者110人，南宋"江湖诗派"以此得名。著《芸居诗稿》。

三江斗门

短艇漾秋露[①]，江村数百家。水声鸣轣辘，山骨瘦槎枒。自笑如浮梗，何期又泛楂？人传前岸石，曾化作虾蟆。

——《永乐大典》卷三五二六引《芸居诗稿》

【索引词】 绍兴；滨海塘闸；泛舟。

【导读】 这首五言律诗随写诗人往访三江斗门之感想，由泛舟而联想身世，落寞之情，表达无遗。其可贵处有四：一、说明直到南宋后期，三江斗门依然存在；二、说明三江斗门附近，村落规模不小，有数百家之多；三、说明三江斗门依然起着水利保障作用；四、说明其时流传岸石化虾蟆的民间故事，这个故事亦当与水利有关。

西兴道间

此心只欲与民安，不要人知道有官。顾得篙来虽是小，买他船去却须宽。

——《永乐大典》卷七九六二引《江湖集》

【索引词】 杭州滨江；西兴；行舟。

〔宋〕郑清之

作者简介：郑清之（1176—1252），字德源，初名燮，字文叔，鄞（今宁波）人。嘉定十年（1217）进士。《宋史》有传。有《安晚堂集》。

① 一作“霞”。

可斋陈大卿，政成之暇，搜讨河渠，为乡国长久虑，开万世利。非君侯其孰①属？因效一得，以广盛心焉

四明瀛海壖，大田沃多稼。三江纳行潦，九谷偏畏夏。治水宜讲行，时哉及闲暇。方当暑如惔，孰谓晴可乍。十雨非所忧，一暴良已怕。东有钱湖浸，寒玉渺无价。西有它山源，盈科通昼夜。唯②此两支邑，厥田俱下下。问之何因尔，水道无所舍。河伯空望洋，旱魃巧乘罅。缅思井田规，畎浍分淑汊。培浚悦高深，怒潮敢雄跨。官但督赋舆，谁肯趋田驾。六辅能即功，百泉岂难坝。愿言均此施，利泽侔造化。尽复淮南坡，端可侪杜亚③。

——《甬上耆旧诗》卷二

【索引词】宁波；四明山；鄞江；甬江；姚江；它山堰；东钱湖。

【导读】此诗为受庆元知府陈垲（陈大卿）《出郊观稼》影响的作品之一，作于1242年或稍后。虽然《四明它山水利备览》未收入，但是它却反映出在它山堰建设回沙闸产生的良好社会影响。值得说明的是，陈垲《出郊观稼》末句为"郑白其流亚"，赞颂的是郑国渠和白渠的总工程师郑国、白公；魏岘《回沙闸成用可斋陈公韵》末句"钱秦特其亚"说的是同为明州郡守的钱亿、秦棣；本诗末句"端可侪杜亚"也不应是杜亚一个人，而是杜、亚二人，即同为淮南节度使、治水功绩卓著的杜佑、杜亚。

---

① 一作"谁"。

② 一作"维"。

③ 应指杜佑、杜亚。二人皆为淮南节度使，治水均有美名。《明一统志》卷十二："杜佑，淮南节度使，决雷陂以广灌溉，斥海滨弃地为田，积米至五十万斛，列营三十区，士马整饬，四邻畏之。杜亚，淮南节度使，治漕渠以通大舟，夹堤高田，因得灌溉，疏启道衢，撤壅通埋，人皆悦赖。"

〔宋〕张侃

作者简介：张侃（生卒年不详），字直夫，号拙轩，约宋开禧中（1205—1207）在世。祖籍大梁（今河南开封），徙居扬州、湖州。嘉定十四年（1221）监常州奔牛酒税，调上虞丞。有《拙轩集》六卷。

五云门外湖田诗

越中官赋重，有田即追呼。小民生计薄，何以存妻孥。前贤念民切，潴水启鉴湖。自此岁常登，不计大有书。湖堙水渐涸，往往事耕锄。禾根虽浸水，天秋翠平铺。后王主生育，讵肯馁一夫？尽说湖田好，大胜行商车。商车利纵博，巨涛与险涂。湖田若不熟，明年岂全无？

——《张氏拙轩集》卷一

【索引词】绍兴；五云门；鉴湖；围垦。

【导读】这首五言诗写绍兴五云门外湖田官赋繁重，但农民依然赖以生存之状况，表达诗人关心农民之深情。"湖田若不熟，明年岂全无？"湖田收成好坏，直接关系农民第二年的生活。湖田本来从围垦鉴湖中得来，依赖于湖尚且如此，离湖稍远或很远的山会平原其他农田呢？只能听天由命。"湖堙水渐涸，往往事耕锄"云云，反映出当时鉴湖被围垦殆尽之实况。"越中官赋重，有田即追呼"云云，揭出南宋时绍兴官赋之繁重。此诗浅近朴素但含义十分深刻，为历史写照。

读刘义门碑①

深秋检旱步田堤，天清日懒风缓吹。行行不觉筋力倦，前山数雁

---

① 自注：邑民刘承诏十世同居。熙宁中越地连旱十年，承诏旁郡收米赒给宗族。赵清献时为郡守，上其事。诏立义门，且作记。

带斜飞。老农指点前头路，便是义门植碑处。义门当日笃於亲，十世同居无异语。可怜年远子孙微，赖有此碑名未亏。子孙能守前人志，田虽一亩不忍离。敛襟读碑几百字，重叹今人深有愧。老农耕田莫深锄，台高要记义门居。

——《张氏拙轩集》卷二

【索引词】绍兴；旱灾。

【导读】这首七言歌行为歌颂刘承诏及其子孙而作。刘承诏十世同居，已属不易；熙宁间"越地连旱十年"而"赒给宗族"，委实可敬；其"子孙能守前人志"，虽贫贱而不忍离去，更令人肃然，故诗人以"义门"标榜，十分相称，足见诗人之情志。此诗客观上为后人留下熙宁年间越州遭受旱灾之史实。证以《宋史·河渠志》，完全相符。《宋史·赵抃传》："乞归，知越州。吴越大饥疫，死者过半。抃尽救荒之术，疗病埋死，而生者以全。下令修城，使得食其力。"

自白马湖穿夏盖湖至后郭塘岸

连日天晴云送雨，群山环绕翠相聚。湖心波起小玉山，映带不多添媚妩。十年江湖寄此身，每到佳处喜生津。岂知筑堤限海水，底事毁�筑更频。君知此理休更①说，只缘今日人心别。

——《张氏拙轩集》卷二

【索引词】绍兴上虞；后郭；白马湖；夏盖湖；海堤。

【导读】后郭、白马湖、夏盖湖均为上虞地名，距海不远（今夏盖村距海仅十一公里），历代均需要"筑堤限海水"，而且不断维修。该诗描述了宋代上虞勤修海堤给沿海平原地区带来的安宁景象。

---

① 《永乐大典》卷二二六一作"更休"。

〔宋〕魏了翁

作者简介：魏了翁（1178—1237），字华父，号鹤山，邛州蒲江（今属四川）人。庆元五年（1199）登进士第。嘉定十七年（1224）出任起居郎，奉祭攒宫南宋帝陵而到绍兴，便中晋谒禹陵。卒赠太师、秦国公，谥号"文靖"。有《鹤山先生大全文集》。

八月七日被命上会稽，沿途所历，拙於省记，为韵语以记之。舟中马上，随得随书，不复叙次（二十首选五）

篾帆松艇趁潮生，隔岸平畴唤得应；上到渡头失欢喜，泥行十里是西兴。

未到钱清四易舟，^①微躯兀兀任沉浮；^②山阴境里平如练，一夜安眠到越州。

三十六源光夺鉴，九千余顷稻盈车；何年使客徼微利，不管稽阴数万家。^③

禹穴元从一罅通，禹陵元在乱山中；饮泉窆石皆如此，误却东游太史公。

吴会元从二郡呼，今将吴会指姑苏；稽山当取旧经说，禹穴难凭遁甲图。

——《重校鹤山先生大全文集》卷十

【索引词】杭州滨江；西兴；钱塘江；淤沙；绍兴；钱清；鉴湖；围垦；

---

① 自注：小舟渡浙江，至中流易方舰，至西兴易红舫，钱清桥外又易。
② 原注：一作"从渠遇坎与乘流"。
③ 自注：湖之水，源三十有六，袤三百里。自熙宁兴水利，立石牌，以牌内者为田；政和末，又并牌外亦为田。自是盗耕者众，虽尝有复湖者，终不能如旧。盖耕湖者当春放水，则民田被浸；夏秋阙雨，则湖田蓄利曲防，民田无水灌溉。湖田之利，岁不过上供五万石。湖田若荡地区不满二千余顷，耕湖者亦不过数千家，而二县之田九千余顷，民数万家，岁有水旱之忧，莫之恤也。

会稽山；禹穴禹陵禹庙；司马迁。

【导读】这五首七言绝句为诗人"随得随书"二十首之第一、三、六、十四、十五。第一首的"泥行十里"，记录了1224年八月七日清早钱塘江南岸西兴渡口被大片泥涂包围的状况，也说明宋代钱塘江潮水淹没滩涂时水面可达十里。第二首透露出浙东运河沿线有多种船型以适应不同河段的航行条件，诗人从杭州到钱清换了四次船，包括小舟、方舰、红舫，这还未计算普通的乌篷船。第三首反映了鉴湖内少数湖田与湖外多数民田的根本矛盾，以及围垦与复湖之争。第十四、十五首写到大禹陵问题，面对禹穴、菲饮泉、窆石，诗人浮想联翩，认为汉武帝元朔三年（前126）司马迁之上会稽、探禹穴有误，禹穴以《遁甲开山图》（西汉纬书）为凭亦难，均表现了一定的历史识见。两诗从一个侧面说明，南宋时对禹陵、禹穴、菲饮泉、窆石等传说中的大禹遗迹并不十分重视，这或许跟当时大规模围垦鉴湖，不重视水利建设不无关系。

〔宋〕诸葛兴

作者简介：诸葛兴（生卒年不详），字仁叟，会稽（今绍兴）人。嘉定元年（1208）登进士第。曾任奉化县丞。著《梅轩集》，佚。存诗以《会稽九颂》最为著名。

大禹陵

瞻越山兮镜之东①，郁乔木兮岑丛。倚青霞兮窆石，枕碧流兮宝宫。端黻冕兮穆穆，列俎豆兮雍雍。梅为梁兮挟风雨，倏而来兮忽而去。芝产殿兮间见，橘垂庭兮犹古。壁腾辉兮圭荐瑞，书金简兮缄石匮。朝万玉兮可想，探灵文兮何秘。嗟泽水兮横②流，民昏垫兮隐忧。运大

---

① 《（雍正）浙江通志》卷二百六十作"中"。

② 一作"潢"，误。

智兮无事，锡洪范兮叙^①畴。身劳兮五岳，迹书兮九州。亶王心兮不矜，迄四^②海兮歌讴。猗圣宋兮中兴，驻翠跸兮稽城。独怀勤兮旷代，粲奎文兮日星。扬舲兮柎鼓，吴歈兮郑舞。奠桂酒兮兰肴，庶几仿佛兮菲食卑宫之遗矩。

——《（雍正）浙江通志》卷二百三十八

【索引词】绍兴；会稽山；鉴湖；禹穴禹陵禹庙；梅梁；行舟。

【导读】这首颂辞为诗人《会稽九颂》之第一。诗人在序中指出："兴世家会稽。俯仰岩壑，惟禹陵所在，自少康建祠，今数千载。比年时和岁丰，邦人奉祀，弗懈益虔。因感昔人《九歌》之作，自禹暨嗣君二相，与夫英霸贤牧，高人孝女，显有祠宇者，辄为九颂，效颦前作……"诗人由巍峨之大禹陵，追忆大禹平生之业绩，延入宋室之中兴，最后以祭祀收结，表达了国人继承大禹遗志、奋发有为之思想，与赵构《题中和堂》（远瞩稽山，思夏后之功；俯瞰涛江，怀子胥之烈。赋古诗一首）同调。这是南宋初年时代精神之反映。

马太守庙

书畀姒兮力沟洫，民奠居兮勤稼穑。降嬴刘兮言水利，嘉邺渠兮夸郑国。慨元光兮瓠子决，彼劕^③封兮河之北。悼一言兮贻时害，诿天事兮非人力。昔越守兮得贤侯，虑远久兮为民谋。镜一湖兮陂万顷，备潴泄兮岁有秋。宁杀身兮利人，抑洙泗兮称仁？嗟后来兮私己，田吾湖兮浸^④湮。湖之复兮畴继，侯之心兮万世。酌清流兮撷兰芷，奉明荐兮非昵祀。

——《（雍正）浙江通志》卷二百六十

---

① 一作"攸"。
② 《（雍正）浙江通志》卷二百六十作"大"。
③ 《嘉泰会稽志》、《全宋诗》卷五四四、《宝庆会稽续志》作"郙"，二字通。
④ 《全宋诗》卷五四四作"寝"。

【索引词】绍兴；镜湖；越王庙；马太守庙；马臻。

【导读】这首骚体七言诗，为祭祀时之颂辞，乃《会稽颂》九首之第五。诗人从中国水利史之大背景入手，突出汉会稽太守马臻修筑镜湖之历史功绩。诗人认为，马臻为百姓而杀身成仁，他为百姓之万世考虑，百姓亦将万世祭祀他，并且是出于真诚之明荐而非虚伪，亦非程式化之昵祀。同时，诗人对"田吾湖"之"私己"者作了有力抨击。这说明，写此颂辞时，"田吾湖"之现象依然严重。以"吾湖"作称，可见爱镜湖之情何等深厚。

〔宋〕应焴

作者简介：应焴，生平不详，魏岘（约1168—约1248）同时代人。

它山堰

十里犹闻震地雷，海神惊惧勒潮回。游人只爱山川好，一饱因谁惠得来。

——《四明它山水利备览》卷下

【索引词】宁波；它山堰；潮汐。

〔宋〕应枢

作者简介：应枢，生平不详，魏岘同时代人。

游它山

登陆飂来说四明，它山胜地久驰名。龙眠巨堰两崖下，鳄吼奔流一水清。瑶阁钟鸣群动息，金轮鼓奏百神惊。后来水政谁研究，肯与云涛更主盟。

——《四明它山水利备览》卷下

【索引词】宁波；四明山；它山堰；云涛观。

〔宋〕郑霖

作者简介：郑霖（1180—1251）又名汝林，字景说，一字润父，号雪岩，浙江宁海长街西岙人。绍定二年（1229）进士。有《雪岩集》，已佚。清光绪《宁海县志》卷十有传。

夜宿剡源驿

三千里外宦情薄，十八滩头归路难；^①身到剡源犹是客，雨声破屋梦凄寒。

——《宁波市交通志》

【索引词】宁波奉化；剡源驿。

【导读】该诗清晰地反映了浙东运河水系与周边的交通状况。诗人曾先后任职于江西南安军（治今大余县）和赣州，水路距离家乡三千余里，回乡途中要经过惶恐滩等赣江十八滩。沿赣江—鄱阳湖—长江—江南运河—浙东运河到达庆元府（今宁波）后，再溯奉化江到达剡源驿。剡源驿位于今奉化城区惠政大桥东岸，此处距诗人宁海老家还有一百四十里，因此诗中说"身到剡源犹是客"。诗人在多地从政，平定盗寇，减免赋税，修复运河水利，"政通人和，声威日振"。他自己生活清苦，"雨声破屋梦凄寒"，但仍节衣缩食，二十年如一日支持家乡僧元海等人在黄公渡修成

---

① 十八滩，指赣江十八处险滩，即赣县的白涧、天柱、小湖、鳖滩、大湖、铜盆、落濑、青洲、梁口九滩；万安县的昆仑、晓滩、武朔、昂邦、小蓼、大蓼、绵滩、漂神、惶恐九滩。亦指第十八滩，即惶恐滩。苏轼《八月七日初入赣过惶恐滩》诗："七千里外二毛人，十八滩头一叶身。"

24 洞跨海"登台桥"，宋人王应麟有《登台桥记》详记其功。

〔宋〕杜范

作者简介：杜范（1182—1245），宋台州黄岩人，字成之，号立斋。嘉定元年（1208）进士。官拜右丞相，卒谥清献。有《清献集》。

再次前韵[①]

其一

晨炊浮早渡，午夜过钱清。越国移舟便，曹娥上堰轻。

其二

人言三界近，共指一山横。古剡明朝到，篮舆数去程。

——《两宋名贤小集》卷二百五十五

【索引词】绍兴；钱清堰；曹娥堰；绍兴嵊州；剡溪；三界山。

【导读】二诗大意：从京城（今杭州）出发，乘船沿越国的航道去古剡（1121 年剡县已改名嵊县），经钱清、越州、曹娥堰等地，极为快捷，已经快到三界镇了。依照现在的速度，明天早晨就能到达嵊县。诗的末尾提到"篮舆数去程"，难道是剡溪不通航了吗？不是。结合"前韵"标题《舟早行将至三界偶成》以及诗句"漫须催去桨，溪曲不论程"来看，三界以下都是"舟行"，三界以上也是用桨划船，所谓"篮舆"并不一定是轿子，更可能是舒适客舱的代称。

〔宋〕颜颐仲

作者简介：颜颐仲（1188—1262），宋漳州龙溪人，字景正。潭州龙

---

① "前韵"指前一首诗，此处为《舟早行将至三界偶成》。

溪（今福建漳州龙海）人。端平二年（1235）为两浙转运判官。淳祐四年（1244）知温州，寻迁庆元知府兼沿江制置使。

庆元府人日乡饮酒礼

王春人日喜阴晴，文物衣冠萃四明。礼乐几年今一见，主宾百拜酒三行。人心天理须兴起，士习民风悉变更。太守自惭才德薄，纲维全赖老先生。

——《宝庆四明志》卷二

【索引词】宁波；民俗。

【导读】这首诗表现的是颜颐仲作为地方最高长官，注重"人心天理""士习民风"。颜颐仲不仅关注礼乐纲维，也很重视水利，受到拥戴。宁波有条前大河，东起镇海县城西门外，西达宁波江北桃花渡，全程约五十里。由颜颐仲在宋淳祐六年（1246）役工访故道疏凿而成，宽五丈，深约一米半，民颂其德，名为"颜公渠"。前大河沿甬江而行，其实是条隔江河，镇海方言传成了夹江河。它是镇海县城直通宁波府城的唯一航道，还是江北河网三条东西向主干大河（后塘河、中大河和前大河）的黄金水道，受到历代重视。

〔宋〕刘叔温①

作者简介：刘叔温（生卒年不详），庆元府（今宁波）慈溪县人。嘉定十年（1217）记慈溪县簿厅，有《水利记》四。宝庆三年（1227）参与《宝庆四明志》编写。

---

① 《全宋词》中无"刘叔温"其人。《宝庆四明志》卷首宝庆三年罗濬序后，有参与该志"编类文字"者十一人之具名。列首位者为"府学学正袁藻"，次则"学录刘叔温"也。经南师大钟振振考证，杨适《长相思》词实乃刘叔温之作。

丈亭馆

南山明，北山明，中有长亭号丈亭，沙边供送迎。东江清，西江清，海上潮来两岸平，行人分棹行。

——《宝庆四明志》卷十六

【索引词】宁波余姚；丈亭；乘潮；通航。

〔宋〕魏洽

作者简介：魏洽，生平不详，魏岘（约1168—约1248）子。

它山堰和应熠韵

几何水作四时雷，试去寻源棹懒回。欲看泽民千古样，我来不是等闲来。

——《四明它山水利备览》卷下

【索引词】宁波；它山堰；行舟。

〔宋〕魏澋

作者简介：魏澋，生平不详，魏岘侄。

谒善政祠

携家再谒长官祠，桂子风吹游子衣。惠泽至今犹瀚漫，官楹虽古自光辉。梅梁偃蹇苍龙伏，石级参差白雪飞。此地本非供玩赏，骚人到此自忘归。

——《四明它山水利备览》卷下

【索引词】宁波；它山堰；善政祠；梅梁；王元晔。

〔宋〕戴炳

作者简介：戴炳（生卒年不详），宋台州黄岩人，字景明，号东野。戴复古从孙。嘉定十三年（1220）进士。

夜过鉴湖

推篷四望水连空，一片蒲帆正饱风。山际白云云际月，子规声在白云中。

——《御定佩文斋咏物诗》卷九十三

【索引词】绍兴；鉴湖；行舟。

〔宋〕李龏

作者简介：李龏（1194—1274后），字和父，号雪林，祖籍菏泽（今属山东），家吴兴三汇之交（今属浙江）。以诗游士大夫间，著有《梅花衲》《剪绡集》等。

忆昔行

忆昔当年十四五，尝看秋潮到江浒。飞裾径上酒家楼，凭栏直望潮生处。数百里间名海门，悠悠一线色如银。渐近江心痕渐大，汹涌声吞十万军。须臾潮头高数丈，众潮随接皆奔上。中有雄心拍浪儿，几点红旗争荡漾。风前缥缈夺标来，神蛟鬼鳄俱摧颓。监潮侯有伍胥在，但见溃薄旋推回。后来沙涨西兴口，潮势何曾十分有。水上人骑骣马行，车如鸡栖马如狗。数年之后不可当，瀰湃惊闻洗目塘。汪洋且拨菜园去，坝子桥边亦渺茫。神皋内史承天旨，摆桩叠石曾料理。至今遏捺逾十年，桩石如城牢在水。江头人谓可安居，连年不奈还忧虞。西风吹潮半夜起，子胥之怒知何如。阴威作寒带烟雾，卷石掀沙出幽府。堪羡云中拍浪儿，踏著危机不怕危。乘除消长君休忽，牢执长竿一面旗。

——《江湖后集》卷二十

【索引词】杭州滨江；西兴；渡口；淤沙；钱塘江；潮汐；桩基海塘。

【导读】本诗的可贵之处在于，不仅仅写出了潮汐猛烈、破坏力极强（数年之后不可当，澎湃惊闻洗目塘。汪洋且拨菜园去，坝子桥边亦渺茫），而且记录了南宋时期朝廷曾大修海塘，海塘结构为桩基石墙，因而格外稳固（神皋内史承天旨，摆桩叠石曾料理。至今遏捺逾十年，桩石如城牢在水）。诗中所说为作者十四五岁时在浙东运河口附近登高看潮的情景，这可能是诗人年迈时期的作品；"后来沙涨西兴口"，也是回忆当年（1219年之后）钱塘江在南、北大门之间短暂摆动导致西兴一带滩涂大涨，海潮一度消失，变为菜园和道路的历史。本诗对于研究杭州湾海岸海塘演变史有重要文献价值。

〔宋〕周弼

作者简介：周弼（1194—1257前），字伯弜[①]，祖籍汶阳（今山东汶上），与李龏同庚同里。嘉定（1208—1224）间进士，嘉定后漫游东南各地。李龏摘其诗近二百首，编为《汶阳端平诗隽》四卷。

萧山县下遇雨二首（之一）

年来沙涨卒难消，更觉西兴渡口遥。冷坐看他骑骡马，半鞍泥水踏春潮。

——《端平诗隽》卷四

---

① 弜，读作 jiàng。

【索引词】杭州滨江；西兴；渡口；淤沙；钱塘江；骑马渡江。

【导读】此诗与李彝《忆昔行》互为印证，记述 1219 年之后钱塘江改行北大门，导致西兴渡口沙涨难消，阻断航道，船客纷纷改为骑马渡江。

〔宋〕释绍嵩

作者简介：释绍嵩（1194—？），字亚愚，庐陵（今江西吉安）人。今存《江浙纪行集句诗》七卷，系绍定二年（1229）秋自长沙出发，访游江浙途中之作。

雪中舟泊五夫

天遣今年到五夫，琼田千里玉平铺。波中舡舫来还去，载取烟云作画图。

——《江湖小集》卷八

【索引词】绍兴上虞；五夫河；行舟。

【导读】四句诗取自宝昙、诚斋、晓莹、马子庄四位诗人的作品。第一句来自南宋释宝昙《留姜山怡云见访二绝并呈李磐庵文授其二》："天遣今年到五夫，还如雪后望西湖。磐庵老子今诗伯，红叶盈庭许屡书。"第二句诗来自杨万里《晓霜过宝应县三首其一》："江南霜重莫嫌渠，草上还多树上无。淮甸晓来霜似雪，琼田千里玉平铺。"第三、四句原诗无考，"波中舡舫来还去，载取烟云作画图"描写了五夫村一带浙东运河的繁忙景象和生动画面。四句诗信手拈来，浑然天成，如出一体，表现出作者博闻强记，对原诗句融会贯通。全诗意义连贯，毫无斧凿之气。

〔宋〕吴潜

作者简介：吴潜（1195—1262），字毅夫，号履斋，宁国（今属安徽）

人。嘉定十年（1217）进士。授镇东军节度（镇东军节度使即浙江东道观察使，治所在越州）签判。淳祐（1241—1252）中曾知绍兴府、兼浙东安抚使。宝祐四年（1256）再判庆元府。有《履斋遗稿》四卷。

苦雨吟十首呈同官诸丈（己未五月二十七日）

其三

洪穴堤凡九，泄水注之江。荷锸来如织，奔湍去若撞。雨声虽断续，潦势已宾降。想见鱼秧泛，沙汀白鸟双。

其四

早晚遣长须，行田西北隅。稻禾都旺否？庐舍莫漺无？高仰为何碶？低洼是某都？水痕如退落，分寸要相符。

——《四明续志》卷十

【索引词】宁波；堤防；碶闸；吴潜。

【导读】吴潜曾为南宋宰相，被称作水利专家、重要词人。宝祐四年春，吴潜以观文殿大学士授沿海制置大使、知庆元府。在庆元（今宁波）三年，勤政爱民，兴修水利。在担任沿江制置时，订立了《义船法》，广征民间船舶充作战船。在担任浙东制置使时修洪水湾塘三坝，外泄江潮，内增官池蓄水，为阻隔江河之巨防，成为它山堰的重要配套工程。另修"吴公塘"、大西坝、北郭碶、澄浪堰等水利工程，惠泽万民。

己未（1259）五月二十七日所作十首诗，反映了夏季来临"苦雨"的情景，其中第三、四首较多地反映了人民群众肩扛工具、冒雨抢险救灾的努力和水利工程体系（堤防、碶闸）发挥的防洪排涝作用，也反映了吴潜作为最高长官与民同心同德、巡视过问民间疾苦的操劳。"碶"是宁波方言对水闸的专称。

〔宋〕孙因

作者简介：孙因（生卒年不详），慈溪人，宝庆二年（1226）进士。仕至朝请大夫。

越问·舟楫

越人生长泽国兮，其操舟也若神。有习流之二千兮，以沼吴而策勋。寻笠泽以潜涉兮，北渡淮而盟会。擅航乌之长技兮，水犀为之逡巡。浮海救东瓯兮，有握节之严助。治船习水战兮，荣衣锦於买臣。渡浙江而誓众兮，会稽之内史。率水桌以拒战兮，凌江之将军。坐大船若山兮，公苗山阴之杰。泛波袭番禺兮，季高永兴之人。想万艘之并进兮，纷青龙与赤雀。风帆倏忽千里兮，驾巨浪如飞云。今竞渡其遗俗兮，习便骏以捷疾。观者动心骇目兮，相杂袭如鱼鳞。客曰盛哉舟楫兮，他郡孰加於越。然同济或不同心兮，请置此而新其说。

——《（雍正）浙江通志》卷二百六十八

【索引词】绍兴；舟楫；水战；行舟。

〔宋〕王柏

作者简介：王柏（1197—1274），字会之，号长啸，更号鲁斋。宋婺州金华人。有《鲁斋集》等。

次前韵寄郑悦斋

单骑冲寒发路东，只缘归计太疏空。三年事外多闲日，一别花间几信风。出处莫期当世合，功名要与古人同。凭君试问真消息，应已西兴唤短篷①。

——《鲁斋集》卷三

【索引词】杭州；西兴；行舟。

〔宋〕陈垲

作者简介：陈垲②（？—1268），字子爽，自号可斋，福建长乐人（一说嘉兴人）。宋淳祐元年十二月以中大夫秘阁修撰，知庆元府兼沿海制置副使。淳祐三年（1243）正月升迁，在任刚满一年，好评不断。《宋史》有传。

出郊观稼

数月两出郊，劝农复观稼。始言麦垄春，今已稻畦夏。女红彩纴余，丁黄耘耔暇。暄凉虽不齐，晴雨候忽乍。百丰未为多，一歉诚所怕。蠲逋③广上恩，平粜裁米价。毫发可及民，岂不念夙夜。昔有王长官，筑堰它山下。惠利久益博，神灵此其舍。泓深或龙蛰，坚屹无蚁蟏④。定为三七分，酾为数十汊。石梁贯云涛，谁敢著足跨。流沙从何来，疑有物驱驾。人力几淘浚，壅淤仍障坝。神⑤功终此惠，去沙而变化。视古谁比方，郑白⑥其流亚。

——《四明它山水利备览》卷下

【索引词】宁波；它山堰；云涛观；回沙闸；疏浚河道；王元暐；陈垲。

【导读】这首诗共16联。前7联是"观稼"见闻与感想，中间5联是

---

① 短篷，有篷的小船。
② 陈垲，原作"陈恺"。
③ 蠲逋，免除（人民群众）拖欠的税赋。
④ 蚁蟏，蚁穴。
⑤ 神，原作"旦"。
⑥ 郑白，指郑国渠、白渠。

它山堰纪事，最后4联是建回沙闸治沙的决策动议和展望。从"流沙从何来？疑有物驱驾"可以看出，它山堰上泥沙问题达到了十分严重的程度，泥沙沿渠道分布几百丈，为了引水，一年需要挖沙三四次，耗工数万。庆元府知府陈垲上任半年，两次下乡调研，看在眼里，遂萌生了集中处置泥沙的想法，并把建闸方案以及细节设想交代给了下属林元晋。《四明它山水利备览·回沙闸记》："一日，公顾其属林元晋曰：岸之防固未易图，而浚治之繁，其可无简要之策？与其浚于既积，不若遏于未至。水轻清居上，沙重浊居下，宜闸以止之。水平则启，通道如故，沙聚于外，则去之易为力。"这就是兴建回沙闸的缘起。根据陈垲到任与升迁日期推算，诗作于淳祐二年（1242）夏。夏天提出规划，八月开工建闸，委托魏岘主持。参见《回沙闸成用可斋陈公韵》。

陈垲对于庆元府其他水利工程贡献也很大。当时东钱湖茭葑为塞，陈垲实行买葑之策。清理过去所置湖田的收入，叫制干林元晋、签判石孝广在农隙时，按船只大小、葑草多寡，听农民自愿求售，交葑给钱。陈垲在城中修治三喉（小斗门），即气喉、食喉、水喉，以泄城内多余之水。重修子城，疏通水道。修建城北保丰碶（一名永丰碶），将尾闾之水排入姚江。重修东城外浦口、疏水二闸，改造浦东澄、波二桥，修建大石桥碶。陈垲体贴民情，每当暴雨连日、洪水猛涨时，他单骑察水道、亲督疏治。东城外大石桥下设平水石堰，并置平水则，规定水深三尺为正常水位，四尺以上为涨水，斟酌分寸，以作诸碶闸启闭标准。陈垲在庆元府一年有余，"出入阡陌，问民疾苦；搜讨河渠，计虑长久"。是时浙东、浙西俱歉于涝，垲所治独有秋。

〔宋〕俞桂

作者简介：俞桂（生卒年不详），字晞郄，仁和（今杭州）人。绍定五年（1232）进士。有《渔溪诗稿》《渔溪乙稿》。

江头

渔浦山边白鹭飞，西兴渡口夕阳微。等闲更上层楼望，贪看江潮不肯归。

——《海塘录》卷二十五

【索引词】杭州萧山；渔浦；杭州滨江；西兴；渡口；钱塘江；潮汐。

〔宋〕陈垧

作者简介：陈垧（生卒年不详），丽水人。端平二年（1235）进士。淳祐九年（1249）通判抚州。

它山堰

堰雷推动阿香车，惠泽均沾十万家。谁任长官身后责，回潮今又见回沙。

——《四明它山水利备览》卷下

【索引词】宁波；它山堰；回沙闸；潮汐；王元暐。

〔宋〕释文珦

作者简介：释文珦（1210—约1293），字叔向，号潜山老叟，於潜（今杭州临安西南）人。早岁出家，遍游东南各地。著《潜山集》。

越中三江斗门

斗门何代设？千古截寒潮。水庙依枫树，湖田足莳苗。众山临海尽，丛港达城遥。落日渔歌里，西风动沉①寥。

——《永乐大典》卷三五二六

【索引词】绍兴；三江；斗门；滨海塘闸。

【导读】这首五言律诗写三江斗门的地理形胜及所游感受。开篇设问，指出三江斗门创设年代之久远，"截寒潮""临海尽"，又指出其乃近海之斗门。"水庙""众山""湖田""丛港"，均应看作实景的描写，从中不难想象宋代三江斗门之风貌，其水利之作用仿佛亦在其中矣。

姚江舟中

江潮远入河，几度此经过。浦溆渔船聚，泥涂蟹穴多。缠绵吴客恨，哀怨越人歌。一曲头堪白，频闻可奈何。

——《全宋诗》卷三〇四

【索引词】宁波；姚江；乘潮；行舟。

〔宋〕吴文英

作者简介：吴文英（约1212—约1272），字君特，号梦窗，晚号觉翁。本姓翁氏，入继吴氏。四明（原浙江鄞县）人。有《梦窗甲乙丙丁稿》（《梦窗词》）。

齐天乐·与冯深居登禹陵

三千年事残鸦外，无言倦凭秋树。逝水移川，高陵变谷，那识当时神禹？幽云怪雨。翠萍湿空梁，夜深飞去。雁起青天，数行书似旧藏处。　　寂寥西窗坐久，故人悭会遇，同剪灯语。败薜残碑，零圭断璧，重拂人间尘土。霜红罢舞。漫山色青青，雾朝烟暮。岸锁春船，

---

① 《全宋诗》卷三三二七作"沈"。

画旗喧赛鼓。^①

——《梦窗丙稿》

【索引词】绍兴；禹穴禹陵禹庙；梅梁。

【导读】冯深居，名去非，南宋宝祐年间曾为宗学谕，因为与权臣丁大全交恶被免官。吴文英与他同登绍兴禹陵，自然有无限沧桑之感，所以一开端便以"三千年事残鸦外"七个字，把读者引进苍茫古远的意境。"三千年事"指大禹治水。"翠萍湿空梁，夜深飞去"指梅梁的传说。《方舆胜览》卷六引《四明图经》："大梅山……山顶有大梅木，其上则伐为会稽禹庙之梁，其下则为它山堰之梁。禹庙之梁，张僧繇画龙於其上，夜或风雨飞入镜湖与龙斗。后人见梁上水淋漓而萍藻满焉，始骇异之，乃以铁索锁於柱。"王冕有诗"湿云挟得梅梁起，半夜飞空作怒雷"意思相同。"败藓残碑，零圭断璧"是慨叹禹庙破败荒凉，英灵无处安放。全诗气氛压抑，以"秋树""寂寥""霜红""败藓"为基调，而结尾用"画旗喧赛鼓"回忆了一下春日赛会曾经的喧闹，却以"岸锁春船"相牵制，总基调仍归于寥落愤恨。诗人可能是借对大禹庙现状的不满，抨击权臣，宽慰朋友。

〔宋〕柴望

作者简介：柴望（1212—1280），字仲山，号秋堂。宋衢州江山人。著有《秋堂集》。

---

① 《御选历代诗余》卷七十七作"画旗飘赛鼓"。《（雍正）浙江通志》卷二百七十八作"画桥翻赛鼓"。

别故人

便未成名也自归，不应猿鹤①更猜疑。冷看世事频移局，懒与仙人共弈棋。南渡只今惟有酒，西兴临别是谁诗。行藏正要知时节，却是时人未得知。

——《两宋名贤小集》卷三百七十七

【索引词】杭州；西兴；行舟。

越山

吴越山分两岸青，遥遥帆影是西兴。江花历乱如红雨，云树高低似画屏。钱氏古乡迷鸟②道，越王芳草上诸陵。已知太乙临吴分，晓看祥乌夜看星。

——《柴氏四隐集》卷一

【索引词】杭州；西兴；行舟；钱塘江。

〔宋〕陈著

作者简介：陈著（1214—1297），字谦之，一字子微，号本堂，鄞县（今宁波）人，寄籍奉化三石村。宝祐四年（1256）进士。咸淳三年（1267）知嵊县，威令肃然。迁官，嵊民祖帐塞路，达城固岭上，因改名"陈公岭"。十年（1274）以监察御史知台州。宋亡，隐居四明山中。著有《本堂集》。

---

① 借指隐逸之士。方文《饮从兄摇公民部》诗："猿鹤岂无干禄意，江关只恐厌人稠。"
② 《秋堂集》作"辇"。

溪头

篙师无力橹声柔，已分前途夜泊舟。忽报西风吹柁尾，不须斜日到程头。

——《本堂集》卷三

【索引词】宁波；行舟；泊舟。

西渡堰呈孙古岩朝奉

行计又匆匆，投西一短篷。上河平岸水，暮雨打头风。得饭已昏后，无眠到夜中。哦诗欠佳句，为报古岩翁。

——《本堂集》卷七

【索引词】宁波；西渡堰；运河；行舟。

【导读】姚江有很多古渡，《宝庆四明志·慈溪津渡》就记有黄墓渡、李溪渡、青林渡、任家渡、鹳浦渡、丈亭渡、蜀山渡、城山渡、车厩渡等，宁波城区还有东渡（桃花渡）、西渡。西渡初称"蓝公渡"，宋代称西渡，元代曾称西江渡、西渡关，别称西津，后俗称"大西坝渡"。大西坝位于今海曙区高桥镇高桥村，为南宋状元、时任庆元郡守吴潜规划始筑。它南北向跨于大西坝河，东侧濒临姚江，是控制姚江和大西坝水位的重要水利设施，内河船舶进出姚江的必经之路。自北宋初期运河形成以后，由于姚江下游乘潮行船多风险，所以一般都是通过内河过西渡（西坝），入余姚小江（慈江）至丈亭，再乘潮西过余姚进入上虞境内。《宝庆四明志》卷四："西渡，望京门西二十里，往慈溪路。"最多时曾有管堰洪子18名、牛畜8头，至宝庆三年（1227）仅剩洪子13名、牛1头。"舟上下甚艰……逾西渡堰，入慈溪江，舟行历慈溪、余姚以至上虞之通明堰，率视潮候"。

入京到西渡

昨宵北渡今西渡，系是离家第二宵。诗伴风流勤犯驿，棹郎醉饱健迎潮。丈亭浦近邻州接，笔架峰迷故里遥。得意归来期可数，榴花如火照高标。

——《本堂集》卷十三

【索引词】宁波；西渡堰；运河；丈亭驿；行舟。

【导读】参《西渡堰呈孙古岩朝奉》。

〔宋〕陈允平

作者简介：陈允平（约1215—约1294），字衡仲，号西麓，鄞县人。才高学博，一时名公卿皆倾倒。试上舍不遇，淳祐三年（1243），任余姚县令。景定四年（1263），应周密之约，作西湖十景词。德祐元年（1275）任沿海制置司参议。宋亡，不受元官。有《西麓诗稿》等。

梅梁堰

庙近云涛观，山遥翠欲重。只应①溪上木，便是洞中龙。堰折潮归海，棂②迎浪答钟。断碑荒鲜③合，终古载灵踪。

——《全宋诗》卷四一

【索引词】宁波；梅梁；云涛观；它山堰；潮汐；叠梁闸。

【导读】诗题"梅梁堰"即今宁波市海曙区它山堰（世界灌溉工程遗产），因它山堰有"梅梁"传说而名。云涛观在它山堰北端。"溪上木"即指"梅梁"。"堰折潮归海"，歌颂它山堰的拒咸功能。"棂迎浪答钟"指它

---

① 《两宋名贤小集》《江湖小集》作"祇因"。

② 《两宋名贤小集》《江湖小集》作"楼"。

③ 《两宋名贤小集》《江湖小集》作"薛"。

山堰上的木叠梁（闸板）乍看像窗棂，迎接着波浪；"浪答钟"即一天两至的潮汐与云涛观的晨钟暮鼓呼应，使得全诗更加有声有色。这首诗中的"梅梁""木""棂"，组成了它山堰存在叠梁闸的证据链。惟该诗版本较多，多作"楼"字，费解；作"棂"仅见于《全宋诗》《邵氏诗词库》。

曹娥庙

汉碣嵯峨几百秋，曲坟遗庙越山头。潮声侵帐凤屏冷，云气绕台鸾镜愁。孝节棱棱双桧立，哀魂渺渺一江流。椒觞载奠灵风起，知我怀亲送远舟。

——《西麓诗稿》

【索引词】绍兴上虞；曹娥江；乘潮；行舟。

登招宝山

宇宙初开辟，何神立此山？中流天柱石，大地海门关。浪恶蛟龙怒，云深虎豹闲。潮期与日月，千古一循环。

——《西麓诗稿》

【索引词】宁波；甬江；招宝山；潮汐；东海。

西兴

西兴潮半落，渔浦日初昏。岳面云收脚，沙头浪积痕。楼钟鸣野寺，船鼓入江村。回首长安路，归心几断魂。

——《西麓诗稿》

【索引词】杭州滨江；西兴；杭州萧山；渔浦；淤沙；潮汐；航行。

梁湖道上

东风酒旆斜，浦口第三家。谷鸟鸣春树，沙鸥起暮沙。故乡山渐近，曲岸柳初芽。客路归心切，孤帆带落霞。

——《西麓诗稿》

【索引词】绍兴上虞；梁湖；运河；行舟。

过姚秋江钓矶^①

莎草离离碧树闲，只疑曾是子陵滩。槿花篱落虫声碎，芦叶汀洲雁阵寒。江上浪平潮正熟，渡头人去月初残。夜深不管蛟龙睡，独对西风把钓竿。

——《西麓诗稿》

【索引词】宁波；姚江；乘潮；渡口；钓矶。

【导读】这一组诗所描写的浙东运河风光西起西兴，东至招宝山，中途有曹娥庙、梁湖、姚江等地，还有著名水利工程它山堰，几乎写尽了浙东运河。其中《梅梁堰》一诗，对于破解它山堰工程技术之谜有重要参考作用。《西麓诗稿》载于陈起《江湖小集》卷十七，部分诗歌并见于《两宋名贤小集》《宋百家诗存》《御选宋诗》《全宋诗》，影响广泛。

〔宋〕舒岳祥

作者简介：舒岳祥（1219—1298），字舜侯，以旧字景薛行，宁海（今属浙江）人。宝祐四年（1256）进士。有《阆风集》。

将为鄞江之游先寄正仲（三首之三）

水涨苔梳发，风晴麦漾须。茶香度深竹，灯影射平芜。岁月江流驶，乾坤客枕孤。鄞乡风物好，莼菜出湘湖。

——《阆风集》卷四

---

① 《两宋名贤小集》卷三百十五题作《秋过姚江钓矶》。

【索引词】宁波；鄞县；鄞江；行舟；杭州萧山；湘湖；莼菜。

〔宋〕王应麟

作者简介：王应麟（1223—1296），宋庆元鄞县人，字伯厚，号深宁居士。淳祐元年（1241）进士。历浙西安抚司干办公事。官至礼部尚书兼给事中，后辞官还乡，宋亡不出。著作繁富，如《困学纪闻》《玉海》等。另有《深宁集》，已佚。《两宋名贤小集》存《王尚书遗稿》。《宋史》有传。

东钱湖

湖草青青湖水平，酒航西渡入空明。月波夜静银浮镜，霞屿春深锦作屏。丞相祠前惟古柏，读书台上但啼莺。年年谢豹花开日，犹有游人作伴行。

——《两宋名贤小集》卷三百七十八

【索引词】宁波；东钱湖；行舟。

泽民庙①

唐大历间，明州刺史吴谦筑九里堰，民德而祀之。

城西有祠临水涘，翠松列植路如砥。问之耆老此为谁，唐大历中吴刺史。刺史为民开陂湖，故迹犹传堰九里。年年箫鼓报丰穰，决渠为雨润泽美。遗爱有桥名怀恩，姓名不载太史氏。昔汉吴公治第一，列传寂寂名无纪。刺史岂其苗裔欤？明州政亦河南比。堂上大书荆公诗，兰菊春秋百世祀。地志祇称王长官，有功於民盖一揆。吾闻是邦

---

① 《延祐四明志》卷十五"祠祀考"列于"吴刺史庙"条下。

多贤守，裴王碑字颜与李。惟^①侯盛德著人心，彼石可焚祠弗圮。广德湖为鸿隙陂，召棠栾社^②谁敢毁？杭稌充羡侯之赐，庙食长存如此水。

——《宋诗纪事》卷六十六

【索引词】宁波；吴谦；王安石；广德湖；塘堰；庙宇。

【导读】该诗细致地刻画了吴刺史庙的历史、环境以及历代明州（宁波）官民对兴修水利有功者的崇拜。节录《延祐四明志》卷十五《祠祀考·吴刺史庙》如下：

吴刺史庙在城西门外九里堰，唐大历年间刺史吴谦字德裕，有善政，郡民歃血而祠之。宋王荆公宰鄞，诣祠奉祀。诗云："山色湖光一样清，桑麻谷粟荷君情。至今民祀年年在，莫负当年歃血盟。"前朝请大夫王应麟撰记云：明自唐开元为州，城西门之外有祠。耆耋云，大历中州刺史吴侯庙也。侯讳谦，字德裕，官水部员外郎。史策轶其传，郡乘阙其迹。遗爱在民，歃血奉尝。春秋兰菊，悠久弗懈。余舣舟扶蔾过庙下，式瞻貌像。问其故，则曰：侯守是邦，开西郊之湖，膏泽渗漉，甫田登成。其地为九里堰，因以名庙。历载绵邈，民犹曰吾使君也。召棠勿翦，韦碑未刻，王文公宰鄞，为诗以识，山色湖光之句，遗黎诵之。余肃然钦叹：斯所谓盛德至善、民不能忘者乎？语乡父老曰：古者建祠以为民也，民功曰庸。自稷以来，是尊是奉，以水佐耕，丰稼於野。芍陂七门之祀芬至今未泯。惟明濒海，厥土舄卤，历选良守，溉田兴利。孔内史之於句章堰，任刺史之於广德湖，皆载在简牍。今唯鄞令之王，列在祀典，他无所纪。侯之牧我民也，不求焯焯之誉，而实德著於人心，不为皦皦之政，而流泽被於后世。若昔河南守吴公，治行为天下第一，而史无可书之事。言汉循吏为称首，侯岂其苗裔欤？河南治声止一时，侯自大历迄今五百有余载，民思无斁，於前修有光焉。咸以无心为感，兑以无言为说，此秉彝好德之良

---

① 《延祐四明志》"惟"作"懂（欢）"，词义不合。

② 召棠，颂扬官吏政绩的典实。栾社，汉栾布因军功封侯，复为燕相，死后齐燕间为之立社祭祀，称"栾公社"。

心也。越俗機鬼，史巫纷若，邪恹妖诱，匪经礼攸迪无知。氓不蠲烝，亦罔能谷。於赫仁贤，食报兹土。正大昭明，允合光圣。王之祭法，粢醴馨洁，永永毖享。丰年叶气，惠我无疆。其孰曰不宜？父老曰：谌哉！盍镌诸丽牲之石，时万时亿，承神嘉祉。余既书其事，又作迎送神诗，俾歌以侑。其辞曰：坎击鼓兮鄞水浒，思仁侯兮昔召父。堰九里兮酾流为雨，水泱泱兮芃芃麦黍。鸿隙埋兮谣豆芋，侯嘉迹兮依其在渚。神之来兮飙轮下，兰舣勺兮荐椒醑。民不忘侯兮歌且舞，侯不忘民兮俾宁宇。神之归兮娭瑶圃，格颢穹兮降多祜。屡丰穰兮除疾苦，年千世百兮保艾吾土。事侯如存兮侯其福，女敬共承祀兮无怠终古。又诗云：城西有祠临水涘。翠松列植路如砥。问之耆老此为谁？唐大历中吾刺史。

〔宋〕释行海

作者简介：释行海（1224—？），号雪岑，剡（今嵊州）人。早年出家，十五岁游方。有诗三千余首，林希逸选取二百多首为《雪岑和尚续集》二卷。抄本藏中国科学院图书馆，刻本藏日本内阁文库。

送客有感

几年不上越王台，独立津亭送客回。风卷潮声归海去，云排雨势隔江来。山藏南渡诸陵树，沙涨西兴一岸苔。秋后风光图画里，栏干十二忆蓬莱。

——《全宋诗》转引《雪岑和尚续集》

【索引词】杭州滨江；西兴；淤沙；潮汐。

【导读】浙东越王台有二：一为萧山湘湖越王台，一为绍兴府山越王台。本诗所描绘的越王台在西兴附近，应为萧山越王台。具体位置在湘湖西北面，史称固陵，俗称越王城、越王台、城山，传说是春秋战国时期越国屯兵抗吴的军事城堡遗址。"风卷潮声归海去，云排雨势隔江来"，表明诗是在钱塘江边所写。"沙涨西兴一岸苔"则说明当时西兴渡口淤积较重。

〔宋〕董嗣杲

作者简介：董嗣杲（生卒年不详），字明德，号静传，杭州人。南宋景定二年（1261）榷茶九江富池，咸淳末年（1274）为武康令。宋亡，入山为道士，改名思学，字无益。工诗，有《西湖百咏》《庐山集》《英溪集》等，存诗五百多首。

西兴道中二首

无马①可租冲晓去，有筇堪策趁晴行；初程便是萧山县，喷火榴花两岸明。

狂走断贻猿鹤笑，醉吟忽感岁时迁；野桥流水湘湖路，欲撷莼②丝饭午③前。

——《永乐大典》卷七九六二

【索引词】杭州滨江；西兴；杭州萧山；行舟；湘湖；莼菜。

【导读】董嗣杲咸淳十年（1274）为武康（今德清）令，当年他曾从京城杭州渡过钱塘江到萧山、越州，作《自武康入京随即渡越》《越城步月不知子城已闭因托宿赵义斋宅》《甲戌重午留越寄武康同官》《越城客中》等诗。几首诗反复提到晚上出城看风景忘了子城关门时间，只能借宿城外一事，空间上、时间上前后连续、高度吻合。如《甲戌重午留越寄武康同官》："湘累莫吊楚云迷，力疾喑喑客会稽。心想同寅分席醉，身逢重午借楼栖。今朝气象悲欢异，几种葵榴色泽齐。水际晚凉应有赋，藕花多处想供题。"又如《越城客中》："暑滋衣袖苦逢迎，濡滞连旬梦亦惊。奔

---

① 原作"为"，据《全宋诗》卷七一改。
② 原作"蕈"，为"莼（蕈）"之讹。
③ 原作"于"，据《全宋诗》卷七一改。

走泥涂谁送死，浮沉光景自怜生。鸦穿晚照栖公馆，龙挟晴云入子城。乱试法歌攒碧落，无端新月客窗明。"本诗"喷火榴花两岸明"说明季节是石榴开花的五月天，故这几首诗应该都是描写或回忆此行见闻的。

〔宋〕徐天祐

作者简介：徐天祐（生卒年不详），一作徐天祐，字受之，山阴（今绍兴）人。宋景定三年（1262）登进士第。为大州教授。德祐二年（1276）以国库书监召，不赴。四方学者至越必晋谒，以为仪型。《全宋诗》存诗六首。

马太守庙

澄湖昔在镜中行，总是当时畚锸成。莫讶灵祠荒藓合，烟波万顷已春耕。

——《（雍正）浙江通志》卷二百二十一

【索引词】绍兴；鉴湖；马臻。

【导读】虽诗集已佚，但所存《洛思山》《许询园》《箪醪河》《钱王祠》《方干岛》《白楼亭》《酒瓮石》《梅梁》《八仙家》《空石》《阳明洞》等诗，均表白诗人爱乡爱民情结。这首七言绝句当为组诗之一。诗人思想极其深沉，借瞻仰马太守庙一事，表达其对鉴湖被围垦的极度不满。首句压缩王羲之、王献之父子之语，展现昔日鉴湖之风貌，乃全诗之立足点；次句指出，鉴湖乃当时百姓以一畚箕一铁锹的劳作建成；三句借眼前马臻祠之荒芜，说明造湖之功臣已不受重视，则鉴湖之废弃可以想见；末句大发感慨——万顷烟波，已成湖田，无知之农民正忙于春耕。诗人缓缓道来，看似悠闲，实际上对围湖造田之豪强，对不为百姓利益考虑之为官作宦者，对熟视无睹之朝廷，抨击殆尽。表面看来，此诗有点离题，其实是对鉴湖功臣马臻最诚挚之纪念。《绍兴府志》："（马太守庙）在鉴湖东跨湖桥南，祀东汉郡守马臻，以臻开镜湖筑塘蓄水，遗利甚溥，民立祠以祀。《山阴县志》曰：在县西六十里广陵陡门上。"王十朋有《马太守庙诗》。

许询园①

高栖不受鹤书招，北干家园久寂寥。明月空怀人姓许，故山犹自岫名萧。

——《宋诗纪事》卷六十八

【索引词】杭州萧山；祇园寺；运河。

〔宋〕文天祥

作者简介：文天祥（1236—1283），字宋瑞，自号浮休道人、文山。庐陵县（今属江西吉安）人，南宋末年抗元名臣。有《文山集》《指南录》《正气歌》等。

赠镜湖相士

五月五日扬子江，心水铸作道人双。瞳子吾面碟子大，安用镜照二百里。

——《（雍正）浙江通志》卷二百七十三

【索引词】绍兴；鉴湖。

---

① 《（雍正）浙江通志》卷四十四"北干园"提及该诗："《嘉泰会稽志》：'在萧山县北干山下。'《图经》云：'许询家此山之阳，故其诗曰萧条北干园也。'《太平寰宇记》：'许询尝登萧山，凭林构室。又萧山县西南八十里有许询幽居之所。'徐天祐题许询旧园诗：'高栖不受鹤书招，北干家园久寂寥。明月空怀人姓许，故山犹自岫名萧。'"

〔宋〕汪元量

作者简介：汪元量（约 1241—约 1317），宋临安钱塘人，字大有，号水云子。度宗咸淳间进士。宋亡，随北去。后为道士南归，往来匡庐、彭蠡间，踪迹莫测。为诗慷慨有气节，多纪国亡北徙事，后人推为"诗史"。有《水云集》《湖山类稿》《汪水云诗》。

越州歌二十首（其三）

一阵西风满地烟，千军万马浙江边。官司把断西兴渡，要夺渔船作战船。

——《水云集》卷一

【索引词】杭州；西兴渡；钱塘江；行舟。

〔宋〕林景熙

作者简介：林景熙（1242—1310），字德旸，一作德阳，号霁山，温州平阳人。咸淳七年（1271）由上舍生释褐成进士，历泉州教授、礼部架阁，转从政郎。宋亡不仕。有《霁山集》等。

冬青花①

冬青花，花时一日肠九折。隔江风雨清影空，五月深山护微雪。②石根云气龙所藏，寻常蝼蚁不敢穴。③移来此种非人间，曾识万年觞底

---

① 冬青一名女贞木，一名万年枝，汉宫尝植，后世因之。宋诸陵亦多植此木。
② "隔江"句，指种在隔江临安故宫中的冬青树；"五月"句，指种在绍兴宋陵的冬青树。
③ "石根"两句：意谓天子所葬之处，本来不是平常臣民可以杂处。

月。^①蜀魂飞绕百鸟臣，^②夜半一声山竹裂。^③

——《霁山文集》卷三

【索引词】绍兴；宋六陵；兰亭。

【导读】此诗作于宋六陵毁于元朝恶僧之后。诗人冒死捡拾宋帝骨骸葬于兰亭附近，移植皇宫旧址常朝殿前冬青树作为标志，并隐晦地写了《梦中作四首》和这首《冬青花》，希望将来读到诗的人，能知道民族正气没有沦亡。此诗名为咏冬青花，实则伤悼宋帝遗骨，以不忍见冬青开花开始，以不忍听夜半杜鹃声作结，表达了南宋遗老的无比悲愤。

〔宋〕林人隐

作者简介：林人隐，生平不详。

菁江

浮迹东西浙，大江长短亭。潮来远水白，雨过乱峰青。春夜梦无定，天寒酒易醒。回桡下江渚，杜若满沙汀。

——《全宋诗》卷一七九

【索引词】宁波余姚；菁江；乘潮；行舟。

【导读】该诗反映，宋代菁江有涌潮现象，通航与潮汐关系密切。《（光绪）余姚县志·山川》："菁江在县西十五里。源出四明山，北流汇余姚江，以达菁江。"在县西十五里，与今菁江山、菁江渡村吻合；发源于四明山的余姚江北流入菁江，也吻合。这条菁江似为运河北支，可能是今菁江山至渚山约五六公里长的运河河段，可在百官街道接入曹娥江。《嘉

---

① "移来"两句：移种兰亭的冬青树可不一般，它们来自宋宫，曾与万年觞（御用酒杯）为伴。高宗赵构曾经逃奔至绍兴，故有行宫旧址。
② 百鸟臣：百鸟仍向杜鹃称臣，喻遗老仍忠于宋帝。
③ 夜半：深夜，隐喻元朝的黑暗。山竹裂：形容杜鹃啼声凄厉，使山竹欲裂。

泰会稽志》"在县西十五里"误为"在县四十五里"。另一条是南支，即通明江。《大清一统志》卷一百六："姚江，在余姚县治南，源出太平山及菁山，名菁江，又名舜江。北流至上虞县东通明坝，名通明江。"此处的菁江与舜江、姚江混同，延伸到了上虞通明江，证以今图，可以解释得通。唐代权德舆《送上虞丞》诗说"越郡佳山水，菁江接上虞"，或许与此也有关。

〔宋〕张惟中

作者简介：张惟中，生平不详，[①] 应为宋末元初人。诗见《永乐大典》《（乾隆）绍兴府志》等。

镜湖

昔年曾过贺家湖，今日烟波太[②]半无。唯有一天秋夜月，不随田亩入官租。

——《永乐大典》卷二二六七

【索引词】绍兴；鉴湖。

【导读】这首七言绝句运用对比手法，从反面着笔，表明短时间内鉴湖之变化如此之大，则围湖造田之祸害可想而知。唯有夜里月光不缴官租，则官租之重亦可想见，意味着围湖造田不但是豪强所为，而且是政府行为，从中表达诗人之深沉慨叹和对朝廷的愤懑情绪。诗以存史，于此可见。可参读宋喻良能《望湖亭》、宋王炎《鉴湖》、宋徐天祐《马太守庙》。

---

① 元末明初浙东地区也有一位诗人张惟中，与贝琼（1312—1379）有唱和。录此备考："处士张惟中先生庸，慈溪人也。元末兵乱，窃据者署为上虞山长，不就。明初屡聘不出，遁鸿溪山，精歌白石间。与当代士大夫诗酒往还，及劝以人吉，则婉辞谢之。人谓其贞不绝俗，隐不违亲，郭林宗一流人也。"
② 厉鹗《宋诗纪事》卷八十二"太"作"大"。

第五章

元代

【浙东运河历史背景简况】

宋元时代的浙东运河基本相同，西起萧山西兴镇，东流经萧山县治北，东至钱清江南折，这段长约五十里；跨钱清江后又东南至绍兴府城西，长约五十五里，这两段统称西兴运河；从绍兴城东南出，经会稽县（今绍兴市东）东流至上虞曹娥江长约一百里；跨越曹娥江之后经三十余里接入姚江。人工河段全长二百三十五里，以东姚江、甬江（为自然河流）入海。浙东运河自钱塘江经绍兴、宁波通海的完整水运体系已经形成。

元代以后，浙东运河远不如南宋时受重视，但仍长期维持不衰。

——《中国大运河遗产构成及价值评估》

《京杭运河史·浙东运河史考略》

〔元〕杨果

作者简介：杨果（1195—1269），字正卿，号西庵，金元间祁州蒲阴人。金代正大元年进士。入元，官至参知政事，为官干练廉洁。诗尤长于乐府，有《西庵集》。

［越调］小桃红

满城烟水月微茫，人倚兰舟唱。常记相逢若耶上。隔三湘，碧云望断空惆怅。美人笑道，莲花相似，情短藕丝长。

——《阳春白雪》前集卷四

【索引词】绍兴；若耶溪；行舟。

〔元〕王恽

作者简介：王恽（1227—1304），字仲谋，元卫州汲县人。首拜监察御史，后出为河南、河北、山东、福建等地提刑按察副使。至元二十九年见世祖于柳林宫，上万言书，极陈时政，授翰林学士。成宗即位，加通议大夫，知制诰，参修国史，奉旨纂修《世祖实录》。有《秋涧先生大全集》。

［越调］平湖乐

山阴修禊说兰亭，似觉平湖胜。春服初成靓妆莹。玉双瓶，兴来径入无何境。使君高燕，年年此日，歌舞乐升平。

——《秋涧集》卷七十七

【索引词】绍兴柯桥；兰亭。

〔元〕王旭

作者简介：王旭（生卒年不详，约 1264 年前后在世），字景初，东平（今属山东）人。家贫力学，授徒为生，足迹半天下。著《兰轩集》。

晓发钱清渡

落日钱清渡，孤帆客子船。潮来初解缆，风稳不劳牵。问俗山川异，瞻星宇宙偏。蛮歌元不解，强听一凄然。

——《兰轩集》卷三

【索引词】绍兴；江河水利；行舟；乘潮。

【导读】这首五言律诗抒写诗人晓发钱清渡之感受。外地人初到越地，问习俗，观山川，听民歌，所激发之情感自不待言。可贵处在于，此诗揭出元代尚有钱清渡之事实。"潮来初解缆，风隐不劳牵"，记录了钱清渡当时光景。

〔元〕姚燧

作者简介：姚燧（1238—1313），字端甫，号牧庵，元洛阳人。武宗至大间历官至集贤大学士、翰林学士承旨。有《牧庵集》。

〔双调〕拨不断·四景·夏

芰荷香，露华凉，若耶溪上莲舟放。岸上谁家白面郎，舟中越女红裙唱。逞娇羞模样。

——《太平乐府》卷二

【索引词】绍兴；若耶溪；行舟。

〔元〕陈孚

作者简介：陈孚（1240—1303），字刚中，元台州临海人。曾遭廷臣嫉忌，出为建德路总管府治中。历迁衢州、台州两路。有《陈刚中集》。

过镜湖①

镜水八百里，水光如镜明。偶寻古寺坐，便有清风生。天阔雁一点，山空猿数声。老僧作茗供，笑下孤舟轻。

——《元诗选》二集卷六

【索引词】绍兴；镜湖；行舟。

越上早行

青溪②三十里，草露惹衣斑。潮落曹娥渡，云昏夏禹山。秋声黄叶里，天影白鸥间。欲问钱塘路，渔家半掩关。

——《（雍正）浙江通志》卷二百七十四

【索引词】绍兴；曹娥江；渡口；潮汐；会稽山。

〔元〕张伯淳

作者简介：张伯淳（1243—1303），字师道，崇德（今浙江桐乡）人。宋末进士，累官太学录。入元，授杭州路儒学教授，一擢福建廉访司知事拜侍讲学士。著《养蒙集》。

---

① 《（嘉庆）山阴县志》题作《梅山》。
② 青溪，《陈刚中诗集》卷一作"青鞋"。

禹庙

像设森严冠百王，高陵草木自苍苍。身扶天地山川运，祠列君臣父子纲。遗迹到今存窆石，神功何事托梅梁？悠悠往古凭谁问？冷落残碑倚夕阳。

——《养蒙文集》卷九

【索引词】绍兴；禹穴禹陵禹庙；梅梁；窆石。

【导读】这首七言律诗是诗人晋谒禹庙的感叹。诗人认为，"冠百王"之大禹，理应受到历史和现实的重视，却高陵草木，残碑冷落，唯有庙内像设，尚存"森严"。由此感慨大禹一生功绩，望着"窆石""梅梁"，徒生悲哀。诗人特别强调两点：一是"身扶天地山川运"，对于大禹治水之伟大功绩，千万不能忘记；二是"冷落残碑倚夕阳"，朝廷对大禹之漠然，委实令人难以容忍。这就是大禹在后人心目中之地位。从次句和结句看，此诗作于元代的可能性，似乎更大一些。

题赵子固水仙图

裙长带袅寒偏耐，玉质金相密更奇。见画如花花似画，西兴渡口晚晴时。

——《元诗选》二集卷七

【索引词】杭州；西兴；渡口。

〔元〕戴表元

作者简介：戴表元（1244—1310），字帅初，一字曾伯，号剡源。宋元间庆元奉化人。二十七岁中进士。逢乱世居家，晚年曾为信州教授。著有《剡源文集》。

苕溪

六月苕溪路，人看似若耶。渔罾挂棕树，酒舫出荷花。碧水千塍共，青山一道斜。人间无限事，不厌是桑麻。

——《剡源文集》卷二十九

【索引词】绍兴；若耶溪。

【导读】诗人曾在湖州逗留，有一首名诗为证："山从天目成群出，水傍太湖分港流。行遍江南清丽地，人生只合住湖州。"《苕溪》一诗写的也是湖州山水田园，但却无由提到若耶溪。这是为何？

戴表元家在剡江源头地区（今宁波奉化溪口榆林村），因此号剡源。奉化剡江与新昌剡溪仅一山之隔，下游则分别注入奉化江、曹娥江，这两条江又同属浙东运河水系。由此不难窥见，看似不经意提到的若耶溪，不仅是夸赞苕溪之美，更是诗人思乡情结的外化。

〔元〕马臻

作者简介：马臻（1254—1326以后），字志道，号虚中。钱塘（今浙江杭州）人。隐居西湖之滨，肆力吟咏。有《霞外诗集》。

越中言怀

分甘茅屋老苍苔，不是明时弃不才。避社燕归杨柳合，趁虚人散鹭鸶来。半江落日明渔浦，两岸回潮掠钓台。吴越争雄俱一梦，年年杜若满汀开。

——《霞外诗集》卷一

【索引词】杭州萧山；渔浦；钱塘江；富春江。

〔元〕陈深

作者简介：陈深（1260—1344），字子微，平江（今苏州）人。宋亡，年才弱冠，笃志古举，闭门著书，元天历（1328—1330）间奎章阁臣以能书荐，潜匿不出。所居曰宁极斋，亦曰清泉，因以为号。有《读春秋编》《宁极斋稿》。

送潘膧斋赴会稽讲席

四十膧仙鬓未班，谭经海上看青山。曹江蘦臼漫难读，禹庙梅梁去自还。叠嶂晓晴诗笔锐，平湖风定酒船闲。曾闻百粤多奇士，暇日清游盍叩关。

——《宁极斋稿》

【索引词】绍兴；禹穴禹陵禹庙；湖泊；行舟。

〔元〕袁桷

作者简介：袁桷（1266—1327），字伯长，号清容居士，元庆元路鄞县人。成宗大德初，荐授翰林国史院检阅官。升应奉翰林文字、同知制诰，兼国史院编修官。英宗至治元年，官翰林侍讲学士。著有《延祐四明志》《清容居士集》。

越船行

越船十丈青如螺，小船一丈如飞梭；平生不识漂泊苦，旬日此地还经过。三江潮来日初晚，九堰雨悭河未满；当时却解傍朱门，醉眼看天话长短。年来官府催发纲，经月辛苦鬓已霜；布裘漫作解貂具，入门意气犹猖狂。自古鱼鲑厌明越，明日今朝莫论说；买鱼沽酒不计钱，被发

江头傲明月。劝君莫作越船妇，一去家中有门户；沙上摊钱输不归，却
向邻船荡双橹。

——《元诗选》初集卷十九

【索引词】绍兴；行舟；堰坝；潮汐。

【导读】诗首先提到浙东运河中船只的情况："越船十丈"，"小船一
丈"；大船沉重蜗行（如螺），小船则快如飞梭。其次点明一日两至的"三
江潮"和运河建筑物"九堰"决定着运河水位，影响着"纲船"通行。
"年来官府催发纲"一句，证明元代浙东运河依然是国家漕运干道。

〔元〕韩性

作者简介：韩性（1266—1341）元绍兴人，字明善。每值风日清美，
或挟策于云门禹穴，或榜舟于邪溪镜湖。著有《礼记说》《诗音释》《书辨
疑》《郡志》《五云漫稿》。

兰亭

昔人艺芳兰，遗迹越溪上。风流晋诸贤，好奇极寻访。坐令后来
人，吊古更惆怅。忆昔初来游，精庐适新创。俯仰三十年，故交独青
嶂。今晨天气佳，烟堤系轻舫。相携得良朋，举酒互酬倡。散策依晴
林，沿洄俯新涨。地偏尘易遣，虑澹情自畅。回首昔时游，乐事终不
忘。谁谓古人远，千载欣一饷。彭殇端齐轨，蒙庄谅非妄。

——《元诗选》二集卷十六

【索引词】绍兴；兰亭；越溪；江河水利。

〔元〕洪焱祖

作者简介：洪焱祖（1267—1329），元徽州歙县人，字潜夫，号杏庭。

由平江路儒学录迁绍兴路儒学正，调衢州路儒学教授，擢处州路遂昌县主簿，以休宁县尹致仕。著有《杏庭摘稿》等。

越饥谣六首（其五）

万花风雨总飘零，抹粉涂朱鬻斗升。太平累累渡江去，此生从此别西兴。

——《杏庭摘稿》

【索引词】杭州；西兴；渡江。

〔元〕刘诜

作者简介：刘诜（1268—1350），字桂翁，号桂隐，元吉安庐陵人。成年后以师道自居，教学有法。江南行御史台屡以遗逸荐，皆不报。有《桂隐集》。

题李鹤田穆陵大事记后

宋自穆陵升遐，元气尽矣。时攒宫属官李珏纪其本末颇详，桥山剑舄①，历历如见。异代览之，亦为凄然！李，吉水人，号鹤田先生。此本今在庐陵罗祖禹家，其子中行以示余。余因用鹤田先生《陵下元夕》韵，以志感慨云。

陵寝巍峨十二阑，西兴吹角浙江寒。老臣无限遗弓②泪，写与人间异代看。

——《桂隐文集》卷四

---

① 桥山，黄帝陵别称，借指宋六陵陵园建筑；剑舄，指棺椁中的佩剑和鞋子等陪葬品。
② 遗弓，帝王死亡的委婉语。

【索引词】杭州；西兴；钱塘江；运河；绍兴；宋六陵。

【导读】宋六陵，位于今绍兴市越城区富盛镇宝山南麓，包括宋高宗永思陵、宋孝宗永阜陵、宋光宗永崇陵、宋宁宗永茂陵、宋理宗永穆陵、宋度宗永绍陵等南宋六帝后的陵墓与北宋徽宗陵寝。南宋君臣抱着打回北方、收复失地的想法，将皇陵叫作"攒宫"，即规模较小、临时停葬的行宫，希望有一天可以迁葬北方的巩县祖坟。令人气愤的是，至元二十二年（1285）开始，在元朝廷纵容下，西夏和尚杨琏真迦等僧人数次作恶，几乎将宋六陵盗掘一空，陵园建筑毁于一旦。该诗应作于攒宫被盗之后，诗人敢怒不敢言，却又痛惜不已："异代览之，亦为凄然！"

〔元〕柳贯

作者简介：柳贯（1270—1342），自号乌蜀山人，婺州浦江（今浙江浦江）人。早年从性理之学。元成宗大德年间（1297—1307），举为江山县学教谕。官终翰林待制兼国史院编修。著《柳待制文集》。

过钱清，浦阳江由此入海

浦阳配三江，犹以小絜大。我家其始源，涓流激湍濑。到兹直达海，混混百川会。归墟岂其丰？出坎亦非杀。赢缩总如一，真源自滂沛。浮舟绝江津，浪触银花碎。朝曦如青莲，升光破烟霭。归云回望长，鸿飞渺天外。

——《（雍正）浙江通志》卷十五

【索引词】绍兴；江河水利；浦阳江；行舟。

【导读】这首五言古诗为诗人访钱清所作。诗中阐明了浦阳江与曹娥江、钱清江、钱塘江之关系。诗人老家在浦阳江源头，有自欣之情；对于浦阳江之流向，作了如实描写，并富于哲理。宋代理性之学对于诗人之影响，诗中有所流露。其可贵之处在于揭出"浦阳江由此（指钱清）入海"

之史实。这与陈桥驿先生之考证，如出一辙，即浦阳江故道经古临浦（一名临湖）、古渔浦（一名渔湖）北向钱塘江，至北宋初，始以碛堰山口为主要通道，南宋初，碛堰山口筑堰后，浦阳江不时借道钱清江从三江口出海。

〔元〕张可久

作者简介：张可久（约1270—1348后），字伯远，号小山。庆元（今宁波）人。有词曲集《张小山北曲联乐府》。又天一阁本《张小山乐府》中有词四十二首。

寨儿令·鉴湖上寻梅

贺监宅，放翁斋①，梅花老夫亲自栽。路近蓬莱②，地远尘埃③，清事恼幽怀。雪模糊小树莓苔，月朦胧近水楼台。竹篱边沽酒去，驴背上载诗来。猜，昨夜一枝开④。

——《新刊张小山北曲联乐府》中卷

【索引词】绍兴；鉴湖；贺知章。

【导读】贺知章、陆游都曾在鉴湖居住，由此引出了作者在鉴湖边栽梅、寻梅、赏梅之作，流露出作者远离官场、走近自然的愿望。"月朦胧"写梅花夜间开放，并与末句"昨夜一枝开"相呼应。"猜，昨夜一枝开"是神来之笔，它不单借齐己《早梅》"一字师"的典故点明了这是"早梅"，更是为"寻"字增添分量，而且呼应了"梅花老夫亲自栽"，反映了

---

① 陆游的住所。陆放翁晚年卜居的三山，临近镜湖。
② 指旧址在绍兴龙山下的蓬莱阁。
③ 指与龌龊的社会隔离。
④ 唐代齐己作《早梅》诗，有"前村风雪里，昨夜数枝开"句，郑谷改"数枝"为"一枝"，齐己拜郑谷为"一字师"。

作者获得一份劳动成果的惊喜。

梧叶儿·山阴道中

丹井长松树，青山小洞庭，吟啸寄幽情。花外神仙路，天边处士星，月下醉翁亭。听一曲何人玉筝。

——《新刊张小山北曲联乐府》下卷

【索引词】绍兴；山阴道。

寨儿令·忆鉴湖

画鼓鸣，紫箫声，记年年贺家湖上景。竞渡人争，载酒船行，罗绮越王城。风风雨雨清明，莺莺燕燕关情。柳檠①和泪眼，花坠断肠英。望海亭，何处越山青。

——《新刊张小山北曲联乐府》中卷

【索引词】绍兴；鉴湖。

〔元〕任昱

作者简介：任昱，字则明，四明（今宁波）人。与张可久（约1270—1348后）、曹明善为同时代人，一生不仕。

〔双调〕沉醉东风·会稽怀古

爱望海秦山古色，探藏书禹穴重来。鉴水边，云门外，有谁人布袜青鞋。休问吴宫暗绿苔，越国在残阳翠霭。

——《乐府群玉》卷一

---

① 《小山乐府》卷六作"擎"。

【索引词】绍兴；钱塘江；禹穴禹陵禹庙；鉴湖；秦望山；云门寺。

〔元〕萨都刺

作者简介：萨都刺（1272—1340），也称萨都拉、萨天锡，元回回人，字天锡，号直斋。泰定四年（1327）进士，授应奉翰林文字，历任南台御史、镇江录事司达鲁花赤、江南行台侍御史、淮西江北道经历。著有《雁门集》。

越溪曲①

越溪春水清见底，石鳞银鱼摇短尾②；船头紫翠动清波，俯看云山溪水里。谁家越女木兰桡，鬏云堕耳溪风高；采莲日暮露华重，手滴溪水成蒲萄。盈盈隔水共谁语，家在越溪溪上住；蛾眉新月破黄昏，双橹如飞剪波去。

——《雁门集》卷一

【索引词】绍兴；若耶溪；行舟；采莲。

【导读】明人评价元代诗人："间有奇才天授，开阖变怪，莫可测度，以骇人之视听者。初则贯云石、冯子振、陈刚中，后则杨廉夫，而萨天锡亦其人也。"

夜过白马湖

春水满湖芦苇青，鲤鱼吹浪水风腥。舟行未见初更月，一点渔灯落远汀。

——《雁门集》卷四

---

① 《萨天锡诗集》卷二诗题作《若耶溪》。
② 一作"摇尾尾"，不合。

【**索引词**】绍兴上虞;杭州萧山;杭州滨江;白马湖;行舟。

【**导读**】这首诗写了运河夜航的情景,诗歌不长,信息量很大。遗憾的是现在浙东运河旁边有两个白马湖,不能确指:一个在杭州市萧山区和滨江区萧绍运河南岸一两公里外;一个在绍兴市上虞区,至今仍与虞甬运河(西横河)平交。从"春水满湖芦苇青,鲤鱼吹浪水风腥"来看,乘客夜里都能看清芦苇的颜色,能闻见一阵阵的鱼腥味,船似乎就在湖面穿过,也不排除是上虞白马湖。

航坞山

拂衣登绝顶,石蹬渍苔纹。鸟道悬青壁,龙池浸白云。树深猿抱子,花暖鹿成群。更爱禅房宿,泉声彻夜闻。

——《(雍正)浙江通志》卷十五

【**索引词**】杭州萧山;航坞山。

江声草堂

卜居西陵下,门临大江皋。江声自朝夕,岂独喧波涛。海潮作波浪,山岳俱动摇。海潮有时息,逝水去无极。惊风吹浪花,喷剪射崖壁。万籁俱澄心,何必丝竹音。月明歌水调,惊起蛟龙吟。

——《(雍正)浙江通志》卷四十四

【**索引词**】杭州;西兴;海潮。

〔元〕王克敬

作者简介:王克敬(1275—1335),字叔能,元大宁路人。泰定(1323—1328)初官绍兴路总管,转两浙盐运使。后累迁南台治书侍御史,以正纲纪自任。召为吏部尚书,顺帝元统初起为江浙参政,寻致仕卒。

刘太守庙

刘宠清名举世传，至今遗庙在江边。近来仕路多能者，也学先生拣大钱。

——《古今图书集成》卷五十四

【索引词】绍兴；刘宠；钱清江。

【导读】《辍耕录》："一钱太守刘宠庙，在绍兴钱清镇。王叔能参政过庙下，赋诗曰……"顺帝元统（1333—1335）初王克敬起为江浙参政。据此推算，该诗可能作于1333年。

〔元〕黄溍

作者简介：黄溍（1277—1357），元婺州义乌人，字文晋。弱冠西游钱塘，得见遗老巨工宿学，益闻近世文献之详。仁宗延祐二年进士，授台州宁海丞，历诸暨州判官，所至有政声。卒后赠江西行省参知政事，追封江夏郡公，谥"文献"。有《日损斋笔记》。后人编有《文献集》《金华黄先生文集》等。

送杨学正还余姚

舜江吾旧游，风物殊不恶。江水天际来，宛宛带郊郭。云帆渺沙溆，翠幛①森楼阁。别离不可念，此日忽已昨。想见春水生，烟柳仍濯濯。君胡久去此，三径独盘礴。空斋耿灯火，月冷潮声落。近闻故人书，远致江上作。白驹幸无遗，淮阳讵云薄。招要忻良会，绿酒春可酌。采芹有遗篇，风雩多新乐。因君讯同志，何用慰离索。

——《文献集》卷一

【索引词】宁波余姚；舜江；行舟；潮汐。

---

① 《金华黄先生文集》作"嶂"。

〔元〕徐再思

作者简介：徐再思（约 1280—1330），字德可，号甜斋，浙江嘉兴人，元代著名散曲作家，曾任嘉兴路吏。作品与当时自号酸斋的贯云石齐名。后人任讷又将二人散曲合为一编，世称"酸甜乐府"。

［黄钟〕人月圆·兰亭

茂林修竹风流地，重到古山阴。壮怀感慨，醉眸俯仰，世事浮沉。惠风归燕，团沙宿鹭，芳树幽禽。山山水水，诗诗酒酒，古古今今。

——《朝野新声太平乐府》卷五

【索引词】绍兴；兰亭。

〔元〕吴师道

作者简介：吴师道（1283—1344），字正传，元婺州兰溪人。英宗至治元年进士，以礼部郎中致仕。有《吴礼部诗话》《敬乡录》《吴正传文集》等。

春雨晚潮图

昔年曾看钱塘潮，龙山山下乘春涛。中流回首洲渚变，孤塔不动青崖高。云昏水暗雨阵黑，雪喷电转潮头白。浙江亭远乱帆飞，西兴渡暝千花湿。空江茫茫魂欲断，归来十年惊复见。浩荡东风满画图，淋漓海气飞人面。春深故国芳草生，鸱夷遗恨何时平。重游吊古惜未得，掩卷歌罢空含情。

——《御选元诗》卷二十九

【索引词】杭州；钱塘江；浙江亭；西兴渡。

〔元〕丁复

作者简介：丁复（生卒年不详），字仲容，号桧亭，元台州天台人。早年有诗名，延祐初（1314年后）曾与杨载（1271—1323）、范梈（1272—1330）一同被荐为史官，不仕。与危素（1303—1372）为忘年之交。李孝光（1285—1350）称其为仲容，似年龄相仿。其诗格超而趣远，酷类太白。有《桧亭集》。

赠送择中记室东游

东道佳胜方蓬莱，不独四明与天台。一从钱塘判吴越，好山无数东南来。政如飙风作海气，水涌巨涛黏风高作堆。鳌掀鳄举聚鳞甲，龙君拥节驱群能。众子各各起头角，振迅爪鬣争从陪。老蜃长嘘作宫宇，自献所宝刳其胎。鳅鲵戏斗触乃怒，健撞劲额破厥□。虾蟹不得宁须臾，□鳌竞奔推。天公不复令水处，置诸平陆居乎哉。所以岩峦洞穴互参错，从以培塿①尊崔嵬。锐者若剑戟，峻者为楼台。方布即平嶂，员断乃珠瑰。遂成永巷入，划作天门开。缺月连象曜，崇云裔崩雷。华盖覆玄极，臣垣播周回。文昌序六阶，外屏环杓魁。诸侯匝藩卫，四夷乃宾徕。仙佛虽殊流，圣贤兹乃胚。请从会稽镇，五云郁徘徊。好在若耶师，还应具尊罍。明日曹娥渡，平潮浮小杯。摩挲色丝碑，殆恐生莓苔。梁州榜平曲，姚江舟下堆。颇闻蔡邕墓，绿草生荒培。何妨片时驻，为致千载哀。鄞江州所治，城郭拟双隈。过桥访程叔，草径岂无媒。治术竟萧瑟，此心无乃灰。丹丘我乡里，白发身未回。灵溪寻药草，自可细沿洄。应逢石桥瓜，露熟含丹腮。稽首别尊者，遥瞻雪皑皑。传语诸讵罗，独宿胡彼敦。因之游雁宕，海舶帆高桅。崎岖水帘谷，舆笋劳山抬。玉女婉相待，宵若闻微咍。忽忆金华

---

① 元《桧亭稿》卷三同名诗作"嵚崎"。

人，乳慕啼初孩。应将仰北斗，慎勿问南陔。初平牧羊处，白石卧霜葽。临高发清哦，宁知念㸌𤈦。兰溪柂伊轧，严濑水喧豗。羊裘傲万乘，鸿名腾九垓。摄衣愿为作合掌，坐笑轩冕空尘埃。鸱夷浮江怒行汐，寒音吼雪牙欻欻。归来一笑凤凰下，孤山正发林逋梅。先驰一枝寄河上，幽窗远答然龙媒。香闻似非自然者，不语各以手承颏。西邻短褐将两肘，桧下恰灌千场栽。相期更复借落叶，是去是住忘疑猜。

——《桧亭集》卷三

【索引词】宁波；绍兴；曹娥；会稽；潮汐；姚江；通航；若耶溪；鄞江。

〔元〕李孝光

作者简介：李孝光（1285—1350），字季和，号五峰。温州乐清人。顺帝至正初，以秘书监著作郎召，进《孝经图说》，升秘书监丞。有《五峰集》《五峰词》。

湖上作

贺家湖里见秋风，放翁宅前东复东。两边云树忽远近，十里荷花能白红。行人濯足银河上，越女梳头青镜中。我欲张帆上南斗，扶桑碧海与天通。

——《大雅集》卷七

【索引词】绍兴；鉴湖；贺知章。

鉴湖雨

越角鉴湖三百曲，雨余曲曲添新绿。八月九月风已高，诗人夜借渔船宿。渔翁城中沽酒来，筐底白鱼白胜玉。当时贺老狂复狂，乞得鉴湖此生足。

——《五峰集》卷九

【索引词】绍兴；鉴湖；行舟；贺知章。

〔元〕黄镇成

作者简介：黄镇成（1287—1362），元邵武人，字元镇。曾授江西儒学提举。著有《秋声集》。

明州西渡

西坝津头望海涛，扬波卷雨日滔滔。一江风起晚潮上，半夜舟行山月高。葭菼连空迷雪舫，鱼龙吹浪湿宫袍。乾坤不碍身如叶，我亦螟蛉笑二豪。

——《秋声集》卷三

【索引词】宁波；西渡堰；运河；乘潮；西坝；夜航。

【导读】西坝津头，即西渡堰，在宁波三江口西北十六公里处。浙东运河为什么流行夜航船？因为这里普遍依赖海潮浮托行舟。"一江风起晚潮上，半夜舟行山月高"与张翥《宴四明江中醉卧及醒舟已次车厩站》"风卷潮声全海起……偏照姚江独夜船"情景何其相似！他们的船都是"乘潮而行"，而且都利用了晚潮。还有一点相似之处，就是雨中行舟。本诗"西坝津头望海涛，扬波卷雨日滔滔"，与张翥诗句"风卷潮声全海起，雨分虹影半空悬"形成对照，颇为有趣。

〔元〕张翥

作者简介：张翥（1287—1368），元代诗人。晋宁（今山西临汾）人。今存《蜕庵集》。

述慈溪景[①]

往年使过慈湖上，风景依稀可画传。红叶树藏秋水寺，白头僧渡夕阳船。竹林雨过山多笋，渔浦潮来海有鲜。借尔远公能爱客，不妨酬倡酒尊[②]前。

——《（雍正）浙江通志》卷二百七十六

【索引词】宁波江北；余姚江；慈湖；行舟；潮汐。

【导读】慈湖，位于今宁波市江北区慈城镇北门口外的阚山脚下。唐开元二十六年（738）房琯为县令，上任后把慈溪县治迁至浮碧山，仿效长安一街一河双棋盘格局重建县治，并下令开挖慈湖，灌溉农田。

宴四明江中醉卧及醒舟已次车厩站

使节重来省昔年，旧游零落一凄然。山川在眼空陈迹，歌舞催人又别筵。风卷潮声全海起，雨分虹影半空悬。酒醒惟有斜窗月，偏照姚江独夜船。

——《元诗选》初集卷三十九

【索引词】宁波；姚江；乘潮；夜航。

【导读】今宁波余姚市河姆渡镇浙东运河边有车厩村，水路距宁波三江口约七十里。该诗描写了到四明（宁波）赴宴之后乘船而行的经历，略带几分戏谑。大风卷来大潮，雨后斜阳彩虹；醉卧姚江船上，醒来已是夜中。诗中透露了姚江航道的基本特点：海潮涌来不仅不是坏事，反而壅高运河水位，舟船因此大畅，不知不觉中已走过数十里水路。

---

① 《蜕庵集》题作《寄答翟彬文中时避慈溪》。旧慈溪治今江北区慈溪镇，位于余姚江左岸。

② 尊，《蜕庵集》作"樽"。

西兴渡

携家迢递过西陵，江雾微消海日升。帆影昼惊沙上雁，船声斗落岸头冰。果园霜后初分橘，渔浦潮平各下罾。岁晚不思行路倦，剡中佳兴正堪乘。

——《蜕庵集》卷五

【索引词】杭州滨江；西兴；钱塘江；航行；浙东运河；潮汐。

题赵仲穆江圃归帆图①

西施浦头鸿雁声，苎萝山下於菟②行。前村路暗愁未到，回首海天秋月生。

——《草堂雅集》卷四

【索引词】绍兴诸暨；西施浦；苎萝山；西施庙；渔浦。

次韵题大雷山桃源汪氏桃隐③（其一）

幽甚南雷路，尝闻故老传。墟通卖鱼碶，潮入种蚶田。椇子浑成树，桃花不计年。山中多佛寺，灯火肃芊芊。

——《蜕庵集》卷二

【索引词】宁波海曙；石碶；潮汐。

【导读】今宁波市海曙区原为鄞县地，有大雷山，山下为鄞西平原，今有桃源村。古代这里水网密布，航道四通八达。"墟通卖鱼碶"，意为集市通向卖鱼的石碶，而石碶允许过小船，因而集市连通石碶就等于连通了浙东运河，连通了海陆世界。碶，为宁波一带特有的水利工程，就是木石结构的水闸，具有拒咸、蓄淡、通航、灌溉等功能。

---

① 原注：渔浦八十五里为苎萝，浦口有西施庙存。
② 於菟（wūtú），虎的别称。
③ 原注：鄞县。

〔元〕王冕

作者简介：王冕（1287—1359），字元章，号会稽外史等，元末绍兴路诸暨人。应进士试不第，绝意仕进。后携妻子隐居会稽九里山。种梅万株，结茅屋三间，自题为梅花屋，又名竹斋。著《竹斋集》。

怀古

会稽岩壑今犹古，王谢经行何所之？感慨传人有余思，风流异代不同时。春来野水生蒲柳，雨过空山长蒺藜。异代无人知禹穴，游人来往到今疑。

——《竹斋集》卷上

【索引词】绍兴；会稽山；禹穴禹陵禹庙。

【导读】这首七言律诗以"怀古"为题，实为感今。诗写得很特别，写到古的只有首联和尾联，颈联写的是今，旨在作"古"之反衬，此其一。以王羲之、谢安等晋代名流为陪衬，要突出的是古之"禹穴"。禹穴不但距诗人九里梅花书屋近，而且是大禹平生之象征，此其二。写"今"时突出"蒲柳"和"蒺藜"，大禹遗迹之荒凉可以想见，此其三。其四，将古代为百姓治水立下丰功伟绩的大禹与眼前之游人作比，"无人知禹穴"，"来往到今疑"，诗人之感慨何其深厚！这首诗其实是慨叹元朝廷对大禹治水业绩不够重视。

过渔浦①

十八里河船不行，江头日日问潮生。未同待诏于②金马，却异看花

---

① 《御选元诗》卷五十三作《白马湖》。渔浦为上虞姚江边古地名，古代距白马湖也不远。

② 一作"沈"。

在锦城。万里春风归思好，四更寒雨一灯明。故人湖海襟怀古，能话旧时鸥鹭盟①。

——《竹斋集》卷上

【索引词】绍兴上虞；姚江；十八里河；运河；候潮；渔浦；白马湖。

【导读】姚江上虞段即四十里河通明江段有七里滩，沙积水浅，过往船只常常需要待潮而行。为解决这个难题，古人疏浚开凿了一条分支十八里河，虽然要绕一下，但免除了候潮之难和行船之苦。十八里河最早开浚时代存在宋明之争。《（光绪）上虞县志校续》："十八里河在县东十里，新通明堰下直抵余姚坝十八里，故名。世传宋史弥远创置，《万历志》谓明永乐间鄞人郯度开浚。"王冕"十八里河船不行，江头日日问潮生"，说明元代已有十八里河，乘潮可以通航。由此可以推断宋代是"创"，明代是"浚"；疏浚后十八里河虽然通航不甚便捷，但是不用候潮，也属功不可没。此诗有力地支持了"宋人说"。

<h1 align="center">题赵千里夜潮图</h1>

去年夜渡西陵关，待渡兀立江上滩。滩头潮来倒雪屋，海面月出行金盘。冰花著人②如撒霰，过耳斜风快如箭。叫霜鸿雁零乱飞，正③似今年画中见。寒烟漠漠天冥冥，展玩陡觉心神清。便欲吹箫骑大鲸，去看海上三山青。

——《御选元诗》卷三十二

【索引词】杭州；西兴；钱塘江；潮汐。

---

① 鸥鹭盟也说鸥盟，谓与鸥鹭为友，比喻隐退。
② 一作"水花箸人"，又作"冰花着人"。
③ 一作"政"。

过兰亭有感

东晋风流安在哉？烟岚漠漠山崔嵬。衰兰无苗土花盛，长松落雪孤猿哀。满地红阳似无主，春①风不独黄鹂语。当时诸子已寂寥，真本兰亭在何许？欹檐老树缘女萝，颓②崖断壁青相磨。旧时觞咏行乐地，今朝鱼鼓瞿昙家。荒林昼静响啄木，流水潺潺绕山曲③。游人不来芳草多，习习余风度空谷。去年载酒诵古诗，今年拄杖读古碑。年年慷慨入清梦，何事俯仰成伤悲？故人不见天地老，千古溪山为谁好？空亭回首独凄凉，山月无痕修竹少④。

——《御选元诗》卷三

【索引词】绍兴；兰亭。

〔元〕成廷珪

作者简介：成廷珪（1289—约1362），字原常，一字元章，又字礼执，兴化人，一说芜城（江都）人。元末著名诗人。著有《居竹轩集》。

寄慈溪普天泽监县⑤

闻说慈溪县，官闲地更偏。两潮来海错，六月刈山田。晓塔天童寺，春帆日本船。何时琼树底，花夕醉婵娟。

——《御选元诗》卷三十九

【索引词】宁波慈溪；海船；通航；潮汐。

【导读】这首诗寄给慈溪县的朋友，描绘了一幅浙东太平图。其中提

---

① 一作"昏"。
② 一作"崩"。
③ 一作"曲水潺潺似山哭"。
④ 一作"小"。
⑤ 《居竹轩集》卷二"县"作"悬"。

到了日本船，可见元代中日海上交流依然十分活跃。天童寺与日本佛教界的交往可谓长久深远，历代来寺参修日僧有 32 人之多，赴日弘法寺僧有 11 人。中日佛教交流之兴盛可窥见一斑。到天童寺求法的日僧集中在宋元明三朝。

送马易之回四明

雨水经旬雪复作，巷陌春泥断往来。东海祇留诗卷在，南湖谁送酒船回。自惭白发殷勤别，可惜琼花次第开。我忆慈溪旧游地，不知淮泗有风埃。

——《居竹轩集》卷三

【索引词】宁波；四明山；宁波慈溪。

〔元〕柯九思

作者简介：柯九思（1290—1343），字敬仲，号丹丘生，元台州临海人。文宗即位，授典瑞院都事，迁奎章阁鉴书博士。文宗死，流寓江南。

俞希声置竹石于几案间，名曰小山阴。山阴，吾之故乡，不能无题

昔年曾在山阴住，不谓山阴到此堂。苍苔翠竹汝所好，白石清泉吾故乡。禹穴有怀游太史，鉴湖无复赐知章。张帆明日竟东下，雨过西兴树影凉。

——《元诗选》三集卷五

【索引词】绍兴；禹穴禹陵禹庙；鉴湖；贺知章；行舟；西兴。

〔元〕吴景奎

作者简介：吴景奎（1292—1355），字文可，元婺州兰溪人。著有《药房樵唱》。

自山中归镜湖别业

数椽茅舍清江曲，六月炎天困郁蒸。赖有青山围故宅，归来赤脚踏层冰。石泉松籁为琴筑，野蔌山肴荐豆登。明日回头望丘壑，芙蓉半出白云层。

——《药房樵唱》卷二

【索引词】绍兴；鉴湖。

〔元〕郑元祐

作者简介：郑元祐（1292—1364），字明德，号尚左生。元处州遂昌人，迁钱塘。顺帝至正中，除平江儒学教授，升江浙儒学提举，卒于官。著有《遂昌杂志》《侨吴集》。

送白主簿二首（其二）

簿领慈溪县，遥知傍海湄。熬波①官赋急，扶犁野农淳。船发帆樯晓，烟明岛屿春。每嫌凤栖棘，咫尺是青旻。

——《侨吴集》卷四

【索引词】宁波慈溪；行舟；煮盐。

---

① 熬波，指煮海水为盐。

〔元〕朱德润

作者简介：朱德润（1294—1365），字泽民，元睢阳人，徙吴中。延祐末荐授应奉翰林文字。至正中，摄守长兴。有《存复斋集》。

西兴

八月海门天气凉，潮头如雪上钱塘。斜阳更比归人急，又引轻帆入富阳。

——《元诗选》初集卷四十六

【索引词】杭州；西兴；钱塘江；行舟。

〔元〕杨维桢

作者简介：杨维桢（1296—1370），字廉夫，号铁崖，晚号东维子，元明间浙江山阴人。元泰定四年（1327）进士。授天台县尹，累擢江西儒学提举。因兵乱，未就任，避居富春山，迁杭州。有《东维子集》《铁崖先生古乐府》等。

镜湖

与客携壶放画船，春波桥①下柳如烟。林间好鸟啼长昼，席上高歌乐少年。醉里探书寻禹穴，醒来访隐过平川。樵风泾上神仙窟，知是阳明几洞天。

——《（万历）绍兴府志》

【索引词】绍兴；镜湖；禹穴禹陵禹庙；春波桥；禹迹寺。

---

① 春波桥俗名罗汉桥，位于今绍兴市区禹迹寺前。禹迹寺创建于晋义熙十二年（416）。

【导读】该诗主题是镜湖，处处围绕大禹治水展开，暗喻镜湖带给人们的美好生活来源于大禹和大禹精神的继承者。春波桥，紧靠纪念大禹的禹迹寺；阳明洞天，和禹穴（禹得金简玉字书处）同在宛委山飞来石之下。

〔元〕周伯琦

作者简介：周伯琦（1298—1369），元饶州人，字伯温，别号"玉雪坡真逸"。至正十四年（1354），起江东肃政廉访使，后改调浙西。曾拜江浙行省左丞，留平江十余年。著诗文稿《近光集》《扈从集》等。

送应奉林希元赴上虞令二首（其二）

先子登瀛记昔年，京城邂逅各欣然。每思推毂嗟前梦，颇喜同僚续旧缘。野岸晴莎穿去鹬，江亭云树忽啼鹃。曹娥祠在无人问，为拓残碑寄日边。

——《近光集》卷三

【索引词】绍兴上虞；曹娥祠。

〔元〕倪瓒

作者简介：倪瓒（1301—1374），初名珽，字元镇，号云林子等。元明间常州无锡人。擅书画，与黄公望、吴镇、王蒙并称"元四家"。有《清閟阁全集》《云林乐府》。

［黄钟］人月圆

伤心莫问前朝事，重上越王台。鸥鹭啼处，东风草绿，残照花开。怅然孤啸，青山故国，乔木苍苔。当时明月，依依素影，何处飞来？

——《清閟阁全集》卷九

【索引词】绍兴；越王台。

〔元〕于立

作者简介：于立（生卒年不详），字彦成，号虚白子，元南康庐山人。有《会稽外史集》。1340年曾与黄公望（1269—1354）、张翥（1287—1368）、柯九思（1290—1343）、倪瓒（1301—1374）、顾瑛（1310—1369）于玉山雅集。倪瓒为其所藏《云松图》题诗于玉山书舍。

次韵鉴中八咏（其五）·鉴湖

我爱鉴湖水，明如照胆铜。澄清若有待，浑浊那能蒙。当时贺知章，富贵如苓通。岂无一亩地，来筑仙人宫。

——《元诗选》三集卷十六

【索引词】绍兴；鉴湖；贺知章。

〔元〕镏涣

作者简介：镏涣（生卒年不详），一作刘涣，字彦亨，号石田。元明间浙江山阴人，祖籍洛阳。元顺帝至正年间（1341—1368），御史奥林荐为三茅书院山长，道艰不赴。老以诗酒自娱。

湘湖

湘湖莼叶大于钱，千顷鸥波可放船。一曲竹枝歌未了，水禽飞散夕阳天。

——《（民国）萧山湘湖志》卷七

【索引词】杭州萧山；湘湖；行舟；莼叶。

【导读】莼菜，又名水葵，性喜温暖，长于池塘湖沼。湘湖很浅，湖底平坦，非常适合莼菜的生长。早在北宋政和二年（1112），就有"湘湖莼菜"之说。到南宋定都临安时，莼菜被列为朝廷贡品。《嘉泰会稽志》卷十七："萧山湘湖之莼特珍，柔滑而腴。"南宋陆游有"丰年处处村酒好，莫教湘湖莼菜老"诗句，并自注"湘湖在萧山县，莼菜绝奇"。更有甚者，明代袁宏道《湘湖》一文竟说："莼采自西湖，浸湘湖一宿然后佳。若浸他湖便无味。浸处亦无多地，方圆仅得数十丈许。"

〔元〕余阙

作者简介：余阙（1303—1358），元庐州人。至正十二年，任淮西副使、佥都元帅府事，守安庆，御来犯军，升江淮行省参知政事、拜淮南行省左丞。有《青阳集》。

兰亭

奉节过东鄙，总辔临越墟。览此崇山阿，亭树犹晋余。阳林积珍木，禊馆疏镂渠。微风旋轻濑，宛委写成书。秋杪霜露滋，清商满县隅。红莲彫绮蕊，微澜见跃鱼。借芳泛羽觞，视听良有娱。逍遥大化内，岂必三月初。

——《青阳集》卷一

【索引词】绍兴；兰亭；宛委山。

〔元〕高明

作者简介：高明（1305—？），字则诚，号菜根道人。元明间浙江平阳人，一说永嘉人。元顺帝至正五年（1345）中进士，先后任处州录事、江浙行省掾吏、浙东闽幕（统帅府）都事等职，官声颇佳。晚年隐居鄞县之栎社沈氏楼。有《柔克斋集》二十卷。

送朱子昭赴都

西陵潮落船初发，念子辞家去觅官。直欲持书上光苑，不妨卖药过邯郸。黄河雪消水乱走，紫禁花浓春尚寒。如此江山足行乐，莫将尘土污儒冠。

——《元诗选》三集卷十一

【索引词】杭州；西兴；行舟。

【导读】诗人四十多岁才考中进士，功名来之不易；送友的同时叮嘱朋友知足，要胸怀天下，勤政廉洁："如此江山足行乐，莫将尘土污儒冠"。诗人出生之前京杭运河已经初步贯通（1293），虽然山东段不甚通畅，但还是具有一定的运输能力。该诗从西陵渡口起笔，略略描绘了春天开河之时去往京城的沿途风景。细细体会，在诗人心目中，浙东运河已经与黄河，与元大都，进而与万里江山紧紧联系在一起。

〔元〕金涓

作者简介：金涓（1306—1382），字道原，义乌人。著有《湖西》《青村》二集，共四十卷。

舟次渔浦

双溪东入浙，终日坐危舟。流水远明目，小篷①低压头。烟村鸦入暮，江国雁宾秋。一片凄凉景，安排独客愁。

——《元诗选》二集卷二十三

【索引词】杭州；渔浦；行舟。

【导读】诗人有《舟次渔浦》《舟次严陵》两首诗，证明渔浦在萧山。

---

① 《青村遗稿》作"蓬"，疑误。

〔元〕月鲁不花

作者介绍：月鲁不花（1308—1366），字彦明。元统元年（1333）进士。至正元年（1341），任行都水监经历。曾任吏部尚书、江南行御史台中丞、浙西肃政廉访使等。兵乱时避往庆元（今宁波），浮海北行，遇倭船，被害。

泛鸣鹤湖次见心上人①韵

杜若湖中试彩舟，波光千顷镜奁浮。芙蓉露冷沧洲上，杨柳风清古渡头。鸣鹤数声秋澹澹，闲沤几点思悠悠。相过未尽登临兴，更把琴书且暂留。

——《元诗选》三集卷九

【索引词】宁波慈溪；杜湖；行舟；渡口。

【导读】这是与著名诗僧"见心上人"等人的唱和诗。月鲁不花为官公平刚正，曾为"行都水监经历""江南行御史台中丞"，元明间慈溪人乌本良、乌斯道兄弟称他"彦明中丞""王公中丞"。乌斯道《春草斋集》卷四有《次王公中丞杜若湖泛舟》诗，并录于此："百顷风潭一叶舟，神仙李郭镜中浮。从容杜若罗生处，荡漾芙蓉欲尽头。茶灶笔床延落景，水云沙鸟泛清秋。可中增观非畴昔，归去山灵似再留。"

鸣鹤湖即杜若湖，向西几百米与白洋湖隔山相望，位于宁波慈溪市鸣鹤古镇境内，东江南岸。二湖始建于唐开元年间，已有一千二百多年历史。再向西六里为另一著名湖泊上林湖。三湖均可通过东江-候青江，在余姚市区与浙东运河连接，通宁波港；东江滩涂通海，纳潮有助于内河航行，但无港口出海。

---

① 见心上人，诗僧。

〔元〕迺贤

作者简介：迺贤（1309—？），一作纳延，元葛逻禄氏，字易之，汉姓马。南阳（今属河南）人。随兄居鄞县（今宁波）。能诗文。授翰林编修官。有《金台集》《海云清啸集》等。

宝林八咏为别峰同禅师赋

（一）飞来峰：千仞琅琊石，飞来镇越州。江波欲浮动，还被白云留。

（二）应天塔：独上峰颠塔，秋清曙色开。凭阑望东北，潮向海门来。

——《元诗选》初集卷四十一

【索引词】绍兴；塔山；飞来峰；应天塔；潮汐。

〔元〕戴良

作者简介：戴良（1317—1383），元明间浦江人，字叔能，号九灵山人。至正辛丑，以荐授淮南江北等处行中书省儒学提举。后南还四明，耆儒故老往往流寓于兹。著有《九灵山房集》。

海堤行

海潮渺渺海云黑，几处居民遭垫溺。岂无精卫填石心，海水无情谁敢敌。余姚州臣一文儒，射策到来胆气粗。手捶大鼓召丁壮，誓作长堤备不虞。政行令奔喧百里，畚锸纷纷集如蚁。阃符府檄适复至，以赋来从无远迩。伐山凿石倏有声，尽道轰雷动地鸣。灵胥闻之尚胆慑，天吴值此定心惊。顷之地脉异畴昔，海口分明见山骨。新堤万丈与城延，怒浪狂波争不得。从兹疆场水奠安，黍稷桑麻应郁然。当知击壤行歌日，绝胜乘涛悔过年。牧童每指村中路，即是前人沉溺处。念功既许髫令识，追恨惟容髑髅语。姚江渡头夜泊舟，夜间南岸听农讴。鲲鳌鲛洲尽耕作，叶公为政孰与俦。古有白公及郑国，引渠溉田足民食。二渠已废名尚传，况乃叶公今更贤。叶公事业海同久，海堤可坏，叶公之名不可朽。

——《九灵山房集》卷十六

【索引词】宁波余姚；海堤；姚江；行舟；叶敬常。

【导读】这又是一首歌颂叶敬常筑海堤的诗。诗中四次提及的"叶公"，指叶恒，字敬常，余姚州判官。至正元年（1341）筑成海堤，立下不朽之功。至正末诏封侯立庙。

自定水回舟漏几溺

清游夙所嗜，投老兴未已。一朝得良俦，投袂为之起。龙山屐既蹑，蓝水舟亦舣。复访清泉境，三宿石林趾。叶氏好弟兄，坚留醑酒醴。屡辞不听去，维絷久乃弛。遂乘一败艇，夜溯潮江水。中流遭垫溺，指顾有生死。既类投湘屈，复近捉月李。云庄得神助，跃出洪波里。长呼施援手，臂与老猿似。唐生脱靴袜，投弃如敝屣。乱江上崩岸，赤脚不顾礼。空津稍骈集，隙地仅盈咫。前江后畎浍，拟步辄倾圮。既为屈蠖蹲，复作拳鹭峙。顷之云益黑，四顾无托止。复赖云庄仙，指挥命舟子。竟将补天术，塞却漏船底。仍逆冲波急，直榜慈溪涘。已瞻旧馆近，舍舟同步履。叩门诉馆人，慰藉杂悲喜。咄兹六尺躯，忽忽当暮齿。危途冒险艰，到今知有几。君子处斯世，真与此舟比。倾覆乃其宜，得济诚幸尔。因歌戒溺篇，持用谢知己。

——《九灵山房集》卷十六

【索引词】宁波慈溪；行舟。

〔元〕贡悦

作者简介：贡悦（约1318—1388），原名贡性之，字友初（一作有初），宣城（今属安徽）人。元末补福建行省理官。入明不仕，避居山阴，改名贡悦。有《南湖集》。

过鉴湖（节选）

南风吹断采莲歌，越渚船开小似梭；却恐红妆不成态，背人偷照鉴湖波。

——《（雍正）浙江通志》卷二百七十八

【索引词】绍兴；鉴湖；行舟；采莲。

越山清晓

曙光晴散越王台，万壑千岩锦绣开。敧枕僧钟云外落，卷帘渔唱镜中来。树藏茅屋鸡声断，露湿松巢鹤梦回。安得画图分隙地，移家仍住小蓬莱。

——《元诗选》二集卷二十二

【索引词】绍兴；越王台；镜湖；

〔元〕阿里沙

作者简介：阿里沙（约1330—？），一名爱理沙，字允中，丁鹤年（1335—1424）之次兄，色目人。至正间（1341—1368）进士，官应奉翰林文字。

题前余姚州判官叶敬常海堤遗卷

潮汐东来势蹴天，一堤横捍万家全。陵迁谷变人谁在，海晏河清事独贤。晓日山川神禹迹，秋风禾黍有虞田。河渠他日书成绩，应并宣房与代传。

——《御选元诗》卷五十八

【索引词】宁波余姚；海堤；潮汐；河渠；叶敬常。

【导读】叶敬常，余姚州判官。从诗歌来看，他的主要功绩是建设海堤、造福一方，同时也留下了修海堤的有关文献（遗卷）。诗人把叶敬常比作大禹和虞舜，并且把他的功劳与汉武帝时期的瓠子堵口相提并论。元末明初，诗人的胞弟丁鹤年也作同题诗歌，进一步赞扬叶敬常。不仅如此，长者周权（1295—1307）专门写有《叶敬常贤良》诗："谈笑青云激壮怀，决科射策尚徘徊。超超麾电鞭霆手，落落昂霄耸壑材。檐雨青灯官舍酒，乡心明月故园梅。快哉此去魁多士，万里骅骝道路开。"（《此山诗集》卷八）此外，蒋景高《题叶敬常编修海堤篇》以"志与精卫同死生，誓见阳侯相唯诺"歌颂叶敬常。（《（乾隆）象山县志》卷十一《艺文志·著述》）

叶恒（生卒年未详），字敬常，鄞县人。元至元元年（1335）任余姚州判官。姚北濒海，海堤常溃。叶恒查勘圮堤，见溃决多为土堤，与乡老计议改土堤为石堤，又请免姚北乡民其他科徭，以悉力筑堤。筑堤前浚河渠，复废湖，以通运石水路。分筑堤民工为15所，每所设程督，亲自往来巡视。至正元年（1341）堤成，此后百余年间，姚北虽大潮而无大害。后入官翰林，转职太学，卒于江苏盐城尹任上。至正末诏封仁功侯，立永泽庙于余姚。其孙叶翼辑有《余姚海堤集》，汇录修堤序记及纪念诗文。

〔元〕丁鹤年

作者简介：丁鹤年（1335—1424），字永庚，号友鹤山人。元末避地越江上，又徙四明。著有《海巢集》《鹤年诗集》。

题余姚叶敬常州判海堤卷（补先兄太守遗缺）

阴霓夜吼风雨急，坤维震荡玄溟立。桑田变海人为鱼，叶侯诉天天为泣。侯奉天罚诛妖霓，下平水土安群黎。嶙峋老骨不肯朽，化作姚江捍海堤。海堤蜿蜒如削壁，横绝狂澜三万尺。堤内耕桑堤外渔，民物欣欣始生息。潮头月落啼早鸦，柴门半启临沤沙。柳根白舫卖鱼市，花底青帘沽酒家。花柳村村各安堵，世变侯仙倏今古。侯虽已矣遗爱存，时听丛祠咽箫鼓。人生何必九鼎荣，庙食贵有千载名。君不闻一杯河水决瓠子，沉马亲勤汉皇祀。又不闻一带江波泛蜀都，刻犀厌胜秦人愚。江平河塞世犹骇，何况堂堂障沧海。论古不啻济川才，砥柱东南千万载。呜呼！只今四海俱横流，平地风波沉九州。苍生引领望援溺，州县有官非叶侯，御灾谁复忧民忧？

——《元诗选》初集卷六十三

【索引词】宁波余姚；海堤；水利；叶敬常。

【导读】该诗题中注明"补先兄太守遗缺"，即补已故阿里沙《题前余姚州判官叶敬常海堤遗卷》遗缺，说明两首诗相隔有年但一脉相承。诗歌以更高的热情赞颂了叶敬常，并称其为"叶侯"，说明该诗作于至正（1341—1368）末叶敬常封侯立庙之后。

寄余姚宋无逸先生[①]

龙泉城外绝嚣喧，寄傲全胜在漆园。独对江山怀舜禹，每凭风月问刘樊。行窝酾酒花围席，野寺题诗竹满轩。回首昆冈空劫火，深期什袭保玙璠。

——《鹤年诗集》卷二

---

① 原注：余姚有舜江夏山汉刘使君樊夫人仙迹。

【**索引词**】宁波余姚；舜江；大禹。

〔元〕张招

作者简介：张招（生卒年不详），字宗定，号竹窗。元末（1368年前）官侍仪司副使。先是随父至越（绍兴），娶妻后居萧山南街。

萧山四咏

（一）

古邑瓜分十五乡，越王城垒久荒凉。野平山对东西蜀，路直湖连上下湘。水冱紫丝莼菜滑，锦包苍玉笋芽长。市桥酒价如泥贱，笑领诗人醉几场。

（二）

市上红楼桥上亭，迢迢驿路接西陵。荷盘盛水买元鲫，瓦瓮当船翻紫菱。许寺四周尘似海，潘泉六月冷于冰。隔江白塔如孤鹤，兀立斜阳叹废兴。

（三）

名山何处认萧然，图志源流岂浪传。古市直通南北路，官河不断利民船。决湖田户车分水，煮海沙场[1]灶起烟。八月看潮天下景，年年士女簇江边。

（四）

地势旁连沧海滨，未霜寒气已侵人。巨笼采橘[2]色色蜜，急网求鱼

① 一作“厂”，又作“丁”。

② 一作“桔”。

寸寸银。水仙多少闲题品，只说湘干种绝伦。（尾联缺）

——《萧山徐氏宗谱》

【索引词】杭州萧山；运河；行舟；湘湖；灌溉；采菱；潮汐；盐场。

【导读】今人研究，萧山"徐、葛、张为一姓"，系张招三子以改姓躲避"三丁抽戍"所致。据光绪二十五年版《萧山徐氏宗谱》，始祖张招系西汉军事家张良四十六世孙，元末靠祖上功德受封承德郎，任侍仪司副使。家居萧山南街，因此对萧山的山川地理人文社会极为熟悉。"古市直通南北路，官河不断利民船。决湖田户车分水，煮海沙场灶起烟"四句诗，分别称赞了萧山的陆路交通、水上航道、车水灌溉、煮海熬盐，可以想见元代后期萧山古市经济一片繁荣。尤其精彩的是称"官河"往来不断的都是"利民船"，凸显了浙东运河在当时当地人民心目中的崇高地位。该诗充满安定、祥和气氛，应作于元末社会动荡之前。杜永毅编《萧山古诗五百首》（方志出版社 2004 年版）录有该诗之一、之三。

〔元〕汤式

作者简介：汤舜民（生卒年不详），名式，号菊庄，浙江象山县人，一说宁波人。与贾仲明（1343—1422）长期交往。所作散曲极多，收于《笔花集》中。

〔南吕〕一枝花·桧轩

得指教三迁好住居，便栽培千丈深根蒂，能借取四时工造化，以生成一片翠屏帏。大刚是即景成规。直干攒楹密，横柯压栋齐。但将翰墨褒题，不假丹青绘饰。

〔梁州〕青郁郁柏叶松姿备体，香馥馥芝馨术味沾衣。更几般天然景趣谐人意。风过处丝篁咿哑，月来时金碧光辉。檐露洒珠玑点滴，篆烟生紫黛霏微。虽无华丽芳菲，端实萧爽新奇。奢不效七松家绮幕围风，清不让五柳庄黄花绕篱，贵不慕三槐堂①画戟当扉。料伊，所为，单指望岁寒眼底为交契，况值太平世。一样肝肠似铁石，愁甚么雪虐霜欺。

〔尾声〕映疏帘笼曲槛，盘旋著夭乔蛟龙势，傍围拦依短砌，踞耸著狰狞虎豹威。我试将过眼的风光自评议，十万户会稽，八百里鉴水，纵有些亭台则是栽桃李。

——《雍熙乐府》卷八

【索引词】绍兴；鉴湖；兰亭。

〔元〕钱惟善

作者简介：钱惟善（？—1369），元钱塘人，字思复，号曲江居士。既殁，与杨维桢（1296—1370）、陆居仁（1326年举乡试）同葬干山，人称三高士墓。有《江月松风集》。

渔浦春潮

江涨夜来高几寻，轻涛拍岸失蹄涔。迟明帆发星滩远，尽日舟横雨渡深。杜若风回赪鲤上，桃花浪起白鸥沉。越人艇子来何处？欸乃时闻空外音。

——《江月松风集》卷四

【索引词】杭州；渔浦；潮汐；行舟。

---

① 绍兴书圣故里有三槐堂，王氏后裔建筑。

第六章

明代

【浙东运河历史背景简况】

明代，钱清江上游改道西入浙江而钱清堰废，钱清江成为小河，无复以前险阻，萧绍一段成为坦途。明中叶三江闸建成，加之海塘的完善，西兴至曹娥一段运河南北大小湖泊星罗棋布，由南而北的溪河横穿运河，形成以运河为东西骨干的水网，水运四通八达，近人称之为运河水系。曹娥以东抵余姚江也有类似情况。特别是自上虞（百官）向东抵余姚北支水道的北面，伴随海涂、湖泊的开发、垦种，形成密集水网。曹娥以东旧上虞境，运河东接余姚江段，变动较多，如改建通明北堰，开十八里河，增建江口坝，以菁江新河水道代替运河等。

明清浙东运河主线略同宋代。自萧山西兴至绍兴府城西门迎恩门分两支，一支穿绍兴城至都泗门出，一支绕城北南折至都泗门外，二者汇合南流至五云门东折，经绕门山、东关至曹娥江；渡江东南至上虞（今丰惠镇），过县治南折向东北，至大江口坝（通明坝）入余姚江，北而东贯余姚县城，东南达于宁波之慈溪，东通宁波入海。除此之外，余姚江中游自丈亭向东分出一支，至慈溪夹田桥南折至西渡仍通姚江，过江由西塘河经高桥至宁波西门。

——《京杭运河史·浙东运河史考略》
《中国大运河遗产构成及价值评估》

〔明〕刘基

作者简介：刘基（1311—1375），字伯温，谥曰文成，明朝开国元勋，浙江文成南田（原属青田）人。以神机妙算、运筹帷幄著称。

拜曹娥庙

曹江源自舜江来，抱父悲同泣旻哀。纵使乾坤灰劫火，娥心一点不成埃。

——《诚意伯文集》卷十一

【索引词】绍兴；曹娥江；舜江。

发绍兴至萧山

落日牛羊下绿坡，微风短楫拂晴莎。穷愁白发真①相得，悲感青春最苦多。水暖菰蒲沙鸨集，月明洲渚榜人②歌。此时忽漫思身世，奈尔桃花满眼何。

——《御选明诗》卷六十八

【索引词】绍兴；杭州萧山；运河；行舟。

春兴七首（其二）

会稽南镇夏王封，蔽日腾空紫翠重。阴洞烟霞辉草木，古祠风雨出蛟龙。元彝此日归何处，玉简他年岂再逢。安得普天休战伐，不令竹箭困输供。

——《诚意伯文集》卷五

【索引词】绍兴；会稽山；禹穴禹陵禹庙。

---

① 《（嘉靖）萧山县志》卷六作"空"。
② 榜人（bàng rén），船夫，舟子。

题湖山烟雨图（其二）

若耶溪上雨声来，秦望山前雾不开。欲渡镜湖寻禹穴，苍藤翠木断猿哀。

——《诚意伯文集》卷五

【索引词】绍兴；若耶溪；秦望山；镜湖；禹穴禹陵禹庙。

菩萨蛮·越城晚眺

西风吹散云头雨，斜阳却照天边树。树色荡湖波，波光艳绮罗。征鸿何处起？点点残霞里。月上海门山，山河莽苍间。

——《诚意伯文集》卷十一

【索引词】绍兴；河湖；海门山。

〔明〕朱右

作者简介：作者简介：朱右（1314—1376），明初浙江临海人，字伯贤，一作序贤，号邹阳子。明初征赴史局，累官晋府右长史。著有《白云稿》《春秋类编》《元史补遗》等。

与竹深同舟过姚江，秋雨应候，凉气袭人，陪饮守拙斋，醉还。明日竹深以诗来，因次韵以答

初秋同抵舜江城，晓柝声声渡柳营。雁冢过云山色暗，虞渊浴日海光明。庞公足迹宁浪出，李氏仙舟逐水生。醉上篮舆向城市，葛衣风软酒初醒。

——《明诗纪事》甲签卷六

【索引词】宁波；姚江；航行。

〔明〕贝琼

作者简介：贝琼（1312—1379），元末明初浙江崇德（今桐乡）人，一名阙，字廷臣、廷琚、廷珍，别号清江。元末领乡荐。洪武初征修《元史》。有《清江诗集》《清江贝先生文集》等。

梦游秦望山歌送客归越

秦望何崔嵬，削如青莲开。下临七十二湖之浩荡，上接三十六洞之萦回。梦中夜渡浙江水，轻如鹤背乘风来。欲求轩辕上天处，白云尚锁烧丹台。徒知有弱水，安可睹蓬莱。但闻松声万壑兮，夹飞湍之喧豗。赤日惨淡而无色，伏殷殷之雄雷。逾千盘兮历百折，香炉玉笥左右列。山中二女问何迟，桃花落尽燕支雪。金鸡三叫失所在，惟想参差白银之观阙。龙绡寄别泪，三载犹未灭。有美一人兮佩珊珊，昨游吴门复东还。余愿从而上下兮，叫安期於云间。回首隔千里，可望不可攀。

——《清江诗集》卷四

【索引词】绍兴；秦望山；杭州；七十二湖。

〔明〕陶安

作者简介：陶安（1315—1371），明太平府当涂人，字主敬。洪武元年任知制诰兼修国史，寻出任江西行省参知政事，卒官。有《陶学士集》。

送戴生

姑孰亭前绿藻肥，会稽山上白云飞。四郊兵气频闻警，一榻灯光只梦归。舟子争潮喧熟路，海鱼修馔奉重闱。姚江在望浑非远，肯踏梭船访钓矶。

——《陶学士集》卷五

【索引词】宁波；绍兴；姚江；乘潮；航行；会稽山。

〔明〕陶宗仪

作者简介：陶宗仪（1316—？），元末明初浙江黄岩人，号南村。元末避兵，侨寓松江之南村，因以自号。累辞辟举，入明，聘为教官。著《南村诗集》《辍耕录》。

哭赵廷采俨

余姚江上故王孙，黄鹤山中讲世昏。冰玉声华过卫乐，丹青事业在乾坤。半途忍弃妻儿面，一念应怀父母恩。沘笔为修潜德传，无多老泪只销魂。

——《南村诗集》卷三

【索引词】宁波余姚。

〔明〕宋禧

作者简介：宋禧（生卒年不详），元明间浙江余姚人，号庸庵。元顺帝至正十年（1350）举人。有《庸庵集》。参与编撰《永乐大典》。

叶贵中自天台还临濠寓所，正月晦舟过余姚江上，与予别五载而会。话旧之际悲喜交集，因赋律诗一首。寄题其寓所曰竹居者，末意盖有所祝也

濠梁种竹已成林，客舍凭渠伴独吟。蝶化南华春梦短，鹤归东海

暮愁深。别来每得平安信，老去重倾故旧心。江上雷声交二月，锦绷
为汝忆抽簪。

——《庸庵集》卷七

【索引词】宁波；余姚江。

【导读】"自天台还临濠寓所，正月晦舟过余姚江上"，说明元末明初
的浙东运河是浙江天台至中原地区的重要水上交通干线。

〔明〕桂彦良

作者简介：桂彦良（1321—1387），元明间浙江慈溪人，元末乡贡进
士。洪武六年（1373）应召赴都，太祖称为"通儒"。洪武十八年（1385）
告归。有《清节》《清溪》《山西》《挂笏》《老拙》等集。

双峰

平车晨过杜湖岭，喜见屹立之双峰。千里松风奏韶濩，一泓秋色
潜蛟龙。仙禽古树集梵刹，细草幽花迎竹筇。斋余晏坐山阁静，夜深
隔屋闻疏钟。

——《石仓历代诗选》卷三百三十三

【索引词】宁波慈溪；杜湖。

【导读】明万历《鸣鹤杜白二官湖纪事序》记"汉时始作杜湖、白洋
湖，东西相距山，北通故塘"，与"双峰"意境合。

〔明〕郑真

作者简介：郑真（1332—？），明浙江鄞县人，号荥阳外史。洪武四年
举人。有《荥阳外史集》等。

题观泉图

我家四明山谷间，清溪碧涧流潺潺。石床侧目试一听，恍如仙子鸣瑶环。山中夜来新雨足，更上重峦看晴瀑。银河千尺欲飞翻，万鼓雷鸣荡坤轴。汪然下注川渎深，清光一镜明吾心。洗净尘氛百千斛，多情便欲投吾簪。岁月如流吁莫驻，飘飘萍泛淮山住。兴来濯足歌沧浪，白云茫渺知何处。君不见谪仙文章锦绣胸，飞流爱看香炉峰。脱靴捧砚不复顾，便欲此地巢云松。又不见贺监黄冠罢朝谒，扁舟归卧镜湖月。十洲三岛认为家，八极形神纵超越。人生适意非有年，老来只合依林泉。客底清秋见图画，西风梦绕蓬壶天。

——《荥阳外史集》卷九十六

【索引词】 宁波；绍兴；四明山；镜湖；行舟；贺知章。

〔明〕高启

作者简介：高启（1336—1374），字季迪，号青丘子，又号槎轩，长洲（今江苏苏州）人。元顺帝至正十六年（1356）张士诚据吴县，高启被待为上宾，作吴越之游。明建立后，明太祖诏修元史。洪武二年（1369）书成，授翰林院编修。洪武五年（1372），因魏观案受牵连下狱，不久被腰斩。有《高太史大全集》。

夜发钱清江

钱清渡头船夜开，黄茅苦竹闻猿哀。客官酿酒水神庙，风雨满江潮正来。蒸饭炊鱼坐篷底，不觉舟行两山里。棹歌早过越王城，东方未白啼鸦起。

——《（嘉庆）山阴县志》卷二八

【索引词】 绍兴；钱清江；夜航；乘潮；酿酒。

【导读】元顺帝至正十六年（1356）至二十五年（1365），高启被张士诚待为上宾，曾作吴越之游，颇为惬意。这首七言古诗当作于此时。诗人描写夜发钱清江的景色，抒发感想，生动传神。其中"风雨满江潮正来"，让读者看到当时钱清江与钱塘江之关系。"棹歌早过越王城"，又让读者明了越王城之概念以及越王城在元末尚被时人记忆之历史。

吴越纪游十五首（其二）渡浙江宿西兴民家

挂帆无天风，到岸日已夕。舍舟理轻装，欲问古镇驿。飒飒滩声回，莽莽山气积。仆夫夜畏虎，告我勿远适。望林投人家，炊黍旋敲石。寒眠多虚警，我体若畏席。谁云别家遥，数日已在客。今宵始惊叹，东西大江隔。

——《高太史大全集》卷三

【索引词】杭州；西兴；钱塘江；行舟。

高启送任元礼归萧山诗

凤凰台下一帆归，秋雨秋风满客衣。黄菊到家应落尽，西陵斜日闭园扉。

——《（嘉靖）萧山县志》卷六

【索引词】杭州萧山；杭州滨江；西兴；凤凰台。

〔明〕乌斯道

作者简介：乌斯道（生卒年不详），字继善，号春草，元明间浙江慈溪人。洪武五年（1372）上任石龙知县，洪武九年（1376）调永新，有惠政。著有《秋吟稿》《春草斋集》。

海堤行

海上蜿蜒蟠玉龙，云柯迤逦冲阑风。睥睨烟云俯深黝，叶侯建此千年功。侯出成均倅兹土，能为苍生闲斥卤。古称贤令谢与施，可道今人不如古。趋功猬集蓥鼓声，万杵齐捷风雨鸣。南山白石走东海，鲛人夜泣灵鳌惊。从此风飙转潮汐，鬼嗄神奔夺天力。人言水勇奈石坚，谁信侯心胜於石。石堤未作先土堤，洪涛每入田中飞。田舍沉沦粳稌死，盐花万顷争光辉。咸气寻消旧田复，桑柘依然满村绿。清宵促织鸣寒蛩，细雨催耕啼布谷。汝仇湖水清连天，百川分注春风前。花底人沽种田酒，篱根月照催租船。堤上新祠高绰楔，穹碑大字书年月。共来祭祀献鸡豚，幸免浮生作鱼鳖。黄金世上山嵯峨，日日散人能几何。侯橐曾无一铢费，姚江拍拍流恩波。世事年华倏忽改，堤与侯名应长在。海滨尽得如侯堤，那有桑田变沧海。

——《春草斋集》卷二

【索引词】宁波；海堤；姚江；汝仇湖；叶敬常。

〔明〕凌云翰

作者简介：凌云翰（1323—1388），元明间浙江仁和人，字彦翀。元至正间（1341—1368）举人。洪武初以荐授成都府学教授。著《柘轩集》。

姚江放舟图

一雨众山绿，姚江春水生。云林回首处，方觉去舟轻。

——《柘轩集》卷一

【索引词】宁波；姚江；行舟。

〔明〕李本

作者简介：李本（生卒年不详），字孝谦，鄞县人。少年师从名家，明洪武初（1368 年后）以弱冠之年代父坐牢，人称至孝。有《四明文献录》《四明先贤记》《经书问难》《通鉴考证》《长律英华》《中林集》等。

题柴昆陵越山春晓图

君莫著谢公登山屐，更莫问子猷泛雪舟。请君试看高堂壁，彷佛李白天姥之神游。於越山川甲天下，秦关蜀道皆土苴。柴侯晚年天机精，酒酣泼墨为予写。天姥高出东南天，天台四明相蝉联。影落平湖一鉴净，正对贺老山庄前。近山青青远山小，烟雾溟濛涨春晓。云门日出似闻钟，耶溪树绿应啼鸟。鸟啼不可闻，林深不见云。只疑空青四山合，倏讶飞瀑双崖奔。极知妙手夺天造，真宰上诉天为悄。独脚山魈作鬼精，偷向灵岩拾奇草。水竹江花何处滩，渔郎翠缫露未干。青帘酒家石桥右，舣舟却忆姚江干。长松之下一片石，竹杖芒鞋二三客。脱巾高挂白云边，醉倚青天翠如滴。

——《甬上耆旧诗》卷四

【索引词】绍兴；宁波；鉴湖；若耶溪；姚江；泛舟；云门寺；贺知章。

〔明〕唐之淳

作者简介：唐之淳（1350—1401），字愚士，以字行，绍兴山阴人。惠帝建文二年（1400），官翰林院侍读，与方孝孺修撰国史。著《唐愚士诗》。

禹庙

　　昔在帝尧时，洪水滔天流。鲧功既不竟，微禹吾其忧。禹敷下土方，乃至於南州。维南有会稽，玉帛朝诸侯。少康封庶子，衣冠閟山丘。遂令筑祠宫，俎豆岩之幽。云何末代下，有穴肆探求？明明太史公，秉笔欺吾俦。岂知大圣人，天地同去留？厥言在《洪范》，箕子授成周。衣裳食息际，莫匪蒙灵庥。皇皇古丛祠，祀典明且修。空梁诡龙变，亦足为神羞。

——《明诗综》卷十八

　　【索引词】绍兴；禹穴禹陵禹庙。

　　【导读】这首五言古诗抒写诗人晋谒禹庙的种种想象，由大禹治水、巡狩到会稽，写到死后无余受封会稽，专奉祭祀，连及司马迁探访禹穴，箕子言在《洪范》，梅梁化龙神话，有关大禹的传说和神话，几乎囊括于此，不但表现诗人之学识，而且表达了对大禹的崇拜之情。前八联高度概括，化用典故，可说是大禹与绍兴水利事业之极妙写照。全诗思路清晰，形象鲜明，足见诗人之艺术功底。其友戴冠有次韵诗，互为补充："鲧父殛羽山，其彼共工流。岂敢仇帝诛？但当为民忧。疏导凡八年，经营分九州。一旦陟元后，万国来诸侯。执中授虞舜，无间称孔丘。南巡至会稽，龙逝江波幽。死归竟成谶，弓剑不可求。玄圭告成功，万世无与俦。窆石隐古篆，遗迹今尚留。寝殿面山阿，墓木罗道周。三年荐香帛，皇明仰神庥。国祚绵无穷，祀事亦孔修。我来从郡吏，纷拜陈芳羞。"

镜湖

　　会稽山海邦，地势高下杂。原田既荦确，涛水复善啮。中有千万顷，浩荡浴日月。或曰轩辕氏，铸镜之所设。荒忽不敢知，畴能究其说？尝闻汉马臻，事与郑白[1]埒。潟卤生稻粱，沟塍俨区别。余波之所

---

[1]　指关中地区的著名水利工程郑国渠、白渠的创建者郑国、白公。

被，草木及薇蕨。春秋凫鸭乱，舟楫渔樵悦。川流亦何物，稍与古先别。鱼梁竟锥刀，农亩见侵裂。蛟龙尚无据，况是鱼与鳖？今古非一人，岁月去如蝶。临流何所怀？贺公则明哲。

——《绍兴水利诗选》

【索引词】绍兴；镜湖；灌溉；行舟；贺知章。

【导读】唐之淳是山阴人，对镜湖的感受当然有别于他人。这首五言古诗写山川形胜，从传说中黄帝时有湖，写到马臻兴修水利，为百姓造福；然后写镜湖围垦，缺少马臻那样明哲的人。深沉的感情流贯其间，镜湖的历史承传自然，代表了明代人对镜湖的认识。其友苏州人戴冠有和诗，一并录下，以备参读："晚过南湖上，风急水嘈杂。舍舟登断岸，下有波涛啮。叶脱林影疏，举足踏秋月。乘月过田家，鸡黍为我设。野老见客喜，往事颇解说。沼湖开自汉，利与苪陂坷。畜泄防岁涝，一一有区别。高低足禾黍，山农厌薇蕨。焦土成沃壤，老稚日嬉悦。世变日趋下，风俗与古别。豪杰事兼并，水利竟分裂。膏腴尽污莱，数罟穷鱼鳖。传闻昔丰穰，恍若一梦蝶。兹湖不可复，今人念先哲。"

〔明〕王谊

作者简介：王谊（1361—1448），字内敬，绍兴山阴人。宣德初，待诏翰林。有《鉴止集》。

鉴湖

春波桥外水连天，一曲桑麻一曲烟。僧磬远闻松寺里，渔家多住柳塘边。云深夏后藏书穴，花艳知章载酒船。回首兰亭今寂寞，流觞空说永和年。

——《古今图书集成》卷二百九十三

【索引词】绍兴；鉴湖；春波桥；大禹；贺知章；王羲之。

〔明〕陈琏

作者简介：陈琏（1370—1454），明广东东莞人，别号琴轩。有《罗浮志》《琴轩集》《归田稿》等。

登吴山望会稽

驻马吴山纵目初，西兴烟树翠扶疏。会稽咫尺无由到，何日来探禹穴书。

——《琴轩集》卷三

【索引词】杭州；西兴；绍兴；禹穴禹陵禹庙。

〔明〕杨荣

作者简介：杨荣（1371—1440），明福建建安人，字勉仁，建文二年（1400）进士。累官文渊阁大学士、谨身殿大学士、工部尚书，加少傅、少师。历事四朝，谋而能断，与杨士奇、杨溥同辅政，并称"三杨"。卒谥文敏。有《后北征记》《文敏集》。

鉴湖一曲为史院判题

闻道山阴景，湖光一镜秋。远涵晴日动，迥带晚烟浮。花发连堤树，帆归隔浦舟。承恩方显擢，何许赋归休。

——《文敏集》卷三

【索引词】绍兴；鉴湖；行舟；堤防。

〔明〕张得中

作者简介：张得中（生卒年不详），字大本，鄞县（今属宁波）人。永乐二年（1404）登进士第，授刑部主事，调工部，后改江宁知县。永乐四年曾参与编纂《永乐大典》，成书还职。所作《两京水路歌》，载于鄞县人余永麟（1528年举人）的《北窗琐语》。

两京水路歌·南京水路歌

圣主乘龙天宇开，鹤书飞下征贤才；鄞江布衣忝英荐，蒲帆早驾长风来。长风吹帆过西渡，赭山大隐黄公墓；车厩丈亭并蜀山，余姚江口停泊处。清滩七里如严陵，前瞻石堰为通明；上虞东山由谢傅，钱王庙前双树清。蔡家庄下梁湖坝，曹娥庙古丰碑大；路接东关白塔高，樊江一曲萦如带。绍兴城上会稽山，蓬莱仙馆云雾间；柯桥古寺殿突兀，举头又见钱清关。罗山林浦连渔浦，钱唐江潮吼如虎；六河塔①近月轮边，龙山闸枕澄江浒。杭州旧是宋行宫，凤皇飞来南北峰；六桥三竺入天目，西湖十里荷花风。临平寺前通崇德，三塔清湾照城碧；嘉兴尚有读书台，平望随云高八尺。吴江八九洞相连，苏州好在阊门前；枫桥夜来过无锡，横林晓色凝云烟。常州古城高岌嶪，奔牛吕城坝相接；丹阳地势控丹涂，舟向镇江城外涉。金山焦山两虎踞，龙潭瓜步依江屯；观音阁下韩桥小，龙江驿上金川门。入门先到鸿胪寺，奉楮殷勤报名字；五更待漏觐枫宸，从今愿写平生志。

【索引词】宁波；绍兴；杭州；行舟；鄞江；西渡；车厩村；丈亭；蜀山；宁波余姚；七里滩；通明堰；绍兴上虞；东山；钱王庙；梁湖坝；曹娥庙；东关；樊江；会稽山；蓬莱馆；绍兴柯桥；钱清；罗山；林浦；渔浦；钱塘江；潮汐；六和塔。

---

① 当作"六和塔"。

两京水路歌·北京水路歌

四明古称文献邦，望京门外西渡江；水驿一程车厩远，舜江楼头横石杠。新中二坝相连接，上虞港内还通楫；梁湖曹娥潮易枯，大舟小舠重难涉。东关渐近樊江来，薰风廿里芙渠开；贺监湖光净如练，绕门山色浓如苔。绍兴城，水如碧，橹声摇过蓬莱驿。柯桥远抵钱清湾，刘公庙食居其间；新林白鹤路迢递，日斜始得瞻萧山。梦笔桥高对江寺，双塔亭亭各相峙；古碑无字草芊芊，犹羡文通好才思。西陵古号今西兴，越山隔岸吴山青；钱唐江接海门阔，胥潮怒卷轰雷声。杭州旧是临安府，藩臬三司列文武；坐贾行商宝货烦，锦绣街衢百万户。北出关门景如画，竹篱人家酒旗挂；高亭临平谈笑间，等闲催上长安坝。崇德石门逢皂林，湾边三塔高十寻；嘉禾却过杉青闸，黄江小路吴歌吟。平望吴江眼中过，繁华地属姑苏郡；枫桥尚忆张继诗，夜半钟声又信疑。望亭无锡人烟多，既庶且富闻弦歌；瞬息毗陵暂相泊，奔牛吕城容易过。丹阳与丹涂，镇江人共游；铁瓮城形环上国，金山塔影浮中流。扬子江边即江汉，浩浩汤汤茫无岸；甘露招提锁翠微，舟人遥指凝眸看。一帆送过瓜洲堤，船行迅速如岸移；维扬厚土琼花观，览游试问黄冠师。程奔邵伯高邮路，界首沿流水如注；菰蒲深处浴鸳鸯，湖浪滔天似潮怒。宝应县，宝县湖，荒城已废存浮图；古淮大道通南北，物阜民康军饷储。漕运循规事专一，密密征帆蔽天日；桅樯接踵连舳舻，舵楼按歌吹笙篥。清河口，土高厚，淮阴城台至今有；桃源县接古城墟，宿迁旋觉人烟辏。直河下邳地渐隆，子房圮桥遗旧踪；马家浅，吕梁洪，篙师须情少年雄。寿亭尉迟古名将，金龙之祠屹相向；守邦治水各有功，来往祈神乞阴相。快马船飞莫能遏，锣鼓催毡号声喝；一浅一铺穿井泉，溥济兵夫往来渴。徐州逾境山，夹沟至丰沛；泗亭况对歌风台，台下每惊流水汇；沙河谷亭闸最难，湍流萦回却船退。南阳枣林次鲁桥，澎湃水声翻雪涛；师家仲家势亦险，新闸新店坡尤高。石佛赵村颇平静，济宁在城及天井；栖草二闸追开河，支山小驿来俄顷。柳堤金线笼暮烟，小河张秋灯火船；荆门阿城各二闸，七级上下相勾连。周家李家闸流急，崇武东昌旧城邑；杨清临清当要冲，百工纷纷共阛集。卫河渡口夹马营，故城小市犹传名；德州良店连窝城，东光新桥从此经。沽酒浇离愁，必与朋簪共；夜深风雨打蓬窗，五更惊起思亲梦。明朝涉砖河^①，顺入长芦滩；乾宁兴济青县关，河流^②静海杨青站^③，直沽杨村吹便帆。河西务，河合县，漷县相将迥城域；张家湾上趋通州，半肩行李惟书籍。我本江南儒，宦游至於此；所经之处三十六，所历之程两月矣；共经水闸七十二，约程三千七百里。薰沐整衣冠，肃簉鹓班列；九重红日丽青天，四海奇珍贡金阙。贤能辅圣朝，共享升平福；我曹功成夺锦袍，早沐恩波食天禄。

——《通江达海，好运天下：浙东运河博物馆文本解读》（上）

【索引词】宁波；绍兴；杭州；行舟；四明；西渡江；车厩村；舜江；新中二坝；上虞港；梁湖；曹娥；乘潮；东关；樊江；贺监湖；蓬莱驿；绍兴柯桥；钱清；刘公庙；新林；白鹤；杭州萧山；梦笔桥；双塔；西兴；钱塘江；海门。

【导读】《南京水路歌》《北京水路歌》合称《两京水路歌》。明永乐年间（1403—1424）国都从南京迁往北京，处于南北两京时期，也是郭守敬开通京杭运河山东段后，宋礼实施南旺分水，大运河航运开始通畅的时期。诗人受人推荐作为"贤才"入朝为官，后又中进士，因此先后到南京、北京。两首诗分别描述了自宁波出发乘舟前往南京、北京时沿途所见所闻，把许许多多运河地名乃至水系关联、运河支线、潮汐作用、堰坝船闸一一勾连起来，翔实而具体。两首诗互为补充，记录了明代永乐时期浙东运河与京杭运河全貌，全程聚落相连，一路人间烟火。它们再次证明明朝初年浙东运河十分通畅，并与京杭运河无缝衔接。这为浙东运河自古就

---

① 捷地减河别称砖河。

② "河流"或为"流河"之讹。今河北青县、天津静海区之间有流河镇，在青县县城以北十三公里处。

③ 应即今天津西青区杨柳青。

是南北大运河的组成部分，浙东运河为连接京杭运河与海上丝绸之路的畅达水路，提供了新的直接证明。此外，这两首诗也为确定浙东运河的地理位置提供了坐标式的坚实证据和真实的第一手资料。《北京水路歌》中"所经之处三十六，所历之程两月矣""共经水闸七十二，约程三千七百里"的量化记录，还是迄今为止关于中国大运河宁波—山东—北京航程的最早记载：全程经历 36 个站点、72 座大型水闸，总计航程约三千七百里，历时两月，日行三十余公里。

〔明〕魏骥

作者简介：魏骥（1375—1472），明浙江萧山人，字仲房，号南斋。永乐三年（1405）举人，次年以进士副榜授官松江府儒学训导，参与纂修《永乐大典》。正统间官至南京吏部尚书。景泰元年（1450）致仕，家居廿余年，卒赠谥号"文靖"。能诗文，有《南斋前后集》《松江志》《水利事实》《水利切要》《南斋摘稿》等。

筑堤谣

天吴苦作孽，坏此长江堤。沃壤变斥卤，平地成深池。况值天雨雪，正及农兴时。凶年转丰岁，须在人维持。顾此长堤坏，不葺害无涯。乡老诉县官，县官惟戏噱。至委十大户，大户不敢违。大户虽竭力，十家岂能支？桩石且不备，夫匠尤甚亏。葺寸反坏尺，可奈心不齐。欲求官总督，总督刑必施。刑施先奸顽，奸顽生怨咨。于是果何若？只愿天垂慈。山水勿溯湃，江潮勿奔驰。移沙与换港，扶桑吐晴曦。天吴速悔祸，庶免民流离。

——《（康熙）萧山县志》卷十一

【索引词】杭州萧山；钱塘江；潮汐；海塘；魏骥。

【导读】此诗列在《萧山县志·水利志·北海塘》条下，诗前正文曰：

"明洪武二十二年，捍海塘坏，咸潮涌入，害民禾稼，直抵县城。知县王国器奏闻。命工部主事张杰同司道督修，易土以石。令衢、严输桩木，本府八县输丁夫，本县办石板、石条。自长山至龛山，塘成，计四十余里。"魏骥时年十五，对这次一方有难、八方支援的大修海塘应有深刻记忆。此后魏骥有生之年风潮灾害不断，如洪武三十一年（1398）江潮坏堤、正统五年（1440）潮毁堤塘，1442、1449、1453等年也有修海塘记载。告老回乡后，景泰七年（1456）魏骥还亲率乡民修筑麻溪坝、西江塘等。他的《筑堤谣》揭示了修筑海塘、河堤中难以解决的社会矛盾，呼吁全社会齐心协力维修堤防海塘，因而受到推崇，载入史册。

戊寅夏久旱得宋龟山杨公所创湘湖以济

不假天瓢拯旱灾，滔滔竟日自湖来。旄倪①随处欢声洽，禾黍从今生意回。力挽凶荒为稔岁，功资社稷岂凡材。九乡总被龟山泽，有庙堪嗟翳草莱。

——《（民国）萧山湘湖志》卷七

【索引词】杭州萧山；湘湖；水利；杨时；魏骥。

【导读】杨时，字中立，学者称他龟山先生，将乐（今属福建）人。北宋熙宁九年（1076）举进士，政和初任萧山县令。当时百姓苦于屡旱，要求将城西的一片水田辟为湖。政和二年（1112）杨时"以山为界，筑土为塘"，建成了一个人工水库——湘湖，灌溉九乡十四万亩稻田。"不假天瓢拯旱灾，滔滔竟日自湖来""力挽凶荒为稔岁，功资社稷岂凡材"就是对杨时的歌颂。为纪念杨时开筑湘湖之功绩，百姓建"德惠祠"（杨长官祠、龟山祠）于净土山麓，现移址于城山广场西侧。"九乡总被龟山泽，有庙堪嗟翳草莱"反映魏骥因纪念水利功臣的龟山祠受到冷落而忿忿不平。

---

① 旄倪：老人和幼儿。倪原作猊。

咏湘湖

百里周围注渺茫，龟山遗爱许谁忘。水能蓄潦容千涧，旱足分流达九乡。荇带荷盘从取市，莼茎芡实任求尝。邑侯乡老休轻视，圩岸时须督有方。

——《（嘉靖）萧山县志·地理志》

【索引词】杭州萧山；湘湖；杨时；魏骥。

【导读】龟山遗爱，指主政萧山的杨时（龟山先生）政和二年（1112）建成湘湖水库，灌溉九乡十四万亩良田。"水能蓄潦容千涧，旱足分流达九乡"是对杨时丰功伟绩的热情歌颂；"邑侯乡老休轻视，圩岸时须督有方"则是提醒地方官，水利工程不是一劳永逸的，不能坐吃山空，必须勤于维修，才能可持续利用。

〔明〕戴琥

作者简介：戴琥（生卒年不详），字廷节，明江西浮梁人。景泰（1450—1457）举人。成化九年（1473）由南京监察御史出为绍兴知府，在绍兴的十年间，最大的功绩则莫过于组织人力兴修水利，是马臻以后的又一位地方水利功臣。官至广西布政司右参政。有《太极图说》《编定八阵图》《青峰拾稿》。

湘湖

湖上春风雨乍晴，湖中风景最关情。云山掩映尚书墓，石磴萦回霸主城。二十四塘春水足，八千余顷晚田成。循环导引均施利，石刻先贤有法程。

——《古今图书集成》卷九百九十四

【索引词】杭州萧山；湘湖；灌溉。

〔明〕张弼

作者简介：张弼（1425—1487），明松江府华亭人，号东海。成化二年（1466）进士。久任兵部郎，议论无所顾忌。出为南安知府。有《鹤城稿》《东海稿》等。

谢余姚诸公

三郎簦笈舜江游，多谢衣冠礼数优。时咏缊衣周寓馆，又歌折柳送行舟。秘图穴口书声夜，灵绪山头剑影秋。老我子长游兴在，青鞋何日亦寻幽。

——《张东海诗集》卷二

【索引词】宁波余姚；余姚江；行舟。

〔明〕杨守陈

作者简介：杨守陈（1425—1489），字维新，鄞县（今宁波市）人。明景泰二年（1451）进士，授编修。弘治初，擢吏部右侍郎。后以本官兼詹事府，专事史馆。卒谥文懿，赠礼部尚书。后人于弘治十二年（1499）编成《杨文懿公文集》。

小江湖诗（十首）①

一

小江三十里，一碧湛清空。源出丹山表，波浮绿野中。七乡均引

---

① 姚汉源《四明它山水利备览集释初稿》："魏岘之后历代文人歌咏它山者尚多。现仅就耳目所及增辑若干首。聊备一格，非求全也。明杨守陈《小江湖诗》，转抄自1992 年版缪复元等纂修《鄞县水利志》。"

溉，双碶并疏通。忽变桑田后，谁知王令功。

【索引词】宁波；小江湖遗迹；灌溉；双碶。

二

湖废已云久，遗踪人未忘。清林连北岸，甬水漫南塘。栎社烟云秀，芝山雨露香。此中当旧日，万顷绿茫洋。

【索引词】宁波；小江湖遗迹；甬江；南塘河；栎社；芝山。

三

光溪一雨过，新水漫湖坡。远逗行春碶，深通仲夏河。暖香涵蕙苣，晴绿艳芰荷。家在中洲上，相闻鼓枻歌。

【索引词】宁波；行春碶；仲夏河。

四

历览鄞中地，无如此最嘉。镜川涵日月，玉屿发烟霞。钟梵虚三寺，弦歌近万家。东风昨夜雨，开遍十洲花。

【索引词】宁波；镜川；小江湖。

五

碧溪丞相里，镜水解元乡。①礼俗家家美，文风处处扬。小江遗寺废，平梵旧亭荒。独此弦歌地，时闻翰墨香。

【索引词】宁波；碧溪；镜水；小江湖。

六

花坞危桥北，枫堋②古道南。两泓金鲫沼，万丈玉龙潭。草木含春

---

① 碧溪、镜水、风堋碶均为作者家乡附近地名。

② 一作枫棚，疑误。宋代已有"风堋碶"，清道光改建后称"枫堋碶"；今有风堋庙。均不称"棚"。堋，分水堤。宋舒亶《风堋碶记》称："光禄虞大夫为邑於此，始与民图之。即北渡之西，曰风堋，积石为碶，以却暴流、纳淡潮。既，又自州之西隅，距北津，疏淀淤之旧，增卑培薄，以实故堤，而作闸於其南，拒所谓咸水，以便往来之舟。而东西管数乡之堰碶，随以缮完者凡六所，盖用工一万一千有奇。而溉田五千五百余顷。"

雨，烟霞混晓岚。纷纷来往客，于此驻征骖。

【**索引词**】宁波；水闸；风堋碶；拒咸蓄淡。

七

川源四望同，舟楫万方通。野色西山雨，江声北渡风。玉泉秋月白，锦屿暮花红。最是农家乐，禾麻岁岁丰。

【**索引词**】宁波；北渡；风堋碶；舟楫；航运。

八

通远乡偏近，句章路不遥。千年积渎碶，百尺眺江桥。晓市鱼盐贱，秋园橘柚饶。白蘋南浦上，鸥鹭静随潮。

【**索引词**】宁波；通远乡；积渎碶。

九

此乡多古意，放棹屡穷探。石马曾过野，梅龙久在潭。海云常乐寺，江月普光庵。几向东南望，金峨卷翠岚。

【**索引词**】宁波；通航；常乐寺；星光村；普光禅寺；北渡村。

十

碧水红兰港，清风翠柳渠。桥传周学士，庵忆魏尚书。①远浦铜盆隐，平山石臼虚。②怀贤并吊古，来往独踟蹰。

【**索引词**】宁波；河渠；魏杞。

——姚汉源《四明它山水利备览集释初稿》引《鄞县水利志》

【**导读**】这十首小江湖诗，由姚汉源教授摘抄自《鄞县水利志》，它们描写了小江湖古灌区及其周边山水风光、丰富物产、水利航运工程的效益和演变，嵌进了许多人物、地名和历史掌故，地名又包括别称，非当地人、当时人不可尽知。小江湖古灌区湮没已久，地形地物辨认困难，各段

---

① 周姓和魏姓是千丈镜几公里外蜃蛟村的两个大族，出过魏尚书魏杞等名人。

② 铜盆浦、石臼村均为千丈镜、风堋碶附近地名。

索引词均为试解。小江湖灌区示意图参见楼稼平《宁波唐宋水利史研究》第 50 页。

〔明〕何舜宾

作者简介：何舜宾（1427—1498），字穆之，号醒庵，明萧山人。成化五年（1469）进士，任南京湖广道监察御史，管理畿甸渠道。

西陵待渡

夜永江寒未上潮，沙头待渡思无聊。那能尽力驱山骨，立见成功驾海桥。吴越中分天设险，江山相望地非遥。往来不借舟航力，一水分明隔九霄。

——《（嘉靖）萧山县志》卷二

【索引词】杭州；西兴；渡口；江潮；行舟。

〔明〕沈周

作者简介：沈周（1427—1509），明苏州府长洲人，字启南，号石田，又号白石翁。与唐寅、文徵明、仇英并称明吴门四大家。有《客坐新闻》《石田集》《江南春词》《石田诗钞》《石田杂记》。

落花五十首（选二）

其十六

处处春光花满烟，忽随春去使凄然。风前败兴休当立，窗下关愁且背眠。放怨出宫谁恋主，抱香投井死同缘。夕阳寂寞江南北，吹满西兴旧渡船。

其四十一

玉蕊霞苞六附全，一时分散合无缘。风前败兴休当立，窗下关愁且背眠。田氏义亡同五百^①，唐宫怨放及三千。无人相唤江南北，吹满西兴旧渡船。

——《石田诗选》卷九

【索引词】杭州；西兴；渡口。

越水图

记别钱塘二十年，夕阳山色晓潮边。隔江千里美人远，梦落西兴旧渡船。

——《海塘录》卷二十五

【索引词】杭州；钱塘；江潮；行舟。

〔明〕李东阳

作者简介：李东阳（1447—1516），明湖广茶陵人，字宾之，号西涯。弘治八年（1495）以礼部侍郎兼文渊阁大学士，直内阁，预机务，与谢迁同日登用，对时弊多有匡正。有《怀麓堂集》《怀麓堂诗话》《燕对录》。

冬青行

高宗^②陵，孝宗^③陵，鳞骨尽蜕龙无灵。唐义士，林义士，野史传疑定谁是？玉鱼金粟俱尘沙，何须更问冬青花。徽钦不归梓宫复，二百年来空朽木。穆陵遗骸君莫悲，得葬江南一杯足。

——《（万历）绍兴府志》

---

① 原注：田横死，五百义士皆投海而死。
② 《（嘉庆）山阴县志》"宗"作"家"。
③ 《（嘉庆）山阴县志》"宗"作"家"。

【索引词】绍兴；宋六陵；冬青义士；运河。

【导读】宋六陵包括宋高宗永思陵、宋孝宗永阜陵、宋光宗永崇陵、宋宁宗永茂陵、宋理宗永穆陵、宋度宗永绍陵等南宋六帝陵寝。此外，还有北宋徽宗永佑陵、宋哲宗后陵、宋徽宗后陵、宋高宗后陵。元朝惨遭杨琏真迦等盗陵毁尸，当时有南宋遗民（野史记载有唐义士唐珏、林义士林德旸等）不忍诸帝遗骨被抛弃荒野，暗为收埋，葬于会稽兰亭山后，并植冬青树为标记，后世称这些人为"冬青义士"。明代朱元璋重置六陵、安葬七帝时，并建义士祠。

〔明〕谢迁

作者简介：谢迁（1449—1531），明浙江余姚人，字于乔，号木斋。成化十一年（1475）进士第一，累官太子太保、兵部尚书兼东阁大学士，与刘健、李东阳同辅政，时人有"李公谋，刘公断，谢公尤侃侃"之称。卒谥文正。有《归田稿》。

送屠公出姚江奉和途中即事一首

四望潾潾麦浪平，午风村落远鸡鸣。骞帷到处儿童识，负弩驱时驿吏迎。野水横舟人欲渡，山云触石雨还生。明朝同上龙泉顶，一举何妨累十觥。

——《归田稿》卷六

【索引词】宁波；姚江；行舟。

〔明〕童瑞

作者简介：童瑞（1454—1528），字世奇，四川嘉州（今乐山）人，祖籍湖广麻城（今属湖北），明朝弘治三年（1490）进士，官至工部尚书。

宿渔浦村舍

初经渔浦渡，一宿野人村。山气寒侵榻，潮声夜到门。欲炊方乞火，倦饮复开樽。明发钱塘路，江皋月未昏。

——《渔浦诗词》

【索引词】杭州萧山；渔浦；潮汐；行舟。

〔明〕赵宽

作者简介：赵宽（1457—1505），明苏州府吴江人，字栗夫，号半江。成化十七年进士。授刑部主事，历员外郎、郎中，通究律例，讼至立解。出为浙江按察司副使，掌学政。官至广东按察使。有《半江集》。

减字木兰花

姚江阻雨，寒风吹水，微波皱作鱼鳞起。白雨横秋，秋色萧条动客舟。　疏钟何处，知在前村黄叶树。茅屋谁家，荒径无人菊自花。

——《御选历代诗余》卷八

【索引词】宁波；姚江；运河；阻雨。

〔明〕邵宝

作者简介：邵宝（1460—1527），明常州府无锡人，字国贤，号二泉。正德四年迁右副御史，总督漕运，忤刘瑾，勒致仕。瑾诛，升户部右侍郎，拜南礼部尚书，恳辞。谥文庄，学者称二泉先生。有《漕政举要》《慧山记》《容春堂集》等。

送朱工部请告归上虞

记得逢君在乐平，新凉庭院碧梧清。周官六典曾司寇，禹贡三江又水衡。泽国烟波吟里兴，云林风日病余情。西兴渡口犹回首，闻道秋潮昨夜生。

——《容春堂集》续集卷三

【索引词】杭州；西兴；渡口。

慈溪陈隐君七十①

祭酒声名海内传，百年门第故多贤。要知乡里歌椿日，正值郎君折桂年。月窟秋连沧海道，洞庭春载越江船。古稀正是期颐地，不用重吟杜老篇。

——《容春堂集》续集卷四

【索引词】宁波慈溪；泛舟。

〔明〕谢承举

作者简介：谢承举（1461—1524），字子象，自号野全子。上元（今南京）人，八岁善诗，有"奇童"之称。有《野全子集》。

萧山

岸带青桑浦，江环绿筱湾。小舴②留不住，日昃过萧山。

——《石仓历代诗选》卷四百九十五

【索引词】杭州萧山；行舟。

---

① 原注：其子文誉馆间江吴氏。
② 舴，船。《御选明诗》卷九十八作"航"。

〔明〕李堂

作者简介：李堂（1462—1524），明浙江鄞县人，字时升，号堇山。官至工部右侍郎、总理河道。有《四明文献志》《堇山集》等。

甬江

出郭偶乘风，天终吾道东。醒心还愧影，谢事每书空。水鸟依人白，江花信意红。余年诗谱在，寂莫酒杯中。江柳愧先秋，风光即柳州。潮声疑旧雨，暝色弄新愁。独喜天青眼，人惊浪白头。微阳方布暖，莫遣瘴云浮。

——《甬上耆旧诗》卷八

【索引词】宁波；甬江；江潮。

〔明〕陆相

作者简介：陆相（生卒年不详），明浙江余姚人，字良弼。弘治六年（1493）进士。官至长沙知府。有《阳明先生浮海传》。

梅山

一峰寒影堕江天，花落层崖泣杜鹃。却笑子真①原未隐，尚留名姓在山川。

——《（嘉庆）山阴县志》卷二十八

【索引词】绍兴；梅山。

---

① 指西汉末年隐士郑朴。

〔明〕湛若水

作者简介：湛若水（1466—1560），明广东增城人，字元明，号甘泉。历南京国子监祭酒，南京吏、礼、兵三部尚书。著有《甘泉集》等。

德惠祠

始闻湘湖胜，三夜梦见之。先拈龟山香，乃敢陟湖堤。傍湖山气合，山与云天齐。渐进迷远近，愈深遂忘归。

——《（康熙）萧山县志》卷十四

【索引词】杭州；湘湖；湖堤。

〔明〕王守仁

作者简介：王守仁（1472—1528），名幼云，字伯安，号阳明子，世称阳明先生，祖籍山阴（今绍兴），生于余姚。孝宗弘治十二年（1499）登进士第。历刑部、兵部主事，庐陵知县，兵部尚书，世宗嘉靖元年（1522）辞官回乡，在山阴郡稽山书院讲学，创立"致良知"学说。官终南京兵部尚书兼都察院左佥都御使。著《王文成公全书》。

玉山斗门

胼胝深感昔人劳，百尺洪梁压巨鳌。潮应三江天堑逼，山分两岸海门高。溅空飞雪和天白，激石冲雷动地号。圣代不忧陵谷变，坤维千古护江皋。

——《（康熙）会稽县志》卷一二

【索引词】绍兴；玉山斗门；滨海塘闸。

【导读】《会稽掇英总集》卷十八《唐太守题名记》："皇甫政，贞元三年二月自权知宣州刺史授，十三年三月改太子宾客。"据此，皇甫政于唐德宗贞元三年二月至十三年三月官越州刺史兼浙东观察使，任上建造玉山斗门（按：与《嘉泰会稽志》和《（雍正）浙江通志》所载有出入，待考），为山阴和会稽水利建设创立伟业。直到明代，玉山斗门依然起到调节水位之作用。诗人有感于此，故诗中首联叙事，颔联和颈联描写，尾联抒情，将玉山斗门之气势和作用写足。中间两联之描写，让读者想见玉山斗门之情状，十分传神，可为玉山斗门存照。

狮子山

残暑须还一雨清，高峰极目快新晴。海门潮落江声急，吴苑秋深树脚明。烽火正防胡骑入，羽书愁见朔云横。百年未有涓埃报，白发今朝又几茎。

——《王文成公全书》卷十五

【索引词】绍兴；狮子山；海门；潮汐；曹娥江。

题秦望山用壁间韵

秦望独出万山雄，萦纡鸟道盘苍空。飞泉百道泻碧玉，翠壁千仞削古铜。久雨忽晴真可喜，山灵于我岂无以。初疑步入画图中，岂知身在青霄里。蓬岛茫茫几万重，此地犹传望祖龙。仙舟一去竟不返，断碑千古原无踪。北望稽山怀禹迹，却叹秦皇为惭色。落日凄风结晚愁，归云半掩春湖碧。便欲峰头拂石眠，吊古伤今益惘然。未暇长卿哀二世，且续苏君观海篇。长啸归来景渐促，山鸟山花吟不足。夜深风雨过溪来，小榻寒灯卧僧屋。

——《古今图书集成》卷一百五

【索引词】绍兴；秦望山；会稽山；禹迹。

登香炉峰二首（其一）

曾从炉鼎蹑天风，下数天南百二峰。胜事总为多病阻，幽怀还与故人同。旌旗影动星辰北，鼓角声回沧海东。世故茫茫浑未定，且乘溪月放归篷。

——《古今图书集成》卷一百十二

【索引词】绍兴；香炉峰；平水东江；行舟。

宝林寺

怪山何日海边来，一塔高悬拂斗台。面面晴峰云外出，迢迢白水镜中开。招提半废空狮象，亭馆全颓蔚草莱。落日晚风无限恨，荒台石上几徘徊。

——《（乾隆）绍兴府志》卷三十八

【索引词】绍兴；宝林寺；鉴湖。

〔明〕倪宗正

作者简介：倪宗正（生卒年不详），明绍兴府余姚人，字本端。弘治十八年（1505）进士。有《小野集》。

姚江竹枝词·后横潭

后横潭水险如何？一过清江数尺波。更恐清江桥石恶，郎舟好趁顺潮过。

——《（光绪）余姚县志》卷二

【索引词】宁波余姚；姚江；后横潭；乘潮；通航。

【导读】全诗集中描写了作者乘船时的惊魂一刻。"郎舟好趁顺潮过"描写了船家驾船钻桥的敏捷，也表现出余姚江航行离不开潮汐的情状。今余姚市余姚江边阳明街道有地名"后横"。

姚江竹枝词·汝仇湖

泛泛湖中棹，萦回白鹭洲。浦芽含玉脆，柳叶带金柔。白日春长住，青山地转幽。琼花千万树，隐约五云楼。

——《（光绪）余姚县志》卷二

【索引词】宁波余姚；汝仇湖；泛舟。

〔明〕谢丕

作者简介：谢丕（1482—1556），明浙江余姚人，字以中，号汝湖。谢迁子。弘治十八年（1505）进士。官至吏部左侍郎。

游新潮

人道新潮第一观，新湖还是汝湖宽。漫夸叠嶂云鬟迥，独爱回溪玉髓寒。春鲤浪花时鳞鳞，晓鸿沙草自团团。尔曹家与荒庄近，肯过姜山学炼丹。

——《（光绪）余姚县志》卷二

【索引词】宁波余姚；汝湖。

〔明〕季本

作者简介：季本（1483—1562），字明德，号彭山，会稽（今绍兴）人。武宗正德十二年（1517）登进士第。居官耿直，屡遭贬斥。世宗嘉靖二十二年（1543），由长沙知府解职还乡。隐居二十年。家徒四壁，寄寓禹迹寺讲学。为徐渭师。著书一百二十卷，佚。诗存《（万历）绍兴府志》。

三江应宿闸（八首）

水防用尽几年心？只为生民陷溺深。二十八门倾复起，几多怨谤一身任！

苗田水涨势汹汹，开闸须筹闭闸佣。三邑验粮先备直，不劳百姓自畚春。

雇役无钱力尚劳，重科谁念竭脂膏？东巡若肯求民隐，先把佣钱问水曹。

闸上佣金十百余，自行收贮自开除。年年借力多干役，文案分明总是虚。

三江水发昔尝排，启闭惟看则水牌。今日闸成翻久闭，污莱已及莫婴怀。

桥下开关任水流，水流一去势难收。渔人日欲张鱼网，不到干时不使休。

戒石膏脂旧有名，欲令当面一留情。岁支俸米非常白，忍见农功岁不成？

只道逢梅春事新，如何梅谢竟无春？共看今日无生意，应恨当时始种人。

——《（万历）绍兴府志》卷一七

【索引词】绍兴；三江闸；应宿闸；滨海塘闸。

【导读】《三江应宿闸》由八首七言绝句组成，属组诗。诗人叙述三江闸之因利乘便，处处体现民本思想。建造者为百姓而遭受责难，亦在所不惜，表现诗人关心民生和水利事业的仁者之心。采用竹枝词体，读来更为亲切自然。

《（道光）安岳县志·移修汤公祠记》也有类似记载："同官莫不私笑之，谓某无知书生耳，不度德，不量力，于事何济？"在此压力之下，汤绍恩远不顾马臻遭刑毙的"前车之鉴"，近不惧前任知府南大吉的遭谤之祸，为不使治水大计流产，"矢志以诚，不顾家身"。

〔明〕王野

作者简介：王野（生卒年不详），字贞翁，明浙江山阴人。与正德八年（1513）举人、十六年进士洪珠同时代。有《周易衍义》《蜕岩诗集》《弦诵新声》，辑有《绍兴名胜题咏》《五灯集要》《湖山纪游》等。

千秋观

贺监风流去不回，千秋宫观出尘埃。数章乔木看浓荫，一曲旧亭空绿苔。吊古人来惟短棹，步虚声杳落曾台。不知勒赐黄冠后，谁继清风自后来。

——《（康熙）会稽县志》卷十六

【索引词】绍兴；千秋观；行舟；贺知章。

〔明〕张邦奇

作者简介：张邦奇（1484—1544），明浙江鄞县人，字常甫，别号兀涯。官至南京兵部尚书，参赞机务。有《环碧堂集》《纾玉楼集》《四友亭集》。

游慈溪清道观

将寻仙迹野江滨，解缆江潮捷有神。修竹墙头云甃石，老松门外藓封鳞。路穷危磴浑忘俗，山向深秋欲瘦人。白发洪崖终日笑，为呼玄鹤下风尘。

——《甬上耆旧诗》卷八

【索引词】宁波慈溪；江潮；行舟。

〔明〕孙承恩

作者简介：孙承恩（1485—1565），字贞父，一作贞甫，号毅斋，松江华亭（今属上海）人。孙衍子。正德六年（1511）登进士第。授翰林院编修。历官礼部尚书，兼掌詹事府。嘉靖三十二年（1553）离宫设醮，以不肯遵旨穿道士服，罢职归。著《让溪堂草稿》《鉴古韵语》等。

大禹赞

声律身度，左绳右矩。地平天成，功在万世。治存典则，道叙龟畴。稽首明明，示我大猷。

——《文简集》卷四十一

【索引词】绍兴；禹穴禹陵禹庙。

【导读】这篇赞辞歌颂大禹"功在万世"。既歌颂其治水，又歌颂其治政，罗列其声律、绳矩、典则、龟畴，旨在突出其明德为后世之范式。全赞言简意赅，重心突出，感情丰富，措辞平实，先仄声韵，后平声韵，读来韵味无穷。

〔明〕黄省曾

作者简介：黄省曾（1490—1540），字勉之，号五岳，明苏州府吴县人。黄鲁曾弟。有《西洋朝贡典录》《拟诗外传》《客问》《骚苑》《五岳山人集》等。

钱塘江西兴买舟至镜湖宿一首

横江初沿洄，海色遂盈目。浮天吐灵潮，连山动虚陆。古来流无际，此中含万族。云雾合腾倾，陵峦互巍伏。敛滟波相逾，嘘噏势何速。翔阳舒千里，未久起扶木。飒然天风至，吹我暮春服。抵崖见飞鸟，众羽皆肃肃。乘暮发西兴，明月镜湖宿。

——《石仓历代诗选》卷五百

【索引词】杭州；西兴；钱塘江；镜湖；泛舟。

〔明〕马明衡

作者简介：马明衡（1491—1557），字子莘，号师山。明代书法家、经学家。兴化军莆田（今福建莆田）人。登正德九年（1514）进士第，授南京太常博士，嘉靖三年（1524）升任监察御史。

禹庙

夏王陵庙垂今古，野客孤怀万里开。海上青氛迷玉帛，山空白日走风雷。清时喜见神龟出，绝代谁怜司马才。欲访藏书问何处，千峰雨色送高怀。

——《（乾隆）绍兴府志》卷七十三

【索引词】绍兴；禹穴禹陵禹庙。

〔明〕汤绍恩

作者简介：汤绍恩（生卒年不详），字汝承，号笃斋，安岳（今属四川）人。嘉靖五年（1526）登进士第，十四年移绍兴知府。府境山阴、会稽、萧山三县屡患水旱，十五年主持三江闸工程，十七年清理古鉴湖东塘、南塘堰闸。在郡六年，乃迁按察副使，备兵宁绍。官至山东右布政使。诗存《（道光）会稽县志稿》。

马太守庙

澄湖事业更何如？镜水清吟恨有余。埋玉不随苌血①化，功刊②岂与岘碑③殊？精英曾扗东方④业，伟绩无惭太史书。千古名祠当道左，往来谁不一嗟吁？

——《（道光）会稽县志稿》卷十四

【索引词】绍兴；鉴湖；马臻；汤绍恩；司马迁。

【导读】古来有惺惺相惜之谓。诗人作为关爱百姓、恪尽职守的水利专家，对汉代为绍兴百姓留下丰功伟绩却惨遭不幸之马臻，自然青眼相加。这首七言律诗以马太守庙为题，歌颂马臻一生伟业，为其不幸遭遇深致怨懑。颔联和颈联连用四个典故，绝非偶然，不仅表现诗人之才学，更表现诗人之思想和精神，比马臻为苌弘、羊祜、东方朔、司马迁，是对历史上昏庸统治者的抨击。这是认识绍兴历史上关爱百姓名宦、水利专家马臻的极好材料，也是认识绍兴水利历史的极好材料。

自题画像诗

云崖一老衲，静里悟前生。寄迹在尘世，缩符来蠡城⑤。济人无他术，惟惠又清因。切同惟⑥民志，非关后世名。何时素愿慰？归听晓钟声。

——书法作品原件（落款"笃斋题"）

---

① 苌血，苌弘之血。《庄子·外物篇》载："苌弘蜀人，被杀之后，血流不止，蜀人藏其血，三年之后化为碧。"后人以"苌弘化碧""碧血丹心"形容一个人精诚忠正。

② 一作"利"，误。

③ 岘碑，指纪念羊祜的羊公碑，位于湖北襄阳岘山上。借喻死者德高望重。

④ 指西汉时期著名文学家、辞赋家东方朔。

⑤ 蠡城，指春秋越国都城，因范蠡而得名，故址在今浙江绍兴。

⑥ 原条幅书写时密不透风，似漏一字。末尾添加一个特别小的"惟"字。酌情加入诗中。

【索引词】绍兴；汤绍恩。

【导读】结合诗背景，从程鸣九《汤神事实录》"在郡六年，乃迁按察副使，备兵宁绍"记载研判，这应该是1541年汤绍恩由绍兴知府改任按察副使一职前对绍兴父老乡亲的离任"交代"，不乏"与君离别意"之感慨。诗中表达了他惠政清廉和"民为邦本，本固邦宁"的民本思想，既传递了宦海沉浮的失意和愤懑，又传递了"何时素愿慰？归听晓钟声"的皈依思想。诗中传递的纠结和痛楚信息，足见他当时的低落情绪和百般无奈，以及出家不得的精神状态和五味陈杂的内心世界。

〔明〕范钦

作者简介：范钦（1506—1585），明宁波府鄞县人，字尧卿，号东明。嘉靖十一年（1532）进士。三十八年，以右副都御史提督南赣，次年升兵部右侍郎。归乡后建天一阁藏书楼，有书七万卷。有《天一阁集》。

泛东湖

澄波四望空，画舸溯冷风。野寺轻鸥外，人家细雨中。菰蒲临水映，洞壑与天通。即拟寻真去，花源杳无穷。

——《甬上耆旧诗》卷十七

【索引词】宁波；东钱湖；泛舟。

【导读】东钱湖候称"钱湖"，以其上承钱堰之水而得名；又称"万金湖"，以其利溥而言；唐代称"西湖"，当时县治在鄮山，湖在县治之西，故名；宋代称"东湖"，因宋代时县治在三江口，湖居其东，故名。

〔明〕萧敬德

作者简介：萧敬德（生卒年不详），潮阳人。明世宗嘉靖二十二年（1543）经魁。官韩府左长史。

德惠祠

山水盘回德惠祠，碧萝苍藓两穹碑。先贤为政风流在，太宰明农^①恩泽垂。万顷湘湖民稼穑，千年闾井土蓍龟。桂花香满梧桐净，俎豆衣冠对越时。

——《（嘉靖）萧山县志》卷二

【索引词】杭州；湘湖；德惠祠。

〔明〕徐中行

作者简介：徐中行（1517—1578），浙江长兴人，字子与，号龙湾，因读书天目山下，称天目山人。授刑部主事，官至江西左布政使。有《青萝集》《天目山堂》。

送陈明府之任慈溪

清秋临镜水，明月过桐庐。兴发枚乘赋，奇探禹穴书。

——《天目集》卷三

【索引词】宁波慈溪；绍兴；鉴湖；禹穴禹陵禹庙。

---

① 明农，劝勉农业。一作"悯农"，未必是。

〔明〕沈明臣

作者简介：沈明臣（1518—1596），浙江鄞县（今宁波市）人，字嘉则，别号句章山人。平生作诗七千余首，有《丰对楼诗选》《越草》《吴越游稿》等。

题李宾父萧皋别业

林皋自有征君业，古碶何年别姓萧？路入青溪双女庙，天低绿树鲍郎桥。三家邻舍能供酒，十里江田不用潮。时世清平吾与汝，不妨长此作渔樵。

——《甬上耆旧诗》卷二十一

【索引词】宁波；青溪；潮汐；萧皋碶；通航。

【导读】"萧皋"，即今宁波市鄞州区首南街道萧皋碶村，今村庄四面环河，环河面积达八百亩，东面紧临双女庙。在数百年前，此地是一块三面环水的高地，由于咸潮出没，荒芜萧索，故称萧皋。"古碶"指拒咸蓄淡的水利工程萧皋碶。碶通常能过舟船。"古碶何年别姓萧""十里江田不用潮"，是说萧皋自从有了碶闸，十里江田已经不怕咸潮倒灌，也不用等潮灌溉，时世清平、水旱无忧了，"萧皋碶"何"萧（荒芜）"之有？是该改个名字了。一段民歌也可印证碶闸工程带来的变化："萧条河水下江海，皋傲碶闸防涝旱，古碶古闸本姓萧。"

〔明〕徐渭

作者简介：徐渭（1521—1593），字文长，号天池山人、青藤道士等，山阴（今绍兴）人。二十岁中秀才，乡试屡不中。一度参浙闽总督胡宗宪幕，筹划抗倭事宜。胡宗宪犯事，佯狂，九次自杀未遂，坐牢七年，后以卖书画为生。布衣终身。著《徐文长集》。

与客观潦于三江水门二首①

一

乱流如发束长虹，猛潦初晴约客从。枚叔观涛八月后，使君失箸万雷中。瞿塘象马迷春雪，瓠子鱼龙上夜风。浩渺总无如此处，连天荡日海洋东。

二②

当年驱石障洪流，此日翻为丽景游。老守端居浑似昨，巨鳌持浪不胜愁。隔河鹊起桥惊堕，对岸潮来雪倒流。寄与祠灵莫归去，时时乡国听黄牛。

——《徐文长三集》卷七

【索引词】三江闸；钱塘江；滨海塘闸。

【导读】这两首七言律诗写诗人与友人在三江闸观钱江大潮之情景。诗人面对滚滚而来的潮水，联想起枚乘《七发》之描写，刘备闻雷失箸之惊恐，将潮水比喻成长江瞿塘峡之出水、河南瓠子河之决口，其连天荡日之气势，一任读者想象。据此，第二首进入另一境界，诗人联想自己十六岁时汤绍恩主持修建三江大闸之情景，在对汤绍恩一力推崇中，希望其神灵永在绍兴，安享治水带给百姓的幸福。两诗境界分明，感情激荡。第二年好友沈箕仲北上考中了进士，临行徐渭特作《送箕仲北上，追叙三江观水之事》相赠："毫颖每秋鸣，今年始占名。方回临海鼓，转拔渡江旌。关马抛缰入，宫莺踏杏听。殿前如作赋，犹是泻涛声。"念念不忘此次三江闸观潮，并以此激励友人不断上进。

---

① 原注：客为沈箕仲、傅文石、马策之、罗查坞。
② 原注：老守，蜀汤公也，水门其所创者，祠在焉。

八月十八日阿枳三江观潮夜归示四首^①

一

东来小港入潮枯，总直潮辰只大都。父老犹谈钱氏弩，波涛终奉浙江符。一城菜熟须盐急，百笠芦长缚蟹粗。却问黄尘飞未得，只言咸湿满头颅。

二

闻道黄熊伯子宫，银山银海走银虹。千花竞蹙鱼龙后，万里长来日月东。河伯正骄秋水舌，非神亦弄广陵风。莲姬自爱潮多信，看弄潮儿欲嫁侬。

三

胡马帆樯故不禁，鸣潮故避大江深。非关冰许滹沱合，信是鳅高海浪沉。处处新妆邀步袜，年年旧雪涨城阴。阿宣也锁书堂去，独曳青藜咏玉簪。

四

吴馆观涛百不违，卅年闭户一都非。欲为发难枚乘老，听说风波柳毅归。鼋鼍夹流惊箭筈，鸬鹚回舫晒渔衣。孝娥不少行人恨，并作鸱夷怒色飞。

　　　　　　　　　　　　　　　——《徐文长三集》卷七

　　【索引词】绍兴；三江口；潮汐；滨海塘闸。

　　【导读】这四首七言律诗为组诗（《青藤书屋文集》卷七未录第四首），一气呵成，当作于明神宗万历十四年（1586）。潮辰日，诗人之次子徐枳于三江观潮夜归，诗人想象徐枳观潮情状，联想自己三十年前三茅观观潮所得，感慨无穷，欣然作诗。诗中点明"三江观潮"，说明直至明万历年间，三江口依然是绍兴观潮胜地。

---

① 原注：俗谓八月十八潮生日。二首首句指三江之禹庙。

镜湖竹枝词

越女红裙娇石榴，双双荡桨在中流。憨妆又怕旁人笑，一柄荷花遮满头。

又

杏子红衫一女郎，郁金衣带一苇航。堤长水阔家何处，十里荷花分外香。

—— 《青藤书屋文集》卷十一

【索引词】绍兴；镜湖；行舟。

登秦望山

素情忻晏游，硕人事永矢。上此万仞山，复沿北溪水。顾瞻江海流，神去苍茫里。后峰千里来，旁嶂两川起。往昔窗中翠，今兹巅上视。佳哉是观游，吾乡亦信美。

—— 《青藤书屋文集》卷四

【索引词】绍兴；秦望山；江海。

丙辰八月十七日与肖甫侍师季长沙公阅龛山战地遂登冈背观潮

白日午未倾，野火烧青昊。蝇母识残腥，寒蜃[1]聚秋草。海门不可测，练气白於捣。望之远若迟，少焉忽如扫。阴风噫大块，冷艳拦长岛。怪沫一何繁，水与水相澡。玩弄狎鬼神，去来准昏晓。何地无恢奇？焉能尽搜讨。

—— 《（雍正）浙江通志》卷十五

【索引词】钱塘江；龛山；江潮。

---

① 《青藤书屋文集》卷四作"唇"。

耶溪

鼓棹若耶溪，一日还百里。今去看莲花，应在濂溪水。

——《徐文长逸稿》卷七

【索引词】绍兴；若耶溪；行舟。

〔明〕刘穆

作者简介：刘穆（生卒年不详），有诗作于 1553—1559 年间。

招宝山

层冈仄径似升梯，极目东溟望欲迷。海阔翻嫌中土隘，山高疑与九霄齐。万年日月双丸弹，百里江湖一沼溪。圣代诸夷咸效顺，月明边徼息征鼙。

——《古今图书集成》卷一百十

【索引词】宁波；甬江口；招宝山。

【导读】招宝山为甬江口（浙东运河出海口）著名标志。刘穆作《招宝山》诗之后，一同登山的张时彻（鄞县人，1553 年罢官回乡）、沈恺（1529 年进士，宁波知府）、胡缵宗（1480—1560）均作《游招宝山和刘给事》诗。根据几位诗人生平确定作诗年代在 1553—1559 年之间。

张时彻诗曰："海上孤峰喜共梯，相将一路水云迷。紫霄红日波间涌，碧树青烟天际齐。石壁千年雄宝障，桃源何处问仙溪。清时自有柔夷策，烽火无劳事鼓鼙。"

沈恺诗曰："欲陟层峦引石梯，烟云万叠使人迷。海门一望天无际，宝障高悬斗与齐。采药直探仙子窟，披霞绝胜武陵溪。清明喜有今南仲，明月吹箫罢鼓鼙。"

胡缵宗诗曰："碧雾丹霞引石梯，十洲三岛望中迷。波涵绝域天初混，潮涌孤槎斗欲齐。岁岁旅夷通禹甸，时时鱼贾出鄞溪。何年更作桑田种，一统要荒罢鼓鼙。"

知府、书法家沈恺作《游招宝山记》记录了这次小型笔会："招宝临大海，四望浩渺，与天无际。海中诸岛，隐隐如凫鸥拍浪，时时飞耸欲坠。日本、琉球诸番异域，遐眺亦历历可指数，诚天地一奇观也。兴极，偕二三同志登最高峰顶，坐石崖，酒酣耳热，仰天叹曰：其有冯虚欲仙，乘风云而下来者乎？乃泻酒石上，歌紫芝曲，兴尽而返。"

从诗歌看，明代招宝山承平日久，民不知兵，山海风平浪静；而从游记看，募民为兵，昼夜警备，已有边境之忧。

关于作者，另有一位刘穆，明思宗崇祯十年（1637）丁丑科武举第一人，字号不详，浙江山阳人，但年代晚于其他诗作者百余年，不合。

〔明〕赵志皋

作者简介：赵志皋（1524—1601），浙江兰溪人，字汝迈。万历二十年（1592）为首辅。有《灵洞山房集》《内阁奏题稿》《四游稿》。

早发钱塘

晓雾兼天白，秋风一苇轻。湖吞渔浦阔，沙涌固陵平。隔座吴山远，扬帆越峤迎。苍茫思无限，天外忽钟声。

——《明诗综》卷五十六

【索引词】 杭州；渔浦；西陵；行舟。

〔明〕王世贞

作者简介：王世贞（1526—1590），苏州府太仓人，字元美，自号凤洲，又号弇州山人。有《弇山堂别集》《嘉靖以来首辅传》《觚不觚录》

《弇州四部稿》等。

西兴词

留君无计恨匆匆，尽酒停杯曲未终。船到西兴潮已落，明朝还起石尤风。

——《弇州四部稿》卷四十七

【索引词】 杭州；西兴；江潮；泊舟。

拟古七十首（其五十二）阴常侍铿送别

秦淮将征棹，西兴导返舻。谁言剑合地，即是袂分途。比带将同缟，拟蕲讵如蒲。倚醉聊慷慨，临醒复郁纡。遥帆雨中失，清尊月下孤。裁书怅南雁，托梦怨单乌。宝铰银平脱，珠鞯金仆姑。还期一文轨，方驾骋天衢。

——《弇州四部稿》卷九

【索引词】 杭州；西兴；泛舟。

〔明〕王稚登

作者简介：王稚登（1535—1612），常州府武进（一作江阴）人，移居苏州，字伯谷，号玉遮山人。有《吴郡丹青志》《奕史》《吴社编》《尊生斋集》等。

会稽道中

江东名郡古无双，处处青山照玉缸。竹箭一流明客枕，芙蓉两岸夹松窗。清猿夏断稽山庙，急雨潮平孝女江。此地何须叹沦落，买臣头白始为邦。

——《（雍正）浙江通志》卷二百七十六

【索引词】绍兴；行舟；会稽山；禹穴禹陵禹庙；曹娥江。

夜过山阴（二首选一）

一曲清溪一曲歌，风流其奈昔人何。暮山非雪看皆白，流水如琴听亦多。谢墅无棋那可赌，兰亭有酒且相过。盘餐莫笑茅容馔，明日书成好换鹅。

——《（乾隆）绍兴府志》卷六

【索引词】绍兴；兰亭。

〔明〕章载道

作者简介：章载道（生卒年不详），字长舆，沈文恭（1564—1629）甥。有诗名，亦工于书法。著《竹圃集》。

之姚江西津夜泊

夕阳辞古渡，潮落且停艭。雨气红奔电，风威怒卷幢。一苇航越水，百里辨姚江。不寐看残月，清光逗短窗。

——《甬上耆旧诗》卷三十

【索引词】宁波；西渡堰；运河；行舟。

〔明〕胡应麟

作者简介：胡应麟（1551—1602），字元瑞，号少室山人，浙江金华府兰溪县城北隅人。明代中叶诗人，学问渊博，著有《诗薮》《少室山房集》等。

送董大之会稽

风雪离人下灞桥，长歌不断董娇娆。梅花两岸清溪色，船到西兴正落潮。

——《少室山房集》卷七十六

【索引词】绍兴；杭州；西兴；江潮；行舟。

再送汪山人^①兼寄余督学君房^②六绝句（其六）

望气频过大禹陵，甬东城郭近西兴。天风万斛潮声起，人倚浮图第一层。

——《少室山房集》卷七十七

【索引词】绍兴；禹穴禹陵禹庙；舟山定海；杭州；西兴；江潮。

【导读】这是表现舟山与浙东运河关系密切的诗作，相当少见。根据诗意，杭州西兴—绍兴大禹陵—宁波甬城—舟山甬东城郭，是一条西起西兴、东至定海的"浙东运河－东海"联运水上交通线。甬东，又称海中洲，即今舟山市。甬东城郭，指今舟山市定海区。

〔明〕董其昌

作者简介：董其昌（1555—1636），松江府华亭人，字玄宰，号思白、香光居士。万历十七年（1589）进士。画论标榜文人气息，以佛教宗派喻画史各家为"南北宗"，推崇南宗为文人画之正脉，影响波及今日。卒谥文敏。有《画禅室随笔》《容台文集》《画旨》《画眼》等。

---

① 汪山人，应指汪少廉，有《汪山人集》。王世贞有《汪山人过山园后见寄新诗有答且邀之》，说明汪山人活跃年代大约介于 1544—1590 年间，与胡应麟成年时代相符。
② 有关《皇甫诞碑》的介绍提到："明万历十六年余君房督学作亭覆之，至二十四年亭圮，此碑中断，损数十字。"可见余君房活跃于 1588 年前后，与胡应麟成年时代相符。

西兴秋渡

秋涉试襄裳，风回海气凉。涛飞鸥外雪，林缀菊前黄。司马游何倦，鸱夷迹未荒。山阴劳梦想，迟晚得津梁。

——《古今图书集成》卷五十九

【索引词】杭州；西兴。

〔明〕李埈

作者简介：李埈（1560—1640后），字公起，鄞（今属宁波）人。有《盟鸥集》《甬上著作考》《甬东轶事》等。

山阴晚泊

落日山阴道，孤舟带远汀。秋林红叶重，夕浦黑风腥。客梦砧前断，渔歌镜里听。来朝余兴在，何处访兰亭。

——《甬上耆旧诗》卷二十四

【索引词】绍兴；镜湖；泊舟；兰亭。

【导读】李埈为隆庆二年进士李尚默之子，生即聋，十余岁又哭父丧而哑，然性灵悟至孝，自学成才，以纸笔交游天下，无所不精，著作颇丰，《甬上耆旧诗》称他是"千载异人"。据《甬上耆旧诗》卷二十四，诗人有《庚辰除夕》诗，自注"时万历八年，余方二十"，诗集近尾又有诗《庚辰元旦》自注"余年正八十"，故知诗人生于1560年，卒年在1640年以后。

〔明〕陶望龄

作者简介：陶望龄（1562—1609），浙江会稽人，字周望，号石篑。陶承学子。万历十七年（1589）进士。授编修，累官国子祭酒。有《水天阁集》《歇庵集》。

西兴茶亭

叠石成堤结构雄，岩峣飞阁倚晴空。根盘吴会鲲鲸静，势涌东南雨露通。鸟集平沙春自语，花当古渡岁初红。欲知今日西陵意，一带渔歌和晚风。

——《（康熙）萧山县志》卷四

【索引词】杭州；西兴；石堤；海塘；渡口。

兰亭

千载清真王右军，重游今日感斯文。幽兰寂寞自流水，古木萧疏空白云。江左风流悲往昔，越山辞藻见诸君。酒阑莫问兴亡事，巷口乌衣总夕曛。

——《（嘉庆）山阴县志》卷二十八

【索引词】绍兴；兰亭；王羲之。

〔明〕俞安期

作者简介：俞安期（生卒年不详），万历中（1596年前后）在世，初名策，字公临，更名后改字羡长，苏州府吴江（今属江苏）人，迁宜兴。当与王世贞（1526—1590）同时，曾以一百五十韵排律投王世贞，由是得名。著《诗隽类函》《翏翏集》等。

谒禹陵

水土开荒服，忧勤任圣躬。八年忘内顾，四载毕前功。历数虞咨及，巡游夏谚同。会稽临绝徼，道里记方中。玉帛诸侯集，梯航万国通。重辉扶舜日，后至戮防风。论德人无间，传家祚莫终。寝园非远隧，祠庙异卑宫。祭本酬天孝，民犹俗尚忠。穴深藏诡物，石立窆神工。秘守玄夷使，奇探太史公。为鱼心感叹，酌水意尊崇。草莽成臣礼，精灵鉴鄙衷。愿为松柏树，朝暮护青葱。

——《（雍正）浙江通志》卷二百七十七

【索引词】绍兴；禹穴禹陵禹庙。

【导读】这首五言排律计十四韵，前七韵铺叙大禹治水、治国之历史功绩；后七韵表达诗人晋谒大禹陵之深沉情思。其中忆及大禹之政绩和遗迹。总之，大禹精神始终留在后人心中。这对于激励后人一心为公，重视水利，无疑是一种鞭策。全诗极富历史内涵，多处用典，对于领会大禹精神，是一份难能可贵的资料。

〔明〕赵完

作者简介：赵完（生卒年不详），绍兴当地诗人，明万历丙申（1596）寻春羊石山，赋诗题铭。

羊石山

三月相邀过上方，转从林麓路茫茫。且看春在山如锦，莫问年深石似羊。绝壁高攀瞻法像，小桥斜处到云房。池边更有源头水，可待僧来一洗觞。

——《（乾隆）绍兴府志》卷三

【索引词】绍兴；羊石山。

【导读】古代绍兴最大的采石场一是东湖，二是柯岩，三是羊山（羊石山）。《嘉泰会稽志》载："羊石山，去县三十六里，山上有石如羊，故名。"羊山石系火山碎屑岩，可开凿大幅石块和超长石条，是古越一处采石历史最早、规模巨大的采石场地。采石始于勾践时代，距今 2500 年。

隋朝越国公杨素大规模开凿羊山之石，扩建越州外城。唐宋明清历代，山阴、会稽两县北部沿海平原，凡修建海塘、江堤、水闸、避塘、纤道、桥梁及庙宇柱梁，亦大多采用羊山石，有羊山摩崖石刻为证。至清代晚期，整座羊山已成为一个由无数残岩剩石组成的石矿遗址，史称石城。此后水溢泉涌，风雨侵蚀，遂为风景之地。羊山以己之身，造福一方百姓。

〔明〕来斯行

作者简介：来斯行（1567—1634），字道之，号马湖，一号槎庵，浙江萧山（今属杭州）人。著有《经史典奥》《槎庵小乘》。

冠山泉

古来说泉人不同，最著乃称羽与全。品题等级欺盲聋，孰一孰二分雌雄。中泠既已迷其踪，惠泉遂王江之东。时人耳食蓬随风，舟载车挽何匆匆。昔我屡过惠山中，令取数瓮劳人工。炉头炊火火正红，烹来细酌深究穷。尚嫌泉味太甘丰，岂无寒洌清且冲。吾乡有山冠为峰，石罅迸出流淙淙。巨灵何日擘洪濛？一泓碧玉含虚空。浙河若练环四封，疑与此穴呼吸通。泥丸郁起元气钟，众流万派皆朝宗。六月赤热行火龙，冰澌沁齿心无慒。何况阳羡新发丛，瓷瓯香喷浮青葱。荒村僻地非要冲，罕遇赏者相过从。卢陆二子徒蕾蕾，探览有限辄自庸。遂使下驷据高崇，善品遗落谁与讼。大都山水在所逢，世间名实多相蒙。

——《（康熙）萧山县志》卷五

【索引词】杭州滨江；冠山。

〔明〕袁宏道

作者简介：袁宏道（1568—1610），荆州府公安人，字中郎，号石公。

知吴县，官至吏部郎中。与兄袁宗道、弟袁中道称"三袁"。有《瓶花斋杂录》《破研斋集》《袁中郎集》。

山阴道

钱塘艳若花，山阴芊如草。六朝以上人，不闻西湖好。平生王献之，酷爱山阴道。彼此俱清奇，输他得名早。

——《（雍正）浙江通志》卷二百七十二

【索引词】绍兴；山阴道；杭州；西湖。

【导读】王献之曾说"山阴道上行，山川自相映发，使人应接不暇"，山阴道从此声名远播，名士吟咏不绝。其中，"山阴道"之美的核心元素还是"镜中游"，是镜湖山水。到了明代，形势早已转变，西湖山水名气已经远远超过镜湖山水，虽说"彼此俱清奇"，但若想一碗水端平又谈何容易？袁宏道独辟蹊径，并没有去挖掘山阴道的具象美，而是用一句"六朝以上人，不闻西湖好"点出了山阴道的历史地位，又用"平生王献之，酷爱山阴道。彼此俱清奇，输他得名早"点出了山阴道的文化地位，这让"艳若花"的西湖心服口服。

西施山

西施山，一片土。不惜金作城，贮此如花女。越王跪进衣，夫人亲蹋鼓。买死倾城心，教出迷天舞。一舞金闾崩，再舞苏台坼[1]。槌山作馆娃，舞袖犹嫌窄。舞到夫差愁破时，越兵潜渡越来溪。

——《茗斋集》卷二十七

【索引词】绍兴；西施山。

---

① 《袁中郎全集·诗集》作"折"。

吼山观石壁

知不是天造，良工匠意成。千年云气老，七日浑沌生。精崇虚无出，猿猱叹息行。道傍应借问，恐是越王城。

——《袁中郎全集·诗集·五言律上》

【索引词】绍兴；吼山。

〔明〕刘宗周

作者简介：刘宗周（1578—1645），浙江山阴人，字起东，号念台。曾讲学于蕺山，人称蕺山先生。有《刘蕺山集》等。

再上云门仍次前韵得八首之一

翩然一往兴何酣，再访云门道自南。不尽溪山供野鹿，几多营窟老春蚕。风随樵径仍朝暮，病减维摩可二三。此日寄声同调去，故人今已卜茅庵。

——《刘蕺山集》卷十七

【索引词】绍兴；云门寺。

【导读】云门寺，位于今绍兴市柯桥区平水镇平江村，始建于东晋义熙三年（407），是我国历史最久的寺庙之一，也是浙东唐诗之路的重要节点。

〔明〕张岱

作者简介：张岱（1597—1689），字宗子、石公，号陶庵、天孙、蝶庵，晚号六休居士，绍兴山阴人。出身仕宦家庭，早年漫游苏、浙、鲁、皖等地，阅历广泛，博览群书。明亡后披发深山，安贫著书。著《张子诗秕》《琅嬛文集》等。

窆石歌

留此四千年，荒山一顽石。闻有双玉珪，苍凉闭月日。血皴在肤理，摩挲见筋渤。呵护则龙蛇，烟云其饮食。中藏故神奇，外貌反璞立。所储金简书，千秋犹什袭[①]。此下有衣冠，何时得开出？

——《琅嬛文集》卷二

【索引词】绍兴；禹穴禹陵禹庙；窆石。

【导读】这首歌由窆石而联想大禹，表达诗人对大禹无限崇敬之情。窆石相传为大禹下葬之石，《嘉泰会稽志》卷六引旧经："禹穿会稽，取此石为窆。"其下为禹穴，即大禹葬身之处。宛委山亦有一禹穴，相传为大禹治水取金简玉字书之所。显然，从全歌看，既曰"所储金简书"，又曰"此下有衣冠"，诗人将两者合而为一了。这种混淆，其实宋代已经开始。《嘉泰会稽志》卷十一描述"阳明洞天"时即曰："洞外飞来石下为禹穴，传云'禹藏书处'，一云禹得玉匮金书於此。《史记》司马迁探禹穴注云，禹巡狩至会稽，因葬焉，上有孔穴。民间云，禹入此穴。"值得注意的是，全诗从第三句开始，直至第十句结束，主要从藏书之禹穴展开，说明直到明末，大禹治水之传说依然流传不衰，大禹治水与绍兴水利事业之关系于此可见。

白洋看潮[②]

潮来自海宁，水起刚一抹。摇曳数里长，但见天地阔。阴阒闻龙腥，群狮蒙雪走。鞭策迅雷中，万首敢先后？钱镠劲弩围，山奔海亦

---

① 手稿本句下原有"嗟我受髡钳，日日对之泣"，复删去。（上海古籍出版社 2014 年版《张岱诗文集》27 页）

② 手稿本作"观潮"。（上海古籍出版社 2014 年版《张岱诗文集》46 页）

立。疾如划电驱，怒若暴雨急。铁杵捣冰山，杵落碎成屑。骤然光怪生，沐日复浴月。劫火烧昆仑，银河水倾决。观其冲激威，寰宇当覆灭。用力扑海塘，势力难抵止。寒栗不自持，海塘薄於纸。一扑即回头，龟山挡其辙。共工触不周，崩轰天柱折。世上无女娲，谁补东南缺？潮后吼赤泥，应是玄黄血。从此上小亹，赭𪖊嘤两颊。江神驾白螭，横扫峨嵋雪。

——《琅嬛文集》卷二

【索引词】绍兴；海塘；白洋港。

【导读】这首五言古诗写诗人在白洋港观潮所得。诗人写潮，极尽夸张形容之能事，让读者如见其形，如闻其声。白洋港原为海港，现已淤成一片农田。此诗说明，直到明末，位于绍兴安昌西扆山下之白洋港，仍是观潮极佳之地。诗人尚有散文《白洋潮》。

蝶恋花·为祁世培作·镜湖帆影

　　山似芙蓉青百叠，隔住林峦，穿度轻如蝶。树底疏疏时闪灭，依希深浅湘裙褶。　　伫立高冈随宛折，剡水归帆，犹带山阴雪。遮在人家林外堞，墙头又露他山缺。

——《张子文秕》卷十七

【索引词】绍兴；镜湖；剡溪；行舟。

〔明〕陈洪绶

　　作者简介：陈洪绶（1599—1652），明末清初著名书画家、诗人。浙江绍兴府诸暨县枫桥陈家村人。年少师事刘宗周，崇祯年间召入内廷供奉。明亡入云门寺为僧，后还俗，以卖画为生。工诗善书，有《宝纶堂集》。

渔浦

江山清晓叫黄鹂，风正帆轻懒上堤。却喜山灵偿好梦，梦从湖北到湖西。

——《宝纶堂集》卷九

【索引词】杭州萧山；渔浦；行舟；堤防。

〔明〕来集之

作者简介：来集之（1604—1682），明末清初浙江萧山长河人，字元成，号倘湖樵人。崇祯十三年（1640）进士，兵部主事。南明福王时官至太常寺少卿。南明弘光政权覆灭后，隐居倘湖之滨，课耕读以自给。著有《倘湖诗》《倘湖诗余》等。

西江塘纪事

城西西畔即湘湖，小舸行看江水纡。三折势雄传白马，两峰遥望下飞凫。篱花尽散村光丽，陇麦将秋野屋苏。共说使君好洒落，不随车盖不携厨。

——《（民国）萧山县志稿》卷三十二

【索引词】杭州萧山；湘湖；钱塘江；白马湖；海塘；行舟。

【导读】萧山城的西边就是湘湖，坐在小船上边走边看西江塘，钱塘江水纡回弯曲，气势雄壮。附近的白马湖传说是晋代周鹏举骑白马投湖的地方，湘湖附近更有"两峰遥望下飞凫"的景色。《西江塘纪事》诗中并没有点到"西江塘"，但是"篱花""陇麦""村光丽""野屋苏"描绘了一派明丽升平风光，水利工程西江塘保护萧绍平原的伟大形象尽在不言中。

西陵茶亭

古寺禅灯驿路边，秋花作意动人怜。一杯茶里言成悟，半炷香中坐亦缘。带叶爨柴留过客，糊窗剩隙看鱼船。晚来大有悠然趣，刚送残阳月满川。

——《（民国）萧山县志稿》卷八

【索引词】杭州；西兴；寺庙；行舟。

百字令二首·乘潮晚渡

一

飞帆轻快，乘晚渡，岂知孤如一叶。渺渺无垠，樯橹外，瞠目乱山层叠。风鼓潮先，浪催潮后，潮到真雄捷。吴儿千个，个个开船延接。　我乃放乎中流，平生仗忠信，临危击楫。百挡千支，喜柁夫、信手从容中节。似没仍浮，几颠又定，欹侧还安帖。须臾到岸，回头又觉天阔。

二

子胥怒气亘万古，想见英雄本色。浩浩江流平白地，卷起狂涛千尺。白练翻鱼，银花溅鸟，雷鼓惊虫蛰。钱王射弩，秦王空自鞭石。　眼见吴山影里，兴亡经几遍，故宫寥寂。东涨西坍，最狠是，两岸朝潮夕汐。与月盈虚，随风进退，定不差时刻。素车白马，此恨如何消得！

——《（民国）萧山县志稿》卷三十二

【索引词】杭州萧山；钱塘江；乘潮；行舟。

【导读】《乘潮晚渡》应是明亡战乱时期借景抒情的作品。第一部分写诗人伴随狂风在大潮中乘舟飞渡钱塘江，侧重写天地江海自然环境，写得惊心动魄："似没仍浮，几颠又定，欹侧还安帖。须臾到岸，回头又觉天阔。"有惊无险，从喧嚣归于平静。第二部分则借钱塘江狂涛怒潮和钱镠、秦始皇等一众历史人物，着力描写历史变迁、朝代兴亡，浓墨重笔地把"子胥怒气"渲染得淋漓尽致，甚至把东涨西坍、朝潮夕汐的自然冲淤现象写出了拟人化的"狠"劲儿。全诗以"素车白马，此恨如何消得"煞尾，使读者不由得联想到他的另一组作品——《应天长·江东遗事》（共十首，壬午，1642），他以十首诗词赞颂（祭奠）明末抗清殉难的十位烈士，表现出的正是和本诗一样的情绪——怒发冲冠，正气浩然。

沁园春·题贾祺生江上新居北直人旧令萧山（三）

排马湖①边，越王城下，长河远村。览江庐许刹，思量六代；桃源渔浦，追忆虞秦。东吊蠹谋，西凭胥怒，还溯桐江觅钓纶。扁舟去，访六千君子，倘有遗人。　鉴湖原属闲身，好芦叶丛中乌角巾。赴早霞初挂，独留丽句；秋风未起，先荐湘莼。果熟杨家，厨烹鸳鸟，更卢橘含桃品味新。云岩寺②，恰古称西隐，与子沉沦。

——《（民国）萧山县志稿》卷三十三

【索引词】杭州；杭州滨江；杭州萧山；白马湖；越王城；渔浦；鉴湖；冠山寺。

【导读】萧山湘湖城山上有越国范蠡大船军所筑屯兵抗吴的军事城堡——固陵城，后人称越王城。明清之时，城中有城山禅寺，又称越王殿、越王祠、越王庙，供奉越王勾践、范蠡和文种像。1989年12月，公布为第三批省级文物保护单位。

七条沙（有序）

浙江近西陵一岸有七条沙，江水浙下，为长江扼要之所。唐人云："千里长江惟渡马，百年养士得何人。"盖句践《乌鸢之歌》伤魂动魄，其

---

① 排马湖，即白马湖。
② 云岩寺，古称西隐寺，今名冠山寺，萧山区文物保护单位。

声可谱也。

江之水，何悠悠，颓唐瀰漓春复秋。子胥一怒竟千古，素车白马当潮头。西有吴，东有越，两岸青山界如截。自昔迤蜒不尽时，浩浩东流几曾绝。鸢乌江山听悲歌，六千君子提雕戈。种蠡奇谋今已矣，西风卷雨鸣哀鼍。潮来江水浑，潮去江水清，天吴吹浪逐今古，神巫争地同陂平。十万雄兵如解瓦，瞥见波心骤飞马。江山不识兴废间，潮落潮生总无假。独不见赤壁淮淝采石矶，芳名佳履四盖垂。

——《（民国）萧山县志稿》卷三十二

【索引词】杭州；钱塘江；潮汐；句践。

【导读】此诗应作于明清改朝换代战乱时期，诗中的"渡马""飞马"均指善于骑战的清军，句践、种蠡、六千君子、十万雄兵则指试图抵抗清军南下的南明政权。"千里长江惟渡马，百年养士得何人"，"六千君子提雕戈""十万雄兵如解瓦"反映了作者对于南明反清复明斗争失败的悲愤和无奈。参《百字令二首·乘潮晚渡》。

〔明〕陈子龙

作者简介：陈子龙（1608—1647）。明末松江府华亭人，字人中，号大樽。崇祯十年进士。选绍兴推官。乾隆时谥忠裕。有《湘真阁稿》《安雅堂稿》《白云草》等集，清人王昶编《陈忠裕公全集》。

同祁世培侍御泛镜湖

越溪千折绕山流，黛色横分晓荡舟。五月阴晴天漠漠，一川风露草悠悠。鸣榔空翠烟中市，卷幔轻红水上楼。十二云鬟飞不定，独留明镜照人愁。

——《（雍正）浙江通志》卷二百七十六

【索引词】绍兴；镜湖；越溪；泛舟。

西陵初晴

积雨闲愁满，新晴野望开。潮平海门树，春到越王台。江柳含烟细，林花入照催。物华欣有托，尽日此徘徊。

———《（雍正）浙江通志》卷二百七十四

【索引词】 杭州；西陵；越王台；江潮。

〔明〕李雯

作者简介：李雯（1608—1647），明末清初江南青浦人，字舒章。与陈子龙等有"云间六子"之称。入清，被荐任内阁中书舍人。有《蓼斋集》。

寓山（二首之二）

不觉风亭暮，相从为胜游。楼分秦望月，溪引若耶流。霜甲披松子，兰根到石头。直看用幽意，早晚在沧洲。

———《（嘉庆）山阴县志》卷二十八

【索引词】 绍兴；寓山；若耶溪；秦望山。

〔明〕丁师虞

作者简介：丁师虞，生平不详，明代曾受命领导海塘工程抢险。

上落埠①

时塘三陷，承邑令命，从事塘工。

---

① 据《（雍正）浙江通志》卷五十七，"（顺治）十七年修西江塘，自大门曰、上落埠至于（於）家池止"，说明上落埠位于大门曰和于（於）家池之间。

转武传三陷，新塘亦屡更。怒涛惊旅梦，巨浪拍沙汀。水漾天俱动，风掀地欲倾。望洋嗟海苦，工作困苍生。

——《（乾隆）萧山县志》卷三十四

【索引词】杭州萧山；上落埠；海塘；抢险。

【导读】该诗序言已经说明这是一首工程抢险纪事诗。全诗反映了明代某个时期，萧山大潮频发，海塘险情不断，官民"望洋嗟海苦"。首联"转武传三陷，新塘亦屡更"又表达了上下一心、不屈不挠，誓死捍卫美丽家园的斗争精神。据《萧山水利志》，明代萧山潮灾史不绝书，修建加固海塘同样史不绝书。这首诗所反映的仅仅是局部区域（西江塘上落埠一带）的一个极小的历史场景。上落埠塘直至清代依然屡圮屡修。

张家堰（有序）

堰以张名，然此百十余家，竟无一张姓者。

幽居愁积雨，纵览趁新晴。隔岸黄沙回，沿堤白石横。舟轻帆自迅，风定浪俱平。张氏人何在？塘犹署姓名。

——《（乾隆）萧山县志》卷三十四

【索引词】杭州萧山；萧绍运河；堤防；堰坝；行舟。

〔明〕来文英

作者简介：来文英，生平不详，应为萧山人。

西陵新筑石堤

区镇俯长江，岁苦天吴啮。福星临斗牛，金堤控吴越。力役三时暇，惜民重膏血。星出复星入，辛勤补瓯缺。石壁势嵯峨，雄台壮斗绝。春风洒岩阿，千载澄江浙。

——《西兴古今诗词集》

【**索引词**】杭州；西兴；钱塘江；石堤；海塘。

【**导读**】诗歌表现了钱塘江边西陵一带频遭海潮侵咄，群众披星戴月建设石堤海塘，补齐短板，保卫家园的场景。与陶望龄《西兴茶亭》主题一致，意境近似。

〔明〕任四邦

作者简介：任四邦（生卒年不详），明代人。

湘湖

连山门外萧然石，遥望湖波接太清。一水带村还带郭，四时宜雨亦宜晴。光摇云树苍茫影，流泻龙湫昼夜声。千载人衔杨魏泽，口碑藉藉两先生。

——《萧山任氏家乘》

【**索引词**】杭州萧山；湘湖；杨时；魏骥。

【**导读**】湘湖为萧山境内人工水库，造福千年；杨魏，指宋代杨时、明代魏骥。宋政和二年（1112）杨时任萧山县令后，开筑湘湖，灌溉九乡，因此享祀当地的名宦祠。魏骥，萧山人，官至南京吏部尚书，告老还乡二十余年中，筑堤浚湖，有功乡里。成化十九年（1483）二月，明宪宗下诏入祀萧山县德惠祠，配祀宋代大儒杨时。杨、魏"两先生"均以居官清正著名，因此这首诗也是一首治水先贤的廉政颂歌。

〔明〕张以文

作者简介：张以文（生卒年不详），明代人。

葳山

悬胆新^①尝味若饴，廿年辛苦破吴师。归来醉拥如花妓，何暇重言采葳时。

——《（万历）绍兴府志》卷四

【索引词】绍兴；葳山；勾践。

【导读】《吴越春秋》卷四记载，吴王病，勾践用范蠡计，入宫问疾，尝吴王粪以诊病情。吴王喜，勾践遂得赦归。《会稽三赋》卷上："（史铸增注）越王为吴王尝恶，遂病口鼻。范蠡乃令左右皆食岑草（鱼腥草），以乱其臭。越人至今以为俗。岑草，葳也……菜名，撷之小有臭气。凶年，民戟其根食之。谚曰：'丰年恶尔臭，凶年赖尔救。'"又曰："置胆於坐，葛妇兴歌，名曰《何苦》，其词曰：'尝胆不苦味若饴，令我采葛以作丝。'二十年间，焦心苦志，卒灭强吴，以雪前耻。《越绝》之称权舆於此，故其俗至今能慷慨以复仇，隐忍以成事。"《嘉泰会稽志》卷七："葳山，在（绍兴）府西北六里一百七步，隶山阴。《旧经》云：'越王嗜葳，采於此山，故名。'"这首《葳山》诗，前两句无疑是歌颂勾践的隐忍，他不仅能吃"苦"，而且能尝粪，以致落下了口臭的病根；但后两句才是全诗的重点、落脚点，严厉批评勾践得意而忘本，这在历代诗作中极为罕见。

〔明〕夏焕

作者简介：夏焕，生平不详。

镜湖（六言三首之一之三）

南村北村桑密，东坂西坂田肥；云林自通樵径，烟水不没渔矶。

---

① 一作"亲"，存疑。

闲身喜伴沙鸥，日向湖中泛舟；水出若耶溪口，云横小隐山头。

——《（嘉庆）山阴县志》卷二十八

【索引词】绍兴；镜湖；若耶溪；泛舟。

〔明〕傅俊

作者简介：傅俊，生平不详。

鉴湖

重湖望断水东西，百折莲塘曲曲堤。杨柳暗藏茆屋小，菰蒲遥应画桥低。采莲歌去声还杳，载酒船来路欲迷。几度落花流出暖，错教人认武陵溪。

——《古今图书集成》卷二百九十三

【索引词】绍兴；鉴湖；堤塘；泛舟。

〔明〕虞伯龙

作者简介：虞伯龙（生卒年不详），字公普。有《担簦集》。

舟中

寥落明州客，孤怀寄短篷①。江豚偏谑浪，舟子但呼风。归梦随流水，乡书问去鸿。不知今夜月，千里可相同？

——《甬上耆旧诗》卷三十

【索引词】宁波；运河；行舟。

---

① 短篷，有篷的小船。

〔明〕来日升

作者简介：来日升，生平不详。

游冠山寺

岚翠千峰合，泉声万壑分。树笼岩下雨，花落洞中云。山杳迷凫影，溪清净鹤群。禅床僧梦觉，松籁隔窗闻。

　　　　　　　　　　　　——《（民国）萧山县志稿》卷八

【索引词】杭州滨江；冠山。

〔明〕来端人

作者简介：来端人，生平不详。

冠山寺诗

秋来山气转清幽，极目千林气欲流。岩顶埋云高汉接，尊前落日大江浮。心清仍得香泉涤，地回何坊野鹿游。世事悠悠真梦觉，苍烟白发对虚舟。

　　　　　　　　　　　　——《（民国）萧山县志稿》卷八

【索引词】杭州滨江；冠山寺；泊舟。

第七章

清代

【浙东运河历史背景简况】

清代运河变化不小，唯修建多限于局部维修或管理需要，其重要性已不如前代。清后期及近代运河日益衰落。一由于政治上动乱，经济上的衰退；二由于近代交通工具的变革，内河水运不如以往重要。结果是运河多自然废坏，人力大修较少。

清初期运道变化在曹娥江以东，北路较以前重要。清代下至民国，三百余年浙东通行运道兴废不一，清初通行运道与近代不尽相同。

至清代后期，宁波辟为对外通商口岸，浙东形势一变。加以新的交通工具的引入，运河虽未全失作用，但投入整修管理的人力大减，较之南宋是由下降而至衰落。

——《京杭运河史·浙东运河史考略》

〔清〕顾炎武

作者简介：顾炎武（1613—1682），明末清初江南昆山人，本名继坤，改名绛，字忠清；明朝南都（南京）败于清军后，改炎武，字宁人，号亭林。在昆山参加抗清活动，失败后，离乡北游。康熙时举博学鸿儒、荐修《明史》，均不就。著有《日知录》《天下郡国利病书》《肇域志》《亭林诗文集》等。

禹陵

大禹巡南守，相传此地崩。礼同虞帝陟，神契鼎湖升。空石形模古，墟宫世代仍。探奇疑是穴，考典或言陵。玉帛千年会，山河一气凭。御香来敕使，主守付髡僧。树暗岩云积，苔深壑雨蒸。鸺鹠呼冢柏，蝙蝠下祠灯。余烈犹於越，分封并杞鄫。国诒明德祚，人有霸图称。往者三光坠，江干一障乘。投戈降北固，授子守西兴。冲主常虚己，谋臣动自矜。普天皆爵禄，无地使贤能。合战山回雾，穷追海践冰。蠡城迷白草，镜沼烂红菱。樵采冈林遍，弓刀坞壁增。遗文留仆碣，仄①径长荒藤。望古频搔首，嗟今更抚膺。会稽山色好，凄恻独攀登。②

——《亭林诗集》卷三

【索引词】绍兴；禹穴禹陵禹庙；镜湖；会稽山；杭州；西兴。

【导读】顾炎武是大思想家、大学者，明末清初亲身参与了反清复明运动却一再受挫。该诗借《禹陵》之题，较为含蓄地写了抗清斗争屡屡失

---

① 一作"反"，应为形近之误。
② 原注：《史记·越世家》："赞越世世为公侯，盖禹之余烈也。"《周语》："有夏虽衰，杞鄫犹在。"《左传》："授师子焉，以伐随。"《通鉴》："慕容儁攻慕容仁时，海冻，儁自昌黎东践冰而进。"《越绝书》："防坞者，越所以遏吴军也；杭坞者，句践杭也，二百石长，员卒七士人，度之会夷。"

败的社会现实。在无力与无奈中，作者抱着凄恻的心境，无意中写到了镜湖的破败——"镜沼烂红菱"，也提到了大禹陵的荒芜——"遗文留仆碣，仄径长荒藤"。这些也与战乱时期民众坞壁自保、滥采植被形成呼应。

〔清〕陆銋

作者简介：陆銋（生卒年不详），字容可，一字武铭。秀水人，崇祯癸未（1643）进士。

越行杂咏（其一）

萧山一带接江潮，迤逦湘湖雉堞遥。恰似西泠烟树里，好安十二绕堤桥。

——《御选明诗》卷一百十三

【索引词】杭州萧山；钱塘江；潮汐；湘湖。

【导读】该诗写的是明末萧山一带山水宁静、安宁祥和的乡村景象。

〔清〕施闰章

作者简介：施闰章（1618—1683），字尚白，宣城（今属安徽）人。清顺治六年（1649）登进士第，迁江西参议，分守湖西道。康熙十八年（1679）举博学鸿儒科。著《学余堂文集》。

三江闸

驱石截天堑，汤公旧泽长。白虹垂欲动，列宿俨成行。井灶鱼盐集，焄蒿俎豆香。还应存古戍，莫待海波扬。

——《学余堂文集》卷二十五

【索引词】绍兴；三江闸；汤绍恩。

【导读】这首五言律诗抒写三江闸及其周围环境，表达诗人对三江闸之看重。诗中除了描写三江闸之气势，遥忆汤绍恩之德泽，还向读者昭示两事：一者三江闸附近当时有制盐场所，且为数不少；二者，三江所城历来为防卫要地，但当时已废弃。诗人的立场和情感十分明白。

〔清〕单隆周

作者简介：单隆周（生卒年不详），字昌其，浙江萧山人。幼与比邻毛奇龄同塾，并称神童。著有《史记考异》。

瓜沥塘

平沙一望出西村，海气微茫岛屿尊。雨后波涛归日母，秋来车马下雷门。楼台好傍蛟龙宅，木石应怜精卫魂。缘岸只今多戍卒，不堪烽火照黄昏。勾践当时欲问津，乌鸢江上泪沾巾。岂知臣妾中衰日，即是山门重秀人。石室规模心未泯，会稽竹箭色犹新。年年踯躅沧波侧，薄雾轻风度短闉。

——《（乾隆）萧山县志》卷三十五

【索引词】杭州萧山；堤塘；瓜沥塘；勾践。

【导读】瓜沥塘地处萧山北海塘的东端，瓜沥也叫"塘头"。航坞山以北为钱塘江改道北移后泥沙淤积而成的沙土平原，今有杭州萧山国际机场，以南为水网平原区，今有杭甬运河。

西陵渡

西陵驿路草萧萧，范蠡当年筑丽谯。白榜青莲余旧字，轻装片石送行舠。平沙古戍朝驱马，水国秋寒夜上潮。独倚山楼闲眺望，雁鸿飞尽澥天遥。

——《（乾隆）萧山县志》卷三十五

【索引词】杭州；西陵；潮汐；行舟。

〔清〕毛奇龄

作者简介：毛奇龄（1623—1716），字大可，号西河等。萧山人。生于明末，清初成为著名学者，与毛先舒、毛际可并称"浙中三毛"。有《西河文集》《毛翰林词》。

康熙二十九年越郡大水，蒙郡使君李公尽力疏救，稍得安堵，赠之以诗

於越本泽国，春夏水潨洞。洪流拟怀山，瀇气且衔栋。先是坎未发，大禹早见梦。谓有浲水至，晨起决坊壅。三江廿四闸，一辟二十洞①。浃日风涛生，蛟龙偃衢巷。公乃披发救，仰天大号恸。云此实予辜，岂应罹民恫。疏堰断鱼笥，掘地展龙峒。所幸急胼胝，犹得鏖播种。苗山有神《经》，大者载《禹贡》。使君肯随刊，千秋仰鸿绚。

——《西河集》卷一百八十七

【索引词】绍兴；大水；大禹；三江闸；水利。

【导读】这是古代三江闸预降水位、以待洪水的典型防洪调度案例。诗人巧借大禹托梦，赞扬使君李公（知府李铎，康熙二十八年任）早早预见了越郡"浲水"（大洪水）将至，洪流将"怀山"襄陵，于是及早打开三江闸的二十孔闸门泄水，腾出河网槽蓄库容防洪；洪水到来时，又迎着风雨，"公乃披发救"，"疏堰""掘地"，抗洪抢险，胼胝亲力，保护播种。"苗山有神《经》，大者载《禹贡》。"诗中大量使用大禹时代特有的词汇"浲水""怀山""苗山""禹贡"，描绘了一幅康熙时期绍兴人民传承发扬大禹精神的科学治水图，塑造了一心为民、兴利除害、奋不顾身、尽心竭力的

---

① 原注：使君先数日梦神禹告大水至，因预启三江闸以待之。

使君形象。《（雍正）浙江通志》卷一百五十三："（李铎）字天民，奉天铁岭人，以兵部郎出知绍兴府。性喜有为……一切陂塘古迹，期年振起。康熙二十九年，余姚大水，漂溺民人庐墓以万计，其存者饥乏待毙，铎与知县康如琏设粥厂数十哺之。已又念就食妨业，令各乡坊上民籍，每男妇一人给米四斗，幼者半之，复制木棉衣若干予寒者，全活无算。守越四载，始终不名一钱。三十一年调繁杭，州民遮道蜂拥大哭，铎亦流涕而别。"

长相思·泛舟西江即事

一桥低，两桥低，枣树湾头西复西。江深雨欲迷。　　早乌啼，晚乌啼，两桨归来乌未栖。相逢半路溪。

——《西河集》卷一百三十三

【索引词】绍兴；钱清江；泛舟。

【导读】这首词表现词人在西江（钱清江）泛舟，遥逍自在、悠然自得之情状。它似乎在向读者表明，自嘉靖十六年（1537）汤绍恩建成三江闸以后，浦阳江不再借道钱清江，钱清江便显得清静优美，也成了清代诗人、词人不时赏玩之地。

山行过美施闸（二首）

（一）

西子湔裙处，行人唤美施。山花鸦子髻，浦竹女儿祠。教舞宫城艳，吹箫里社思。① 至今山下水，流出似胭脂。

（二）

水碧如漂镜，山青似洗妆。柴门啼鸟细，村径覆萝长。零雨浣纱石，繁花走马冈。当年教舞去，祠下换衣裳。

——《西河集》卷一百六十八

———————

① 原注：苎萝村祠，西子为土谷。

【**索引词**】杭州萧山；美施闸；西施。

【**导读**】浴美施，在施家渡西北一公里，是麻溪与西小江交汇处的一个水潭。此地交通发达，相传西施赴越都前在此潭沐浴更衣，故名。"西子湔裙处，行人唤美施"即咏此。明万历年间开拓河道，此处建闸，为纪念西施，立石碑称"古浴美施闸"，石碑犹存。毛奇龄作《山行过美施闸》诗，说明清初浴美施闸还在。如今，这里的潭、桥、路也都冠以"浴美施"三个字，临浦镇驻地为浴美施社区。

与朱山人饮

山人好饮耶溪滨，布袍角巾随隐沦；有时入山采苓术，手持樱�披荆榛。方春邂逅广宁路，云返姚江百官渡；踏翻红药欹晚霞，倾尽青囊泻朝露。耶溪溪水流复流，紫花初落丹花抽；何时制得长房酒，还饮龙山最上头。

——《西河集》卷一百五十八

【**索引词**】绍兴上虞；若耶溪；姚江；百官渡。

禹庙

夏王四载告成功，别禅苗山起閟宫。玉帛千秋新祼荐，衣冠万国旧来同。金书瘗井封泥紫，窆石悬花映篆红。一自百川归海后，长留风雨在江东。

——《西河集》卷一百七十四

【**索引词**】绍兴；禹穴禹陵禹庙。

南镇春游词（七言绝句三首）

春船两桨白蘋开，十里横塘晚未回。南镇祠前北风急，夏王陵上雨飞来。

鹞头艇子鹿头车，山路深深雨又斜。何处相逢增懊恼，凌家山下看桃花。

香炉峰峻少人登，两两三三上禹陵。陵前草深花似雾，山头风急雨如绳。

——《西河集》卷一百四十一

【索引词】绍兴；会稽山；南镇庙；禹穴禹陵禹庙；香炉峰；泛舟。

【导读】会稽山风光旖旎，为文人学士所赞赏。现存历史古迹主要有禹陵、禹庙、禹祠、南镇庙、会稽山洞、若耶溪等。自明代以来，每年农历二月初一到二月十九日游南镇庙逐渐演变成绍兴的习俗，当地称"嬉南镇"，彩船花车，游人如织。香炉峰是会稽山诸峰之一，峰顶数十米见方，形似香炉。

重葺汤太守祠有感兼赠李使君

先哲有遗泽，所重在庙祀。况能利是人，不止悦从事。缅想前代贤，大者阐理义。细亦克树绩，樽俎列为例。夫君亲裸荐，每祀致精意。稽神恋膋萧[①]，假庙葺颓废。伊昔汉太守，不以一钱系。近且开溮门[②]，恩共海涛漙。感激拜祠宇，前后治无二。以之祝金石，取寿在世世。

——《西河集》卷一百八十八

【索引词】绍兴；祠堂；汤绍恩；刘宠。

〔清〕刘文焀

作者简介：刘文焀（1629—？），又作文照，字雪舫，宛平人，明新乐侯刘效祖子。崇祯十七年（1644）李自成攻克北京后，年方十五的刘文焀

---

① 膋萧（liáo xiāo），油脂与艾蒿。古代祀神时焚之以散发馨香。
② 溮（sì）门，泄水门。

侥幸死里逃生，回到海州故里。南明福王在南京即位后，刘文焬袭封新乐伯。南明亡后，流寓高邮数十年。有《揽蕙堂偶存》。

稽山客怀

　　江东风景近如何？十里钱塘倚棹过。白发每从愁里尽，青山偏是客中多。攒宫草没冬青死，禹庙碑倾古字磨。独有若耶溪畔女，秋来犹唱旧吴歌。

——《青庄馆全书》卷四十二

　　【索引词】绍兴；会稽山；禹穴禹陵禹庙；若耶溪。

　　【导读】该诗主调是怀故国，显然与诗人明遗臣的身份大有关系。其中提到乘船南游浙东时所见的江东风景，正是禹陵、宋六陵荒凉破败之时。尾联"独有若耶溪畔女，秋来犹唱旧吴歌"，借用了"商女不知亡国恨，隔江犹唱后庭花"之意，进一步强化了"稽山客怀"的主题。

〔清〕朱彝尊

　　作者简介：朱彝尊（1629—1709），字锡鬯，号竹垞，晚称小长芦钓鱼师，又号金风亭长，秀水（今浙江嘉兴市）人。诗人、词人、学者，参与修撰《明史》，著述甚丰。

萧山道中

　　古树参差暗，春禽旦暮鸣。东西开水市，高下筑山城。翠竹千家静，清江二月平。昔贤栖隐地，岩壑有同情。

——《（雍正）浙江通志》卷二百七十四

　　【索引词】杭州萧山。

南镇

稽山形胜郁岧峣，南镇封坛世代遥。绝壁暗愁风雨至，阴崖深护鬼神朝。云雷古洞藏金简，灯火春祠奏玉箫。千载六陵余剑舄，帝乡魂断不堪招。

——《曝书亭集》卷三

【索引词】绍兴；会稽山；禹穴禹陵禹庙。

固陵怀古

越王此地受重围，置酒江亭感式微。想象诸臣纷涕泪，凄凉故国久暌违。天寒竹箭参差见，日暮乌鸢下上飞。犹羡当年沼吴日，六千君子锦衣归。

——《曝书亭集》卷三

【索引词】杭州萧山；固陵；越王。

〔清〕屈大均

作者简介：屈大均（1630—1696），生于明末，长成已是清初，广东番禺人，字介子，号翁山。明末诸生。后为僧，名今种，字一灵、骚余。诗与陈恭尹、梁佩兰称岭南三家。有《翁山文外》《翁山诗外》《广东新语》《四朝成仁录》等。

子夜歌①（其十三）

卿家日湖东，定家月湖西。送侬打两桨，先为到慈溪②。

——《翁山诗外》五言绝句一

---

① 原注：赠宁波李君纳姬和惠阳王太守。
② 原注：宁波有日湖、月湖。李君有太夫人，家慈溪上。

【索引词】宁波；日湖；月湖；宁波慈溪；行舟。

〔清〕王士禛

作者简介：王士禛（1634—1711），字子真，一字贻上，号阮亭，晚号渔洋山人。清代文人，其著有《渔洋山人精华录》《蚕尾集》《池北偶谈》《渔洋诗集》《带经堂集》《感旧集》等等。

送徐武令（节选）

渺渺江上波，离离海门树。怅望秋风时，客帆此中去。雁飞京口驿，潮落西兴渡。几日罢清砧，闺中理纨素。

——《渔洋山人精华录》卷三

【索引词】杭州；西兴；钱塘江；行舟。

〔清〕万斯同

作者简介：万斯同（1638—1702），字季野，号石园，鄞县人。生于明末，成年已入清朝，受学黄宗羲，尤精明史。入史馆十九年，以所学之长，撰成《河渠志》十二卷等，最终手定《明史稿》五百卷。著有经、史、地理、诗文等集，如《昆仑河源考》《石园诗文集》等。

鄞西竹枝词（五十首选十四首）①

一②

人物杨家称最奇，一时诸老出同时。村前流水澄千丈，想见群公冰雪姿。

【索引词】宁波海曙；千丈镜；杨家群公。

二③

湖田官税倍民田，恨事流传五百年。仕宦满朝谁念此，叩阍端赖布衣贤。

【索引词】宁波；杨允恭；罂脰湖；湖田减赋。

三④

湖开罂脰匹东钱，谁把长陂决作田。恨杀⑤宣和楼太守，屡教西土失丰年！

【索引词】宁波；楼异；罂脰湖；废湖为田。

四⑥

楼公本意媚权臣，遂使千秋遗迹湮。何事还留丰惠庙，高墙大屋坐称神。

---

① 姚汉源《四明它山水利备览集释初稿》："原文载《石园文集》卷二，张氏《四明丛书》本。"

② 原注：城南三十里，地名千丈镜，杨氏聚族而居。明成弘间，吏部侍郎文懿公守陈，及弟吏部尚书守阯，从弟工部尚书守随、广西布政使守隅，子刑部侍郎茂元、四川按察使茂仁相继登朝，并有名德。

③ 原注：自罂脰湖废为田，重赋累民。明正德时儒士杨允恭连章叩阍，得稍减。至今有杨儒士庙。

④ 原注：鄞西有罂脰湖，东有东钱湖，均 为一郡之利。宋徽宗时蔡京当国，诏天下守令能增赋者得优擢。鄞人楼异言废罂脰湖为田可益赋四万石。遂得以馆阁知乡郡。

⑤ 《鄞县水利志》作"却恨"。

⑥ 原注：异既废湖为田，鄞人恨之。其子孙贵盛，即于田中建丰惠庙，至今犹存。

【索引词】宁波；鄮胭湖；楼异；丰惠庙。

五①

善政祠前岩壑幽，一村佳趣此全收。莫论奇绩穷千古，只说江山也最优。

【索引词】宁波；王元暐；它山堰；善政侯祠。

六②

王令当年放木鹅，身营三碶判③江河。只今启闭谁相④问，一任舟人偷闸过。

【索引词】宁波；它山堰；三碶；泄水。

七

鄞江西去接它山，百里长堤几曲湾。晴日放舟真乐事，远峰无数点苔斑。

【索引词】宁波；鄞江；它山堰；堤防；通航。

八

光溪山水甲鄞州，花竹禽鱼事事幽。阅尽西南行乐处，无如此地日狂游。

【索引词】宁波鄞州；光溪。

九

常喜它山冷水庵⑤，一泓冰雪地中涵。坐来六月浑忘夏，不信人间暑气炎。

---

① 原注：唐文宗时王元暐为鄞令，建它山堰，百世利赖，至今有善政侯祠。
② 原注：王公既筑它山堰，犹虑水无所泄，因制三木鹅随水放之。即其止处建三碶，外为江，内为河。江河分隔，迄今享其利。
③ 《鄞县水利志》作"隔"。
④ 《鄞县水利志》作"向"。
⑤ 冷水庵，地名，在它山堰北偏西六百六十米处，并有冷水庵路。

【索引词】它山堰；冷水庵。

十①

响岩千尺俯江流，隔岸声闻一样酬。莫向水边轻弄舌，定应仙子坐峰头。

【索引词】它山堰；响岩。

十一②

往代光溪曾设州，至今民物此中稠。商人解弄三弦子，妇女能梳五凤头。

【索引词】它山堰；光溪镇；宁波鄞州。

十二③

天井山茶味自长，它泉烹酌淡而香。并论太白谁优劣，一任闲人肆抑扬。

【索引词】它山泉水；茶叶物产。

十三④

小溪橘柚旧知名，未入园林气已馨。象坎水黎⑤建呑栗，一般佳味此为兄。

【索引词】它山堰；小溪；水果物产。

---

① 原注：响岩去它山里许，隔水十丈，人语无不响答。
② 原注：唐初设鄞州，其地在今光溪。
③ 原注：鄞泉以它山为上，不减锡山二泉。太白山在东乡，亦产茶。
④ 原注：小溪即光溪，产橘。象坎、建呑并地名。
⑤ 水黎，当作"水梨"，一作"梨头"，与橘、柚、栗对应。清李邺嗣《鄞东竹枝词》有"象坎人家接栎斜，春来白处尽梨花。树头裹到冬深摘，一颗真消冰雪柤"，可资佐证。

<h1 style="text-align:center">十四^①</h1>

最爱枝头果实甘，未经照眼口先馋。不知仲夏移家去，卧向林边手自探。

【索引词】宁波；仲夏。

【导读】以上是《石园文集》卷二所载五十首竹枝词中的十四首，描写了宁波市鄞西平原西南部密集的水利、航运工程的演变历史，以及海曙区和鄞州部分区域的人文建筑风貌、山水风光乃至地方特产，包含着许多历史人物故事和详尽的历史地名，外人不能尽解，而当地人读来分外亲切。第六首诗和注，完整记述了王元暐利用木鹅为水闸选址的故事，反映了三碶与它山堰同时建成的史实。同时说明，只要合理启闭，碶闸完全可以兼顾防洪、拒咸蓄淡和通航。

〔清〕张士培

作者简介：张士培（生卒年不详），字天因。黎洲先生^②之高弟。

同友人游它山^③

藤萝苍翠拂平沙，湍急它山落晚霞。半晷清晖寄柳色，一湾春水涨桃花。磬传隔岸知僧舍，烟起前汀认酒家。古木远随溪径曲，提筐儿女采新茶。路转峰回又一村，隔溪黄犬吠柴门。花争春色成红阵，山拥岚光带碧痕。宿雾满崖为豹隐，晴云出岫护龙屯。卖饧^④高唱斜阳

---

① 原注：仲夏地名，产桃李。

② 黄宗羲（1618—1695），字太冲，号南雷，称黎洲先生，浙江余姚人，明末清初思想家。

③ 姚汉源《四明它山水利备览集释初稿》：清全祖望《续甬上耆旧诗集》（国学保存会刊本）录明清之际人诗。卷一百二，证人讲舍弟子之四。

④ 卖饧（xíng）：清明前后卖糖粥。饧，用麦芽或谷芽熬成的饴糖。

路，朝暮凄然欲断魂。

——《续甬上耆旧诗集》卷一百一

【索引词】宁波；它山堰；桃汛。

【导读】清明时节，它山堰溪水争流，古树荫渠，一派春色；寺庙磬声、农家犬吠声、街上卖饧声，让游客感受到幽静祥和，伴有几分凄美。反映明末清初动乱过后，它山堰工程运行一切如常。

〔清〕毛万龄

作者简介：毛万龄（1642—1685），字大千，浙江萧山人。清代文学家，与其兄毛奇龄并称"大小毛生"。著有《采衣堂集》。

西陵晓渡①

晓江发桂棹，江晓难测量。四顾绝端倪，不分沧与桑。初景革绪阴，光射水气凉。薄雾尚翳空，挂席与彼翔。吴山近复远，峭蒨忽欲黄。回眄穷海门，两峙青茫茫。高霞杂晦明，万象屡改张。孤鸿哀一声，欲辨即已亡。但闻沙岸侧，群乌噪千樯。无何波面平，皎如匹练长。潜虬卧不起，奔鼍抱窟藏。丈夫志桑蓬，何为恋故乡？隆隆黄金台，苕苕燕市旁。仗剑奋千里，谁复哂我狂？

——《采衣堂集》

【索引词】杭州；西兴；泛舟。

过魏文靖公祠

道德宗前哲，朝廷仗老臣。履声虽北远，斗色岂南湮。有意长怀古，无时不为民。乡关歌道路，阴雨暗经纶。人去琴徽在，风流钟虞

---

① 自注：辛卯北上。

陈。至今千亩绿，共指一湖春。薜幄追双妙，荒祠绝四邻。山空虽有路，庭迥寂无人。桧老深桥鹊，碑残卧石麟。悠悠千载后，谁复问湖滨。

【索引词】杭州萧山；湘湖；魏骥。

〔清〕陈至言

作者简介：陈至言（生卒年不详），字山堂，浙江萧山人。与同郡张远齐名，为毛奇龄所称。康熙三十六年（1697）进士，官翰林院编修。有《菀青集》。

登越王台望大江

越王城上越王台，日黑沙黄卷不开。云气遥连山气合，江潮去尽海潮来。飞飞独雁横秋下，滚滚长帆入夜回。可怜百战陈兵地，白马银涛剧可哀。

——《（乾隆）萧山县志》卷三十五

【索引词】杭州萧山；钱塘江；越王台；潮汐；行舟。

江塘行

吁嗟乎，江塘行！东南巨海连蓬瀛，荡天沃日摇苍溟；百川万派归钱塘，江潮吐纳随虚盈。银峰万仞截江出，雪屋千重捍江立；西陵渡口蛟龙奔，越王城外江声急；江声夜发惊雷霆，断岸横塘五千尺。千尺横塘长复长，大门小门如巍隍；怒涛駴①沫尽消灭，海童不敢争飞扬。可惜昨年四五月，野鬼穿塘水尽决；今年春涨水复来，两度红潮谁可遏？

———————————

① 駴，古同"骇"。

冯夷击鼓神蚪吼，排山裂石崩沙走；钱王铁弩射不开，白雪青山两环斗。倏忽城郭行江河，茅檐釜甑游鼋鼍；黑波滂浡数百里，高原峻谷流盘涡。可怜闺中妇，吞声苦复苦；眼前儿女同忍饥，忽闻水声不敢啼。更有白发人，仰天流泪俱沾巾；旧年种粟无官粮，今年耕田徒苦辛。吁嗟乎！江塘行，一曲一声难为情。

——《菀青集》卷六

【索引词】杭州；西兴；钱塘江；潮汐；海塘；水灾。

【导读】诗歌写康熙二十年五月萧山江塘海塘大决口，第二年春夏洪潮又至，而且是"两度红潮"，以至于"倏忽城郭行江河，茅檐釜甑游鼋鼍"，带给当地百姓无尽苦难。据《萧山水利志》引《（康熙）萧山县志》，康熙二十年（1681）五月"临浦塘坏，杨家闸坏，水涌入城市，起水数尺"；二十一年五月"西江塘沉，城市起水丈许"，六月"江水复进"，"百年来未见，较二十年水灾更甚"。连续两年田禾再三播种，却颗粒无收。由此可知，该诗作于康熙二十一年。

〔清〕查慎行

作者简介：查慎行（1650—1727），初名嗣琏，后改名慎行，字悔余，号他山，杭州府海宁花溪（今嘉兴海宁袁花镇）人。晚年居于初白庵，故又称查初白。有《敬业堂诗集》《查初白诗评十二种》。

雪后从西兴晚渡钱塘江

牛车没毂水沙浑，暗长春潮二尺痕。万灶铺烟沉海戍，两山衔雪束江豚。船开渡口愁将晚，月到圆时过上元。莫负承平好风景，河塘灯火闹黄昏。①

——《敬业堂诗集》卷二十六

---

① 自注：宋时沙河塘灯火最盛，东坡诗"繁星闹河塘"。

【**索引词**】杭州；西兴；钱塘江；行舟。

【**导读**】诗人自注："宋时沙河塘灯火最盛，东坡诗'繁星闹河塘'。"沙河塘是杭州的一条街。作者描述了清初某一年的正月十五，刚刚下过雪，从西兴渡口到杭州府城的钱塘江河道虽是航道，但是河口泥沙淤积严重，水深不足。落潮时水深一尺，只可以牛车涉水；下午水涨二尺，又可乘船渡江；到了黄昏，就可以赶到杭州，体验"繁星闹河塘"的热闹了。

山阴道中喜雨

谢家双屐旧曾携，转觉清游爱会稽。白塔红亭山向背，赤栏乌榜岸东西。波光拂镜群鹅浴，竹气通烟一鸟啼。野老岂知身入画，满田春雨自扶犁。

——《（嘉庆）山阴县志》卷二十八

【**索引词**】绍兴；山阴道；镜湖；行舟。

〔清〕董允雯

作者简介：董允雯（生卒年不详），字石云，号观山，鄞县人。康熙十一年（1672）拔贡，官上虞训导，迁国子监学正。著有《一声歌集》。全祖望《续甬上耆旧诗集》将其列在"康熙以后缙绅之二"，属康熙前中期诗人。

月湖秋泛

无心菱荇牵愁绿，有意芙蓉背橹红。指点榜人轻放棹，随流款款向湖中。一字田中稻叶稀，水仙祠畔蓼花肥。鹭鸶窥人不肯去，舟外凫雏学母飞。

——《续甬上耆旧诗集》卷一百十一

【**索引词**】宁波；月湖；泛舟。

【导读】宁波城中双湖,其始称"南湖",后演变为两湖,析明州之"明"字为日、月而命名。月湖水域狭长曲折,面积九亩,由鄞县县令王君照开凿于唐贞观十年(636)。至太和七年(833)鄞县县令王元暐兴修水利,"导它山之水作堰江溪",引四明山之水入城,潴为日、月两湖。至两宋时期,宁波渐成繁华都市,城中水利相继修浚,形成以月湖为核心的"三江六塘河,两湖居城中"的城市水网系统。北宋元祐八年(1093),户部侍郎刘淑利用积土筑成月湖十洲。南宋绍兴年间(1131—1162),刘垶又布楼阁亭榭,植四时花木,建成十洲胜景。宋元以来文风特盛,月湖一度成为浙东学术中心。明清以来书香不绝,有范氏天一阁、徐氏烟屿楼、张氏大方岳第、童氏白华堂。西岸三址,由烟屿、雪汀、芙蓉洲组成。新月湖于1998年由宁波市政府依据古月湖文化传承需要重新设计建设,是宁波市区目前最大的园林景区、宁波城内最重要的历史文化保护区。

〔清〕爱新觉罗·玄烨

作者简介:爱新觉罗·玄烨(1654—1722),清代皇帝,年号康熙,庙号圣祖。公元1684年(康熙二十三年)、1689年、1699年、1703年、1705年、1707年六次南巡,最远渡过钱塘江,到了绍兴。著《圣祖仁皇帝御制文集》。

御制谒大禹庙诗

古庙青山下,登临晓霭中。梅梁存旧迹,金简纪神功。九载随刊力,千年统绪崇。兹来荐繁藻,瞻对率群工。

——《西湖志纂》卷六

【索引词】绍兴;禹穴禹陵禹庙;江河。

【导读】康熙二十八年(1689),康熙第二次南巡。二月十四日祭大禹陵,是继秦始皇之后的又一次皇帝亲祭。康熙题禹庙匾"地平天成"及联、诗。《西湖志纂》注："大禹庙，在会稽山。大禹治水，由浙河乘航至会稽，会诸侯於涂山。执玉帛者万国，因名禹航，杭郡之得名始此。后葬会稽山，空石尚存。空石之左即为庙，《嘉泰会稽志》云少康立祠於陵所。梁时修庙，惟欠一梁，俄风雨大至，湖中得一木，取为梁，即梅梁也。历代遣官告祭。"

山阴

灌木丛篁傍水幽，澹烟晴日漾芳洲。兰桡摇过山阴道，在昔人传镜里游。

—— 《圣祖仁皇帝御制文集》二集卷四十三

【索引词】绍兴；鉴湖；行舟。

【导读】这首七言绝句当作于康熙二十八年，爱新觉罗·玄烨第二次南巡，登龙山，祭禹陵，写下此诗。诗中有山有水，加以澹烟晴日、灌木丛篁、芳洲兰桡，诗人为山阴山水所陶醉，其布景设色，其融和氛围，其倾心自然、热爱山阴之情，表现得高雅清新，客观上反映了绍兴优美山水依然存在之事实。这说明，鉴湖虽然经历了宋代以来的大规模围垦，但留下的部分仍比现存的部分要多，这是值得当代人重视的。

禹陵颂

下民其咨，圣人乃生。危微精一，允执相承。克勤克俭，不伐不矜。随山刊木，地平天成。九州始辨，万世永宁。六府三事，政教修明。会稽巨镇，五岳媲灵。兹惟其藏，陵谷式经。百神守护，松柏郁贞。仰止高山，时切景行。

—— 《圣祖仁皇帝御制文集》二集卷四十三

【索引词】绍兴；禹穴禹陵禹庙。

登卧龙山越望亭

周览山川历井疆，越峰突兀见青苍。争流万壑通城郭，一一看来在下方。

——《圣祖仁皇帝御制文集》二集卷四十四

【索引词】 绍兴；卧龙山；越望亭。

钱塘江潮

相传冰岸雪崖势，滚滚掀翻拥怒涛。风静不闻千里浪，三临越地识江皋。

——《圣祖仁皇帝御制文集》三集卷四十六

【索引词】 杭州；钱塘江；潮汐。

【导读】 此诗作于 1689 年。《西湖志纂》卷六："国朝康熙二十八年春，圣祖仁皇帝南巡，御制渡钱塘江诗。"

驻跸杭州府

越境湖山秀，文风天地成。南临控禹穴，西枕俯蓬瀛。容与双峰近，徘徊数句盈。民心多爱戴，少慰始终情。

——《圣祖仁皇帝御制文集》三集卷四十九

【索引词】 杭州；鉴湖；禹穴禹陵禹庙。

〔清〕张文瑞

作者简介：张文瑞（？—约 1743），字云表，号六湖，别号思斋，萧山人。官青州府同知。去世后，《六湖先生遗集》于乾隆九年（1744）出版。

麻溪①

舍舟行断岸，天乐数峰斜。秋色红於染，山溪乱似麻。畲田收火米，崖蜜割松花。吹散朝来酒，樵风过若耶。

——《六湖先生遗集》卷四

【索引词】杭州萧山；西小江；若耶溪；麻溪坝；行舟。

俞郡侯新筑海塘诗

越之有鉴湖，如人有胃肠。东汉马府君，饮食不可忘。汤侯三江闸，应宿名彰彰。凿山补地阙，复见后海塘。东自人安山②，西至于白洋。绵亘四十里，壁立数仞强。石骨而土肉，表里成巨防。恭逢俞使君，坐开清白堂。建此不朽业，媲美马与汤。回思乙酉秋，七月海若狂。决裂丈五村，三县遭蟹荒。蒸民不粒食，禹会无余粮。但闻一路哭，目击心惨伤。谁献郑侠图？谁发汲黯仓？草草塞患口，岁岁医故疮。增卑与培薄，劳费未可量。不图有今日，苦海无波扬。新堤成偃月，坚似百炼钢。敝邑大门白，亦在水一方。有备始无患，③实赖公主张。作诗告后贤，奕叶由旧章。

——《（乾隆）萧山县志》卷三十四

【索引词】绍兴；杭州萧山；鉴湖；三江闸；海塘；马臻；汤绍恩；俞卿。

【导读】俞卿（1657—1738），云南陆凉（今陆良）人，康熙五十一年（1712）起任绍兴知府。因后海塘土堤一毁再毁，每次都是"草草塞患口，岁岁医故疮"，劳费无已，他上任第二年决定改筑石堤。先在丈五村（今柯桥区齐贤街道丈午社区，康熙乙酉年海堤决口处）试点试工料，然

---

① 麻溪，在杭州市萧山区进化镇境内，因古时候溪两岸多植苎麻而得名。上通浦阳江，下接西小江，通浙东运河。明代戴琥主持建设的麻溪坝，是西小江上的拦洪坝，对保护萧绍平原和浙东运河有重要作用。
② 自注：即马鞭山。
③ 自注：谓西汪桥备塘。

后推广至整个山阴后海塘，最终筑成石堤四十多里。随后，其他县也照此标准实施，完成了三千多丈石塘的修筑任务。工程做完了，当地百姓并没有受到苛捐杂税的重压，人们交口称赞。

〔清〕张远

作者简介：张远（生卒年不详），字子游，江苏无锡人，康熙三十八年（1699）举人，有《无闷堂诗文集》。

西陵渡

平沙百里莽成蹊，古渡西陵气惨凄。潮撼沧桑连子午，江分吴越暗东西。毡毹雪卷寒筇动，艨艒风回夜火齐。逐客往来频极目，镯镂光没鹧鸪啼。

——《（乾隆）萧山县志》卷三十五

【索引词】杭州；西兴；钱塘江；潮汐；行舟。

〔清〕沈德潜

作者简介：沈德潜（1673—1769），字确士，号归愚，江苏苏州人。清代大臣、诗人、学者。有《沈归愚诗文全集》七十三卷。

萧山舟夜同叶义山作

西兴钟鼓歇，乌榜泛江波。星斗窥窗入，峰峦避客过。清言谢烟火，幽梦绕云萝。明发山阴道，风流忆永和。

——《归愚诗钞》卷十四

【索引词】杭州；西兴；夜航。

〔清〕胡国楷

作者简介：胡国楷（生卒年不详），字镜舫，山阴（今绍兴）人。康熙六十年（1721）登进士第。官仪曹郎。诗存《越风》。

闻家乡蛟水陡发①

春山鹭鹭雉朝雏，忽与乖龙相邂逅。卵遗入地渐渐深，埋韫多年鳞鬣就。一朝突出谓之蛟，闻诸故老言非谬。今夜雷雨送潜虬，平地水深天欲漏。乡书一读心如焚，丰年转瞬成灾氛。雉入水为蜃，龙嘘气成云。各自矜幻化，斯义夙所闻。奈何二物淫气相媾扇，亦如蟛蜞青红现质污天文。遈尔伎俩播摇山与谷，使我农圃空瘦骨与筋。天有威，应诛殛；民何辜，遭陷溺？庐舍顺颓无壁立，妇子呜呜抱头泣。蛟自上天生羽翼。

——《绍兴水利诗选》转录《越声》

【索引词】绍兴；水灾。

【导读】这首七言歌行采用浪漫手法，表现康熙年间绍兴发生水灾之情状，表达诗人关心民生之情意。雉龙交媾，事属不经，但洪水倏至，则是事实。今日看来，既是水利资料，也在告诫人们必须重视水利建设，防患未然。

〔清〕厉鹗

作者简介：厉鹗（1692—1752），字太鸿，又字雄飞，号樊榭、南湖花隐，钱塘（今浙江杭州）人，清代著名诗人、学者。著有《樊榭山房集》《宋诗纪事》《南宋杂事诗》等。

---

① 原题"闻家乡蛟水陡发，大雨坏庐舍，伤田禾，感叹忧虞，而作是篇"。

萧山

唤艇晚来急，天阴云欲凝。树红迎北干，江白隔西兴。卖橘山家贱，歌菱越女能。东游兴不浅，篷雨响疏灯。

——《樊榭山房集》卷二

【索引词】杭州；西兴；行舟。

〔清〕郑板桥

作者简介：郑板桥（1693—1766），原名郑燮，字克柔，号理庵，又号板桥，人称板桥先生，江苏兴化人，祖籍苏州。清代书画家、文学家。有《郑板桥集》。

观潮行

银龙翻江截江入，万水争飞一江急。云雷风霆为先驱，潮头耸并青山立。百里之外光荧荧，若断若续最有情。崩轰喧豗倏已过，万马飞渡萧山城。钱塘岸高石五丈，古松大栎盘森壆。翠楼朱槛冲波翻，羽旗金甲云涛上。伍胥文种两将军，指挥鲲鳄鲸鼍蟒。杭州小民不敢射，荡猪击羵来相享。我辈平生多郁塞，豪情逸气新搔痒。风定月高潮渐平，老鱼夜哭蛟宫荡。

——《板桥集·诗钞》

【索引词】杭州萧山；钱塘江；潮汐。

【导读】郑板桥的这首《观潮行》想象丰富，意境开阔，将钱塘潮写得波澜壮阔，气势雄伟。作者借神话、历史故事描绘潮水的骇人气势，把钱塘潮想象为战场，让人为之心惊胆战，诗人也因观潮激发起豪情逸气。最后想象潮水平息后水底的老鱼为之哭泣，又为潮水的强悍力量加了一笔。关于萧山海塘的工程结构，古诗中极少记载。"钱塘岸高石五丈"一句，虽有夸张，但是完全符合观潮人面对人类伟大建筑——砌石海塘时的心理感受。

〔清〕施濬

作者简介：施濬（生卒年不详），字聘三，会稽（今绍兴）人。[①]著《痴缘存草》。

马侯祠

五马嘶风太守来，神旗掩映莫疑猜。山阴道上争传述，坝筑麻溪庙食该。

——《绍兴水利诗选》转录《越声》

【索引词】绍兴；鉴湖；麻溪坝；马臻；戴琥。

【导读】这首七言绝句表达诗人对马臻的崇敬之情。马臻故世已一千七百多年，在诗人心目中依然威风凛凛，"五马斯风""神旗掩映"云云，便是想象中马臻莅临会稽之情景。末句提及马臻在麻溪筑坝，系将明代始筑麻溪坝之事依附到治水先贤马臻身上。

车陡砻堰

山阴有斗门，市集尚称繁。此地名无二，徒为作坝言。东西隔流水，上下划泉源。高岭横冈处，扁舟度石门。

——《绍兴水利诗选》转录《越声》

【索引词】绍兴；斗门堰；滨海塘闸；行舟。

---

① 另据《（雍正）浙江通志》卷一百四十二，施濬，癸卯（雍正元年，1723）进士，浙江仁和人，雍正四年任叶县知县。籍贯虽是仁和，但与会稽施濬同名，两地接壤，地名杂错，疑二人或为一人。

【导读】这首五言律诗由斗门堰写到斗门，表达诗人对斗门这一水利设施的高度重视和深厚情感。诗在客观上向读者表明：一者，直到清代，斗门堰尚存，起到保护斗门的作用；二者，指明斗门与东西二水即曹娥江和钱清江之关系；三者，指明今斗门（镇）由斗门堰而成集市，且清代业已繁荣。

过杨兴桥①

商客船为宅，杨堤②过有桥。行人添逸兴，前路速飞桡。柳岸闻鸲鹆③，渔歌得鲤鲦。小鲜知可买，舟子挈筐邀。

——《绍兴水利诗选》转录《越声》

【索引词】绍兴柯桥；杨汛桥；堤防；泛舟。

【导读】这首五言律诗写访杨兴桥之感受，表达诗人赏心悦目之情。杨兴桥在西小江即钱清江南岸，今为大镇。此诗说明，早在清代中叶，杨兴桥已有集市，且得水利之便。

舟出义桥江口

揖别乘舟去，飞帆指义桥。片时出江口，一路客思遥。云树离人感，山川游子邀。家乡今渐远，归梦忆前宵。

——《绍兴水利诗选》转录《越声》

【索引词】绍兴；杭州萧山；义桥；行舟。

【导读】这首五言律诗抒写诗人离开会稽家乡后，沿西小江（浙东运河西南线）舟出义桥，进而沿浦阳江向西出富春江之感受。今萧山区义桥镇，距原浦阳江口渔浦约十里。由此可知经过宋元明清历代治理，义桥至

---

① 杨兴桥，今作杨汛桥（街道），属柯桥区，在绍兴市区西北五十里处，西小江南岸。
② 指西小江堤岸。
③ 鸲鹆（qú yù），一作"鸲鹆"，即八哥。

渔浦段的浦阳江（萧山新江、西江、渔浦江）成为萧绍平原出富春江的又一条水上快速通道。诗人有同题诗作，录以备读："江上东风紧，舟行好挂帆。渔歌喧隔岸，日色动征衫。别浦摇红蓼，横山矗翠杉。义桥顷刻过，飞棹疾奔麛。"假设诗人是会稽县城人，则《过杨兴桥》与《舟出义桥江口》可以连为一气，两首诗无缝衔接，共同勾勒出一条乘舟出游的路线：会稽—杨兴桥—义桥—（渔浦）江口。

〔清〕周长发

作者简介：周长发（生卒年不详），字兰坡，号石帆，山阴人，雍正二年（1724）进士。

六陵怀古

园陵寂寂半荒苔，一树冬青惨不开。羊月犬年空下泪，金灯玉匣总成灰。崖山风雨翻沧海，雪窖精魂哭夜台。独借林唐诸义士，高原拾骼郁崔嵬。

——《（嘉庆）山阴县志》卷二十八

【索引词】绍兴；六陵。

〔清〕胡天游

作者简介：胡天游（1696—1758），初姓方名游，一名骥，字云持，一字稚威，山阴人。雍正七年（1729）副贡。终生不遇，而操行精严。乾隆年间客游山西。著《石笥山房文集》。

窆石行

禹穴祠前窆石在，苔苔立向四千岁。大抵一丈含青蒸，海鲸牙穿厚地背。桐棺下葬悬绋丽，故老流传未茫昧。但看鼻纽不敢论，数字八分东汉存。俗人不知礼所敬，溪女来过樵童扪。禹时藏书果何有？或道金璨玉符此所守。向石再拜问有无，生世益晚徒悲吁。

——《（嘉庆）山阴县志》卷二十八

【索引词】绍兴；窆石；禹穴禹陵禹庙。

【导读】这首七言歌行专题歌颂窆石，揭示其形制、历史及传说，表达诗人崇敬大禹之情、探访古迹之意。为后人提供了研究窆石的资料。

三江闸

青天初破险，白马竟当秋。众水千年会，重溟一气收。远怀秦太守，高转蜀江流。疏凿微茫外，星辰永夜浮。

——《石笥山房集》卷五

【索引词】绍兴；三江闸；涌潮；李冰；汤绍恩。

【导读】诗人站在三江闸上，眼观秋涛，心念为绍兴水利事业作出重大贡献的明代知府汤绍恩，又马上联想到汤绍恩出生地的水利事业——秦蜀郡太守李冰及其都江堰。这首五言律诗将汤绍恩与李冰放在同等重要的位置上，则诗人对汤绍恩的崇敬之情不言自明。以"星辰永夜浮"之美景作结，则是歌颂汤绍恩功绩的具象化。

〔清〕商盘

作者简介：商盘（1701—1767），字苍雨，号宝意，会稽（今绍兴）人。雍正八年（1730）登进士第，授翰林院编修。著《质园诗集》，编《越风》。

涂山谒大禹陵

蛇龙中国腾蚴蟉，万民戢戢昏垫愁。维帝有咨曰女①禹，躬乘橇檋兼车舟。苍水使者感神梦，异书宛委穷搜求。庚神大铁锁奇相，百灵炯炯谁敢尤？积石既疏龙门道，星罗棋布分齐州。九牧贡金铸九鼎，用协上下承天休。元圭告成践帝位，涂山万国来共球。东巡翠盖不复返，苍梧一逝同悠悠。桐棺苇椁无改列，市朝阅尽如蜉蝣。乌耘燕喋事颇怪，无余庙祀昭春秋。我闻法官尚俭啬，加以金碧毋乃羞。旁蠹一亭名窆石，若锤若杵神所留。或曰内藏蝌蚪字，黄白下护云油油。或云高密入此穴，土阶三等累累哀。史迁不作刘向死，千年聚讼众楚咻。旧迹沦湮明德远，如地持载天覆帱。扬州自古称泽国，桃花瓠子多横流。侧闻淮黄肆吞吐，河伯独自挥戈矛。楚州之南广陵北，辟诸鱼在釜底游。全淮已乏刷黄力，遂使浊浪排山头。况当云梯古关口，下湿渐化为高丘。水无归宿将泛滥，议疏议塞无良筹。何年金简重世出，安澜免厪东南忧。

——《绍兴水利诗选》转录《越声》

【索引词】绍兴；禹穴禹陵禹庙；窆石；会稽山。

【导读】这首七言歌行写诗人晋谒大禹陵之所思，表达诗人崇敬大禹之情。诗人回顾大禹治水之历史，以为东南一带之所以少忧，全在大禹治水之功绩。全诗视野广阔，谙熟典故，文从字顺，层次清楚，不失为歌颂大禹之力作。全国称涂山者四处，绍兴有两处，此诗所写涂山即会稽山，为后人研究传说中的大禹遗迹提供佐证。

---

① 女，通"汝"。《史记·夏本纪第二》："舜曰：'嗟，然！'命禹：'女平水土，维是勉之。'"

〔清〕齐召南

作者简介：齐召南（1703—1768），字次风，号琼台，晚号息园，天台人。官至礼部右侍郎。著作《水道提纲》专叙水道源流分合，为中国河流地理名著。有《宝纶堂诗钞》。

山阴

镜中看竹树，人地总神仙。白玉长堤路，乌篷小画船。有山多抱墅，无水不连天。朝暮分南北，风犹感昔贤。

——《（嘉庆）山阴县志》卷二十八

【索引词】绍兴；鉴湖；长堤；行舟；孟简。

【导读】唐元和十年（815），浙东观察使孟简首次对越州城西北浙东运河上的塘路做较大规模的改造，动用青石板砌筑堤塘。石塘或依岸而筑，或横亘水面，砌成了一道别样的风景。运道塘连绵百里，今柯桥一带最为经典。诗人走在绍兴山阴道上，吟咏《山阴》诗篇，向人们展现纤道蜿蜒、水天一色、船行画里、人在镜中的绍兴水乡画卷。"白玉长堤路，乌篷小画船"也成为经典名句，传诵天下。

〔清〕何经愉

作者简介：何经愉（1704—1781），字乐天，山阴人。雍正朝（1723—1735）诸生。著《停云轩古诗钞》。

禹穴吟

宛委之山赤帝阙，金简玉书就石窟。一掬洪流，九州漰渤。再造乾坤仗化工，驱遣百灵共发掘。苍水使者赤绣衣，戏吟倚覆釜，默与伯禹期。八年卒父业，不顾儿呱啼。奠岳渎，铸鼎彝。竖亥度南北，大章步东西。地平天成二帝死，然后大会诸侯登会稽。登会稽，告功绩。戮防风，肃贡职。颁夏时，休民力。削平险阻建非常，五十四载风沙息。珍禽集于庭，野鸟佃其泽。晏岁群臣卜窀穸，苇椁桐棺瘗魂魄。土阶三等，荒茔三尺。世世子孙奉玉帛。少康再析圭，无余重秉璧。万壑潆洄，千岩盘结。毓秀钟灵未歇绝。谁云虞夏忽焉没？吾且与尔登会稽、探禹穴。

——《绍兴水利诗选》转录《越声》

【索引词】绍兴；禹穴禹陵禹庙。

【导读】这首杂言歌行围绕禹穴，歌颂大禹治水为政功绩，记述祭禹历史，表达后人对大禹的感恩之情和崇敬之意。采用杂言体，吟起来更为顺畅。绍兴禹穴有两处：一在宛委山，相传为大禹得金简玉书之处；一在禹庙左侧，相传为大禹葬身之地。诗人歌唱时合而为一，别出心裁。

〔清〕全祖望

作者简介：全祖望（1705—1755），字绍衣，号谢山，浙江鄞县（今属宁波）人，清代浙东学派的重要代表人物。其主要著作有《鲒埼亭集》《困学纪闻三笺》《七校水经注》《续甬上耆旧诗集》等。

信宿姚江舟中偶作三哀诗①

天上客星入经师，湖学风规差似之。冷官蒿目际阳九，赤手安得匡危时。恢复人心第一檄，传者窃笑闻者嘻。岂知天地遽崩裂，竟坐此故成陵夷。乃信岩强在方寸，不恃高城与深池。差喜臣心尚无恙，

---

① 原注：张先生客卿，苏先生存，邵先生方得鲁也。张本鄞广文，丙戌后隐雪窦；邵亦隐雪窦最久；而苏曾入鄞参密老。皆于吾乡为寓公。呜呼！三先生之大节，予岂以寓公故私之？而所叹者，姚人或反莫之知也。

未须讨贰勤济师。妙高台上干净土，残山足与寸心依。吁嗟世道日沦陷，莫卜此心来复期。大招广招不可返，茫茫忧患何人知。临风遥溯足三叹，重泉应与我同唏。海门弟子谁先传，石梁铿铿儒而禅。有客从之得妙谛，乱后灵光尚岿然。四明山中茅一把，醒即读书倦即眠。腥风血瀑遍下界，而我神游炎黄间。偶然小诗鸣自得，摆脱篱落追天鸢。律以学统或未粹，要其风格良孤骞。百年浙学久坠地，石梁薪火亦荒烟。樵牧安能认带草，苏园寂寂无故毡。①东陵一生真狷者，苦节凛冽吐寒芒。祥麟降生偏不偶，天实厄之当沧桑。桃源何处避何所，一洗头颅归竺王。岂以军持谢世事，翻从鱼鼓担纲常。可怜潭上一亩居，欲扶九鼎则已狂。十年雪窦混姓氏，晚窜福岩竟沦亡。慈云不足消冤怨，祈死得死何堂堂。曰故遗民非衲子，死返初服朝毅皇。谢翱方凤不终泯，山水为之留耿光。三哀赋罢山鬼啸，春潮夜涨天苍苍。

——《鲒埼亭诗集》卷八

【索引词】宁波余姚；姚江；潮汐。

〔清〕爱新觉罗·弘历

作者简介：爱新觉罗·弘历（1711—1799），清朝皇帝，年号乾隆，在位60年。1751年（乾隆十六年）、1757年、1762年、1765年、1780年、1784年六次南巡，最远渡过钱塘江，到达绍兴。有《乐善堂全集》《御制诗》。

渡钱塘江

斛土千钱诡就塘，风恬日暖彩舟方。一江吴越分疆界，三月烟花正艳阳。航苇谁曾见神异，射潮未免话荒唐。涨沙南徙民居奠，永赖

---

① 原注：太冲先生不甚可存、方之学，谓与史子虚、沈求如一例。而泽望先生极称之。予谓存、方风格，自是义熙以前人物，未易及也。

神庥敬倍常。

——《御制诗》二集卷二十五

【**索引词**】杭州；钱塘江。

【**导读**】"涨沙南徙民居奠"句下原注："海潮向逼北岸海宁、仁和二邑，塘工颇以为患。近年来北岸涨沙，潮汐南徙，遂庆安澜。"据《萧山水利史》第三章第三节，康熙三十六年（1697）中小门淤塞，钱塘江主流经北大门入海，威胁今杭嘉湖等地安全。康熙五十七年（1718）至乾隆十一年（1746）曾四次疏挖中小门通流，此后13年北岸平安无事。这首诗写于乾隆十六年祭禹途中，正是江流南徙、北岸平安时期，因而乾隆帝生出"遂庆安澜"的喜悦，并归功于大禹以来众多治水英雄神灵的护佑。

萧山道中作

溪窄绿塍阔，水肥乌榜①轻。开篷画芃蒨，挂席剪澄明。南国春方丽，越天云复晴。山阴指明日，已是镜中行。

——《御制诗》二集卷二十五

【**索引词**】杭州萧山；行舟；绍兴；镜湖。

【**导读**】此诗作于1751年。《西湖志纂》卷六："乾隆十六年三月初六日，皇上巡幸绍兴，东渡钱塘。"并记："萧山，在钱塘江东，亦名萧然山。《名胜志》云：晋许询筑室於此，有萧然自适之乐，遂名。唐天宝中改永兴县为萧山县，倚山濒江。江岸有西兴关，旧名西陵，吴越时改曰固陵，后更名西兴。苏轼诗'为传钟鼓到西兴'是也。"

钱清镇

循吏当年齐国刘，大钱留一话千秋。而今若问亲民者，定道一钱

---

① 乌榜，用黑油涂饰的船。榜，船桨。

不敢留。

【**索引词**】绍兴;钱清;刘宠。

【**导读**】《西湖志纂》卷六注:"钱清江在萧山县,东汉刘宠为会稽郡守,有惠政,将去,郡父老各持百钱以送之。宠选受一钱投之於江,江水遂清,因名钱清江。岸有刘宠祠,后人建一钱亭,村民聚居於此曰钱清镇。"

题柯亭

陈留精博物,椽竹得奇遭。昔已思边让,今兼传伏滔。琴同识焦爨,剑比出洪涛。汉史无能续,千秋恨董逃。

——《御制诗》二集卷二十五

【**索引词**】绍兴;柯亭;蔡邕。

【**导读**】《西湖志纂》卷六注:"柯亭在山阴县西三十里,《太平寰宇记》云:千秋亭一名柯亭,汉蔡邕宿此亭,仰观椽竹,知有奇响,因取为笛。相传千秋亭汉时名高迁亭,今柯桥寺即亭址也。"

禹庙览古

得莅稽山峻,言瞻禹庙崇。碑文拟衡岳,井穴达龙宫。问讯传工部,栖迟遇义公。镈于寻岂在,窆柱恨难穷。帆石终邻诞,梁梅[1]久付空。惟应敷土迹,天地并鸿功。

——《御制诗》二集卷二十五

【**索引词**】绍兴;禹穴禹陵禹庙。

【**导读**】乾隆十六年(1751)春,乾隆帝沿浙东运河从杭州到绍兴,三月初八祭大禹陵,题禹庙匾"成功永赖",御书联句"绩奠九州垂万世,

---

[1] 《西湖志纂》卷六作"梅梁",与上句"帆石"不对应。

第七章 清代 | 427

统承二帝首三王"，并题此诗。

舟泛山阴溪路

棹入烟花浦，山迎彩鹢舟。桃霞烘日重，柳线曳风柔。应接真无暇，晴明适与谋。若耶知不远，且迟命清游。

——《御制诗》二集卷二十五

【索引词】绍兴；溪河；行舟。

兰亭即事

向慕山阴镜里行，清游得胜惬平生。风华自昔称佳地，觞咏於今纪盛名。竹重春烟偏淡荡，花迟禊日尚敷荣①。临池留得龙跳法，聚讼千秋不易评。

——《御制诗》二集卷二十五

【索引词】绍兴；鉴湖；兰亭。

【导读】《西湖志纂》卷六："兰亭在山阴县西南二十五里，《水经注》所称兰上里也，一名兰渚。《舆地记》云山阴郭西有兰渚，渚上有亭。晋王羲之与谢安、孙统辈四十一人修禊於此。人各赋诗，羲之为序，书法精妙，真迹藏其十世孙智永处。唐太宗用房元（玄）龄言，令萧翼以计取之，遂入昭陵。自后辗转临摹，真伪莫辨。乾隆十六年春，皇上省方南巡，亲祀大禹陵，礼成，临幸兰亭。"

自绍兴一日渡江至圣因寺②行宫

朝辞余暨暮钱塘，片刻长江稳渡航。未免情殷恋西子，不殊风便

---

① 原注：时三月八日。
② 《清一统志·杭州府二》："圣因寺在钱塘县孤山南，即江浙臣民所建圣祖仁皇帝行宫。雍正五年改寺。寺内文澜阁庋藏《四库全书》一部。"

送滕王。快晴乍觉烘山翠，弦月遥疑钓水光。十亩行宫游不足，憩闲命笔玉兰堂。

——《御制诗》二集卷二十五

【索引词】杭州；钱塘江；西湖；绍兴；行舟。

【导读】乾隆帝用"一日渡江"作题，首句"朝辞余暨暮钱塘"，借用了郦道元"朝发白帝，暮到江陵"和李白"朝辞白帝彩云间，千里江陵一日还"的意境，接着用"片刻长江稳渡航"描述了舟过钱塘江的轻松愉快。由此可见乾隆十六年绍兴与杭州之间运河系统运行效率相当高。

舟行杂兴三十首（选二）

山阴①

入画楼台烟雨寒，山阴一棹镜中看。兰亭逸少风流在，信可东山傲谢安。

【索引词】绍兴；镜湖；行舟；兰亭；王羲之；东山；谢安。

若耶溪②

若耶只隔一溪湾，好似天风吹引还。寄我闲心与明月，他年证取水云间。

【索引词】绍兴；若耶溪。

——《御制诗》二集卷二十七

〔清〕袁枚

作者简介：袁枚（1716—1797），清浙江钱塘人，字子才，号简斋，晚号随园老人。乾隆四年进士。四十岁即告归，在江宁小仓山下筑园名"随

---

① "山阴"为编者所加。
② "若耶溪"为编者所加。

园"，吟咏其中。有《小仓山房集》《随园诗话》《子不语》等。

再过招宝山观海四首（其一）

再看海方信，东南地缺多。三山虽宛尔，一笑奈风何。天后来招宝①，观音住普陀。相逢定相约，圣世莫扬波。

——《小仓山房诗集》卷三十六

【索引词】宁波；甬江；招宝山；三山。

禹陵大松歌

我来禹陵见大松，身横九亩疑防风。当日定为苍鸟种，后来不受秦王封。扶桑遮日松遮雨，各护神圣安元宫。旁有窆石形奇古，堪与千年松作伍。想见龙牵引绋时，呱呱后启犹摩抚。诸侯会葬纷来朝，此松未必无枝条。苍水使者来挂绦，百虫将军不敢烧。山风吹松作涛起，髣髴洪水声滔滔。我欲呼松问禹状，松不能言徒崛强。且折松枝满载归，惊夸法物商周上。

——《小仓山房诗集》卷二十六

【索引词】绍兴；禹穴禹陵禹庙；防风氏；窆石。

〔清〕陈芝图

作者简介：陈芝图（1716—1774），原名法乾，字昆谷，号月泉，绍兴府诸暨枫桥陈家村人，"越中三子"之一，陈洪绶（1598—1652）族孙。工诗善画。著《秋晖楼集》。

---

① 自注：山有天后庙。

三江

万水襟喉地，随潮一放舟。雨深山驿晚，风急海门秋。石类秦鞭聚，江安禹凿流。长波揽不尽，须架数层楼。

——《绍兴水利诗选》转录《越声》

【索引词】绍兴；三江；钱塘江；钱清江；曹娥江；乘潮；行舟；大禹。

【导读】秋天，雨深，风急，诗人随潮放舟，赏游三江（钱塘江、钱清江、曹娥江）海口，激起一腔豪情，便不由得联想秦时神人之鞭石，远古大禹之凿流。这首五言律诗采用浪漫主义手法，给读者以无穷想象。诗人尚有《潮头歌》，当作于同时，录以备读："八月十八潮欲来，海门金气搏寒雷。鼋山赭山两点烟，平江阒静浩澶漫。一白摇云蠹地骨，黑轮多嘴喷素沫。訇霆淜湃秋容变，匹练飞光如激电。妖童神眼斗阳精，愕眙无言目光眩。微躬么小①如焦冥，局足栖迟过廿稔。世间怪变乃如斯，井底眠蛙惊不醒。铁桨横流争乱渡，城头白日生黄雾。万般出没浪花高，跳沫驰波鼓余怒。"

〔清〕陶元藻

作者简介：陶元藻（1716—1801），字龙溪，号篆村，会稽（今绍兴）陶堰人。乾隆年间贡生。历游燕、赵、齐、鲁、扬、粤、瓯、闽，诗文俱佳，时称会稽才子，不久归籍，在杭州西湖建泊鸥庄，专事著述。著《泊鸥山房集》等。

题马太守祠

太守祠堂鉴水浔，丹青四壁气萧森。祈年豚酒修村社，吼雨松杉覆殿阴。银蜡夜分磷火碧，土花寒蚀墓碑深。湖光八百明如练，长照

---

① 么，同幺（yāo）。幺小、么小，意思均为微小。

孤臣一片心。

——《泊鸥山房集》卷二十五

【索引词】绍兴；鉴湖；马臻。

【导读】这首七言律诗题于马臻祠。首联叙述，中两联描写，尾联抒情。诗人对马臻满怀崇敬之情，而对于官宦对马臻之不恭，深表不满之意。请看"萧森""磷火碧""土花"之措辞，"湖光八百明如练，长照孤臣一片心"之反面着笔，感情何等强烈。

自西兴归

渔商历乱趁归程，独放中流画鹢轻。十里河清怜酒渴，半塘风起觉寒生。辞秋黄叶随吟客，带雨青山入县城。推却乌篷更回首，西陵犹送暮涛声。

——《泊鸥山房集》卷十五

【索引词】杭州；西兴；潮汐；行舟。

【导读】在清代，萧山和西兴属绍兴府。这首七言律诗抒写诗人离别西兴途经萧山的感受，从中有几点令读者注意：一者，诗人所乘之画船上覆乌篷，俗称乌篷船，为乌篷船之历史提供线索；二者，自西兴至萧山"十里河清""半塘风起"，风景在在可人；三者，从"西陵犹送暮涛声"的抒情看，当时西兴尚在钱塘江边；四者，诗人自杭州经西兴归会稽陶堰是入浙东运河的。

〔清〕茹敦和

作者简介：茹敦和（1720—1791），字三樵，号逊来，会稽（今绍兴）人。早年随外舅李青阳为子，习举业。乾隆十九年（1754）登进士第。在各地为官期间曾开渠治水，归乡后于鉴湖筑室授徒讲学。著《越言释》《竹香斋诗钞》。

笃斋汤公之裔来越祀其先人，于其归也，诗以送之

越州太守越布衣，世以清白相留遗。明德之后古所传，翩翩白马来何迟。燎光炳火达内外，鼎镬肃洁铜笔治。龙箫凤管互呷哑，鼍鼓一击云和怡。观者杂沓拥肩背，道旁扶杖同嗟咨。此时霖雨正沾足，绿禾满垄水满陂。菱花菰叶罨画中，画桥上下帆东西。长鲡大蟹上市了，稚桑弱柳如云低。况有风流遍裙屐，羲之书法知章诗。井十角，田一区，倚湖筑室事可为。何不并涉妻与孥，长奉夏禴修春祠。涉江送子謇又袪，留子不得心依依。朱幡熊轼会有时，尔有祖德当念之。川原终古无改移，约束鲛鳄守丰碑，使我饶乐无穷期！

——《绍兴水利诗选》转录《越声》

【索引词】绍兴；水利；行舟；汤绍恩；王羲之；贺知章。

【导读】诗人向来重视水利建设，在直隶南乐县知县任上，曾主持兴修水利，改造沙碱地，教民种桑植树；在大理寺评事任上，亲自指挥开渠，故对水利史上有功的绍兴知府汤绍恩特别敬重。这首七言歌行是为前来祭祖的汤绍恩后裔写的。除了描写欢迎场面和依依别情，诗人用大量篇幅，歌颂汤绍恩在越中留下的丰功伟绩。这是越中百姓的心声。全诗情辞恳切，感情强烈，谋篇布局，恰到好处。只是诗人又是语言学家，故不少词语显得古奥。

〔清〕童钰

作者简介：童钰（1721—1782），字璞岩，一字树，又字二如、二树，别号借庵、二树山人、树树居士等，山阴（今绍兴）人。著有《二树山人集》《香雪斋余稿》。

将有远行由耶溪至西兴

辛苦门前水，年年载客西。青山一相送，乌鸟几回啼。归计知难准，乡音听渐迷。来宵如有梦，应恋若耶溪。

——出将处:《两浙輶轩录》卷三十二

【索引词】 绍兴；若耶溪；西兴运河。

〔清〕蒋士铨

作者简介:蒋士铨(1725—1785),字心余,一字苕生,号清容,又号藏园,晚号定甫,别署离垢居士,铅山(今属江西)人。乾隆二十二年(1757)登进士第。授翰林院编修。三十一年(1766)任绍兴蕺山书院山长。著《忠雅堂集》。

潘曦亭别驾招游三江观应宿闸，宴饮竟日，入城已夜半矣

两山中断开危峡,内江外海蛟龙狎。海飞江立山脚破,鞭石横空立飞闸。长三十丈阔二丈,闸板双层中贯插。二十八洞排水门,各有星官司喷喝。海如盗贼凛窥垣,江若虎兕欣出柙。百川东去难撼摇,万岭西来敢倾压?天神列镇肃旌旗,水将连营布兵甲。潮头逆上见崩摧,江尾顺趋随管押。当年人力岂能到?太守默传神禹法。连桩入地奠千秋,积潦浮天消一霎。三城雷卷水安澜,万顷春回人荷锸。闲看网户税鱼虾,罢问舟蛟掌鹅鸭。汤公俎豆自不祧,应请萧公分禴袷。我拿劲楫划玻璃,不异清游泛苕霅。人家断续冠畦町,岸树弯环互宽狭。渔郎水嬉篙技击,别驾镫筵酒盟歃。糟浮子蟹舌尖糁,蜜钉霜柑爪痕掐。藏阄战拇各分曹,算马度壶同用策。嘉宾侧弁主犹醒,君子欠伸僮且乏。欹斜揖别雁翔汀,逼仄登舟剑归匣。回帆自发小海唱,冷月生寒透巾帊。

——《(嘉庆)山阴县志》卷二十八

【索引词】绍兴；三江闸；潮汐；鉴湖；行舟；汤绍恩；萧良干。

【导读】这首七言歌行作于诗人为蕺山书院山长时。诗人应绍兴府通判潘曦亭之邀，游三江，观三江闸，出席宴饮，自日至夜。此诗记录了全过程，但省去应邀和行程，以突出三江闸之形胜和宴饮之场面，文从字顺，写得十分动人，为后人留下了十分可贵的资料。由汤绍恩而联想到萧良干，尤为可贵，足见诗人对绍兴名宦治水的看重，也说明绍兴水利事业的成功靠名人护持。

渡钱唐江入西兴溯会稽（其一、二）

潮逆暮江流，江心亘一洲。舆人弄潮手，擎客踏波浮。半渡长年接，高帆七里收。西兴登彼岸，仍坐笋将游。

五里乌篷集，柔波泻碧环。通宵鱼浦路，两岸越州山。忆母搔愁鬓，呼儿试酒颜。迷离浙东梦，不趁早潮还。

——《忠雅堂诗集》卷一五

【索引词】杭州；西兴；钱塘江；乘潮；渔浦；绍兴；行舟。

萧山道中

林雨滴初霁，晓晖含湿烟。江流青陇外，人坐白鸥前。泽国堤为命，岩疆海拍天。予心方耿耿，兹事等筹边。

——《忠雅堂诗集》卷一九

【索引词】杭州萧山；堤防；水利。

【导读】"泽国堤为命"是该诗的核心，意思是，萧山地势低洼，江水环绕，人民长年生活在水边，与水鸟为伴，洪水危险无时无刻不在身边，堤防工程是保护生命和生产的命脉工程。

游柯山寓园^①（四首选一）

郭西廿五里，舣棹柯山前。仰瞩普照寺，一镜天空悬。岑楼嵌虚空，石佛龛其间。现此丈六身，斧凿谁雕镌。顽石具知觉，托联香火缘。寺东耸云根，孤立不倚偏。矗矗多罗幢，百尺栽青莲。又若真挂龙^②，转侧鳞鬣旋。俗名石香炉，袅袅霏晴烟。万匠削不尽，一柱空中全。想彼断鳌足，立极撑青天。古迹类如是，何待凿吾言。山风欲动摇，去去岩墙边。

——《忠雅堂诗集》卷一九

【索引词】绍兴；柯桥云骨；采石场；山水景观。

〔清〕王昶

作者简介：王昶（1725—1806），字德甫、号述庵、又号兰泉，上海青浦朱家角人。编有《金石萃编》、诗文集《春融堂集》，参与纂修《大清一统志》，主修过《西湖志》《太仓州志》，编撰有《天下书院总志》。著有《使楚从谭》《征缅纪闻》《春融堂诗文集》。辑有《明词综》《国朝词综》《湖海诗传》《湖海文传》等书。

叠水河瀑布

玉龙奋迅空山裂，箭激长洪走凹凸。终古恒疑香海翻，悬空直恐银河竭。不雨频驰晴日雷，未寒先洒炎天雪。建瓴却藉坠形高，鼓橐无虞元气泄。龈腭崩崖谽百寻，冲瀜急瀑回三叠。大盈江派此其源，下注槟榔快剑映。我居夷裔正萧寥，欲出闤阓溯奇谲。斜抱城根带玦环，初溅石齿鸣簨簴。从风荡漾散云烟，缘嶂奔腾挂虹霓。傥逢画手

---

① 柯山即柯桥云骨所在山。
② 真，一作直。

有吴生，持较嘉陵岂见劣。危亭小立听喧豗，独剜落衣读残碣。余姚太守真好事，手辟榛芜斫槎蘖。丰城老将亦名流，更饰香茆敞炉窠。坐使潨湍傍屋行，响入棕楠尚萧屑。十年流水不闻声，安得趺跏证禅悦。深涧悬知蕴怪灵，蛮区应为湔歊热。浓阴如更沛长霖，走马重来看奔决。

——《春融堂集》卷十三

【索引词】宁波余姚。

〔清〕王钰

作者简介：王钰（生卒年不详），字皆珍，山阴（今绍兴）人。生活于乾隆年间（1736—1795）。著《尔音集》。

三江观闸谒汤公祠

汉代筑麻溪①，越州成美俗。水患犹未除，赖有三江续。万水归襟喉，砥柱两峰矗。巨工疑鬼神，规模按列宿。开时东海盈，闭处南湖足。流止归权衡，消长凭泄蓄。入庙一徘徊，顿令气容肃。血食垂万年，我公殊卓卓。免鱼流泽深，乐利苍生福。缺陷补禹功，千秋仰良牧。

——《绍兴水利诗选》转录《越声》

【索引词】绍兴；杭州萧山；三江闸；麻溪坝；汤绍恩；大禹。

【导读】诗人赴三江，观应宿闸，谒汤公祠，自然地联想汤绍恩之历史功绩，加以歌颂，情辞恳切，委宛动人。这首五言律诗值得重视者有三：一在开头，揭示麻溪筑坝始于汉代，这在有关绍兴水利文献中第一次看到，实是误会；二在尾部，将汤绍恩治水功绩，与历史上大禹治水相提

---

① 据《（乾隆）绍兴府志》，麻溪筑坝始于明成化间。"汉代筑麻溪"是把后事附于先贤的民间传说。

并论，这是了不起的历史识见，虽然时人诗作中也有读到，但是没有此诗自然；三在收结，"仰良牧"云云，说明到了清代后期，关心百姓生计的地方长官业已少了，而"良牧"正是历代百姓所期待的。

〔清〕吴寿昌

作者简介：吴寿昌（生卒年不详），字泰交，号蓉塘，山阴（今绍兴）人。乾隆三十四年（1769）登进士第。官翰林院编修，曾督学贵州。著《虚白斋诗文集》《馆阁诗赋稿》。其诗作以《乡物十咏》（《日铸茶》《东浦酒》《平水冬笋》《型塘杨梅》《百步瓜》《鉴湖菱》《湘湖莼菜》《斗门鳗线》《陶堰艾糕》《宾舍牡丹》）最为世人所道。

三江闸①

此处诸流汇，韦昭说不磨。趋溟逢峡束，鞭石象星罗。湖废仍饶利，②江分早息波。③膏腴资蓄泄，贤守越中多。

——《虚白斋存稿》直庐续集

【索引词】绍兴；三江闸；鉴湖；麻溪坝；汤绍恩；马臻；戴琥。

【导读】这首五言律诗抒写三江闸形势，形象逼真，感情丰富，态度中肯。尤可注意者有三：一者颈联及其注释，列举了绍兴水利史上三大工程即三江闸、鉴湖、麻溪坝，三者之间有密切的水力联系和替代补偿关系。二者，以"贤守越中多"收结，说明对萧绍平原水利作贡献者，除了汤绍恩，尚有多位知府，比如暗中点到的马臻、戴琥。这种潜在的眼光，为后人扩大了视野。三者，以"韦昭说不磨"作比，亦在表明，重视水利事业者，与其个人修养有关。《三国志·韦曜传》载："曜论之，其辞曰：

---

① 诗人自注："为洞二十八，明守汤公建。"
② 诗人自注："鉴湖之废，水利全恃此闸。"
③ 诗人自注："浦阳一江自萧山上游麻溪坝已障，入钱塘江。"

'历观古今立功名之士，皆有累积……故山甫勤于夙夜，而吴汉不离公门。岂有游堕哉！今世之人，多不务经术，好玩博奕，废事弃业，忘寝与食，穷日尽明，继以脂烛……假令世士移博奕之力，而用之於诗书，是有颜闵之志也；用之於智计，是有良平之思也；用之於资货，是有猗顿之富也；用之於射御，是有将帅之备也。如此则功名立而鄙贱远矣！"

〔清〕叶封唐

作者简介：叶封唐（生卒年不详），字晋藩，上虞（今属绍兴市）人。诸生。作诗记录乾隆三十五年（1770）大水。诗存《越风》。

大水

帝命驱海海欲飞，神龙嘘气天低围。雷公怒击天门鼓，电光闪烁助厥威。狂风吹山蛟启蛰，夜半忽乘雷雨出。陡地摧折山头树，劈空裂破崖间石。惊涛涌雪看如此，未知何事差堪拟。单于千军逼汉关，天山万骑摩唐垒。冯夷踏浪立如人，跋扈鲸鱼掉其尾。剡中人家水满屋，釜内游鱼波浪蹙。昨日黄云一片铺，正值郊原香稻熟。而今汩没同芳杜，水去天晴化作土。田家倾泪助洪流，未必江神识此苦。江边村落最堪怜，庐舍飘如失缆船。几家八口波涛死，髑髅带血沉深渊。或留白发一老父，或留总角几儿女。伤心骨肉竟何在？身虽幸存命如缕。争言此水天之变，百岁老翁亦未见。酒酣我欲赋此诗，寒浪高低生铁砚！

——《（光绪）上虞县志校续》卷四十六

【索引词】绍兴上虞；绍兴嵊州；大水。

【导读】清乾隆三十五年（1770）萧山、绍兴、上虞一带遭遇大水灾。《（乾隆）绍兴府志》卷八十《祥异》有载："乾隆三十五年七月二十三日，（萧山县）风潮陡发，水漫入塘。自龙王塘、井亭徐、康河等处为尤甚。

近塘居民淹毙者千余。"这首七言歌行形象地描写了这场大水之成因和惨状，表达了诗人对百姓的关切之情。诗分四层来写：首述雷雨交加，狂风大作之情状；次以历史事件和神话故事作比，表现大风大雨之来势和凶险；三述农民遭受之痛苦和大水留下之惨状；四述灾难属百年罕见。诗人写诗以存史。全诗结构严谨，叙事清晰，形象鲜明，气氛热烈。惜乎描写中逞才的成分较多而自己焦虑的情状尚嫌不足。

〔清〕邵晋涵

作者简介：邵晋涵（生卒年不详），字与桐，号南江，余姚人。乾隆辛卯（1771）进士，历官侍讲学士。有《南江诗稿》。

姚江棹歌一百首（存七十三首）

其六

黄令桥头好放船，①鸣禽声里忆歌弦。依有鱼嵝保乡里，不传嘉话到西川。

其十八

日落轻桡散浴凫，三菁江上水萦纡。推篷回眺蒹葭路，一发青山接上虞②。

其五十四

买鱼归去莫教迟，革履舟轻缆自维。风字山头云擘絮，夜深应有

---

① 《水经注》："江水又东径黄桥下。临江有汉蜀郡太守黄昌桥，本昌创建也。"黄昌事见《后汉书》。
② 谢康乐《山居赋》注："三菁，太平之北。"权德舆诗："越郡佳山水，菁江接上虞。"

雨如丝。①

其六十七

不驾潮头不挂风，扁舟容易到江东。苍松翠竹灵源路，人在青烟
素霭中②。

——《南江诗钞》卷一

【索引词】宁波余姚；绍兴上虞；姚江；黄桥；菁江；行舟；乘潮。

【导读·其六】《水经注》认为大黄桥是东汉黄昌创建的，这应该属于有
文献记载的余姚境域内最为古老的一座石桥，也是东汉时期浙东运河余姚
段局部通航的历史见证。《（永乐）绍兴府志·余姚县》载："黄桥在县西南
二百步，黄昌宅桥也。"《（乾隆）余姚县志》："桥分为二，曰大黄桥、小
黄桥。"黄昌是余姚最早的历史名人之一，据《后汉书》记载，黄昌曾为汉
蜀郡太守，有西川认妻的佳话。

〔清〕沈炜

作者简介：沈炜（生卒年不详），字竹堂，山阴（今绍兴）人。乾隆年
间（1736—1795）岁贡。著《瘦吟庐诗钞》。

杨云浦郡守偕幼心司马游应宿闸，索诗，依韵

虹梁一束泄兼收，地设天成奠众流。两岸接连山北脚，百川奔赴
海东头。闸分湖瀣排潮转，洞列星辰炼石修。水利书垂贤太守，下车
先访不刊猷。

——《绍兴水利诗选》转录《越声》

---

① 风山以像风字得名，见《唐书·地理志》。袁宏道诗："舟方革履小。"风山戴帽则
雨，姚谚语也。
② 宋方九思《庆善寺记》："过许村之灵源，行青烟中十里所，江以东有招提，在青
松绿竹间。"

【索引词】绍兴；三江闸；潮汐；汤绍恩。

【导读】这首七言律诗为奉和之作。诗人陪知府杨云浦和幼心司马畅游三江应宿闸，大概杨云浦或幼心司马先写了一首游应宿闸的七言律诗，要求诗人依的和一首。诗人便依韵写下此诗。诗人从应宿闸落笔，大气包融，震撼人心，对大闸之歌颂，自在其中，然后组织中间两联，将应宿闸及其周围描写和形容殆尽，歌颂亦在其中；尾联，似乎在写诗人寻访汤公祠，实际上突出了汤公之"不刊猷"，即水利建设谋划之成功，乃诗人集中之歌颂。

〔清〕刘燃

作者简介：刘燃（生卒年不详），字小村，山阴（今绍兴）人。乾隆年间（1736—1795）诸生。著《心远楼集》。

三江观闸

晓出古雷门，泛舟轻似叶。岩壑送青来，顾盼不暇接。微风扑面过，花香袭衣袷。忽觉船如飞，不知水流急。翘首望三江，遥遥露古堞。舟人怖不前，城坳停短楫。挈友上沙堤，澎湃声更逼。恍疑万马奔，云腾千里疾。又如六丁雷，撼摇山谷裂。耳惊风雨来，蛟龙斗珠穴。或闻金铁撞，嘈呔声不绝。石梁俨渴虹，蜿蜒连双峡。泉流汇其中，泆溰无朝夕。奔崩十丈高，倒涌千堆雪。叠浪泻银河，飞沫喷珠屑。俯视眩两眸，冷气寒眉睫。顾瞻太守祠，松柏多阴郁。叠嶂更攀跻，沧海波澜阔。山角夕阳低，斜映岚光碧。行吟上归舟，钟声隔林出。

——《绍兴水利诗选》转录《越声》

【索引词】绍兴；三江所城；潮汐；三江闸；行舟；汤绍恩。

【导读】这首五言古诗抒写赴三江观应宿闸的全过程。自"雷门"至

"太守祠"，空间开阔；从"晓出"到"上归舟"，时间延伸，但诗人的注意力在三江闸。诗人用了一半篇幅即整整十韵，极写闸外波涛声、大闸石梁形。"叠浪泻银河""沧海波澜阔"，表面上写海，实际上写大闸之功绩。诗人的心灵仿佛受了洗礼，故居然对汤绍恩着墨不多，但对汤绍恩的敬佩之意洋溢在字里行间。这是一首行旅诗，但表达的是对绍兴水利事业关切之情。

〔清〕赵青

作者简介：赵青（生卒年不详），字雨来，山阴（今绍兴）人。乾隆年间（1736—1795）监生。著《晓山诗钞》。

三江谒汤公祠

忧劳曾纪史臣编，疏凿功成万历年。立石象星符禹剑，驱山填海笑秦鞭。江城在昔通潮汐，泽国而今画井田。堪叹遗祠偏寂寞，村民报赛夕阳边。

——《绍兴水利诗选》转录《越声》

【索引词】绍兴；三江闸；汤绍恩；大禹。

【导读】这首七言律诗为晋谒汤公祠之力作。诗人由遥忆大禹转到怀念汤公，然后设想汤公造闸及其功绩，最后慨叹村民参与赛会，唯独祠宇寂寞，令人伤情。全诗概括有力，笔锋犀利，针对现实，意在言外。

〔清〕黄景仁

作者简介：黄景仁（1749—1783），字汉镛，一字仲则，号鹿菲子，阳湖（今江苏常州）人。诗负盛名，为"毗陵七子"之一。著有《两当轩全集》。

邵二云自江上归余姚（节选）

归来浣向姚江浦，江水一清犹似许。四明浓翠扑人来，从此摊书作山主。未能无别送将行，此去名山信有灵。下风倾耳听消息，倘为苍生一动情。

——《两当轩集》卷五

【索引词】宁波余姚；姚江。

〔清〕宗圣垣

作者简介：宗圣垣（1753—1815），字价藩，一作芥帆，会稽（今绍兴）人。乾隆三十九年（1774）中举人。官广东琼州知府、雷州知府。与商盘、陶元藻、汪辉祖、蒋士铨、郑燮等有交往。著《九曲山房集》。

南塘望海

青红蜃气到天微，海上光明正落晖。断埂如城分两界，惊涛似马出重围。烟空细认峰峦叠，云尽曾无雁鹜飞。大地苍茫原有路，渔人联榜趁潮归。

——《绍兴水利诗选》引《越声》

【索引词】杭州；南塘；滨海塘闸。

【导读】诗人站在南塘上，遥望杭州湾以展现心胸。人生之感悟，寄寓其中。这首七言律诗写得相当成功：首联、尾联情中含景，已属不易；中间两联以景写情，更见风致。而给人以认识的是，在清代中叶，南塘是观赏杭州湾的一个理想场所。"渔人联榜"云云，有了南塘，沿海渔人才有了安乐的生活。

〔清〕刘大观

作者简介：刘大观（1753—1834），字松岚，丘县人。有《玉磬山房集》。

西兴驿

青山划断一江来，雾锁孤村向晓开。欲问兰亭旧时路，潮声忽过越王台。

——《玉磬山房诗集》卷四

【索引词】 杭州；西兴；潮汐；越王台；兰亭。

〔清〕徐梦熊

作者简介：徐梦熊（生卒年不详），字渔庄，山阴（今绍兴）人。乾隆五十三年（1788）举人。官娄县（治今昆山东北）令。著《玉屏山庄诗钞》。

南塘观潮

西渡钱塘避怒涛，南观小海动银毫。地平鱼齿三成壮，潮没鳌头八月高。夜半军声喧铁马，日中浪影舞银刀。俞公塘护汤公闸，推倒灵胥气不豪。

——《绍兴水利诗选》转录《越声》

【索引词】 绍兴；钱塘江；潮汐；海塘；三江闸；俞卿；汤绍恩。

【导读】《（乾隆）绍兴府志》卷十六《水利志三》载："康熙五十一年（1712）秋，飓风大作，塘岸尽颓，十二月，郡守俞卿至，视事二日，即往海塘堵筑。"这首七言律诗以《南塘观潮》为题，表面上写潮势之汹涌澎湃，势不可挡，实际上在歌颂汤绍恩所建三江闸特别是俞卿所修筑石塘之功绩，构思极其巧妙。

〔清〕来翔燕

作者简介：来翔燕（生卒年不详），萧山人，世依冠山之麓。乾隆壬子（1792）率众在备塘内建成了与龙潭相通的引水渠。

龙潭浚源并序

余来氏世依冠山之麓。其山之南流斜抱村居，迤逦而东入於河。其北流则散漫无归，由江外泄本龙之水，反背而趋。依其麓者，山钟其灵，仍不得水毓其秀矣。吾宗前哲多议及，欲引纳之，有志未逮。乾隆壬子，因江潮坍逼，进筑备塘。燕乘众力，随於备塘贴内，曲折穿通，将风车渥引注龙潭，不旬日而浚凿成渠。古云"会有源头活水来"，虽招众怨，或亦族运当振兴之候欤？时也，亦势也。兹虑后人不知所自，因赋以识之。

六百余年籍此乡，流泉何自相阴阳。冠山旧峙家声远，带水新开世泽长。竹径曲穿三握发，桑林环绕九回肠。穷源敢继前人志，毋我云礽数典忘。

——《（民国）萧山县志稿》卷三十三

【索引词】杭州；龙潭；江潮；江渠；冠山。

〔清〕阮元

作者简介：阮元（1764—1849），清江苏仪征人，字伯元，号芸台。乾隆五十四年进士，官至体仁阁大学士，加太傅。有《研经室集》。

登镇海县招宝山阅新造水师大舰（辛酉）

怒涛如雪拥蛟门，百道楼船过虎蹲①。旗鼓一新人气壮，风云四合炮光屯。句章郡县来相望，横海将军许细论。果使水犀腾浪去，不教海外有孙恩②。

——《研经室一集》卷五

【索引词】宁波；招宝山；甬江；行舟。

上虞道中（庚申）

曹娥江外驿签长，百曲清溪绕石梁。夏气出山云莽莽，晴烟归壑水浪浪。风前高树吟蝉早，桥外平田吠蛤凉。却羡老农耘稻毕，一般闲意立斜阳。

——《研经室一集》卷五

【索引词】绍兴上虞；曹娥江。

姚江舟中除夕（戊辰）③

丈亭古堠接余姚，除夕停舟待暮潮。回忆家庭非往日，转宜儿女避今宵。镜中霜薄须初白，篷背春寒烛易销。屈指四年同此夜，雷塘庵冷大梁遥。

——《研经室一集》卷八

【索引词】宁波余姚；丈亭；姚江；待潮；行舟。

【导读】余姚江属于浙东运河的潮汐河段，除夕前后水位较低，丈亭一带必须等待东海潮水顶托才能航行。

---

① 山名。
② 孙恩，著名海盗。借指倭寇。
③ 原注：乙丑丙寅除夕在雷塘，丁卯在河南。

〔清〕来宗敏

作者简介：来宗敏（生卒年不详），萧山人，嘉庆元年（1796）进士。

晚渡钱江

拍岸惊涛落眼边，潮平风正一帆悬。大江日夜流千古，全浙东西划半天。残霭远拖渔浦树，暮鸦遥点范村烟。英雄多少浪淘尽，击楫中流为慨然。

——《萧山县志稿》卷三十三

【索引词】杭州萧山；钱塘江；乘潮；行舟。

田畴为潮冲啮入江者十八九矣，距家止半里许。桑田沧海，惊感赋此

海水南逾荡沃焦，沧桑倏忽变今朝。才登楼见满江雪，不出门听三月潮。万顷波澜谁作砥？几家庐舍莫非侨。愁来欲借钱王弩，飞射鸥夷白马骄。

——《萧山县志稿》卷三十三

【索引词】杭州萧山；钱塘江；潮汐。

〔清〕谢照

作者简介：谢照（生卒年不详），字裕庵，山阴（今绍兴）人。嘉庆九年（1804）举人。官山西陵州令。著《蕉影斋诗集》。

三江观闸歌

二月六日天气晴，暖风吹过三江城。得得去观应宿闸，未至半路

先闻声。山回路转遥相望，卧波一道吼长鲸。信步须臾忽已到，驻足其上豁双睛。二十八洞半未启，启者数符雁柱筝。奔流到此遭束缚，不许遽如天上银河倾。聚作一霎雷电震，散作万叠冰雪莹。一气直下强千丈，恍惚蛟龙鼓舞来相迎。仰视风云倏变色，但觉天宇闪烁摇光晶。得半且犹势如此，未知全启之时大观谁与京？我欲因之发奇想，乘风缥缈指蓬瀛。白日作车云作马，大挝鼍鼓搴龙旌。雨师风伯列前导，上叩阊阖声匌訇。手触二十八星宿，置诸胸臆生光明。俯视世界但苍莽，齐州几点烟痕生？带似江河杯似海，此间乃是涓滴之水何足加名称。特将此语诧海若，定使海若心魂惊。呜呼，持将此语诧海若，定使海若心魂惊！想则奇矣吾歌成。

——《绍兴水利诗选》转录《越声》

【索引词】绍兴；三江城；三江闸；潮汐。

【导读】这首七言歌行，写诗人三江观应宿闸之所见和所思。其所见，诗人展开想象，将大闸形势和放闸景象，形容殆尽，形象鲜明，令读者如见其状；其所思，综合历代神话，形象逼真，如歌如蹈，响落天外，令读者拍案叫绝。诗人若没有一定的诗学功底，难以臻此。三江闸若没有巍峨气势，亦激不起诗人如此壮情。

宁江伯汤公祠

二月新功万历垂，[①]三江城畔肃崇祠。福星恰使天星应，神力能弥禹力遗。白浪苍茫输海国，黄云缥缈展灵旗。我来正值春波暖，欲采芳荪荐慕思。

——《绍兴水利诗选》转录《越声》

【索引词】绍兴；三江闸；汤绍恩；萧良干；大禹。

【导读】这首七言律诗写汤公祠祭祀汤绍恩之情景，表达诗人崇敬汤

---

① 《徐渭集》："凿山振河海，千年遗泽在三江，缵禹之绪；炼石补星辰，两月新功当万历，于汤有光。"此诗"二月新功"应取自该联"两月新功"。

绍恩之深情。所可注意者有二：一是祭祀时不但联想到为人民造福之大禹，而且幻化出三江闸建成后之丰收景象；二是开篇化用徐渭所撰汤公祠联，将万历十二年（1584）重修三江闸之萧良干突显出来，表明诗人对萧良干亦抱崇敬之意。这说明，凡是对绍兴水利事业作出重大贡献者，绍兴百姓永远不会忘记他们。

〔清〕王衍梅

作者简介：王衍梅（1776—1830），字律芳，号笠舫，会稽（今绍兴）人。嘉庆十六年（1811）登进士第。官粤西武宣县令。著《绿雪堂遗集》。

星宿闸

沧海之国波涛城，天吴窥衅连天横。横空一闸罗星精，怪石骨立山支撑。太守气如截长鲸，分镳五马驮一丁。指挥众手雷轰轰，群星结魄天之荧。翻澜倒海石不禁，如有神鳌戴蓬瀛。苍茫矫首隘八渟，日脚跳荡搏桑倾。潮头挟蜃升高薨，万瓦激闸森鏖兵。回澜倒戈黄沙平，须臾凝作紫水晶。有时城中风雨冥，大水斗失江河形。划然洞天千流并，驱出百万蛟龙腥。浩气直达归沧溟，石辟石阖骇有声。乃知地维赖尔擎，不然性命悬浮萍。城中灌溉时满盈，高禾郁郁摇青旌。岁修不许漏挈瓶，一发细罅敲千钉。圣人有道四海清，下民无灾三邑宁。懿惟太守留典型，血石至今勒汤铭。我愿稽首扬天庭，如椽大笔注《水经》。二十八宿添一星，悬之日月公之灵。

——《绍兴水利诗选》引《越声》

【索引词】绍兴；三江闸；潮汐；汤绍恩。

【导读】这首七言歌行分四层：首述星宿闸形胜；次述放闸壮观；次述闸之功效；后述汤绍恩功绩。层次清晰，既出以形象，又具有逻辑，诗中充分展开想象，极尽形容之能事，给读者以亲切感和震撼力。特别是收结部分，感情集中，代表乡人对水利事业的无比关心和对汤绍恩的历史评价。

〔清〕谢聘

作者简介：谢聘（生卒年不详），字起莘，号乐耕（一说字乐耕），又号味农，上虞人。诰授奉直大夫、布政司理问。著《吟香馆诗钞》十二卷，清道光七年（1827）刻印。编《国朝上虞诗集》。

夏盖山怀大禹

登山怀夏禹，驻盖想当年[①]。功绩民歌颂，鱼龙影遁迁。峰孤擎砥柱，海近熄烽烟。绝顶云生处，时疑扬翠旃。

——《绍兴水利诗选》转录《越声》

【索引词】绍兴；禹穴禹陵禹庙。

【导读】这首五言律诗由夏盖山写到大禹驻盖，由大禹驻盖写到大禹功绩，又由大禹功绩写到大禹驻盖之情景，然后写到大清帝国平息倭寇之现实。全诗回环往复，紧扣题目，表达得淋漓尽致。中两联重在歌颂大禹功绩，使“怀”之主题，表现得相当集中。夏盖山为传说中大禹治水所到之处，联系周晋鑅《禹穴》“金简玉书余旧迹，探奇更入秘图山”，可以想见大禹在浙东所遍布之足迹。

〔清〕王煜伦

作者简介：王煜伦（生卒年不详），字履常，山阴（今绍兴）人。嘉庆

① 驻盖，指大禹曾驻在夏盖山。《大清一统志》卷一百六：“夏盖山，在上虞县西北六十里，一峰崒嵂，高出天半。其形如盖，一名夏驾山。相传神禹曾驻于此。”“想当年”原作“相当年”，应误。

七年（1802）副贡。著《课诗存草》。

三江观闸

两山夹尾闾，约束排列宿。三邑水会归，瓴建若悬溜。子午潮汐来，浩渺①相倾斗。天吴逞怒号，冯夷竞奔走。潮退水势涨，闸口狮龙吼。殷雷动水底，积雪喷石窦。人语失声嚣，久视目眩瞀。太守怀民瘼，相土筹补救。畜泄则五行，启闭严时候。遗迹数百年，石罅飞渗漏。微公吾其鱼，②谁为继厥后？

——《绍兴水利诗选》转录《越声》

【索引词】绍兴；三江闸；潮汐；汤绍恩；大禹。

【导读】一首好诗，必须出以形象。这首五言古诗写三江闸之所见、所闻和所思，其中不失丰富神话和浪漫想象，令读者从动人的境界中，领会诗人蕴含其中的民生之情。以"微公吾其鱼，谁为继厥后"收结，颇具感慨，想来为针对当时对水利建设和水利功臣不够重视的现实而发。

〔清〕陆费瑔

作者简介：陆费瑔（1784—1857），原名恩洪，字玉泉，号春帆，桐乡人。有《真息斋诗钞》。

江船琵琶曲

江天漠漠西兴树，潮落潮生估帆去。婆留城外江水斜，吴姬半解弹琵琶。琵琶一曲沈吟久，十五娉婷新出手。生小风波不识愁，一曲

---

① 浩渺，原作"浩淼"。

② "微公吾其鱼"是把汤绍恩比作大禹。《春秋左传·昭公元年》："美哉禹功！明德远矣。微禹，吾其鱼乎！"

琵琶一樽酒。我别钱塘二十载，歌板飘零几人在。劝汝琵琶且暂停，哀弦促柱那堪听。绿窗喁喁儿女泣，陡觉凄风吹雨急。此时凝云颓不流，坐中飒飒如深秋。忽焉呜咽西江水，万甲齐鸣伏兵起。千声并作一声弹，声在神情不在指。须臾失势千丈落，中断银床辘轳索。收弦放拨声有无，山容水熊空模糊。曲终呼酒泪如线，肠断尊前好相见。除却余杭无此声，等闲休负春风面。嗟我还乡一暂过，中年哀乐何其多。重闻暮雨潇潇曲，如此江山可奈何。

——《晚晴簃诗汇》卷一百二十

【索引词】杭州；西兴；钱塘江；乘潮；行舟。

〔清〕陈光绪

作者简介：陈光绪（1788—1855），原名诗，字子修，号石生，山阴（今绍兴）人。道光十三年（1833）登进士第。官观城知县，曹州知府。著《拜石山巢诗集》。

三江谒汤太守祠

水星福星来吾乡，三贤太守马戴汤[1]。汉时海潮抵山麓，马公到后始筑塘。周八百里时蓄泄，溉九千顷长丰穰。唐初近海各建闸，其法亦善欠精详。戴公守郡在前代，北海不虑虑西江。拦江土埧[2]筑千丈，冯夷敛迹不敢狂。其后汤公即继至，低徊遗泽前人长。但思时势屡变易，往往顷刻成沧桑。自唐迄今千百载，唐异汉即今异唐。勘视旧设陡门外，又拓无数田与庄。何如到头综锁钥，百闸可废策最良。议者沮者沸众口，力持独断无回翔。两山中间三江口，长虹候驾银河梁。一孔一字配一宿，二十八宿数适当。启闭尺寸准石则，胥徒廪粟资田

---

① 马戴汤：汉代马臻，明代戴琥、汤绍恩。

② 埧（jù），堤塘。

粮。从此逢年无旱潦，千斯万斯歌仓箱。当时已为公生祝，至今祠宇崇辉煌。闻公降生前一夕，早有先兆征高堂。梦见万姓拜阶下，云是越众迎保障。两字命名良由此，天生公真非寻常。我朝褒封载祀典，春秋岁祭隆馨香。居民报赛来不绝，鸡豚酒醴纷相将。马戴在前公在后，同为泽园捍灾殃。鉴湖麻溪俱庙食，与此似各据一方。我愿三邑山会萧，乡社并建三公堂。一宪俎豆长奉尝，近宜报德远毋忘。

——《绍兴水利诗选》引《越声》

【索引词】绍兴；杭州；绍兴柯桥；绍兴越城；杭州萧山；三江闸；鉴湖；麻溪坝；马臻；戴琥；汤绍恩。

【导读】这首七言歌行以较大篇幅记叙汤绍恩修建三江应宿闸之经过及其功效，然后以简要诗句，追溯绍兴水利史，指出应共建汤绍恩与马臻、戴琥的"三公堂"，长期奉祀。在绍兴水利史上，马臻、戴琥、汤绍恩确实是三位前赴后继、不能忽略的历史功臣。诗人如此立意，代表了山阴、会稽、萧山三县百姓的愿望，也确切地反映了绍兴水利发展历史。

〔清〕周元棠

作者简介：周元棠（1791—1851），字笑岩，号海巢，会稽（今绍兴）城区人。嘉庆二十二年（1817）秀才。终生坐馆和入幕。周恩来总理高祖。著《海巢书屋诗稿》。

译岣嵝碑有怀禹功

夏后建丰功，奠川与敷土。史臣不绝书，谟赞忧勤主。至今窆石傍，碑文争快睹。断石手摩挲，鸿文异龟虎。谁摹仓颉篇，几认周宣鼓？翻译得真诠，宜今复宜古。一读一怀思，精光射天宇。受命膺帝符，报功干父蛊。镌同神鼎铭，空山来风雨。

——《海巢书屋诗稿注析》

【索引词】绍兴；禹穴禹陵禹庙。

【导读】这首五言古诗由解读禹庙岣嵝碑而怀念大禹功绩，表达诗人崇奉大禹、意欲为国献身之深情。开篇四句颂大禹功绩；中间十二句由碑生发，亦归结于大禹功绩；结尾两句用"风雨"之典，奇思妙想，落实到对大禹功绩之怀念，缴足题面。

星闸锦涛

白马奔驰到海门，海神蹴起七襄痕。万重卷入天孙恨，一线牵来越女魂。春锁蜃楼云暧曃，洞开鲛室月黄昏。后人寄兴凭闲眺，志感宁江泽尚存。

——《海巢书屋诗稿》

【索引词】绍兴；三江闸；涌潮。

【导读】这首七言律诗属《越州十二景》组诗之第九首，写三江闸观潮之所见和所感。前三联写所见，首句实写，后五句全凭想象，有的属历史传说，有的属神话故事，写得神奇荒怪，惊心动魄，却给人以壮美之感。后一联写所感，歌颂造闸者宁江伯汤绍恩之德泽。以"白马奔驰"之形象开篇，以"志感宁江"之抒情收笔，锦涛与星闸之关系不言自明，前三联为后一联作铺垫之手法十分巧妙。看来诗境受汉枚乘《七发》赋之影响，诗风受唐李贺诗之感染。

都泗书屋即事（竹枝体）（四首选一）

一声欸乃近寒城，谁氏归舟叫放行？知是门军专受贿，不须中夜学鸡鸣。

——《海巢书屋诗稿注析》

【索引词】绍兴；行舟。

【导读】这首七言绝句为组诗之第四，属竹枝体。诗人捕捉生活中一个小镜头，出以诙谐之笔，讽刺当时受贿之门军，别有寄托。都泗门是绍兴城东之水门，浙东运河西自迎恩门入，东由都泗门出，流贯全城。此诗说明，在清代中叶，绍兴城东之水门，尚有士兵把守，管水门启闭及其安全，意味着流贯绍兴城之浙东运河其时尚发挥作用。

箬篑山前观瀑布

驻舫看稽山，山光助幽兴。泉声泻若飞，半规山欲暝。几似水帘垂，锁住芙蓉径。又似酒帘飘，卷来松罗磴。推开玉女窗，引入月光滢。化作若耶泉，溪流耐远听。余韵滴空岩，隔岸遥相应。

——《海巢书屋诗稿》

【索引词】绍兴；若篑山；若耶溪；行舟；会稽山；东湖。

【导读】东湖所在地，原为一座青石山，秦始皇东巡时曾在此驻驾饮马，故称若篑（ruò fén）山（一作"箬篑山"）。汉代以后，若篑山成为石料场，千百年中，地上形成了五十多米高的悬崖峭壁，地下形成了几十米深的石宕，地面形成长二百多米、宽约八十米的清水塘。清末以来，逐步改造成山水大盆景。周作人有"出门访亲友，棹舟发清晨。东行十许里，残山有箬篑"等诗句（《东郭门》）。

鉴湖归棹

山阴道上贺家湖，一幅王维旧画图。人在镜中天在水，菱花飞处落江铺。

——《海巢书屋诗稿》

【索引词】绍兴；鉴湖；行舟；贺知章。

〔清〕周师濂

作者简介：周师濂（生卒年不详），字双溪，号竹生，山阴人。嘉庆二十三年（1818）岁贡。与童震、杨荣等结"十人书画社"。著《竹生吟馆诗草》。

鉴湖马太守祠

先畴食德近何如？遗泽难忘创业初。八百里湖资保障，九千顷地尽菑畬①。汉廷昔上河渠志，越绝今垂水利书。箫鼓中流歌竞渡，万家报赛乐于胥。

——《两浙輶轩续录》卷二十一

【索引词】绍兴；鉴湖；马臻；伍子胥。

【导读】这首七言律诗由班固《两都赋》"士食旧德之名氏，农服先畴之畎亩"立意，指出马臻修筑鉴湖之功绩，不能埋没。由此而联想《史记》和《越绝书》，认为像先人对待水利事业一样，马臻应在历史上留有地位。而现实呢？人们在箫鼓中纪念的不是马臻，而是伍子胥，意谓纪念的不是对本土有功绩的贤宦，而是与本土无甚关涉的外人。这一历史和现实的反差委实惊人，诗人的严正态度便在其中。

〔清〕陈滋

作者简介：陈滋（生卒年不详），字雨村，山阴（今绍兴）人。清道光年间（1821—1850）在世。著《听松轩吟稿》。

三江闸同周西堂作

百川东会海，到此一重关。为畜长流水，因分夹岸山。沙平潮上下，湍急石回环。晚入祠中谒，与君尽兴还。

——《绍兴水利诗选》转录《越声》

————

① 菑畬（zīyú），开垦一至三年的土地，泛指得鉴湖之利而新开垦的土地。《尔雅·释地》："一岁曰菑……二岁曰新田……三岁曰畬。"《绍兴水利诗选》作"灾畬"，误。

【索引词】绍兴；三江闸；潮汐；淤沙。

【导读】这首五言律诗为和作。周西堂原作待查。此诗写三江闸，简洁、明了。首联叙事，中两联描写，尾联抒情。既具形象，又富感情，描写中一闸内、一闸外，有气势，有动感，三江闸给予诗人之惊喜，诗人深爱三江闸之情感，便在其中。此诗说明，直到十九世纪中叶，三江闸依然完好如初，发挥作用；人们对建闸之汤绍恩，依然非常敬重。

〔清〕钱镕

作者简介：钱镕（1805—1853），字旺熙，号可山，嵊县长乐人。清道光年间廪生，为诗古文辞踔厉风发。著《草虫吟诗集》。

自蒿坝舟溯剡溪纪事

天晴江水清见底，浅处三尺而已矣。后者摇橹前者篙，沙石历鹿聒人耳。自从日出放船行，到午不能三十里。须臾习习来北风，布帆十幅悬当中。船尾袖手坐篙工，稳行如驶到青枫。青枫岭险石脚大，石牙触船船立破。狂飚大作天冥冥，一片人声杂水声。仓皇解衣塞船漏，一面喧呼邻船救。前船樯折船将倾，后船舵碎船已横。瞠目直视色如土，破篷飞起空中舞。雨点如豆乱入舱，船上水积一尺强。波涛汹汹向人立，内水外水相激昂。疾雷一声雨便息，云开日丽风无力。水光嫩绿平如铺，天气蔚蓝净似拭。朝暮气候良不齐，一日天渊殊险夷。桑田三见变沧海，诚哉此语不我欺。疾行到处无善迹，毋宁钝拙被人嗤。惊魂初定悟物理，为赋长歌纪剡溪。

——《（民国）嵊县志》卷三十

【索引词】绍兴上虞；绍兴嵊州；剡溪；行舟。

【导读】这首七言歌行记上虞蒿坝至嵊县剡溪的一段经历。诗人从中悟到"物理"，给读者以启发。我们知道，自曹娥江入上游剡溪，历来水

458 | 浙东运河历代诗歌总集

路畅通，以至浙东唐诗之路以这条水路为重要路段。方干《路入剡中作》就写得十分清楚："波涛漫撼长潭月，杨柳斜牵一岸风。便拟乘槎应去得，仙源直恐接星东。"但是到了清代道光年间，自清风岭溯流而上，竟至"岭险石脚大，石牙触船船立破"，行驶相当困难。这说明，水利建设何等重要：稍有疏忽，便成灾害。

剡溪歌

剡山木日稀，剡溪沙日涨。木稀土愈浮，沙涨舟难上。二三十年间，高低隔寻丈。晴即槁低田，霖复没高壤。开浚苦难继，旱涝殊既往。今兹少宁岁，日后讵堪想？

——《绍兴水利诗选》转录《越声》

【索引词】绍兴；剡溪；行舟；淤沙。

【导读】这首五言古诗写清道光年间剡溪之情状：由于"剡山木日稀"（毁林导致水土流失），致使"剡溪沙日涨"，以至二三十年来灾害不断，从中表达诗人关心家乡水情、关注水土流失的急切心情。由此可见，山、水、田、林、湖、草、沙命运相依，水利是农业的命脉，也是浙东运河的命脉，古来如此。

〔清〕姚燮

作者简介：姚燮（1805—1864），字梅伯，号复庄，又号大梅山民。浙江镇海人，道光十四年（1834）举人，以著述教授终身。诗篇反映鸦片战争时情事，悲愤激昂。著有《大梅山馆集》，内有《复庄诗问》。

冒雨行自郡西至慈溪作（节选）

晨起就僧灶，宿饭浇藜羹。担簦蹑芒屫，冒雨官塘行。官塘接西坝①，鳞比千船停。一船一家属，男妇错耄婴。

——《复庄诗问》卷二十二

【索引词】宁波海曙；大西坝；行舟。

游白湖（节选）

湖雨霁将夕，湖气来远清。携俦赴真赏，浩然湖上行。空水了无翳，天色浮之莹。一碧曳山远，薄岚含渐冥。

——《复庄诗问》卷三

【索引词】宁波慈溪；白洋湖。

【导读】白湖，指白洋湖，位于慈溪市慈溪镇鸣鹤古镇西南部，原为潟湖，汉代以后逐步浚筑为湖，面积约 1700 亩。唐代景龙（707—710）中，余姚县令张辟疆修筑白洋湖，并使与杜湖相连。

〔清〕周锡桐

作者简介：周锡桐（生卒年不详），字初白，山阴（今绍兴）人。清道光、咸丰年间（1821—1861）在世。官云南宁洱县令。著《医竹轩诗集》。

三江应宿闸

海天吹落云冥冥，三江城下孤桡停。百丈长虹跨水卧，动摇势欲吞沧溟。此闸建自明万历，驱使颇疑烦五丁。怪石凿厓虎豹伏，飞涛挟雨蛟龙腥。鉴湖万顷赖宣泄，无忧禾黍同飘萍。八月秋潮卷天地，往往白马驰神灵。排陈欲入不得入，雪山怒激雷霆鸣。予家十里隔苍岭，夜深鼍鼓声惯听。冯夷出游水仙舞，到此应亦回云耕。朝来正值

---

① 大西坝，坐落于宁波市海曙区高桥镇，姚江、后塘河与大西坝河交汇处。曾经有如云的商船舟楫和商铺灯火。

微雨过，帆樯明灭扬湖舻。湖流迂缓潮信退，俯仰鱼鸟殊忘形。丛祠老木蔽白日，苔藓未蚀存碑铭。能使吾越免为沼，伟哉汤公真水星。春秋报祀今未绝，荒村俎豆年年馨。独怪词人访胜迹，流觞曲水歌兰亭。此地幽遐罕过客，惟余津吏司启扃。我来怀古久延跂，波心素月涵珑玲。长啸乘查^①更何往？蓬莱缥缈空烟青。

——《两浙輶轩续录》卷四十三

【索引词】绍兴；三江闸；鉴湖；潮汐；兰亭；汤绍恩。

【导读】这首七言歌行计十八韵。前四韵叙写应宿闸之形胜；次十韵说明应宿闸排水挡潮之功能，从中表达对建造者汤绍恩之怀念；后四韵抒发面对和平景象飘飘欲仙的情感。全诗感情起伏，想象丰富，形象鲜明，主旨突出。诗人对应宿闸深爱之情，对汤绍恩感激之意，涌动于字里行间，而这种感情，是与爱乡之情紧紧连结在一起的。

〔清〕缪梓

作者简介：缪梓（1807—1860），江苏溧阳人，字南卿。道光八年（1828）举人。

西兴驿（其一）

千家烟火接城阃，一角邮亭倚水滨。西去入吴东入越，岸旁多半唤船人。

——《晚晴簃诗汇》卷一百三十二

【索引词】杭州；西兴；渡口；行舟。

---

① 乘查，同"乘槎"。

〔清〕周铭鼎

作者简介：周铭鼎（生卒年不详），绍兴人。清咸丰乙卯年（1855）著《柯山小志》。

炉柱晴烟

神工何代凿，炉顶特超然。暖翠烘朝旭，寒空聚暮烟。有香堪供佛，此柱欲擎天。百丈端严甚，相应拜米颠。

——民国《绍兴县志资料》第一辑

【索引词】绍兴柯桥；柯岩；石宕。

【导读】"炉柱晴烟"又叫云骨奇石，高三十一米，底围四米，与地面接近处厚度不足一米，远观宛如一炷烟霭，袅袅升空。因太过奇特，早在清朝时便成盛景，有诗文夸赞它："铜柱金茎浪得名，孤标秀矗俨生成；神工巨鼎何年凿，仙掌真香尽日擎。"这个鬼斧神工般的奇石，历经地震、雷雨依然不倒，让人频频称奇。奇石二十米高处，有清光绪年间所刻"云骨"二字。另一侧刻有"天下第一石"。

〔清〕周晋鏕

作者简介：周晋鏕（生卒年不详），字寄凡，会稽（今绍兴）人。清道光年间（1821—1850）优贡生。官常山训导。著《越中百咏》（有清道光二十九年刻本）。

大禹庙①

平地成天德共钦，峨峨庙貌镇稽阴。光腾宝鞲空留剑，②神肃元圭孰献琛？苔碣埋云迷鸟篆，③梅梁入水隐龙吟。④会将菲饮⑤当年意，一盏寒泉荐絜忱。

——《绍兴水利诗选》转录《越声》

【索引词】绍兴；禹穴禹陵禹庙。

【导读】这首七言律诗一力描写大禹庙，借以抒发乡人敬重大禹之情。诗歌是心灵之外化，亦是社会现实之反映。诗人以"平地成天"开篇，以"荐絜忱"收结，固然出于艺术构思之需要，尾联引入"菲饮"，则除了艺术构思，更是对社会现实的批评。

大禹陵

时巡大典例苍梧，迥与嬴车穆骏殊。赖有云烟封窆石，不许玉帛误当涂。脉通宛委藏书穴，灵锁轩辕铸镜湖。⑥太息六陵遭劫日，竟无

---

① 自注：在会稽县东南十二里。《越绝书》："少康立祠於禹陵所。"《弘治志》："郡境尚有四所。"《万历志》："山阴庙在涂山南麓，宋元以来咸祀於此，今始即会稽山陵庙致祭，兹庙遂废。"

② 自注：《嘉泰会稽志》："禹剑，在禹祠殿，几世言禹之所服，寸刃出于鞲外，莹无铺涩，而牢不可引。孙冕诗云：'水剑还难问，梅梁亦可疑。'钱惟诗云：'尘埃共锁梅梁在，星斗仍分剑鞲存。'"

③ 自注：《万历志》："岣嵝山碑铭，嘉靖中季本守长沙，从岳麓书院摹归。知府张明道翻刻入石。书奇古难辨，今在禹庙北向，上有亭覆之。"又，隋禹庙残碑，赵氏《金石录》曰："大业二年五月立，其文字磨灭十五六，而末隐隐可辨，云会稽郡□□□史陵书。"姚宽《西溪丛话》名为禹庙没字碑。

④ 自注：晏公《类要》："梁时修禹庙，欠一梁木。忽有风雨浮一木至，乃梅梁也。"《名胜志》："梁乃鄞县大梅山梅木。张僧繇画龙於上，后飞入镜湖与龙斗，乃以铁索锁於柱。"

⑤ 自注：庙西百余步，有菲饮泉。

⑥ 自注：《嘉泰会稽志》："镜湖……轩辕氏铸镜湖边，因得名。或又云，黄帝获宝镜於此。"

明德服髡奴①。

——《绍兴水利诗选》转录《越声》

【索引词】绍兴；禹穴禹陵禹庙；鉴湖。

【导读】这首七言律诗为《越中百咏》之一首。诗人专写大禹陵，借以歌颂大禹之明德。所可注意者有四：一者，将大禹与传说中的周穆王和秦代的嬴政作比，以突出大禹不为己而为公之明德；二者，在肯定大禹治水有赖于藏书穴之传说时，引入传说中在镜湖边铸镜之黄帝，以突出大禹之地位；三者，作涂山之辨，以表明大禹所葬在会稽，而非安徽之当涂；四者，尾联异乎寻常地由大禹陵联想宋六陵，谴责毁坏宋六陵之胡人，在满族执政的当时，颇有弦外之音。

应宿闸②

在天成象地成形，公本罗胸有列星。束住潮声翻浪白，拓开虹彩夹峰青。登临客想郎官贵，蓄泄人思太守灵。阖郡蒙庥名不愧，③恩波遥接一钱亭。

——《绍兴水利诗选》转录《越声》

【索引词】绍兴；应宿闸；滨海塘闸。

【导读】这首七言律诗为诗人《越中百咏》之一。以应宿闸为题，却旨在突出建闸者汤绍恩之历史功绩，诗人的两个自注，便是明证。此诗前两联重在写应宿闸，指出汤绍恩"罗胸有列星"，便为后两联作张本。后两联重在写汤绍恩，指出其与汉代会稽太守刘宠"遥接"，说明诗人心目中汤绍恩不但是一位治水能手，而且是一位治政能人，如此评价汤绍恩，

---

① 髡（kūn）奴：对掘毁宋六陵的元凶杨琏真珈等人的蔑称。
② 自注：在三江所城西门外。明嘉靖十六年知府汤绍恩建。陶潜《建闸记》："凡二十有八，以应天之经宿。"
③ 自注：公之生也，有峨嵋僧过其门曰："他日地有名绍者，将承是儿恩乎？"因以命名。

是一种历见识见。全诗意境清晰，注重形象，只是颈联有"合掌"之嫌。

〔清〕陈锦

作者简介：陈锦（生卒年不详），字昼卿，山阴（今绍兴）人。清道光二十九年（1849）举人。著《补勤诗存》。

应宿闸

会稽两干山，回翔出千嶂。郁律趋三江，东西兀相向。陡起海中甍，横空截奔浪。下有石骨交，犬牙列巨防。訇然阊阖开，支祁锁钮壮。无须铁弩弯，能使潮头让。天吴为倒行，种胥气凋丧。昔苦老闸卑，①咸流恣涤荡。恩人自天来，经营惨意匠。千夫泅龙渊，百川回东障。累石成星辰，赤手抑腥涨。洞天二十八，潴泄各以量。岂无鲸波吞？会免鱼腹葬。舜江与剡溪，流沙何冗长？回汐刷银塘，神灵默为相。谁令煮海民，圈②筑惟利尚？斥卤添千塍，中流窄一桁。积雨没湖田，不得空水藏。咄哉沮洳乡，蒿目滋凄怆。③万众趋畚锄，从新事决宕。草沥与山西，地居众游上。纵然旁闸疏，徒以速民谤。不如故道修，渐使伏流畅。巨壑导洪波，登临一神王。愧无开山手，大力助奔放。就下顺其行，穿凿夫何当？将毋祈木窿？俗祀亦何妨。鞠跽哀汤公，回澜仰神贶。④

——《补勤诗存》卷十三

【索引词】绍兴；三江闸；潮汐；淤沙；海塘；围垦；汤绍恩；莫龙。

---

① 自注：旧有闸，今废。
② 《绍兴水利诗选》作"围"。
③ 自注：居民筑嫩沙为圈，渐可播种。自余姚至萧山数百里，得地十余万亩，流沙以是不能畅行，淤及闸口，致成水患。
④ 自注：汤公治三江时，有木窿或曰莫龙，抱杙而下，致身九渊。今同祀闸上。咸丰二年加封号曰"广济"。

【导读】这首五言诗，由绍兴地理形势，写到三江应宿闸修建之必然，并表明三江应宿闸之历史功绩。从中揭出三江闸修筑过程中两位功臣——汤绍恩和莫龙。关于汤绍恩，前人歌颂颇多；关于莫龙，此诗首次出现，不但以"俗祀亦何妨"表明观点，而且在自注中推崇备至，从中表达诗人的历史识见。这种识见，乃诗人平民意识之反映。

〔清〕陈和

作者简介：陈和（生卒年不详），字宗洛，一字介庵，号息斋，山阴（今绍兴）人。生活于清道光至光绪（1821—1908）时期。著《三江所志》。

辨莫龙诗

谁说当年有莫龙？无端腾口遍西东。闸成果有非常绩，遗却先贤记载中。尽道当年有莫龙，空言难破众愚蒙。儿童妇女原无识，笑杀儒生附和同。

——《绍兴水利诗选》转录《越声》

【索引词】绍兴；三江闸；莫龙。

【导读】这首诗应与陈锦《应宿闸》之结尾对读。诗人无视莫龙这一民间英雄，"谁说""遗却先贤""众愚蒙""笑杀儒生"云云，认为只有前贤书中有记载的才可信，流传于民间口中的，不可信。如此，只能辨出诗人自身之愚蒙。固然，不但其所编《三江所志》不收有关莫龙的材料，连"三江司闸正神庙"也不予收录，而且竟写了《莫龙辨》一文，予以否定。今引录部分，以求是正。"古今之事，当信之于理，而不当信之怪诞荒渺之说。即有其说，亦当考据于名贤记载，而不当附会于里俗传闻、承讹袭舛之辞。吾越郡守笃斋汤公，自嘉靖十五年丙申（1536）建三江应宿大闸，不朽宏功，民受其福。当时总督会稽陶庄敏公碑文，并新建塘闸实迹，一一详载，巨细不遗。康熙戊子岁（1708），三江驻防千总陈张路督修汤祠，轻信传闻，竟于汤公神座之侧，塑一皂隶，且设一牌于要关上，以讹传讹，谓汤公之闸，赖此皂隶舍身而成。夫使果有其人，有其事，则当日陶公记中，如神灯、豚鱼，琐屑细务，尚不惮覶缕^①陈之，而独遗此一段佳话，没入非常之绩邪？且汤公建塘闸事实，其经始时日，相地建基，同寅之襄助，丞尉义民之分任，石工夫匠、灰林瓷铁之类，纤悉备载，而无一字及于皂隶舍身之事。又嘉靖丙申至今，不上二百年，先辈如张文恭、余武贞诸先生，去嘉靖丙申，近者数十年，远者亦止百余年，所作碑记，并无有一辞及之者，则其为子虚乌有也，断断矣！……"

〔清〕胡云英

作者简介：胡云英（生卒年不详），字小霞，会稽（今绍兴）人。生活于同治年间（1862—1874），赵连城（？—1869）妻。有《环梅小住遗草》。

柯亭观竞渡

䰇髿^②云鬓别样娇，轻摇兰桨渡红桥。分明洛水凌波女，罗袜生尘学弄潮。^③

——《绍兴水利诗选》转录《越声》

【索引词】绍兴；柯亭；鉴湖。

【导读】诗人身为女子，爱趁热闹。柯亭有竞渡活动，诗人轻摇水上船，途经红桥，前去观赏，写下这首七言绝句。此诗反映了清代一位青年女子对青春的向往之情。客观上告诉读者：在清代，柯亭尚为观竞渡之场

---

① 覶（luó）缕：a.详细而有条理地叙述；b.婉转而有条理。
② 䰇髿（wǒ tuǒ），形容发髻美好。
③ 语出《洛神赋》："凌波微步，罗袜生尘。"

所。竞渡的必备条件是水域广阔，柯亭前鉴湖之情状，读者可以想知。

〔清〕王诒寿

作者简介：王诒寿（1830—1881），字眉叔，山阴（今绍兴）人。廪贡生。官金华训导。罢职后，回家教授子弟，颇得邑人崇敬。著《缦雅堂文稿》《笙月词》。

大水叹，同治丙寅作

五月狂风吹海裂，浊浪横流坏云黑。雨工得势倾天河，乾坤纯作鱼龙色。去年大水齐楼腰，赤地千里无寸苗。危墙水渍绿犹在，五月又听狂风号。狂风如雷雨不绝，今年平地水三尺。穷民万口呼青天，眼血纷纷涨波赤。去年海裂阳侯骄，今年筑塘民脂膏。三江又报闸口壅，凝泥千丈黄沙高。闸口不通水不下，万夫挥锸泥没髁。可怜农夫新种秧，一片青青淹平野。村庐惨淡少晨炊，瓮中粒米珍琼瑰。朝朝望水水不减，催租县吏乘舟来。

　　　　　　　　　　　　——《绍兴水利诗选》引《越声》

【索引词】绍兴；三江闸；淤沙；海塘；行舟。

【导读】清同治四年（1865）闰五月，绍兴曾遭水灾。次年，诗人写此诗以记实。苦心孤诣，用意显然。写"狂风如雷雨不绝"之现状，写"穷民万口呼青天"之惨状，写"三江又作闸口壅"之险状，写"催租县吏乘舟来"之情状，天灾人祸，哀哀欲绝。显然，诗人的立场是站在百姓一边的，对"催租官吏"采取了讽刺挖苦的态度。此诗又指出，三江闸作为绍萧平原的水利枢纽工程，在防灾中地位十分重要，这或许也是诗人的苦心所在。胡翼君有《大水行，同治四年乙丑作》诗，可同读："阴阳消长乃天理，旱潦古今亦寻常。所嗟崩雨未十日，坦夷遂使成渤沧。洼者厥浚渐二仞，稍隆形势数尺强。纵横约略二千里，地天一气含混茫。按图污下前豪说，力制海水漫坝塘。天岂赫怒死东黎？不然胡以骤汪洋？坝松塘脆筑不实，不须豚穴坏堵墙。鱼鳖嘘沫白木末，海物夜入窜颓廊。长风倘乘此巨浸，力扫凄浒扣天闾。桑扈百呼犊声叱，有年甫罢锥青秋。造化不惜饥馑荐，海若不若鸣当康。城阗夜报没三板，晡昳弹指平野航。吁嗟圣人膺天眷，百度具举肱股良。四维仰首泰交卜，祥和私幸消沴殃。奈何草窃当芟薙，唐尧在上又怀襄。吁嗟乎，唐尧在上又怀襄，山河指顾愁未央。"

〔清〕李慈铭

作者简介：李慈铭（1830—1895），初名棪，字式侯，后更名慈铭，字炁伯[①]，号莼客，晚号越缦老人，会稽（今绍兴）西郭霞川村人。光绪六年（1880）登进士第。著《越缦堂日记》《白华绛跗阁诗》《霞川花隐词》等。

雨中自木客山出何山桥过湖南岸马太守祠作三首
（其三）

不见长湖曲，犹传太守祠。朱扉含暝色，春水异晴时。山影多连郭，溪声自入池。信辞无谢范，青史至今疑。

——《白华绛跗阁诗集》卷壬

【索引词】绍兴；鉴湖。

【导读】诗人博通古今，对人物评价，自具历史识见。这首五言律诗抒写诗人晋谒马太守祠之所见和所思，自出机杼，别有感慨。首联出以反诘，旨在突出马太守祠，给读者以突兀之感，引发深思；颔联写"朱扉"而"含暝色"，写"春水"而"异晴时"，景中含情，非同一般；颈联写山而出以"影"，由"影"而连及"郭"，写溪而出以"声"，由"声"而入

---

① 炁（ài）伯，《清史稿》作"爱伯"。

于"池",看似与题无关,其实旨在突出马臻所筑之镜湖,突出筑湖之流惠;尾联引入东汉时代与马臻同时之谢弼和范滂两位名臣,旨在表明:两位名臣生前为人所崇敬,死后尚有史传留世,为人们所敬仰;而马臻生前像两位名臣那样身遭不测,死后连史传亦不留,令人扼腕。

据此,全诗重心在尾联,"至今疑"者,非疑马臻之为人,马臻之业绩,而疑"青史"之不清,历史之不公。为什么不给马臻立传?为什么马臻这样的名人不受人们重视?诗人留下无限空间,让读者深思。诗人歌颂马臻,别出心裁!

青田湖竞渡词十六首(选一)

霞川一曲暖风初,画桨联衔逐队鱼。罗绮中央花两岸,不容烟水一分疏。

——《通江达海,好运天下:浙东运河博物馆文本解读》(下)

【索引词】绍兴;行舟。

鉴湖柳枝词十二首(选一)

越王台畔柳垂垂,多事东风作意吹;八百里湖规作镜,供他十万画蛾眉。

——《通江达海,好运天下:浙东运河博物馆文本解读》(下)

【索引词】绍兴;鉴湖;越王台;行舟。

〔清〕方翔藻

作者简介:方翔藻(?—1908),字蕖香,清慈溪观海卫人。有《屏石山房诗草》。

舟发姚江至洪陈渡^①

春江帆急撇轻波，两岸青山转眼过。暖翠浮岚看不足，渡头唤客夕阳多。

——《宁波市交通志》

【索引词】宁波江北；余姚江；洪陈渡；行舟。

〔清〕胡寿顾

作者简介：胡寿顾（生卒年不详），字耆仲，号梅仙，山阴（今绍兴）人。同治六年（1867）举人。官员外郎。著《洗斋病学草》。

三江闸

天险何年设？奔涛咽石墩。星辰原上界，江海此分流。不借人工凿，全凭地脉收。汤萧贤太守，底绩并千秋。

——《绍兴水利诗选》转录《越声》

【索引词】绍兴；三江闸；汤绍恩；萧良干。

【导读】这首五言律诗描写三江闸形胜，言虽不多，却极尽形容之能事。如此，三江闸巍然屹立在读者面前，形象鲜明，感人至深。抒情中将修三江闸之萧良干与建三江闸之汤绍恩平列歌颂，指出两位贤太守造闸修闸之功绩将与史长存。这是了不起的见识。

〔清〕鲍存晓

作者简介：鲍存晓（生卒年不详），字寅初，会稽（今绍兴）人。同治七年（1868）登进士第。官翰林院编修。著《鲍太史集》。

---

① 今宁波市江北区慈城镇洪陈村村委会正南余姚江边有洪陈村渡口。

观三江闸，与诸同人和应丽生师韵

一带横塘海气赊，荒城斗大隔山遮。万钧鳌背挝雷鼓，百丈虹腰束浪花。潮入之江沙嘴阔，水归于越尾闾斜。满堤罾晒残阳里，高唱渔歌到酒家。

——《绍兴水利诗选》转录《越声》

【索引词】绍兴；三江闸；海塘。

【导读】这首七言律诗为和韵之作，可惜所和原作不存。诗人眼界特大，感情尤深。从百里海塘和之江口写起，不但实写闸边之海浪，而且形容万钧之潮声，让读者充满想象和联想。最后以"满堤罾""唱渔歌"表明三江闸之实绩，尤其令读者不能忘怀。诗中之背景、气势，表现出诗人之艺术功力，其巧妙之艺术构思，出于常人想象之外。

〔清〕张桂臣

作者简介：张桂臣（生卒年不详），字韵香，山阴（今绍兴）人。同治年间（1862—1874）在世。著《越中名胜百咏》。

应宿闸

一闸横江压巨鳌，罗胸直比列星高。象天宿仰郎官贵，凿石功思太守劳。缵得万年神禹绩，阻来两汛①子胥涛。至今蓄泄歌遗泽，祠宇荣膺锡典褒。

——《越中名胜百咏·川泽》

【索引词】绍兴；应宿闸；潮汐；汤绍恩；大禹。

【导读】这首七言律诗为《越中名胜百咏》之一，是诗人对应宿闸和汤绍恩的深情赞美。诗中多处用典，连及历史上治水英雄大禹和吴国忠臣

---

① 指潮水的大汛和小汛。《绍兴水利诗选》一作"汛"。

伍员，则汤绍恩之历史地位可谓高矣！作为组诗之一，说明应宿闸在清代已列入越中名胜，业已成为越中旅游胜地。

〔清〕戈鲲化

作者简介：戈鲲化（1838—1882），字砚畇，一字彦员，安徽省休宁县城人，寄籍浙江宁波，在宁波的英国领事馆工作了十多年。

挽张竹坪运同

冠盖相逢记昔时，鸠工赴事不遑辞。力图兴复农家利，郑白渠边有口碑。

——《宁波水文化》2023 年第 1 期

【索引词】宁波；甬江；新开河；填塞工程。

【注释】诗作于 1876 年，作者系英国驻宁波领事馆翻译，反映了一条用于军事目的的通海河道的兴亡。原注："议填甬江新开河，七年未果（指 1865—1872）。嗣因子山方伯（指宁绍道台顾文彬）嘱君（张竹坪）与余（戈鲲化）同办，而君尤为出力。"代表受益群众表达了对张竹坪等人水利贡献的敬意。新开河于 1862 年为抵御太平军而开挖，名丢帅河。因咸潮上溯严重影响两岸稻作，成为一条"害河"。当地百姓强烈要求填河，但官府担心战乱未定态度暧昧，英国方面更是事不关己一拖再拖。经过两岸百姓与英国兵舰对峙，中国地方官员与英国领事、公使反复博弈，直至 1872 年才最终填塞成功，兴复了"农家利"。丢帅河存世 11 年。

〔清〕薛宝元

作者简介：薛宝元（生卒年不详），字梅仙，号雪溪，山阴（今绍兴）人。清光绪二年（1876）举人。著《沁雪仙馆诗集》。

拟《九歌》八首（选五）

禹王

锡玄圭兮夏王，玉帛朝兮万方。苍水使者兮来候，开宛委兮金简书藏。忽骑龙兮白云乡，留窆石兮苗山傍。立祠兮少康，风雷郁兮梅梁。辉草木兮烟霞，古山之形兮覆翩。肃遗像兮冕玉尊，蟠古壁兮蛟龙舞。血食兮万年，明德兮齐天。灵皇皇兮帝服，开金阙兮会稽巅。

灵胥

白马兮素车，寒涛咽兮泣子胥。鸱夷恨兮终右，望罗刹岸兮渺愁余。卷北固兮风雨，震西陵兮钟鼓。陈桂醑兮椒浆，迎伍君兮婆娑舞。灵之来兮冲波，走鲸鲵兮踏鼋鼍。贝阙开兮光怪多，银山拥兮峨峨。灵之去兮挽天河，浙江清兮镜新磨。送神曲兮神巫歌，庆安澜兮风日和。

静安公张夏

石塘坏兮沙岸低，涛头冲突兮浙东西。羌张公兮出使，障狂澜兮护长堤。江流兮石转，心劳兮功藏。司漕运兮冬官，五指挥兮供驱遣。景祐兮何年？庙貌兮俨然。祈祷兮应如响，海波兮平如掌。司保障兮爵以公，勤报赛兮走村农。陈竽瑟兮迓神，载云旗兮来行宫。

汤太守

零雨兮涓涓，千岩万壑兮走飞泉。奔流兮不到海，灶产鼋兮陆地成渊。翳①汤公兮作牧，痛流亡兮白屋。度地兮走三江，江之浒兮石矗矗。山对峙兮脉中联，上建闸兮应列宿。海回澜兮石补天，公之功兮垂千年。残碑兮苔藓蚀，德泽在兮冈极。荐俎豆兮馨香，吾侪不鱼兮谁之力？

---

① 翳，副词，相当于"只""唯"。

司闸正神木龙

操畚捐兮分劳，凿山载土兮障洪涛。浪排江兮如雪，血溅石兮如膏。緊舍生兮取义，身捍患兮死勤。事神殁兮闸成，巩南塘兮咽潮声。栗主设兮留荣名，外舆皂兮厕簪缨。灵之来兮波际，驱江豚兮骑长鲸。始涓涓兮流细，俄决淤兮去滞。佐汤公兮福我民，荷神庥兮时启闭。

——《绍兴水利诗选》转录《越声》

【索引词】绍兴；杭州；西兴；潮汐；滨海塘闸；大禹；张夏；汤绍恩；莫龙。

【导读】宋诸葛兴有《会稽颂》九首，分别歌颂大禹陵、嗣王、二相、马太守庙、王右军祠、贺监祠、城隍庞玉、曹娥祠。薛宝元《拟九歌八首》，明显受诸葛兴《会稽颂》影响。其共同特点，均远绍屈原《九歌》。所选为《拟九歌八首》之第一、第二、第三、第四、第八，分别歌颂大禹、伍员、张夏、汤绍恩、莫龙，均与越中水利有关，为越中不可多得的水利功臣，从中表现出诗人对历代先贤的崇敬之情，也反映了诗人对水利事业的关怀之意，是值得珍视的水利资料。采用九歌形式，感情更加深厚。

〔清〕诸筠

作者简介：诸筠（生卒年不详），字介如。会稽（今绍兴）人。同治年间（1862—1874）恩贡生。著《宝贤堂诗稿》。

开闸谣

开闸复开闸，焦劳烦太守。暂时即能通，沙淤难持久。此祸不忍言，当事究知否？有坝名拦潮，豪强占地亩。地亩日以增，壅滞日以厚。后祸无已时，荷锸集千耦。曲折杀水势，古法虽曾有。昔以缓上流，今乃堵出口。汤公筑闸时，筹及万年利。何图闸外坝，顺逆忽倒置。起自同治年，及今无改议。小民何能为？连年听遭累。开掘费徒靡，直流本甚易。嗟哉遇秋霖，殃民讵天意？糜烂巨浸中，粒粒农夫泪。忍抛三县田，力保数丘地？

——《绍兴水利诗选》转录《越声》

【索引词】绍兴；三江闸；淤沙；围垦；汤绍恩。

【导读】这二首民谣以开三江闸门为题，揭露三江口被泥沙淤塞，太守无力，豪强占海造田，以致违背汤公绍恩建闸初衷，农民反而连年遭累之情状，表达小民即贫苦农民的心声。诗人是站在贫苦农民的立场的，对太守和豪强满怀怨恨之情。足见有了好的水利设施，还得像萧良干那样继续使其完善，以维护贫苦农民利益。豪强固然可恶，而地方官员是否站在贫苦农民一边，想贫苦农民之所想，实为问题之关键。

〔清〕陈松龄

作者简介：陈松龄（1850—1910），号长卿，潮阳县廓都（今棉城）人。著有《医案汇编》。

镜湖舟次

未是风狂雨横天，箬篷低卸笔床偏。十分花事春当半，百里湖光画不全。红树卖鲈曾践约，绿杨系马又经年。劳生敢受高闲福，一曲清江入叩舷。

——《（嘉庆）山阴县志》卷二十八

【索引词】绍兴；镜湖；行舟。

〔清〕沈镜煌

作者简介：沈镜煌（生卒年不详），字翼心，号蓉初，山阴（今绍兴）

人。清光绪四年（1878）恩贡生。官直隶州州判。著《南池老屋遗诗》。

静安公张夏

瀛海兮无波，冯螭兮切和。蒸蕙藉兮纷骈罗，进巫觋兮按拍歌。左提大翳兮右领黄魔，奋狂章之斧兮童律戈。扬翠蕤兮赓渡河。清流兮竹箭，浊流兮瓜蔓。啮堤桑兮风力健，赖神功兮气操左券。五犀角以为潴兮六鳌背以为楗，导金幢与玉节兮护塞堰。神来兮月明，喜浪静兮潮平。扬神旆兮风迎，神去兮月堕。乐安樯兮稳舵，望神灯兮星妥。沧岛兮风欹崎，烟涛兮渺㳺。乘黛甲兮锁支祁，命苍使兮供指挥。垒石兮新祠，云光兮合离。布兰生之深弇兮酬玉卮，答神庥兮颂清时。

——《绍兴水利诗选》转录《越声》

【索引词】绍兴；海塘；潮汐；水利；行舟；张夏。

【导读】宋代张夏为绍兴水利建设作出过重大贡献。绍兴沿后海一带，张神殿、张神庙比比皆是，张神菩萨有口皆碑。不少百姓系名字于张神殿或张神庙，往往带一"张"字，以示崇敬和怀念之情。《（乾隆）绍兴府志》卷三十六《祠祀志一》："敕封静安公庙。《万历志》：'在（萧山）县东北十里之长山，宋时建，神为张行六五，漕运官也。咸淳间（1265—1274）赐额，祈祷甚应，尤有功于海堤。或云神讳夏，宋景祐（1034—1037）中工部郎中，受命护堤。二说微不同，观庙额'护堤'二字，工部说近是。俗谓之长山庙，又云张老相公庙，春秋有司祭。后别建庙於新林浦之北，谓之行宫，今有司各祭於其所。又一庙在山阴三江闸上，称英济王庙，不知何代所赐。其他私创甚多，土人竞为戏剧以赛神，殆无虚夕云。'《宋史·河渠志》：'景祐中，以浙江石塘积久不治，人患垫溺，工部郎中张夏出使，因置捍江兵士五指挥，专采石修塘，随损随治，众赖以安。邦人为之立祠，朝廷嘉其功，封宁江侯。'《省志》：'雍正三年（1725），浙抚泛海疏称，宋安济公张夏，实为浙省保障之神，应请封号大学士。马齐等覆奏云：查尚书张夏封宁江侯，该抚疏称安济公。其安济公之号不知始於何时，但相沿已久，应仍其公爵，锡以封号。奉旨敕封静安公．'"这首颂采用浪漫手法，设想百姓迎神时张夏降临之情状，那么富有氛围，那么富有诗意，那么富有人情色彩，从中表明绍兴百姓每年祭祀张夏这位水利英雄而决不忘情之事实。

汤太守

春三江兮波溜，酌椒浆兮祀太守。秋三江兮浪分，献桂醑兮颂使君。忆大功兮初举，炼星兮石补。灯影飐兮识神祐，争相告兮乐歌舞。鳞彩兮澄鲜，湃浪兮洄旋。格豚鱼兮涉大川，效畚锸兮众志坚。渺渺兮洪流，巨石兮沉浮，闸功堕兮神所忧。两山兮对峙，双柱兮中砥，闸功成兮神有喜。列宿兮光舒，分翼轸兮危虚。潦有宣兮旱有潴，微神之力兮民其鱼。鲸涛兮风猛，长鲛兮夜警。愿神鞭之兮若蝘蜓[1]，庆安澜兮福四境。

——《绍兴水利诗选》转录《越声》

【索引词】绍兴；三江；三江闸。

【导读】这首颂辞专为绍兴贤太守、著名水利专家汤绍恩而作。在风平浪静的丰收年景，虔诚祭祀汤绍恩，便不由自主地想象他建造三江闸的伟业及其建闸后安狂澜而福四境的功绩。这是诗人的心声，代表了广大山阴、会稽、萧山一带乡民的心声，这些发自心底的语言及其所呈现的热烈氛围，足见乡民对有功乡邦者的崇敬之情。

〔清〕来鸿晋

作者简介：来鸿晋（生卒年不详），字珏渠，号雪珊，萧山人。光绪十五年（1889）举人。著有《冠山逸韵续编》十卷、《绿香山馆全集》等。

---

[1] 原作"蝘蜓"，并注释"俗称铜石龙子"。但从全诗各段韵脚规律考察，应作"蝘蜓"。蝘蜓，壁虎。

舟过横筑塘

扁舟一棹趁湘波，傍岸间行任著靴。荒坝拖船争踞埠，渔家晒网恰临河。土翻高圮耕黄犊，水涨横塘泛白鹅。十里村墟斜照外，红墙古寺锁烟萝。

——王炜常选注《萧山地名诗》

【索引词】杭州萧山；堤塘；行舟。

【导读】横筑塘埭遗址位于萧山区义桥镇湘东村横筑塘自然村。村内"横塘棹歌"是湘湖旧八景之一。横筑塘原名黄竹塘，如明朝诗人魏骥有诗称"黄竹依稀范蠡塘"，后来人们讹传为横筑塘了。横塘埭遗址是一处古代运河埠头，称"南津牛埭""横塘牛埭""南塘埠头"，如今保存比较完好。据《杭州古港史》等记载，南北朝时期，杭州修建了西陵、柳浦、南津、北津等四座牛埭，而现在仅存横筑塘一处了。横筑塘地处古浦阳江和萧绍运河的关口段，据记载，每天过坝的船很多，有时一直排到三里路长。"荒坝拖船争踞埠"一句，描写了运河堰埭拖船过坝的繁忙情景，以及船家互不相让的紧张气氛。

〔清〕黄寿衮

作者简介：黄寿衮（1860—1918），字补臣，山阴（今绍兴）斗门人。清光绪二十一年（1895）登进士第。官终陕州知府。辛亥革命后归里，力主废除堕民乐籍，筹办同仁小学。著《梦南雷斋文钞》《莫宦草》等。

八月十八日三江观潮

黄芦隐隐秋海高，黑风水立寒声号。干沙塍船船排屋，欻忽转辗瞑蓬蒿。猛欲匈匈夺关过，铁铸高门鬼军挠。越中自昔多水厉，浦阳之衅钱唐挑。北走义桥南蒿坝，钱曹两水东西嚣。钱清厉甚渔浦堤，麻溪天乐巨浸滔。逆流两山入临浦，穿入钱江江河聚。江水常时挟潮来，高出河水水不侮。一遇山洪骤溢涨，内流汩㴻害淫雨。河水翻出江水上，澎𣻒巨涛嗟行估。凿通碛堰筹匾拖，彭公名谊戴公琥。逆水终非自然性，卅六支流尚汹怒。天爱吾越钟汤公，二十八闸安西东。中联石脉两山夹，三江之水尽会同。四百余丈塘铸铁，启闭应时始归宗。田禾鱼菱享其利，舟楫往来顺帆风。萧公良干黄公绸，踵汤而兴亦隆隆。常平四洞泄涨水，铅锡灌罅有宏功。迄今已垂四百载，岁岁生民赖虾菜。蕴隆间有淤滞患，不日通霖安秋刈。王孙贵官看潮来，画船萧鼓携弟妹。太平佚荡婆娑风，须知时事有兴废。搢绅谁踵姚少保？东注茫茫空沙塞。须臾积水抵关丈，柔黄纤谲混鱼队。翠凤山低冥夕阳，浩歌苍莽发长慨。

——《绍兴水利诗选》转录《越声》

【索引词】三江；滨海塘闸；潮汐。

【导读】诗人为斗门镇人，其家距三江不过三里，故这首七言歌行由观潮而不由自主地想到应宿闸——由闸之泄流防潮，想到建造者汤绍恩；连及后继者萧良干、黄绸、姚启圣；想到后人之畅游；想到沿海居民所得之实惠——字里行间，一派热爱三江闸，敬仰修造者之深情。全诗看似离题，实际上全以观潮展开，手法高明，激动人心。

〔清〕陈范

作者简介：陈范（1860—1913），本名彝范，晚年更名蜕庵，字叔柔，号梦坡、退僧、退翁等，湖南衡山人。曾主编《太平洋报》，主笔《民主报》《国学丛选》等。遗作有《映雪轩初稿》《烟波吟舫诗存》《东归行卷》等。遗稿由妹夫汪文溥编为《陈蜕庵先生文集》《蜕翁诗词刊存》《蜕翁诗词文续存》等。

渡江

山月欲落鸡始鸣，西兴埭上行人行。争晓沙头候潮去，水乡八月秋风生。海水东连浙江渡，灭没寒烟不知处。潮平击鼓下中流，回看苍苍故陵树。

——《晚晴簃诗汇》卷一百五十二

【索引词】杭州；西兴埭；潮汐；候潮。

〔清〕甘元圻

作者简介：甘元圻（1865—1924），字梅僧，会稽（今绍兴）人。一生入幕。回乡后创立贺东诗社。著《斐园诗草》。

会稽上虞两县尹并士绅会勘海塘

海塘形势险，履看联官绅。莫由决一策，聚议徒纷纷。修筑穷经费，疏浚恼人民。无米孰炊饭？临难谁舍身？沧海白如故，桑田绿始新。厝火积薪下，卧之各安神？

——《绍兴水利诗选》转录《越声》

【索引词】绍兴；滨海塘闸。

【导读】诗人为会稽小屯（今属上虞区）人，家近海塘，故对海塘特别关心。这首五言古诗写海塘无人整修，内河无人疏浚，徒然令百姓忧愁，而灾难又将不时发生的情状，表达诗人对海塘和周边百姓的关心之情。"厝火积薪下"，出以比喻，其焦急之状，何等感人。"卧之各安神"的反问，针对会稽、上虞两县县尹和士绅而发，何等怨懑。

〔清〕丁梦松

作者简介：丁梦松（生卒年不详），字逸凡，上虞（今属浙江）人。清光绪年间（1875—1908）诸生。著《养和书屋诗草》。

舜水怀古

名传舜水播鸿庥，祠宇巍峨古迹留。百代文明争渡口，一生怨慕寄涛头。源分沩汭渊源远，派接姚江共派流。犹有曹娥潮长落，各成孝行各千秋。

——《绍兴水利诗选》转录《越声》

【索引词】绍兴；姚江；曹娥江。

【导读】这首七言律诗由曹娥江激起对两位先贤的怀念之情，从中感慨人心之不古。先贤之一为孝男虞舜，传说以孝闻世，其后裔有生活于上虞者，故孝之故事流传不衰；先贤之一为孝女曹娥，曹娥为寻父尸而投水，故事一直播益人口。"犹有曹娥潮长落，各成孝行各千秋"，潮水之患而激起如此深情，表明乡人对"孝"这一伦理的高度重视和执着追求。

〔清〕范允镙

作者简介：范允镙（生卒年不详），字用宾，号愚溪，钱塘人。有《结庐诗钞》。

晓发钱塘

望海楼头更漏息，残星耿耿江月黑。摩肩掉臂争一门，渡口茫茫行不得。何郎操楫近颓岸，客子梦如骞衣涉。自云恰受十五人，过此一钱辞若直。岂意廉贾出君辈，人生何者非贪墨。昔闻江边拉渡客，不满百夫无行色。公然劫夺入船来，何异对面为盗贼。水痕欲上与船平，颠风扑面孤帆侧。谁与习没是吴儿，千载含沙为鬼蜮。今年长吏除弊政，篙工惴惴自投劾。弃灰徒木令必行，以之正用亦有力。我乘轻舟捷于鸟，霎到西兴未午食。腐儒念国岂止此，百感频生无终极。

——《晚晴簃诗汇》卷五十五

【索引词】杭州；钱塘江；西兴；行舟。

〔清〕来又山

作者简介：来又山，生平不详。

西兴夜航船

上船下船西陵渡，前纤后纤官道路。子夜人家寂静时，大叫一声"靠塘去"！

——《西兴古今诗词集》

【索引词】杭州；西兴；萧绍运河；纤道；夜航。

〔清〕钱壮

作者简介：钱壮，生平不详。

写西兴小景

扁舟秋夜泊西兴，远岸玲珑见佛灯。风叶满天潮不上，月斜犹有渡江僧。

——《西兴镇志》

【索引词】杭州；西兴；钱塘江；候潮；行舟；夜航。

〔清〕金振豫

作者简介：金振豫，生平不详。

柯亭怀古（二首选一）

一访高迁旧，中郎事已遐。思将云梦竹，重谱落梅花。肠断桓伊赋，音传绝塞笳，荒亭人不见，啼杀夕阳鸦。

——《（嘉庆）山阴县志》卷二十八

【索引词】绍兴柯桥；高迁亭；柯亭。

〔清〕周师诗

作者简介：周师诗，生卒年不详，绍兴人。

西郭夜归

一驿蓬莱①古渡头，夕阳西下送归舟。水心灯乱鱼虾步，港口风吹鼓角楼。东浦万家村酿足，高桥十里暮帆收。故乡我幸经行惯，不是人间浪出游。

——《通江达海，好运天下：浙东运河博物馆文本解读》（下）

【索引词】绍兴；蓬莱驿；渡口；行舟。

---

① 蓬莱驿原位于绍兴城西迎恩门水街。《明会典》卷一百十九：绍兴府有蓬莱驿，以及山阴县钱清驿、上虞县曹娥驿、会稽县东关驿、余姚县姚江驿、萧山县西兴水驿。《（嘉庆）山阴县志》卷六："蓬莱驿在迎恩门外，唐曰西亭，宋曰仁风，向设驿丞一员。"为当年绍兴最大之水驿，有门楼、正厅、穿堂、后堂等二十余间。今绍兴运河园建有"蓬莱水驿"景区。

第八章

近现代

【 浙东运河历史背景 】

　　近现代运河水道继承了明清格局。现存运河按成因可大致分人工水道与自然河道两部分：自杭州滨江西兴街道钱塘江东岸至上虞大江口坝为人工水道，大江口坝向东至宁波甬江口的运河以自然河道为主，单线全长均约二百十三里。其中，上虞段、慈溪段为复线水道，它们分别是所在区段某一时期的主要水运通道，其开发大大提高了浙东运河航运的保证率，打破了部分节点的运输瓶颈，使浙东运河的功能得到更充分的发挥。这些水道构成浙东运河沟通钱塘江与东海的连续水道，称之为浙东运河的主线水道。

　　浙东运河除上述的东西连续水道之外，还有一些南北向的沟通运河主干与其他河流的人工水道，也具有水运功能。这些南北辐射水道称为支线，它们也是浙东运河遗产的重要组成。

　　　　　　　　　　　　　　　　——《中国大运河遗产构成及价值评估》

〔近现代〕洪缰

作者简介：洪缰（1866—1928）本名攀桂，学名一枝，字月樵。彰化鹿港人，原籍福建南安。1895 年台湾沦日后，取《汉书·终军传》"弃缰生"之说，改名缰，字弃生。1895 年割台之役，倡导并参与领导抗战，失败后"不妥协、不合作"，不忘故国。遗稿经哲嗣洪炎秋辑为《洪弃生先生遗书》。《八州诗草》为 1922—1923 游历大陆之作。

过钱清江即事

夜行钱清江，月光明如昼。顾望钱清堰，一钱谁消受！廉吏说刘公，汉时贤太守。一江留清名，遂觉钱塘陋。我携杖头钱，清风亦两袖。兼有月当头，不用一钱酎[①]。较公为不廉，千山万壑收。中原山遍看，更愿浙东觇。泛舟向会稽，江山若故旧。

——《寄鹤斋选集·八州诗草》

【索引词】绍兴；钱清堰；会稽；夜航；刘宠。

【导读】诗人陈述了乘船夜航过钱清堰、钱清江的经历，表达了对刘宠太守廉洁做官的崇敬。

登会稽山，拜禹王庙；上谒禹陵，观窆亭、访菲泉；再游禹王寺、探禹穴，转出陵坊；至山庭，读岣嵝碑三十韵

早年读《禹贡》，缅仰禹王功；八载释玄书，四海尽来同。稍长观史书，益慕禹王风；万里探禹穴，愿追太史公。不信年迟暮，始到会稽中。会稽水渺渺，会稽山隆隆；需然下云雨，帝泽九州丰。余润及海外，岂独限浙东！我自海上来，中原见高嵩；曲阜拜孔子，兖州仰岱

---

① 酎（zhòu），指经过两次或多次复酿的重酿酒。

峰。遍访九河迹，无若神禹工。直北上燕京，飚轮出居庸；回舟下渤海，再度入吴淞。细考三江渎，亦为大禹通。于兹拜禹庙，岂为骋游踪！禹陵咸若亭，万古白云封；石壁菲饮泉，信乎俭德崇！窆石及古篆，卓立青芙蓉。绕陵列云树，叠嶂若长埔；陵下姒家村，陵右谷神宫。泽比谷林尧冢远，不共苍梧舜冢终。时世谈神奇，万灵来朝宗；传说殿上梁，亦复化二龙。庙内苍水使，河精海若从。我再登禹寺，寺后穴蒙蒙；宛委所封处，疑有藏圭琮。尝想岣嵝碑，衡岳灵气钟；何年陪禹硎，古字玉珑璁。离离秦望山，斯篆邈难穷；南巡留盛典，禹颂传九重。

——《寄鹤斋选集·八州诗草》

【索引词】绍兴；禹穴禹陵禹庙。

【导读】《八州诗草》为洪繻1922—1923年游历大陆经绍兴禹陵之作。诗人简略回顾了从台湾回到大陆以后北上、南下途中有关禹迹的重要经历，重点抒写了在绍兴拜谒禹陵的日程和见闻，描绘了众多禹迹和由此引发的思绪，从中也可看出诗人对尧舜禹的历史记载非常熟悉。全诗自始至终以大禹为纲，从幼年读《禹贡》起笔，以秦始皇、康熙、乾隆三位皇帝到禹陵祭禹煞尾，立意高远，立场鲜明，充分表达了日占时期台湾人民热爱祖国、崇拜先祖的心声。

〔近现代〕蔡元培

作者简介：蔡元培（1868—1940），字鹤卿，又字仲申、民友、孑民。浙江绍兴山阴县人。中华民国首任教育总长，曾任北京大学校长，文化巨匠。有《蔡元培全集》。

游绕门山①石宕即事（六首选一）

越中石宕柯岩最，更数曹山与石芊。我爱绕门绝幽倩，架床未展读书堂。

——《蔡元培全集》第一集

【索引词】绍兴；东湖；若耶山；柯岩；石宕。

〔近现代〕来裕恂

作者简介：来裕恂（1873—1962），字雨生，号匏园，萧山长河镇人。肄业于杭州西湖诂经精舍，曾任绍兴县县长。著有《汉文典》《萧山县志稿》《萧山人物志》等。其《匏园诗集》是中国近代史后半期的一部史诗。

江海塘

萧山邑与山阴连，浦阳之江皆界焉。②西为萧山东山阴，麻溪分泄利涉川。③自从麻溪设坝碛堰通，西小江清江朝宗。于是浦阳无水患，其患常于西江逢。西江出险北海宁，北海冲激西江平。坍涨靡常江流乱，揽辔何以望澄清？溯自道光甲申塘议修，文端④在籍因与谋。西陵盘头改条石，顿使西乡江伏流。⑤新沙陡涨宁丰泰，⑥牧租增课国税赖。⑦

---

① 绍兴东湖绕门山，即若耶山，《大清一统志》卷一百六、《（雍正）浙江通志》卷十五作"箬耶山"，其读音接近"绕门山"。

② 自注：山阴之界，自东迤南，萧山之界，自北迤南，皆以浦阳江为界。

③ 自注：浦阳江之西为萧山地，东为山阴地。

④ 自注：汤金钊。

⑤ 自注：汤公前往查阅，以天乐乡塘归山阴，以西江塘归萧山，其议始决。于是西江塘在西兴，有改筑条石盘头之役。

⑥ 自注：此盘头筑后，不数年沙地涨出，有宁丰泰等围。

⑦ 自注：江流北趋海宁，不特旧时灶地尽数涨复，并添涨新沙。浙抚奏请作为牧地，于是萧山有牧租之课。

龛赭之间沙涨平，南沙升课令报最。①良由北海塘巩固，地变膏腴登天府。讵知利害每相循，北海澜安西江窳。徽衢港溢光绪中，山水下泻当潮冲。闻堰塘脚蛟龙窟，备塘筑工防山洪。②江流无定坍涨多，望江门外又升科。阻潮潮因向北击，北海之塘被冲波。③宣统之间伏秋汛，潮神盛怒势奋迅。月华坝地岌岌危，首臣伏字皆荡震。④江水流向内河来，形如瀑布声喧豗。府县抢修请省款，未几革命惊风雷。光复以后南沙削，⑤东沙西沙犬牙错。昔日民殷今无依，人人望洋叹海若。⑥海塘未巩江塘危，田庐生命谁扶持？奖券殃民图藏事，捍患政策乃如斯！

——《匏园诗集》卷二十七

【索引词】杭州萧山；江海塘；滨海塘闸。

【导读】这首七言歌行作于1915年，时诗人在绍兴县县长任上。诗人视察江海塘，遥想江海塘的地理形胜，由土筑至改条石的历史，忆及清道光四年（1824）以来江海塘与沙地农民的关系，特别是光绪、宣统年间和辛亥革命成功（光复）以后依然殃民的情状，表达诗人对民生的关怀之情。所作注乃历史之真实反映，相当可贵。总体说来，这首诗是绍兴近代水利史上一份不可多得的资料。

三江闸歌

三江闸，虹亘龙蟠波影压。捄度筑削鼖鼓胜，潮汐一至付浩劫。

---

① 自注：嘉庆中，遂将赭山司巡检改属萧山，而萧山遂有南沙之课，增地八十余万塍，皆由于北海塘之巩固也。

② 自注：时邑绅黄中耀任塘董，筑备塘以御，差幸无害。

③ 自注：望江门外，涨沙一方，数千亩，江身渐狭，故潮来时向南岸萧山之北海塘冲激。

④ 自注：宣统三年更甚，因清泰门外，八九堡沙地，涨至十一堡外。

⑤ 自注：民国以来，患在南沙之西沙，东沙有青龙、白虎山障之，故受患至赭山而止，而北海塘外反涨。

⑥ 自注：今日坍势，西沙较东为甚，将至荏山趾。

狂涛骇浪轰若雷，高岸裂缝石为开。银河倒泻天汉水，冲激田宅成污莱。居民一岁几沧桑，子妇丁男泣路旁。太守悯之誓必狂澜障，无奈蛟龙为窟鱼为乡。于是驱鳄先以韩子文，射潮继以强弩军。畚捎版栽千万杵，龙门将合龙兴云。太守睹之泫然泣，小吏莫龙当闸立。以龙制龙龙不神，奋身一跃龙宫入。龙血濡缕涌而上，太守感泣不能仰。痴龙被逐真龙存，万古石桥坦荡荡。我今视学三江遥，伫看波涌千珠跳。闸上行行足不稳，奔流啮桥桥为摇。先拜莫公后拜汤，钦崇二公能为邦。禹功可并明德远，想见当年热血储一腔。

——《匏园诗集》卷二十五

【索引词】绍兴；三江闸；汤绍恩；莫龙。

【导读】民间传说莫龙舍命建三江闸，清人陈和怀疑其真实性，见本书《辨莫龙诗》。《匏园诗集》卷二十五录有《谒莫龙祠》："不畏三江闸有潭，如公真是一奇男。功成万杵丛攒急，志决千声邪许酣。精卫恨填木与石，婆留怒射赭和毛。若非小吏波涛跃，怎使齐心戗鳄贪。"显然，来裕恂对莫龙的传说持肯定态度。

股堰

迤逦西陵道，岸固屹长城。筑堰障江潮，股血风为腥。在元至正时，堰始事经营。其下有深潭，幽窟鱼龙争。木石填精卫，筑圮①积勿成。里正董是役，督促烦使令。畚锸力尽瘁，不得免笞搒。里正有贤妇，代死上陈情。妾死不足惜，惟望夫罪轻。临江哭且祷，甘以身作牲。心诚股因割，砉然刀奏声。夏涨势方盛，血洒狂澜清。肉付怪物食，怪物仰首鸣。豚鱼亦知信，鳞介尽远行。狂蛟率丑遁，蜃气登时平。贪鳄居亦徙，诸患不复生。万杵筑成堰，吾民始安宁。苟无王氏妇，其鱼虫虫氓。功德钱塘勒，民到于今称。

——《匏园诗集》卷二

---

① 或应作"圯"。

【索引词】杭州萧山；西兴；潮汐；海塘。

【导读】该诗颂扬的是一位勇于献身治水救民的女英雄——王氏妇。清人李斗《永报堂诗集》卷五载同名诗《股堰》，诗序曰："《杭州志》：萧山西兴塘久为水物占踞，元季屡筑不成，里正杨伯达苦之。妻王氏每夜向泽乞祷，愿以身殉。一日，先割股水中，水物顿徙。因名曰'股堰'，立庙尸祀王氏。按，嘉庆元年，江势趋外沙卸逼塘，邑人公请褒封，故作此诗。"（诗略）

张神颂（有序）

神名夏，姓张氏，萧山之坞里人。以父亮为吴越王时尚书，入宋归命，由故任子起家，为工部郎中。海溢钱塘，堤坏，神充护堤使者，统捍江五指挥，护海堤有功，封护堤侯。兼以护漕运。河决舟覆，绕河觅神不得。翼日有大鼋负神尸，浮于沙际。巫者寱言已为神。乃归葬萧山之茌山，立祠。宋景祐间，请于朝，封英济王。吾萧之祀神也独虔，以神自侯而王。故俗称为老相公云。因献颂一章，使歌以侑神。其词曰：

猗欤张神，曰有宋臣。浙苦潮汐，斥卤之滨。海溢堤坏，浩浩无津。安得强弩，射之使平。决排疏瀹，古法难遵。堤不修筑，民无以生。神充使者，大功告成。民食其德，不忘神仁。帝眷神武，漕运命膺。不幸河决，粮舟覆倾。没人求之，不得神身。鼋负神出，神其有灵。人民痛之，上书请旌。天子曰："嘻，汝惟不矜。御灾捍患，宜显以名。"神之来兮，狂涛有声。神之往兮，英风无形。庙食百世，惟神德馨。微禹其鱼，吾侪小人。浙水灏瀚，茌山峥嵘。惟神居之，享祀明禋。

——《匏园诗集》卷二十三

【索引词】绍兴；三江；潮汐；海堤；张夏。

【导读】《匏园诗集》作者为许多越中水利功臣写了颂、歌，如《步自稽山门谒禹陵》《越郡守马公歌》《魏文靖公》《郡守汤公歌》等。《张神颂

（有序）》是其中加重处理的一首，以序言和诗歌共同讲述了张夏以护堤使者身份带领群众兴修海塘堤堰捍卫浙东平原的功绩，以及受命护漕、因公牺牲最后封神的全过程。

〔近现代〕鲁迅

作者简介：鲁迅（1881—1936），原名周樟寿，后改名周树人，字豫山，后改字豫才，浙江绍兴人。中国现代文学奠基人之一。有《鲁迅全集》十八卷。

赠人（二首选一）[①]

明眸越女罢晨装，荇水荷风是旧乡。唱尽新词欢不见，旱云如火扑晴江。

——鲁迅日记 1933 年 7 月 21 日

【索引词】绍兴；江河。

〔近现代〕周作人

作者简介：周作人（1885—1967），浙江绍兴人。原名周櫆寿，又名周奎绥，后改名周作人，鲁迅（周树人）之弟。中国现代诗人，新文化运动的杰出代表。

夜航船

往昔常行旅，吾爱夜航船。船身长丈许，白蓬竹叶苫。旅客颠倒

---

① 《鲁迅日记》1933 年 7 月 21 日："午后为森本清八君写诗一幅云……又一幅云：明眸越女罢晨装……"

卧，开铺费百钱。来船靠塘下①，呼声到枕边。火舱明残烛，邻坐各笑言。秀才与和尚，共语亦有缘。尧舜本一人，澹台乃二贤。小僧容伸脚，一觉得安眠②。晨泊西陵渡，朝日未上檐。徐步出镇口，钱塘在眼前。

【索引词】杭州滨江；西兴；钱塘江；渡口；纤道；夜航。

〔近现代〕郭沫若

作者简介：郭沫若（1892—1978），字鼎堂，号尚武。曾任政务院副总理、中国文联主席。有《女神》《沫若诗词选》等。

东湖

箬簀③东湖，凿自人工。壁立千尺，路隘难通。大舟入洞，坐井观空。勿谓湖小，天在其中。

——东湖陶公洞摩崖

【索引词】绍兴；东湖；行舟。

【导读】该诗题写于1962年秋。东湖原为紧邻浙东运河的一座青石山，名若簀山、绕门山。《嘉泰会稽志·若簀山》："在县东十二里，《旧经》云，秦皇东游，於此供刍草。俗呼绕门山。"宋王十朋《梅溪集·少微山》有"出郭舟行十里间，少微山近若簀山"诗句。可见宋代名称是若簀（ruó fén）山，读音接近绕门山。后代讹作箬簀山、箬簀山、箬簀山等。汉代以来，若簀山成了绍兴历史上水利、民用建筑工程必不可少的石料场，经过千百年的凿穿斧削，又是采用特殊的取石方法，搬走了半座青山，并形成了高达五十多米的悬崖峭壁。劳动者取石还普遍深入地下二十

---

① 原注：夜中行船以塘路为准，互呼靠塘靠下，以避冲突。
② 原注：尧舜、澹台及伸脚语，出张宗子《夜航船序》，见《琅嬛文集》中。
③ 箬簀，应为"若簀"，见《嘉泰会稽志·若簀山》《梅溪集·少微山》等。

多米，甚至四五十米处，日子一久，形成了长过二百米、宽约八十米的清水塘。经过百年的人工装扮，东湖成为一处巧夺天工的山水大盆景。孙中山、毛泽东等曾到过东湖。"大舟入洞，坐井观空"指的是陶公洞，洞口只容得小船通过，洞内水深二十米，四面峭壁高达五六十米，顶端露天处狭如洞口，使坐在小船上的人有身处井底之感。

〔近现代〕胡步川

作者简介：胡步川（1893—1981），临海人。曾任水利水电科学研究院水利史研究所所长，有自传《雕虫集》，编有《李仪祉全集》《李仪祉年谱》。

春游山阴道四首（之一、之三）

春晴挟侣驾青骢，渡过钱塘折向东；近山远水皆画意，山阴道上乘长风。

越人荡桨手兼足，越水汪洋岸渺漫；最是河心筑纤路，石梁十里幻奇观。

——《雕虫集》前册卷七

【索引词】杭州萧山；绍兴；山阴道；浙东运河；纤路；行舟。

【导读】1930年春天，黄岩县西江闸、温岭金清闸两处拒咸蓄淡工程的设计方案终于获批，总设计师胡步川心情大好，取道浙东运河，由萧山至绍兴，然后转陆路回温岭。沿途所作《春游山阴道》宛如画卷般将当年运河、山水、河心石梁纤路，手足并用的荡桨船夫徐徐铺陈开来。此诗、此景，承载了中国第一代水利工程师的故土情怀和文化丘壑。

兰亭路上作二首

偏门西出泛轻舻，碧水连天不见涯；起伏小山丛茂树，平芜大地缀闲花。

笋舆冉冉步声齐，一路清香绕越溪；峻岭崇山仍昔日，茂林修竹已
芟荑。

——《雕虫集》前册卷七

【索引词】绍兴；兰亭；越溪；行舟；竹轿。

【导读】诗人从绍兴到兰亭怀古，平原上碧水连天，所以乘坐小船；进
山后改乘竹轿，沿途山水依旧，清香绕溪，只是王羲之时代的茂林修竹已
砍伐殆尽。

东归杂诗九首有序（选七首）[①]

谷雨日自秦川工次东归，往返及居家共一月余，为入秦以来旅运交通
便利之时。

过萧山

二年未走山阴路，[②]夹道新槐变作林。此日还乡颇有意，年华逝水
又惊心。

过绍兴

稽山起伏色苍苍，倒影明湖水一方。欸乃一声分玉镜，条条线浪
漾波光。

过蒿坝二首

西湖几夜倾盆雨，如箭归心不得行；此刻喜心翻倒极，轻车坦道驶
新晴。

水田漠漠动微波，丘陇欣欣遍野花；久雨新晴人意乐，诗情鼓舞涨

---

① 九首诗作于1937年回乡往返途中，其一、九分别是《过开封遇雨》《自江南返长
安遇雨》。此录中间七首：二至五写浙东运河沿线，六至八写曹娥江流域。

② 原注：我于一九三五年春自越重入秦。

曹娥^①。

过斑竹^②

桑麻沛沛气森森，公路弯弯入谷深。丘壑人家遮绿树，雨丝风片洗尘襟。

游天台题石梁瀑布^③

群峰叠翠缀仙乡，双涧飞流汇石梁。瀑布仰观林缺处，飘珠滚雪接天长。

题天台铜壶滴漏^④

岩穿水滴建铜壶，漏尽何时万物苏。大象转轮三叠漏^⑤，千年一变旧规模^⑥。

——《雕虫集》后册卷九

【索引词】杭州；绍兴；台州。

【导读】1937年雨水、清明之间，胡步川自陕西水利工地回浙东温岭。沿途以诗记载车船景物，反映了浙东运河的明媚和曹娥江、新昌江的清幽。

〔近现代〕毛泽东

作者简介：毛泽东（1893—1976），字润之，湖南湘潭人。中国人民的领袖，一代伟人。有《毛泽东诗词》等。

---

① 原注：时曹娥江新涨。
② 今新昌县南明街道有"班竹村"，为"天姥门户"，"浙东唐诗之路"重要节点。
③ 曹娥江支流新昌江长诏水库上游河流景观。
④ 曹娥江支流新昌江长诏水库上游河流景观。
⑤ 原注：看岩石形状已造成三次壶形。
⑥ 原注：吾国自有史以来已四千余年，则每千余年可毁一铜壶。

七绝（二首）·纪念鲁迅八十寿辰

博大胆识铁石坚，刀光剑影任翔旋。龙华喋血不眠夜，犹制小诗赋管弦。

鉴湖越台名士乡，忧忡为国痛断肠。剑南歌接秋风吟，一例氤氲入诗囊。

——《人民日报》1996 年 9 月 20 日

【索引词】绍兴；鉴湖；越台；鲁迅。

〔近现代〕郁达夫

作者简介：郁达夫（1896—1945），原名郁文，字达夫，幼名阿凤，浙江富阳人，中国现代作家、革命烈士。曾留学日本。1945 年 9 月 17 日被日军杀害于苏门答腊岛丛林。

夜泊西兴①

罗刹江边水拍天，山阴道上树含烟。西兴两岸沙如雪，明月依依夜泊船。

——《郁达夫诗词集》

【索引词】杭州萧山；钱塘江；泊舟。

〔近现代〕徐震塄

作者简介：徐震塄（1901—1986），字声越，浙江嘉善魏塘镇人。历任浙江大学中文系教授等。通英、法、德、意、俄、西班牙六国语言，尤长世界语。著有《梦松风阁吟稿》等。

---

① 该诗属于《记梦二首》之第一首，作于"一九一七年五月二十五日，日本"。

敌陷萧山，诸、绍告警

落日西兴战血斑，漫天风火接严滩。江头白雁潮无信，坐上《黄獐》曲未阑。一旅犹能存夏祀，五千谁与保稽山？越中子弟多豪俊，跃马何当拔帜还？

【索引词】杭州萧山；西兴；绍兴诸暨；会稽山。

〔近现代〕吴寿彭

作者简介：吴寿彭（1906—1987），号润余，江苏无锡东湖塘镇人。1926 年毕业于南洋大学即交通大学机械工程系，曾在扬子江水利委员会测量队工作。晚年自辑成《大树山房诗集》，因抗日时（1941）曾避居浙江省孝丰县天津坞，屋舍前有银杏、栗、松等古树数株，深自喜爱，遂以为诗集名。

自绍兴至西兴前哨①

岭头宛委有云横，万壑千岩半雨晴。百越峤峰连地脉，三曆涨海激江泓。鲸波尾掉惊桴鼓，柳岸沙吹见戍旌。桥外吴山正似画，及时谁扫虏尘清。

【索引词】绍兴；杭州；西兴；宁绍平原。

〔近现代〕姚汉源

作者简介：姚汉源（1913—2009），山东巨野人。1937 年毕业于清华大学土木工程系。中国水利史学科奠基人，中国水利史研究会会长。著有

---

① 自注：日寇于丁丑冬，侵据杭州城，我军设防于富阳至宁波，江海南岸。钱江大桥长二公里半，在西兴渡之西。南垠西兴哨所，正对敌北垠闸口哨所。

《中国水利史纲要》《京杭运河史》等。

九十一岁自述忆旧游

少涉千层浪，壮思万里流。浙东好山水，运河可泛舟。友朋结同气，愿作十日游。拙笔写情意，四载志未酬。欲歌旧胸臆，耄耋空怀忧。又忆唐贤语，老大念故丘。[①]

——《浙东运河史》（上卷）彩色插页手迹

【索引词】绍兴；运河园；行舟；贺知章。

【导读】姚汉源为中国水利史学科奠基人。所著《京杭运河史》内附《浙东运河史考略》全文，分上、下篇，上篇叙述南宋之前浙东运河逐渐成型的过程，下篇叙述元、明、清三代运河变化。此诗歌系作者为绍兴运河园而作，后由甘稼泥书，雕刻在运河园入口照壁背面，正面为作者绘制的《宋代浙东运河示意图》。

〔近现代〕胡怀德

作者简介：胡怀德（1921—2004），抗日先辈，战争时期曾任浙江萧山梅北区委书记。

造地

地少人均只五分，萧山民众立雄心。穷则思变创奇迹，移山围海见真情。开山石炮震大地，填海吭声冲天庭。十万大军战海浪，万船运石山凿平。披星戴月长征路，数九寒冬不休兵。条条青石黄金价，担担泥土血汗淋。纵横堤坝伸大海，造地四十万亩零。劳动创造新世

---

① "唐贤"指唐代贺知章，"老大"取自《回乡偶书》"少（幼）小离家老大回"之句。

界，廿年围垦半县增。茫茫海涂变粮库，莽莽黄土变金银。寸金换来方寸地，留与子孙世代耕。

——《萧山土地志·丛录》

【索引词】杭州萧山；围垦。

〔近现代〕罗哲文

作者简介：罗哲文（1924—2012），四川宜宾人，曾任中国文物学会会长，中国人民政治协商会议第六、七、八届全国委员会委员。

绍兴古桥之多全国罕有价值重大与运河密切相关

天下古桥说绍兴，八字立交负盛名。最是纤桥世罕有，悠悠千载运河情。

——《浙东运河史》（上卷）彩色插页手迹

【索引词】绍兴；浙东运河；八字桥。

绍兴运河文化园补壁①

千古浙东大运河，至今千里泛清波。江南鱼米之乡地，众口同称赖此河。

——《浙东运河史》（上卷）彩色插页手迹

【索引词】绍兴；浙东运河；运河园。

【导读】2005年12月，罗哲文与郑孝燮、朱炳仁一起，向京杭运河沿岸18个城市的市长发出公开信，呼吁通过申报世界遗产，对大运河加以综合保护与利用。2008年6月，全国政协副主席陈奎元带队视察浙东运河，罗哲文是主要成员。为鼓励和支持绍兴运河保护和申遗，罗哲文先后

---

① 自注：庚寅初夏，年方八十七岁。

题词作诗，真迹题刻立于运河之畔。

〔近现代〕张学理

作者简介：张学理，字席珍。1924年10月生，湖南省永州市人，毕业于浙江大学。浙江省诗词与楹联学会名誉副会长。

西江月·萧山围垦区

往昔沧溟辽阔，而今阡陌连绵，稻香鱼跃庆丰年，望处葱茏一片。玉砌雕栏田舍，清溪碧水篷船，游人莫误作桃源，当代愚公创建。

——《萧山土地志·丛录》

【索引词】杭州萧山；围垦。

〔近现代〕潘家铮

作者简介：潘家铮（1927—2012），绍兴人，1950年毕业于浙江大学土木系。水利电力部、能源部总工程师，被称为"新中国第一代水电人""三峡大坝的总设计师"等。科幻小说作家，两院院士，中国工程院副院长。

浙东古运河整治纪盛

舟船辐辏，纤道蜿蜒。工商并茂，河海相连。新容旧貌，碧水蓝天。懿欤盛世，欲赋忘言。

——《浙东运河史》（上卷）彩色插页手迹

【索引词】杭州；绍兴；宁波；纤道；行舟。

【导读】潘家铮关心绍兴家乡的发展尤其是水利事业。他三次参加曹娥江大闸专家组活动，命名大闸为"中国第一河口大闸"并题词，为《中国第一河口大闸——曹娥江大闸建设纪实》一书作序。在 21 世纪初浙东运河绍兴"运河园"建设中,到现场指导工作,并题《浙东古运河整治纪盛》。

〔近现代〕王峥

作者简介:王峥(1944—),原名德亮,余杭人。1966 年毕业于杭州大学中文系。中学高级教师。浙江省诗词与楹联学会理事。

长河老街一瞥

长河一瞥旧街巷,古邑千年风物长。学士门墙连曲径,大夫第宅带斜阳。[1]人从唐宋桥边走,诗在康乾碑后藏。回首依稀槐影里,经霜老菊正飘香。[2]

——蒋荫炎编《长河诗浪》2007 年版 41—42 页

【索引词】杭州滨江;长河老街。

〔近现代〕朱超范

作者简介:朱超范(1948—),号於越散人,别署渔浦痴叟,浙江野草诗社社长,萧山诗词楹联学会会长。咏撰《凤岭吟笺》《湘湖行吟》《湘湖风韵五百咏》《西湖拾韵五百咏》《钱塘龙韵五百咏》《砥砺吟行》诗词集六部,集成《於越散人吟草》丛书。

---

① 原注:长河虽只是一村镇,但人才辈出,旧有府第"九厅十三堂"。
② 原注:长河岸古时遍植槐树,至今仍有街名槐街。

萧绍运河赓吟咏

其一

禹陵舜庙使山巍，冠盖何须说帝都。莎雨迷楼牵宋韵，霜葭别浦入唐诗。道于尘土难成癖，乐在林泉未必痴。云碧天高飞白鹤，终留歌舞对西施。

其二

南北谁连古运河，波通萧绍意如何。江郎梦笔桥头望，许氏祇园寺里过。两岸烟花春雨沐，万家杨柳晚晴多。当时若问避炎暑，此处清风伴棹歌。

其三

乡心莫遣到邗沟，底事无停向北流。寒色青天牵锦缆，潮声沧海启轻舟。吴人难诉当年恨，越国长传今日秋。碧水滔滔东浙①去，波光倒影已难休。

其四

一派澄波合翠浓，运河杨柳绕青空。道心最渴为狂客，国事虽宜奈放翁。旷达终惭霜色里，风流偏落雨声中。陈年往事烟尘外，记录无须太史公。

其五

官河北望接京杭，历史羁留古驿旁。夏履穿堤青嶂阔，曹娥涌浪玉虹长。一帆风露无秋涨，六月蒹葭有暑凉。满眼沧波船底在，无须海上阅沧桑。

其六

洪水滔滔谁伏波，秦皇亲祭向天歌。夏时大禹平狂潦，晋代马臻

---

① 疑当作"浙"。

开运河。北海赓修春日朗,西江续筑好风多。今翻文献寻诗眼,翰墨高擎铁砚磨。

其七

欲步临江古驿楼,通津芳草引龙舟。当询东海门何在,莫说西兴水尚流。暮雪应该生极浦,寒霜恐已落沧洲。柳边又见垂纶者,空结青云独自愁。

其八

旅人皆识萧山县,非是烟波别有情。东峤曦升沧海赤,西陵潮落浙江清。津关铁岭秋风急,古驿碑亭夜月明。欲问鸥夷何处去,素车白马向溟瀛。

其九

总被春风绕柳条,樟亭驿上弄清箫。运河雨密恩光厚,古道云疏景色饶。树植江边蓄洪水,沙沉堤外对强潮。樯帆几点天空阔,欲去东瀛莫说遥。

其十

舟入官河路暂分,乡关有渡转愁闻。当寻隐逸许玄度,也访风流王右军。潮落城山迷古垒,霞披浙水带寒云。蓬迹长怜悬月影,方外人间两界分。

十一

春风相对云千里,暮雨扪怀天一涯。北固涛程缘有酒,西陵柳路岂无诗。未瞻文种青山庙,却见灵胥白马驰。借问当年沼吴日,六千君子可镌碑。

十二

风吹津渡去来船,山会平原草带烟。落日看碑生古意,深秋探韵识新篇。句吴丝管清流外,於越虹霓夕照前。抬望孤云落何处,一帆碧水远浮天。

十三

千古悠悠水运忙，漂浮浪色比帆长。晴分碧落飞秋雁，晚出苍山送夕阳。故事风流于梦老，烟波浩渺共云荒。诗题吟罢蓦回首，此处河川是故乡。

十四

清波远望白云齐，眼底风光落燕泥。春草沙埋定山浦，暑荷蕊破若耶溪。沿河翠柳知谁种，隔叶黄莺向我啼。雨漫五湖烟水阔，行人恐会被花迷。

十五

古驿楼高望眼开，云帆载得好风来。山川就此可一醉，岁月如何能再回。鸥鹭几群江上去，烟霞两岸日边隈。滔滔不绝随今古，与水东流亦壮哉。

十六

迤逦长河湿碧芜，莺啼杨柳绿阴舒。琼楼雅致笙歌绕，玉笛风流画舸孤。酒绿几尊酬墨客，山青万里走纤夫。问君可有神行术，浩渺沧波一步趋。

十七

垂杨芳草落杭州，此处关山独倚楼。官渡风和随翠岭，驿亭雨急枕黄流。青天张夏千祠祭，沧海钱镠万弩秋。应有余波方潋滟，宋皇胜日锦帆游。

十八

走访关山隐迹存，无须怀古一凭轩。拉拖舟楫凭牛埭，启闭航行设水门。渡可通津官府办，闸能调控庶黎欣。苍天原不知秦汉，欲种桑麻春色繁。

十九

杨柳官桥耐仰攀，东南漕运出乡关。涨增潘水来犹急，合汇钱江去不还。芳草怀人过铁岭，长船载酒问萧山。西风薄暮吹偏紧，芦笛情深夕更殷。

二十

垂杨叶底自鸣珂，云淡风轻紫气和。闻堰澄澜生嫩草，姚江暮雨动微波。老塘北海逢春早，古驿钱清送暖多。相对稽山怀禹迹，笙簧拾掇可赓歌。

【索引词】杭州萧山；萧绍运河；行舟。

【导读】组诗二十首，每一首都紧贴运河，横描竖写，颇多佳句，意欲速览，不忍隔行。

〔近现代〕冯建荣

作者简介：冯建荣（1963—），上虞人，工商管理硕士。绍兴市政协原副主席，绍兴市文史研究馆馆长。

清平乐·绍兴运河

岁密月稠，流长底蕴厚。一叶扁舟成诗路，功德播惠神州。　　而今瞩目全球，万众跃跃欲游。但待殷勤呵护，更得景美人悠。

——《通江达海，好运天下：浙东运河博物馆文本解读》（下）

【索引词】绍兴；运河；行舟。

【导读】作者《浙东运河史》序："《浙东运河史》出版，可庆可贺，运河文化，又添浓笔重彩。欣喜之中，将自己所填《清平乐·绍兴运河》，作为本序的结语。"自注：拙词作于2013年6月5日。

〔近现代〕佚名

浙东古运河造船工人赞

环保如今意识新，烈日船工锯斧抡。偕妻携帐驻工地，挥汗断料见精神。滑轮采自洞头港，杉木伐向庆元峰。点线力求计精确，刨花飞舞卷蛰龙。麻灰填缝听交响，螺栓放眼寸尺匀。香樟纹理合弧度，墨斗线直旋辐轮。龙骨钢钉铆力作，帆裙桅索顺风横。内舱高低分错落，外舷进出古韵生。梯盘按谱七八寸，榫卯紧配十二分。背顶栏杆双柱立，篛篷编竹六花纹。亭角飞檐古法旧，天棚井藻宋版新。五金匹配黄铜件，七彩亮化绿纱灯。妙手蓬莱添画桨，巨艨水驿靠埠心。项目功成喜孜孜，技法流传含莘莘。国道飚车走水马，舷窗品茗可怡神。离家千里露餐宿，蓄意越城绝艺陈。纤①道踏歌走大武，铁锚到底定乾坤。八方瞩目河岸美，百姓回眸景点新。词人恨非生此世，运河晓月宜哦吟。待到明春堤拂柳，中外游侣定牵襟！

——《通江达海，好运天下：浙东运河博物馆文本解读》（下）

【索引词】杭州；绍兴；宁波；纤道；行舟。

【导读】《浙东运河绍兴运河园整治简讯》第二十八期（2003年9月25日）编者按："古运河工程自去年10月开工以来，日前已基本竣工……近日，风帆组船创作人员赋诗一首，抒发了船工的真实情感，记载了制作过程，表达了对古运河优美环境的仰慕之情。"

---

① 原作"牵"。

附录一　赋

〔南朝宋〕谢灵运

山居赋（自注）

古巢居穴处曰岩栖，栋宇居山曰山居，在林野曰丘园，在郊郭曰城傍，四者不同，可以理推。言心也，黄屋实不殊於汾阳；即事也，山居良有异乎市廛。抱疾就闲，顺从性情，敢率所乐，而以作赋。扬子云云：诗人之赋丽以则。文体宜兼，以成其美。今所赋既非京都宫观游猎声色之盛，而叙山野草木水石谷稼之事，才乏昔人，心放俗外，咏於文则可勉而就之，求丽邈以远矣。览者废张、左之艳辞，寻台、皓之深意，去饰取素，傥值其心耳。意实言表，而书不尽，遗迹索意，托之有赏。其辞曰：

谢子卧病山顶，览古人遗书，与其意合，悠然而笑曰：夫道可重，故物为轻；理宜存，故事斯忘。古今不能革，质文咸其常。合宫非缙云之馆，衢室岂放勋之堂。迈深心於鼎湖，送高情於汾阳。嗟文成之却粒，愿追松以远游。嘉陶朱之鼓棹，乃语种以免忧。判身名之有辨，权荣素其无留。孰如牵犬之路既寡，听鹤之涂何由哉。①

若夫巢穴以风雨贻患，则《大壮》以栋宇祛弊；宫室以瑶璇致美，则白贲以丘园殊世。惟上托於岩壑，幸兼善而罔滞。虽非朝市而寒暑均和，虽是筑构而饰朴两逝。②

昔仲长愿言，流水高山；应璩作书，邙阜洛川。势有偏侧，地阙周员。铜陵之奥，卓氏充鍫槻③之端；金谷之丽，石子致音徽之观。徒形域之荟蔚，惜事异於栖盘。至若凤、丛二台，云梦、青丘，漳渠、淇园、橘林、长洲，虽千乘之珍苑，孰嘉遁之所游。且山川之未备，亦何义於兼求。④

---

① 理以相得为适，古人遗书，与其意合，所以为笑。孙权亦谓周瑜公瑾与孤意合。夫能重道则轻物，存理则忘事，古今质文可谓不同，而此处不异。缙云、放勋不以天居为所乐，故离宫、衢室，皆非淹留，鼎湖、汾阳，乃是所居。之文成、张良，却粒弃人间事，从赤松子游。陶朱、范蠡，临去之际，亦语文种云云。谓二贤既权荣素，故身名有判也。牵犬，李斯之叹；听鹤，陆机领成都众大败后，云思闻华亭鹤唳，不可复得。

② 《易》云，上古穴居野处，后世圣人易之以宫室，上栋下宇，以蔽风雨，盖取诸《大壮》。璇堂自是素，故曰白贲最是上爻也。此堂世异矣。谓岩壑道深於丘园，而不为巢穴，斯免□□得寒暑之适，虽是筑构，无妨非朝市云云。

③ 槻，一种树，意义不合。明万历版《谢康乐集》作"摡"，是。《扬子·方言》：鍫摡，栽也。

④ 仲长子云：欲使居有良田广宅，在高山流水之畔。沟池自环，竹木周布，场圃在前，果园在后。应璩与程文信书云：故求道田，在关之西，南临洛水，北据邙山，托崇岫以为宅，因茂林以为荫。谓二家山居，不得周员之美。扬雄《蜀都赋》云：铜陵衍。卓王孙采山铸铜，故《汉书·货殖传》云：卓氏之临邛，公擅山川。扬雄《方言》：梁、益之间裁木为器曰鍫，裂帛为衣曰摡。金谷，石季伦之别庐，在河南界，有山川林木池沼水碓。其镇下邳时，过游赋诗，一代盛集。谓二地虽珍丽，然制作非栖盘之意也。凤台，秦穆公时秦女所居，以致萧史。丛台，赵之崇馆。张衡谓赵筑丛台於前，楚建章华於后。楚之云梦，大中□居《长饮赋》：楚灵王游云梦之中，息於荆台之上。前方淮之水，左洞庭之波，右顾彭蠡之涛，南望巫山之阿，遂造章华之台。亦见诸史。淮南青丘，齐之海外，皆猎所。司马相如云：秋田乎青丘，彷徨乎海外。漳渠，史起为魏文侯所起，溉水之所。淇园，卫之竹园，在淇水之澳，《诗》人所载。橘林，蜀之园林，扬子云《蜀都赋》亦云橘林。左太冲谓户有橘柚之园。长洲，吴之苑囿，左亦谓长洲之茂苑，因江海洲渚以为苑囿。□□□□□□□□故□表此园之珍静。千乘宴嬉之所，非幽人憩止之乡，且山川亦不能兼茂，随地势所遇耳。

览明达之抚运，乘机缄而理默。指岁暮而归休，咏宏徽於刊勒。狭三闾之丧江，矜望诸之去国。选自然之神丽，尽高栖之意得。[①]

仰前哲之遗训，俯性情之所便。奉微躯以宴息，保自事以乘闲。愧班生之凤悟，惭尚子之晚研。年与疾而偕来，志乘拙而俱旋。谢平生於知游，捷清旷於山川。[②]

其居也，左湖右江，往渚还汀。面山背阜，东阻西倾。抱含吸吐，款跨纡萦。绵联邪亘，侧直齐平。[③]

近东则上田、下湖，西溪、南谷，石墣、石滂，闵硎、黄竹。决飞泉於百仞，森高薄於千麓。写长源於远江，派深毖於近渎。[④]

近南则会以双流，萦以三洲。表里回游，离合山川。崿崩飞於东峭，槃傍薄於西阡。拂青林而激波，挥白沙而生涟。[⑤]

近西则杨、宾接峰，唐皇连纵。室、壁带溪，曾、孤临江。竹缘

---

① 余祖车骑建大功淮、肥，江左得免横流之祸。后及太傅既薨，建图已辍，於是便求解驾东归，以避君侧之乱。废兴隐显，当是贤达之心，故选神丽之所，以申高栖之志。经始山川，实基於此。

② 谓经始此山，遗训於后也。性情各有所便，山居是其宜也。《易》云：向晦入宴息。庄周云：自事其心。此二是其所处。班嗣本不染世，故曰凤悟；尚平未能去累，故曰晚研。想迟二人，更以年衰疾至。志寡求拙曰事，并可山居。曰与知游别，故曰谢平生；就山川，故曰栖清旷。

③ 枚乘曰：左江右湖，其乐无有。此吴客说楚公子之词。当谓江都之野，彼虽有江湖而乏山岩，此忆江湖左右与之同，而山岳形势，池城所无也。往渚还汀，谓四面有水；面山背阜，亦谓东西有山，便是四水之里也。抱含吸吐，谓中央复有川。款跨纡萦，谓边背相连带。迂回处谓之邪亘，平正处谓之侧直。

④ 上田在下湖之水口，名为田口。下湖在田之下下处，并有名山川。西溪、南谷分流，谷郭水畎入田口。西溪水出宁县西谷郭，是近山之最高峰者，西溪便是□之背。入西溪之里，得石墣，以石为阻，故谓为墣。石滂在西溪之东，从县南入九里，两面峻峭数十丈，水自上飞下。北至外溪，封墱十数里，皆飞流迅激，左右岩壁绿竹。闵硎，在石滂之东溪，逶迤下注良田。黄竹与其连，南界莆中也。

⑤ 双流，谓剡江及小江，此二水同会於山南，便合流注下。三洲在二水之口，排沙积岸，成此洲涨。表里离合，是其貌状也。崿者，谓回江岑，在其山居之南界，有石跳出，将崩江中，行者莫不骇栗。槃者，是县故治之所，在江之□□用槃石竟渚，并带青林而连白沙也。

浦以被绿，石照涧而映红。月隐山而成阴，木鸣柯以起风。①

近北则二巫结湖，两智通沼。横、石判尽，休、周分表。引修堤之逶迤，吐泉流之浩漾。山巇下而回泽，濑石上而开道。②

远东则天台、桐柏，方石、太平，二韭、四明，五奥、三菁。表神异於纬牒，验感应於庆灵。凌石桥之莓苔，越楢溪之纤萦。③

远南则松箴、栖鸡，唐嵫、漫石。崒、嵊对岭，岊、孟分隔。入极浦而邅回，迷不知其所适。上嶔崎而蒙笼，下深沉而浇激。④

远西则（阙四十四字）。

远北则长江永归，巨海延纳。昆涨缅旷，岛屿绸沓。山纵横以布护，水回沈而萦洇。信荒极之绵眇，究风波之暌合。⑤

————————

① 杨中、元宾，并小江之近处，与山相接也。唐皇便从北出。室，石室，在小江口南岸。壁，小江北岸。并在杨中之下。壁高四十丈，色赤，故曰照涧而映红。曾山之西，孤山水南，王子所经始，并临江，皆被以绿竹。山高月隐，便谓为阴；鸟集柯鸣，便谓为风也。

② 大小巫湖，中隔一山。外周回，在圻西北。边浦出江，并是美处。义熙中，王穆之居大巫湖，经始处所犹在。两皆长溪，外出山之后四五里许，里亦隔一山，出新墪。横山，野舍之北面。常石，野舍之西北。巫湖旧唐，故曰修堤。长溪甚远，故曰泉流。常石几□□□故曰下几而回泽。里漫石数里，水从上过，故曰濑石上而开道。休山东北，周里山在休之南，并是北边。

③ 天台、桐柏，七县余地，南带海。二韭、四明、五奥，皆相连接，奇地所无，高於五岳，便是海中三山之流。韭以菜为名。四明、方石，四面自然开窗也。五奥者，昙济道人、蔡氏、郗氏、谢氏、陈氏各有一奥，皆相倚角，并是奇地。三菁，太平之北。太平，天台之始。方石，直上万丈，下有长溪，亦是缙云之流云。此诸山并见图纬，神仙所居。往来要径石桥，过楢溪，人迹之艰，不复过此也。

④ 栖鸡，在保口之上，别浦入其中，周回甚深，四山之里。松箴，在栖鸡之上，缘江。唐嵫入太平水路，上有瀑布数百丈。漫石，在唐嵫下，郗景兴经始精舍，亦是名山之流。崒、嵊与分界，去山八十里，故曰远南。前岭鸟道，正当五十里高，左右所无，就下地形高，乃当不称。远望山甚奇，谓白烁尖者最高，下有良田，王敬弘经始精舍。昙济道人住孟山，名曰孟墢，芋署之疄田。清溪秀竹，回开巨石，有趣之极。此中多诸浦涧，傍依茂林，迷不知所通，嶔崎深沉，处处皆然，不但一处。

⑤ 江从山北流，穷上虞界，谓之三江口，便是大海。老子谓海为百谷王，以其善处下也。海人谓孤山为昆。薄洲有山，谓之岛屿，即洲也。涨者，沙始起将欲成屿，纵横无常，於一处回沉相萦扰也。大荒东极，故为荒极。风波不恒，为暌合也。

徒观其南术之□□□□生巇□成衍缘岸测深，相渚知浅。洪涛满则曾石没，清澜减则沉沙显。及风兴涛作，水势奔壮。于岁春秋，在月朔望。汤汤惊波，滔滔骇浪。电激雷崩，飞流洒漾。凌绝壁而起岑，横中流而连薄。始迅转而腾天，终倒底而见墼。此楚贰心醉於吴客，河灵怀惭於海若。①

尔其旧居，曩宅今园，粉槿尚援，基井具存。曲术周乎前后，直陌蠹其东西。岂伊临溪而傍沼，乃抱阜而带山。考封域之灵异，实兹境之最然。茸骈梁於岩麓，栖孤栋於江源。敞南户以对远岭，辟东窗以瞩近田。田连冈而盈畴，岭枕水而通阡。②

阡陌纵横，塍埒交经。导渠引流，脉散沟并。蔚蔚丰秋，苾苾香粳。送夏蚤秀，迎秋晚成。兼有陵陆，麻麦粟菽。候时占节，递蓺递熟。供粒食与浆饮，谢工商与衡牧。生何待於多资，理取足於满腹。③

自园之田，自田之湖。泛滥川上，缅邈水区。浚潭涧而窈窕，除菰洲之纤余。怂温泉於春流，驰寒波而秋徂。风生浪於兰渚，日倒影於椒涂。飞渐榭於中沚，取水月之欢娱。旦延阴而物清，夕栖芬而气敷。顾情交之永绝，觊云客之暂如。④

水草则萍藻蕴葵，萑蒲芹蒸，兼菰苹蘩，蓤荇菱莲。虽备物之偕美，独扶渠之华鲜。播绿叶之郁茂，含红敷之缤翻。怨清香之难留，

---

① 南术是其临江旧宅，门前对江，三转曾山，路穷四江，对岸西面常石。此二山之间，西南角岸孤山，此二山皆是狭处，故曰生。勇门以南上便大阖，故曰成衍。岸高测深，渚下知浅也。江中有孤石沉沙，随水增减，春秋朔望，是其盛时。故枚乘云，楚太子有疾，吴客问之，举秋涛之美，得以瘳病。太子，国之储贰，故曰楚贰。河灵，河伯居河，所谓河灵。惭於海若，事见庄周《秋水篇》。

② 茸室在宅里山之东麓，东窗瞩田，兼见江山之美。三间故谓之骈梁。门前一栋，枕上存江之岭，南对江上远岭。此二馆属望，殆无优劣也。

③ 许由云：偃鼠饮河，不过满腹。谓人生食足，则欢有余，何待多须邪？工商衡牧，似多须者，若少私寡欲，充命则足。但非田无以立耳。

④ 此皆湖中之美，但患言不尽意，万不写一耳。诸涧出源入湖，故曰浚潭涧。涧长是以窈窕。除菰作洲，洲言所以纤余也。

矜盛容之易阑。必充给而后搴，岂蕙草之空残。卷《弦》之逸曲，感《江南》之哀叹。秦筝倡而溯游往，《唐上》奏而旧爱还。①

《本草》所载，山泽不一。雷、桐是别，和、缓是悉。参核六根，五华九实。二冬并称而殊性，三建异形而同出。水香送秋而擢蒨，林兰近雪而扬猗。卷柏万代而不殒，茯苓千岁而方知。映红葩於绿蒂，茂素蕤於紫枝。既住年而增灵，亦驱妖而斥疵。②

其竹则二箭殊叶，四苦齐味。水石别谷，巨细各汇。既修竦而便娟，亦萧森而蓊蔚。露夕沾而凄阴，风朝振而清气。互捎云以拂杪，临碧潭而挺翠。蔑上林与淇澳，验东南之所遗。企山阳之游践，迟鸳鹭之栖托。忆昆园之悲调，慨伶伦之哀篇。卫女行而思归咏，楚客放而防露作。③

其木则松柏檀栎，□□桐榆。㮚柘谷栋，楸梓柽樗。刚柔性异，贞脆质殊。卑高沃塉，各随所如。干合抱以隐岑，杪千仞而排虚。凌冈上而乔竦，荫涧下而扶疏。沿长谷以倾柯，攒积石以插衢。华映水而增光，气结风而回敷。当严劲而葱倩，承和煦而芬腴。送坠叶於秋

---

① 搴出《离骚》。《弦》是《采菱歌》。《江南》是《相和曲》，云江南采莲。秦筝唱《兼葭篇》，《唐上》奏《蒲生》诗，皆感物致赋。鱼藻苹蘩荇亦有诗人之咏，不复具叙。

② 《本草》所出药处，於今不复依，随土所生耳。此境出药甚多，雷公、桐君，古之采药。医缓，古之良工，故曰别悉。参核者，双核桃杏仁也。六根者，苟七根、五茄根、葛根、野葛根、□□根也。五华者，董华、芫华、櫖华、菊华、旋覆华也。九实者，连前实、槐实、柏实、菟丝实、女贞实、蛇床实、蔓荆实、蓼实、□□也。二冬者，天门、麦门冬。三建者，附子、天雄、乌头。水香，兰草。林兰，支子。卷柏、茯苓，并皆仙物。凡此众药，事悉见於《神农》。

③ 二箭，一者苦箭，大叶；一者笋箭，细叶。四苦，青苦、白苦、紫苦、黄苦。水竹，依水生，甚细密，吴中以为宅援。石竹，本科丛大，以充屋椽，巨者竿挺之属，细者无箸之流也。修竦、便娟、萧森、蓊蔚，皆竹貌也。上林，关中之禁苑，淇澳，卫地之竹园，方此皆不如。东南会稽之竹箭，唯此地最富焉。山阳，竹林之游；鸳鹭，栖食之所。昆山之竹任为笛，黄帝时，伶伦斩其厚均者吹之，为黄钟之宫。卫女思归，作《竹竿》之诗，楚人放逐，东方朔感江潭而作《七谏》。

晏，迟含蕈於春初。①

植物既载，动类亦繁。飞泳骋透，胡可根源。观貌相音，备山川。寒燠顺节，随宜匪敦。②

鱼则鳗鳢鲋鱮，鳟鲩鲢鳊，鲂鲉鲨鳜，鲭鲤鲻鳢。辑采杂色，锦烂云鲜。唼藻戏浪，泛符流渊。或鼓鳃而湍跃，或掉尾而波旋。鲈鮆乘时以入浦，鳡鮧沿濑以出泉。③

鸟则鹍鸿鸐鹢，鹙鹭鸨鶬。鸡鹊鸐鸟绣质，鸀鷈绶章。晨凫朝集，时鷩山梁。海鸟违风，朔禽避凉。黄生归北，霜降客南。接响云汉，侣宿江潭。聆清哇以下听，载王子而上参。薄回涉以弁翰，映明墼而自耽。④

山上则猿獌狸玃，犴獌猰貐。山下则熊罴豺虎，羱鹿麇麖。掷飞枝於穷崖，踔空绝於深砌。蹲谷底而长啸，攀木杪而哀鸣。⑤

---

① 皆木之类，选其美者载之。山脊曰冈。冈上涧下，长谷积石，各随其方。《离骚》云：青春受谢。白日昭只。《诗》云蕈不韡韡也。
② 草、木、竹，植物。鱼、鸟、兽，动物。兽有相种，有腾者，有走者。走者骋，腾者透。谓种类既繁，不可根源，但观其貌状，相其音声，则知山川之好。兴节随宜，自然之数，非可敦戒也。
③ 鳗音优。鳢音礼。鲋音附。鱮音叙。鳟音寸衮反。鲩音睆。鲢音连。鳊音惢仙反。鲂音房。鲉音宥。鲨音沙。鳜音居缀反。鲭音上羊反。鲻音比之反。鳢音竹佫反。皆《说文》《字林》音。《诗》云：锦衾有烂。故云锦烂。鲈鮆乘时鱼。鳡音感。音迅。皆出溪中日上，恒以为玩。
④ 鹍音昆。鸿音洪。鸐音溢。《左传》云：六鹢退飞，字如此。鹢音下竺反。鹙音秋。鹭音路。鸨音保。鶬音相。唐公之马，与此鸟色同，故谓为鶬，音相。鸡鹊鸐鸟，见张茂先《博物志》。鸀音翟，亦雉之美者，此四鸟并美采质。凫音符，野鸭也，常待晨而飞。鷩音已消反，长尾雉也。《论语》云：山梁雌雉，时哉时哉。海鸟爱居，臧文仲不知其鸟，以为神也。事见《左传》。朔禽，雁也，寒月转往衡阳。《礼记》，霜始降，雁来宾。岁暮云，雁北向。政是阳初生时，黄生归北，霜降客南。山鸡，映水自玩其羽仪者。
⑤ 猿音袁。獌音魂。狸音力之反。玃音火丸反。犴音立悬反。獌音曼，似獌而长，狼之属，一曰犲。猰音安黠反。貐音弋生反，狸之黄黑者，一曰似狋。豺音在皆反。羱音元，野羊大角。麇音鬼氓反。麖音京，能踔掷。虎长啸，猿哀鸣，鸣声可玩。

缗纶不投，罝罗不披。磻弋靡用，蹄筌谁施。鉴虎狼之有仁，伤遂欲之无崖。顾弱龄而涉道，悟好生之咸宜。率所由以及物，谅不远之在斯。抚鸥而悦豫，杜机心於林池。①

敬承圣诰，恭窥前经。山野昭旷，聚落膻腥。故大慈之弘誓，拯群物之沦倾。岂寓地而空言，必有贷以善成。钦鹿野之华苑，羡灵鹫之名山。企坚固之贞林，希庵罗之芳园。虽粹容之缅邈，谓哀音之恒存。建招提於幽峰，冀振锡之息肩。庶镫王之赠席，想香积之惠餐。事在微而思通，理匪绝而可温。②

爰初经略，杖策孤征。入涧水涉，登岭山行。陵顶不息，穷泉不停。栉风沐雨，犯露乘星。研其浅思，罄其短规。非龟非筮，择良选奇。翦榛开迳，寻石觅崖。四山周回，双流逶迤。面南岭，建经台；倚北阜，筑讲堂。傍危峰，立禅室；临浚流，列僧房。对百年之高木，纳万代之芬芳。抱终古之泉源，美膏液之清长。谢丽塔於郊郭，殊世间於城傍。欣见素以抱朴，果甘露於道场。③

苦节之僧，明发怀抱。事绍人徒，心通世表。是游是憩，倚石构草。寒暑有移，至业莫矫。观三世以其梦，抚六度以取道。乘恬知以寂泊，含和理之窈窕。指东山以冥期，实西方之潜兆。虽一日以千载，

---

① 八种皆是鱼猎之具。自少不杀，至乎白首，故在山林中，而此欢永废。庄周云，虎狼仁兽，岂不父子相亲。世云虎狼暴虐者，政以其如禽兽，而人物不自悟其毒害，而言虎狼可疾之甚，苟其遂欲，岂复崖限。自弱龄奉法，故得免杀生之事。苟此悟万物好生之理。《易》云：不远复，无祇悔。庶乘此得以入道。庄周云，海人有机心，鸥鸟舞而不下。今无害彼之心，各悦豫於林池也。

② 贾谊《吊屈原》云：恭承嘉惠。敬承，亦此之流。聚落是墟邑，谓歌哭诤讼，有诸喧哗，不及山野为僧居止也。经教欲令在山中，皆有成文。老子云：善贷且善成。此道惠物也。鹿苑，说《四真谛》处。灵鹫山，说《般若法华》处。坚固林，说泥洹处。庵罗园，说不思议处。今旁林蓻园制苑，彷彿在昔，依然托想，虽粹容缅邈，哀音若存也。招提，谓僧不能常住者，可持作坐处也。所谓息肩。镫王、香积，事出《维摩经》。《论语》云：温故知新。理既不绝，更宜复温，则可待为己之日用也。

③ 云初经略，躬自履行，备诸苦辛也。罄其浅短，无假於龟筮，贫者既不以丽为美，所以即安茅茨而已。是以谢郊郭而殊城傍。然清虚寂寞，实是得道之所也。

犹恨相遇之不早。①

　　贱物重己，弃世希灵。骇彼促年，爱是长生。冀浮丘之诱接，望安期之招迎。甘松桂之苦味，夷皮褐以颓形。羡蝉蜕之匪日，抚云霓其若惊。陵名山而屡憩，过岩室而披情。虽未阶於至道，且缅绝於世缨。指松菌而兴言，良未齐於殇彭。②

　　山作水役，不以一牧。资待各徒，随节竞逐。陟岭刊木，除榛伐竹。抽笋自篁，摘箬于谷。杨胜所拮，秋冬蕴获。野有蔓草，猎涉蘡薁。亦酝山清，介尔景福。苦以木成，甘以槠熟。慕椹高林，剥茋岩椒。掘蓨阳崖，摘鲜阴摽。昼见搴茅，宵见索绹。芰菰蒪蒲，以荐以荄。既坺既埏，品收不一。其灰其炭，咸各有律。六月采蜜，八月扑栗。备物为繁，略载靡悉。③

　　若乃南北两居，水通陆阻。观风瞻云，方知厥所。④

　　南山则夹渠二田，周岭三苑。九泉别涧，五谷异巘。群峰参差出其间，连岫复陆成其坂。众流溉灌以环近，诸堤拥抑以接远。远堤兼陌，近流开湍。凌阜泛波，水往步还。还回往匝，枉渚员峦。呈美表趣，胡可胜单。抗北顶以葺馆，殷南峰以启轩。罗曾崖於户里，列镜

---

① 谓昙隆、法流二法师也。二公辞恩爱，弃妻子，轻举入山，外缘都绝，鱼肉不入口，粪扫必在体，物见之绝叹，而法师处之夷然。诗人西发不胜造道者，其亦如此。往石门瀑布中路高栖之游，昔告离之始。期生东山，没存西方。相遇之欣，实以一日为千载，犹慨恨不早。

② 此一章叙仙学者虽未及佛道之高，然出於世表矣。浮丘公是王子乔师，安期先生是马明生师，二事出《列仙传》。《洞真经》云：今学仙者亦明师以自发悟，故不辞苦味颓形也。庄周云：和以天倪。倪者，崖也。数经历名山，遇余岩室，披露其情性，且获长生。方之松菌殇彭，邈然有间也。

③ 此一章谓是山作及水役采拾诸事也。然渔猎之事皆不载。杨，杨桃也，山间谓之木子。蕴音覆，字出《字林》。《诗》人云：六月食郁及薁。猎涉字出《尔雅》。木，木酒，味苦。槠，槠酒，味甘，并至美，兼以疗病。槠治痢核，木治痰冷。椹音甚，味似菰菜而胜，刊木而作之，谓之慕。茋音及，采以为纸。蓨音倩，采以为溧。鲜音鲜，采以为饮。采蜜扑栗，各随其月也。

④ 两居谓南北两处，各有居止。峰峦阻绝，水道通耳。观风瞻云，然后方知其处所。

澜於窗前。因丹霞以赪楣，附碧云以翠椽。视奔星之俯驰，顾□□之未牵。鹍鸿翻翥而莫及，何但燕雀之翩翾。氿泉傍出，潺湲於东檐；槃壁对跱，硠砢於西雷。修竹葳蕤以翳荟，灌木森沈以蒙茂。萝蔓延以攀援，花芬薰而媚秀。日月投光於柯间，风露披清於巇岫。夏凉寒燠，随时取适。阶基回互，橑桱乘隔。此焉卜寝，玩水弄石。迩即回眺，终岁罔斁。伤美物之遂化，怨浮龄之如借。眇遁逸於人群，长寄心於云霓。^①

因以小湖，邻於其隈。众流所凑，万泉所回。泛滥异形，首愍终肥。别有山水，路邈缅归。^②

求归其路，乃界北山。栈道倾亏，蹬阁连卷。复有水迳，缭绕回员。弥弥平湖，泓泓澄渊。孤岸竦秀，长洲芊绵。既瞻既眺，旷矣悠然。及其二川合流，异源同口。赴隘入险，俱会山首。濑排沙以积丘，峰倚渚以起阜。石倾澜而捎岩，木映波而结薮。迳南潘以横前，转北崖而掩后。隐丛灌故悉晨暮，托星宿以知左右。^③

山川涧石，州岸草木。既摽异於前章，亦列同於后牍。山匪砠而是岵，川有清而无浊。石傍林而插岩，泉协涧而下谷。渊转渚而散芳，

---

① 南山是开创卜居之处也。从江楼步路，跨越山岭，绵亘田野，或升或降，当三里许。涂路所经见也，则乔木茂竹，缘畛弥阜，横波疏石，侧道飞流，以为寓目之美观。及至所居之处，自西山开道，迄於东山，二里有余。南悉连岭叠障，青翠相接，云烟霄路，殆无倪际。从径入谷，凡有三口。方壁西南石门世□南□池东南，皆别载其事。缘路初入，行於竹径，半路阔，以竹渠涧。既入东南傍山渠，展转幽奇，异处同美。路北东西路，因山为障。正北狭处，践湖为池。南山相对，皆有崖岩。东北枕壑，下则清川如镜，倾柯盘石，被陕映渚。西岩带林，去潭可二十丈许，葺基构宇，在岩林之中，水卫石阶，开窗对山，仰眺曾峰，俯镜浚壑。去岩半岭，复有一楼。迥望周眺，既得远趣，还顾西馆，望对窗户。缘崖下者，密竹蒙径，从北直南，悉是竹园。东西百丈，南北百五十五丈。北倚近峰，南眺远岭，四山周回，溪涧交过，水石林竹之美，岩岫嵚曲之好，备尽之矣。刊翦开筑，此焉居处，细趣密玩，非可具记，故较言大势耳。越山列其表侧傍缅□□为异观也。
② 沉滥、肥愍，皆是泉名，事见於《诗》。云此万泉所凑，各有形势。
③ 往返经过，自非岩涧，便是水径，洲岛相对，皆有趣也。

岸靡沙而映竹。草迎冬而结葩，树凌霜而振绿。向阳则在寒而纳煦，面阴则当暑而含雪。连冈则积岭以隐嶙，举峰则群竦以巉岩。浮泉飞流以写空，沈波潜溢於洞穴。凡此皆异所而咸善，殊节而俱悦。①

春秋有待，朝夕须资。既耕以饭，亦桑贸衣。艺菜当肴，采药救颓。自外何事，顺性靡违。法音晨听，放生夕归。研书赏理，敷文奏怀。凡厥意谓，扬较以挥。且列於言，诚特此推。②

北山二园，南山三苑。百果备列，乍近乍远。罗行布株，迎早候晚。猗蔚溪涧，森疏崖巘。杏坛、榛园，橘林、栗圃。桃李多品，梨枣殊所。枇杷林檎，带谷映渚。椹梅流芬於回峦，椑柿被实於长浦。③

畦町所艺，含蕊藉芳，蓼蕺蔓荓，葑菲苏姜。绿葵眷节以怀露，白薤感时而负霜。寒葱摽蒨以陵阴，春藿吐苕以近阳。④

弱质难恒，颓龄易丧。抚鬓生悲，视颜自伤。承清府之有术，冀在衰之可壮。寻名山之奇药，越灵波而憩辕。采石上之地黄，摘竹下之天门。撼曾岭之细辛，拔幽涧之溪荪。访钟乳於洞穴，讯丹阳於红泉。⑤

安居二时，冬夏三月。远僧有来，近众无阙。法鼓朗响，颂偈清发。散华霏蘂，流香飞越。析旷劫之微言，说像法之遗旨。乘此心之一豪，济彼生之万理。启善趣於南倡，归清畅於北机。非独惬於予情，

---

① 土山载石曰砠，山有林曰岵。此章谓山川众美，亦不必有，故总叙其最。居山之后事，亦皆有寻求也。

② 谓寒待绵纩，暑待绤纻，朝夕餐饮，设此诸业以待之。药以疗疾，又在其外，事之相推，自不得不然。至於听讲放生，研书敷文，皆其所好。韩非有《扬较》，班固亦云扬较古今，其义一也。左思曰：为左右扬较而陈之。

③ 庄周云：渔父见孔子杏坛之上。《维摩诘经》榛树园。扬雄《蜀都赋》云橘林。左太冲亦云：户有橘柚之园。桃李所植甚多，枣梨事出北河、济之间，淮、颍诸处，故云殊所也。

④ 葑菲，见《诗·柏舟》中。管子曰：北伐山戎，得寒葱。庾阐云：寒葱挺园，灌溉自供，不待外求者也。

⑤ 此皆住年之药，即近山之所出，有采拾，欲以消病也。

谅盦感於君子。山中兮清寂，群纷兮自绝。周听兮匪多，得理兮俱悦。寒风兮搔屑，面阳兮常热。炎光兮隆炽，对阴兮霜雪。愒曾台兮陟云根，坐涧下兮越风穴。在兹城而谐赏，博古今之不灭。①

好生之笃，以我而观。惧命之尽，吝景之欢。分一往之仁心，拔万族之险难。招惊魂於殆化，收危形於将阑。漾水性於江流，吸云物於天端。睹腾翰之颉颃，视鼓鳃之往还。驰骋者悦能狂愈，猜害者或可理攀。②

哲人不存，怀抱谁质。糟粕犹在，启縢剖帙。见柱下之经二，睹濠上之篇七。承未散之全朴，救已颓於道术。嗟夫。六艺以宣圣教，九流以判贤徒。国史以载前纪，家传以申世模。篇章以陈美刺，论难以核有无。兵技医日，龟策筮梦之法，风角冢宅，算数律历之书。或平生之所浏览，并於今而弃诸。验前识之丧道，抱一德而不渝。③

伊昔韶龀，实爱斯文。援纸握管，会性通神。诗以言志，赋以敷陈。箴铭诔颂，咸各有伦。爰暨山栖，弥历年纪。幸多暇日，自求诸己。研精静虑，贞观厥美。怀秋成章，含笑奏理。④

若乃乘摄持之告，评养达之篇。畏绝迹之不远，惧行地之多艰。均上皇之自昔，忌下衰之在旃。投吾心於高人，落实名於圣贤。广灭景於崆峒，许遁音於箕山。愚假驹以表谷，涓隐岩以搴芳。庚宅礴以葆和，

---

① 众僧冬夏二时坐，谓之安居，辄九十日。众远近聚萃，法鼓、颂偈、华、香四种，是斋讲之事。析说是斋讲之义。乘此之心，可济彼之生。南倡者都讲，北机者法师。山中静寂，实是讲说之处。兼有林木，可随寒暑，恒得清和，以为适也。

② 云物皆好生，但以我而观，便可知彼之情。吝景惧命，是好生事也。能放生者，但有一往之仁心，便可拔万族之险难。水性云物，各寻其生。老子云，驰骋田猎，令人心发狂。猜害者恒以忍害为心，见放生之理，或可得悟也。

③ 庄周云：轮扁语齐桓公，公之所读书，圣人之糟粕。縢者，《金縢》之流也。柱下，老子。濠上，庄子。二、七，是篇数也。云此二书，最有理，过此以往，皆是圣人之教，独往者所弃。

④ 谓少好文章，及山栖以来，别缘既阑，寻虑文咏，以尽暇日之适。便可得通神会性，以永终朝。

輿陟峨而善狂。莱庇蒙以织畚。徐韬魏而采芋。皓栖商而颐志，卿茂而敷词。郑别谷而永逝。梁去霸而长噫。高居唐而胥宇，台依崖而穴墇。咸自得以穷年，眇贞思於所遗。①

　　暨其窈窕幽深，寂寞虚远。事与情乖，理与形反。既耳目之靡端，岂足迹之所践。薀终古於三季，俟通明於五眼。权近虑以停笔，抑浅知而绝简。②

——《（万历）绍兴府志》卷十、《谢康乐集》卷一

【索引词】绍兴；山水；谢灵运。

〔宋〕王十朋

会稽风俗赋（并序）

　　昔司马相如作《上林赋》，设子虚、乌有先生、亡是公三人相答难。子虚，虚言也；乌有先生者，乌有是事也；亡是公者，亡是人也。故其词多夸而其事不实。如卢橘、黄柑之类，盖上林所无者，犹庄生之寓言也。余赋会稽，虽文采不足以拟相如之万一，然事皆实录。故设为子真、无妄

---

① 老子云：善摄生者。庄子云，谓之不善持生。又云，养生有无崖，达生者不务生之所无，奈何。绝迹，上皇，下衰，宾名，义亦皆出庄周。广成子在崆峒之上，黄帝之师也。许由隐於箕山，尧以天下让而不取。愚公居於驹皋，齐桓公逐鹿入山，见之。涓子隐於宕山，好饵朮，告伯阳《琴心》三篇。庚桑楚得老子之道，居畏礧之山。楚狂接舆，楚王闻其贤，使使者聘之，於是遂游诸名山，在蜀峨眉山上。徐无鬼岩栖，魏侯劳之，问：先生苦山林矣，乃肯见寡人。无鬼问：君绌嗜欲，屏好恶，则耳目察矣。常采芋栗。老莱子耕於蒙山之阳，著书十五篇，言道家之事，织畚为业。四皓避秦乱，入商洛深山，汉祖召不能出。司马长卿高才，而处世不乐预公卿大事，病免家居茂陵。郑子真耕隐谷口，大将军王凤礼聘不屈，遂与弟子别於山阿，终身不反。梁伯鸾隐霸陵山中，耕织以自娱，后复入会稽山。台孝威居武安山下，依崖为土室，采药自给。高文通居西唐山，从容自娱也。
② 谓此既非人迹所求，更待三明五通，然后可践履耳。故停笔绝简，不复多云，冀夫赏音悟夫此旨也。

先生、有君答问之辞。子真者，诚言也；无妄者，不虚也；有君者，有是事也。以反相如之说焉。

有客过越，自称子真，介于无妄先生，赞见於有君。谒入，乃膝而前曰："闻有君之名雅矣，今幸际颜色，聆话言，仆辄有请，君其听焉。君世家於越，以风流自命，业传《缃素》，才播歌咏，越之山川人物，古今风俗，载在君腹，愿闻其略，可乎？"有君乃敛衽肃容，谢曰：

"唯唯。客姑坐焉，吾以语尔。越於九域，分曰扬州。仰瞻天文，度当斗牛。在辰为丑，自夏而侯。郡於秦汉，霸於春秋。州於隋而使於唐，公有素而王有镠。因种山而中宅，廓蠡成而外州。龙楼翼而屹峙，石窦伏而巽流。法天门兮地户，惟昆仑兮是侔。实东南之大府，号天下之无仇^①。

"其山则郁郁苍苍，岩岩嵬嵬。磅礴蜿蜒，崔嵂岖崎。若骞若奔，若阖若开。或凸或凹，或阜或堆。或断而联，或昂而低。虎卧龟蹲，龙盘凤徊。舒为屏障，峙为楼台。掩映江湖，明灭云霓。八山中藏，千里周回。彭鲍名存，蛾马迹迷。巨者南镇，是为会稽。洞曰阳明，群仙所栖。石伞如张，石帆如扬。石箦如藏，石鹢如翔。石壁匪泥，石瓮匪携。香炉自烟，天柱可梯。韫玉有笥，降仙有台。禹穴窅而回探，葛岩蜚而自来。射堂丰凶之的，宛委日月之珪。应天上之玉衡，直海中之蓬莱。至若嵊山岢其东，涂山屹其西。阜至鄼蜀，龟来自齐。梅山乃隐吏之窟，纻罗盖西子之闺。五泄争奇於雁荡，四明竞秀於天台。五云中令之故居，十峰昙翼之招提。故越为之首兮，剡为之面兮。沃洲天姥，眉兮目兮。金庭桐柏，仙子宅兮。南明嵌崆，宝相涌兮。南岩嵯峨，海迹古兮。陟秦望而望秦兮，登洛思而思洛兮。采葛食蕨，敬吊前王兮，修竹茂林，缅想陈迹兮。连山如珠，秦皇之所驱兮；厓山

---

① 《梅溪集》卷一作"仇"。《会稽三赋》卷上作"厹"，并注："元微之诗：'会稽天下本无厹。'厹，渠尤切，匹也。"《会稽掇英总集》卷一作"俦"。

如玦，亚父之所割兮。北干隐兮明月在，东山卧兮白云迷。少微寂兮幽鸟怨，太白空兮野猿啼。

"其水则浩渺泓澄，散漫潆迂。涨焉而天，风焉而波。净焉如练，莹焉如磨。溢而为江，潴而为湖。为沼为沚，为潢为污。汇为陂泽，疏为沟渠。浸而田畴，淤而泥涂。生我稻粱，溉我果蔬。集有凫雁，戏有龟鱼。实有菱茨，香有芙蕖。鹢舟如击，马楫如驱。船龙夭矫，桥兽睢盱。堰限江河，津通漕输。航瓯舶闽，浮鄞达吴。浪桨风帆，千艘万舻。大武挽綍，五丁噪呼。榜人奏功，千里须臾。境绝利博，莫如鉴湖。有八百里之回环，灌九千顷之膏腴。浮贺监之家，浸允常之都。人在鉴中，舟行画图。五月清凉，人间所无。有菱歌兮声峭，有莲女兮貌都。日出兮烟销，渔郎兮啸呼。东泛曹江，哀彼孝娥。西观惊涛，吊夫子胥。概浦思夫概之封，翁洲访偓佺之庐。篝醪投兮沼吴国，扁舟去兮变陶朱。鼓樵风兮游若邪，兴雪棹兮寻隐居。禊事修兮筋兰渚，陶泓沐兮池戒珠。了溪凿兮禹功毕，刑塘筑兮长人诛。酌菲泉兮怀古，饮清白兮自娱。

"其物则有鱼盐之饶，竹箭之美。山涵海蓄，言其有几。贡入王室，利周遐迩。耕焉以火，耨焉以水。南风翼苗，翠浪千里。秠①稏一空，玉粒如峙。炊粳酿秫，既甘且旨。屦桑之奇，号为第一。龙精傫傫，吐丝满室。万草千花，机轴中出。绫纱缯縠，雪积缣匹。木则枫挺千丈，松封五夫。②桐柏合生，檫枲异隅。文梓梗楠，栎柞楮榆。连理之柯，合抱之株。乃斧乃斤，以舆以庐。乃有萧山陆吉，诸暨三如。胡楠成林，贺瓜满区。枣实全赤，檎腮半朱。火榧壳玉，樱桃荐珠。鸭脚舍黄，鸡头去卢。百益七绝之奇，双头四角之殊。蔗有昆仑之号，梅有官长之呼。蔓生则马乳蔂，土实则凫茈慈菰。野薇溪毛，园蔬木菌。湘湖之莼，箭里之笋。可荐可羞，采撷无尽。鳞虫水族，海生池

---

① 秠，同"䆉"（bà）。䆉稏，稻摇动貌。杜甫诗："罢亚百顷稻，西风吹半黄。"

② 原注：上虞有地名"五夫"，始皇封松木为五大夫之处。

养。丁首丙尾，皤腹缩项。赤鲩文鳢，玄鲫黄鳏。渔人骈集，以钩以网。羹金脍玉，不数熊掌。能言之鹜，善鸣之鹅。输芒之蟹，孕珠之赢。文身合氏之子，跛足从事之徒，街填巷委，与土同多。异兽珍禽，屑铜吐绶。猛虎负子，灵乌送毂。凤栖鹿化，鹤拾雁樗。熊罴狸豹，猴玃猿狖。鸡衔鸱吐，莺求鹘斗，鸥浮鷉浴，鸦寒鳦瘦。巧妇锥喙，舂锄雪胫。林栖水宿，修尾长咮。江湖为笼，山林为囿。以牡以牝，以蜚以走。甲第名园，奇葩异香。牡丹如洛，芍药如扬。木兰载新，海榴怀芳。菊山黄华，兰亭国香。天衣杜鹃，东山蔷薇。湖映香雪，鉴生水芝。鸳梅并蒂，仙桂丹枝。司华骋巧，天女效奇。桃李漫山，臧获视之。药物之产，不知其名，白术、丹参、甘菊、黄精、吴萸、越桃、禹粮、石英。蓟训鬻之以疗疾，彭祖服之而延龄。秦皇求之而莫致，葛仙饵之而飞升。日铸雪芽，卧龙瑞草。瀑岭称仙，茗山斗好。顾渚争先，建溪同蚤。碾尘飞玉，瓯涛翻皓。生两腋之清风，兴飘飘于蓬岛。刘藤番番，管城斑斑。冰敲嵊水，竹箣顾园。制於蒙、蔡之手，游於羲、献之间。友陈元与端紫，同文字於人寰。至若龙护金书，苔封石刻，苗山金玉，邪堇铜锡。黄帝之鉴，神禹之璧。欧冶之剑，蔡邕之笛。虞翻之床，秦皇之石。淳碑斯篆，江笔肃墨。雷鼓铜漏，梅梁窆石。罍金履铁，罂铜印玉。胎草蹄石，黄竹神木。流黄汉簟，錞于周乐。活人之草，止痛之木。柘敷荣而华含戚，天雨钱而山储粟。皆希世之奇迹，盖欲言而不足。

"其人则见於《吴越春秋》、《会稽典录》、图经、地志，历代柬牍，大书特书，班班满目。孝者悌者，忠者义者，廉者逊者，智者健者，优於文词者，长於吏事者，擢秀科目之荣者，策名卿相之贵者，杀身以成仁者，隐居以求志者，埋光屠钓之微者，晦迹佛老之异者。虞翻之言有所不能尽，朱育之对有所不能既，予亦焉能缕数之哉？姑摘其尤之一二：前则种、蠡、计，号贤大夫；后则严助、买臣，直承明庐。孝悌则张万和之父子，韩灵敏之弟昆。邓斯祁樊，自杀以代罪，董黯朱魏，报仇而名闻。或湿衣以障火，或泣血以戢焚。或衔哀而庐墓，或负土以成坟。或以行而名里，或以义而旌门。懿矣三女，贤哉二娥。处子之孝，凛然可多。节义则黄公居四皓之列，魏少英参八隽之俦。蒙难卫主则有若丁潭，委身授命则有若王修。虞喜躬岁寒之操，孔愉洪止足之谋。或一门死三世之义，或一邑萃三康之流。至若松杨柳朱，永宁瞿素，妇节峥嵘，蹈死不顾。卓行则郑洪、韩说、钟离意、朱隽、戴就举於孝廉，虞潭、孔奂、沈融、朱仕明举於秀茂。虞寄起於对策，赵晔推为^①有道。陈子公退侵地之藩，钟离牧拒惭还之稻。循吏则有还珠孟尝，致雁虞国。希铣遗四州之爱，夏香著历任之绩。儒学则王充以《论衡》显，沈珣以《大义》称。谢沈、谢承之史学，孔金、孔祛之明经。贺孝先擅儒宗之号，虞伯施剸博学之名。文章则孙兴公掞金声之赋，徐季海挥玉堂之策。晔若春荣则任奕、虞翔，文不加点则四明狂客。二贺、二虞，蜚声籍籍。吴融十诏，成於俄刻。隐逸则严、谢、秦、方、述睿、充符，方术则介象、吴范，严卿、夷吾，丹青则孙遇、道芬，笔札则孔琳、徐峤，浮屠则道林、灵澈，神仙则刘晨、阮肇。乃有溪上浣纱之女，林间舞剑之姝。色白天下，气雄万夫。故勾践复国也，有六千君子。项氏崛起也，有八千子弟。霸有江浙，横行当代。彼二霸之得人，尚斗量而车载。矧历世之人材，亦足明其大概。逮我国朝，尤号多士，二百年间，不可胜纪。大则杜正献之勋德，次则孙威敏之功名。姚石郎司元祐之直，顾内相号江南之英。万石云仍，匪建则庆。二陆棠棣，如云与衡。吴先生风高於贺老，齐职方迹拟於渊明。钱氏世贤科之盛，史门继衣锦之荣。刘、求以义门显，杜、赵以处士称。或览古以流咏，或编图而著名。至若联翩桂籍，焜耀簪缨。名登史策，足叠天庭。盖尝询之故老，往往莫识其名矣。故千岩竞秀，万壑争流者，顾长康之言也。山转远转高、水转深转清者，李浙东之记也；瑰奇市井、佳丽闾阎者，白余杭之诗也；忠臣系踵、孝子

---

① 《御定历代赋汇》卷三十七作"擢於"。

连闾者，虞功曹之对也。越之山川风物，其大略如此。”

子真始惊而疑，卒叹而喜曰："壮矣哉！盛矣哉！山川如斯，人物如斯，吾未之前闻也。然越在春秋，僻处东夷，夫子作经，摈为於越，其人材风俗，固未可与齐、晋、鲁、卫诸列国抗衡也。今有君所称，几不容口，岂昔日远於京畿，含香未越，如王景兴之言耶？抑山川降灵孕秀，固自有时耶？抑亦因人作成而致然耶？"

有君曰："昔严、朱二子，为汉名卿，昼绣故乡，夹道郊迎，争观快睹，歆艳其荣，故其俗始尚文学而喜功名。晋王右军为越内史，雅会兰亭，流觞曲水，临池墨妙，辉映千祀，能使遗文，感概君子，故其俗始尚风流，而多翰墨之士。唐元微之一代奇才，罢侍玉皇，谪居蓬莱，宾窦邻白，唱酬往来，繇是鉴湖秦望之奇益闻，故其俗至今好吟咏，而多风骚之才。不独此数君子也。任延、张霸，以尚贤为治，而俗始贵士；刘宠、车俊，以洁己化下，而人斯尚清。第五伦下令，而淫祀之风革；诸葛恢莅政，而陵迟之俗兴。至若李唐，刺史九十八公，首有庞玉，显有姚崇，图经十子，郡绩称雄。国朝逮今，盖百余政，前有文简，后有文正，题名所记，比唐为盛。承宣得人，风俗斯美，盖亦理之然也。"子真曰："是诚有之，然皆二千石之事尔，未足多也，愿闻其上者。"

有君曰："昔勾践惩会稽之栖也，痛石室之辱也，蓼目水足，抱冰握火，采蕺于山，置胆于座。葛妇兴歌，名曰《何苦》，其词曰'尝胆不苦味若饴，令我采葛以作丝'。二十年间，焦心苦志，卒灭强吴，以雪前耻。越绝之称，权舆於此。故其俗至今能慷慨以复仇，隐忍以成事，若是何如？"子真曰："兹霸者之事也，传不云乎，'碎而王，驳而霸'，彼齐威、晋文之盛，犹不足称於大君子之门，况勾践乎？"有君曰："昔禹治水之毕，与群后计功苗山，更名会稽，卒而葬焉，祠庙陵寝，於今尚存。上有遗井，下有菲泉，过而饮者，莫不发兔鱼之叹，兴河洛之思，不独勾践有其烈，马侯嗣其功，至今其俗勤劳俭啬，实有禹之遗风。若是何如？"

子真曰："美哉禹功，宜其代舜而有天下也，游於是，歼於是，庙食於是，兹所以化被万世之久也。然说者以为入圣域而未优，其必有大於此者乎？"有君曰："舜生於诸冯，孟子以为东夷之人，历世逾远，流传失真，太史公以为冀州，然耶，否耶？然越之邑，则有上虞、余姚，山有虞山、历山，水有渔浦、三忾，地则有姚丘、百官，里焉有粟，陶焉有灶，汲焉有井，祀焉有庙，皆其遗迹也，意者不生於是，则游於是乎？舜为人子，克谐以孝，故其俗至今烝烝是效；舜为人臣，克尽其道，故其俗至今孳孳是蹈；舜为人兄，怨怒不藏，故其俗至今爱而能容；舜为人君，以天下禅，故其俗至今廉而能逊。若是何如？"

子真矍然，离席而立，拱手而对曰："於戏，噫嘻，尽善尽美，虽甚盛德，蔑有加矣。昔季札观乐而止於《韶》，自《韶》之外不敢观。余问风俗，亦极於舜，自舜之外，不复问矣。"无妄先生粲然失笑於旁曰："固哉子真之问、有君之答也，兹皆古之越，非今之越也。人死骨朽，世变风移，山川虽在，人物已非。前日淳朴，变而浇伪，前日廉逊，变而争夺，前日勤俭，变而骄怠，前日忠孝，变而凶悖，尚何执纸上陈迹而譊譊其颊舌耶？"

有君曰："先生之言是也。然风俗不常美，亦不常弊，善焉恶焉，维人是系。今朝廷驻跸东南，越为巨藩，密迩尧天，盖尺五间。帝命重臣，来镇是邦，入境问俗，登堂观风，因舜禹之遗化，明吾君之至仁，布德教於黄堂，变薄俗而还淳。矧何世之无才，亦奚有於古今？子不见夫衔命虏庭，死於王事，如陈公、张公者乎？议礼靖康，赴难建炎，如华君、傅君者乎？是岂异代之人耶？又不见夫姚江陈公，所临有声，亦克知退，身名两荣；执政李公，忤意权臣，老於沦落，世贤其人；愍孝蔡子，捐生可悲，同彼旌忠，庙食於兹；隐吏王君，斩仇著名，门可称，贤父难兄。兹固先生目所亲睹也，安知后之视今，不犹今之视古乎？"

先生曰："有君越人也，知越之风俗而已矣。昔子虚夸云梦，乌有先生诧齐，亡是公折之以上林之事，今越未足侔齐、楚之大，尚何足以夸之？"

有君曰："昔吴子问柳先生以晋国之事，而柳以晋对。今子真问余以越国之俗，而余以越答，亦各因其所问而及之尔，余岂瞢然无闻无知於越之外哉？今天子披舆地之图，思祖宗之绩，求治如不及，见贤而太息，文德既修，武事时阅，盖将舞干戚而服远夷，复侵疆而还京阙。余俟其车书同，南北一，仿吉甫，美周室，赋《嵩高》，歌吉日，招鲁公，命元结，磨苍崖，秃巨笔，颂中兴，纪洪烈，迈三五，复^①前牒，亘天地，昭日月。於是穷章亥之所步，考神禹之所别，览四海、九州之风俗，掩《两京》《三都》之著述，腾万丈之光芒，有皇宋一统之赋出，回视会稽，盖甄陶中之一物。"

无妄先生自知失言，色有余愧，乃与子真逡巡而避。有君退而啸傲於南窗，有飘飘凌云之气。

——《（乾隆）绍兴府志》卷七十九

【索引词】绍兴；山水；鉴湖；行舟；王十朋。

〔元〕赵子渐

作者简介：赵子渐（生卒年不详），金华人，从游许白云（1269—1337）先生，元至正中（1353 年前后）为萧山县教谕。

萧山赋

粤若萧山之形胜也，雄哉伟乎！分峦峙句践之域，长江界吴越之区。浮虹跨山阴兮，其程萦乎诸暨。渔川指春江兮，其源出乎桐庐。

---

① 复（xuàn），营求。

都三八而岐分兮，乡十五而环布。西陵通南北之商，古驿候往来之使。亭灶课煮海之程，乡民羡湘湖之利。或茧丝以资生，或力田以输赋。若乃县治爽垲，市井周匝，车马骈阗，纵横阡陌。上下之岸，人烟嚣杂，东西之桥，盘贩云集。土产所宜，品类不一。春波漾湘水之莼，秋霜染固陵之橘，夏里莹点朱之樱，佳山拆如拳之栗。给长山之薪炭，利小江之舟楫。广凤凰之竹笋，集兔沙之纸角。谷雨采茗山之芽，端阳剧仙岩之药。罗东暨之野雉，拾龛山之海错。名园贵水仙之花，市桥品渊明之菊。均大小之兴贩，资富贫之可给。且夫习俗奔竞，词烦案牍，明宰廉勤，解求民瘼。爰集俊彦，起废兴学，晨昏闾里，弦歌声续。至若境界萧爽，风景或殊，骚客宦游，寄隐于兹。江寺表文通①之第，许寺著元度②之居。夏暑造竹林而借爽，春晴访桃源以追娱。至如名门望族，衣冠赫奕。仞墙环待制之府，茂林隐尚书之室，王庵崇侍郎之墓，重兴镇征君之宅。荆榛荒厉帅之址，庄园积史官之粟。矧兴废之或异，谅地灵而人杰，彼科第之文人，纷宏达于今昔。呜呼！江山险阻兮，古越故疆；人才渊薮兮，梦笔故乡。伟衣冠之尘迹兮，兹感慨以成章。

——《（康熙）萧山县志》卷二十一

【索引词】杭州萧山；行舟。

〔明〕王聘

作者简介：王聘（生卒年不详），字念觉（《萧山县志》作念学），山东利津人。嘉靖癸未（1523）由进士知陕西周至县。后迁萧山令，居萧一期，嘉靖十三年（1534）离任。

---

① 江淹（444—505），字文通，济阳考城人。南朝政治家、文学家。在萧山有"梦笔生花"和"江郎才尽"的传说。
② 许询，字玄度（清代文献写作元度），号征君，东晋高阳（今属河北）人，后居萧山，为萧山许姓人的始祖。

萧山水利赋①

萧山水政，敝也久矣。适我监司朱公，夙夜咨谋，荒度底绩，土用作乂，水归其壑，民以粒宁。聘忝下吏，承休赞德，作赋以叙。赋曰：漫余暨之作邑，跨东越而称雄。生阜所郁，茂百城而暗蔼；水陆所辖，萃两浙而丰隆。②大江奔腾，泙洴而环其外；湘湖浩瀁，长河萦纡，横亘而潴其中。嗟钱塘之瀁沛，旁通婺、睦之万水。候春夏之淫潦，滥奔溃而未已。或胥臣怒而扬沃日之涛，或天吴吼而荡颓山之泛。矧镠箭之西射，阳侯避而东逝。吁兹邑之冲锋，如貔貅百万之方至。钩援轀车，塞川蔽野，而我以孤城腹膺其虚。骇形势之若是，那生灵之免鱼？化历阳波涛之壑，荡蒙古龙蛇之墟，兹萧邑水害之当驱除者也。维湘湖之澄泓，仰龟山之芳迹，潴万顷而为渊，滋五稼以流泽。虽师旷奏清徵之歌，而三年草枯；公子发仰天之啸，而千里地赤。于是漏其遗波，苏槁③荄於九乡；泄其余沥，蔚颖苗於万陌。何必鲁国焚巫，邀龙宫之降雨；樊君设奇，洒蜀都之飞墨。至於长河连属江湖，控引南北，经营乎州都，经复乎四域。蓄泄波流，旱不竭而涝不盈；通融舟楫，往者过而来者续。兹萧邑水利之当修复者也。维公智行无事，谋图有成。西洛神龟，启玄营之秘；苍昊玉女，授疏导之经。嗤周舟之未工，诮刘彝之多拙。锡玄圭於燕台，按水利於吴越，厥庸丕哉！繄萧邑言之，筑西北二塘以捍江潮之虐兮，则乘高如虹，用子瞻之功；覆釜如山，试廷俊之奇。而峻嶒④巩固，可以遏洪流之险巇。修石岩诸堰、长山诸闸、临浦诸坝，以沃湖河之壤兮，则堤防孔固，陋女娲之积灰；启闭惟时，法文庄之遗制。而吞吐输纳，可以沛百里之沾濡。氓庸远

---

① 《（嘉靖）萧山县志》："嘉靖十三年内，邑令王聘纂修水利图志，其目曰河渠，曰管辖，曰水则，曰文翰，而因赋其端。"

② "丰隆"之后，《萧山水利志》认为漏刻四字。

③ 《明清萧山县志·嘉靖萧山县志》作"槁"。

④ 原作"峻嶒"。

於沉溺，懋①於灌溉。降丘宅土，野有来苏之歌；化凶为穰，室无悬磬之害。彼茂陵之雄杰兮，力回天而倒海。斩淇园之万竹兮，穷南山之崔嵬。竟莫能塞瓠子之方割，徒投文而寄慨。维姒氏之神圣，障九川而宁坤舆。叱鼋鼍而沉困，鞭蛇龙以放菹。地平天成兮，黎氓奠乎厥居。维公之遗轨兮，貌异代而同誉。某属驭於末乘兮，观河洛而思烈。吾将献兹于太史兮，与《夏贡》②乎同书。

——《（嘉靖）萧山县志》卷二

【索引词】杭州萧山；堤防；水利。

【导读】嘉靖十三年（1534）王聘作《萧山水利赋》，从中可以感受到他的实心为民。嘉靖二十二年，王县令离任九年后，萧山士民为他立去思碑。碑文首先介绍王县令的禀性——他的美德一切出于天性；接着介绍他的惠政，诸如减免钱粮、体恤民情、教养一方、廉洁奉公之类，不一而足。又建去思碑亭，亭临滨江大道，过路人见了，无不感动。《卫辉府志·名宦》也记载，王聘嘉靖中任知府，离任后同样是"百姓思之，为立碑建祠焉"。

〔明〕黄九川

作者简介：黄九川（约1509—约1596），字汝浚，号海门，萧山埭上黄村人。隆庆元年（1567）贡生。曾任六合教谕。

湘湖赋

翳吾邑之有湖兮，厥令名之曰湘。肇龟山之开蛰兮，用以灌乎九乡。衷八十里之回绕兮，实民命之攸系。宜产莼之独良兮，称通邑之

---

① 《萧山水利志·文献》作"懋"。
② 《夏书·禹贡》的别称。欧阳修《省试司空掌舆地图赋》："彼《夏贡》纪乎州名，《汉史》标乎地志。"

佳味。俨水晶之钗股兮，偏把玩於壮夫。悬季鹰之遐思兮，同松江之巨鲈。惟癸未之季夏兮，苦亢旱之蕴隆。惨槁苗之憔悴兮，惊沟浍之皆空。方彷徨其人心兮，忽湖开而巨流。竞桔槔之争先兮，曰庶几其有秋。问伊谁之大赐兮，惟开闸之迅疾。转枯槁为荣秀兮，兹借润之第一。顷争水之孔多兮，忽深沟为涸地。乃甘霖之大沛兮，为润泽之第二。解疲农之倒悬兮，乐嘉禾之茂芊。由群公之大贤兮，积盛德以动天。肆余波之及民兮，不惟此之一事。采舆人之公论兮，均凡事之类是。惭鲰生之赋骚兮，顾管窥其何如；聊野人之献颂兮，展芹曝之无私。乱曰：

庆萧民之何幸兮，千载奇逢些[1]；荷郡守之宏才兮，临川巨宗些。羡造福之无量兮，尸祝无穷些；看台鼎之荐登兮，践厥祖踪些。

——《（民国）萧山湘湖志》卷五

【索引词】杭州萧山；湘湖；水利。

【导读】《明清萧山县志》康熙志"岁贡"记载："隆庆元年黄九川（乾隆志"恩贡"讹为"王九州"）。万历二年任六合教谕。怿之子。"其父为萧山乡贤黄怿。嘉靖十七年（1538）进士黄九皋亦为"怿之子"，故有人亦称黄九川为"黄九皋弟"。当地人称"思家桥黄氏第十三世大墙门派黄九川""举乡大宾"，可见黄九川在家乡德高望重。

〔清〕朱彝尊

作者简介：朱彝尊（1629—1709），字锡鬯[2]，号竹垞[3]，秀水（今嘉兴市）人。康熙十八年（1679）举博学鸿词科，参加纂修《明史》。博通经史，诗与王士禛称南北两大宗，为浙西词派创始者，在清代词坛居领袖位

---

① 些，助词，用于句末，表示疑问、感叹、劝阻等语气。
② 鬯，读作chàng。
③ 垞，读作chá。

置。有《曝书亭集》《经义考》《日下旧闻考》《明诗综》等。

湘湖赋

岁柔兆困敦兮，是月维阳。辞鉴水之一曲兮，言归故乡。遵①大路於萧山兮，犹勾践之旧疆；舍予舟於城阙兮，别问渡於陂塘。践荒涂之幽僻兮，山是越而湖湘；围列岫之周遭兮，汇一水於中央。莼丝荇带齐消歇兮，澄百顷之波光。相兹湖之寥阔兮，溯苍苍之葭苇。漾轻舠而如所如兮，逾五里而十里。鲜泽农之耕作兮，但罖②师之栖止。雉角角以飞鸣兮，鹭娟娟而停峙；瞻牛头与苎萝兮，信不远而伊迩。爱山川之清淑兮，斯生长夫西子；洵明艳之绝伦兮，直夫差之一死。以余暨为诸暨兮，验往牒之非是；眺越王之故峥兮，丁国步之迍邅。会稽不可保兮，称臣妾而播迁；荐③临江而祖道兮，奏哀曲於乌鸢。迨返国而渡三津兮，惟八臣四友谋猷之后先；既十年而生聚兮，更教训之十年。简俊士之四万兮，率君子之六千；诞一举而沼吴兮，齐衣锦而师旋。仇九世而当复兮，岂身耻辱而忘焉；志既立而转死为霸兮，胡后之人独不然。他山难久留兮，问西陵而前路；夕既济於钱唐④兮，尚踟蹰而回顾。徒吊古而慨慷兮，惜年岁之迟暮。

——《曝书亭集》卷一

【索引词】杭州萧山；湘湖；行舟。

〔近现代〕高卓

作者简介：高卓（1927—2021），字峓山，号残砚斋主人。浙江桐庐

---

① 《（民国）萧山湘湖志》卷五作"尊"，《萧山水利志》同。
② 《（民国）萧山湘湖志》卷五作"众"，《萧山水利志》同。
③ 《（民国）萧山湘湖志》卷五作"洊"，《萧山水利志》同。
④ 《（民国）萧山湘湖志》卷五作"塘"，《萧山水利志》同。

人，定居萧山。浙江清音诗社首批社员、名誉理事，浙江野草诗社顾问。著有《残砚斋诗词》等。

湘湖赋

　　湘湖锦绣，擅美江南，尤著钱塘。彼西湖兮，地接杭城，占西施之艳名，宜晴宜雨，任浓抹或淡妆；吾湘湖也，左近萧山，比湘灵之风神，克淑克娴，终传声而流芳。两湖颉颃，魏紫姚黄，切惟湘湖，借帝子之令誉，更溢美于天堂。

　　夫湘湖之前世也，原远古之海湾。濒三江之合汇，纳伍潮之洄澜。渐淤泥而外堵，潟内湖而漫潒。继积土资耕稼，寻排灌亦大难。应士民之呼求，起贤明之守官。肇宋杨公之开筑兮，始联堤岸而便泄蓄；周八十里之广袤兮，利九乡民之垦殖。宜养莼与菱荷鱼蟹兮，非止熟于稻粱五谷。引季鹰之归思兮，味美鲈之脍炙。斯不唯民命所攸系，亦开拓一方胜境而洵美风物。

　　初湖区之规模成也，逐斗转而星移；经桑海之嬗变，湮陂塘之逶迤。由人心之趋利，复围耕而失治。荒湖荡之日隘，侵景观之等衰。负虚名之存在，徒引人之兴思。际日月之新开，庆万物之乘时；图复兴之圆梦，得东风之劲吹。于是乎名湖举开发之议，胜景得重光之规。投巨资务求工程速进，穷物力而计分期实施。

　　于是乎小村动迁，土窑歇烟。拆塍平埂，引水疏泉。整土阜而铲除荒秽，拓湖区而广作铺填。曲岸长堤随湖原之走势，津梁石渡与岛屿相牵连。颠覆旧时之莽荒野景，开创盛世之全新芳渊。植树栽花铺绣茵之阡陌，游鱼泛鹅筑菱藕之荷田。布彩灯、便环湖闪烁，射喷泉、随音乐喧阗。

　　于是乎群山添翠，花树荫丘。修句践之城堞，追世纪前之吴越春秋；发先民之遗址，出八千年之独木古舟。临水阻道再现，记当时乌鸢之哀怨；西施辞乡置景，念美人沼吴之谋猷。虎洞幽辟，传越王卧薪尝胆；渔浦通津，引历代骚人吟唱。岩峰塔影，迎先照之晨曦，杨岐钟声，鸣夕阳而回荡。集时代精英之擘划创举，聚百工智慧而美轮美奂。

于是乎河梁洞桥、度堑跨湖，琼楼画阁、傍山弥墟。建第一酒店，招嘉宾商旅如云；创仙境乐园，驾摩天转轮飞车。鹤汀凫渚，布局符阆苑之诗情画意；舞榭歌台，错落拟瀛海之圆峤方壶。丹桂银蟾，移自广寒月窟；沅芷澧兰，遍植瑶台玉圃。鸟语在林，鱼游于浦，征地极之珍奇，引云外之鸥鹭。标新立异，藏冰雪世界于玻璃之馆；希闻罕见，缩海洋景观于水晶宫宇。一镜容天下美新诸景齐备，全湖含当代游乐超前①之胜非诩。

湘湖之美也，周览泛观，听之恍惚，视之无端。四季分明，寒暑浪漫。宜学者之考研，便假日之休闲。拈雅韵纵情吟赏，挥画笔写简删繁。春光灿烂，听水漾鸣蛙。赏窑坞之梅萼，撷龙井之新芽。柳絮逗朦胧湖景，陌上步对对婚纱。夏雨涨绿，樱桃吐玉。喜莲藕渐出污泥，尝杨梅满山成熟。正步鱼之初出，倾美酒而不俗。秋月盈湖，白露初降。过蓼滩苇岛，观蒹葭苍苍。雁字横空，菰米生香。煮莼丝之滑腻，烹团脐之膏黄。醉风日之清丽，宜乘槎作周航。至尖峰积雪，别具风情，随芦花之散落，增湖光之晶莹。疏越城之晚钟，敛横塘之歌声。是以天地静谧，四境清平。鱼龙潜影，水月澄明。驾空调之香车兮访冰蕊，放木兰之暖船兮入蓬瀛。

美哉湘湖，吴楚接壤。山水钟灵，万千气象。爰才拙词穷，愧难尽名状。凌掬星之琼岛，登压乌之高山，纵游目于极浦，穷视听于深广。渺渺兮予怀，发无穷之遐想。瞰列岫于南北兮，思九嶷之叠嶂。扶斑竹于西坞兮，抚泪痕而惆怅。俯兹湖之浩瀚兮，忆洞庭之波浪。寄苍梧之情思兮，慕君山之月朗。闻有人为鼓瑟兮，音清越而浏亮。信娥英轾遥临兮，乘南薰之飒爽。揽胜景而点赞兮，赓浩歌而和畅。凭二妃之丰采迥出尘兮，增湖山之美艳慨以当慷。于是窃感焉而兴赋

---

① "超前"二字疑为衍文。

兮，撷丽藻以崇仰，缀骈文述梗概兮，邀游屐盍踊跃来访。复长吟而啸远兮，托云间之灵响。

——《萧山水利志·文献》

【索引词】杭州萧山；湘湖。

渔浦赋

越山积翠，越水沧浪。发天台之余脉，萧山效灵蕴秀；控三江之汇会，渔浦源远流长。上溯富春、新安，承支派遥通皖赣；下联浣溪、剡水，挟鉴湖直逼海疆。舜耕禹穴，胜境长流古迹；西子灵妃，美意千秋遗芳。运河北来，交通万里物流；钱江东去，溉沃阡陌田畴。曰萧绍平原，其广袤兮，由此始发；曰潇湘美景，潴名湖兮，秀出瀛洲。

江山形胜，扼东浙之咽喉；河海要津，踞西陵之上游。通往来之商旅，宜保境设戍守。当年巡司、税局，知地理之险要；曾建兵寨、驿站，忆风云之驰骤。城山、东山、冠山，群山四围拱秀；渔浦、南浦、范浦，极浦雅名传久。横塘棹歌，闻云间灵瑟和唱；渔浦烟光，引古今诗人吟赏。山原扩其秀爽；川泽扬其锦波。蟹灯渔火，光照寒夜客船；鲈脍莼羹，远引游子归田。云开雪霁，有蓑笠翁独钓寒江；天高月朗，看名利客对饮篷窗。过舟往楫，牵引渡口牛埭；回雁征鸿，栖足岸曲蠡塘。述昔时之盛况，发今日之腾骧。富春渚，渔浦潭，谢客初过发雅兴，吟溢美之先声；宿渔浦，泛富春，放翁重来慨岁月，抒风埃之旅情。春来遍是桃花水，接武陵之仙源，爱此乐土，爱得我所非避秦；阴阴夏木啭黄鹂，居辋川之图里，诗情画意，何拒时人来问津。至天秋月又满，正宜载酒作①赤壁之游；若人归暮雪时，不妨乘兴再驾访戴之舟。

列肆长堤，当垆吴姬卖酒；人家临水，早晚越女浣纱。地灵人杰

---

① 原书此处"作"对比下句"再驾"，似欠一字。

兮，虎洞薪胆兴霸；天胜物华兮，苎萝诞育奇葩。危岸古渡，曾闻乌鸢歌曲；固陵城山，犹记越甲鸣笳。"回塘隐舻栧"，小谢清发之诗；"停舻望极浦"，文通咏别之辞。鹭汀鹤渚，依陂塘之迂回；孤篷柔橹，逐欸乃而去来。山水佳而诗意兴，风物异而画笔追。潭渊清碧，高风望严濑之钓台；草木华滋，神笔写富春之蓬莱。龙门山高，气凌天子之尊；若耶溪邻，天降女英之魂。

江山信美，人文萃英。景物旖旎，胜迹盈野，潮汐奔涌，壮观天下。会稽岩壑秀奇，天姥云霞明灭。诗人好入名山游，李谪仙神往梦达；浙东美景最清幽，孟夫子宵济朝发。"夜入江潭泊，渚上潮未还"（孙逖《夜宿浙江》），孙尚书之雅兴可诵；"路转定山绕，塘连范浦横"（崔国辅《宿范浦》），崔司马之直笔可风。至"浦口霞未收，潭心月初上"（薛据《西陵口观海》），暮景如画；"云景共澄霁，江山相吞吐"（陶翰《乘潮至渔浦》），胜概何雄！或"青枫独映摇前浦，白鹭闲飞过远村"（李嘉祐《送朱中舍游江东》）；或"早晚重过渔浦宿，遥怜佳句箧中新"（韩翃（送王少府归杭州》）。或"冰水近开渔浦出，雪云初卷定山高"（严维《送崔峒使往睦州并寄薛司户》）；或"漠漠烟光渔浦晚，青青草色定山春"（耿湋《送友人游江南》）。唐音唐韵，只窥文豹一斑；咏志抒怀，尽显盛唐气象。

曰渔浦为钱塘古渡，江海通津，地理固然；曰此地为浙东唐诗之路源头，以诗为证，众议当圆。况康乐公引领在先，追风者代起无前。江山不老，桑海递新。今日之渔浦，牛埭古筑存先贤之智慧，蠡塘史实系吴越之国魂。山驿水程，已延伸于无边极限；舟渡车驰，更无阻于山高水深。梵宫圣殿，聚东方文化于一园；琼楼玉宇，迎天下嘉宾驻旅辕。贺监归来，应向儿童问故乡；诗仙重到，不劳卢敖引天堂。天堂不远兮，彩云仙人近相望；列邦来朝兮，曾见群帝骖龙翔。

吁嘻！胜地永恒，人事代兴。乘鼎革之宏图，百废更新；振文风之浩荡，历史重光。爰措辞为赋兮，述渔浦之胜猷；引诗成文兮，慕唐贤之风流。弘我浙东之风物兮，邀四海之高朋轩辕；扬我唐音之高韵兮，招天下之诗人回舟。赏美景，伸雅怀。请倾珠玑之采藻，抒怀古之幽情；逞锦绣之雄才，登颂今之歌台。今刷新唐诗之路兮，气振振；迎诗潮压江潮兮，滚滚来！

——《萧山水利志·文献》

【索引词】杭州萧山；渔浦。

〔近现代〕杨东标

作者简介：杨东标（1944—），笔名柳西准，浙江宁海人，宁波市作协主席，宁波书画院院长。

宁波赋

壮哉伟哉！泱泱东方大港，浩浩八面来风。看巨舶巍列，招揽九天日月；沧溟横溢，吞吐五洲风云。曾几何时，誉飞环宇，雄峙亚东。

夫宁波者，简称为甬。处长江三角之南，居大陆海岸之中。东濒普陀，碧海汪涛见浩瀚；西接钱塘，平畴沃野涵葱茏。北枕杭州湾，与申浦隔水相望；南扼台温闽，为浙东沿海要冲。江河湖海皆得，水气淋淋；春夏秋冬长绿，花色溶溶。香樟如盖，郁郁兮摇翠；山茶似焰，灼灼兮飞红。

宁波历史，源远流长。七千年河姆渡骨哨鸣响，八百里四明山稻黍飘香。舜耕历山，禹遗庙廊。挂剑勾践，巡南始皇。地属时越时楚时会稽；古称亦鄞亦鄮亦句章。唐置明州，元建庆元，明改宁波，"海定则波宁"，人和则国昌。遥想先民祖辈，疏江导水，创业维艰，功绩煌煌！它山堰，史载王令分咸淡；达蓬山，人道徐福渡扶桑。舳舻相衔，辟丝绸之路于海上；信使沓至，建高丽之馆于湖旁。双湖初浚，锦波浮动；十洲乍垒，芳草摇香。词侣诗朋，云集红莲阁；文人雅士，星聚白云庄。四明学派佼佼，浙东文脉汤汤。至若近代，鸦片风云激荡，港湾硝烟弥扬。外强垂涎宝地，壮士喋血沙场。至今镇海古炮，依然傲对穹苍！犹有工农运动，翻天覆地；镰锤交辉，蹈火赴汤。抗日堡垒，四明风骨兮灼烁流芳。事物有反有正，历史亦谐亦庄。门户开埠，口岸通商。外滩领邸林立，市井洋客雁行。甬人奋闯天涯，江厦名噪远方。沪地甬籍三有一，海外骄子弱渐强。

宁波林壑秀美，山水风流。奉江姚江汇流甬江，如锦如绣；日湖月湖遥对钱湖，亦雄亦幽。温泉凝碧，赏郭公南溪之题墨；天河飞湍，诵李白天姥之梦游。招宝山，扼全浙喉隘；天一阁，藏晚明书楼。天童育王，东南佛国，灯续灵鹫；松兰皇城，金银沙滩，浪遏飞舟。上林湖遗存越窑千年碎片，雪窦山记叙蒋氏几度春秋？前童慈城，粲然古镇遗韵；秦祠虞宅，蔚为大笔鸿猷。保国传神，隐机杼于梁殿；梁祝化蝶，结精诚之鸾俦。美哉，徐霞客兴叹此乃游记开篇之地，铜奔马高啸当称山水风光之优。

宁波代有俊彦，辈出精英。哲理深似渊，大道邈邈；气节重如山，铁骨铮铮。严子陵视富贵如浮云，高风亮节；虞世南兼德才称五绝，孤胆赤心。贺知章鬓毛乡音，自诩四明狂客；林和靖梅妻鹤子，人敬孤山高隐。王安石治湖泽，栉风沐雨；高则诚谱琵琶，瑞光清音。方正学拒草诏，慷慨十族；王阳明悟良知，悲壮一生。明亡不仕，黄宗羲讲学著述；国破持节，张苍水浩气精魂。蹈海东瀛，礼宾师舜水；泛舟台岛，播国学光文。万斯同布衣修史，全祖望椽笔赋吟。白莽殷夫诗别兄长，金桥柔石血染早春。画坛潘天寿强骨悍墨，书苑沙孟海奇笔凌云。宁波商帮，雄称海外，福造桑梓，可谓璀璨众耀；甬籍院士，声震科坛，名占鳌头，当称荟萃群英。伟哉宁波人，生生不息，代代相承。增光青史，激励后人。

而今宁波，欣逢盛世，如春风化雨，似快马着鞭。乃国际港口城市，改革开放前沿。县皆百强之列，市属十佳之先。东方商都，贸旺财丰，笑迎五洲宾客；历史名邑，文昌黉盛，蔚成百花乐园。经济勃兴，物流涌泉。新老品牌，四海驰誉；今昔甬商，一脉相连。乡村美景，有滕头称道世界生态；都市俊颜，如霓裳飘袂绿野平川。东线锦铺，似长卷挥洒；新区棋布，若丽珠娇妍。更喜天桥跨海，长虹卧波，堪称寰球之冠。爱心盈都，感召日月；文明冠市，气象万千。无愧乎，计划单列，双拥楷模；卫生净地，幸福家园。美哉宁波，为民族振兴添砖瓦，为人类进步作贡献。谋世纪之大略，步科学之发展；绘未来之宏图，颂和谐之春天！歌曰：

东海浩荡，敞我胸膛；四明巍立，壮我脊梁。登高望远，前景辉煌。和风盛世，再续华章！

——人大宁波网

【索引词】宁波；山水。

〔近现代〕王长生

作者简介：王长生（1952—），笔名萧然，大学文化。浙江省作家协会会员，省公安文联会员。

西小江赋

夫会稽山脉出东西小江，然西侧西小江，为萧绍界河，黄金水道。源出进化七崀坪，经由陡门三江闸，碧水泻入杭州湾。沧海之含纳，风潮鼓荡；造化之厚赐，山川英淑。此西小江形胜之独绝者也。

流程虽短，典故胜之：有夏大禹娶妇，歌于涂山，跋涉治水，夏履遗名，东海神山，夏盖息壤，计于茅山，地平天成。有汉太守刘宠，操守清廉，离职经此，耆老奉钱，选钱一枚，投入江中，一钱太守，遂有钱清。有明知府绍恩，三江筑闸，凿石榫卯，梭墩分水，星宿名洞，水则启闭，砥柱功崇，瓠子宫成。

江名不显，名胜彰之：天乐花溪，改坝为桥；西施故地，红粉染石；白鹿芦雪，所前盐地；渔临锦鳞，杨汛帆影；双螺秀峙，衙前农运；昭东云英，瓜沥航民；华舍织声，安昌古韵；齐贤石佛，海涂春晓。此乃江山之胜，益增人文之蔚。

越为禹后。今西小江两岸，秉禹志，扬廉风，振绩效，精雕细琢，共治五水。浙东引水，首建枢纽，新辟杭甬运河，汲取浦阳江水，西水东调，远输甬舟。裁弯取直，去除冗余；清淤拓宽，江阔帆正。陆路运输，骤减压力；水上旅游，新景迭现。青山绿水，金山银山；上善若水，泽润生民。

赞曰：名山秀木竞妖娆，不竭泉脉起云霄。一条花溪出山来，去赶东海时代潮。

——《萧山水利志·文献》

【索引词】杭州萧山；绍兴柯桥；西小江；三江闸；钱清；麻溪坝；大禹。

浦阳江赋

夫萧邑浦阳江，黎民母亲河。始出兔山头，来从十条江河溪，派入三江口。

群峰耸翠，诸泉涌碧；林竹繁茂，古树尤新。珍果纷呈，三清茶香；湖畈联珠，村落缀玉。民风淳朴，亦耕亦读乃传家之良箴兮；宗族维纲，勠力同心乃桃源之峻范兮。

神话胜迹，洋洋乎彪炳两岸：共工触柱，极废州裂；天不兼覆，地不周载。女娲补天，五彩云石；芦灰止淫，始安天下。舜耕湖上，教民稼穑；播德于史，永垂名世。涂山闻歌，禹娶神狐；疏洪遗履，地平天成。茅湾硬陶，米字纹饰；上董青瓷，光致茂美。苎萝山边，西施浣纱；浴美流芳，遂成大业。山头埠村，云飞总兵；竹门抗英，壮怀激烈。郁家山下，达夫故里；郁氏双烈，取义鹳山。临江书舍，东藩秉笔；演义国史，煌煌版章。此乃人文葳蕤之增辉添色也！

　　先哲遗贤，浩浩乎泽被百世：坚执正义，晖头可断；汇不可开，民感其情。潘水改道，嘉讷首功；拓凿碛堰，建坝临浦。继阔碛堰，彭谊妙策；麻溪垒坝，白马立闸。平原治理，戴琥功崇：猫山筑闸，旱涝兼备。渔浦水患，九皋上书；山会协力，大兴塘工。临浦古塘，姚公倾财；石骨土丹，表里巨防。茅山旧址，念台扩之：瓮其上半，江海咽尾。州口星拱，百姓精卫；万杵成堰，御灾捍患。天荒麻溪，蛰先宏愿；改坝为桥，石奏天乐。此乃躬身亲历之畚掘版裁也！

　　国兴水利，荡荡乎恩惠千秋：昔之浊水，恍若黄河；有废必举，有害必攘。茅潭冗水，裁弯取直；万民齐心，首立巨功。茅山凿洞，排灌两便；碛堰再扩，豁然开朗。水库星罗，利在久旱；泵站棋布，益在长涝。分洪开河，拓宽狭口；切滩疏浚，水畅其流。百里江塘，提标整治；五十年遇，中流砥柱。五水共治，上下合力；铁腕治劣，攻坚克难。排障清浊，除污纳管；践行之功，和谐生态。德和信爱，云梦之乡；瑞应丰华，阆苑之村。此乃当代愚公之击壤长歌也！

　　萧邑浦阳江兮，迎风放帆去，奔竞不息。噫嘻！柔肢翻上绝顶、会当壮志凌云之翻九楼兮！黎民母亲河兮，高擎禹鼎回，勇立潮头。噫嘻！弘扬大禹伟绩、祈庆国瑞家祥之细十番兮！

——《萧山水利志·文献》

【索引词】杭州萧山；浦阳江。

〔近现代〕吴容

　　作者简介：吴容（1957—），萧山人。浙江省诗词与楹联学会理事、钱塘诗社社长、萧山区诗词楹联学会副会长，著有《樗雁集》《诗咏萧山》。

渔浦溯源赋

　　水若天纵，三江来汇而渔浦称名；诗如潮涌，人文云萃而里闾化成。或海或湾，千年源委其本可循；亦浦亦陂，百里沧桑水陆纷更。此地诗礼传家，言耕言读，累世相续；是处迁客骚人，且行且吟，述志陈情。

　　春秋之际，渔浦者，海湾也。以云为界，吞天沃日兮浩浩荡荡；以山为堤，隐星沉月兮渺渺茫茫。吴越争霸，岁月沧桑。雪檇李之仇，鲸波映夫差之犀甲；披夫椒之败，飞浪遏勾践之锋芒。一双锦鲤，退吴兵于无形；三年佣隶，归越主而有望。于是，十年生聚，卧薪于渔浦之侧；十年教训，尝胆于饮食之觞。西施之屧始响于前而吴王意志消沉，越女之剑继舞于后而乌喙杀气飞扬。终沼吴宫之池苑，更争王霸于四方。

　　至若秦汉，渔浦者，江浦也。表里江湖，两岸漫澜；纵横天地，百岛如丸。吐纳之间，涛如雪垣；呼吸之际，潮若连山。来洪流于通济兮，泥沙俱湍；激怒澜乎东溟兮，潮汐弥漫。入海三派，涵其二而分势；隔江四渡，踞其一而争先。于是，水势迅激，遮仙人西鞭之石；风波乍起，遏祖龙东渡之船。隔岸风云重遮秦望，极浦迷雾漫暗江干。

　　及于魏晋，渔浦者，潟湖也。吞浦阳、富春之水而奔入之江；涵西城、西陵之湖而以山为塘。镜涵映空，屏峰环绕；百川来汇，数泽沧浪。以湖以田，以灌以溉；湖山草木，郁郁苍苍。春水弥漫，岚烟浩荡，赤亭回飓帆之罡风，定山缅飘渺之雾光。夏雨鼓浪，星岛沉浮，渌水洗俗客之尘心，峰峦折时人之机肠。秋霜凌厉，草木凋零，西风下孤鹜于长空，逸兴起樵歌于高岗。冬日烈烈，红梅映映，村童聚风咏于泽畔，野老曝寒背于田场。兰亭神韵，风度凝远，笼鹅之笔百世流芳；烟水云气，风流自赏，访戴之舟于此彷徨。

　　洎乎唐宋，渔浦者，江涂也。临浦湖湮，广泽成陆；西小江浚，激水分投。鼓棹东去，则过山阴、探禹穴、泛剡溪，而天姥可攀、天台许游；扬帆西进，则经富阳、泛桐江、越严濑，而新安可临、徽州在眸。于是乎，行李络绎，此地为商旅要津；郭舟容与，是处成诗路源头。江湖寥阔，孟襄阳乘流东下，和谢客之棹讴；江山吞吐，陶博士沿溯而上，踪希范之诗舟。钱考功宴宾，怜渔浦浪摇素壁；耿拾遗送客，叹渔浦灯暗烟浮。李太白三上天台，携酒扬帆，弦和清浏；元微之一守越州，记事写生，呈志抱愁。白傅知杭，勾留岂止一湖；坡仙观潮，吟啸唯向江楼。渡头微茫，刁太守怅涸疏市肆；江山寥廓，陆放翁欲移家汀洲。舟楫轮蹄，行行重重，诗词篇什，密密稠稠。

于是乎，负山筑堤，出西陵，下冠山，过回龙而江塘初兴；临水垦耨，聚村落，垒牛塈，置江驿而渔浦里称。水落沙起而西城其湮，旱涝无时而百姓其蒸。杨时格致，乃围湘湖，列群山于南北，筑两堤于东西。湖成而八景俱焉。览亭远眺，湖心云影殊阴晴；横塘棹歌，跨湖夜月共牵萦；山脚窑烟兮，笼先照之晨曦；城山怀古兮，感杨岐之钟声。百姓倚之为命，九乡赖以为耕。

于元、明，渔浦者，重镇也。麻溪新坝，碛堰重张。邻西兴、通钱清，望河上而共成四镇；汇富春、纳浦阳，下钱塘而始名三江。水陆交通而辐辏南北，货殖耕樵而利益农商。行旅云集，财赋冠于萧然；廛肆栉比，市利堪比帝乡。踵陶朱之步兮百业兴旺；用猗顿之术而街巷纵横。良田衍沃，鸡犬相闻而沟塍鳞鳞；原隰纵横，禾黍富穰而水草茵茵。蔬果夏熟，稻菽秋登，菱紫莼长而鳜甘鲈珍；布谷春鸣，喜鹊冬噪，鸡栖豚肥而醴清醪醇。井邑纷罗，日色浴乎秋水而户连仙阊；渔浦风轻，帆影沐于落霞而波接天津。浦东有岭，其岭名曰杨岐；岭间有寺，其名合契临济。慈眼观物，无可畏之色；法相庄严，皆无生之谛。响疏钟于云霄兮僧习定而增慧，祈崇福于人间兮民喜富而乐寿。法灯朗跃，一烛东南而佛佑四季；祖道恒传，梵呗琳琅而香火永继。

明季以降，富春南徙而江水飘遥；浦口不堪而故镇浮潮。及至有清，筑丁由、垒鱼鳞，永固堤防而强弩射涛；起西兴、迄临浦，巍然百里而势固函崤。于是，江道北伸，滩涂成陆而渔浦重饶；书生飞梁，知恩崇义而始称义桥。

逝者如斯，数百年无非一瞬；海陆沧桑，天下事还看今朝。国家有梦，期中华民族伟大复兴；渔浦有梦，待唐诗之路重树云旄。天下之潮莫盛于斯，江海交汇，地动山摇；天下之才多汇于此，海纳百川，兼容并包。今日之义桥，乃全国小城镇之翘楚，亦吾省百强镇之雄豪。平桥连接东西，实跨江发展之首序；国道纵贯南北，其改革开放之热土。开新坝，通济江河，畅三江水路肯綮；置码头，交凑川陆，利百里运转机杼。户列珠玑，市容擅诗画山水之胜概，正四方驰誉；书声琳琅，墨香承唐诗风情之古韵，方增华而踵步。孝悌廉义，乡风文明，民族基因功在陶铸；地灵人杰，耕读传家，教化功德缘于启悟。徕八方之商贾，岂分乎中外；促经济之繁荣，唯泽于生灵。生态农业，自然田丰、民丰；文物遗产，无分荷灯、龙灯。园启东方，共参信仰于释教、道教、儒教；风承文化，同研真谛于众生、养生、人生。

渔浦山水，义桥人文，从古嘉美风物；钱塘潮起，渔浦日落，至今犹称双绝。待人以诚，谋事以信，才德相彰而圭璋特达；汇三江水，容天下事，勇立潮头而奔竞不歇。赋讫而歌之，歌曰：水汇兮三江，过浦口兮下钱塘，潮日夜以奔腾兮，阅人间之沧桑。

——《萧山水利志·文献》

【索引词】杭州萧山；渔浦。

〔近现代〕胡耀灿

作者简介：胡耀灿（1961—），浙江省诗词与楹联学会常务理事兼副秘书长、上虞区诗词楹联学会会长。

曹娥江赋

江河因人而名者，举国仅得其三。曰曹娥江，曰韩江，曰贾鲁河。韩愈贾鲁，治水惠于民；曹娥名江，因其孝于亲，自古所褒崇者也。

爰有赋曰：浩浩一派，地介绍甬；势非至大，神迥不同。滥觞肇迹，磐安天台之云罅；夹岸拱卫，会稽四明之群峰。纳万壑之灵泉，接钱塘之潮涌。有剡溪之别称，曰舜江兮旧封。其间也茅檐隐翠，玄圣游化之所；梵钟破雾，法祖卓锡之宫。魏晋流韵，地以文重；懿范高标，江以孝永。

山水清嘉，眉目东南；逶迤攸远，气象万端。溅华顶之悬瀑，幻天姥之云烟。映长乐之绿溪，濯黄泽之澄潭。或嵌崎，或蒙笼；或浇激，或渟渊。鳞介游而舒纡，澄澈水底；鸟雀鸣而圆转，幽深林间。渔火晨星，辉映熹微；夕岚远炊，交融氤氲。苹洲早晴，春意绿满新波；枫岭乍染，秋光淡肃寒云。青嶂列屏，漠漠苍鹭；白帆归翼，萧萧暮曛。

海陆际会，川岳效职；山珍海错，饶称丰足。田富稻麦棉麻之产；水多鱼鳖虾蟹之属。山有楠梓松樟，园植桃李桂竹。撷舜毫于云峰，选环荷于幽谷。白藕红菱，荡舟可采；杨梅葡萄，应季而熟。南乡桑茂，万家蚕花筑山；东溪梅放，十里香海飘雪；女儿酒红，百年醑醇；秘色瓷珍，千峰翠色。

嘉瑞麇集，梧槚秀挺。人文炳蔚，毓秀钟灵；重华诞而虹漾，百官会而德盛。究物理于幽微，伯阳参同；发哲思于唯物，王充论衡。合浦还珠，孟尝高洁；东山再起，谢安受命。扪汉碑于将暮，蔡邕题隐；回兰棹于雪夜，子猷意尽。广陵绝矣，叔夜高怀可仰；双蝶飞也，英台真情犹殷。自具雅人深致，道韫咏絮；始开山水诗派，灵运寄兴。的笃成调，越剧发轫于甘霖；池沼染墨，书圣羽化于金庭。章学诚为浙学殿军，马一浮以儒宗定评。竺公训求是于浙大，谢导铸丰碑于电影。执守真理，铜碗豆以喻马寅初；振兴经济，破冰者乃属经叔平。溯唐诗之古道，欣春晖之莪菁。数才俊之辈出，知川岳之萃英。

信乎！天地运数，江山无恙。盛世有德，万物麻祥。于是裁弯而息水患，置闸而安浊浪。蓄淡水七亿方之数，筑景观十八里之长。隔江林立，高楼有摩天之势；跨水飞度，大桥如彩虹之扬。商业居内地最佳，城市列全国百强。风气崇孝义而守信，观念唯创新而开放。楼宇唯妙手所施，神工天巧，一十万名班匠进沪城；沧桑凭人力而变，肩挑背扛，三十万亩海涂成沃壤。

美哉斯水，润泽一方，赋以颂之，曰曹娥江。

——《浙江日报》2014 年 7 月 11 日

【索引词】绍兴；曹娥江。

〔近现代〕应绿霞

作者简介：应绿霞（1981—），女，浙江绍兴嵊州人，现居宁波，浙江省辞赋学会常务理事兼副秘书长。

姚江赋

天流上善，地衍舜章。[①] 东浙名水，当属姚江。甬承母乳之德，[②] 浙沾姚水之光。诚文化之源头，为农耕之发祥。水面空阔，沄沄深而不测；河道蜿蜒，浩浩去而无疆。集四明群山之神韵，汇大岚千溪之琼浆。于是兴善泽民，除弊利彰。建大闸以绝潮汐，蓄清波以溉田粮。乃至农稿与漕运同兴，新风与古韵争强。盛矣！民得其利，地得其昌。

---

① 舜章：厚德之章。舜帝出身于余姚诸冯（姚墟），以姚为姓。姚江故又称舜江、舜水。

② 甬承母乳之德：宁波简称"甬"，姚江是宁波的母亲河，宁波的繁荣离不开姚江乳汁的滋润。

复观史迹悠远，人物长荣。句章郡下，[①] 积数百代之厚重；河姆渡头，[②] 启五千年之文明。是以汤汤江水，见证张苍水[③]之悲壮，滋养王阳明[④]之峥嵘。喜斯学派遗风，东洋显赫；唯心宏论，四海留声。更兼虞秘监御封"五绝"，[⑤] 大唐仅有；黄梨洲名列三家，[⑥] 天下盛崇。善哉，一脉硕儒，万古精英！灵秀之水，岂乏俊才蒸蒸耶？

然则水源有穷，人欲不息。终至清流失色，大河渐墨。幸逢盛世，水陆齐治，官民合力。于是控排污，减负荷；治浮萍，理淤积。还江河本来之面目，保水质自然之澄碧。

今日之姚江，千载底蕴，满目生机。时有鱼虾闲游，时见鸥鹭栖飞。柳岸行吟，对葳蕤以消暑，江中泛棹，醉潋滟而称奇。嗟乎！一江碧透，百姓神驰。生态为人居增色，人居因生态如诗！故论浙江形胜，非姚江而谁？

——浙江省"百水赋"征文三等奖作品

---

① 句章郡：即句章县。据史志记载，句章城始建于周元王四年（前472）为越王勾践所筑，是宁波境内最早的城池。县治在今江北区乍浦乡和今余姚市大隐镇境内城山渡一带。

② 河姆渡：指河姆渡遗址（约前5000—约前3000），位于余姚市河姆渡镇，是中国已发现的最早的新石器时期文化遗址之一。发现了丰富的水稻栽培和大面积木结构建筑等遗迹，有力地证明了长江流域同黄河流域一样，都是中华民族远古文明的摇篮。

③ 张苍水（1620—1664）即张煌言，字玄著，号苍水，南明儒将、诗人、民族英雄，鄞县（今宁波）人，官至南明兵部尚书。南京失守后，坚持抗清斗争近20年，于1664年被俘，后遭杀害。有《张苍水集》行世，与岳飞、于谦并称"西湖三杰"。

④ 王阳明（1472—1529）即王守仁，字伯安，别号阳明。绍兴府余姚县（今属宁波）人，明代著名思想家、文学家、哲学家和军事家，陆王心学之集大成者，与孔子、孟子、朱熹并称为孔、孟、朱、王。

⑤ 虞秘监（558—638）即虞世南，越州余姚人，初唐著名书法家，与欧阳询、褚遂良、薛稷合称"初唐四大家"。官至秘书监，封永兴县子，世称"虞秘监"或"虞永兴"。唐太宗曾称虞世南有五绝："一曰德行，二曰忠直，三曰博学，四曰文词，五曰书翰。"

⑥ 黄梨洲（1610—1695）即黄宗羲，字太冲，别号梨洲老人，绍兴府余姚县人，与顾炎武、王夫之并称明末清初三大思想家，有"中国思想启蒙之父"之誉。

【索引词】宁波；姚江。

〔近现代〕李牧童

作者简介：李牧童（1982—），湖南浏阳人，毕业于浙江大学。现任浙江省辞赋学会副会长。

鉴湖赋

稽山以北，后海之滨。有湖名鉴，遗惠泽民。本荒服之斥沼，多犷獛之蛮人。或水行而捕食，或山处以栖身。虽显荣乎来世，实寥落于先秦。既缵绪于夏禹，方肇基乎马臻。修百里之堤坝，立四围之斗门。拒汐潮于朝暮，调旱涝于冬春。兴地利以创举，格天心于至纯。遂济物而忘我，终捐躯以求仁。尔乃协和物候，荟萃人文。更张气象，扭转乾坤。海岳生精，风俗丕变；庶氓习礼，孝忠长存。

若夫蓄淡却咸，容卅六源玉液；钟灵毓秀，纳八百里云英。广溉良畴，民丰物阜；雄披峻岭，海晏河清。山多金木兽禽之殷盛；水有鱼虾蟹蚌之充盈。市贸菱芡茭荷之鲜美；家藏粟粳菽麦之丰登。采剡茶于谷雨，沽越酒于清明。藤纸呈如月之白，秘瓷耀胜邢之青。宝鉴泓澄，最宜舟船放棹；烟波浩淼，能使鸥鹭忘情。倚水凭栏，遥想轩辕磨镜；凌空举目，仰观任父钓鲸。古柯亭中，倾听笛韵于蔡氏；若耶溪畔，爽沐樵风于郑弘。感秦皇之祭禹，惊越女之倾城。怀勾践之生聚，引龙泉之啸鸣。叹东南之繁庶，支天下之熙宁。

至若紫气南移，延晋朝之运祚；名流东渐，慕越郡之风光。凿河道于西陵，非惟进贡；通钱塘之航运，且便经商。逸士高人，广修宅第；豪门望族，争储田粮。兴兰渚浮觞之雅，纵贺监泼墨之狂。抒性情于山水，析义理于老庄。康乐玄晖，咏林泉之奇趣；竺潜支遁，扬般若之精芒。意兴遄飞，放翁鬻千金之唱；心神骀荡，杜甫乘五月之凉。浩然览物，文海泛觞。妙如孙位之逸品，真乃谪仙之醉乡。一时云蒸霞蔚，凤翥龙翔。称六朝文物之薮，冠千载礼仪之邦。

嗟乎！水者诸生之宗室，地为万物之本原。惟中和于义利，始外洽于人天。苟清平之逸享，则忧患之漫延。夫嗜欲而罔度，乃偷安以失官。观鉴湖之兴废，有先兆之因缘。纵繁生之丁口，兴围垦之农田。任葑淤于大泽，驰斧伐于深山。损纲维于社稷，流水土于自然。既壅淤之月久，复侵夺之日残。名但传于诗赋，实早没于宋元。虽重修于当代，不再况于盛年。伤世情之翻覆，悯民事之艰难。望人心之常允，知天道之无偏。盖追来而鉴往，能备患以居安。

——《李牧童辞赋选集》

【索引词】绍兴；鉴湖；水利。

绍兴赋

会稽古郡，华夏名城。功昭汗简，声贯寰瀛。毓秀钟灵，辉映斗牛之宿；枕山襟海，坐拥河岳之精。百越肇乎先，溯史自羲皇以上；诸侯会其后，扬威于帝禹之盟。从蠡都生聚廿年，终称雄于句践；至天下合归一统，始置郡于秦嬴。比及巨室南迁，乘风蔚起；高宗回跸，绍祚中兴。尔时力支半壁江山，允为重镇；永葬六皇陵寝，曾号陪京。物产丰饶，奕世之宏休长续；隽才彬蔚，千秋之文脉已形。

若夫山川胜概，历史景观，万般气象，满目琳琅。舜井姚丘，慨民风于往世；刑塘禹穴，窥圣教于先王。名赐蕺山，显越王之偏嗜；鱼沉浣水，惊西子之淡妆。听行吟于木客，参篆刻于始皇。慕永和之修禊，观兰渚之浮觞。又或云兴鉴水之波，茫茫渺渺；雨润稽山之木，郁郁苍苍。纤道长铺，航行有运河之便；海塘屡筑，灌溉无涌浪之狷。五泄湖寒烟笼翠，千柱屋密院回廊。十九峰萤声丹霞地貌，大佛寺享誉越国敦煌。更有天姥山幽，倾太白之雅兴；沈园柳老，吊惊鸿之遗踪。叹云骨之峻嶒兮，奇如鬼斧；醉东湖之旖旎兮，巧夺天工。曹娥江大闸新修，伟魄何须钱弩；若耶水轻舟偶泛，微醺但沐樵风。至如宝塔有应天、大善、永和、文笔之流，骋怀极目；古桥多八字、迎恩、题扇、谢公之属，贯玉垂虹。道观存重阳、金庭、千秋、龙瑞之丰，名标青史；伽蓝汇云门、龙华、炉峰、戒珠之众，慧照苍穹。

至若果隋蠃蛤之饶，书无绝载；金锡鱼盐之富，古已有传。饭稻羹鱼，家居尽陶釜苇编之用；火耕水耨，农作开石锛骨耜之先。劲节虚心，会稽之竹箭尤美；吹毛断发，欧冶之剑锋最寒。又或机女调枢，越绫列朝廷之贡；冶工兴铸，铜镜彰天下之名。纸贵剡藤之白，窑珍秘色之青。酒壮虎贲之勇，茶烹日铸之英。舟有乌篷船之轻巧，酱膺博览会之殊荣。香榧芬芳，萦绕江湖之梦；越鹅肥美，换书道德之经。

更有越邑之人文也，英物挺生。名贤辈出，异彩纷呈。观夫先秦两汉之世，则重华敷德之功宜著，文命导川之绩当尊。治从句践兮，卧薪尝胆；商奉陶朱兮，致富行仁。文种多智谋之术，王充辟唯物之新。合浦还珠，太守证清廉之至；树碑立庙，曹娥彰孝烈之纯。简烦禁非，感钱清于刘宠；兴利除弊，思湖创于马臻。至于魏晋南北之朝，则有嵇叔夜广陵绝响，名教难循；贺彦先内史兴功，运河通凿。鸾飘凤泊，二王洒翰墨之香；历水游山，两谢抒林泉之乐。谢安建名相之功勋，支遁扬高僧之般若。比及唐宋元明之代，则有贺狂客金龟换酒，陆放翁寒梦戍边。王冕画梅，满纸乾坤清气；铁崖挂印，一时领袖诗坛。王阳明良知证道，张景岳妙手回天。青藤挥毫兮，肇开画派；刘子慎独兮，讲授蕺山。自清以降，尤腾蛟起凤，而蔚为大观。章实斋六经皆史，李越缦百卷称雄。赵之谦号画坛名宿，周树人为文苑巨公。革命则徐锡麟、秋竞雄、陶成章、俞秀松，无愧坚贞之先烈；教育则经亨颐、蔡元培、马叙伦、陈鹤琴，宏开时代之新容。总理周公谨慎谦恭，欣看万邦交厚；宗师蠡叟博通精进，惊呼四库书穷。胡愈之擎新闻大纛，马寅初铸经济高峰。至若赵忠尧执教清华，孕育科研之种；竺可桢领军浙大，点燃求是之光。陈建功撰三角级数之论，钱三强登两弹元勋之堂。此皆科学奠基之巨擘，国家进步之栋梁。

泊乎沧桑饱阅，分域于共和之初；时势勇乘，扬帆于改革之际。破思想之樊笼，兴民营之经济。掀企改之浪潮，领市场之风气。尔乃弃三缸之主流，夯五业之基石。桂冠屡夺，建筑拔萃一时；集市重张，商圈支撑半壁。创新求变，人文与科技并肩；崇智尚谋，教育和金融比翼。开拓湖山园林秘境，深掘旅游发展之潜能；承扬书画戏曲遗风，广弘文艺薰陶之魅力。更有围涂建闸，获利两江之流；排涝防污，攻坚五水之治。树水城重建之宏猷，怀产业新兴之远志。迎百年难遇之机，创生态宜居之市。军旗猎猎，招麾两业之经；战鼓声声，激励双城之计。喜看大湾区之建设，引凤筑巢；共谋长三角之腾飞，养精蓄势。

赞曰：

称文物之名邦兮，凤集鸾翔。感前绩之彪炳兮，灼灼其芒。

兴伟业于今朝兮，九州永泰；造鸿休于斯邑兮，百世恒昌。

——《绍兴日报》2009 年 6 月 30 日

【索引词】绍兴；水利；航运。

附录二　楹联

〔明〕于谦（1398—1457）题炉峰石屋联

花雨欲随岩翠落，松风遥傍洞云寒。

〔明〕陈璚（1440—1506）题观瀑亭联

源头清接金沙涧，波面平添玉带桥。

〔明〕陈璚题兰亭流觞亭联

胜迹流连邻麹院，群贤觞咏继兰亭。

〔明〕徐渭代张元忭题三江汤公祠联

凿山振河海，千年遗迹在三江，缵禹之绪；
炼石补星辰，两月新功当万历，于汤有光。[①]

——《徐渭集》

[①] 乾隆时期清凉道人《听雨轩笔记》卷三"三江闸"："凿山通河海，千年遗泽在三江，缵禹之绪；炼石补星辰，两月神功当万历，于汤有光。"此联又作"炼石补星辰，二月兴工当万历，缵禹之绪；凿山镇河海，千年遗泽在三江，于汤有光""炼石补星辰，两月成功当万历，缵禹之绪；凿山振河海，千秋遗迹著三江，于汤有光"。既有词句排列之争，又有"镇/振/通""新功/兴工/成功/神功""千年遗泽/千秋遗迹""二月/两月""在/著"等异文。万历时期属于重修，"新功"较为合理。今从《徐渭集》。

〔明〕徐渭题绍兴禹陵联

开辟乾坤，巨灵赑屃，镇东南千百万家精神命脉；

缉熙日月，春秋茧栗，继上古七十二帝禋祀蒸尝。

〔明〕徐渭题龙山隍祠联

王公险设，带砺盟存，八百里湖山知是何年图画；

牛斗星分，蓬莱景胜，十万家烟火尽归此处楼台。

——《徐文长逸稿》卷二十四

〔明〕徐渭题张水神联

舟楫颠危，鱼龙出没，贾客但放胆以须，素患难，行乎患难；

平生忠义，今日风波，神明直举头如在，叫一声，立应一声。

——《徐文长逸稿》卷二十四

〔明〕徐渭题水神庙联

三灵一德，共土食神禹黔黎，故湖海绝鱼龙负舟之险；

九历八埏，总丸塞宣房瓠子，敢丛林有虫蛇画壁之穿。

——《徐渭集》

〔明〕无名氏[①]三江闸汤公祠柱联

心悬皓月青天上，功在黄云白浪间。

——《听雨轩笔记》

---

① 据《绍兴风俗丛谈》，此联出自与汤绍恩同时代的翰林院庶吉士汪应轸诗。汪应轸，山阴人，正德十二年进士。

〔清〕爱新觉罗·玄烨题禹王庙联

江淮河汉思明德，精一危微见道心。

〔清〕爱新觉罗·弘历题禹王庙联

绩奠九州垂万世，统承二帝首三王。

〔清〕梁同书（1723—1815）题鲁迅故居联

至乐无声惟孝悌，太羹有味是诗书。

〔清〕无名氏（1731年之前）题余姚通济桥联

千里遥吞沧海月，万年独砥大江流；一曲蕙兰飞彩鹢，双城烟雨卧长虹。

——余姚通济桥石刻

〔清〕无名氏题萧山万济桥联①

（北侧桥联一）闸因界画，看绕村农亩；湖以涝名，喜傍水人家。
（北侧桥联二）蓄泄顺时沾恺泽，高低随处庆年丰。
（南侧桥联）障定百川，好去东瀛揽胜；嵌挖一洞，都为此阙永流。②

——《萧山对联集成》

---

① 万济桥，在萧山区新塘街道涝湖村境内，萧绍古运河北岸，俗称涝湖闸桥，建于清道光年间（1821—1850），今废。原注称"联见《萧山古迹钩沉》"，李维松先生又称"现场抄录"。
② "嵌挖一洞，都为此阙永流"，《萧山日报》作"嵌空一洞，都为北阙承流"。

〔清〕王有龄（1810—1861）题慈溪县署联

旷甘旨而策拊循，矢慎矢勤，敢忘庭训；
承凋瘵而谋安辑，同忧同乐，莫负湖名。^①

——《侯官王壮愍公年谱》

〔清〕胡澍（1825—1872）运河园水吟石廊书法对联

禹陵风雨思王会，越国山川出霸才。

〔清〕赵之谦（1829—1884）运河园水吟石廊书法对联

阳春已归鸟语乐，溪水不动鱼行迟。

〔清〕陶浚宣（1846—1912）题东湖怀阴别墅联

此是山阴道上，如来西子湖头。

〔清〕陶浚宣题东湖仙桃洞联

洞五百尺不见底，桃三千年一开花。

——绍兴市旅游资讯网

〔清〕运河园内马山陶家埭通济亭联

风吹雨打从此息肩，熙往攘来暂行驻足。

——《通江达海，好运天下：浙东运河博物馆文本解读》（下）

---

① 王有龄，字英九，号雪轩，侯官（今福州市区）人。曾为杭州知府、浙江巡抚，曾在浙东新昌、慈溪、鄞县、镇海、定海等地任职。道光二十一年（1841）赴浙禀到，经系列"差遣"后署理新昌县。到任两月内审结积案百余起，初显干练廉明。升慈溪县知县，力除痼弊，治杜、白二湖（杜湖、白洋湖），息民纷争，使北乡粮田万余顷借以灌溉。

〔清〕运河园内东浦塘湾村继志亭联

（一）箕风毕雨偏相左，鉴水旄山欲在前。
（二）可是肯堂与肯构，居然宜夏亦宜冬。
（三）且从此处中途坐，再向前程正路行。
（四）曰往曰来名利客，可行可止自由人。
　　　　——《通江达海，好运天下：浙东运河博物馆文本解读》（下）

〔近现代〕汤寿潜（1856—1917）题绍兴柯岩联

记羚峡亦有斯岩，人巧天工，同此寒潭应北斗；
距蠡城曾无多路，水清石瘦，由来奇境胜东湖。

〔近现代〕王继香（1860—1925）题青藤书屋联

数椽风雨，几劫沧桑，想月中跨鹤来归，诗魂尚下陈蕃榻；
半架青藤，一池乳液，看石上飞鸿留印，名迹应光越绝书。

〔近现代〕孙中山（1866—1925）题绍兴府山风雨亭联

江户矢丹忱，感君首赞同盟会；轩亭①洒碧血，愧我今招侠女魂。

〔近现代〕王震（1867—1938）运河园水吟石廊书法对联

朗日和风斯世咸喻，清文盛德古人与稽。
　　　　——《通江达海，好运天下：浙东运河博物馆文本解读》（下）

---

① 1907 年 7 月 15 日凌晨，秋瑾从容就义于绍兴轩亭口。

〔近现代〕赵叔孺（1874—1945）运河园水吟石廊书法对联

欲截老龙吟夜月，梦随秋雁到东湖。

〔近现代〕秋瑾（1875—1907）题新昌天姥山联

如斯巾帼女儿，有志复仇能动石；多少须眉男子，无人倡议敢排金。

〔近现代〕鲁迅故居三味书屋联

屋小似船，人淡如菊。

〔近现代〕王时泽（1886—1962）题秋瑾故居联

秋雨秋风，女豪杰为国殉难；新元新纪，革命党立庙昭忠。

〔近现代〕袁克文（1890—1931）题府山望海亭联

若耶溪上，泛者去而未休，何如游此地乎，静听争流之万壑；
山阴道中，苦于应接不暇，是以建斯亭也，坐观竞秀之千岩。

〔近现代〕郭沫若集句题宁波天一阁联

春秋多佳日，山水有清香。

〔近现代〕郭沫若题普陀文物馆联

万牛回首丘山重，鲸鱼破浪沧溟开。

〔近现代〕郁达夫集句题诸暨西子故里联

百年心事归平淡，十载狂名换苧萝。

〔近现代〕王焕镳（1900—1982）题兰亭流觞亭联

披雾还观沧海日，流觞却异永和人。

〔近现代〕陶博吾（1900—1996）运河园水吟石廊书法对联

春风快读兰亭序，秋雨闲临宝子碑。

〔近现代〕诸乐三（1902—1984）题绍兴府山联

生聚教训，功垂于越；卧薪尝胆，志切沼吴。

〔近现代〕吕贞白（1907—1984）题东湖小稷楼联

一碧无底，下有潜蛟；万绿如潮，仰观飞瀑。

〔近现代〕张爱萍（1910—2003）题兰亭右军祠联

笔墨留声遗万代，风流艺海看今朝。

〔近现代〕柳北野（1912—1986）题东湖藏书楼联

凿石出奇文，满壁藤萝存马迹；自天倚长剑，四山风雨作龙吟。

〔近现代〕运河园内东浦光相村闲亭联（1923年）

（一）临行旦检随身物，相逢何事更班荆。

（二）偶语须防属耳坦，得听不妨聊憩足。

    ——《通江达海，好运天下：浙东运河博物馆文本解读》（下）

〔近现代〕运河园内马山东安亭"少住为佳"联（1948年）

陋室一间聊避风雨，行程万里暂歇仔肩。

——《通江达海，好运天下：浙东运河博物馆文本解读》（下）

〔近现代〕寿能仁撰运河园正大门楹联（2003年）

漕运接京华诗路云帆行万里，长河润沃野恩波惠雨泽千秋。

——《通江达海，好运天下：浙东运河博物馆文本解读》（下）

〔近现代〕寿能仁撰运河园内远帆亭联（2003年）

水驿虹桥迎远客，岚光波影送征帆。

——《通江达海，好运天下：浙东运河博物馆文本解读》（下）

〔近现代〕周魁一撰并书运河园南牌坊运河纪事联（2003年）

来风来云来际来会稽禹功，之南之北之东之西兴货殖。

——《浙东运河史》（上卷）彩色插页手迹

〔近现代〕邹志方（1939—2021）撰运河园恶[①]伯亭联

（一）追远慎终，无心为爱；清源正本，有德乃尊。
（二）沿堤花气通人语，隔岸松风引酒香。

——《通江达海，好运天下：浙东运河博物馆文本解读》（下）

---

① 恶，书面语，同"爱"。

〔近现代〕邹志方、程鹏儿撰运河园北牌坊运河纪事联（2003 年）

似德似正赴千壑而有勇，为言为事利万物则无尤。

——《浙东运河史》（上卷）

〔近现代〕谭徐明撰运河园门内楹联（2003 年）

越有青山至今通波赖旧河，堤过镜湖往时春风拂新帆。

——《浙东运河史》（上卷）

〔近现代〕周庸邨书运河园内水天一色亭联（2003 年）

天与雄区欲游目骋怀一层更上，地因多景喜山光水色四望皆通。

——《通江达海，好运天下：浙东运河博物馆文本解读》（下）

〔近现代〕邱志荣撰运河园内王城西桥联（2003 年）

（一）堰限江河航瓯舶闽，津通漕输浮鄞达吴。

（二）稽山镜水太白遨游倾慕久，浪桨风帆放翁吟唱往来频。

——《通江达海，好运天下：浙东运河博物馆文本解读》（下）

〔近现代〕钱茂竹撰运河园内运河桥（王城东桥）联（2003 年）

（东）飞梁横南北，远客集东西。

（西）半江雾色随霞尽，一片风帆共鸟归。

——《通江达海，好运天下：浙东运河博物馆文本解读》（下）

〔近现代〕运河园内水心亭联（2003 年）

万顷月波秋雨后，一篝烟翠夕阳间。（宋伯仁诗句）

——《通江达海，好运天下：浙东运河博物馆文本解读》（下）

〔近现代〕运河园内马山东安村欲仙亭联（2003 年）

人游月边去，舟在空中行。（李白诗句）
　　　　——《通江达海，好运天下：浙东运河博物馆文本解读》（下）

〔近现代〕运河园内澄碧亭联（2003 年）

（一）朝雨染成新涨绿，春烟淡尽远山青。（陆游诗句）
（二）无穷江水与天接，不断海风吹月来。（陆游诗句）
　　　　——《通江达海，好运天下：浙东运河博物馆文本解读》（下）

〔近现代〕李长宏撰运河园内缘木渡亭联（2003 年）

亭立新碑添胜事，人游古渡说遗踪。
　　　　——《通江达海，好运天下：浙东运河博物馆文本解读》（下）

〔近现代〕朱非书运河园内松杨亭联（2004 年）

拔根俯于水，缘木渡入城。
　　　　——《通江达海，好运天下：浙东运河博物馆文本解读》（下）

〔近现代〕沈佑昌题萧山星拱桥（俗称白堰桥）联

两宿渡银河，自昔相传乌雀填；众星拱白堰，从今永庆彩虹环。
　　　　——《萧山对联集成》

〔近现代〕萧山黄山西南水利工程纪念堂钱王殿联

东海射涌潮，平息冲浪是谓千古佳话；
西江筑堤塘，力挽狂澜以保万家安宁。

　　　　——《萧山水利志》

〔近现代〕绍兴东湖霞川桥联

剪取鉴湖一曲水，缩成瀛海三山图。

——《添美东湖霞川桥》

〔近现代〕绍兴环城河迎恩门联

楼接虹霞连九陌，门开水陆达三吴。

——《上善之水——绍兴水文化》

李薄客题鉴湖快阁联

放翁万篇，半皆归里作；柳家副本，全是借人看。

奉化休休亭①联

行，行，行，行行且止；坐，坐，坐，坐坐何妨。

宁波天一阁联

此地有崇山峻岭，茂林修竹；其人读三坟五典，八索九丘。

大西坝凉亭对联

南来北往到此问津，雨夕风尘也堪托足；
暂寄足乎欲行且止，请息肩矣少住为佳。

——《安澜宁波》

---

① 休休亭，在奉化一条公路上，蒋介石生母王采玉捐建，供路人休息之用。

李碶渡亭楹联

潮汐往来时，听两岸喧声竞渡；江河交汇处，看一椽倒影清波。

——《安澜宁波》

禹王庙联

（一）三过其门，虚度辛壬癸甲；八年在外，平成河汉江淮。

（二）与水不能争，力尽八年唯注海；升堂思肯构，目穷千里更登台。

卧龙山越王台联

志遂破吴三尺剑，泽流全浙一条鞭。

卧龙山蓬莱阁联

桑柘几家湖上社，芙蓉十里水边城。

东湖听湫亭联

（一）江空欲听水仙子，壁立直上蓬莱峰。

（二）倒下苍藤成篆籀，劈开翠峡走云雷。

东湖联

泥雪人生几鸿爪；津亭诗句万牛毛。

东湖秦桥联

闻木樨香否，知游鱼乐乎。

东湖饮渌亭联

崖壁千寻，此是大斧劈画法；渔舫一叶，如入小桃源图中。

东湖桃源洞联

洞五百尺不见底，桃三千年一开花。

吼山联

潭碧自评月，崖高欲说云。

柯岩联（集唐诗）

移石动云根，一角岩扉，名高北斗星辰上；
横琴候萝径，满身山翠，人在千峰烟雨中。

镇海招宝山联

（一）天与水无涯，万泊远循鳌柱麓；地随山共尽，十洲环向海陀峰。

（二）踞三江而扼吭，看远近层峦秀耸，碧浪潆洄，永固浙东之锁钥；

俯六国以当关，任往来宝藏云屯，牙樯林立，会同海峤之共珠。

镇海钱镠墓联

大哉王言，江山保障；懿钦祖德，吴越驱思。

上虞曹娥孝女庙联

孝女名江，看汐往潮来，百十里叠浪层波，是哭父千行血泪；
逸才题赞，想外孙幼妇，八个字虫侵蠹啮，为谇娥万古丰碑。

上虞虞姬庙联

今尚祀虞，东汉已无高后庙；斯真霸越，西施羞上范家船。

舟山定海要塞联

舟楫戈林，海围帆墙关岛屿；山河镇钥，江城楼舶浪淘沙。

索　引

诗词作者

阿里沙	316	陈舜俞	146	董其昌	371
爱新觉罗·弘历	425, 555	陈松龄	476	董嗣杲	275
爱新觉罗·玄烨	411, 555	陈羽	86	董允雯	410
白居易	96	陈渊	172	窦巩	89
鲍存晓	471	陈允初	76	独孤及	77
贝琼	327	陈允平	269	杜范	254
毕仲游	166	陈造	219	杜甫	68
辨才	39	陈芝图	430	范成大	217
蔡元培	488	陈至言	408	范钦	361
曹粹中	178	陈著	267	范允锁	482
曹茂之	19	陈滋	457	范仲淹	132
曾几	176	成廷珪	305	方干	110
查慎行	409	程珌	237	方翔藻	470
柴望	266	程师孟	145	冯建荣	507
陈范	480	崔词	84	冯锐	181
陈孚	285	崔道融	121	傅俊	388
陈光绪	453	戴表元	286	甘元圻	481
陈和	466	戴炳	257	高明	311
陈洪绶	379	戴琥	342	高启	330
陈锦	465	戴良	314	高翥	244
陈璠	553	邓深	192	高卓	533
陈垲	262	刁约	135	戈鲲化	473
陈琏	336	丁复	298	葛绍体	237
陈起	244	丁鹤年	317	贡悦	316
陈坰	264	丁梦松	482	勾践夫人	6
陈深	288	丁师虞	384	顾况	81

顾炎武	393	黄省曾	358	李埈	372
桂彦良	329	黄寿衮	479	李隆基	47
郭沫若	494, 558	黄镇成	300	李牧童	549
郭璞	13	季本	355	李频	116
韩淲	236	江淹	28	李绅	91
韩性	289	姜夔	234	李堂	351
韩元吉	193	蒋士铨	434	李雯	384
何经愉	423	蒋堂	129	李孝光	299
何舜宾	346	皎然	74	厉鹗	416
何逊	30	金涓	312	梁同书	555
贺朝	46	金振豫	484	林季仲	177
贺知章	43	柯九思	306	林景熙	278
洪缙	487	孔平仲	159	林人隐	279
洪焱祖	289	来端人	389	凌云翰	332
胡步川	495	来鸿晋	478	刘大观	445
胡曾	118	来集之	380	刘过	234
胡国楷	416	来日升	389	刘缓	31
胡怀德	500	来斯行	375	刘基	325
胡寿颐	471	来廷绍	233	刘穆	367
胡澍	556	来文英	385	刘燃	442
胡天游	420	来翔燕	446	刘诜	290
胡耀灿	545	来又山	483	刘叔温	255
胡应麟	370	来裕恂	489	刘文炤	399
胡云英	467	来宗敏	448	刘一止	175
华茂	19	郎士元	80	刘禹锡	90
桓伟	19	李白	59	刘长卿	78
皇甫冉	70	李薄客	563	刘宗周	377
黄潘	296	李慈铭	469	镏涣	310
黄景仁	443	李东阳	347	柳北野	559
黄九川	531	李鼐	257	柳贯	291
黄裳	165	李光	174	楼钥	226

卢思道	35	齐唐	131	沈德潜	415
鲁迅	493	齐召南	423	沈遘	157
陆佃	165	綦毋潜	51	沈镜煌	476
陆费瑔	452	钱弘倧	122	沈辽	158
陆龟蒙	119	钱茂竹	561	沈明臣	363
陆鉽	394	钱镠	458	沈炜	441
陆相	351	钱惟善	321	沈周	346
陆游	195	钱易	128	施肩吾	103
陆羽	83	钱壮	483	施闰章	394
罗哲文	501	秦观	167	施濬	418
吕贞白	559	秦系	74	史浩	184
吕祖谦	230	丘迟	29	史弥宁	238
马明衡	359	丘崈	225	释宝昙	218
马臻	287	丘为	66	释绍嵩	259
毛奇龄	396	邱志荣	561	释昙莹	180
毛万龄	407	秋瑾	558	释文珦	264
毛泽东	497	屈大均	401	释行海	274
梅尧臣	137	权德舆	87	寿能仁	560
孟浩然	48	全祖望	424	舒亶	160
孟简	87	任四邦	386	舒岳祥	271
孟郊	85	任询	222	司空曙	73
米芾	169	任昱	293	宋祁	136
缪梓	461	茹敦和	432	宋禧	328
迺贤	314	阮元	446	宋之问	40
倪瓒	309	萨都剌	294	苏洵	242
倪宗正	354	僧元亮	113	苏轼	159
欧阳修	140	单隆周	395	苏舜钦	141
潘家铮	502	商盘	421	苏彦	22
潘阆	127	邵宝	349	孙承恩	358
潘良贵	179	邵晋涵	440	孙绰	18
皮日休	118	邵权	171	孙嗣	18

孙逖	52	王继香	557	王震	557
孙统	18	王克敬	295	王峥	503
孙因	261	王冕	303	王之道	177
孙中山	557	王凝之	20	王质	224
汤绍恩	359	王聘	529	王铚	183
汤式	320	王阮	232	王稚登	369
唐之淳	333	王十朋	187, 521	魏湾	256
陶安	327	王时泽	558	魏骥	340
陶博吾	559	王士禛	402	魏了翁	249
陶翰	56	王世贞	368	魏滂	21
陶浚宣	556	王守仁	352	魏洽	256
陶望龄	372	王肃之	16	魏岘	240
陶元藻	431	王随	129	文天祥	277
陶宗仪	328	王维	57	文种	5
滕岑	226	王羲之	14	乌斯道	331
童瑞	348	王旭	284	无名氏〔春秋〕	3, 7, 8
童钰	433	王炎	230	无名氏〔明〕	554
万斯同	402	王衍梅	450	无名氏〔清〕	555
汪元量	278	王野	357	无名氏〔宋〕	238
王安国	157	王诒寿	468	吴景奎	307
王安石	150	王谊	335	吴潜	259
王柏	261	王应麟	272	吴容	542
王彬之	21	王有龄	556	吴师道	297
王勃	40	王禹偁	127	吴寿昌	438
王昌龄	51	王钰	437	吴寿彭	499
王昶	436	王煜伦	451	吴文英	265
王丰之	21	王元之	20	郗昙	18
王涣之	21	王恽	283	夏焕	387
王焕镳	559	王蕴之	21	夏竦	130
王徽之	20	王长生	540	萧敬德	362
王籍	32	王贞白	121	萧颖士	72

萧昱	29	颜颐仲	254	袁峤之	19
谢安	15	杨东标	538	袁桷	288
谢承举	350	杨果	283	袁克文	558
谢惠连	25	杨蟠	148	袁枚	429
谢绛	135	杨荣	336	月鲁不花	313
谢景初	149	杨时	170	越人	4
谢灵运	23, 509	杨守陈	343	湛若水	352
谢丕	355	杨维桢	308	张爱萍	559
谢聘	451	姚汉源	499	张邦奇	357
谢迁	348	姚燧	284	张弼	343
谢万	17	姚燮	459	张伯淳	285
谢绎	22	叶封唐	439	张伯玉	139
谢照	448	叶清臣	136	张岱	377
辛弃疾	231	佚名	508	张得中	337
虚中	120	应绿霞	547	张桂臣	472
徐丰之	22	应枢	252	张祐	107
徐浩	67	应煟	252	张籍	88
徐恢	192	于立	310	张继	69
徐梦熊	445	于谦	553	张侃	247
徐天祐	276	余阙	311	张可久	292
徐渭	363, 553, 554	俞安期	373	张蠙	120
徐再思	297	俞桂	263	张乔	117
徐震堮	498	虞伯龙	388	张士培	406
徐中行	362	虞说	22	张惟中	280
许浑	105	庾肩吾	33	张炜	180
许及之	233	庾友	19	张文瑞	413
薛宝元	473	庾蕴	19	张学理	502
薛季宣	223	郁达夫	498, 558	张以文	386
薛据	57	喻良能	194	张远	415
薛叔振	239	元稹	99	张招	319
严维	81	袁宏道	375	张翥	300

章孝标	106	郑克己	236	周元棠	454
章载道	370	郑霖	253	周长发	420
赵抃	142	郑清之	245	周作人	493
赵鼎	176	郑獬	156	朱超范	503
赵构	185	郑元祐	307	朱德润	308
赵碬	109	郑真	329	朱放	72
赵宽	349	周弼	258	朱庆馀	108
赵青	443	周伯琦	309	朱熹	219
赵叔孺	558	周晋镳	462	朱彝尊	400, 532
赵完	374	周匡物	104	朱右	326
赵之谦	556	周铭鼎	462	诸葛兴	250
赵志皋	368	周师濂	456	诸乐三	559
赵子渐	528	周师诗	484	诸筹	475
赵子潚	182	周锡桐	460	宗圣垣	444
郑板桥	417	周庸邨	561	邹志方	560, 561
郑戢	134	周元范	90		

古今地名

安昌	55		128, 145, 158, 159, 160,
白鹤	339		166, 170, 176, 177, 178,
百官渡	175, 398		180, 192, 193, 195, 200,
百官街道	175		201, 202, 211, 217, 222,
北渡	106, 345		225, 226, 229, 230, 231,
车厩村	337, 339		233, 234, 236, 237, 244,
东关	337, 339		245, 249, 258, 259, 264,
东吴镇	152		270, 274, 275, 295, 302,
都泗	227		331, 375, 382, 389, 494, 503
凤凰台	331	杭州	5, 49, 54, 60, 61, 64, 66, 70,
光溪镇	405		71, 80, 83, 94, 95, 99, 103,
杭州滨江	23, 26, 53, 58, 74, 98, 127,		105, 134, 205, 207, 262,

267, 278, 286, 290, 291, 295, 297, 304, 308, 312, 321, 327, 331, 336, 337, 339, 346, 347, 350, 352, 359, 362, 368, 369, 371, 372, 373, 376, 381, 382, 383, 384, 386, 393, 396, 402, 407, 409, 410, 413, 415, 417, 426, 429, 432, 435, 444, 445, 446, 453, 454, 461, 475, 481, 483, 497, 499, 502, 508

杭州萧山　6, 7, 25, 26, 28, 30, 31, 40, 44, 57, 74, 127, 135, 137, 145, 148, 158, 159, 160, 170, 178, 184, 189, 195, 198, 199, 201, 205, 211, 214, 230, 233, 264, 270, 272, 275, 277, 287, 295, 310, 320, 325, 331, 339, 340, 341, 342, 349, 350, 380, 381, 382, 385, 386, 394, 395, 398, 400, 401, 408, 414, 417, 419, 426, 435, 437, 448, 454, 479, 490, 492, 495, 498, 499, 501, 502, 507, 529, 531, 532, 533, 536, 538, 541, 542, 545

后郭　248
湖塘　53

黄桥　441
会稽　100, 299, 487
镜川　344
栎社　344
林浦　337
临浦　184
梅市　80
梦笔驿　195, 199, 201, 211, 214
南湖　147, 152, 156
宁波　5, 52, 60, 79, 104, 106, 114, 115, 133, 145, 147, 151, 153, 156, 161, 162, 164165, 166, 172, 177, 179, 181, 196, 203, 217, 229, 230, 238, 239, 240, 241, 246, 252, 253, 255, 256, 260, 262, 264, 265, 268, 269, 270, 271, 272, 273, 299, 300, 301, 306, 326, 328, 329, 330, 332, 333, 337, 339, 344, 345, 348, 349, 351, 361, 363, 367, 370, 388, 402, 403, 404, 406, 407, 410, 430, 447, 473, 502, 508, 549

宁波慈溪　112, 136, 149, 229, 305, 306, 307, 313, 315, 329, 350, 357, 362, 402, 460

宁波奉化　253
宁波海曙　238, 302, 403, 460
宁波江北　301,471

宁波鄞州　　　　　152,404,405

宁波余姚　107, 118, 129, 132, 134,
135, 136, 137, 138, 141,
149, 150, 151, 174, 184,
204, 220, 221, 227, 242,
256, 279, 296, 315, 317,
318, 319, 328, 337, 343,
354, 355, 425, 437, 441,
444, 447

藕花洲　　　　　　165

蓬莱驿　　　　　339, 484

七里滩　　　　　　337

祇园　　　　　　　233

千丈镜　　　　　　403

钱清　173, 195, 249, 337, 339, 427, 541

钱清驿　　　　　199, 200

三江城　　　　　　449

三江口　　　　　　365

三江所城　　　　　442

山西村　　　　　　196

山阴　　　　　　　78

剡源驿　　　　　　253

上落埠　　　　　　385

绍兴　3, 5, 7, 8, 9, 13, 22, 24, 26,
29, 32, 34, 35, 39, 41, 42,
43, 44, 45, 46, 47, 48, 49,
51, 52, 53, 54, 55, 56, 57,
58, 59, 60, 61, 62, 64, 65,
66, 67, 68, 69, 70, 71, 72,
73, 75, 76, 77, 78, 79, 80,
81, 82, 84, 85, 88, 89, 90,
91, 92, 93, 95, 97, 98, 100,
101, 102, 106, 107, 108,
109, 110, 111, 112, 113,
116, 117, 118, 119, 120,
121, 122, 123, 127, 128,
130, 131, 132, 134, 135,
139, 140, 141, 142, 145,
146, 147, 148, 153, 154,
157, 158, 159, 160, 165,
167, 168, 169, 171, 172,
173, 176, 177, 186, 188,
189, 191, 192, 194, 195,
196, 197, 198, 199, 200,
202, 205, 206, 207, 208,
209, 210, 211, 212, 213,
214, 215, 216, 219, 220,
222, 223, 225, 226, 227,
231, 232, 235, 236, 243,
244, 245, 247, 248, 249,
251, 252, 254, 257, 261,
265, 266, 276, 277, 279,
280, 283, 284, 285, 287,
288, 289, 291, 292, 293,
294, 296, 297, 299, 300,
303, 305, 306, 307, 308,
310, 311, 314, 316, 321,
325, 326, 327, 328, 330,
333, 334, 335, 336, 337,
339, 348, 351, 352, 353,
354, 356, 357, 358, 359,
360, 361, 362, 365, 366,
367, 370, 371, 372, 373,
374, 376, 377, 378, 379,

383, 384, 387, 388, 393,
394, 396, 397, 398, 399,
400, 401, 410, 411, 412,
413, 414, 416, 418, 419,
420, 421, 422, 423, 424,
426, 427, 428, 429, 430,
431, 432, 433, 434, 435,
436, 437, 438, 442, 443,
445, 449, 450, 451, 452,
454, 455, 456, 457, 458,
459, 461, 463, 464, 465,
466, 467, 468, 469, 470,
471, 472, 475, 476, 477,
478, 481, 482, 484, 487,
488, 489, 491, 492, 493,
494, 495, 496, 497, 498,
499, 500, 501, 502, 507,
508, 521, 528, 547, 550, 552

绍兴柯桥　15, 16, 55, 103, 216, 283,
337, 339, 419, 454, 462,
484, 541

绍兴上虞　86, 87, 175, 183, 191, 204,
218, 232, 243, 248, 259,
270, 271, 295, 304, 309,
337, 398, 439, 441, 447, 458

绍兴嵊州　63, 73, 74, 112, 113, 236,
254, 439, 458

绍兴新昌　　　　　　　　　　63

绍兴越城　　　　　　　　　454

绍兴诸暨　　　31, 104, 302, 499

沈园　　　　　　　　207, 213

四明　　　　　177, 217, 339

台州　　　　　　　　50, 497

通远乡　　　　　　　　　345

五云门　　　　　　　　　247

西渡　　　　　　　　　　337

西兴/西陵/固陵　6, 7, 26, 53, 58, 61,
68, 70, 71, 74, 80,
83, 94, 95, 98, 103,
105, 117, 127, 128,
145, 158, 159, 160,
166, 170, 176, 177,
178, 180, 192, 193,
195, 200, 201, 202,
211, 217, 222, 225,
226, 229, 230, 231,
233, 234, 236, 237,
244, 245, 249, 258,
259, 262, 264, 267,
270, 274, 275, 286,
290, 291, 295, 302,
304, 306, 308, 312,
331, 336, 339, 346,
347, 350, 359, 369,
368, 371, 372, 373,
381, 384, 386, 393,
401, 402, 407, 409,
410, 415, 417, 432,
435, 445, 453, 461,
475, 483, 492, 494,
499

洗砚池　　　　　　　　　29

小江驿　　　　　　　　　86

新林　　　　　　　　　339

星光村	345	越王城	382
杨汛桥	419	越州	98, 142
义桥	419	云门	108
驿亭镇五夫	191, 218	运河园	500, 501
鄞县	272	樟亭驿	99
甬江口	367	长河老街	503
渔浦	25, 28, 31, 57, 74, 135, 145, 148, 159, 160, 205, 264, 270, 287, 302, 304, 312, 321, 337, 349, 368, 380, 382, 435, 538, 545	长河镇	233
		丈亭驿	269
		仲夏	406
		舟山	155
		舟山定海	371

水系流域

白马湖	248, 295, 304, 380, 382	广德湖	161, 162, 164, 273
白洋湖	460	河湖	326
碧溪	344	贺监湖	339
曹娥江	53, 58, 72, 76, 80, 84, 110, 112, 113, 130, 209, 232, 270, 285, 325, 353, 370, 431, 447, 482, 547	后横潭	354
		湖泊	288
		浣纱江	104
		回涌湖	24
池塘	179	鉴湖/镜湖	24, 26, 32, 42, 43, 44, 45,
慈湖	301		46, 47, 48, 51, 53, 55, 58,
东海	270		59, 60, 61, 62, 63, 64, 66,
东湖	71, 191, 456, 489, 494		68, 69, 70, 73, 75, 77, 80,
东钱湖	246, 272, 361		85, 86, 89, 90, 92, 93, 95,
杜湖	313, 329		98, 100, 101, 102, 107, 108,
樊江	337, 339		109, 110, 111, 112, 116,
奉化江	179		117, 120, 121, 122, 130,
富春江	54, 137, 198, 287		132, 134, 141, 142, 145,
光溪	404		146, 148, 157, 159, 165,

167, 168, 171, 186, 188,
189, 194, 197, 202, 206,
208, 209, 210, 211, 212,
214, 215, 220, 223, 225,
226, 231, 247, 249, 251,
252, 257, 276, 277, 280,
285, 292, 293, 294, 299,
300, 306, 307, 308, 310,
316, 321, 326, 330, 333,
335, 336, 354, 359, 360,
362, 366, 372, 379, 382,
383, 388, 393, 410, 412,
413, 414, 418, 423, 426,
428, 429, 432, 435, 438,
454, 456, 457, 461, 464,
467, 469, 470, 476, 528, 550

江渠   446
菁江   87, 151, 279, 441
镜水   344
兰亭江   15, 244
兰渚   103
梁湖   271, 339
龙潭   446
南塘河   344
南溪   43
平水东江   354
浦阳江   26, 28, 70, 104, 2291, 542
七十二湖   327
钱清江   128, 296, 330, 397, 431
钱塘江   6, 7, 23, 31, 49, 64, 70, 94,
            95, 98, 99, 103, 105, 129,

134, 135, 136, 158, 177,
193, 195, 202, 222, 226,
233, 234, 237, 249, 258,
259, 264, 267, 278, 287,
291, 294, 297, 302, 304,
308, 331, 337, 339, 340,
359, 364, 366, 380, 381,
383, 386, 394, 402, 408,
409, 410, 413, 415, 417,
426, 431, 435, 445, 448,
453, 483, 494, 498

青溪   363
日湖   402
日月双湖   156
汝仇湖   332, 355
汝湖   355
若邪溪/若耶溪 24, 32, 43, 49, 51, 52,
            59, 60, 66, 67, 74, 76,
            77, 78, 79, 91, 95, 97,
            98, 100, 107, 109,
            113, 130, 145, 154,
            158, 160, 283, 284,
            287, 294, 299, 326,
            333, 367, 384, 388,
            398, 400, 414, 429,
            434, 456

三江   220, 265, 431, 478, 480, 492
剡溪   53, 63, 64, 69, 73, 81, 84,
            89, 112, 113, 130, 148, 205,
            254, 379, 458, 459

上林湖   149

十八里河	304
舜江	174, 296, 319, 325, 339
它山泉水	405
五夫河	191, 259
西渡江	339
西湖	376, 429
西施浦	302
西小江	414, 541
溪河	428
夏盖湖	248
仙岩溪	40
湘湖	170, 205, 212, 272, 275, 310, 320, 341, 342, 352, 362, 380, 386, 394, 408, 532, 533, 536
小江	71
小江湖	344
小舜江	84
小溪	405
姚江	112, 153, 179, 181, 184, 220, 221, 227, 229, 230, 238, 242, 243, 246, 265, 271, 299, 301, 304, 315,

	326, 328, 332, 333, 348, 349, 354, 398, 425, 441, 444, 447, 482, 549
鄞江	106, 156, 165, 172, 204, 229, 230, 240, 246, 272, 299, 337, 404
罂脰湖	403, 404
甬江/甬江水系	151, 179, 246, 270, 344, 351, 430, 447, 473
余姚江	107, 136, 138, 183, 301, 329, 343, 471
渔浦潭	30
月湖	402, 410
越溪	286, 383, 496
运河	44, 52, 74, 97, 102, 122, 127, 141, 158, 166, 175, 189, 198, 200, 201, 216, 217, 218, 243, 268, 269, 271, 277, 291, 300, 304, 320, 325, 348, 349, 370, 388, 507
仲夏河	344

水利工程

八字桥	501
白洋港	379
陂塘	208, 212
滨海塘闸	245, 265, 352, 356, 364, 365, 418, 444, 464, 475,

	480, 481, 490
采石场	436
曹娥堰	194, 254
春波桥	207, 213, 308, 335
大西坝	460

堤防	90, 91, 92, 116, 127, 150, 158, 202, 206, 209, 260, 336, 380, 385, 404, 419, 435, 531	九里堰	153	
堤塘	388, 395, 479	拒咸蓄淡	114, 115, 345	
叠梁闸	269	跨湖桥	201	
都泗堰	227	梁湖坝	337	
斗门	265	灵氾桥	93, 100	
斗门堰	418	麻溪坝	414, 418, 437, 438, 454, 541	
渡口	67, 71, 79, 93, 103, 105, 117, 135, 176, 177, 180, 230, 231, 237, 258, 259, 264, 271, 285, 286, 313, 346, 347, 350, 373, 461, 484, 494,	梅梁	68, 123, 167, 238, 251, 256, 266, 269, 286	
风堋碶	345	美施闸	398	
瓜沥塘	395	梦笔桥	339	
海堤	248, 315, 317, 318, 332, 492	南塘	444	
海塘	340, 373, 379, 380, 385, 386, 409, 414, 445, 465, 468, 472, 477, 492	蓬莱阁	140, 146, 148, 168	
		碶闸	260	
		钱清堰	172, 254, 487	
河堤	97	三江斗门	171	
河碶	179	三江闸	356, 364, 394, 396, 414, 421, 435, 437, 438, 442, 443, 445, 449, 450, 452, 454, 455, 458, 461, 465, 466, 468, 471, 472, 476, 478, 491, 541	
河渠	317, 345			
洪陈渡	471			
湖堤	210, 212, 352			
湖田	106			
回沙闸	241, 262, 264	三碶	404	
回塘	93	上虞港	339	
积渎碶	345	石堤	373, 386	
江海塘	490	石梁	50	
		石碶	302	
		双碶	344	
		水井	80, 179	
		水闸	345	
		它山堰	114, 115, 162, 164, 229, 238, 239, 240, 241, 246, 252, 253,	

256, 262, 264, 269, 404, 405, 407

塘闸	208
填塞工程	473
通明埭	243
通明堰	177, 218, 337
五夫堰	102
西坝	300
西渡堰	268, 269, 300, 370
西兴埭	481
西兴渡	278, 297
西兴运河	434
纤道	483, 494, 502, 508
纤路	495
乡村码头	203
萧皋碶	363
萧绍运河	26, 385, 483, 507
小江湖遗迹	344
新开河	473
新林浮桥	199

新中二坝	339
行春碶	344
堰坝	289, 385
堰埭	97, 200, 220
驿亭堰	218
应宿闸	356, 464, 472
玉山斗门	171, 352
运河	44, 52, 74, 97, 102, 122, 127, 141, 158, 166, 175, 189, 198, 200, 201, 216, 217, 218, 243, 268, 269, 271, 277, 291, 300, 304, 320, 325, 348, 349, 370, 388, 507
长堤	423
浙东运河	50, 133, 194, 200, 207, 227, 302, 495, 501
中堰	206
朱储斗门	171
桩基海塘	258

水事活动

乘潮	52, 53, 57, 80, 138, 165, 173, 176, 177, 192, 193, 204, 229, 232, 236, 238, 256, 265, 270, 271, 279, 284, 300, 301, 328, 330, 339, 354, 381, 431, 435, 441, 448, 453
待潮/候潮	80, 172, 199, 220, 221, 243, 304, 447, 481, 483

待渡	26
泛舟	26, 49, 51, 67, 121, 245, 333, 350, 355, 359, 361, 369, 383, 388, 397, 399, 407, 410, 419
废湖为田	157, 403
复湖	210
灌溉	114, 229, 320, 335, 342, 344
过堰	173

海船	305
航运	171, 229, 345, 552
绞船	218
泊舟	80, 108, 127, 159, 160, 165, 177, 199, 200, 201, 204, 211, 227, 268, 369, 372, 389, 498
骑马渡江	259
抢险	385
生态保护	181
疏浚河道	262
水利	153, 161, 171, 217, 239, 240, 318, 341, 396, 433, 435, 477, 531, 532, 550, 552
水战	261
通航	87, 107, 114, 256, 299, 305, 345, 354, 363, 404
围垦	231, 247, 249, 465, 476, 501, 502
泄水	404
行舟	5, 26, 28, 30, 32, 35, 42, 43, 44, 48, 50, 51, 55, 56, 57, 58, 59, 60, 63, 66, 68, 69, 72, 74, 75, 79, 80, 89, 92, 94, 95, 98, 101, 102, 106, 107, 108, 109, 112, 113, 120, 122, 127, 128, 129, 130, 132, 133, 134, 135, 136, 137, 138, 141, 142, 145, 147, 148, 151, 153, 154, 155, 156, 158, 159, 160, 164, 165, 166, 168, 170, 172, 173, 175, 177, 176, 180, 181, 186, 188, 192, 193, 195, 196, 197, 198, 199, 201, 202, 203, 204, 205, 206, 207, 209, 216, 220, 221, 226, 227, 229, 230, 232, 234, 236, 237, 238, 242, 243, 244, 245, 251, 256, 257, 259, 261, 262, 265, 267, 268, 269, 270, 271, 272, 275, 278, 279, 283, 284, 285, 288, 289, 291, 294, 295, 296, 300, 301, 306, 307, 308, 310, 312, 313, 315, 316, 320, 321, 325, 330, 331, 332, 335, 336, 337, 339, 343, 346, 347, 348, 349, 350, 354, 357, 366, 367, 368, 370, 371, 379, 380, 381, 385, 388, 396, 402, 408, 410, 412, 414, 415, 417, 418, 419, 423, 426, 428, 429, 431, 432, 433, 435, 441, 442, 447, 448, 453, 455, 456, 458, 459, 460, 461, 468, 470, 471, 476, 477, 479, 483, 484, 494, 495, 496, 500, 502, 507, 508, 528, 529, 533
夜航	25, 52, 73, 86, 90, 194, 200, 202, 209, 227, 300, 301, 330, 415, 483, 487, 494
夜泊	53, 54, 116, 177, 189, 218
造船	181
舟楫	171, 261, 345

运河名人

蔡邕	427
曹娥	299, 339
陈垲	262
大禹	9, 134, 154, 186, 188, 189, 232, 240, 319, 335, 396, 431, 437, 443, 449, 452, 472, 475, 541
戴琥	418, 438, 454
冬青义士	348
防风氏	13, 101, 430
勾践/句践	6, 7, 52, 59, 65, 69, 97, 186, 212, 383, 387, 395
贺知章	47, 48, 73, 120, 132, 160, 188, 194, 225, 292, 299, 300, 306, 310, 330, 333, 335, 357, 433, 456, 500
李白	184
李冰	421
刘宠	77, 296, 399, 427, 487, 526
楼异	401
鲁迅	498
陆游	216
马臻	116, 130, 142, 188, 189, 252, 276, 360, 414, 418, 432, 438, 454, 457
孟简	423
莫龙	465, 466, 475, 491
舜	8
司马迁	43, 232, 250, 360
宋高宗赵构	186
汤绍恩	360, 361, 394, 399, 414, 421, 433, 435, 437, 438, 442, 443, 445, 449, 450, 452, 454, 461, 465, 471, 472, 475, 476, 491
王安石	273
王十朋	528
王羲之	15, 22, 29, 66, 219, 335, 373, 429, 433
王元玮	114, 229, 240, 241, 256, 262, 264, 404
魏骥	340, 341, 342, 386, 408
魏杞	345
吴谦	153, 273
吴潜	260
伍子胥	457
西施	52, 57, 184, 398
萧良干	435, 449, 471
谢安	429
谢灵运	521
严子陵	174
杨家群公	403
杨时	341, 342, 386
杨允恭	403
叶敬常	315, 317, 318, 332
俞卿	414, 445
虞舜	183
越王	401
张夏	475, 477, 492
周纲	179
朱熹	219

浙东名山

称心山	42	三山	430
赤亭山	30	狮子山	353
东山	53, 78, 337, 429	石帆山	26, 43, 47, 77, 100
法华山	176	蜀山	337
飞来峰	154, 314	四明山	79, 104, 118, 145, 183, 246, 253, 306, 330
冠山	375, 389, 446		
海门	91, 339, 353	塔山	314
海门山/龟山/赭山	176, 195, 326, 366	太白山	152
航坞山	295	天姥/天姥山	54, 69
吼山	377	天台/天台山	54, 69
会稽山	9, 13, 44, 47, 55, 62, 70, 71, 72, 86, 100, 112, 123, 141, 145, 159, 167, 184, 186, 207, 212, 214, 215, 222, 225, 235, 236, 250, 251, 285, 303, 325, 328, 337, 353, 370, 393, 399, 400, 401, 422, 456, 499	天童山	152
		宛委山	81, 311
		沃洲山	73
		卧龙山	122, 413
		西施山	376
		西涂山	9
戢山	29, 387	香炉峰	354, 399
柯山	216	羊石山	374
柯岩	462, 489	寓山	384
罗山	337	越山	139, 140
梅山	351	越王山	165
秦望山	13, 58, 61, 76, 77, 101, 129, 294, 326, 327, 353, 366, 384	云门山	134
		招宝山	270, 367, 430, 447
		芝山	344
若葺山	456, 489	苎萝山	184, 302
三界山	254		

山势水文

滨海	208	冰凌	122

潮汐　　44, 54, 64, 72, 84, 103, 105,
　　　　107, 127, 128, 133, 134,
　　　　137, 138, 145, 153, 159,
　　　　160, 166, 170, 181, 211,
　　　　217, 225, 227, 230, 231,
　　　　233, 237, 239, 252, 258,
　　　　264, 269, 270, 274, 285,
　　　　289, 296, 299, 301, 302,
　　　　304, 305, 314, 317, 320,
　　　　321, 337, 340, 349, 353,
　　　　363, 365, 383, 394, 396,
　　　　408, 409, 415, 413, 417,
　　　　425, 432, 435, 442, 445,
　　　　448, 449, 450, 452, 458,
　　　　461, 465, 472, 475, 477,
　　　　480, 481, 492

大水　　　　　　　　　　396, 439
钓矶　　　　　　　　　　　　271
风光　　　　　　　　　　　　113
风浪　　　　　　　　　　　　122
海潮　　23, 58, 61, 95, 98, 115, 222, 295
旱灾　　　　　　　　　　　　248
江潮　　91, 346, 347, 351, 357, 366,
　　　　369, 371, 384, 446
江海　　　　　　　　　　174, 366

江河　　31, 35, 41, 89, 140, 152, 411, 493
江河风光　　　　　　　　　　16
江河水利　　24, 32, 60, 91, 131, 198,
　　　　284, 289, 291
柯桥云骨　　　　　　　　　　436
泥沙搁浅　　　　　　　　　　193
宁绍平原　　　　　　　　　　499
瀑布　　　　　　　　　　　　50
山川　　　　　　　　　　　　72
山水　　　　　　　　　521, 528, 540
山水风光　　　　　　　　153, 154
山水景观　　　　　　　　　　436
山阴道　　　　293, 376, 410, 495
石宕　　　　　　　　　　462, 489
水土流失　　　　　　　　　　173
水灾　　　　　　　　　　409, 416
四窗岩　　　　　　　　　79, 118
桃汛　　　　　　　　　　　　407
响岩　　　　　　　　　　　　405
涌潮　　　　　　　　　　421, 455
淤沙　　172, 173, 249, 258, 259,
　　　　270, 274, 458, 459, 465,
　　　　468, 476

运河风光　　　　　　　　　　53

运河文化

宝林寺　　　　　　　　　　　354
宕石　　286, 378, 421, 422, 430
采荷 / 采莲　　　　　44, 294, 316

采菱　　　　　　　　89, 202, 320
曹娥祠 / 曹娥庙　　309, 110, 232, 337
茶叶物产　　　　　　　　　　405

常乐寺	345	蓬莱馆	337
莼菜/莼叶	45, 121, 272, 275, 310	普光禅寺	345
祠堂	399	千秋观	357
瓷器	118, 119	钱王庙	337
德惠祠	362	庆安寺	181
法华寺	72	秋风亭	232
丰惠庙	404	曲水流觞	15, 16
荷花	168	三江亭	179
高迁亭	484	善政祠/善政侯祠	256, 404
冠山寺	382, 389	圣母阁	122
龟山寺	110, 120	双塔	339
湖田减赋	403	水果物产	405
浣纱石	184	寺庙	381
会稽禹庙	212	宋六陵/六陵	279, 291, 348, 420
金简玉书	47	它山庙	238
柯亭	427, 467, 484	天衣寺	176
兰亭	16, 22, 77, 78, 80, 98, 103, 120, 212, 215, 216, 225, 236, 244, 279, 283, 289, 297, 305, 311, 321, 370, 372, 373, 428, 429, 445, 461, 496	望海亭	95, 101
		西施庙	302
		象耕	137
		盐场	178, 320
		应天塔	314
		禹迹寺	213, 308
冷水庵	405	禹寺	209
临川亭	178	禹穴禹陵禹庙	3, 8, 13, 34, 43, 47, 48,
刘公庙	339		55, 56, 68, 70, 77, 82,
六和塔	337		84, 88, 91, 92, 94, 97,
龙瑞宫	56, 102, 112		98, 102, 112, 119, 123,
马太守庙	252		127, 129, 136, 139,
民俗	255		141, 147, 167, 189,
南镇庙	399		192, 197, 214, 225,
酿酒	39, 330		227, 235, 236, 250,

	251, 266, 286, 288,
	294, 303, 306, 308,
	325, 326, 334, 336,
	358, 359, 362, 370,
	371, 374, 378, 393,
	398, 399, 400, 401,
	411, 412, 413, 421,
	422, 424, 427, 430,
	451, 455, 463, 464, 488
禹余粮	81
越台	61, 498
越王庙	252
越王台	41, 89, 106, 310, 316, 384,
	408, 445, 470
越望亭	413
云门寺	142, 294, 333, 377
云涛观	253, 262, 269
运河风情	203
造纸	81, 169
丈亭	204, 220, 221, 256, 337, 447
浙江亭	222, 297
祇园寺	277
众乐亭	147
竹轿	496
煮盐	307
阻雨	349

主要参考文献

[1] 姚汉源著. 京杭运河史. 北京：中国水利水电出版社，1998.

[2] 谭徐明，王英华，李云鹏，邓俊著. 中国大运河遗产构成及价值评估. 北京：中国水利水电出版社，2012.

[3] 邹志方编选. 浙东唐诗之路. 杭州：浙江古籍出版社，2019.

[4]《浙江通志》编纂委员会. 浙江通志·人物卷. 杭州：浙江人民出版社，2021.

[5]《浙江通志》编纂委员会. 浙江通志·越文化专志. 杭州：浙江人民出版社，2021.

[6] 邱志荣主编. 通江达海 好运天下：浙东运河博物馆文本解读. 扬州：广陵书社，2022.

[7] 陶存焕，颜成第，周潮生辑. 钱塘江涌潮诗词汇编. 杭州：浙江人民出版社，2013.

[8] 陈志富著. 萧山水利史. 北京：方志出版社，2006.

[9] 杭州市萧山区人民政府地方志办公室编. 明清萧山县志. 上海：上海远东出版社，2012.

[10]《萧山水利志》编纂委员会编. 萧山水利志. 杭州：浙江人民出版社，2019.

[11] 悔堂老人著.《越中杂识》. 杭州：浙江人民出版社，1983.

[12] 盛鸿郎主编；中国水利学会水利史研究会，浙江省绍兴市水利电

力局编.鉴湖与绍兴水利——纪念鉴湖建成一千八百五十周年暨绍兴平原古代水利研讨会论文集.北京：中国书店，1991.

[13]《绍兴水利文化丛书》编纂委员会编，邹志方选注.绍兴水利诗选.北京：中华书局，2011.

[14] 邱志荣著.上善之水：绍兴水文化.上海：学林出版社，2012.

[15] 邱志荣.浙东运河史（上卷）.北京：中国文史出版社，2014.

[16] 绍兴市水利局，绍兴市鉴湖研究会编.绍兴市水利志.北京：中国水利水电出版社，2021.

[17] 缪复元等编著.鄞县水利志.南京：河海大学出版社，1992.

[18] 中国水利学会水利史研究会，浙江省鄞县人民政府编.它山堰暨浙东水利史学术讨论会论文集.北京：中国科学技术出版社，1997.

[19] 宁波市鄞州区水利志编纂委员会编.鄞州水利志.北京：中华书局，2009.

[20] 楼稼平.宁波唐宋水利史研究.宁波：宁波出版社，2019.

[21]《浙水遗韵》编委会编.安澜宁波.杭州：杭州出版社，2022.

数字图书（四库全书、古今图书集成、方志、诗文集等）主要来源网站：

[1] 中国国家图书馆·中国国家数字图书馆　http://read.nlc.cn/user/index

[2] 全国图书馆参考咨询联盟 http://www.ucdrs.superlib.net/

[3] 搜韵 https://sou-yun.cn/index.aspx

[4] 知识图谱 https://cnkgraph.com/Book

[5] 国学大师 https://www.guoxuedashi.net/

后　记

2000 年，我担任中国水利报社《中国江河》一书副主编，对鉴湖的"白玉长堤路，乌篷小画船"产生了深深的向往；近年，承蒙绍兴市鉴湖研究会邱志荣会长盛邀，我参与编写了《绍兴市水利志》《绍兴禹迹图》《浙江禹迹图》《绍兴禹迹标识导读》《中国禹迹图》《浙江尧舜遗迹图》《通江达海，好运天下：浙东运河博物馆文本解读》《中国禹迹图导读》等书，在其中担任特邀审稿、副主编、第二主编或第三主编等，对浙东水文化有了肤浅的了解。

浙东运河历史悠久，文人辈出，唐诗之路，星光灿烂，诗词史上地位崇高。遗憾的是，目前国内尚无专门集成。众多全国性诗词著作中，收录有数量不等的浙东运河题材诗歌，但"各取所需"，未能集中反映浙东运河。最新出版的《绍兴市水利志》《萧山水利志》等志书收录相对集中，但局限于各自行政区域，也未能反映运河全貌。

2022 年 3 月 22 日，绍兴市鉴湖研究会获绍兴市社会科学界联合会"绍兴文化研究工程重大项目浙东运河文化研究"系列丛书课题，邱志荣会长领衔；我受命担负子课题《浙东运河历代诗歌总集》撰稿任务。近两年来，我带领课题组密切协作，不舍昼夜，合力攻关，赶在 2023 年第四季度基本杀青。

本《总集》是在以往基础上的一次新探索，自认为在思想性、学术性、全面性、可读性、可检索性方面有了明显跨越。

本《总集》撰写过程中，得到丛书课题总负责人邱志荣先生以及周魁一、谭徐明、沈卫威、王瑞芳、左玉河、孙竞昊、李宏等著名学者的指导帮助，提供资料，在此深表感谢。在编书期间又得到绍兴市社科联王晶副主席、张恬秘书长以及课题组众多分支负责人的鼓励和支持，在此一并致谢。邱志荣主编的《通江达海，好运天下：浙东运河博物馆文本解读》、邹志方选注的《绍兴水利诗选》、陈志富主编的《萧山水利志》、缪复元等编著的《鄞县水利志》等对本书起了基础质量保障作用和诗词线索引导作用，特此表示感激。

本课题组成员，中国水利水电科学研究院教授级高级工程师张伟兵、高级工程师林林，绍兴市鉴湖研究会副秘书长戴秀丽，《萧山水利志》主编陈志富，余文艺女士、林成华教高、王树伟高工，诸位在资料搜集、内容编选、年代推算、文献核验、索引制作、架构梳理方面有重要贡献。邱红燕、程雪婷、陆丽茵、周颖等女士，沈季民、黄文杰、贾玉春、楼稼平、李维松等先生等都以不同方式鼎力相助。

本书框架设计张卫东；资料搜集为邱志荣、戴秀丽、陈志富、谭徐明、张卫东等；目录框架与前期资料编排、参考文献整理为张伟兵，目录框架后期整理和索引制作、形式统一为林林；内容初步编辑加工为张卫东（春秋至唐代、近现代、附录）、余文艺（元、明、清）、林林（宋、金）；导读由张卫东、邹志方、陈志富、林林、邱志荣等人撰写或合写。全书精编、统稿为张卫东。

屏幕为伴，为伊消得人憔悴；书卷枕藉，衣带渐宽终不悔。浙东运河文化博大精深，保护、传承、利用永无止境；诗词歌赋浩如烟海，书海拾贝，目不暇给，见之者约略知其广，涉之者未必知深。限于本人的经历、视野、学术水平、理解能力，也限于篇幅，书中定有不当、失误或缺漏之处，敬请同仁批评指正。

张卫东

二〇二四年五月